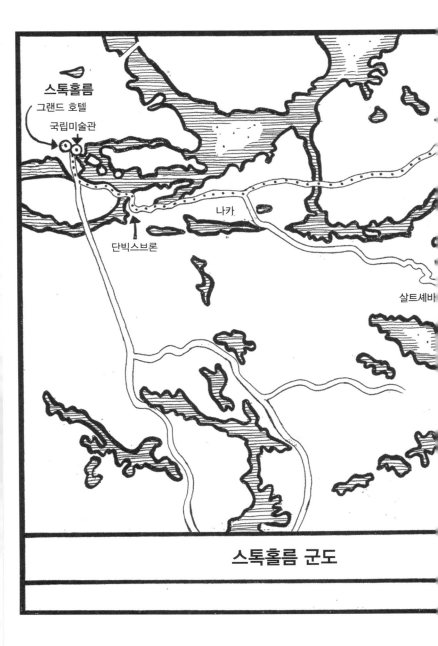

스톡홀름
그랜드 호텔
국립미술관

나카

단빅스브론

살트셰바

스톡홀름 군도

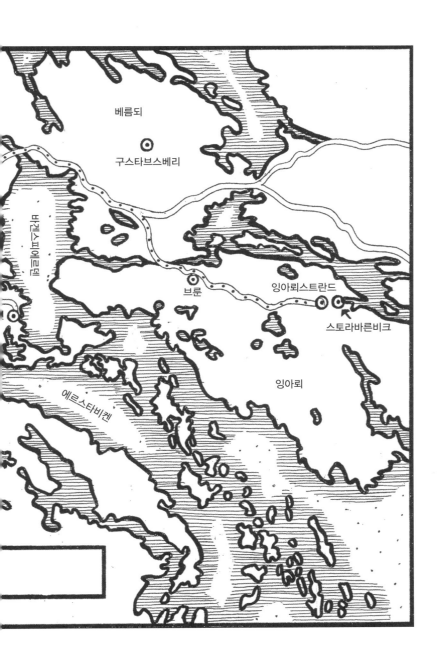

받은 만큼
복수하는
소녀

MANNEN SOM SÖKTE SIN SKUGGA (MILLENNIUM 5)
by David Lagercrantz

Copyright ⓒ David Lagercrantz and Moggliden AB, first published by Norstedts,
Sweden, 2017
Korean Translation Copyright ⓒ MUNHAKDONGNE Publishing Corp., 2018
All rights reserved.

The Korean language edition is published by arrangement with
Norstedts Agency through MOMO Agency, Seoul.

밀레니엄 5권

받은 만큼 복수하는 소녀

다비드 라게르크란츠 장편소설

임호경 옮김

문학동네

일러두기

1. 주석은 모두 옮긴이주이다.
2. 본문 중 고딕체는 원서에서 이탤릭체 등으로 강조한 부분이다.
3. 인명, 지명 등 외래어는 국립국어원의 외래어표기법을 따랐으나 일부는 관습표기를 존중했다.
4. 장편 문학작품과 기타 단행본은 『 』, 단편소설과 시는 「 」, 연속간행물과 곡명 등은 〈 〉로 구분했다.

등장인물

리스베트와 주변인물

리스베트 살란데르 실력자 해커.

앙네타 살란데르 리스베트의 엄마.

카밀라 살란데르 리스베트의 여동생.

안니카 잔니니 리스베트의 변호인. 미카엘의 여동생.

홀게르 팔름그렌 변호사. 리스베트의 전 후견인.

드라간 아르만스키 보안회사 '밀톤 시큐리티' 대표.

플레이그 리스베트의 해커 동료.

미카엘과 사회고발 잡지 〈밀레니엄〉

미카엘 블롬크비스트 탐사기자. 〈밀레니엄〉 공동 사주 겸 발행인.

에리카 베리에르 〈밀레니엄〉 공동 사주 겸 편집장.

소피 멜케르 편집부 기자.

스톡홀름 검찰청 및 경찰청

리샤르드 엑스트룀 검찰청 소속 검사.

얀 부블란스키 경찰청 강력반 반장.

소니아 모디그 경찰청 강력반 형사.

쿠르트 스벤손 경찰청 강력반 형사.

아만다 플로드 경찰청 강력반 형사.

예르케르 홀름베리 경찰청 소속 현장감식관.

플로드베리아 교도소

리카르드 파게르   교도소장.

알바르 올센   교도관.

베니토 안데르손   교도소 수감자.

파리아 카지   교도소 수감자.

파리아의 가족 및 주변인물

아메드 카지   파리아의 오빠.

바시르 카지   파리아의 오빠.

라잔 카지   파리아의 오빠.

카릴 카지   파리아의 남동생.

자말 초두리   파리아의 남자친구.

증권회사 알프레드 외그렌

레오 만헤이메르   공동 소유주 겸 금융 분석가.

이바르 외그렌   공동 소유주 겸 CEO.

말린 프로데   전직 홍보팀장.

유전자 및 사회환경 연구물 기록소

마르틴 스테인베리   사회학 교수.

라켈 그레이츠   정신분석학자.

힐다 폰 칸테르보리   심리학자.

칼 세게르   심리학자.

프롤로그

홀게르 팔름그렌은 면회실에서 휠체어에 앉아 있었다.

"그 용 문신…… 늘 물어보고 싶었어. 그게 너에게 왜 그토록 중요하지?"

"엄마와 관계 있는 거예요."

"앙네타?"

"내가 어렸을 때죠. 아마 여섯 살 때쯤. 집에서 도망쳐 나왔잖아요."

"아, 그 얘기를 들으니 생각나네. 그때 너희 집을 찾아오던 여자가 있었어, 그렇지? 목에 반점 같은 게 있는 여자."

"맞아요. 목에 화상을 입은 것처럼요."

"용이 내뿜는 뜨거운 불에 낙인이라도 찍힌 것처럼?"

1 Jan

2 Feb

3 Mar

4 Apr

5 May

6 **Jun**

7 Jul

8 Aug

9 Sep

10 Oct

11 Nov

12 Dec

ㅣ용
6월 12일~20일

스텐 스투레 1세는 브룬케베리 전투에서
덴마크 국왕에게 거둔 승리를 기념하기 위해 1489년에 동상을 세웠다.

오늘날 스톡홀름 대성당에 있는 이 동상은
기사 성 게오르기우스로, 말을 탄 채 검을 치켜들고 있다.
성 게오르기우스의 발밑에서는 용 한 마리가 죽어가고 있다.
그리고 그 옆에는 부르군트족 복장을 한 여자가 서 있다.

기사가 극적으로 구해낸 젊은 여자를 재현한 것이다.
여자의 모델이 된 인물은 스텐 스투레 1세의 아내
잉에보리 오케스도테르인데, 이 동상에는 기묘하게도 표정이 없다.

1장
6월 12일

운동 후 샤워를 마치고 수감실로 돌아가던 리스베트 살란데르는 복도에서 교도관 알바르 올센에게 제지를 당했다. 리스베트에게 뭔가를 열심히 설명하는 그는 매우 흥분한 기색이었고, 마구 손짓을 해가며 손에 든 서류를 흔들어댔다. 하지만 리스베트에게는 그가 하는 말이 단 한 마디도 들리지 않았다. 저녁 7시 30분이었다.

저녁 7시 30분은 여기 플로드베리아 교도소에서 가장 고약한 때다. 이 시간이면 저 바깥에서 지나가는 화물열차의 굉음에 벽이 진동하고, 열쇠꾸러미 절그럭대는 소리가 복도를 울려대고, 여기저기서 풍기는 향수며 땀냄새로 공기가 포화되었다. 철로 쪽에서 나는 요란한 소리와 수감실 문이 폐쇄되기 직전의 어수선함을 이용해 최악의 폭력행위들이 벌어지곤 하는, 수감자들에게 하루 중 가장 위험한 때였다. 그래서 이 시간에 리스베트는 자신이 수감된 구역 곳곳을 주의깊게 살피는데, 이때 파리아 카지의 모습이 눈에 들어온 건 반드시 우연의 일치만은 아니었을 것이다.

파리아 카지는 방글라데시 출신의 어리고 예쁘장한 여자다. 그녀는 수감실 왼쪽에 앉아 있었다. 리스베트와 알바르가 서 있는 곳에선 그녀의 얼굴이 일부밖에 보이지 않았지만 지금 따귀를 맞고 있다는 데는 의심의 여지가 없었다. 고개가 쉴새없이 좌우로 돌아가고 있었는데, 타격이 크게 난폭한 건 아니었지만 의례적이고도 습관적인 무언가가 느껴졌다. 그리고 파리아의 수치스러워하는 표정이나 체념어린 태도가 이런 일이 오래전부터 계속되어왔다는 걸 말해주었다.

파리아는 손을 들어 매질을 막으려 하지 않았고, 눈에는 전혀 놀란 기색 없이 무기력한 두려움만 드러나 있었다. 리스베트는 파리아의 얼굴을 한 번만 보아도 그녀가 극도의 공포에 사로잡혀 지내고 있음을 알 수 있었다. 이 사실은 리스베트가 지난 몇 주간 관찰해온 내용들과 일치했다.

"저기 좀 봐요."

리스베트가 파리아의 수감실을 가리키며 말했다. 하지만 알바르가 고개를 돌리는 사이 상황은 벌써 종료되었고, 리스베트는 그냥 몸을 빼내 자신의 수감실로 들어가 문을 닫았다. 결코 멈추지 않을 기세로 으르렁대며 벽을 뒤흔드는 화물열차 소리에 섞여 칸막이벽 너머로 숨죽인 말소리며 웃음소리가 들려왔다. 리스베트의 앞에는 깨끗한 세면대 하나, 좁다란 침대 하나, 조그만 책꽂이 하나, 그리고 양자역학 계산식이 적힌 종이들로 뒤덮인 책상 하나가 있었다. '루프양자중력 계산을 다시 해볼까?' 하고 시선을 떨군 순간, 리스베트는 자신의 손에 무언가 들려 있음을 깨달았다.

조금 전 알바르가 흔들어 보이던 그 종이들이었다. 호기심이 동해 들여다보았지만 그녀에겐 쓰레기에 불과했다. 맨 앞 페이지 상단이 커피 자국으로 얼룩진 지능검사지를 보자 얼굴이 찌푸려졌다.

리스베트는 어떤 방식으로든 측정당하고 평가받는 것이 끔찍이 싫었다. 종이들은 그녀의 손에서 떨어져내려 콘크리트 바닥에 부채꼴로 흩어졌고, 리스베트는 지능검사 따위는 잠시 까맣게 잊은 채 다시 파리아를 생각했다. 파리아를 때리는 사람을 보지는 못했지만 누구인지 너무나 잘 알았다. 맨 처음 리스베트는 이곳 분위기에 전혀 관심이 없었다. 하지만 이 안에서 드러난 신호들과 드러나지 않은 신호들을 점차 감지하며 자신의 뜻과는 상관없이 이 감옥의 삶 속으로 끌려들어 왔다. 이제 그녀는 이곳을 진정으로 통제하는 이가 누구인지 안다.

이곳은 B라고 불리는 수감동으로, 이른바 엄중감시구역이다. 이 교도소에서 가장 안전한 구역으로 여겨지는 곳이지만 그건 겉모습에 불과하다. 이 구역만큼 교도관과 통제, 그리고 재활 프로그램이 많은 곳이 없지만 좀더 가까이 들여다보면 속부터 썩었다는 사실을 쉽게 눈치챌 수 있다. 교도관들은 일부러 강경하거나 권위적인 행동을 했고 때로는 너그럽게 굴었다. 하지만 그들 모두는 통제력을 잃고 적군에게 권력을 넘겨준 비겁한 겁쟁이에 불과했다. 갱단 출신 베니토 안데르손과 그녀의 수하들에게 말이다.

물론 낮 동안은 잠잠했고 모범수처럼 행동했다. 하지만 저녁식사가 끝나고 운동과 면회를 할 수 있는 시간이 되면 베니토는 권력을 인계받아 수감동을 공포 속으로 몰고 갔다. 이러한 분위기가 절정에 달하는 때가 바로 하루 중 이 순간, 즉 취침 전 수감실 문을 폐쇄하는 시간이었다. 이 틈을 타 수감실을 돌아다니며 위협과 약속의 말을 속삭이는 수감자들이 있었고, 수감동은 베니토의 패거리와 그녀의 먹잇감들, 이렇게 두 편으로 나뉘어 있었다.

리스베트가 교도소에 들어간 건 엄청난 사건이었다. 상황도 불리했지만 솔직히 그녀도 유죄판결을 피하려고 애쓰지 않았다. 그저 이일을 과도기 정도로 여겼고, 전부터도 감옥에 있으나 다른 곳에 있으나 별반 다를 게 없다고 생각해왔기 때문이다.

프란스 발데르 교수가 살해된 후 극적인 사건이 연달아 벌어지는 와중에 리스베트는 타인의 재산을 침해하고 타인의 생명을 위험에 빠뜨렸다는 죄목으로 2개월 금고형을 선고받았다. 그녀는 자폐증이 있는 여덟 살짜리 아이를 모처에 숨기고 경찰에 협조하기를 거부했었는데, 그건 수사진 내부로부터 정보가 누출되었다는 걸 정확히 간파했기 때문이었다. 그녀가 아이의 생명을 구하는 엄청난 쾌거를 이뤘다는 데는 아무도 이의를 제기하지 못했다. 그럼에도 리샤르드 엑스트룀 부장검사는 열과 성을 다해 재판을 이끌었고, 배석판사 중 한 사람의 반대에도 불구하고 법정은 결국 그의 손을 들어주었다. 변호사 안니카 잔니니는 자신의 일을 훌륭하게 해냈지만 리스베트가 협조하지 않았으므로 승소할 가능성은 없었다.

재판이 진행되는 내내 리스베트는 뚱한 채 입을 다물었고 항소도 거부했다. 그저 이 모든 소동을 빨리 끝내고 싶어했다. 예상대로 그녀는 비에른예르다고르드 교도소에 수감되었고, 개방형 교도소였기 때문에 비교적 자유롭게 지낼 수 있었다. 그러던 어느 날 리스베트를 해치려는 자들이 있다는 정보가 입수되었다. 그동안 그녀가 얼마나 많은 적들을 만들어왔는지 생각하면 크게 놀라운 일은 아니었고, 결국 그런 이유로 이곳 플로드베리아 교도소의 엄중감시구역으로 이감된 것이다.

그렇게 이상한 조치는 아니었다. 이 나라의 악명 높은 여성 범죄자들과 같이 지내게 되었지만 리스베트에겐 아무런 문제가 되지 않았다. 그녀는 언제나 교도관들의 보호를 받았고, 이 구역에서는 지난 몇 년간 폭행이나 상해 사건이 보고된 적도 없었다. 그리고 이곳 직원들은 수감자 재활 영역에서 상당히 놀라운 성과를 이뤄 자부심이 있기도 했다. 비록 베니토 안데르손이 수감되기 이전에 얻은 것들이지만.

첫날부터 리스베트가 자신을 도발하는 다양한 시도에 직면한 것 역시 그리 놀라운 일이 아니었다. 매스컴을 탄 유명 수감자인데다 지하세계에서도 소문과 정보가 무성한 인물이었기 때문이다. 며칠 전엔 베니토가 직접 리스베트에게 쪽지를 한 장 건넸다. 친구야? 적이야? 리스베트가 그 쪽지를 휴지통에 던져버리는 데는 일 분이 걸렸다. 그걸 받고서 읽어볼 생각을 하기까지 58초가 필요했기 때문이다.

리스베트는 교도소 내 파워게임이나 동맹관계에 전혀 관심이 없었다. 그저 지켜보고 파악하기만 했고, 요즘 들어선 웬만큼 안다고 느끼는 터였다. 리스베트는 수감되기 전 특별히 주문했던 양자장론 논문들로 빼곡히 채워진 책꽂이를 멍하니 바라보았다. 왼쪽 옷장에는 가슴에 '보호감호소Kriminalvården'의 약자인 KV가 새겨진 여벌 수감복 두 벌과 속옷 몇 벌, 그리고 운동화 두 켤레 등 교도소에서 제공한 물품이 들어 있었다. 벽에는 아무것도 없었다. 심지어 사진 한 장, 교도소 바깥에서의 삶을 추억할 만한 사소한 것 하나도 붙어 있지 않았다. 피스카르가탄의 아파트에서 그랬던 것처럼 이곳에서도 리스베트는 주변 환경 따위에 신경쓰지 않았다.

복도를 따라 수감실 문들이 하나씩 폐쇄되기 시작하는 이때가 평소 리스베트에게는 해방의 시간이었다. 수감동에 정적이 내려앉은 뒤 수학의 세계에 빠져들어 온 정신을 집중해 양자역학과 상대성이론을 융합하려 시도하다보면 외부세계는 까맣게 잊어버렸다. 하지만 이날 저녁은 달랐다. 리스베트는 조금 짜증이 나 있었다. 단지 파리아가 당한 폭행 때문만도, 전반적으로 썩어 문드러진 이곳의 상황 때문만도 아니었다.

엿새 전 홀게르 팔름그렌이 면회를 왔다. 스웨덴 사회가 그녀를 스스로 자신을 관리할 수 없는 존재로 간주했던 시절의 후견인이었다. 이 방문 자체가 굉장한 일이었다. 이제 홀게르는 결코 외출하는 법이 없었고, 릴리에홀멘에 있는 그의 집에서 간호사와 간병인에게 전적으로 의존해 지내는 처지였다. 그런 사람이 리스베트를 방문하겠다고 완강히 고집을 부린 것이다. 정부의 환자호송 서비스를 받아 결국 이곳까지 온 그는 산소호흡기를 쓴 채 씩씩거리며 휠체어를 타고 들어왔다. 그래도 반갑기는 마찬가지였다. 둘은 흘러간 옛일들을 이야기했고, 홀게르는 울컥 감상에 젖어들기도 했다. 그런데 리스베트는 한 가지가 마음에 걸렸다. 자신이 어렸을 때 강제 입원당한 상트스테판 정신병원에서 비서로 일했던 마이브리트 토렐이라는 여자 얘기를 홀게르가 꺼냈기 때문이다. 신문에서 리스베트의 사연을 읽은 마이브리트가 홀게르에게 흥미로울 거라며 몇 가지 자료를 전해주었다고 한다. 하지만 홀게르가 보기엔 리스베트가 정신병원에서 결박당한 채 겪은 끔찍한 일들을 다시 떠오르게 하는 참혹한 옛이야기나 다름없었다.

"네가 굳이 들여다볼 필요는 없을 거야."

홀게르는 이렇게 말했지만, 그 자료에는 뭔가 새로운 정보가 있어 보였다. 홀게르가 용 문신에 대해 물어와 리스베트가 화상 자국 같은 반점이 있던 여자 얘기를 꺼냈을 때 그가 이렇게 말했기 때문이다.

"그 여자, 기록소 사람이었지?"

"뭐라고요?"

"웁살라 유전자 및 사회환경 연구물 기록소. 어디선가 읽은 기억이 있는데."

"그럼 이 새로운 자료들에 분명히 그 이름이 있겠네요."

"그렇게 생각해? 아니면 내가 헷갈렸는지도 모르지."

정말 그런지도 모른다. 이제 더이상 팔팔한 나이가 아니니까. 하지만 홀게르가 해준 이야기는 그후로 리스베트의 뇌리에서 떠나지 않았다. 오후에 체육관에서 샌드백을 두드릴 때도, 오전에 도자기를 빚을 때도, 수감실로 돌아와 바닥을 뚫어지게 쳐다보는 지금도 그녀의 정신을 사로잡고 있었다.

발밑에 펼쳐져 있는 지능검사지가 더이상 하찮은 것으로 보이지 않고 홀게르와 나눈 대화의 연장처럼 느껴졌다. 다만 그 이유를 금방 알아챌 수 없었지만 리스베트는 이내 연결점을 찾아냈다. 반점이 있는 여자도 리스베트에게 여러 검사들을 받게 했다. 하지만 그녀와의 만남은 언제나 좋지 않게 끝났다. 어느 날 저녁, 겨우 여섯 살이었던 리스베트는 결국 집에서 도망쳤다.

이 기억에서 중요한 것은 지능검사도, 심지어 가출도 아니었다. 전부터 리스베트 안에서 불어난 의심, 즉 자신의 어린 시절에 대해 아직 발견하지 못한 근본적인 무언가가 남아 있다는 의심이었다. 이 문제를 좀더 파헤쳐봐야 했다.

물론 얼마 후면 자유의 몸이 되어 무엇이든 원하는 대로 할 수 있을 터였지만 여기서도 알바르를 움직일 방도는 있었다. 그가 폭력행위를 눈감아준 게 이번이 처음이 아닌데, 그가 책임지는 이 수감동은 여전히 교도소의 자랑이지만 사실은 기강이라는 게 무너질 대로 무너진 곳이었기 때문이다. 그렇다면 알바르로부터 이곳의 그 누구에게도 허락되지 않는 것, 즉 인터넷 접속 권한을 얻어낼 수 있을 것이다.

리스베트는 복도 쪽으로 귀를 기울였다. 늘상 주고받는 말소리와 욕설, 문들이 철컹거리는 소리, 열쇠들이 짤그랑거리는 소리, 멀어져가는 발소리가 들려왔다. 그런 뒤 정적이 내려앉았다. 들리는 건 고장나서 제대로 돌아가지도 않는 환풍기 소리뿐이었고 공기는 견디기 힘들 정도로 답답했다. 리스베트는 바닥에 떨어진 검사지들을 물끄러미 내려다보며 파리아와 베니토와 알바르, 그리고 목에 화상 자국 같은 반점이 있는 여자를 생각했다.

그리고 이내 허리를 굽혀 검사지를 주워들고는 책상에 앉아 정답을 쓱쓱 휘갈겨쓴 후 다 마치자마자 철문 옆에 붙은 은색 인터폰 버튼을 눌렀다. 알바르가 불안한 목소리로 응답하자 리스베트는 지금 당장 할 얘기가 있다고 말했다.

"급한 일이에요." 그녀가 덧붙였다.

2장
6월 12일

알바르 올센은 집에 가고 싶었다. 빨리 퇴근하고 싶었다. 하지만 우선 당직 근무를 마쳐야 했고 서류 정리도 해야 했다. 아홉 살 된 딸 빌다에게 전화해 잘 자라는 말도 해줄 거였다. 늘 그렇듯 그의 숙모 셰르스틴이 빌다를 돌보고 있었고, 또 늘 그렇듯 그녀에게 문단속하는 걸 잊지 말라고 말해둔 터였다.

십이 년 전부터 플로드베리아 교도소 엄중감시구역을 책임지고 있는 알바르는 자신이 하는 일을 오랫동안 자랑스럽게 여겨왔고, 자신이야말로 이 자리에 가장 어울리는 인물이라고 생각해왔다. 젊은 시절에는 어머니를 심한 알코올의존증에서 구해냈고, 타고난 열정으로 언제나 약한 이들의 편에 서왔다. 그가 교도관을 직업으로 택하고, 곧 이곳에서 좋은 평판을 얻게 된 건 놀라운 일이 아니었다. 하지만 예전에 품었던 이상은 이제 거의 남아 있지 않았다.

첫번째 치명타를 날린 사람은 아내였다. 예전 직장 상사와 바람이 나서 알바르와 딸만 남겨놓고 오레로 떠나버렸다. 하지만 그의 마지막 환상을 산산조각낸 것은 베니토였다. 알바르는 범죄자들에게도 선한 면이 있다고 말하곤 했지만 베니토에게 그런 건 없었다. 그걸 찾아보려 시도했던 남자친구, 여자친구, 변호사, 심리치료사, 범죄학자, 그리고 몇몇 사제 등 모든 이들도 결국엔 환상에서 깨어났다. 본명이 베아트리스인 그녀는 어느 이탈리아 파시스트로부터 '베니토'라는 이름을 따왔다. 목에 갈고리 십자가 문신을 새기고 바짝 민 머리에 아픈 것처럼 안색이 창백했지만 거부감이 드는 인상은 아니었다.

레슬러처럼 단단한 체격의 그녀에게선 모종의 우아함이 느껴졌고, 그 아우라에 매혹된 사람도 적지 않았다. 하지만 사람들 대부분은 오싹한 공포를 느꼈다. 소문에 의하면 베니토는 단검 한 쌍을 들고 세 사람을 살해했다는데, 그녀가 '크리스' 혹은 '케리스'라고 별명 붙인 이 단검들은 너무도 많이 회자된 나머지 수감동의 무겁고도 위협적인 분위기 속에서 그 자체로 하나의 존재가 되어 있었다. "야, 너한테 일어날 수 있는 최악의 일이 뭔지 알아? 베니토가 널 노리고 있다고 선언하는 거야. 그러면 넌 이미 죽은목숨이야." 수감자들은 이렇게 쑥덕댔지만 물론 말도 안 되는 이야기였다. 특히 문제의 단검들이 지금은 교도소에서 멀리 떨어진 곳에 있으니 더욱 웃기는 소리라고 할 수 있었다. 하지만 이런 이야기들은 수감동 전체에 무거운 그림자를 드리웠고, 베니토의 살벌한 모습에 꼭 들어맞는 그 전설적인 단검들은 수감자들을 공포에 떨게 했다. 정말이지 부끄럽고도 어처구니없는 일이었으나 알바르는 이미 백기를 든 상태였다.

당연히 배짱 있게 베니토와 맞서야 옳았다. 알바르는 키가 192센티미터였고 몸은 88킬로그램의 근육질이었다. 십대 때부터 어머니에게 시비를 거는 술주정뱅이며 썩어빠진 인간들을 흠씬 두들겨팼다. 하지만 그에게는 약점이 하나 있었다. 혼자서 아이를 키우는 아빠라는 것. 일 년 전 교도소 운동장에서 베니토가 다가와 그의 귀에 대고 뭔가를 속삭인 적이 있었다. 그때 그녀는 알바르가 매일 아침 딸을 외레브로시 프리드헴 초등학교 4층 3A반까지 데려다주기 위해 거치는 경로를 복도 하나 층계 하나까지 정확히 묘사했다.

"기억해. 내 칼이 네 딸을 노리고 있어." 베니토의 말에 그는 더이상 할말이 없었다.

알바르는 수감동을 장악할 수 없게 되었고 낮은 서열까지도 부패가 퍼졌다. 겁쟁이 프레드 스트룀메르를 비롯한 동료들이 그렇게 노골적으로 썩어빠진 짓들을 하리라곤 꿈에도 생각하지 못했다. 여름철, 교도소가 무능력하고 비겁한 임시직 교도관들로 채워지는 지금은 일 년 중 최악의 시기로, 답답하고 산소도 부족한 복도마다 짜증과 긴장이 고조되었다. 알바르는 잠에서 깰 때마다 기어코 이곳의 질서를 회복하리라 수없이 다짐했다. 하지만 아무런 성과도 거두지 못했고, 리카르드 파게르 같은 멍청한 인간이 교도소장이었기에 상황은 더욱 암담했다. 리카르드는 교도소 시설의 겉모습에만 신경썼다. 외관만 그럴듯하다면 그 속이야 썩어 문드러지든 말든 아무 상관 없었다.

오후가 되면 알바르는 베니토의 시선 앞에서 얼어붙었고, 압박감을 느끼며 한 걸음 물러설 때마다 그만큼 약해져갔다. 마치 몸속의 피가 전부 새어나가는 것 같았다. 가장 참담한 건 자신이 파리아 카지의 안전조차 보장해줄 수 없다는 사실이었다.

파리아는 스톡홀름 교외의 시클라에서 친오빠를 대형 유리창 밖으로 밀어 살해한 혐의로 유죄판결을 받았지만 난폭함이나 공격성과는 거리가 먼 성격이었다. 수감실에 앉아 책을 읽거나 눈물을 흘리는 게 다인 그녀가 이곳 엄중감시구역에 오게 된 이유는 오직 살해당하거나 자살할 위험이 있었기 때문이다. 파리아는 주변 사람 모두에게, 심지어 사회로부터도 버림받아 만신창이가 된 상태였다. 그녀의 태도나 시선에 다른 수감자들을 위압할 만한 독기 같은 건 전혀 없었다. 오히려 연약해 보이는 그녀의 미모에 가학적인 자들이 들러붙었다. 알바르는 그런 상황을 그저 바라보며 자괴감에 빠졌다.

최근 유일하게 건설적인 일은 새로 들어온 리스베트 살란데르에게 관심을 쏟은 것이었다. 이 역시 하찮은 일은 아니었다. 리스베트는 만만치 않은 여자였고, 베니토만큼이나 수감자들의 입방아에 오르내렸다. 몇몇은 리스베트를 숭배했고, 일부는 그녀를 건방진 계집애 정도로 여겼으며, 일부는 자기 입지가 흔들리지는 않을까 전전긍긍했다. 리스베트가 온 후 베니토의 몸은 근육 하나하나까지 몽땅 한바탕 권력 싸움을 위해 준비를 마친 것처럼 보였다. 베니토가 이미 외부 조직을 통해 리스베트에 관한 정보를 수집했을 거라는 걸 알바르는 조금도 의심치 않았다. 알바르 자신과 수감동에서 눈에 띄는 인물들에 대해 그랬던 것처럼.

하지만 아직까지 아무 일도 일어나지 않았다. 심지어 리스베트가 고도 보안 등급에 속함에도 불구하고 정원과 도예실에서 낮시간을 보내도 된다는 허가가 떨어졌을 때도 마찬가지였다. 알바르가 보기에 리스베트는 도예에 젬병이었고, 그녀가 만든 꽃병들보다 못생긴 건 본 적이 없었다. 게다가 사회성도 별로 없어서 입을 여는 법이 거의 없었다. 그녀는 다른 수감자들이 던지는 시선이나 말에 신경쓰지 않았고, 심지어 베니토가 뒤에서 밀치거나 툭툭 쳐도 전혀 반응하지 않았다. 리스베트는 자신의 세계에서만 사는 듯했고, 이 모든 것들을 먼지나 새똥을 떨어버리듯 가볍게 넘겼다. 그런 그녀가 관심을 갖는 사람이 하나 있다면 바로 파리아 카지였다.

파리아를 계속 주의깊게 지켜봐왔으니 리스베트는 상황이 얼마나 심각한지 알았을 것이다. 이로 인해 베니토와의 대결이 앞당겨질 가능성도 있었다. 알바르로선 알 수 없는 일이었지만 어쨌든 불안하기 짝이 없었다.

이렇게 괴로운 시간을 보내는 와중에도 알바르는 자신이 수감자들을 위해 만든 개인별 맞춤 프로그램에 자부심을 느꼈다. 이곳 수감동에서는 아무도 기계적으로 다뤄지지 않았다. 수감자의 개인적 문제와 필요에 맞춰 짠 시간표에 따라 어떤 이들은 하루종일, 혹은 몇 시간씩 공부를 했다. 어떤 이들은 재활 프로그램을 이수하거나 심리학자 혹은 상담전문가를 만났고, 직업 상담을 받기도 했다. 기록상 리스베트의 경우는 학업을 이어가거나, 적어도 이와 관련된 상담을 받을 필요가 있었다. 그녀는 고등교육은커녕 초등교육도 마치지 못했으며, 어느 보안회사에서 잠시 근무한 것 말고는 한 번도 정식으로 일한 적이 없는 듯했다. 경찰에 체포된 적은 여러 번이었지만 유죄판결을 받고 교도소에 수감된 건 이번이 처음이었다. 그녀를 하는 일없이 빈둥대는 여자로 치부해버릴 수도 있겠지만 그런 그림을 그리기에는 모순점이 몇 가지 보였다. 타블로이드 신문들이 그녀를 슈퍼영웅처럼 묘사해댔기 때문만은 아니었다. 리스베트의 행동이 알바르의 관심을 끌었는데, 이를테면 며칠 전 구내식당에서 일어난 사건이 특히 그랬다.

그 사건은 지난 일 년간 이곳 수감동에서 일어난 일들 중 유일하게 긍정적이고 놀라운 것이었다. 며칠 전 구내식당에서 이른 저녁식사를 마친 때였다. 오후 5시였고 바깥에선 비가 내리고 있었다. 수감자들이 각자 사용한 접시와 잔을 치우고 식탁을 정리한 후 설거지를 하는 동안 알바르는 싱크대 옆 의자에 앉아 있었다. 사실 그는 거기에서 할일이 전혀 없었다. 평소엔 교도소의 다른 구역에서 직원들과 함께 식사했고, 구내식당은 수감자들이 자체적으로 운영했기 때문이다. 관리는 '매니저'라 불리는 요세핀과 티네가 했다. 베니토와 한편인 이들이 예산을 관리하고 식재료를 주문하고 식사를 준비해 모두가 먹을 수 있게끔 했다. 매니저란 위치는 엄청난 것이었다. 교도소 내에서 음식은 권력이 걸린 문제였고, 베니토 같은 수감자들이 다른 이들보다 음식을 많이 받는 건 어쩔 수 없는 일이었다. 그래서 알바르는 종종 식당을 들여다보았다. 수감동에서 유일하게 칼이 있는 곳도 바로 이 식당이었는데, 그다지 예리하지 않고 강철 사슬에 자루가 묶여 있다지만 그래도 누군가를 다치게 할 수 있었기에 알바르는 이따금 공부할 것을 가지고 와서 앉아 주변을 주시했다.

알바르는 플로드베리아를 떠나 좀더 나은 직업을 갖고 싶었다. 하지만 줄곧 교도소에서만 일했을 뿐 다른 공부는 해본 적 없는 알바르 같은 남자에게 선택의 여지는 많지 않았다. 그래서 통신 강좌 기업 경영 과목에 등록했다. 알바르는 감자 팬케이크와 잼 냄새를 맡으면서 스톡옵션 가격이 금융시장에서 어떻게 결정되는지 이해해보려고 끙끙댔지만, 아무리 애써도 오리무중이었고 교과서의 연습문제도 전혀 풀리지 않았다. 바로 그때 리스베트가 음식을 더 퍼가려고 나타났다.

리스베트는 별로 기분이 좋지 않아 보였고, 바닥만 쳐다볼 뿐 주위에 전혀 관심이 없는 듯했다. 괜히 그녀와 접촉해보려다 또 우스꽝스러운 꼴을 당하고 싶지 않았던 알바르는 계산식이나 마저 풀기로 했다. 지우개로 지우고 다시 긁적이기를 반복하는 그 모습이 거슬렸는지 리스베트가 바짝 다가와 노려보는 바람에 그는 당황했다. 그녀는 종종 이렇게 알바르를 당황스럽게 만들었다. 결국 일어나 식당을 나가려던 그때 리스베트가 그의 손에서 연필을 낚아채더니 책에다 숫자 몇 개를 휘갈겨썼다.

"블랙숄즈 방정식은 시장이 지금처럼 유동적일 땐 완전히 헛소리라고요."

리스베트는 이렇게 내뱉고는 그가 뭐라고 대꾸할 틈도 없이 그대로 가버렸다. 마치 그라는 인간이 그 자리에 존재하지도 않는다는 듯 리스베트가 가버린 후, 대체 무슨 일이 벌어진 건지 알아채기까지는 시간이 필요했다. 저녁 늦게 컴퓨터 앞에 앉아서야 알바르는 비로소 깨달았다. 리스베트가 눈 깜짝할 사이에 그의 연습문제를 깨끗이 해결해줬을 뿐만 아니라, 노벨상까지 받은 파생금융상품 평가모델을 아주 쉽게 쓰레기로 만들어버렸다는 사실을. 이곳 엄중감시구역에서 거듭되는 실패와 굴욕 속에서 살아가던 그에게는 엄청난 사건이었다. 어쩌면 이를 계기로 그 둘 사이에 어떤 관계가 싹틀 수도 있으리라. 리스베트에겐 자신이 얼마나 엄청난 재능을 지녔는지 깨닫는 인생의 전환점이 될 수도 있고.

알바르는 앞으로 어떤 행동을 취할지 오랫동안 숙고했다. 그리고 어떻게 하면 리스베트에게 동기부여를 해줄 수 있을지 고민한 끝에 한 가지 방법을 떠올렸다. 그녀에게 지능검사를 받게 할 생각이었다. 베니토의 정신질환, 실감정증失感情症, 자아도취증 등을 진단하기 위해 범죄심리학자들이 수차례 방문한 덕분에 그의 책상 서랍 안에는 오래된 검사지들이 가득 쌓여 있었다.

알바르는 몇 가지 검사지를 직접 풀어본 적도 있었다. 그런 수학 문제를 척척 풀어내는 인물이라면 지능검사도 꽤 잘해낼 수 있을 것이다. 누가 알겠는가? 그녀에게 어떤 계시가 될 만한 일일지. 그래서 좋은 기회를 틈타 복도에서 리스베트를 기다리고 있던 그는 심지어 그녀의 표정이 평소보다 밝아진 듯해 뭐라고 칭찬의 말까지 건넸고, 그들 사이에 뭔가가 통했다는 느낌마저 받았다.

리스베트가 검사지를 받아든 순간 무슨 일인가 일어난 듯했다. 화물열차가 교도소 전체를 우르르 뒤흔들며 지나갔고, 갑자기 리스베트의 몸이 딱 굳어지더니 눈빛이 어두워졌다. 그리고 알바르가 어찌할 바를 모르고 말을 더듬거리는 사이 그녀는 사라졌다. 그후 알바르는 교도관들에게 수감실 문을 폐쇄하게 하고 자신은 복도 끝에 위치한 '행정구역'까지 걸어가 두꺼운 유리문을 열고 사무실로 들어갔다. 이곳 수감동에서 개인 사무실을 가진 직원은 알바르가 유일했다. 강철 울타리와 콘크리트 벽으로 둘러싸인 안뜰 쪽으로 창문도 하나 나 있었다. 수감실보다 많이 큰 것도 아니고 더 쾌적하다고 할 수도 없었지만 그래도 인터넷이 연결된 컴퓨터 한 대와 수감동 전체를 감시하는 모니터들을 갖추고 있었고, 이 공간을 그나마 덜 삭막하게 만들어주는 장식품도 몇 개 있었다.

이제 저녁 7시 45분이다. 수감실 문들은 폐쇄되었고, 스톡홀름행 열차도 잠잠해졌다. 동료 교도관들이 휴게실에 앉아 잡담을 나누는 동안 알바르는 자신의 교도소 생활을 기록하는 일지에 몇 문장 끄적여봤지만 기분이 나아지지 않았다. 심지어 이 일지에서조차 완전히 솔직하지 못한 자신을 느끼고 말았다. 그는 쓰던 걸 멈추고 게시판을 올려다보았다. 거기엔 딸 빌다와 사 년 전에 돌아가신 어머니의 사진들이 붙어 있었다.

바깥에는 이 황량한 교도소의 오아시스 같은 한 조각 정원이 펼쳐져 있고 하늘에는 구름 한 점 없었다. 다시 손목시계를 들여다보았다. 집으로 전화해 빌다에게 "잘 자, 우리 보물"이라고 말해줘야 할 시간이었다. 알바르는 수화기를 집어들었지만 인터폰이 울리는 바람에 집으로 전화를 걸지는 못했다. 화면을 보니 인터폰을 걸어온 곳은 리스베트가 있는 7호실이었고, 알바르는 이내 뒤섞인 호기심과 불안감에 사로잡혔다. 모든 수감자들은 쓸데없이 교도관을 귀찮게 해서는 안 된다는 걸 잘 알았다. 리스베트는 지금까지 한 번도 인터폰을 사용한 적이 없는데다 사소한 문제로 하소연할 수감자로 보이지도 않았다. 대체 무슨 일일까?

"무슨 일이야?"

"이리 와줬으면 해요. 중요한 일이에요."

"뭐가 그렇게 중요한데?"

"아까 나한테 지능검사지를 줬잖아요."

"줬지. 너라면 점수가 높게 나올 것 같아서."

"교도관님이 옳지도 몰라요. 지금 바로 와서 답을 확인해줄 수 있어요?"

알바르는 다시 한번 손목시계를 들여다보았다. 그녀가 벌써 테스트를 마쳤을 리 없었다.

"내일 보는 게 낫겠어. 그래야 문제들을 좀더 신중하게 풀지 않겠어?"

"그건 옳지 않아요. 내가 이걸 밤새 붙들고 있으면 어쩌려고요."

"좋아, 그럼 가지."

왜 그런 말을 내뱉었던 걸까? 알바르는 경솔했던 스스로가 의아했다. 하지만 가지 않으면 후회할 게 분명했다. 그는 리스베트가 테스트에 흥미를 보이기를, 이것이 무언가의 시작이 되기를 간절히 바라고 있었다.

알바르는 허리를 굽혀 아래쪽 오른편에 있는 서랍에서 정답지를 꺼냈다. 그런 다음 복장을 바로잡고 사무실에서 나와 카드키와 개인 코드를 사용해 엄중감시구역으로 들어가는 보안 철문을 열었다. 그는 복도를 따라 걸으며 천장에 달린 검은 감시카메라들과 노란 조명들을 올려다보면서 최루가스와 곤봉, 열쇠꾸러미, 무전기, 그리고 비상경보 버튼이 있는 회색 리모컨 등이 달린 벨트를 만지작거렸다.

그는 못말리는 이상주의자였지만 그렇다고 해서 순진하지는 않았다. 교도소에서는 순진함이 허용되지 않는다. 수감자들은 겉으론 자세를 낮추고 비굴하게 굴지라도 결국엔 상대가 입고 있는 팬티까지 벗겨내버릴 존재들이었다. 알바르는 경계심을 푸는 법이 없었다. 리스베트의 수감실에 가까워질수록 점점 더 불안해졌다. 규정대로 동료 교도관을 대동하고 왔어야 했는지도 모른다.

리스베트가 아무리 똑똑해도 이 짧은 시간에 문제를 다 푼다는 건 불가능했고, 뭔가 꿍꿍이가 있을 거라는 예감이 갈수록 강해졌다. 수감실 문에 붙은 조그만 창을 열고 안을 들여다보니 리스베트는 책상 옆에 꼼짝 않고 서 있었다. 그녀가 희미한 미소, 혹은 그 비슷한 표정을 지어 보이자 알바르에게서 낙관적인 감정이 다시 솟아났다.

"오케이, 내가 들어가지. 넌 떨어져 있어."

"알겠어요."

"좋아."

수감실 문을 열고 들어간 알바르는 여전히 긴장의 끈을 늦추지 않았다. 리스베트는 얌전히 같은 자리에 서 있었다.

"그래, 어땠어?"

"흥미로운 테스트였어요." 리스베트가 대답했다. "확인해줄 수 있어요?"

"여기 정답지가 있지." 알바르는 종이를 흔들어 보였다. 대꾸하지 않는 리스베트에게 그는 이렇게 덧붙였다. "이렇게나 빨리 풀었으니 결과가 그리 좋지 않더라도 너무 실망하진 마."

그가 환하게 미소를 지어 보이자 리스베트도 흐릿하게 미소를 보였지만 이번만큼은 그다지 안심이 되지 않았다. 자신이 면밀히 관찰당하고 있는 듯한 느낌이 들면서 리스베트의 어두운 눈빛이 기분 나빴다. '이 여자가 지금 무슨 수작이라도 부리려는 걸까?' 지금 저 시커먼 눈빛 뒤에 악마 같은 음모가 도사리고 있다 해도 별로 놀랄 일은 아니었다. 하지만 다르게 생각하면 리스베트는 작은 체구에 바짝 마른 여자에 불과했다. 알바르는 덩치도 훨씬 크고 무장을 한데다 위험 상황에 대처하는 훈련도 받은 몸이었다. 위험한 일 같은 건 일어날 리 없었다.

여전히 경계심을 늦추지 않은 채 알바르는 검사지를 받아들고 리스베트에게 경직된 미소를 보냈다. 그런 다음 정답을 훑어보며 곁눈질로 계속 그녀를 감시했지만 결국 그렇게까지 불안해할 필요는 없어 보였다. 그녀는 '어때요, 내 성적이?'라고 묻는 듯한 표정으로 그를 지켜보고만 있었다.

리스베트의 글씨는 그야말로 형편없었다. 답을 급하게 휘갈겨썼는지 검사지는 잉크 얼룩이며 거친 글씨로 범벅이었다. 알바르는 경계의 끈을 놓지 않은 채 천천히 답을 맞춰보기 시작했다. 처음엔 그저 정답이 많다고만 생각했으나 이내 경악하지 않을 수 없었다. 리스베트는 모든 문제를, 심지어 마지막의 가장 어려운 문제들까지 하나도 빠짐없이 정확히 풀어냈다. 알바르는 한 번도 본 적 없는 광경이었고 정말이지 엄청난 일이라고밖에 할 수 없었다. 감정이 벅차올라 무언가를 말하려던 순간, 갑자기 알바르의 호흡이 탁 끊겼다.

3장
6월 12일

리스베트는 알바르를 주의깊게 관찰했다. 키가 크고 운동으로 단련된 그는 바짝 경계하는 모습이 역력했다. 허리에 찬 벨트에는 곤봉과 최루가스, 그리고 비상경보 리모컨 등이 달려 있었다. 누구에게 제압이라도 당하면 자괴감에 죽어버릴 정도의 인물이었다. 하지만 그에게도 약점이 있음을 리스베트는 알고 있었다.

남자라면 모두 가지고 있는 약점이 그에게도 있었다. 게다가 죄책감으로 괴로워하고 수치심에 빠져 있었으니 이용하기 아주 좋았다. 리스베트는 그를 때려눕힐 작정이었다. 벌을 받아야 마땅했다. 리스베트는 먼저 그의 눈을 살핀 다음 복부를 보았지만 이상적인 타깃은 아니었다. 단단한 근육덩어리여서 빨래판이나 다름없었기 때문이다. 하지만 그렇게 잘 만들어진 복부도 허점을 보이는 법. 참을성 있게 기다린 리스베트는 마침내 결실을 얻었다.

알바르는 테스트 결과에 놀랐는지 크게 숨을 내쉬었고, 그러면서 몸이 약간 긴장을 잃고 느슨해졌다. 리스베트는 그 틈을 놓치지 않고 명치를 가격했다. 강하고 정확하게 두 번. 그리고 복싱 트레이너 오빈세가 알려준 어깨 쪽 급소를 때린 다음 맹렬한 기세로 마지막 일격을 날렸다.

리스베트의 기습이 성공했다는 것은 곧바로 드러났다. 알바르는 어깨가 탈구되고 몸은 반으로 꺾인 채 가만히 서서 비명 한 마디 지르지 못했다. 그저 헐떡거릴 뿐이었다. 이내 두 다리로 서 있는 것도 어려워진 듯했고, 그렇게 일 초 이 초 간신히 버티다 결국 모로 쓰러져 쿵 소리와 함께 콘크리트 바닥에 나뒹굴었다. 리스베트는 한 발짝 앞으로 내딛고서 알바르가 경솔한 짓을 하지 못하도록 조치했다.

"조용히 하고 있어."

그건 불필요한 명령이었다. 알바르는 찍소리도 낼 수 없었다. 숨이 막히는 듯하면서 살을 에는 통증이 어깨를 덮쳤고 시야도 흐릿해졌다.

"그 벨트에 손대지 않고 얌전히 있으면 더이상 때리지 않을 거야." 리스베트가 그의 손에서 검사지를 빼앗아 들며 말했다.

조금 떨어진 곳에서 어떤 소리가 들려왔다. 근처 수감실에서 TV 켜는 소리일까, 아니면 수감동 복도에서 교도관들이 얘기하는 소리일까? 머릿속이 너무 멍해 정확히 판단할 수 없었다. 아무것도 하지 않고 가만히 있을지, 아니면 소리를 질러 도움을 요청할지 알바르는 고민스러웠지만 통증 때문에 생각을 모으기가 쉽지 않았다. 그러다 리스베트의 모습이 안개에 싸인 듯 뿌옇게 보이자 그는 공포와 혼란에 사로잡혔다. 어쩌면 자신이 허리춤의 비상경보 리모컨을, 의도적이라기보다 반사적으로 건드렸는지도 모른다. 하지만 더는 아무런 행동을 취할 수 없었다. 다시 한번 배를 가격당했기 때문이다. 알바르는 태아처럼 몸을 웅크린 채 거칠게 헐떡거렸다.

"자, 봤지?" 리스베트가 낮은 목소리로 말했다. "그건 좋은 생각이 아니야. 난 당신을 다치게 하고 싶진 않다고. 한때는 나름 영웅이었다면서? 엄마의 꼬마 구세주 노릇도 하고 말이야. 당신이 그런 대단한 일들을 했다는 건 나도 들었어. 그런데 지금 여긴 완전히 개판이잖아. 좀전에 또 한번 파리아 카지를 못 본 척했고. 경고하는데, 난 그게 마음에 안 들어."

알바르는 대답할 말이 없었다.

"그 여잔 이미 당할 만큼 당했어. 이젠 멈춰야 한다고."

알바르는 이유도 잘 모르는 채 고개를 끄덕였다.

"좋아. 이렇게 잘 통할 수 있잖아. 신문에서 내 얘기는 읽어봤겠지?"

알바르는 양손을 허리춤에서 최대한 멀리 하려고 애쓰면서 고개를 끄덕였다.

"좋아, 그럼 내가 인정사정없는 사람이란 걸 잘 알겠네. 난 요만큼도 안 봐줘. 하지만 어쩌면 협상을 해볼 수도 있겠어, 당신이랑 나랑."

"뭐?" 알바르가 간신히 쉰 목소리로 내뱉었다.

"이곳 기강을 다시 잡을 수 있게 도와주겠어. 베니토와 그 수하들이 파리아 머리카락 하나 건들지 못하게 해주겠단 말이야. 대신 당신은…… 내게 컴퓨터를 빌려줘."

"절대로 안 돼! 넌……" 알바르는 가쁜 숨을 골랐다. "……날 공격했어. 넌 지금 좆된 거야."

"좆된 건 당신이지." 리스베트가 맞받아쳤다. "여기서 수감자들이 짓밟히고 학대당하는데 당신은 손가락 하나 까딱하지 않잖아. 이게 대체 무슨 웃기는 꼴이야? 당신네들이 자랑스러워하는 이 교도소 시스템 전체가 저 꼬마 무솔리니의 손에 들어가버렸어!"

"하지만……"

"하지만은 없어. 이 상황을 해결하도록 도와줄게. 먼저 인터넷이 연결된 컴퓨터로 날 데려다줘."

"빌어먹을, 정말 방법이 없다고!" 알바르는 단호한 태도를 보이려고 애쓰며 말했다. "복도에는 감시카메라 천지야. 넌 그냥 망한 거라고."

"그래? 좋아, 그럼 우리 둘 다 망한 거네. 난 아무래도 상관없지만." 리스베트가 대꾸하는 말에 알바르는 미카엘 블롬크비스트를 떠올렸다.

리스베트가 수감된 지 얼마 되지도 않았지만 미카엘은 벌써 두세 번이나 면회를 왔다. 알바르는 미카엘 같은 인물이 자신의 구린내 나는 구역에 코를 들이미는 게 무엇보다도 싫었다. 어떻게 해야 할까? 하지만 도무지 제대로 생각할 수가 없었다. 베니토가 이 수감동에서 저지른 광란이 기사화될 가능성이 있을지, 기자가 어떤 증거라도 제시할 수 있을지, 논리적으로 사고하기엔 통증이 너무 심했다. 알바르는 어깨와 배를 어루만지며 자신이 무슨 말을 하는 건지도 깨닫지 못한 채 이렇게 내뱉었다.

"난 아무것도 장담 못해."

"나도 마찬가지야. 자, 일어나!"

"분명히 다른 교도관들과 마주칠 거야."

"그럼 둘이서 함께 풀어야 할 연습문제가 있다고 둘러대. 마침 지능검사도 했으니 잘됐네."

알바르는 다시 몸을 일으켰지만 곧바로 휘청거렸다. 천장에 달린 전구가 머리 위에서 도깨비불처럼 혹은 별똥별처럼 빙빙 돌았다. 속이 메스꺼웠다.

"잠깐, 난……"

그때 리스베트가 그의 몸을 바르게 잡아주고는 흐트러진 머리칼을 매만져주었다. 그러더니 또 한번 그를 때렸다. 알바르는 극도로 겁에 질렸지만 이내 전혀 아프지 않다는 걸 깨달았다. 그녀가 탈구된 어깨를 제자리로 돌려준 덕분에 아팠던 자리가 한결 나아진 것이다.

"그럼 갑시다." 리스베트가 말했다.

알바르는 비상경보 버튼을 눌러 도움을 요청할지, 아니면 곤봉으로 그녀를 치고 최루가스를 분사할지 고심했다. 하지만 아무것도 하지 않았다. 그저 태연하게 리스베트와 함께 복도를 따라 걸은 다음, 카드키와 개인코드를 사용해 보안 철문을 열었다. 아무도 만나지 않기를 간절히 빌었지만 역시나 하리에트와 딱 마주쳤다. 이 동료 교도관은 좀처럼 신뢰할 수 없는 사람이라 그로선 그녀가 어느 편인지, 즉 베니토 편인지 아니면 교도소 편인지 알 수 없었다. 어쩌면 양쪽 다일지도 몰랐다. 상황에 따라 자기에게 유리한 편에 서는 인간이니까.

"안녕." 알바르가 인사했다.

하리에트는 머리를 뒤로 묶었고 입매와 두 눈가는 무뚝뚝했다. 알바르가 그녀를 매력적이라고 생각했던 건 아주 먼 옛날의 일이다.

"어디 가시죠?" 그녀의 물음 앞에서 자신이 상관이라는 사실은 아무런 소용이 없었다. 그녀의 조사관 같은 시선을 감히 마주보지도 못한 채 알바르는 웅얼거렸다.

"그러니까…… 우리는……"

유일하게 머릿속에 떠오른 핑계는 리스베트가 제안한 '연습문제 풀기'였지만 절대 통하지 않을 터였다.

"……수감자 변호인에게 전화를 좀 해야 해서."

알바르는 간신히 말을 이었지만 하리에트는 믿지 않는 기색이었다. 게다가 그의 안색은 창백했고 눈빛도 불안하게 보일 터였다. 지금 알바르가 원하는 건 단 하나, 그대로 쓰러져 도움을 요청하는 것이다. 하지만 그러는 대신 뜻밖의 엄격한 모습으로 이렇게 덧붙였다.

"수감자 변호인이 내일 아침 자카르타행 비행기를 탄다는군."

대체 이 자카르타가 어디서 튀어나온 건지는 몰라도 매우 정확하고 특이한 정보인지라 믿음을 얻기에는 충분했다.

"아, 알겠습니다." 하리에트는 자신의 직위에 좀더 어울리는 어조로 대답하고는 가던 길을 계속 갔다. 그녀가 완전히 사라진 것을 확인한 그들은 다시 알바르의 사무실을 향해 걸었다.

그의 사무실은 신성한 장소였다. 항상 문이 닫혀 있는 그곳엔 어떤 수감자도 들어갈 수 없었고, 전화를 사용한다는 건 꿈도 꿀 수 없는 일이었다. 하지만 지금 그들은 그곳을 향해 가고 있었다. 운이 좋으면, 아니 운이 나쁘면 중앙감시센터의 교도관들이 수감실이 폐쇄된 이 시각에 직원 전용 통로를 걷고 있는 그들을 발견하고는 금방이라도 확인차 내려올 수도 있었다. 그로선 무슨 일이 일어나든 좋을 게 없었다. 무언가 해야 했지만 벨트를 살짝 만지작거릴 뿐 비상경보 버튼을 누르지는 않았다. 이 상황이 너무 창피하면서도 본의 아니게 약간의 호기심마저 일었다. '도대체 이 여자는 무슨 꿍꿍이인 거지?'

알바르는 잠금장치를 풀고 리스베트를 들여보냈다. 갑자기 자신의 사무실이 한심하게 보였다. 딸 빌다의 것보다 훨씬 큰 어머니의 사진들이 게시판에 붙어 있는 광경이 그렇게 애처로울 수 없었다. 특히나 아까 리스베트에게 마마보이 취급을 당한 판이니 말이다. 진즉 이것들을 떼어버렸어야 했는데. 떼어서 치워버리고 이 직장을 떠나 짐승 같은 범죄자들과 엮이지 말았어야 했다. 하지만 그는 이렇게 여기 서 있었다. 리스베트가 어둡고도 단호한 표정으로 지켜보는 가운데 알바르는 문을 닫았다.

"문제가 하나 있어." 리스베트가 말했다.

"뭔데?"

"당신이야."

"그건 또 무슨 말이야?"

"내가 당신을 밖으로 쫓아내면 당신은 경보를 울리겠지. 하지만 여기 있게 하면 내가 하는 일을 볼 텐데 그것도 좋지 않아."

"지금 범법행위라도 하겠다는 소리야?"

"아마도."

알바르는 자신이 또 무언가 실수를 저질렀든지 아니면 그녀가 완전히 미쳐버린 거라고 생각했다. 어쨌든 세번째인지 네번째인지 리스베트에게 다시 한번 명치를 가격당한 그는 숨이 턱 막히는 걸 느끼며, 다시 맞게 될까봐 몸을 떨며 바닥으로 쓰러졌다. 하지만 리스베트는 때리는 대신 허리를 굽혀 번개 같은 동작으로 알바르의 벨트를 풀어 책상 위에 올려놓았다. 고통을 참아가며 다시 몸을 일으킨 그는 죽일 듯이 리스베트를 노려보았다.

둘은 마치 서로에게 달려들어 맞붙기 직전의 야수 같았다. 하지만 리스베트는 게시판으로 눈길을 던진 뒤 이렇게 말하며 다시 한번 그를 무장해제시켰다.

"저 사진, 당신 어머니야? 당신이 구했다는?"

알바르는 대답하지 않았다. 당장 그녀에게 달려들고 싶은 마음을 꾹 참고 있었다.

"당신 어머니야?" 리스베트가 재차 묻자 그는 고개를 끄덕였다.

"돌아가셨어?"

"그래."

"당신에겐 여전히 소중한 모양이지?"

"그래."

"그렇다면 당신은 이해할 수 있을 거야. 몇 가지 정보를 찾아내야 하는데 협조 좀 해줘."

"내가 왜 그래야 하지?"

"이미 너무 멀리 와버렸으니까. 그 대가로 베니토를 박살낼 수 있게 도와주겠어."

"그년은 무자비한 년이야."

"나도 그래."

리스베트는 여기서 점수를 얻었다. 어차피 엎질러진 물이었다. 알바르는 그녀를 여기에 들어오게 했고 심지어 동료 교도관을 속이기까지 했다. 더이상 잃을 것도 없었다. 그는 컴퓨터 비밀번호를 순순히 알려줬다. 그리고 이내 리스베트의 두 손을 홀린 듯이 바라보았다. 키보드 위에서 번개처럼 움직이는 그 손끝을 따라 대학병원 홈페이지와 대학교 홈페이지, 그리고 웁살라와 관련된 웹사이트들이 줄줄이 떠올랐다.

리스베트는 한참 동안 아무런 목적 없이 이것저것 검색하는 것처럼 보였다. 그러다 개설된 지 조금 오래되어 보이는 '유전자 의학 연구소'라는 웹사이트가 나왔을 때에야 겨우 멈췄다. 그러고는 명령어 몇 개를 입력하자 화면이 그대로 꺼져버렸고, 새카매져버린 화면 앞에서 리스베트는 한동안 꼼짝 않고 있었다. 마치 마비된 사람처럼. 그러다 이내 무겁게 숨을 몰아쉬며, 마치 난해한 작품에 덤벼들기 직전의 피아니스트처럼 손가락을 스칠 듯 말 듯 키보드 위에서 가볍게 움직였다.

이윽고 리스베트는 현기증이 날 정도로 빠르게 키보드를 두드리기 시작했다. 흰색 글자들과 숫자들이 검은 화면 위에 줄줄이 이어지더니 잠시 후 컴퓨터가 저 혼자서 뭔가를 써내기 시작했다. 온갖 기호와 무슨 뜻인지 전혀 알 수 없는 암호와 명령어 같은 것들. 알바르는 단어 몇 개 정도만 알아볼 수 있었다. connecting database(데이터베이스 연결), search(검색), query(문의), response(답변) 같은 것들이 눈에 들어왔고, 그의 마음을 불안하게 만드는 Bypassing security(보안 무시)도 보였다. 손가락 끝으로 책상을 조급하게 두드려대며 잠시 대기하던 리스베트가 욕을 내뱉었다. "빌어먹을!" 화면에 떠오른 창 하나 때문이었다. ACCESS DENIED(접속 거부). 몇 차례 더 시도한 끝에 마침내 화면에서 뭔가가 일어났다. 파도 같은 무언가가 소용돌이치더니 어떤 강렬한 색깔이 번쩍 나타났다. 그리고 뒤이어 녹색 글자들이 화면을 환하게 밝혔다. ACCESS

GRANTED(접속 허가). 다음 순간, 눈으로 보고도 믿을 수 없는 일이 벌어졌다. 마치 리스베트가 웜홀을 통해 빨려들어가 다른 시대, 즉 인터넷 시대 훨씬 이전의 어떤 시대에 속한 사이버 세계 안에 있는 것만 같았다.

리스베트는 스캔된 옛 서류들이며 타자기나 볼펜으로 기록된 어떤 명단들을 휙휙 넘겨보았다. 그 하단에 길게 적힌 숫자들과 메모들은 일종의 테스트 결과와 관련된 것인 듯했고, 문서들 중 일부에는 '기밀' 스탬프가 찍혀 있었다. 알바르는 여러 이름 가운데 리스베트의 이름을, 그리고 일련의 보고서들을 보았다. 마치 그녀가 컴퓨터를 변신시킨 것만 같았다. 비밀에 부쳐진 자료들 속으로, 봉인된 지하 묘지의 틈으로 소리 없이 기어들어가는 뱀처럼 말이다. 리스베트의 조사는 몇 시간 동안 계속되었고 도무지 끝날 줄 몰랐다.

알바르는 리스베트가 무슨 일을 하는 건지 전혀 알 수 없었지만 그 몸짓과 투덜거리는 모습으로 보아 목적을 이루지 못했다는 건 느낄 수 있었다. 결국 네 시간 반 만에 그녀는 포기했고, 알바르는 안도의 한숨을 내쉬었다. 그는 화장실에 가고 싶었다. 집으로 돌아가 붙잡혀 있는 숙모를 보내주고, 딸이 잘 자고 있는지 확인한 다음 모든 것을 잊고 싶었다. 하지만 리스베트는 그에게 계속 입 다물고 앉아 있으라고 명령했다. 아직 할일이 하나 남아 있었다. 리스베트가 다시 화면을 어둡게 하고 명령어 몇 개를 입력하는 모습을 지켜보던 알바르는 그녀가 교도소 중앙 서버에 접속하려 한다는 걸 알고 경악했다.

"그만두지 못해?"

"당신, 여기 교도소장 싫어하잖아, 안 그래?"

"그게 무슨 상관이야?"

"나도 싫어해."

말을 마친 리스베트는 행동에 돌입했고, 알바르는 차마 지켜볼 수 없었다.

리스베트가 리카르드의 이메일과 개인 문서를 읽어내려갔지만 알바르는 멍하니 지켜보고만 있었다. 소장을 끔찍이 싫어하기도 했지만 너무 멀리까지 와버리기도 했으니까. 그리고 리스베트가 컴퓨터를 다루는 모습을 보면 그럴 수밖에 없었다. 컴퓨터는 마치 그녀 몸의 연장선 같았고, 그것을 현란하게 다루는 모습에 신뢰가 생겼다. 어쩌면 비이성적일지도 모르지만 달리 어떻게 생각해야 할지 알 수 없었다. 그는 리스베트가 교도소장의 컴퓨터를 계속 공격하도록 놔두었고 그러다 화면이 다시 어두워지더니 한번 더 글자들이 나타났다. ACCESS GRANTED(접속 허가).

'젠장, 이게 뭐야!' 사무실 바로 바깥의 엄중감시구역 복도가 화면에 나타났다. 리스베트는 정적과 어둠에 잠긴 복도를 보며 같은 장면을 몇 번이고 돌려 보았다. 어떤 부분을 확대하거나 복제하고 있는 것처럼 보였다. 알바르는 두 손을 무릎 위에 올리고 눈을 감은 채 이 모든 것이 빨리 끝나기만을 기도하며 한동안 그렇게 앉아 있었다.

그 모든 일이 끝난 건 새벽 1시 52분이었다. 리스베트는 몸을 일으키며 '고마워요'라고 웅얼대듯 말했다. 알바르는 한 마디 질문도 없이 보안 철문을 거쳐 그녀를 수감실까지 데려다준 뒤 잘 자라고 인사했다. 그러고는 집으로 돌아가 거의 뜬눈으로 밤을 새웠다. 동틀 무렵 잠시 선잠이 들었을 때는 꿈속에 베니토와 그녀의 단검들이 나타났다.

4장
6월 17일~18일

금요일은 리스베트의 날이었다.

금요일 오후마다 미카엘 블롬크비스트는 교도소에 있는 그녀를 방문하곤 했다. 특히 분노를 가라앉히고 이 상황을 받아들이고 나서부터는 면회 날이 오기만을 기다렸다. 다만 그렇게 되기까지는 시간이 필요했다.

리스베트가 당한 기소와 판결은 미카엘을 펄펄 뛰게 만들었다. 그는 TV 방송과 신문을 통해 불같은 분노를 쏟아냈다. 하지만 당사자인 리스베트가 이 상황에 크게 마음 쓰지 않는다는 사실을 안 뒤로는 미카엘도 그녀의 시선에서 상황을 바라보게 되었다. 리스베트는 이 사건을 별로 심각하게 받아들이지 않았다. 조용히 양자역학을 공부하고 마음껏 운동할 수만 있게 해준다면, 교도소에 있든 다른 곳에 있든 상관없었다. 어쩌면 철창 안쪽의 삶을 하나의 경험이자 새로운 세계를 배울 기회로 여겼을지 모른다. 리스베트에게는 이처럼 독특한 면이 있었다. 그녀는 자기 삶과 자신이 처한 상황을 있는 그대로 받아들였다. 미카엘이 걱정하면 리스베트는 그저 미소만 지어 보였고, 이는 플로드베리아 교도소로 이감된 후에도 마찬가지였다.

미카엘은 이곳 플로드베리아가 마음에 들지 않았다. 플로드베리아를 좋아하는 사람은 아무도 없었다. 이 나라에서 유일하게 보안등급 1인 여성 교도소에 리스베트가 이감된 건 오직 스웨덴 교정본부의 수장인 잉에마르 에네로트가 현상황에서 이곳이 그녀에게 가장 안전한 곳이라고 단언했기 때문이다. 스웨덴 안보기관 '세포'와 프랑스 첩보기관 DGSE에서 포착한 리스베트를 겨냥한 위협 신호들의 발원지가 그녀의 쌍둥이 여동생 카밀라와 러시아 조직이라는 얘기가 나오는 상황이었다.

이것은 사실일 수도, 헛소리일 수도 있었다. 하지만 리스베트가 거부하지 않아 결국 이감은 이루어졌고, 어쨌든 형기도 거의 마쳐가는 중이었다. 어쩌면 그렇게 끔찍한 일이 아닌지도 모른다. 지난 금요일만 해도 리스베트는 컨디션이 아주 좋아 보였고, 평소에 먹어왔던 형편없는 음식들에 비하면 교도소 음식은 건강식이나 다름없었다.

미카엘은 외레브로행 열차에 앉아 무릎에 노트북을 올려놓고서 다음주 월요일에 인쇄소에 넘길 〈밀레니엄〉 여름호를 훑어보고 있었다. 차창 밖으로는 장대비가 퍼붓고 있다. 올여름엔 오랜만에 기록적인 무더위가 찾아올 거라는 예보가 있었지만, 지금은 무더위가 아니라 대홍수 시즌이라고 할 수 있었다. 연일 계속되는 폭우에 그저 산드함 별장에서 푹 쉬고 싶은 마음뿐이었다. 그동안 미카엘은 눈코 뜰 새 없이 바빴다. 미 국가안보국 NSA의 고위층 인사들이 세계 각지의 산업 기밀을 훔쳐내기 위해 러시아 범죄조직과 결탁한 사실을 폭로한 후 〈밀레니엄〉이 다시 호경기를 맞으면서 전에 누렸던 언론계의 스타 자리를 되찾았기 때문이다. 한편, 성공은 걱정거리도 몰고왔다. 미카엘과 편집진은 〈밀레니엄〉을 디지털 영역으로 확대해가야 한다는 압박감을 느꼈다. 이는 물론 좋은 발전이었고, 새로운 미디어 환경에서 필수불가결한 일이었다. 하지만 시간이 많이 드는 일이기도 했다. 끊임없이 인터넷에 게시물을 업데이트하고 소셜 미디어 전략을 토론해야 하는 상황에서는 집중력을 유지하기가 힘들었다. 취재를 시작한 좋은 기삿거리가 꽤 있었지만 미카엘은 어느 것도 제대로 끝맺지 못하고 있었다. 그리고 그에게 NSA 특종을 넘겨준 사람이 지금 교도소에 수감되어 있다는 사실도 문제였다. 미카엘은 리스베트에게 부채감을 느끼고 있었다.

미카엘은 아무에게도 방해받지 않기를 바라며 창밖을 바라보고 있었지만 물론 이뤄질 수 없는 바람일 뿐이었다. 옆자리에서 쉴새없이 질문을 해대던 노부인이 이제는 어디로 가느냐고 물었고, 미카엘은 그냥 얼버무려 대답했다. 요즘 그를 끊임없이 귀찮게 하는 사람들이 그렇듯 노부인 역시 좋은 의도로 말한 것이었지만, 미카엘은 그녀와 대화를 끊고 외레브로역에서 내렸을 때 안도의 한숨을 내쉬었다. 그리고 갈아탈 버스를 놓치지 않기 위해 빗속으로 걸음을 재촉했다. 교도소는 철로 가까이에 붙어 있었지만 아이러니하게도 그 주변에 역이 없어 그곳까지 가려면 에어컨도 없는 버스에서 사십 분 동안 쭈그리고 있어야 했다. 낯익은 회색 콘크리트 벽이 저멀리 나타난 건 오후 5시 40분이었다.

7미터 높이의 우중충한 벽은 굴곡진 채 살짝 기울어져 있어 마치 해일이 맹렬히 밀려오던 중에 드넓은 평원 한가운데서 거대한 콘크리트 파도로 굳어버린 듯한 형상이었다. 저멀리 지평선 부근에 소나무숲 한 자락이 어렴풋이 보일 뿐 어디에도 인가는 없었고, 교도소 정문과 그 앞 철로 차단기 사이의 거리는 하도 좁아서 차 한 대만 겨우 지나갈 수 있는 정도였다.

버스에서 내려 육중한 철문으로 된 교도소 정문을 통과한 미카엘은 입구의 경비초소로 가 회색 로커에 휴대전화와 열쇠를 집어넣었다. 그런 뒤 보안검사를 통과하는데, 그럴 때마다 종종 미카엘은 이들이 자신을 일부러 엿 먹이려 한다는 기분이 들었다. 머리를 박박 밀고 몸은 문신투성이인 삼십대가 수색을 한답시고 사타구니까지 더듬기 때문이었다. 그러고 나면 어디선가 시커먼 래브라도 한 마리가 튀어나왔다. 물론 마약탐지견이라는 건 미카엘도 안다. '아니, 내가 교도소에 마약이나 밀반입할 인간으로 보이나?'

미카엘은 이런 것들을 무시해버리기로 하고, 좀더 괜찮아 보이는 키 큰 남자를 옆에 달고서 끝없이 이어지는 복도들을 따라 걸었다. 그가 지나갈 때마다 중앙감시센터의 교도관들이 천장에 붙은 감시 카메라에서 전송된 화면을 주시하며 작동시키는 육중한 보안 철문들이 열리고 닫히기를 반복했다. 오랜 시간이 걸려 면회실 앞에 이른 미카엘은 거기서도 한참을 기다려야 했다.

뭔가 이상하다고 느낀 시점은, 정확하지는 않지만 아마도 교도관 알바르가 도착했을 때부터일 것이다. 이마는 땀으로 번들거리고 어딘가 불안해 보이는 알바르는 형식적인 인사말을 몇 마디 건네고는 미카엘을 복도 끝 면회실로 들여보냈다. 그 모습을 본 미카엘은 확신했다. 지금 이곳에서는 무언가가 삐걱대고 있었다.

리스베트가 입은 수감복은 세탁을 너무 많이 해 낡고 바랬으며, 그녀에겐 너무나도 커서 우스꽝스럽게 보일 정도였다. 한편, 보통 미카엘이 도착하면 의자에서 일어나던 그녀가 이번엔 경직되고 긴장한 모습으로 계속 앉아 있었다. 마치 미카엘의 뒤쪽을 살피는 것처럼 왼쪽으로 머리를 살짝 기울인 채, 움직임도 거의 없이 그의 질문에 단답형으로만 대답하며 시선을 피했다. 결국 미카엘은 리스베트에게 무슨 일이라도 있느냐고 묻지 않을 수 없었다.

"그건 어떻게 보느냐에 달렸겠죠." 리스베트의 대답에 미카엘은 살짝 미소를 지어 보였다. 적어도 스타트는 끊은 것이다.

"좀더 자세히 얘기해줄 수 있어?"

"지금 여기서는 못해요."

침묵이 이어졌다. 창살로 막힌 창문 너머에서 빗줄기가 운동장과 담벼락을 때려댔다. 미카엘은 벽에 기대놓은 낡은 매트리스 하나를 막연히 쳐다보았다.

"내가 걱정해야 할 일이야?"

"네, 그럴 거예요." 리스베트가 씩 웃으며 대답했다.

미카엘이 바라던 농담은 아니었지만 어쨌든 분위기를 풀어주는 효과는 있었다. 이번엔 미카엘이 웃음을 지으며 뭔가 도울 일이 있느냐고 물었다. 다시 입을 다물었던 리스베트가 이내 '어쩌면'이라고 대답하자 미카엘은 놀라지 않을 수 없었다. 리스베트는 정말로 필요한 경우가 아니면 도움을 원하는 사람이 아니었으니까.

"좋아. 다 해줄게. 아니, 거의 다."

"거의 다?"

리스베트가 다시 웃었다.

"법을 어기는 일은 하고 싶지 않거든. 우리 둘 다 여기 있게 되면 좀 그렇잖아?"

"남성 교도소에 가는 걸로 만족해야 할걸요, 미카엘."

"또 모르지. 내 매력 덕에 예외 규정이 생겨 이곳에 오게 될지. 그래, 무슨 일이야?"

"어떤 오래된 명단들을 봤는데 석연찮은 구석이 있어요. 예를 들어 레오 만헤이메르라는 사람."

"레오 만헤이메르……" 미카엘이 되풀이했다.

"네, 나이는 서른여섯. 인터넷에서 쉽게 찾을 수 있을 거예요."

"오케이. 그럼 시작은 됐고. 내가 뭘 찾아야지?"

리스베트는 면회실 안을 둘러보았다. 마치 미카엘이 찾아야 할 것이 그 안에 있는 것처럼. 그러고는 다시 고개를 돌려 흐릿한 눈으로 그를 쳐다보았다.

"솔직히 나도 몰라요."

"지금 네 말을 믿어야 하는 거야?"

"글쎄요, 어느 정도는."

"어느 정도는?"

이런 식의 대화에 미카엘은 짜증이 일기 시작했다.

"그래, 넌 모르겠단 말이지. 하지만 내가 그 사람에 대해 조사해줬으면 좋겠고. 뭔가 특별한 점이라도 있어? 아니면 그저 막연하게 수상쩍어 보이는 거야?"

"그 사람이 일하는 증권회사에 대해선 아마 알 텐데, 당신이 아무런 선입견 없이 조사해줬으면 좋겠어요."

"잠깐만, 그 사람에 대해 좀더 얘기해줘. 지금 네가 말하는 그 명단들이란 게 대체 뭐야?"

"이름들이 적힌 리스트죠."

그 설명이 너무도 아리송하고 애매해서 미카엘은 잠시 리스베트가 자기를 놀리는 거라고, 이내 지난주 금요일처럼 다시 가벼운 잡담이나 나눌 거라고 생각했다. 하지만 그러는 대신 리스베트는 벌떡 일어나 교도관을 부르더니 당장 수감동으로 돌아가고 싶다고 말했다.

"지금 장난하는 거야?"

"장난하는 거 아녜요." 리스베트의 말에 미카엘은 욕을 퍼붓고 싶은 심정이었다. 이 교도소를 오고가는 데 몇 시간이 걸리는지 아느냐고, 솔직히 금요일 저녁엔 이것 말고 다른 좋은 일들도 많다고 소리치고 싶었다.

하지만 그래봤자 아무 소용 없다는 걸 잘 알았기에 미카엘도 의자에서 일어나 그녀를 가볍게 안아주며 약간은 아버지처럼 엄한 어조로 부디 몸을 잘 보살피라고 당부했다. "네, 아마도요." 미카엘은 그녀가 비꼬는 뜻으로 그렇게 말했기를 바랐지만 이미 그녀의 정신은 딴데 가 있는 듯했다.

리스베트가 교도관과 함께 떠나는 모습을 멀거니 바라보던 미카엘은 그녀의 걸음걸이에서 느껴지는 그 묵묵한 결의가 마음에 들지 않았다. 그는 내키지 않았지만 반대 방향에 있는 경비초소까지 인도된 후 로커 속에 두었던 휴대전화와 열쇠를 챙겼다. 그리고 이런 기분에 사치라도 부려보자는 마음으로 외레브로역까지 택시를 타고 갔다. 열차 안에선 피터 메이의 추리소설에 열중할 뿐이었다. 미카엘은 시위라도 하듯 레오 만헤이메르에 대한 조사에 곧바로 착수하지 않았다.

알바르는 미카엘이 면회를 짧게 마치고 간 일에 안도했다. 리스베트가 그 기자에게 베니토와 엄중감시구역에 관한 기삿거리를 제공한 것은 아닐까 겁이 났지만, 면회가 짧게 끝난 것을 보니 다행히 그럴 시간은 없었을 듯했다. 하지만 알바르에게 그것 말고 즐거운 일은 많지 않았다. 그는 베니토를 다른 곳으로 이감시키려고 안간힘을 썼지만 허사였다. 동료 교도관 상당수가 베니토 편을 들어 교도관리국에 아무런 조치도 필요하지 않다고 보고하는 바람에 이 말도 안 되는 상황이 계속되고 있었다.

현재로선 리스베트가 잠자코 상황을 지켜보고 있지만 알바르는 이미 카운트다운이 시작되었음을 알았다. 그녀는 알바르에게 닷새의 유예기간을 주면서 그사이에 문제를 해결하고 파리아를 보호하라고 했다. 이 유예기간이 지나면 자기가 직접 개입할 거라는 위협과 함께. 닷새가 거의 지나가고 있었지만 알바르는 아무것도 처리하지 못했다. 오히려 수감동의 분위기는 갈수록 팽팽해지고 험악해져갔다. 뭔가 끔찍한 일이 터질 것처럼.

베니토는 결전을 준비하고 있는 듯했다. 동맹관계를 확장해나갔고 평소보다 찾아오는 면회자들도 많았는데, 이는 그녀가 보통 때보다 훨씬 많은 정보를 수집하고 있다는 뜻이었다. 그리고 무엇보다 파리아에 대한 괴롭힘과 폭행이 갈수록 심해지는 듯했다. 리스베트가

늘 가까운 곳에 있으면서 파리아를 어느 정도 보호해주었지만 거기에 짜증을 느낀 베니토는 리스베트에게 휘파람을 불어대고 위협하는 말을 던졌다. 알바르는 체육관에서 베니토가 이렇게 말하는 것을 들은 적도 있었다.

"파리아는 내 여자야. 나 말고는 아무도 저년하고 재미 볼 수 없다고!"

그때 리스베트는 입을 꽉 다문 채 바닥만 쳐다보고 있었다. '리스베트는 자신이 정한 데드라인까지 참는 걸까, 아니면 무력감을 느끼는 걸까?' 알바르는 이렇게 자문했고 후자 쪽으로 생각이 기울었다. 아무리 배짱 좋고 강한 여자라 하더라도 지금 이 베니토를 당해낼 수 없을 터였다. 베니토는 피도 눈물도 없는 성격에 종신형까지 선고받아 잃을 것 하나 없는데다, 언제나 보디가드인 티네, 그레타, 요세핀이 붙어다녔다. 요즘 들어 알바르는 베니토의 손에서 번득이는 칼날을 보게 되리라는 생각으로 온몸을 부르르 떨곤 했다.

알바르는 금속 탐지를 담당하는 교도관들을 계속 닦달해 베니토의 수감실을 수없이 검사했지만 그걸로는 충분치 않은 것 같았다. 베니토와 그 수하들이 마약이나 예리한 물건들을 거래하는 광경이 늘 눈앞에 어른거려 언제나 바늘방석에 앉은 기분이었다. 게다가 이감되어 오자마자 위협의 대상이 된 리스베트 덕분에 알바르는 비상벨이 울리거나 무전이 올 때마다 '드디어 뭔가 터졌구나' 하는 생각에 소스라쳤다. 분리 감호를 받게 하려고 설득해보기도 했지만 거절당했고, 리스베트의 의사와 상관없이 밀어붙일 만큼 강하지도 못했다. 그는 어떤 일에서도 강하지 못했다.

알바르는 죄책감과 불안감에 시달리며 끊임없이 어깨 너머로 주위를 힐끗거렸다. 게다가 병적으로 일을 많이 해 빌다를 서운하게 하고 숙모와 이웃들과도 사이가 나빠졌다. 지금 수감동의 열기와 무거운 공기는 견딜 수 없을 정도였고 환기 시스템은 형편없었다. 알바르

는 땀이 비오듯 했으며 정신적으로도 탈진해 있었다. 교도소장 리카
르드가 전화해 베니토가 다른 교도소로 이감될 거라는 소식을 전해
주기만을 바라며 줄곧 손목시계만 들여다보았지만 그런 전화는 걸
려오지 않았다. 처음으로 알바르가 현재 교도소의 상황을 있는 그대
로 보고했음에도 불구하고. 이 교도소장은 생각보다 훨씬 멍청한 인
간이거나, 아니면 역시나 부패한 인간일 터였다. 어느 쪽인지는 알
수 없다. 여전히 전화기는 잠잠했다.

금요일 저녁, 수감실 폐쇄 후 알바르는 사무실에서 생각을 정리해
보려 했지만 평화로운 시간은 짧게 끝났다. 리스베트가 인터폰으로
그를 호출해 또 컴퓨터를 쓰고 싶다고 한 것이다. 리스베트를 데려온
알바르는 다시금 그녀가 하는 일을 이해해보려고 애썼지만 아무런
말도 나눌 수 없었다. 그녀의 눈빛이 어두웠다. 이번에도 그는 밤늦
게 귀가했고, 파국을 향한 카운트다운이 시작되었음을 그 어느 때보
다 몸서리치게 느꼈다.

토요일 아침, 미카엘은 벨만스가탄에 있는 자신의 집에서 평소처
럼 〈다겐스 뉘헤테르〉 인쇄판을 읽은 다음, 아이패드로 〈가디언〉 〈뉴
욕 타임스〉 〈워싱턴 포스트〉 그리고 〈뉴요커〉를 훑어보았다. 에리카
와 〈밀레니엄〉 최신호 데이터를 인쇄소에 넘기고 나면 늘 그랬던 것
처럼 미카엘은 카푸치노와 에스프레소, 뮤즐리를 섞은 요거트, 간 페
이스트를 바르고 치즈를 얹은 샌드위치를 시간에 구애받지 않고 느
긋하게 먹었다.

미카엘은 그렇게 한두 시간쯤 보낸 뒤에야 컴퓨터 앞에 자리를 잡
고 레오 만헤이메르에 대해 찾아보기 시작했다. 레오는 비즈니스 관
련 웹사이트들에서 간혹 보이기는 하지만 자주 등장하는 이름은 아
니었다. 그는 스톡홀름 경제대학교에서 학위를 취득한 경제학 박사
이자 현재는 리스베트가 짐작했듯 미카엘이 아주 잘 알고 있는 증권

회사 알프레드 외그렌의 공동 소유주 겸 수석 분석가였다.

CEO 이바르 외그렌의 요란하고 자유분방한 스타일이 회사가 표방하는 절제 및 신중의 이미지와는 어울리지 않았지만, 알프레드 외그렌은 부유층의 자산을 잘 관리해주기로 유명한 증권회사였다. 사진으로 본 레오는 날씬하고 기민해 보이는 몸매에 크고 또렷한 푸른 눈, 곱슬거리는 머리칼, 약간 여자처럼 보이는 도톰한 입술의 소유자였다. 그는 부유했지만 막대한 재산가는 아니었다. 최근 신고된 그의 재산은 8300만 크로나 정도인데, 물론 대단한 액수이지만 진짜 재산가들에 비하면 보잘것없는 수준이었다. 적어도 현재까지 가장 눈길을 끄는 건 4년 전 〈다겐스 뉘헤테르〉에 실린 그의 높은 아이큐에 관한 기사였다. 어렸을 때 받은 지능검사 결과에 세상이 떠들썩했다고 하는데, 레오 자신은 이런 수치는 별 의미가 없다는 식으로 말해 호감을 샀다.

"사실 아이큐는 아무 의미도 없어요. 나치 돌격대장 헤르만 괴링도 아이큐가 매우 높았지만 멍청한 자가 아니었던가요?" 뒤이어 그는 공감능력과 통찰력처럼 검사로 측정할 수 없는 능력들의 중요성을 이야기하며, 한 사람의 능력을 수치로 환산하는 건 올바르지 못한, 아니 정직하지 못한 일이라고 지적했다.

여느 사기꾼 같은 소리는 아니었지만 원래 사기꾼이란 게 성인 행세를 하는 데 도가 튼 자들이기도 했다. 그래서 레오가 자선단체에 거액을 기부하고, 겸손하고도 현명한 인물로 보인다는 사실에 미카엘은 큰 의미를 두지 않았다.

물론 인류에 귀감이 될 인물을 보라고 리스베트가 그를 언급한 건 아닐 터였다. 하지만 이번에도 미카엘은 아무것도 모르는 상태로 아무런 선입견 없이 조사해나가야 했다. '왜 리스베트는 이렇게 막무가내일까?' 미카엘은 리다르피에르덴만 쪽을 무심히 내다보며 생각에 잠겼다. 모처럼 비가 그쳐 하늘이 개면서 화창한 아침이 밝아오고 있었다. 생각 같아선 그대로 밖으로 나가 '카페바'에 가서 카푸치노를 한 잔 더 마시며 추리소설을 마저 다 읽고 싶었다. 적어도 주말만큼은 레오 만헤이메르 따위 잊으면 좋으련만. 게다가 잡지를 마감한 후 맞이하는 토요일은 한 달 중 가장 좋은 날, 즉 자신에게 진정한 휴식을 허용하는 유일한 날이었다. 하지만…… 리스베트와 약속을 해버렸으니 게으름의 유혹에 넘어갈 수는 없는 노릇이었다.

리스베트는 그에게 십 년에 한 번 나올 법한 엄청난 특종거리를 넘겨줬고, 〈밀레니엄〉이 예전처럼 세간의 권위를 되찾을 수 있게 해주었다. 그뿐만 아니라 한 아이의 생명을 구했고, 국제 범죄조직도 무너뜨렸다. 하지만 리샤르드 엑스트룀 검사와 지방법원은 세상에 둘도 없는 얼간이들이었고, 그 덕분에 지금 미카엘은 영광과 명성을 누리고 있는 반면 이 이야기의 진정한 주인공은 철창 속에 있다. 미카엘은 리스베트가 요청한 대로 레오 만헤이메르에 대한 조사를 이어나갈 수밖에 없었다.

미카엘은 흥미로운 내용을 전혀 찾아내지 못했지만 이내 레오와 자신 사이에 한 가지 공통점이 있다는 사실을 발견했다. 두 사람 모두 벨기에 기업 파이낸스 시큐리티가 당한 해킹 공격의 진상을 알아보려 한 적이 있었던 것이다. 물론 당시 스웨덴 기자의 절반과 금융 시장 전체가 이 사건에 관심을 가졌기 때문에 대단한 연결점이라고는 할 수 없었다. 그렇지만…… 어쩌면 거기에 무언가 있을지도 모른다. 누가 알겠는가? 레오가 그 해킹 공격에 대한 정보를, 어떤 통찰력을 가지고 있을지.

이 사건에 대해서는 이미 리스베트와 대화를 나눈 적이 있었다. 당시는 그녀가 자산관리 때문에 지브롤터에 가 있던 때로, 교도소에 수감되기 직전인 4월 9일의 일이었다. 이상하게도 그 사건에 무관심해 보여서, 미카엘은 리스베트가 해킹 관련 문제조차 신경쓰지 않고 마지막 자유의 시간을 만끽하고 싶어하는 거라고 생각했다. 하지만 그녀는 당연하게도 그 사건에 흥미가 있었고, 심지어 무언가 알고 있을 가능성도 배제할 수 없었다.

〈밀레니엄〉소속 기자 소피 멜케르가 은행들 웹사이트에 문제가 있다고 보고한 날, 미카엘은 예트가탄의 편집부 사무실에 있었다. 그때는 이 소식에 크게 신경쓰지 않았고 증시에도 별다른 영향이 없는 것 같았다. 그런데 어느새 국내 거래량이 줄기 시작해 곧이어 거래가 완전히 중단되더니 고객 수천 명의 계좌가 웹상에 나타나지 않는다는 사실을 발견했다. 간단히 말해 그들 계좌의 자산이 연기처럼 사라져버린 것이다. 뒤이어 공식 성명이 발표되었다.

이는 기술적인 문제일 뿐입니다. 곧 모든 게 해결될 것입니다. 우리는 상황을 통제하고 있습니다.

그럼에도 불구하고 불안감이 고조되었다. 크로나화 환율이 급락하더니 해일처럼 갑작스럽게 밀려든 갖가지 소문들이 시장에 범람했다. 시스템 손상이 심각해 계좌들을 완전히 복구할 수 없을 거라는 말이 떠돌았고, 상당한 액수의 자산이 연기처럼 증발해버렸을 수도 있다고 했다. 이를 부인하는 공식 발표가 줄줄이 이어졌음에도 금융 시장은 그대로 붕괴했다. 거래는 중단되었고, 사람들은 수화기에 대고 악을 써댔으며, 이메일 서버들에는 과부하가 걸렸다. 심지어 스웨덴 중앙은행은 폭탄 테러 협박을 받았고 건물 유리창들이 박살났다. 투자가 칼 아프 트롤레는 어느 청동 조각상에 거칠게 발길질을 하다가 오른쪽 다리가 부러졌다.

일련의 사건들 속에서 사람들은 이 상황이 완전한 통제 불능으로 치닫는 전조가 아닐까 우려했다. 그런데 사건이 갑작스레 시작되었던 것만큼이나 순식간에 모든 것이 정상으로 돌아왔다. 모든 계좌의 자산이 다시 나타났고, 심지어 스웨덴 중앙은행장 레나 둥케르는 실제적인 위험은 존재한 적도 없었다고 단언하기까지 했다. 객관적으로 보자면 맞는 말일 수도 있었다. 하지만 중요한 것은 이 사태의 객관적인 양상, 즉 IT 보안 문제가 아니라 사람들을 사로잡은 환상과 공황감이었다. 대체 누가 이런 상황을 촉발한 것일까?

벨기에 기업 파이낸스 시큐리티에 매각—이 시대의 특징적 현상 중 하나—되기 전 '중앙 투자증권'으로 불렸던 '스웨덴 투자증권 중앙등기소'가 DoS 공격*을 받았다는 건 명백한 사실이었고, 그 사건을 통해 오늘날의 금융 시스템이 얼마나 취약한지 알 수 있었다. 하지만 그게 전부가 아니었다. 이내 SNS에서는 주장과 경고와 거짓말, 즉 온갖 루머가 난무했고, 결국 그날 미카엘은 이렇게 외칠 수밖에 없었다.

"아니, 지금 어떤 개자식이 증권시장을 모조리 붕괴시키려고 수작 부리는 거 아냐?"

이후 몇 주 동안 미카엘은 이런 가설을 뒷받침할 증거들을 모았지만 아무것도 증명할 수가 없었고, 용의자는 한 명도 찾아내지 못했다. 결국 그 사건을 손에서 놓아버렸고 이내 나라 전체가 놓아버렸다. 증시는 회복되었고 경기도 좋아졌으며 다시 불 마켓**이 시작되었다. 미카엘에게도 보다 시급하게 다뤄야 할 사안들이 있었다. 유럽의 난민 위기, 테러리즘, 유럽과 미국에서 대두하는 우파 포퓰리즘과 파시즘 같은. 하지만 지금은……

미카엘은 면회실에서 본 리스베트의 어두운 얼굴을 떠올리며 그 위에 드리워진 위협에 대해, 그리고 쌍둥이 여동생 카밀라와 그 수하인 해커와 범죄자 무리에 대해 생각해보았다. 조사를 이어갈 수밖에 없게 된 미카엘은 레오가 〈포쿠스〉라는 잡지에 게재한 연구논문을 발견했다. 새로운 정보가 담긴 글은 아니어서 특별한 인상을 받지 않았지만, 그 사건을 심리학적 관점에서 제대로 묘사한 부분들이 눈에

---

* Denial of Service attack(서비스 거부 공격). 웹사이트 등을 정상적으로 사용하지 못하게 방해하는 행위로, 주로 시스템에 과부하를 일으키는 공격방식.
** bull market. 증권시장의 상승세.

띄었다. 이내 미카엘은 이 주제와 관련해 '시장의 은밀한 불안감'이라는 레오의 연속 강연회가 열린다는 사실을 알았다. 바로 다음날인 일요일에 레오가 스웨덴 주주협회 행사의 일환인 스타스고르스카엔 세미나에 참석할 예정이라는 것도.

몇 분간 미카엘은 인터넷상의 사진들을 들여다보며 자신이 레오에게 느꼈던 첫인상 그 너머를 보려고 시도했다. 그러자 단정한 미남의 얼굴 외에 그의 눈빛에서 어떤 우수가, 회사 홈페이지에 등록된 그 양식화된 사진마저 제대로 감추지 못한 어떤 우울한 기운이 느껴졌다. 거기에는 '사시오, 파시오, 지금 당장 움직이시오!'가 없었고, 늘상 어떤 회의감이, 어떤 질문이 묻어 있는 듯했다. 사람들에 의하면 그는 분석적이면서도 음악에 관심이 많은 인물이며, 특히 '핫 재즈'라 불리는 옛날 재즈를 좋아한다고 했다.

올해 서른여섯 살인 레오는 스톡홀름 서쪽 노케뷔의 어느 부유한 집안 외아들이다. 그가 태어났을 때 쉰네 살이었던 아버지 헤르만은 로스비크 그룹의 CEO를 맡았다가 지금은 다수의 기업을 이끌고 있으며, 증권회사 알프레드 외그렌의 지분 40퍼센트를 보유한 최대 주주이기도 했다.

하밀톤 가문 출신인 어머니 비베카는 가정주부이자 열성적인 적십자 회원이었고, 인생 대부분을 자신의 아들과 그의 재능들을 키우는 데 바쳐온 듯했다. 그녀의 몇몇 인터뷰에서는 엘리트주의 냄새가 조금 풍겼는데, 레오의 높은 아이큐에 대한 〈다겐스 뉘헤테르〉 기사에서 본 바에 의하면 지능검사를 받기 전 어머니가 비밀리에 연습까지 시켰다고 했다.

"저는 이런 종류의 테스트에 지나칠 정도로 잘 준비된 아이였던 것 같아요." 레오는 이렇게 말하면서 학교에 들어간 후 몇 해 동안은 못말리는 문제아였다고 자신을 묘사했는데, 이는 뛰어난 재능을 지녔지만 과소평가된 아동들이 보이는 특징적 성향이라고 기자는 주장했다.

전반적으로 볼 때 레오는 자신에게 쏟아지는 칭찬과 찬사를 깎아내리는 경향이 있었다. 내숭이나 거짓 겸양으로 볼 수도 있겠지만, 미카엘은 레오가 모종의 죄책감이나 고뇌에 짓눌려 있다는 인상을 받았다. 어린 자신을 향한 남들의 기대에 부응하지 못했다고 느껴온 사람처럼. 하지만 부끄러워해야 할 이유는 전혀 없었다. 그는 1999년의 IT 버블을 주제로 박사논문을 썼으며, 아버지처럼 알프레드 외그렌의 대주주였으니 말이다. 하지만 미카엘이 판단하기에 그는 좋은 쪽으로든 나쁜 쪽으로든 한 번도 두각을 나타낸 적이 없었고, 재산은 대부분 물려받은 듯했다.

기어코 미스터리한 부분을 찾아내야 한다면 가장 흥미로운 점은 레오가 지난 1월에 '여행'을 위해 6개월간 휴가를 냈다는 사실이었다. 그후 업무에 복귀한 그는 강연자로 나섰으며 TV에도 출연했는데, 금융 분석가라기보다는 미래처럼 불확실한 것에 대해선 언급을 꺼리는 철학자, 혹은 구식 회의론자 같은 모습을 보였다. 5월의 증시 상승을 다룬 〈다겐스 인두스트리〉 온라인판의 최근 특집기사에서 그는 이렇게 말했다.

"증시란 우울증에서 갓 빠져나온 사람과도 같습니다. 조금 전 그 사람을 절망케 했던 모든 것들이 갑자기 아주 멀어진 것처럼 보이죠. 시장에 행운이 깃들기를 바랄 뿐입니다."

그는 현재 시장에 행운이 필요하다는 식으로 말했지만 물론 약간은 빈정거리는 투였다. 뭔가 흥미로운 게 있지 않을까 하는 영문 모를 생각에 미카엘은 다시 한번 영상을 보았다. 단지 레오의 시적인 표현이나 의인법적 은유들 때문만은 아니었다. 바로 그의 눈. 슬프면서도 뭔가를 비웃는 듯한 그 눈빛은 그가 다른 무언가를 생각하고 있다는 느낌을 주었다. 이는 그가 여러 생각을 동시에 할 수 있는 능력, 즉 뛰어난 지능의 소유자이기 때문일 수도 있지만, 한편으론 자신이 연기하는 배역을 부수고 나오고 싶어하는 배우처럼 보이기도 했다.

그렇다고 해서 레오가 반드시 좋은 기삿감이 되리란 법은 없었다. 그는 그저 평범한 사람일 수 있었다. 하지만 미카엘은 자신이 그렇게 쉽게 포기하는 인간이 아님을 리스베트에게 보여주기 위해서라도 휴가를 내 여름을 즐기려던 계획을 모두 던져버리기로 했다. 그러고 는 자리에서 일어났다가 다시 안절부절못하는 사람처럼 곧바로 앉았고, 그렇게 인터넷 서핑을 하다가 책꽂이 정리를 하다가 주방에서 부산을 떨기도 했다. 하지만 레오에 대한 생각은 결코 떠나지 않았다. 그러다 오후 1시경, 욕실에서 면도를 하고 약간 꺼림칙한 기분으로 체중계에 올라서던―새로운 습관 중 하나였다―미카엘은 이렇게 외쳤다.

"이런 젠장! 맞아, 말린!"

어떻게 그 생각을 못했을까? 미카엘은 증권회사 알프레드 외그렌이 왜 그토록 친숙하게 느껴졌는지 불현듯 깨달았다. 그 회사는 전에 말린이 일하던 곳이었다. 과거 미카엘과 사귀었던 말린 프로데는 현재 스웨덴 외무부의 홍보실장이었고, 열렬한 페미니스트이자 모든 면에서 열정적인 여자였다. 그들은 사랑하는 사이였지만 그녀가 알프레드 외그렌의 홍보팀장 자리를 박차고 나온 뒤로 격렬하게 싸우고 헤어졌다.

말린은 긴 다리와 아름다운 짙은색 눈, 그리고 사람의 마음을 사로잡는 묘한 능력의 소유자였다. 미카엘은 그녀의 전화번호를 누르며 그동안 인정하고 싶지 않았지만 자신이 말린을 몹시 그리워했음을 깨달았다. 이런 감정이 든 데는 바깥에서 유혹하는 여름햇살도 한몫했을 것이다.

말린 프로데는 토요일에 누가 휴대전화로 연락해오는 걸 좋아하지 않았다. 적어도 주말에는 휴대전화가 입을 꾹 다물어 숨 좀 쉴 수 있게 해주기를 바랐다. 하지만 언제든 통화 가능한 상태를 유지하는 것이 업무의 일부분이었으므로, 그녀는 늘 정중하고도 프로답게 응대하려고 애썼다. 언젠가는 폭발할 날이 오겠지만.

현재 그녀는 사실상 싱글맘이었다. 이따금 주말에 한 번씩 들러 아들을 맡아줄 때면 영웅 행세를 하려 드는 전남편 니클라스는 지금도 아이를 데려가며 이런 말을 해댄다.

"뭐, 내가 얘기 안 해도 잘하겠지만, 실컷 즐기라고!"

아마 결혼생활이 끝나갈 무렵 그녀가 외도했던 일을 암시하는 말일 것이다. 말린은 경직된 미소로 대답하며 여섯 살배기 아들 로베를 잠시 안고 작별인사를 했다. 울화통이 터진 건 그다음이었다. 나지막이 욕을 내뱉으며 길가에 굴러다니는 깡통 하나를 세차게 걷어차는 그때 휴대전화가 울리기 시작했다. '또 세계 어딘가에서 위기가 발생했나? 요즘은 항상 세계 어딘가에서 위기가 발생하니까.' 하지만 아니었다…… 그보다 훨씬 나은 일이었다.

미카엘 블롬크비스트였다. 커다란 안도의 한숨과 함께 욕망의 물결이 그녀의 온몸을 휘감았다. 막 스트란드베겐에 도착한 말린은 유르고르덴섬과 홀로 물 위를 떠가는 돛단배 쪽으로 시선을 던졌다.

"영광이네, 전화를 다 주시고."

"이런, 별말씀을."

"아니, 정말로 영광이야. 어떻게 지내?"

"일하지."

"그래, 당신이 늘 그렇지 뭐. 항상 노예처럼 일만 하고?"

"응, 불행히도."

"난 당신이 침대에 있을 때가 더 좋아."

"흠, 나도 그런 것 같아."

"그렇다면 좀 눕지 그래?"

"오케이."

말린은 일이 초 정도 기다렸다.

"자, 누웠어?"

"물론 누웠지."

"거의 알몸으로?"

"거의 알몸으로."

"거짓말도. 자, 나한테 이런 영광을 베푸신 이유는?"

"우선은 사업상 용건이야."

"아, 지겨워!"

"그래, 나도 알아." 미카엘이 다독거렸다. "하지만 파이낸스 시큐리티 해킹 사건을 좀처럼 내려놓을 수가 없어."

"놀랄 일도 아니네. 뭐든 한 번 물면 놓지 못하는 사람이니. 어쩌다 길에서 마주친 여자들만 빼고."

"난 여자들도 쉽게 못 놔."

"아, 그런 것 같긴 해. 여자들한테 정보를 캐낼 필요가 있을 때는 말이야. 자, 내가 뭘 해줬으면 하는 거야?"

"당신 옛 동료 중 하나도 그 해킹 사건을 분석했던 것 같아."

"그게 누군데?"

"레오 만헤이메르."

"레오……"

"어떤 사람이야?"

"아주 멋진 사람이지. 이것 말고도 당신과 다른 점이 많고."

"흠, 행운아네."

"아주 행운아지."

"또 어떤 점이 다른데?"

"그 사람은……"

말린은 생각에 잠겼다.

"어떤데?"

"우선 당신 같은 거머리는 아냐. 늘상 진실과 나쁜 놈들을 추적하는 거머리가 아니란 말이야. 일종의 사상가나 철학자라고 할 수 있지."

"원래 우리 거머리들은 약간 단순한 종자들이야."

"미카엘, 당신도 괜찮은 사람이야. 잘 알잖아. 다만 카우보이 스타일이지. 햄릿처럼 우물쭈물하고 있을 시간이 없는."

"그러니까 레오는 햄릿이라는 거군."

"이것만은 확실해. 금융계와는 전혀 어울리지 않는 사람이라는 것."

"그럼 어디에 있어야 하는데?"

"음악 쪽이지. 신이 내린 피아니스트야. 절대음감의 소유자에, 재능도 굉장하고. 반면 돈에는 그렇게 흥미가 없어."

"금융계 친구치고는 그렇게 좋은 자질이 아니네."

"그렇지. 어렸을 때 너무 유복하게 자라서 그런가? 도무지 야심이라곤 없어. 그런데 왜 그렇게 레오에게 관심이 많아?"

"그가 그 해킹 사건에 대해 흥미로운 생각을 하고 있더라고."

"그럴 수 있겠지. 하지만 그에게서 뭔가 지저분한 얘기들을 찾아내보려던 거라면 포기해."

"왜 그렇게 말하지?"

"그 사람들의 모든 걸 파악하는 게 내 업무였으니까. 그리고 솔직히 말해서……"

"말해서?"

"……난 레오가 부정한 일을 저지를 수 있다고 생각하지 않아. 부정하게 자산을 불리거나 다른 못된 짓거리를 하는 대신 집에 처박혀 피아노를 치거나 우울한 생각을 곱씹으며 시간을 보내는 사람이라고."

"그럼 대체 왜 이 바닥에 있는 거야?"

"아버지 때문이지."

"아, 그 엄청난 거물."

"맞아. 알프레드 외그렌 영감하고 절친한 사이지. 못말리게 자기중심적인 인간이기도 하고. 아주 레오를 쥐어잡았어. 그를 금융계 천재로 만들어 자기가 소유한 알프레드 외그렌 주식을 넘겨주려고 말이야. 아들도 자신처럼 스웨덴 경제계의 파워맨이 되길 원했던 거지. 그런데 레오는…… 글쎄 어떻게 말해야 할까……"

"말해봐."

"심지가 좀 약한 사람이야. 아버지가 시키는 대로 했고 물론 일을 못하지 않았지. 결코 실패하는 법은 없었지만 기대만큼 뛰어나진 않았어. 동기라든가 악착스럽게 성공하려는 마음 같은 게 없었어. 한번은 나한테 이렇게 말하더군. 자기 안의 중요한 무언가가 뜯겨나간 것 같다고. 속에 상처가 있는 사람이야."

"어떤 종류의?"

"어렸을 때 힘든 일을 겪은 모양이야. 그게 뭔지 알아낼 만큼 가까운 사이는 아니었고. 비록 우리가 아주 짧게……"

"짧게, 뭐?"

"아무것도 아냐. 그냥 장난 좀 친 거지."

미카엘은 더이상 캐묻지 않기로 했다.

"기사에서 보니 레오가 여행을 떠났었다고 하던데."

"맞아, 어머니가 죽고 나서."

"어떻게 죽었는데?"

"췌장암."

"이런, 안됐네."

"오히려 난 그에겐 잘된 일이라고 생각했어."

"왜?"

"부모가 항상 거머리처럼 붙어다니며 그의 인생을 망쳤으니까. 난 그가 금융계를 떠나 피아노나 다른 일을 할 기회를 얻길 바랐지. 그런데 내가 알프레드 외그렌을 그만두기 직전에 레오가 아주 행복해 보인 적이 있었어. 도무지 이유를 알 수 없었지. 그렇게 한동안 전혀 우울해 보이지 않았지만 그러고 나서는……"

"어땠는데?"

"예전보다 더 상태가 나빠졌어. 정말 가슴 아픈 일이었지."

"그때 어머니는 아직 생존해 있었고?"

"응, 하지만 오래 살지는 못했어."

"그러고서 떠난 곳은 어디야?"

"모르겠어. 그때는 내가 회사를 떠났으니까. 어쨌든 난 그 여행을 시작으로 그가 불행한 삶에서 해방될 수 있을 거라는 희망을 품었어."

"하지만 다시 알프레드 외그렌으로 돌아왔지."

"그걸 깨고 벗어날 용기가 없었던 모양이야."

"지금은 강연을 하러 다니고 있고."

"그게 올바른 길로 가는 첫걸음일지도 모르지. 대체 왜 레오가 당신의 흥미를 끄는 건데?"

"그가 어떤 심리전의 패턴을 발견한 것 같아. 브뤼셀의 해킹 사건을 다른 역정보* 작전들과 비교하고 있어."

"러시아 애들이 벌였던 작전들을 말하는 거야?"

"레오는 이걸 현대전의 한 형태로 묘사했는데, 아주 흥미로운 발상이야."

"무기가 된 거짓말?"

"혼돈과 혼란을 유발하는 수단으로서의 거짓말. 폭력의 대체물로서의 거짓말."

---

* 상대를 속이기 위해 일부러 유출한 허위정보.

"그 해킹 공격들은 러시아 쪽에서 조종했다는 게 증명되지 않았어?"

"맞아. 하지만 구체적으로 러시아의 누가 장본인인지는 아무도 몰라. 크렘린의 거물들은 이 일과 아무 상관 없다고 주장하고 있고."

"전에 추적하던 그 범죄조직을 의심하는 거야? 스파이더스."

"그런 생각이 떠오른 게 사실이야."

"이 일에서 레오가 도움이 될 것 같진 않은데?"

"그럴 수도 있겠지. 하지만 난……"

미카엘은 문득 어떤 생각에 잠겨드는 듯 말끝을 흐렸다.

"……왜, 내게 술 한잔 사고 싶다고?" 말린이 대신 말했다. "내게 칭찬과 찬사와 값비싼 선물들을 퍼부어주고 싶다고? 날 파리로 데려가주고 싶다고?"

"뭐라고?"

"파리 말이야. 유럽에 있는 도시. 그 유명한 탑이 있는 도시."

"레오는 내일 포토그라피스카 미술관에서 공개 강연을 할 예정이야." 미카엘은 마치 아무 말도 듣지 못했다는 듯 말을 이었다. "우리 함께 가보는 게 어때? 뭔가를 알게 될 수도 있을 거야."

"뭔가를 알게 된다고? 아니 이봐, 미카엘! 그게 지금 상처 입은 한 여자에게 제안할 수 있는 전부야?"

"지금으로선, 그래." 미카엘은 다시 생각에 잠겨드는 듯한 말투로 이렇게 대답해 말린의 역정을 한층 돋웠다.

"미카엘, 이 멍청한 인간!" 이렇게 내뱉고 통화를 끝내버린 말린은 미카엘과 긴밀히 연결된 그 친숙한 분노에 휩싸여 보도에 서서 씩씩거렸다.

하지만 이내 평정을 되찾았는데, 미카엘과는 아무 상관 없는 어떤 기억 하나가 서서히 떠올랐기 때문이다. 레오가 밤늦은 시간 알프레드 외그렌의 자기 사무실에서 모래색 종이에 뭔가를 쓰고 있던 모습이었다. 지금 스트란드베겐 위로 퍼지는 저 안개처럼 그때 그 모습은 마치 어떤 메시지를 품고 있는 듯싶었다. 말린은 잠시 생각에 잠긴 채로 보도 위에 우두커니 서 있었다. 그러다 전남편과 옛 애인, 그리고 이 세상 모든 수컷들에게 욕을 퍼부으며 왕립연극극장과 베른스 호텔 쪽으로 다시 걷기 시작했다.

미카엘은 자신이 본의 아니게 말린을 화나게 했음을 깨닫고 다시 전화를 걸어 사과한 뒤 저녁식사에라도 초대해볼까 생각했지만 그렇게 하지 않았다. 온갖 생각으로 머릿속이 어지러웠던 미카엘은 말린 대신 여동생이자 리스베트의 변호사인 안니카 잔니니의 전화번호를 눌렀다. 어쩌면 안니카는 리스베트가 무엇을 찾고 있는지 알 수도 있었다. 고객의 비밀을 지키는 데 누구보다 철저한 사람이었지만, 정보를 공유하는 일이 고객에게 도움이 된다고 판단되면 입을 열기도 했다.

안니카는 바로 전화를 받지 않았다. 하지만 삼십 분 후 전화를 걸어와 요즘 리스베트가 조금 변했다는 걸 확인해주었다. 안니카는 교도소 엄중감시구역의 상황 때문이라고 생각했다. 리스베트가 그곳에서 어떤 일들이 일어나는지 보고는 전혀 안전한 곳이 아님을 깨닫게 된 게 그 이유라고 말이다. 안니카는 이감을 추진했지만 물론 리스베트에게 거부당했다. 리스베트는 그곳에서 할일이 있다고 말하면서, 지금 위험에 처한 사람은 자신이 아니라 명예범죄*의 피해자이자 교도소에서도 괴롭힘을 당하고 있는 파리아 카지라는 어린 여성이라고 했다.

"아주 흥미로운 케이스야." 안니카가 말했다. "나는 이 사건도 맡고

---

* 주로 이슬람 사회에서 집안의 명예를 훼손했다는 이유로 가족 구성원 간에 자행되는 살인 및 폭행 등의 범죄.

싶은 생각이 있어. 오빠와 나, 둘 다 이 이야기에 흥미가 있을 듯한데?"

"무슨 뜻이야?"

"오빠는 좋은 기삿거리를, 나는 내 연구에 도움이 될 만한 걸 얻을 수 있을 것 같아. 여기에 뭔가 석연찮은 구석이 느껴지거든."

미카엘은 바로 미끼를 물지 않고 대신 이렇게 물었다.

"리스베트를 노리는 위협에 대해선 더 들은 거 없어?"

"별로 없어. 정보제공자가 엄청 많다는 것, 그들 모두가 리스베트의 쌍둥이 여동생과 러시아의 범죄조직, 그리고 MC 스바벨셰를 언급한다는 것 말고는."

"그래서 넌 뭘 하고 있는데?"

"오빠는 내가 뭘 하고 있을 것 같아? 당연히 할 수 있는 일을 다 하고 있지. 교도소에 얘기해서 보호조치를 한층 강화하도록 했고. 그런데 리스베트에게 영향을 줬을 법한 일이 있었어."

"뭔데?"

"홀게르 팔름그렌이 리스베트를 보러 왔어."

"지금 농담해?"

"아니, 실제로 일어난 일이야. 기어코 찾아가겠다고 우겨댔어. 그에게 무척 중요한 일이었나봐."

"대체 어떻게 그 사람이 플로드베리아까지 갈 수 있었지?"

"관공서 쪽 일은 내가 도와줬고 이송 경비는 리스베트가 댔어. 차 안에는 간호사가 한 명 있었고. 휠체어를 타고 교도소에 들어갔지."

"리스베트가 좀 놀랐겠는데?"

"그리 쉽게 놀라는 여자가 아니지. 하지만 알잖아, 홀게르와 아주 가까운 사이라는 거."

"혹시 홀게르가 그녀를 움직이게 할 뭔가를 말하지 않았을까?"

"예를 들면?"

"리스베트의 과거와 관련된 무언가. 홀게르보다 그녀의 과거를 잘 아는 사람은 없으니까."

"리스베트가 거기에 대해선 아무 말도 안 했어. 지금 유일한 관심사는 파리아라는 여자인 듯했고."

"너, 레오 만헤이메르라는 사람을 알아?"

"귀에 익은 이름인데? 왜 묻는 거야?"

"그냥 궁금해서."

"리스베트가 그 사람을 언급했어?"

"나중에 얘기해줄게."

"좋아, 만약 홀게르가 그녀에게 무슨 말을 했는지 알고 싶다면 그에게 직접 연락하는 편이 나을 거야. 요즘 같은 때 오빠가 가끔 그 양반을 돌봐준다면 리스베트도 좋아할 거고."

"좋아, 그렇게 할게."

통화를 마친 미카엘은 곧바로 홀게르에게 전화를 걸었지만 통화중이었다. 그렇게 한참을 통화중이다 마침내 신호음이 들렸지만 응답이 없었다. 미카엘은 당장 릴리에홀멘으로 찾아가 그와 직접 마주하고 이야기해볼까 생각했지만, 곧바로 노인의 건강을 염려하게 되었다. 통증이 극심한 고령의 환자인 그에게는 휴식이 필요했다. 미카엘은 기다리기로 결정하고 레오의 가족과 알프레드 외그렌을 계속 조사해나갔다. 그리고 많은 것을 찾아냈다.

한 사건을 깊이 파고들면 미카엘은 언제나 결정적인 단서를 찾아냈지만, 이번에는 어떤 특별한 내용, 혹은 리스베트나 브뤼셀의 해킹 공격과 연결될 만한 정보가 전혀 눈에 띄지 않았다. 그래서 홀게르가 리스베트의 어린 시절에 대해 잘 아는 사람이라는 점에 착안해 전략을 바꾸기로 했다. 미카엘은 리스베트의 과거에 레오가 어떤 방식으로든 연결되는 일이 전혀 불가능하지 않다고 보았다. 그래서 리스베트가 언급한 '오래된 명단'을 생각하며 인터넷과 데이터베이스들이 허용하는 한 최대한 멀리까지 과거를 뒤져보기로 했다. 〈웁살라 뉘아 티드닝〉의 한 기사가 눈에 띄었다. 같은 날 TT 통신이 해당 기사로 뉴스를 구성해 내보낸 탓에 당시 그 사건은 짧은 기간에 상당히 광범위하게 유포되었다. 하지만 미카엘이 판단하기에 그 사건은 이후 다시는 언급되지 않았는데 아마 사건에 연루된 사람들에 대한 배려와 사회지도층 인사들을 특별히 관대하게 취급한 당시 언론계의 풍토 때문인 듯했다.

그 사건은 이십오 년 전 외스탐마르에서 엘크 사냥을 하던 중 일어난 비극이다. 레오의 부친 헤르만도 포함된 알프레드 외그렌의 사냥팀은 긴 점심식사를 마치고 다시 숲으로 들어갔다. 그들은 분명 와인을 한두 잔씩 마셨을 테지만 기사에는 그런 말이 전혀 없었다. 어쨌든 해는 중천에 걸렸고, 이런저런 이유로 무리는 사방으로 흩어졌다. 그러다 나무들 사이에서 엘크 두 마리가 발견되자 분위기가 한껏 달아올랐는지 총구들이 불을 뿜었다. 당시 로스비크 그룹의 최고재무책임자였던 페르 펠트라는 나이든 남성은 동물들이 너무 빠르게 움직여 혼란한 탓에 사격 방향을 착각했다고 진술했다. 그는 두 발을 발사한 뒤 누군가의 비명과 함께 도움을 청하는 소리를 들었다. 사냥팀의 일원인 칼 세게르라는 젊은 심리학자가 가슴 바로 아래 복부에 총상을 입었고 얼마 지나지 않아 작은 개울 옆에서 숨을 거뒀다.

뒤이은 경찰수사에서 이 일이 사고가 아님을 암시하는 요소는 전혀 발견되지 않았고, 알프레드 외그렌이나 헤르만 만헤이메르가 연루되었다고 여길 만한 점은 더더욱 없었다. 하지만 미카엘은 이 사건을 선뜻 내려놓을 수가 없었다. 특히 총을 쏜 페르 펠트가 그로부터 일 년 후 아내도 자녀도 없이 세상을 떠났다는 사실을 알고는 더욱 그랬다. 작은 부고기사에서 페르 펠트는 로스비크 그룹의 '변함없는 친구'이자 헌신적이고 충성스러운 동료로 묘사되었다.

미카엘은 생각에 잠긴 채 창밖을 내다보았다. 리다르피에르덴만 위로 걸린 하늘은 어두워져 있었고, 날씨가 다시 나빠지면서 빌어먹을 비가 떨어지기 시작했다. 미카엘은 등을 쭉 펴고 어깨를 주물렀다. 총에 맞아 죽은 심리학자는 레오와 어떤 관계였을까?

이를 알아볼 방법은 전혀 없었다. 막다른 골목, 즉 큰 의미 없는 비극적 사건에 불과할 수도 있지만 그럼에도 미카엘은 심리학자에 대해 계속 조사해나갔다. 별다른 것은 보이지 않았다. 칼 세게르는 사망했을 당시 서른두 살이었고, 약혼한 지 얼마 안 된 몸이었다. 그 전해에는 스톡홀름 대학에서 청각이 자아인식에 미치는 영향을 주제로 한 논문으로 박사학위를 취득했다. 논문 제목은 '한 경험적 연구'였다.

구글 스칼라에서 간신히 찾아낸 다른 논문들이 이 주제를 짤막하게 언급하고 있었지만 칼의 논문은 인터넷에 공개되어 있지 않아 미카엘은 정확히 어떤 내용인지 알 길이 없었다. 한 논문에서는 칼이 기술한 어느 고전적 실험을 언급하고 있었다. 피실험자들이 수백 장의 사진 가운데 보다 매력적으로 미화된 자신의 사진을 어떻게 빨리 찾아내는지를 보여주는 실험이었다. 사람들은 실제보다 더 멋있게 재현되어 있을 때 자신을 빨리 알아보는데, 이것은 아마도 진화의 산물일 거라고 했다. 또한 짝짓기를 하거나 무리를 이끌어야 할 때는 자신을 과대평가하는 것이 유리하지만 위험 역시 따른다고 했다.

"자신의 능력을 지나치게 과신하는 것은 발전을 저해할 수 있다. 자신에 대한 의심은 지적 성숙에 결정적 역할을 한다." 칼은 이렇게 썼다. 특별히 혁신적인 이론이라거나 독창적인 견해랄 건 없지만, 칼 세게르가 아동 연구 및 아동 발달과 관련해 자신감의 중요성을 언급했다는 점은 흥미로웠다.

미카엘은 자리에서 일어나 주방으로 가서 식탁을 치우고 싱크대 주변을 정리하며 다음날 포토그라피스카 미술관으로 가 레오의 강연을 듣기로 마음먹었다. 휴가 계획 따위는 포기하고 이 이야기를 끝까지 파헤쳐볼 작정이었다. 하지만 그의 생각은 더이상 이어지지 못했다. 초인종이 울렸기 때문이다. 이렇게 불쑥 오기 전에 전화 한 통해줄 수 없나? 미카엘은 짜증이 났지만 어쨌든 현관으로 가서 문을 열었다. 그리고 일어난 일, 미카엘은 나중에 이를 하나의 습격으로 묘사한다.

5장
6월 18일

파리아 카지는 두 팔로 무릎을 꼭 끌어안은 채 수감실 침대 위에 앉아 있었다. 이제 스무 살인 그녀는 자신을 창백하고도 흐릿한 그림자 같은 존재로 여겼다. 하지만 그녀와 마주친 사람들은 그녀의 매력에 빠지지 않기가 어려웠다. 네 살 때 방글라데시의 다카를 떠나 스웨덴에 정착하게 된 이후로 항상 그랬다.

파리아는 스톡홀름의 외곽도시 발홀멘에 있는 한 고층 아파트에서 오빠 셋, 남동생 하나와 함께 성장했다. 아버지 카림은 세탁소 체인을 설립해 상당한 부자가 되었으며, 나중에는 시클라에 대형 전망창이 있는 아파트 한 채를 구입하기도 했다. 그녀의 어린 시절은 평탄하게 흘러갔다.

파리아는 농구를 즐겼고 학교 공부도 썩 잘했다. 특히 어학에 소질이 있었으며 바느질과 일본만화 그리기를 좋아했다. 하지만 십대에 접어들면서 조금씩 자유를 박탈당했다. 초경을 시작한 그녀가 지나갈 때마다 동네 남자들이 휘파람을 휘익 불어댄 결과였다. 하지만 변화는 다른 곳에서, 동쪽*에서 불어오는 차가운 바람처럼 바깥에서 오고 있다고 그녀는 확신했다. 어머니 아이샤가 뇌졸중으로 사망하자 상황은 한층 나빠졌다. 가족이 잃은 건 어머니뿐만 아니라 무엇보다 세상으로 열린 창과 이성적 능력이기도 했다.

나중에 교도소에서 파리아는 봇쉬르카에 사는 이맘**인 하산 페르두시가 집에 불쑥 찾아왔던 저녁을 떠올리곤 했다. 하산을 좋아했던 파리아는 그와 대화할 수 있기를 간절히 바랐지만 그는 가족과의 친교를 위해서 온 게 아니었다. 주방에서 그녀는 하산의 성난 목소리를 들었다.

"너희들은 이슬람을 잘못 알고 있어! 계속 이런 식으로 행동한다면 모든 게 아주 고약하게 끝날 거야! 아주 고약하게!"

그날 저녁 이후로 파리아도 하산의 말을 믿게 되었다. 하지만 두 오빠 아메드와 바시르는 갈수록 병적인 엄숙함과 증오를 보였다. 심지어 그녀가 우유를 사러 동네 슈퍼에 갈 때조차 니캅***을 쓰도록 강요하는 사람은 아버지가 아니라 오빠들이었고, 그들은 대부분의 시간 동안 그녀를 집안에 머물러 있게 했다. 셋째 오빠 라잔은 이들만큼 엄격하지 않았고 특별히 어떤 사상에 물들지도 않았다. 아메드나 바시르가 이끄는 대로 끌려다니는 경향이 있었지만, 아버지의 세탁소에서 거의 종일 재봉 일을 하며 다른 것들에 더 관심을 보였다. 그렇다고 해서 파리아의 편은 아니었다. 라잔 역시 은연중에 그녀를 감시하고 있었다.

철저한 감시에도 불구하고 이 무렵 파리아는 거짓말과 고도의 창의성이 필요하긴 했지만 그래도 이따금 자유를 맛보았다. 아직 컴퓨터를 쓸 수 있었으므로 하루는 하산이 여성의 종교적 억압이라는 주

---

* 여기서 동쪽은 이슬람 세계를 뜻한다.
** 이슬람교 조직 및 예배의 지도자.
*** 이슬람교도 여성들의 복장 중 하나로, 눈을 제외한 얼굴 전체를 덮는 가리개.

제로 골드만이라는 랍비와 스톡홀름 문화센터에서 토론회를 한다는 사실을 알게 되었다. 때는 6월 말이었고, 쿵스홀멘 고등학교를 막 졸업한 그녀는 열흘 동안 꼼짝없이 집안에 갇혀 있는 중이었다. 나가고 싶어 미칠 지경이었지만 집안에 마지막으로 남은 자기편인 파티마 고모를 설득하기란 쉽지 않은 일이었다. 독신으로 사는 지도 제작자 파티마는 조카가 얼마나 절망적인 심정인지 잘 알고 있었기에 결국은 가족들에게 둘이 함께 저녁식사를 할 거라고 말해주었다. 오빠들은 고모의 말을 곧이들었다.

파티마는 텐스타에 있는 자신의 아파트로 파리아를 데려갔다가 곧바로 시내에 갈 수 있게 해주었다. 당연히 대단한 외출이 될 수는 없었고, 바시르가 데리러 오는 저녁 8시 반까지는 아파트로 돌아와야 했지만 적어도 그때까지는 자유 시간이었다. 파티마가 파리아에게 검은 드레스와 하이힐도 빌려주었는데, 물론 약간은 지나친 일이었다. 그녀가 가야 할 곳은 파티장이 아니라 종교와 여성 억압에 대한 토론회였으니. 하지만 멋지게 차려입고 싶었다. 왠지 그 토론회가 진지한 행사처럼 느껴졌다. 지금은 토론 내용이 거의 기억나지 않지만 당시에는 자신이 거기 있다는 사실에 흥분했고, 다른 사람들을 쳐다보느라 정신이 없었다. 그리고 별다른 이유 없이 두어 번 가슴이 뭉클해지기도 했다. 토론 뒤 질의응답에 누군가 일어나 왜 남자들이 종교를 세우면 항상 여자들이 고통을 받게 되느냐고 물었다. 하산은 어두운 목소리로 대답했다.

"우주 가운데 가장 위대한 존재를 우리의 편협함을 위한 도구로 이용하는 건 참으로 슬픈 일이죠."

파리아가 그 말의 의미를 곱씹어보는 사이에 주위 사람들이 일어나기 시작했고, 청바지와 흰 셔츠 차림의 한 청년이 그녀에게 다가왔다. 니캅이나 히잡을 두르지 않은 채 또래 남자를 마주한 일이 거의 없었기에 파리아는 꼭 벌거벗은 채 무방비로 노출된 것만 같았다. 하지만 달아나지 않고 그저 자리에 앉아 곁눈으로 그를 살폈다. 스물다섯 살 정도 된 듯한 그는 특별히 키가 크지도, 자신감이 있어 보이지도 않았지만 눈만은 빛나고 있었다. 발걸음에서는 무겁고도 어두운 시선과는 대조적인 경쾌한 무언가가 느껴졌다. 그는 어색해하며 쭈뼛거렸지만 파리아는 오히려 그런 모습에 마음이 놓였다. 그는 벵골어로 이렇게 물었다.

"저…… 방글라데시에서 오셨죠?"

"그걸 어떻게 아세요?"

"그냥 직감이에요. 정확히 어디에서 오셨어요?"

"다카요."

"저도 그래요."

그가 너무도 따뜻하게 미소를 지어 파리아도 웃음 짓지 않을 수 없었고, 서로 눈길이 마주쳤을 땐 가슴이 쿵쿵거렸다. 당연히 인사말고도 다른 이야기들을 나눴을 테지만, 그대로 세르겔 광장으로 나가 처음부터 허심탄회하게 대화를 나눴던 게 파리아가 기억하는 전부였다. 그는 자신을 제대로 소개하기도 전에 다카 시절의 블로그 활동에 대해 얘기하기 시작했다. 표현의 자유와 인권 신장을 위해 만들어진 그 블로그를 방글라데시의 이슬람주의자들이 눈엣가시로 여겨, 블로그 기자들을 블랙리스트에 올린 후 차례로 처형했다고 한다. 그들은 마체테 칼로 살해당했지만 경찰과 정부는 이 만행을 지켜보기만 했다. "그들은 정말 손가락 하나 까딱하지 않았어요." 그는 방글라데시와 가족을 떠나 스웨덴으로 망명할 수밖에 없었다.

"그 일이 벌어졌을 때 난 바로 옆에 있었어요. 가장 친한 친구의 피가 튀어올라 내 스웨터가 흠뻑 젖었죠." 그 당시 파리아는 완전히 이해하지 못했지만 그에게서 자신보다 훨씬 깊은 슬픔을 감지했고, 지극히 짧은 시간에 친밀감을 느꼈다.

그의 이름은 자말 초두리였다. 자말의 손을 잡고서 국회의사당을 향해 가는 동안 파리아는 침도 제대로 삼킬 수 없었다. 몇 년 만에 처음으로 온전히 살아 있음을 느꼈지만 그 느낌은 오래가지 못했다. 이내 불안감에 사로잡힌 그녀는 자꾸만 바시르의 시커먼 눈을 떠올렸고, 결국 구시가지 감라스탄에 이르기가 무섭게 작별을 고했다. 짧은 만남이었지만 그것만으로도 충분했다. 그후 며칠, 아니 몇 주 동안 그녀는 힘들 때면 자신만의 은밀한 보물 창고와도 같은 이 추억 속에서 위안을 구하곤 했다.

그녀가 이곳 교도소 안에서, 특히나 저녁 화물열차가 벽들을 우르르 진동시키며 지나가기 바로 전, 베니토의 발소리가 가까워지기 바로 전, 이번엔 그 어느 때보다도 고약하리라는 두려움에 온몸이 얼어붙기 바로 전 이 추억에 필사적으로 매달리는 건 조금도 놀라운 일이 아니었다.

알바르는 자기 사무실에 앉아 교도소장 리카르드의 전화를 기다리고 있었다. 하지만 시간이 지나도 전화벨은 울리지 않았다. 그는 욕을 내뱉고는 딸 빌다를 생각했다. 이날 일을 쉬고 딸과 함께 베스테로스 축구대회에 갔어야 했다. 하지만 도저히 수감동 자리를 비울 수 없어 모든 계획을 취소하고 또다시 숙모에게 도움을 청했다. 알바르는 자신이 세상에서 가장 나쁜 아버지처럼 느껴졌지만 그가 무얼할 수 있었을까?

베니토를 다른 곳으로 이감하려는 그의 계획은 결국 수포로 돌아갔다. 이 모든 사실을 알게 된 베니토는 지금 그를 죽일 듯 노려보고 있으며 수감동 분위기는 부글부글 끓고 있었다. 수감자들은 한바탕 싸움이나 탈옥이라도 앞둔 양 끼리끼리 속닥거렸고, 알바르는 리스베트와 마주칠 때마다 애원하는 눈빛을 보냈다. 리스베트가 이곳의 질서를 바로잡아주겠노라고 약속했지만, 알바르는 그 약속이 더 우려스럽게 느껴져 자신이 먼저 문제를 해결해보겠다고 우겼다. 리스베트가 준 닷새의 말미는 다 지나갔고 그는 아무것도 해내지 못했다. 그는 겁에 질려 있었다.

하지만 적어도 한 가지 점에서는 안도의 한숨을 내쉴 수 있었다. 알바르는 자신이 내부감사를 받으리라 생각했다. 수감실 문이 폐쇄된 후 리스베트와 함께 사무실로 들어가 새벽까지 있었던 사실이 죄다 감시카메라에 녹화되었을 게 분명하니까. 이 일이 있고 나서 며칠간 그는 교도관리국에 불려가 아주 난처한 질문들에 대답하게 될 순간을 기다렸다. 하지만 아무 일도 일어나지 않는 바람에 견딜 수 없어져 결국 베아트리스 안데르손에 관련된 몇몇 사건들을 확인하고 싶다는 구실로 B동 중앙감시센터를 찾아갔다. 그러고는 신경질적으로 화면을 되돌린 끝에 6월 12일 저녁에서부터 13일 새벽에 이르는 문제의 시간으로 거슬러올라갔다.

도무지 이해할 수 없는 일이었다. 알바르는 돌리고 또 돌려보았지만 화면 속 복도는 조용하고 적막할 뿐 아니라 그와 리스베트의 흔적 역시 찾아볼 수 없었다. 그가 목숨을 건진 게 분명했다. 그 당시 카메라들이 기적적으로 작동을 멈추었다든가 하는 다행한 우연의 결과라고 믿고 싶었지만 그는 진실을 너무나 잘 알았다. 리스베트가 교도소 중앙 서버를 해킹해 감시카메라를 조작하는 모습을 옆에서 지켜봤으니 말이다. 그녀가 몇몇 장면을 변조해놓았으리라는 것 말고는 달리 설명할 길이 없었다. 이 일은 알바르에게 큰 안도감을 준 동시에 두려움도 주었다. 그는 이 모든 일에 욕을 퍼붓고 다시 자신의 이메일을 확인해보았다. 아무것도 없었다! 누군가 와서 베니토를 다른 곳으로 데리고 가는 게 그다지도 어려운 일이란 말인가?

저녁 7시 15분. 바깥에는 비가 내리고 있다. 알바르는 지금 복도로 나가 한 바퀴 돌며 파리아의 수감실에 아무 일 없는지 확인하거나 베니토의 꽁무니를 쫓아다니며 그녀의 삶을 지옥으로 만들어야 했다. 하지만 그는 마비된 사람처럼 한없이 죽치고 앉아 있었다. 그러다 사무실을 한번 둘러보니 무언가 변한 듯한 느낌이 들었다. '어제 리스베트는 여기서 대체 무슨 짓을 한 거야?' 알바르는 어제 또 한 번 이상한 시간을 보냈다. 리스베트는 다시 그 옛날 기록들을 뒤졌고, 이번에는 다니엘 브롤린이라는 사람을 찾아냈다. 알바르는 이런 사실을 알았으나 어쨌든 연루되고 싶진 않았다. 그래서 가급적 그쪽을 처다보지 않으려고 애썼지만 자신의 의지와는 상관없이 결국 엮일 수밖에 없는 처지였다. 어제 리스베트는 컴퓨터로 누군가와 전화 통화를 했다. 희한하게도 통화하는 동안 그녀는 전혀 다른 사람 같아 보였다. 상냥하고도 조심스러운 목소리로 새로 생긴 자료라도 있느냐고 물었는데, 그렇게 통화를 마치고는 곧장 수감실로 데려가달라고 말했다.

그로부터 꼬박 하루가 지난 지금, 갈수록 불안해져 수감동에 가보기로 마음먹었다. 자리에서 벌떡 일어난 순간 울리는 전화벨 소리에 알바르의 몸은 다시 굳어버렸다. 내부 전화였다. 교도소장 리카르드가 마침내 희소식을 가져온 것이다. 헤르뇌산드에 있는 함메르포르스 교도소가 다음날 아침 베니토를 받아줄 수 있다는 굉장한 소식이었지만 어쩐지 기대했던 만큼 마음이 놓이지는 않았다. 그러다 벌써 저 바깥에서 화물열차가 으르렁거리며 지나가고 있음을 문득 깨달은 그는 아무 말 없이 전화를 끊고 사무실을 나와 급히 수감실 쪽으로 향했다.

미카엘에게 그건 습격이었다. 아주 오랜만에 당해보는 즐거운 습격. 문 앞에 서 있는 건 말린 프로데였다. 비에 젖은 생쥐 꼴에 뺨 위로는 지워진 화장이 줄줄 흘러내렸으며 눈빛은 사나우면서도 결연했다. 미카엘은 그녀가 자신의 따귀를 후려칠 건지, 아니면 자신의 옷을 갈가리 찢어버릴 건지 알 수 없었다.

진실은 그 사이 어디쯤이었다. 말린은 그를 벽으로 거세게 밀어붙이고는 엉덩이를 꽉 움켜쥐며 경고했다. 그렇게나 지루하게 구는데도 섹시한 남자라서 벌을 받아야 한다고. 그다음 미카엘은 무슨 영문인지 알기도 전에 침대 위에 누웠고 그녀는 그 위에 올라탔다. 그녀는 두 번 절정에 이르렀다.

두 사람은 무겁게 숨을 몰아쉬며 몸을 포개고 누웠다. 미카엘은 그녀의 머리칼을 쓰다듬으며 다정한 말들을 속삭였다. 조금도 흠잡을 데 없이 자신의 역할을 완벽하게 수행한 미카엘은 자신이 정말로 그녀를 그리워했음을 깨달았다. 리다르피에르덴만에는 요트들이 떠 있었고, 바깥에 내리는 빗방울이 지붕을 두드려대는 소리가 들렸다. 기분좋은 시간이었다. 하지만 딴생각에 빠져들기 시작한 미카엘을 그녀는 곧바로 알아차렸다.

"벌써 지겨워진 거야?"

"뭐? 아니. 당신이 무척 보고 싶었어."

미카엘의 이 말은 진심이었다. 하지만 동시에 죄책감도 느꼈다. 오랫동안 보지 못한 여자와 사랑을 나누고서 곧장 일 생각을 하다니, 정말 예의 없는 짓이었다.

"당신이 마지막으로 정직하게 말해본 게 대체 언제야?"

"꽤 자주 그러려고 노력하고 있어."

"또 에리카 문제야?"

"아니, 우리가 아까 전화로 한 얘기."

"그 해커 공격?"

"그것도 포함되지."

"그리고 레오?"

"응."

"좋아, 이제 솔직하게 얘기해봐. 왜 그렇게 레오에게 관심을 보이는 거야?"

"사실 그에게 관심이 있는 건지조차 모르겠어. 그저 몇 가지를 정리해보려는 것뿐이야."

"그것 참 명쾌한 설명이네, 칼레 블롬크비스트!"

"흐음, 그래……"

"아직도 밝히지 않은 게 있잖아. 정보원 보호 때문이야?"

"어쩌면."

"이그, 바보!"

"미안."

이내 표정이 부드러워진 말린은 흘러내린 머리칼 한 가닥을 뒤로 넘겼다.

"사실 통화하고 나서 레오에 대해 많이 생각해봤어."

말린은 이렇게 말하며 이불로 몸을 둘둘 말았다. 미카엘에겐 그 모습이 견딜 수 없을 만큼 아름다웠다.

"그래, 무슨 생각을 했는데?"

"레오가 그때 왜 그렇게 즐거워했는지 설명해주겠다고 약속했던 일이 생각났어. 하지만 그후로 더이상 행복해 보이지 않았고, 그런 상황에서 계속 캐묻는 게 잔인하게 느껴졌지."

"그런데 왜 갑자기 그 생각이 떠오른 걸까?"

말린은 머뭇거리며 창밖을 바라보았다.

"그가 행복해해서 나도 기뻤지만 동시에 불안함도 느껴졌기 때문일 거야. 좀 지나친 감이 있었거든."

"혹시 사랑에 빠졌던 건가?"

"바로 그렇게 물어봤는데 레오는 전혀 아니라고 했어. 그때 우린 리셰 레스토랑에 있었는데, 그 자체가 일대 사건이라고 할 수 있었지. 레오는 사람들이 많이 모이는 곳을 끔찍이 싫어했거든. 하지만 나와서 내 후임이 될 사람들에 대해 얘기하기로 했어. 그런데 정말 못말리겠더군. 내가 몇 사람 이름을 대자마자 곧바로 화제를 돌리고는 사랑이 어쩌느니, 인생이 어쩌느니 하며 자기 음악에 대해 장광설을 늘어놓는 거야. 도무지 이해할 수 없었고 솔직히 좀 괴로웠어. 이 남자는 화음과 음계, 장조인지 단조인지 하는 것들만 좋아하는 인간이라고 생각했지. 그 얘기를 한 귀로 흘려들으면서도 그가 혼자서만 즐거워하는 듯해 슬그머니 화도 났고. 그래서 조금 바보같이 이렇게 물었어. '대체 무슨 일이 있었던 거야? 얘기해봐!' 아직은 얘기할 수 없다면서 확실하게 말하려 하지 않더군. 다만 드디어 '자신의 집'을 찾았다는 것만 말해줄 수 있다고 했어."

"종교?"

"아니, 아닐걸. 레오는 모든 종교를 싫어했거든."

"그럼 대체 뭐지?"

"전혀 모르겠어. 며칠 만에 그 행복한 모습이 나타났던 것만큼이나 빠르게 사라졌다는 게 내가 아는 전부야. 그는 완전히 엉망이 되어 있었지."

"어떤 의미로 엉망이었다는 거야?"

"모든 의미에서. 일 년 반 전, 크리스마스 바로 전날이었어. 알프레드 외그렌에서의 마지막날이라 우리집에서 고별 파티를 열었는데 레오가 안 왔어. 속상했지. 그래도 우리 둘은 각별한 관계였는데 말이야." 말린은 미카엘의 표정을 살피며 덧붙였다. "질투할 필요는 없어."

"난 그 정도로 질투하는 인간이 아냐."

"알아. 그래서 싫은 거라고. 최소한 질투하는 척이라도 해서 내 기분 좀 맞춰주면 안 돼? 어쨌든 당신을 처음 만났을 무렵, 레오와는 가볍게 호감을 가진 사이였어. 당시 이혼이니 뭐니 내 삶이 엉망진창이어서, 갑작스럽게 행복해진 그의 모습이 인상에 남았던 것 같아. 평소 그의 성격과 어울리지도 않았고 말이야. 아무튼 그날 한밤중에 전화를 걸었더니 아직 사무실에 있다는 거야. 더 화가 치밀었지만 엄청 미안해하기에 그냥 용서해줬지. 그러고서 밤술 한잔 하자길래 곧바로 달려갔고. 그렇게 늦은 시간에 사무실에서 대체 무얼 했던 건지…… 일중독과는 거리가 먼 사람이었거든. 원래 그의 아버지가 쓰던 그 사무실은 으리으리한 곳이었는데, 벽에는 다르델*의 그림 한 점이 걸려 있고 한쪽 구석엔 하우프트**의 서랍장이 놓여 있었지. 이따금 레오는 그게 부끄럽다고 말했어. 터무니없을 정도로 지나친 사치라고. 그날 밤 내가 도착했을 때…… 글쎄, 그걸 어떻게 묘사해야 할까…… 그의 눈은 번쩍거렸고, 목소리에선 어딘가 고장난 듯 낯선 무언가가 느껴졌어. 겉으론 짐짓 명랑한 척하고 있었지. 계속 미소를 지어 보였지만 눈은 초점이 없고 슬퍼 보였어. 하우프트 서랍장 위에 부르고뉴 와인 한 병과 빈 잔 두 개가 놓여 있더군. 손님이 왔다 갔다는 얘기였지. 어쨌든 우리는 포옹한 뒤 가벼운 농담을 나누기도 하고 앞으로 계속 연락하자는 얘기도 하며 샴페인 반병을 비웠어. 하지만 그의 정신이 딴 데 가 있는 게 뻔히 보였어. 결국 내가 물었지. '이젠 그렇게 행복해 보이지 않네?' 그러자 '아냐, 난 행복해' 하면서도 '단지 난……' 하며 말을 끝맺지 못했어. 그러고는 한동안 조용했지. 샴페인을 홀짝이는 그 모습이 아주 우울해 보였어. 그러더니 상당한 규모의 기부를 할 거라는 거야."

"누구한테?"

"전혀 모르겠어. 충동적으로 내뱉은 말인 것 같기도 했고. 경솔하게 털어놓고 스스로도 당황하는 듯해 더이상 캐묻지 않았어. 아주 사적인 일 같았거든. 그렇게 서로 아주 어색한 분위기 속에서 앉아 있다 결국 난 일어섰지. 그도 따라서 일어나기에 포옹을 하고 조금은 미적지근한 키스를 나눴어. 그러고서 건강하게 잘 지내라고 말해주고 복도로 나와 엘리베이터를 기다리다 다시 발길을 돌렸지. 생각해보니 슬그머니 화가 나는 거야. 아니, 이 인간은 왜 이렇게 비밀스

---

* 스웨덴 화가 닐스 다르델(1888~1943).
** 스웨덴 가구공 예오리 하우프트(1741~1784).

러운 거지? 대체 혼자서 무슨 짓을 꾸미는 거지? 알고 싶었어. 하지만 사무실에 다시 들어서자마자, 그러니까 그의 얼굴을 보기도 전에 내가 그를 방해하고 있다는 걸 깨달았어. 책상에 앉아 모래색 종이 위로 몸을 바짝 굽히고는 뭔가를 열심히 쓰고 있더군. 한 자씩 공들여 쓰느라 어깨에 잔뜩 힘이 들어가 있었고, 눈에는 눈물까지 맺혀 있어서 그를 방해할 용기가 나지 않았어. 그는 내가 들어온 것도 못 봤어."

"그게 어떤 내용이었는지는 전혀 모르는 거야?"

"나중에 든 생각인데, 어쩌면 그의 모친과 관계가 있을지도 모르겠어. 모친은 그로부터 불과 며칠 후에 사망했고, 알다시피 그는 휴가를 내고 긴 여행을 떠났지. 어쨌든 난 그에게 연락해서 조의를 표했어야 했지만, 알잖아, 그때 내 삶이 악몽 속이었단 걸. 새 직장에 들어가 밤낮없이 일하는 와중에 전남편과는 극한 대치 상황이었고, 게다가 당신과 계속 잠자리를 같이했으니 말이야."

"그게 그중에서도 가장 고약한 일이었겠지?"

"아마도."

"그래서 그후로는 레오를 보지 못한 거야?"

"직접 본 일은 없어. TV에 나온 걸 짧게 한 번 봤을 뿐이야. 사실 난 레오를 조금 잊고 있었어. 아니면 잊으려 애썼거나. 그런데 오늘 당신이 전화했을 때……"

말린은 할말을 찾는 듯했다.

"……그 사무실에서 본 장면이 떠올랐는데, 뭔가 이상하다고 느꼈어. 정확히 뭔지는 모르겠지만. 여하튼 계속 마음에 걸려서 레오에게 전화를 해봤는데 전화번호를 바꿨더군."

"내가 얘기했던가? 레오가 어렸을 때, 알프레드 외그렌 사냥팀에서 유탄에 맞아 숨진 심리학자가 있었다고 말이야."

"아니, 왜?"

"그 심리학자의 이름은 칼 세게르였어."

"누군지 전혀 모르겠어. 어떤 일이 있었는데?"

"칼 세게르는 이십오 년 전 외스탐마르 부근 숲으로 엘크 사냥을 나갔다가 복부에 총상을 입었어. 아마도 사고였던 듯해. 총을 쏜 사람은 당시 로스비크 그룹 최고재무책임자 페르 펠트였고."

"그 사람을 의심하는 거야?"

"아니, 꼭 그렇진 않아. 적어도 지금으로선. 하지만 칼과 레오가 어쩌면 가까운 사이였을 수도 있다고 생각해. 레오의 부모는 아들에게 엄청난 투자를 하고 있었잖아. 온갖 지능검사를 받게 하면서 말이야. 그런데 칼이 아동 발달에서 자신감이 중요하다는 글을 많이 써왔다는 걸 읽고 나니 든 생각이……"

"레오는 자신감보다 자기 의심이 더 많은 사람이야." 말린이 끼어들었다.

"칼은 자기 의심에 대해서도 썼지. 레오가 부모에 대해 종종 얘기하지 않았어?"

"이따금. 하지만 별로 내키지 않는다는 듯 얘기했어."

"별로 좋아 보이지 않는군."

"헤르만과 비베카에겐 분명 좋은 점도 있었을 거야. 하지만 레오가 자신의 길을 가기 위해 한 번도 그들에게 맞서지 못했다는 건 그의 비극이었다고 봐."

"자기 의지와 상관없이 금융인이 됐다는 얘기야?"

"세상일이 그리 간단하지 않잖아. 뭐, 금융인이 되고 싶은 생각이 아주 없진 않았겠지. 하지만 그 모든 것으로부터 해방되는 게 그의 꿈이었다고 난 확신해. 그래서 레오가 책상에 앉아 있던 그 모습이 그토록 마음에 걸렸던 거야. 마치 작별이라도 고하는 듯했어. 자기 어머니뿐 아니라 다른 무언가, 더 큰 무언가에게 말이야."

"아까 그를 햄릿에 비유했지."

"당신과는 대조적이라는 뜻으로 그렇게 말했을 텐데, 하지만 맞아. 레오는 매사에 망설이고 주저하는 경향이 있었어."

"햄릿은 결국 사나워졌지."

"하하, 그래. 하지만 레오는 결코……"

"뭔데?"

순간 말린의 얼굴에 어두운 그림자가 스치자 미카엘은 그녀의 어깨에 손을 얹었다.

"왜 그래?"

"아무것도 아냐."

"말해봐!"

"레오가 완전히 돌아버린 모습을 한 번 봤어."

저녁 7시 29분. 드디어 화물열차가 지나가며 벽들이 떨리기 시작했고, 그 떨림은 욱신거리는 고통처럼 파리아의 몸을 파고들었다. 수감실 문들이 폐쇄되기 전까지 16분밖에 남지 않았지만, 그 사이 많은 일들이 일어날 수 있음을 그녀는 누구보다 잘 알았다. 복도에서 교도관들의 열쇠가 쩔렁거렸고 목소리들이 크게 울렸다. 파리아는 그들이 하는 말을 한마디도 알아들을 수 없었지만 그 웅성거림 속에서 어떤 흥분된 어조를 감지할 수 있었다.

파리아는 무슨 일이 일어나고 있는지 전혀 몰랐으나 어쨌든 수감동에는 급박한 분위기가 감돌았다. 베니토가 이곳을 떠난다는 소문을 들었지만 지금 그녀에게 확실한 건 아무것도 없었다. 심지어 바깥의 철로 위로 비가 내리는지조차 알 수 없었다. 한 시간 전에는 천둥이 요란하게 울려댔지만, 지금 바깥세상에 대해 알 수 있는 거라곤 지나가는 화물열차가 내는 끔찍한 굉음이 전부였다.

벽들이 흔들리는 와중에 수감자들은 부산하게 오갔지만 결국 심각한 일은 일어나지 않을 모양이었다. 오늘 저녁은 무사히 넘길 수 있을 듯도 했다. 교도관들이 경계 수위를 높이고 있었고, 알바르는 온종일 자신을 주시하며 쉬지도 않고 일하는 듯 보였다. 마침내 자신을 보호해줄 생각인지도 모른다. 그리고 어쩌면 복도의 웅성거림에도 불구하고 아무 일 없을지도 모른다. 파리아는 오빠들과 어머니를, 그리고 지난날 발홀멘의 잔디에 밝게 내리쬐던 햇빛을 생각했다. 하지만 행복한 몽상은 오래가지 못했다. 멀리서 그녀에겐 너무 익숙한 신발 끌리는 소리가 들려왔고, 이제 더는 의심의 여지가 없었다. 들척지근한 향수 냄새가 공기 중에 감돌자 파리아는 숨을 쉬기가 힘들었다. 당장이라도 수감실 벽에 구멍을 뚫고 도망쳐 철로를 따라 마구 달리거나 마술 지팡이라도 써서 펑 사라져버리고 싶었다. 그러나 지금은 수감실 침대와 벽 사이에 갇혀 꼼짝 못하는, 시클라에서처럼 그저 버림받을 존재였다. 파리아는 다시 자말을 생각해보았지만 아무런 도움이 되지 못했다. 위안이 될 만한 건 어디에도 없었다. 요란한 굉음과 함께 화물열차가 지나가고, 발소리가 가까워지고, 들척지근한 향수 냄새는 벌써 콧속을 파고들었다. 이제 몇 초 뒤면 또다시 그 바닥 없는 깊은 구덩이 속으로 던져지게 될 터였다. 파리아는 자신의 삶이 이미 끝장났으며 더이상 잃을 것도 없다는 사실을 잘 알았지만 그건 아무런 소용도 없었다. 수감실 문가에 불쑥 모습을 드러낸 베니토가 느끼한 미소를 지으며 파리아의 오빠들이 보냈다는 안부의 말들을 전할 때면 그저 두려움에 온몸이 얼어붙을 뿐이었다.

정말로 베니토가 아메드와 바시르를 만났는지, 혹은 그들과 연락을 했는지는 알 길이 없었다. 베니토가 그녀에게 전하는 안부는 죽음의 위협처럼 느껴졌고, 매일같이 그 끔찍한 의식이 뒤를 이었다. 베니토는 그녀의 뺨을 때리고 몸을 더듬으며 씨발년, 창녀라 부르면서 가슴과 허벅지 사이를 만져대곤 했지만 최악은 이런 폭행이나 욕설이 아니었다. 이 모든 것들이 훨씬 더 끔찍한 무언가의 전주곡에 불과하다는 예감이 가장 견디기 어려웠다. 가끔 파리아는 베니토의 손안에서 금속조각이 번득이는 환상에 사로잡혔다.

베니토의 명성은 한 쌍의 인도네시아 단검에 기대는 바가 컸다. 소문에 따르면, 베니토가 갖가지 저주의 주문을 읊으며 직접 벼려낸 그 칼들로 누군가를 지목하면 이는 곧 사망선고나 마찬가지라고 했다. 그리고 이런 신화는 그 향수 냄새와 뒤섞여 마치 사악한 후광처럼 베니토의 뒤를 따라 교도소 복도를 떠다녔다. 파리아는 그녀가 그 섬뜩한 단검들을 들고 자신에게 달려드는 장면을 상상해보곤 했고, 어떤 때는 차라리 그게 낫겠다고 생각했다.

귀를 바짝 세운 파리아의 가슴에 잠시 희망이 일었다. 복도에서 신발 끄는 소리가 사라진 것이다. 베니토가 걸음을 멈춘 걸까? 아니었다. 이내 다시 발소리가 들리기 시작했고 이번엔 베니토 혼자가 아니었다. 그 들척지근한 향수 냄새와 함께 땀과 박하사탕이 뒤섞인 듯한 시큼한 냄새가 나는 걸 보니 베니토의 수하이자 보디가드인 티네 그뢴룬드였다. 파리아는 베니토의 가학행위가 잦아들기는커녕 한층 심해지리라는 걸 깨달았다. 아주 힘든 시간이 될 터였다.

페디큐어를 한 베니토의 발톱이 문가에 보이는가 싶더니 고무 신발을 신은 흰 발이 나타났다. 베니토는 수감복 소매를 걷어올려 몸에 새긴 뱀 문신을 드러낸 채였다. 짙은 화장 위로 땀이 번들거렸고 눈빛은 차가웠지만 베니토는 미소를 짓고 있었다. 이 세상에 그녀만큼 불쾌한 미소를 짓는 사람은 없었다. 이내 따라 들어온 티네가 등뒤에서 수감실 문을 닫았다. 원칙적으로는 교도관 외에 아무도 문을 닫을 권한이 없었다.

"그레타와 로렌이 밖에서 지키고 있으니 아무도 우릴 방해하지 못할 거야." 티네가 말했다.

베니토는 바지 주머니 속에서 뭔가를 만지작거리며 파리아를 향해 한 걸음 다가왔다. 파리아가 경직된 미소를 짓자 입술이 양쪽으로 늘어나며 기다란 선이 되었고 창백한 이마에는 주름살이 패었다. 그리고 입술 위로 땀방울 하나가 흘렀다.

"시간이 많지 않아." 베니토가 말했다. "너도 들었어? 교도관 새끼들이 날 여기서 쫓아내려 한다는 거? 그러니 빨리 합의를 봐야 해. 파리아, 우린 널 좋아해. 넌 예쁜 계집애고, 우린 예쁜 계집애들을 좋아하지. 하지만 우린 네 오빠들도 좋아해. 그들이 우리에게 아주 후한 제안을 해왔어, 그래서 우리가 알고 싶은 건……"

"난 돈 없어……"

"여자는 다른 방법으로도 값을 치를 수 있어. 그리고 우리가 좋아하는 방식이 있지. 우리 사이에 통하는 현금이 따로 있단 말이야. 그렇지, 티네? 자, 파리아, 내가 뭘 좀 가져왔는데 이게 널 좀더 협조적으로 만들어줄 거야."

베니토가 다시 주머니 속을 만지작거리며 큼지막한 미소를 지었다. 승리감에 찬 냉혹한 미소였다.

"여기에 뭐가 들었을 것 같아?" 베니토가 말을 이었다. "이게 뭐일 것 같아? 걱정 마, 내 케리스는 아니니까. 하지만 이것도 내가 아주 아끼는 물건이지."

찰칵 하는 금속음을 내며 베니토가 주머니에서 검은 물체를 꺼낸 순간, 파리아는 제대로 숨을 쉴 수 없었다. 그것은 가느다란 비수였다. 공포에 얼어붙은 나머지 베니토가 머리채를 휘어잡고 거칠게 뒤로 젖혔음에도 파리아는 전혀 반응하지 못했다.

칼날이 아주 천천히 파리아의 목으로 다가왔다. 그리고 마치 치명적 절개가 가해질 곳이 어딘지를 보여주려는 듯 칼끝이 경동맥 위에 멈췄다. 그러고선 피로 빚을 갚아야 한다는 둥, 다시 화목한 가정을 만들어야 한다는 둥의 말을 식식거리며 내뱉었다. 파리아는 그 말들을 제대로 이해하지 못했다. 다만 들척지근한 냄새가 콧속으로 파고드는 것을, 담배 냄새와 썩은 내가 뒤섞인 고약한 숨결에 숨이 턱 막히는 것을 느끼며 눈을 감았다. 더이상 아무것도 생각할 수 없었다.

그래서 왜 지금까지와는 다른 긴장감이 수감실 안에 확 퍼진 건지도 파악하지 못했지만, 문이 열렸다 다시 닫혔다는 사실만큼은 알 수 있었다.

누군가 다른 사람이 들어와 있었다. '그런데 누구지?' 맨 처음에는 알아채지 못했다. 안으로 들어온 사람은 리스베트였다. 그런데 그녀가 조금 이상해 보였다. 멍한 얼굴로 서 있는 모습이 어떤 생각에 잠겨 있는 듯도 했고, 자신이 어디에 있는지 모르는 사람 같기도 했다. 리스베트는 베니토가 다가오는데도 꿈쩍하지 않았다.

"내가 방해한 거야?"

"그래, 아주 큰 방해지! 누가 널 여기 들여보낸 거야?"

"저기 바깥에 있는 애들이. 그렇게 난리를 치진 않더군."

"멍청한 년들! 이년아, 내 손에 들고 있는 거 안 보여?" 베니토는 비수를 흔들어 보이며 소리쳤다.

리스베트는 칼을 힐끗 쳐다보았지만 별로 개의치 않는 듯했다. 그저 멍하니 베니토를 관찰하기만 했다.

"당장 꺼져, 이년아! 안 그럼 돼지처럼 목을 따줄 테니까!"

"그러지 못할걸. 그럴 시간이 없을 거야." 리스베트가 차분히 대꾸했다.

"하, 내가 못할 거 같아?"

증오의 물결이 몰아치는 수감실 안에서 베니토는 칼을 치켜들고 리스베트에게 달려들었다. 파리아는 그다음에 일어난 일을 제대로 파악하지 못했다. 주먹 한 방이 날아가고 팔꿈치가 뒤를 잇는가 싶더니 베니토의 몸이 날아가 벽에 부딪힌 모양이었다. 몸이 마비된 듯 굳어버린 베니토는 양손으로 짚을 새도 없이 콘크리트 바닥에 얼굴을 박고 쓰러졌다. 그리고 숨막히는 정적이 감돌았다. 정적을 깨는 건 지나가는 화물열차의 굉음뿐이었다.

6장

6월 18일

말린과 미카엘은 목재로 된 침대 헤드보드에 등을 기대고 앉았다. 미카엘이 그녀의 어깨를 부드럽게 어루만지며 물었다.

"무슨 일인데?"

"레오가 완전히 돌아버렸다고. 혹시 괜찮은 레드 와인 있어? 한잔 하면 좋겠는데."

"바롤로가 한 병 있을 거야." 미카엘이 와인을 찾으러 침대 밖으로 빠져나가며 말했다.

미카엘이 와인병과 잔 두 개를 가지고 돌아왔을 때 말린은 생각에 잠긴 눈으로 창밖을 내다보고 있었다. 비가 계속 내렸다. 리다르피에 르텐만의 수면은 안개로 살짝 덮여 있었고 멀리서 뱃고동이 울렸다. 미카엘은 잔들을 채운 뒤 말린의 볼과 입에 키스했다. 그러고서 다시 시작된 그녀의 이야기를 들으며 몸 위로 이불을 끌어올렸다.

"알다시피 지금 알프레드 외그렌의 대표는 창업주 막내아들인 이바르야. 레오보다 세 살 많고, 그 둘은 어렸을 때부터 아는 사이지. 하지만 친구라고는 할 수 없어. 오히려 원수에 가깝지."

"왜 그런 건데?"

"경쟁의식이나 열등감, 그런 거겠지. 이바르는 레오가 더 똑똑하다
는 걸, 그리고 허풍을 떨거나 거짓말을 할 때 자기 마음속을 꿰뚫어
본다는 걸 알지. 그 사람 콤플렉스는 지적인 차원만이 아니야. 이바
르는 언제나 고급 레스토랑에서 시간을 보낸 탓에 통통하게 살이 쪘
어. 아직 마흔도 안 됐는데 벌써 늙은이처럼 보이지. 반면 레오는 달
리기를 즐겨서 컨디션이 좋은 날에는 스물다섯 정도로까지 보여. 다
만 이바르는 좀더 적극적이고 강해. 그리고……"

말린은 얼굴을 찌푸리며 와인을 한 모금 삼켰다.

"그리고?"

"나도 거기 몸담았던 사람이라 이런 얘기를 떠벌리는 게 좀 부끄
러워서 말이야…… 어쨌든 이바르는 평소 괜찮은 사람이었어. 좀 지
나치게 열심이고 약간 거칠긴 해도, 뭐 그럭저럭 괜찮았지. 그런데
가끔은 옆에서 보기 민망할 정도로 고약해졌어. 자기 자리를 레오에
게 빼앗길까봐 그랬던 게 아닌가 싶어. 꽤 많은 사람들이, 심지어 이
사들 중에도 상당수가 그렇게 되길 바랐으니까. 내가 퇴사하기 전 마
지막주에, 그러니까 그날 밤 레오를 만나기 전에 우리 셋이 회의를
한 적이 있어. 내 후임에 대해 의논하려고. 아니나 다를까 대화는 딴
데로 흘렀고, 당신도 짐작하겠지만 이바르는 처음부터 기분이 좋지
않았어. 분명 이바르도 나와 똑같이 느꼈을 거야. 뭔가 이상하다는
느낌 말이야. 레오는 지나치게 기분이 좋아 보였는데, 마치 하늘 위
에 둥둥 뜬 사람 같았지. 게다가 그 주에는 일도 제대로 하지 않아서
결국 이바르가 참지 못하고 레오를 비난하기 시작했어. 넌 훈계나 늘
어놓는 게으름뱅이다, 비겁한 놈이다…… 그런 욕을 듣고도 레오가
반응하지 않고 미소만 짓고 있으니까 이바르는 더욱 화가 나서 최악
의 말을 내뱉어버렸지. 레오에게 더러운 유랑민 새끼라고 했어. 인종

차별적인 말이잖아. 말도 안 되는 얘기라 난 레오가 그냥 웃어넘길 거라고 생각했는데 그게 아닌 거야. 의자에서 벌떡 일어나 이바르에게 달려들어 목덜미를 움켜쥐었어. 그대로 목 졸라 죽여버릴 것처럼 말이야. 내가 몸을 던져 레오를 바닥에 쓰러뜨렸어. 돌아버리는 줄 알았지. 그때 그가 이렇게 웅얼거렸던 걸 기억해. '우리가 뭐 어때서? 우리가 뭐 어때서?' 그러다 겨우 진정됐지."

"그래서 이바르는 어떻게 했는데?"

"의자에 꼼짝 않고 앉아서 얼빠진 표정으로 우릴 쳐다보고 있었어. 그러더니 부끄러운 얼굴로 몸을 앞으로 굽혀 사과한 뒤 자리를 떴지. 난 레오와 함께 바닥에 누워 있었고."

"레오는 뭐라고 했어?"

"전혀. 내 기억으로는 아무 말도 안 했어. 어처구니없는 일이지."

"레오를 더러운 유랑민 새끼라고 부른 것도 마찬가지로 어처구니없는 일 아냐?"

"이바르는 원래 그런 인간이야. 한번 꼭지가 돌면 완전히 괴물이 되어버려. 레오를 유랑민 새끼가 아닌 돼지 새끼나 개 새끼라고 불렀다 해도 이상하지 않았을 거야. 이바르에겐 다 똑같은 소리였으니까. 아버지한테서 그런 편협한 사고를 물려받은 거겠지. 그 집안에는 그런 한심한 편견들이 가득했어. 내가 아까 부끄럽다고 한 건 바로 이런 이유 때문이야. 알프레드 외그렌에서 절대 일하지 말았어야 했어."

미카엘은 고개를 끄덕이며 와인을 한 모금 마셨다. 어쩌면 질문을 몇 가지 더 하고, 그녀의 마음을 편하게 해줄 말을 건네는 게 좋았겠지만 그는 아무 말도 하지 않았다. 무언가가 무겁게 가슴을 내리눌렀다. 처음에는 뭔지 알 수 없었지만 이내 리스베트의 어머니 앙네타도 유랑민 출신이라는 사실을 떠올렸다. 그녀의 조부가 유랑민이었을 것이다. 그렇다면 앙네타도 훗날 스웨덴 정부가 불법으로 규정한 유랑민 명단에 올라 있을 터였다.

"혹시 말이야……" 이윽고 미카엘이 입을 열었다.

"혹시 뭐?"

"……이바르는 자신이 실제로 레오보다 우월한 존재라고 여기고 있었던 건 아닐까?"

"아마 그렇겠지. 상관이니까."

"출신이나 혈통 측면에서 말이야."

"그건 이상한데. 만헤이메르 집안만한 명문가는 드무니까. 대체 무슨 말을 하고 싶은 거야?"

"글쎄, 나도 잘 모르겠어."

말린은 이제 진정을 한 듯했지만 약간은 슬픈 표정이었다. 그녀의 어깨를 어루만지던 미카엘은 문득 자신이 무엇을 확인해봐야 할지 깨달았다. 필요하다면 아주 오래전으로 거슬러올라가 옛 출생기록부까지 뒤져봐야 했다.

리스베트는 세게 때렸다. 어쩌면 지나치게 세게 때렸는지도 모른다. 베니토가 쓰러지기도 전에, 심지어 타격이 표적에 적중하기도 전에 그 사실을 알았다. 동작의 경쾌함과 물 흐르듯 뻗어나가는 힘을 통해 알 수 있었다. 격렬한 스포츠를 연마하는 사람이라면 누구나 알다시피 완벽한 기술일수록 눈에는 쉬워 보이는 법이다.

리스베트는 놀랍도록 정확하게 오른손으로 베니토의 목을 때린 뒤 팔꿈치로 턱뼈를 두 번 가격했다. 그런 다음 약간 뒤로 물러섰는데, 상대에게 곧바로 쓰러질 공간을 내주고 상황을 통제하기 위해서였다. 그녀는 베니토가 손으로 방어조차 못해보고 그대로 바닥에 얼굴과 턱을 처박는 모습을 보았다. 그리고 턱이 으스러지는 소리를 들었다. 사실 그 정도까지 바랐던 건 아니었다.

베니토는 엉망진창이 되어버렸다. 끔찍하게 뒤틀린 얼굴을 잔뜩 찌푸린 채 꼼짝 않고 엎드려서는 아무 소리도, 심지어 숨소리조차 내지 않았다. 베니토가 어떻게 된다고 해서 리스베트가 아쉬워할 건 전혀 없었지만, 만일 죽기라도 한다면 쓸데없이 일이 복잡해질 터였다. 게다가 티네가 바로 옆에 있었다.

티네는 베니토 같은 리더 타입이 아니었다. 오히려 누군가의 지시를 따르고 싶어하는 타고난 추종자처럼 보였다. 하지만 덩치 큰 근육질에 동작이 빠르고 팔이 길어 특히 옆에서 공격해올 경우 방어하기 어려운데 지금이 바로 그랬다. 그녀의 주먹을 제대로 피하지 못한 리스베트는 귀가 윙윙대고 뺨이 얼얼해지는 걸 느끼며 다시 격투를 준비했다. 하지만 공격은 이어지지 않았다. 티네는 싸움을 이어가는 대신 바닥에 널브러진 베니토를 그저 바라볼 뿐이었다. 차마 눈뜨고 보고 있기가 힘든 모습이었다.

입에서 흘러나온 선혈이 콘크리트 바닥 위에서 마치 맹금류의 발톱처럼 붉게 퍼져나갔고 몸통과 얼굴은 뒤틀려 있었다. 장기 입원 정도로 끝나면 다행일 듯싶었다.

"베니토, 살아 있는 거야?" 티네가 물었다.

"살아 있어." 리스베트는 완전히 확신하지 못하면서 대답했다.

링이나 다른 곳에서 사람들을 녹다운시켰을 때는 대부분 타격 후 신음이나 미세한 움직임이 뒤따랐다. 하지만 지금은 공기 중에 진동하는 긴장감으로 인해 더욱 무겁게 느껴지는 정적만이 감돌았다.

"빌어먹을, 꼼짝도 안 하잖아."

"맞아, 그렇게 좋아 보이진 않네."

티네는 뭐라고 꿍얼대며 두 주먹을 위협적으로 흔들어댔지만 이내 문밖으로 냅다 도망가버렸다. 리스베트는 다리를 벌리고 서서 파리아를 쳐다보았다. 헐렁한 파란색 수감복을 입은 파리아는 양팔로 무릎을 감싼 채 침대에 앉아 어안이 벙벙한 얼굴로 리스베트를 바라보았다.

"내가 널 여기서 꺼내줄게." 리스베트가 말했다.

홀게르는 릴리에홀멘에 있는 자신의 집에서 의료용 침대에 누운 채 리스베트와 나눴던 대화를 생각했다. 그는 아직도 리스베트의 질문에 대답해주지 못한 게 너무도 미안했다. 간병인들은 그를 무시하기 일쑤였고, 혼자 힘으로 필요한 자료를 찾기에는 몸이 너무도 쇠약했다. 조금만 움직여도 엉덩이와 다리에 찌르는 듯한 통증이 덮쳐와 보행기를 사용해도 걸을 수 없는 상태였다. 즉 모든 일에 다른 사람의 도움이 필요했다. 간병인들이 있지만 대부분이 그를 다섯 살배기 아이처럼 취급했고, 자신들이 하는 일을 별로 좋아하지 않는 듯했다. 아니면 노인을 좋아하지 않는 것이거나. 홀게르는 자존심 때문에 자주 그러는 건 아니지만, 이따금 자신이 비용을 지불해 자격을 갖춘 개인 간병인을 붙여주겠다던 리스베트의 제안을 딱 잘라 거절한 걸 후회하곤 했다. 한번은 그를 침대에서 끌어낼 때마다 인상을 잔뜩 찌푸리는 무뚝뚝한 젊은 간병인 마리타에게 이렇게 물어본 적이 있었다.

"혹시 자녀분이 있나요?"

"사생활 얘기는 하고 싶지 않습니다." 그녀는 이렇게 대답했다.

홀게르는 그저 정중히 물었는데 남의 사생활이나 캐묻는 인간 취급을 당했다. 이쯤 되면 노령이란 하나의 치욕이자 개인 존엄에 대한 학대나 다름없었다. 요즘 이런 생각들에 빠져 있던 그는 조금 전 기저귀를 갈아야 했을 때 문득 군나르 에켈뢰프*의 시구를 떠올렸다. "그들은 부끄러운 줄 알아야 한다."

젊었을 때 이후로는 이 시를 읽은 적이 없었지만 아직 잘 기억하고 있었다. 한 자도 빠짐없이 외울 수야 없겠지만 그래도 전체적인 내용은 알고 있었다. 아마도 시인의 분신일, '내 죽음에 대한 서문'이

---

* 스웨덴 시인(1907~1968).

라는 글을 쓰는 어떤 남자에 대한 시였다. 그 남자는 수련睡蓮들 사이로 올라온 꼭 쥔 주먹 하나와 수면 위로 보글보글 올라오는 단어들이 자신의 마지막 흔적이 되기를 바랐다.

스스로를 비참하게 여겨온 홀게르에게는 이 시가 유일하게 남은 희망, 즉 반항을 제안하는 듯 느껴졌다. 상태가 가차없이 악화되어가면서 얼마 안 있으면 침대에만 누워 식물처럼 지내게 될 터였다. 어쩌면 정신줄까지 놓게 될지도 모른다. 그를 기다리는 건 오직 죽음뿐이다. 하지만 그렇다고 해서 죽음을 순순히 받아들이라는 법은 없었다. 이것이 이 시가 주는 메시지이자 위안이었다. 홀게르는 묵묵한 항의의 표시로 주먹을 꽉 쥘 수 있었다. 통증, 기저귀, 꼼짝 못하는 몸, 그리고 이 모든 모욕에 반항하며 자긍심을 간직한 채 심연에 잠겨들 수 있었다.

그의 삶 전체가 그렇게 어둡기만 한 건 아니었다. 아직 친구들이 있었고, 무엇보다 리스베트가 있었다. 그리고 잠시 후면 집에 와서 자료 찾는 일을 도와줄 룰루도 있었다. 소말리아에서 온 룰루는 키가 크고 길게 땋아내린 머리가 아름다운 여성이었다. 무척 따스한 그녀의 눈길을 받으면 잃었던 자존감이 조금이나마 되살아나는 듯했다. 홀게르가 잠자리에 들기 전 보살펴주러 오는 룰루는 그의 등에 모르핀 패치를 붙이고 잠옷을 입혀 침대에 눕혀주는 일을 했다. 비록 스웨덴어는 조금 서툴지만 그녀가 건네는 질문들에서는 진심이 묻어났다. "어때요? 오늘은 좀 기분이 나아요?" 룰루는 이런 모호하고 멍청한 질문을 하는 법이 없었다. 그 대신 자신이 무얼 공부하고 배워야 하는지, 홀게르가 전에 무슨 일을 했는지, 어떤 생각을 하고 있는지 물었다. 그녀는 홀게르를 개인사도 없는 산송장이 아닌 한 명의 인간으로 여겼다.

룰루는 그의 삶에 한줄기 햇살 같은 존재였고, 자신이 플로드베리아 교도소를 방문했던 일과 리스베트에 대해 털어놓은 유일한 사람이었다. 그 방문은 정말이지 악몽이었다. 교도소의 높다란 담벼락을 보기만 해도 그의 몸은 덜덜 떨렸다. 어떻게 리스베트를 이런 곳에 둘 수 있는가? 그녀가 한 일은 오히려 칭송받아 마땅했다. 한 아이의 생명을 구했잖은가. 하지만 결국 이 나라의 악명 높은 여성 범죄자들과 함께 있게 되었고, 이는 완전히 잘못된 일이었다. 면회실에서 리스베트를 만났을 때, 그는 너무 흥분한 나머지 평소답지 않게 쓸데없는 얘기들을 늘어놓고 말았다.

홀게르는 그녀의 용 문신에 대해 물어보았다. 그런 종류의 예술을 잘 이해하지 못하는 세대였던 그는 그 문신이 늘 궁금했다. '인간은 늘 변화하고 진화하는 존재인데 어째서 다시 지울 수 없는 것으로 몸을 장식하는 걸까?'

리스베트의 답변은 지극히 짧고 간명했지만 그는 충분히 이해할 수 있었다. 그러다 이내 울컥해져 두서없고 혼란한 수다에 빠져들었고, 리스베트에게 여러 생각을 하게 만들었다. 사실 자신이 무슨 얘기를 하는 건지도 잘 몰랐으니 참으로 바보 같은 짓이었다. 귀신이라도 씌었던 걸까? 하지만 홀게르는 자신이 왜 그렇게 행동했는지 잘 알았고, 단지 너무 늙었거나 판단력이 흐려진 탓만은 아니었다. 몇 주 전 그를 불쑥 찾아온 마이브리트 토렐이라는 여자 때문이었다. 참새처럼 생긴 이 백발의 노부인은 상트스테판 정신병원에 리스베트가 입원했을 당시 그곳 원장이었던 요한네스 칼딘의 비서였다.

신문에서 리스베트에 관한 기사들을 읽은 그녀는 요한네스가 사망했을 때 인계받은 병원 기록들을 훑어보았다고 했다. 지금껏 직업상 기밀을 누설한 적은 결코 없었지만 이건 너무도 예외적인 상황이라고도 했다. "선생님도 아시다시피 그녀가 당한 일은 정말로 끔찍해요, 그렇지 않나요?" 그녀는 이렇게 말하며 모든 진실이 밝혀지도록 홀게르에게 자료들을 넘기겠다고 했다.

홀게르는 그녀에게 감사를 표하고 작별인사를 한 뒤 그 자료들을 읽어나갔다. 하지만 이미 다 알고 있는 이야기들이 되풀이될 뿐이어서 어느 때보다도 실망이 컸다. 거기에는 정신과 전문의 페테르 텔레보리안이 가죽끈으로 리스베트를 결박하고 추악한 가학행위를 저지른 내용들이 상세히 적혀 있었다. 새로운 건 전혀 없어 보였지만 홀게르의 착각일 수도 있었다. 그가 면회실에서 별생각 없이 내뱉은 한두 마디에 리스베트가 곧바로 조사를 시작하더니, 정부가 지원한 어느 연구에 그녀 자신이 포함된 적이 있었다는 사실을 알아냈기 때문이다. 그리고 그 시기 전후로도 연구에 연루된 다른 아이들을 알고 있다고 했다. 하지만 연구 책임자들이 누구인지는 아직 알아내지 못했고, 인터넷과 모든 기록들에서 그들의 정보는 철저히 가려진 듯한 인상을 받았다. 리스베트는 전화로 이렇게 부탁했다.

"혹시 뭔가 눈에 띄는 게 있는지 자료를 다시 한번 살펴봐주실래요?"

물론 그렇게 할 참이었다. 룰루가 와서 도와주기만 한다면.

침을 퉤퉤 뱉어가며 식식거리듯 뭐라고 웅얼거리는 소리가 들려왔다. 파리아는 무슨 뜻인지 정확히 알아들을 수 없었지만 저주의 말과 욕이라는 건 알았다. 파리아는 엎드린 채 크게 뻗어버린 베니토를 내려다보았다. 손가락 하나 까딱하지 못한 채 머리만 바닥에서 1센티미터쯤 쳐들렸을 뿐이었다. 그리고 두 눈으로는 리스베트를 죽일 듯 노려보았다.

"내 케리스로 널 가리켰어!"

베니토의 목소리는 너무나 우물대고 쉬어버려 사람처럼 느껴지지 않았다. 그녀의 입에서 흘러나오는 피와 말소리가 파리아의 머릿속에서 뒤섞였다.

"내 칼이 널 향하고 있다고! 넌 죽었어!"

그것은 사형선고나 다름없었다. 베니토가 기 싸움에서 잠시 우위를 점한 듯했다. 하지만 리스베트는 아무런 동요도 없이 베니토의 말을 듣지도 않는 것 같았다.

"죽은 건 너 같은데? 안 그래?"

리스베트는 더이상 베니토 따윈 신경쓰지 않고 복도 쪽으로 귀를 기울였다. 파리아는 그 이유를 알 수 있었다. 둔중하고도 다급한 발소리가 가까워오고 있었다. 누군가 그녀의 수감실을 향해 급히 걸어오는가 싶더니 이내 바깥에서 말소리와 욕설이 들려왔다. "모두 비켜, 빌어먹을!" 문이 왈칵 열리고 교도관 알바르가 문가에 모습을 드러냈다. 언제나처럼 파란 제복 셔츠 차림의 그는 달리기라도 한 듯 요란하게 숨을 몰아쉬었다.

"맙소사! 대체 무슨 일이야?"

알바르는 수감실 안을 위아래로 훑어보았다. 그의 두 눈은 바닥에 쓰러진 베니토로부터 그녀를 굽어보고 있는 리스베트에게로, 그리고 침대에 앉아 있는 파리아에게로 옮겨갔다.

"대체 무슨 일이야?" 그가 다시 한번 외쳤다.

"바닥에 뭐가 있는지 안 보여요?" 리스베트가 대꾸했다.

시선을 떨군 알바르는 베니토의 오른손 옆으로 흐르는 핏물 속에 놓인 비수를 발견했다.

"빌어먹을, 이게 뭐야?"

"누군가 금속탐지기에서 이 칼을 통과시키는 데 성공한 거지. 이 커다란 교도소의 직원들은 이미 통제력을 상실했고 위협받는 수감자를 보호할 능력이 없어. 그게 바로 이곳의 현실이라고."

"그런데 저…… 저건……" 알바르는 베니토의 턱을 가리키며 말을 더듬었다.

"그건 당신이 오래전에 했어야 할 일이야, 알바르."

알바르는 얼굴이 형편없이 망가진 채 바닥에 널브러져 있는 베니토를 뚫어지게 쳐다보았다. 그녀의 턱은 피투성이였다.

"리스베트, 내 케리스가 널 향하고 있어! 네년은 뒈질 거야, 뒈질 거라고!"

이렇게 내뱉는 베니토의 말에 알바르는 이번에야말로 얼굴이 새파래졌다. 그는 벨트에 달린 비상경보 버튼을 눌러 지원을 요청한 뒤 리스베트에게 고개를 돌렸다.

"베니토가 널 죽일 거야."

"그건 내 문제고." 리스베트가 대꾸했다. "난 얘보다 훨씬 더한 쓰레기들한테 위협당한 적도 있어."

"얘보다 더한 쓰레기는 없어."

그리 멀지 않은 복도 쪽에서 발소리가 들렸다. '이 빌어먹을 놈들이 처음부터 근처에 있었단 말인가?' 사실 그렇게 놀랄 일도 아니었지만 맹렬한 분노가 치밀었다. 딸 빌다와 그애를 향한 위협의 말들을 떠올렸고, 치욕 그 자체가 되어버린 이 교도소에 대해서도 생각했다. 다시 리스베트를 바라보며 그녀가 한 말을 곱씹어보았다. 당신이 오래전에 했어야 할 일…… 알바르는 자신이 뭔가를 해 보여야 한다는 걸 알았다. 자신의 위엄을 되찾아야 했다. 하지만 동료 교도관 하리에트와 프레드가 수감실 안으로 뛰어들어오는 바람에 미처 그럴 겨를이 없었다. 그들은 조금 전 알바르처럼 그저 딱 굳은 채 바닥에 쓰러져 있는 베니토를 바라볼 뿐이었다. 그녀가 뭐라고 욕설을 늘어놓는 소리가 들렸지만 정확히 무슨 말인지는 알 수 없었다. 다만 그 저주의 말들 속에서 '케' 혹은 '크리' 같은 소리만이 들릴 뿐이었다.

"아, 젠장!" 프레드가 외쳤다. "아, 젠장!"

알바르는 한 걸음 앞으로 나서며 목청을 골랐다. 그러자 비로소 프레드가 그를 쳐다보았다. 그 눈에는 공포가 가득했고 이마와 뺨에서는 땀방울이 흘러내렸다.

"하리에트, 의료진 불러와!" 알바르가 지시했다. "빨리! 그리고 프레드, 넌······"

알바르는 할말이 떠오르지 않았다. 다만 조금이라도 권위를 행사해 시간을 벌어보려고 했지만 소용없었다. 프레드가 여전히 동요한 목소리로 말을 끊었기 때문이다.

"이게 웬 날벼락이야? 대체 무슨 일이죠?"

"베니토가 좀 날뛰었어." 알바르가 대답했다.

"교도관님이 얘를 때렸어요?"

알바르는 곧바로 대답하지 않았다. 하지만 그 순간, 딸 빌다의 등굣길을 베니토가 섬뜩할 정도로 상세히 묘사했던 일이 떠올랐다. 그녀는 빌다의 고무장화 색깔까지 정확히 얘기했다.

"내가······"

알바르는 머뭇거렸다. 내가라는 말에서 알바르는 공포감과 함께 자신을 사로잡는 무언가를 느꼈다. 리스베트를 힐끗 쳐다보니 지금 그의 마음속에 무슨 생각이 스쳤는지 정확히 안다는 듯 그녀는 고개를 저었다. 하지만 그럴 수는 없었다······ 결단을 내려야 했다. 그가 해야 할 일이었다.

"어쩔 수 없었어."

"이런 젠장, 심각해 보이는데요? 베니토, 베니토, 괜찮아?" 프레드가 호들갑을 떨었다. 알바르는 지난 몇 달간 아무것도 안 보이는 척 지내왔지만 이번만은 참을 수 없었다.

"이봐, 베니토 걱정을 하느니 저기 있는 파리아나 좀 살펴보는 게 어때?" 알바르가 소리쳤다. "우린 이 수감동을 똥통이 되도록 방치했어. 바닥에 떨어져 있는 칼 보이지? 베니토가 이걸 들여왔어. 이 수감동에 빌어먹을 흉기를 밀반입해 파리아를 해치려 했다고! 마침 내가······"

알바르는 다시 머뭇거리며 할말을 찾았다. 순간 자신이 얼마나 엄청난 거짓말을 하고 있는지 불현듯 깨달은 그는 절망에 빠져 구조를 바라는 심정으로 리스베트를 다시금 쳐다보았다. 하지만 구조의 손길은 없었다.

"베니토가 날 죽이려고 했어요." 침대에 앉은 파리아가 목에 난 작은 상처를 가리키며 말했다. 그 말에 알바르는 다시 힘을 얻었다.

"자, 그러니 내가 어떻게 해야 했겠어? 상황이 좋아질 때까지 지켜보기만 해야 했을까?" 이렇게 소리치며 마음이 조금 편안해졌지만, 한편으론 자신이 얼마나 위험한 일에 뛰어든 건지 점점 선명하게 깨달았다.

하지만 빠져나가기엔 너무 늦어버렸다. 다른 수감자들이 벌써 문 앞에 모여들었고 심지어 들어오려고 문을 미는 이들도 있었다. 상황이 점점 그의 통제를 벗어나는 와중에 흥분된 목소리가 복도를 울렸고 어떤 이들은 박수를 쳤다. 큰 안도감과 해방감이 수감동 전체로 퍼져나갔다. 한 수감자가 환호성을 높이 내지르자, 그곳의 목소리들은 유혈이 낭자한 권투 시합이나 투우 경기에서 들을 법한 요란한 소리의 물결로 변하여 점점 고조되면서 사방으로 울려퍼졌다.

하지만 모두가 기뻐하는 건 아니었다. 이런 소란 속에서 위협하는 소리도 들려왔는데, 그 위협의 대상은 알바르가 아닌 리스베트였다. 사건의 진상이 벌써 밖으로 퍼져나가기라도 한 듯 말이다. '내가 가만있으면 안 돼! 강하고 단호한 모습을 보여야 해!' 알바르는 이렇게 생각하며 곧 경찰에 이 사건을 보고할 거라고 큰 소리로 알렸다. 그리고 잠시 후면 다른 수감동에서 교도관들이 지원을 나올 터였다. 비상경보 발령시 당연히 취해야 할 조치였다. 알바르는 수감자들을 당장 방에 가둬야 할지, 아니면 지원 병력이 올 때까지 기다려야 할지 갈피를 잡지 못했다. 우선 파리아를 향해 한 걸음 다가선 그는 그녀를 의료진과 심리상담사에게 데려가라고 하리에트와 프레드에게 지시했다. 그런 다음 리스베트를 바라보며 자신을 따라오라고 했다.

복도로 나온 그들은 극도로 흥분한 수감자들과 교도관들을 팔꿈치로 밀치며 나아갔다. 상황이 걷잡을 수 없이 악화되리라는 예감이 잠시 알바르의 머릿속을 스쳤다. 수감자들은 고래고래 소리치며 그들의 팔을 잡아당기면서 수감동 전체가 폭동 직전의 상태에 휩싸였다. 오랫동안 표면 아래에 억눌려 있던 그 모든 갈등과 분노가 한꺼번에 폭발해버릴 것처럼. 알바르는 간신히 리스베트를 수감실까지 데려가 문을 잠갔다. 수감자들이 문을 쾅쾅 두드려대는 와중에 동료 교도관들은 질서를 지키라고 고함을 질렀다. 알바르는 심장이 미친 듯이 쿵쾅댔고 입안은 바싹 타들어갔다. 할말이 생각나지 않았다. 리스베트는 그를 쳐다보지도 않았다. 그저 책상을 흘깃 바라보며 손가락으로 머리칼을 슬쩍 쓸어넘길 뿐이었다.

"내가 한 일은 내가 책임지는 게 좋아." 리스베트가 말했다.

"널 보호하려던 것뿐이야."

"헛소리! 그보단 스스로 좀 덜 부끄러운 인간이 되고 싶었겠지. 하지만 괜찮아, 알바르. 이제 가봐도 돼."

알바르는 뭔가를 더 말하고 싶었다. 자신을 변호해보고 싶었다. 하지만 그러면 더 우스운 꼴이 될 뿐이었다. 결국 그렇게 돌아서는 그때, 뒤에서 리스베트가 작게 중얼거렸다.

"내가 친 곳은 베니토의 목 부근이야."

목이라…… 알바르는 문을 잠근 뒤 복도의 아수라장을 헤치며 앞으로 나아갔다.

홀게르는 룰루가 오기를 기다리며 그 자료들 안에 어떤 내용이 담겨 있었는지 기억해보려 애썼다. 과연 새롭거나 중요한 정보가 있을까? 홀게르가 이미 알고 있는 사실, 즉 어머니 앙네타에 대한 아버지의 학대와 폭행이 극에 달했을 무렵 리스베트를 입양 보내려는 계획이 세워졌다는 사실 이상을 그 자료에서 발견해낼 수 있을 것 같지 않았다.

금방 확인할 수 있겠지. 매주 나흘씩 찾아오는 룰루가 밤 9시면 정확히 도착하니 말이다. 홀게르는 그녀를 기다리느라 목이 빠질 지경이었다. 룰루는 그를 침대에 눕히고 모르핀 패치를 붙인 뒤 여러 가지를 보살펴줄 터였다. 그런 다음엔 거실 책상 맨 아래 서랍에 들어 있는 자료를 꺼내다줄 것이다. 지난번 마이브리트 토렐이 다녀갔을 때 룰루가 직접 거기에 넣어두었다.

홀게르는 그 자료들을 매우 주의깊게 읽어보리라 다짐했다. 어쩌면 리스베트를 돕는 기쁨을 맛볼 수 있는 마지막 기회일 수도 있었다. 엉덩이에 다시 칼로 저미는 듯한 통증이 느껴지기 시작해 홀게르는 신음을 내뱉었다. 하루 중 이보다 더 고약한 시간은 없었다. '친애하는, 더없이 훌륭한 룰루. 당신이 필요하니 어서 와줘요.' 속으로 작은 기도를 하며 아직은 성한 손으로 침대보 위를 톡톡 두드려대기 시작한 지 오 분 혹은 십 분쯤 흘렀을 때, 친숙한 발소리가 계단에 울려퍼졌다.

현관문이 열렸다. '삼십 분이나 일찍 온 건가? 세상에 이런 기쁜 일이!' 그런데 언제나 현관문에서부터 들려오던 "안녕하세요, 영감님!"이라는 명랑한 인사말이 들리지 않았다. 집안을 요리조리 지나 침실로 다가오는 발소리만 들릴 뿐. 홀게르는 그답지 않게 덜컥 겁이 났다. 이렇게나 늙어서 좋은 건, 잃을 게 별로 없다는 점이지만 지금 그에겐 신경써야 할 자료가 있었다. 그것들을 제대로 읽어서 리스베트를 돕고 싶었다. 문득 살아야 할 이유가 하나 생긴 것이다.

"이봐요!" 홀게르는 소리쳤다. "거기 누구요?"

"이런, 깨어 계셨어요? 전 주무시는 줄 알았어요."

"당신이 올 때는 늘 깨어 있잖소." 홀게르는 한결 마음이 놓인 얼굴로 대답했다.

"영감님께선 요즘 얼마나 피곤하고 지쳐 계신지 모르는 것 같아요. 저번에 교도소에 면회 가셨을 땐 저러다 돌아가시는 건 아닌가 얼마나 걱정됐다고요." 룰루가 마침내 문가로 들어서며 말했다.

룰루는 아이섀도와 립스틱을 바르고 화려한 아프리카풍 드레스를 차려입은 모습이었다.

"내가 그 정도로 힘들어 보였소?"

"제가 말을 걸기도 힘들 정도였어요."

"미안하오. 앞으로는 좀더 신경쓰리다."

"아시겠지만, 영감님은 제가 제일 좋아하는 분이에요. 유일한 결점은 매번 미안하다고만 말씀하시는 거죠."

"미안하오."

"이것 보세요."

"그런데 룰루, 오늘 무슨 일 있는 거요? 평소보다 특히 아름다워 보이는데."

"오늘 베스테르하닝에 출신의 어떤 남자와 한잔하기로 했어요. 상상이 가세요? 엔지니어에 집도 한 채 있고, 얼마 전에 볼보도 새로 한 대 장만했답니다."

"물론 룰루 당신에게 홀딱 반한 남자겠지?"

"그러길 바라고 있지요."

홀게르의 두 다리와 엉덩이를 반듯하게 펴주며 그녀가 대답했다. 그런 다음 그의 목 뒤에 베개를 똑바로 받치고 앉는 자세가 되도록 침대 등받이를 올렸다. 등받이가 삐걱거리며 올라가는 동안 룰루는 그 남자에 대한 이야기를 늘어놓았다. 로베르트, 아니 롤프라고 했던가? 한 귀로 흘려듣고 있던 홀게르의 이마에 룰루가 손을 얹었다.

"아니, 온통 식은땀이에요. 바보 같으니! 샤워를 하셔야겠어요."

'바보 같으니'를 룰루만큼 따뜻하게 말하는 사람은 없었다. 평소 홀게르는 그녀와 잡담하는 걸 좋아했지만 지금은 마음이 너무 급했다. 그는 마비되어 꼼짝 못하는 자신의 왼손을 내려다보았다. 오늘따라 더욱 불쌍해 보이는 손이었다.

"미안해요, 룰루. 그보다 먼저 다른 일을 해줄 수 있겠소?"

"언제나 해드릴 존비가 되어 있지요."

"존비가 아니라 준비." 홀게르는 틀린 말을 바로잡아주었다. "저번에 책상 서랍 안에 넣어둔 자료들 기억하오? 그걸 다시 꺼내다주면 좋겠소. 한번 더 읽어보려고."

"너무 끔찍해서 못 읽겠다고 하셨잖아요?"

"그랬지. 그래도 한번 더 들여다봐야 해서."

"네, 알겠어요. 가서 찾아올게요."

서둘러 거실로 나간 룰루는 그가 기억했던 것보다 훨씬 높다랗게 쌓인 종이뭉치를 들고 돌아왔다. 아마 그 자료들에 다른 문서가 섞인 모양이었다. 그 종이뭉치를 보고 있자니 홀게르는 불안해졌다. 저 안에 뭔가 의미심장한 내용이 없어도 문제지만, 있으면 리스베트가 또 한바탕 소동을 일으킬 테니 그것도 문제였다.

"영감님, 오늘은 좋아 보이시네요. 그런데 정신이 딴 데 가 계신 것 같아요, 맞죠? 아직도 리스베트를 생각하고 계세요?" 머리맡 테이블 위 약상자들과 책들 옆에 종이뭉치를 내려놓으며 룰루가 물었다.

"그렇다오. 교도소에 갇혀 있는 그애를 보니 가슴이 아파서."

"그러셨겠죠."

"내 칫솔을 좀 가져다주고, 등에 모르핀 패치를 붙여줄 수 있겠소? 두 다리도 좀더 왼쪽으로 옮겨주고. 하반신 전체가 마치……"

"……칼로 저미는 것 같다고요?" 룰루가 말을 끝맺었다.

"바로 그래요. 내가 항상 그렇게 말하던가?"

"네, 항상요."

"그것 봐, 치매가 오고 있다니까. 어쨌든 난 이 자료들을 읽을 테니 룰루 당신은 로예르를 만나러 가도 돼요."

"로예르가 아니라 롤프예요."

"그래, 롤프. 착한 사람이면 좋겠네. 그게 가장 중요하니까."

"정말요? 영감님은 착한지를 보고 연인을 택하시나요?"

"응당 그래야 하지 않겠소."

"남자들은 항상 그렇게 말하죠. 그러고선 예쁜 여자가 눈에 띄기만 하면 정신없이 쫓아가고요."

"음, 아니, 난 그런 적 없다오."

홀게르는 그녀의 말에 더이상 귀를 기울이지 않고 자기 옆에 그 종이뭉치를 놓아달라고만 부탁했다. 성한 손—그렇게 성하다고도 할 수 없었지만—으로도 그걸 제대로 들어올릴 수 없었지만 어쨌든 룰루가 모르핀 패치를 붙여주려고 상의 단추를 푸는 동안 홀게르는 자료를 읽기 시작했다. 룰루가 자신의 일을 할 때, 홀게르는 이따금 읽기를 멈추고 그녀에게 격려가 되는 친절한 말을 건네곤 했다. 그러다 마침내 따뜻한 작별인사를 나눌 때에는 로에르인지 롤프인지와 잘되기를 빌어주었다.

홀게르는 자료를 넘기며 계속 읽어나갔다. 그가 기억하는 대로, 정신과 전문의 페테르 텔레보리안이 작성한 갖가지 보고서가 대부분이었다. 처방전, 환자가 복용을 거부한 약들, 시행하는 동안 환자가 고집스레 입을 다물고 협조를 거부한 요법들, 강제적인 조치를 취하기로 한 결정, 재평가, 다른 의사들의 의견, 보다 강제적인 조치를 취하기로 한 결정. 전부 건조한 의학용어로 쓰였지만 그 속에 흐르는 페테르의 악랄한 가학 성향이 명확히 드러나는 문서들이었다. 이미 홀게르의 가슴을 갈가리 찢어놓았던.

리스베트가 조사하는 것과 관련된 정보는 전혀 찾을 수 없었다. '이번에도 주의깊게 보지 않은 걸까?' 다시 한번 살펴보기로 마음먹은 홀게르는 보다 확실히 하기 위해 돋보기를 쓰기로 했다. 그리고 모든 페이지를 재차 꼼꼼히 검토한 끝에 마침내 뭔가를 찾아냈다. 상트스테판 정신병원에 리스베트가 입원했을 때 페테르가 작성한 사소한 기밀 메모 두 개. 그렇게 대단한 정보라고 할 수는 없었지만 거기에는 리스베트가 찾아달라고 부탁한 바로 그 이름들이 적혀 있었다.

첫번째 메모는 이러했다.

RGM, 즉 웁살라 유전자 및 사회환경 연구물 기록소가 이미 파악한 케이스. 프로젝트 9에 참여. (결과는 만족스럽지 못함.) 사회학 교수 마르틴 스테인베리가 가정위탁양육을 결정. 실현 불가능. 도망 성향. 상상력 풍부. 룬드가탄 자택에서 G.와 심각한 사건. 6세에 불과한 나이에 가출.

6세에 불과한 나이에 가출? 리스베트가 면회실에서 말해주었던 그 사건일까? 그건 분명했다. 그러면 G.는 목에 반점이 있다는 여자? 충분히 그럴 수 있다! 하지만 더는 자세한 정보가 없어 확신하기 어려웠다. 곰곰이 생각에 잠긴 홀게르는 메모를 다시 읽어보곤 살짝 미소를 지었다. 상상력 풍부. 그 못난 인간이 리스베트에 대해 남겨둔 유일한 긍정적 언급이었다. 당나귀도 이따금 똑똑한 소리를 하지…… 물론 이렇게 웃을 이야기가 아니었다. 이 메모는 어린 리스베트가 하마터면 납치당할 뻔했다는 사실을 밝히고 있었다. 홀게르는 다시 읽어나갔다.

친모 앙네타 살란데르, 두부 타격으로 심각한 뇌손상을 입음. 에펠비켄 요양원에 입원. 과거에 심리학자 힐다 폰 칸테르보리를 몇 차례 만났음. 직업상 기밀준수 의무를 위반하고 기록소 관련 정보를 누설했을 가능성이 있는 인물. 하지만 더는 환자를 만날 수 없을 것임. 마르틴 교수와 G.가 추가 조치를 계획중.

마르틴 교수…… 마르틴 스테인베리…… 왠지 알 듯도 한 이름이었다. 홀게르는 휴대전화를 간신히 집어들고서—요즘은 쉽게 할 수 있는 일이 하나도 없었다—구글의 이미지 검색을 통해 곧바로 그가 누구인지 확인했다. '어떻게 이걸 깜빡할 수 있지?' 마르틴과 특별히 가까운 관계는 아니었지만 그들은 만난 적이 있었다. 첫번째 만남은 이십오 년 전쯤으로 거슬러올라간다. 친부 폭행 혐의로 기소된 불우한 가정의 청년을 홀게르가 변호했던 재판에 마르틴이 전문가 증인으로 출석했었다.

홀게르는 마르틴 같은 권위자가 같은 편이라는 사실에 매우 기뻤던 일이 생각났다. 마르틴은 명망 높은 조사단과 위원회 등에서 활동하는 사람이었다. 다소 구식에 융통성이 부족하긴 했지만 그의 발언이 유용했다는 데는 의심의 여지가 없었다. 그의 도움 덕분에 홀게르는 무죄선고를 얻어냈고, 재판이 끝나고 함께 한잔한 후에도 여러 차례 만났었다. 구면이니 정보를 얻을 수 있을지도 몰랐다.

두툼한 종이뭉치를 가슴 위에 올려놓은 채 침대에 누운 홀게르는 생각을 정리해보려 했다. '마르틴과 접촉하는 건 경솔한 짓일까?' 그렇게 곰곰이 궁리하는 십 분 내지 십오 분 사이 모르핀이 듣기 시작해 칼로 저미는 듯했던 엉덩이 통증이 조금 따끔한 수준으로 나아졌다. 결국은 어쨌든 전화 한 통 정도는 해봐야 하지 않을까? 리스베트가 특별히 도움을 부탁했는데 애를 써야 하지 않을까? 마침내 자료에서 찾아낸 단서를 이용해보지 않을 수 없다고 판단한 홀게르는 전략을 세우고 전화번호를 눌렀다. 신호가 가는 동안 시계를 보니 밤 10시 20분이었다. 조금 늦기는 했지만 또 그렇게 늦은 시각은 아니었다. 아무튼 그는 신중하게 처신할 생각이었다. 하지만 수화기 너머로 마르틴의 딱딱하고 권위적인 목소리가 들려오자 기가 푹 꺾여버렸고, 침착하고 여유로운 모습을 보이기 위해 마음을 가다듬어야 했다.

"이렇게 늦은 시간에 전화를 드려 실례가 아닌지 모르겠습니다."

홀게르는 운을 뗐다. "교수님께 긴히 여쭤볼 게 한 가지 있어서요."

마르틴 교수는 불친절한 사람은 아니었지만 경계하는 음색이었다. 위키피디아에서 본 대로 그가 대단한 자리에 임명되고 영예로운 임무를 부여받은 일에 대해 축하의 말을 건네보았지만 경계는 쉽게 누그러지는 것 같지 않았다. 마르틴은 예의상 홀게르의 건강에 대해 물었다.

"이 나이에 무슨 말을 하겠습니까? 온몸의 통증이 내가 아직 살아 있음을 확인시켜주니 감사해야죠." 홀게르는 짐짓 웃으며 대답했다.

마르틴도 그를 따라 웃는 시늉을 했다. 그러고선 좋았던 옛 시절에 대해 잠시 이야기를 나눈 후 홀게르는 전화를 건 이유를 설명했다. 한 고객이 찾아와 기록소라는 곳에서 마르틴 교수가 어떤 역할을 했는지 알고 싶어했다고 말이다. 그러나 이것이 실수임을 곧장 깨달았다. 냉정을 잃지는 않았지만 마르틴의 목소리에 긴장하는 기색이 역력했기 때문이다.

"지금 무슨 말씀을 하시는지 모르겠네요."

"그렇습니까? 이상하군요. 지금 제 앞의 자료엔 그 기관에서 교수님이 결정권자 역할을 하셨다고 적혀 있는데요."

"어떤 자료를 말씀하시는 건가요?"

"제가 받은 자료 말입니다." 홀게르는 일부러 애매하게 방어적으로 대답했다.

"그게 정확히 어떤 자료인지 알고 싶군요. 너무 생뚱맞은 소리라서요." 놀라울 정도로 날카로워진 말투로 마르틴이 말을 이었다.

"네, 알겠습니다. 제가 좀더 자세히 들여다보죠."

"네, 그렇게 하시는 게 좋을 겁니다."

"아니면 제가 착각했는지도 모르겠네요. 이 나이엔 늘 그렇잖아요."

"뭐, 가끔 그럴 수도 있죠."

마르틴은 상냥한 모습을 보이려 애쓰며 대꾸했지만 충격을 받은 듯한 기색을 제대로 감추지 못했다. 보호장치를 해두려는 건지 쓸데 없는 말까지 덧붙였다.

"그 자료에 몇 군데 오류가 있을 가능성도 있겠죠. 그 고객 이름이 어떻게 됩니까?"

홀게르는 의뢰인의 이름을 밝힐 권리가 없다고 얼버무린 뒤 최대한 빨리 통화를 마쳤다. 수화기를 내려놓기도 전에 좋지 않은 결과가 뒤따르리라는 걸 감지했다. 이렇게 멍청할 수가! 도움을 주고 싶었지만 결국 일을 더 꼬이게 하고 말았다. 릴리에홀멘 위로 밤이 드리웠으나 상황은 나아지지 않았다. 갈수록 커져가는 불안과 자책이 등과 엉덩이 통증과 합쳐져 증폭되었고, 멍청하고 경솔하게 처신한 자신을 몇 번이고 계속해서 저주했다.

늙은 홀게르에게는 참으로 안된 일이었다.

7장
6월 19일

일요일 아침, 일찍 눈을 뜬 미카엘은 말린을 깨우지 않기 위해 살그머니 침대를 빠져나왔다. 그러고는 청바지에 회색 면 셔츠를 걸친 뒤 진한 카푸치노와 샌드위치를 만들어 먹으면서 조간신문을 대충 훑어보았다.

그런 다음 컴퓨터 앞에 앉아 어디서부터 시작하는 게 좋을지 생각해보았지만 막막하기만 했다. 오랜 세월 그는 그야말로 가능한 한 모든 것을 파헤쳤다. 문헌, 일지, 데이터베이스, 재판 기록, 마이크로필름, 서적, 재산 목록, 세금신고서, 재무제표, 유언장, 조세공과금……

그동안 미카엘은 비밀유지 원칙에 저항하며 공공 기록을 열람할 권리와 정보원 보호를 들먹였다. 부정한 방법을 쓰거나 허술한 법을 이용하기도 했다. 말 그대로 쓰레기통을 뒤지고, 오래된 사진들을 들여다보고, 상반되는 진술들의 퍼즐을 맞춰보고, 지하실과 창고에 들어가보았다. 하지만 누군가가 입양아나 사생아인지 알아보려 한 적은 한 번도 없었다. 평소엔 그런 정보들을 거들떠보지도 않았지만,

지금은 자신의 본능을 따라야 했다. 이바르가 레오를 유랑민이라고 부른 게 단순히 역겨운 인종차별적 모욕만은 아니었을 것이다. 뭔가 이상했다. 만일 이 멍청이가 레오의 혈통을 문제삼는 거라면 더더욱 이해할 수 없는 일이었다. 만헤이메르는 그 가계와 귀족 선대가 17세기까지 거슬러올라가는, 어느 모로 보나 외그렌 집안보다 훨씬 고결한 가문이었기 때문이다. 이들의 과거를 좀더 자세히 들여다볼 필요가 있었다.

인터넷 검색을 시작한 지 얼마 안 되어 미카엘의 입가에 빙그레 미소가 떠올랐다. 계보학은 그야말로 국민운동이었다. 참고할 만한 문헌들이 헤아릴 수 없이 많았고 대량의 출생기록부, 주민등록부, 이민자 대장 등이 스캔 및 디지털화되어 있었다. 이 금광에는 없는 게 없었으며, 유전자 데이터 은행들은 시간을 아주 멀리까지 거슬러올라가 선사시대의 조상들까지 알아볼 수 있게 해주었다. 돈과 인내심만 충분하다면 지난 수천 년간 대초원과 대륙을 굽이굽이 이동해 다닌 선조들의 발자취를 따라가볼 수 있었다.

하지만 70년간 비밀유지 기한이 적용되는 오늘날의 입양에 대해 알아보는 건 또다른 문제였다. 행정고등법원을 통해 예외를 인정받는 시도를 해볼 순 있었지만 그런 기회는 오직 중대하게 정상을 참작해야 하는 경우에만 주어졌다. 자신이 무얼 찾는지조차 아직 모르고 있는 기자는 자격미달이었다. 공식적인 문들은 전부 닫힌 셈이었지만 이런 장애물을 뛰어넘을 방법이 언제나 존재한다는 사실을 그는 누구보다 잘 알았다. 이제 그 방법을 찾아내기만 하면 된다.

아침 7시 30분이었다. 말린은 커다란 침대에서 평화롭게 잠들어 있고, 리다르피에르덴만의 하늘은 화창한 하루를 예고하는 듯했다. 몇 시간 후 레오의 강연을 들으러 포토그라피스카 미술관으로 가기 전에 먼저 그의 과거에 대해 알아볼 생각이었다. 하지만 일을 시작하고도 별 진척이 없었다. 오늘이 일요일이라는 사실도 한몫했다. 모든 곳이 닫혀 있었고 도움을 줄 만한 사람들 역시 전부 휴일을 즐기는 중일 테니 말이다. 게다가 지난밤 말린과 긴 대화를 나눈 후 레오에게 약간 호감을 느끼게 된 것도 사실이었다. 포기할 생각은 없었다. 만일 그가 제대로 이해했다면, 가장 먼저 해야 할 건 스톡홀름 시청 자료실에 레오의 출생기록부 열람을 요청하는 일이었다. 거부당한다면 레오가 입양아일지도 모른다는 그의 의심을 정당화해주는 일이 되겠지만 물론 그것만으로는 충분치 않다. 출생기록부는 입양이 아닌 다른 갖가지 이유로도 기밀자료로 분류될 수 있으므로 레오뿐 아니라 부모의 신상 기록도 입수해 비교해봐야 했다. 예외적인 경우가 아닌 한 기밀로 분류되진 않을 테니 그것을 보면 그들이 지리적으로 어떻게 옮겨다녔는지 알 수 있다. 만일 레오가 태어난 날 부모와 같은 지역—아마도 노케뷔시 베스테르레드—에 등록되지 않았다면, 이는 헤르만과 비베카가 그의 생물학적 부모가 아니라는 명백한 증거다.

미카엘은 시청 자료실에 이메일로 보낼 신상 기록 열람 요청문을 작성했지만 발송하지 못했다. 미카엘 블롬크비스트라는 이름 자체가 비상벨이나 다름없었기 때문이다. 사람들은 미카엘이 어떤 정보를 찾는다고 하면 그 이유를 궁금해한다. 그리고 어김없이 소문이 돌기 시작한다. "미카엘이 또 뭔가를 캐러 왔다!" 그가 요청문을 보내면 분명히 소문이 퍼질 테고, 만일 이것이 정말로 민감한 사안이라면 역효과만 일으킬 터였다. 결국 미카엘은 요청문을 보내는 대신 공공 기록에 익명으로 접근할 권리를 내세워 다음날 문의전화를 걸기로 했다.

어쩌면 홀게르는 이미 답을 알고 있을지도 모른다. 온갖 악조건과 의사의 권고에도 불구하고 플로드베리아 교도소까지 찾아가 리스베트를 만나지 않았던가. 오랜만에 안부인사를 나누는 것도 나쁘지 않을 듯해 미카엘은 휴대전화를 집어들고 몇시인지 확인했다. 너무 이른 시간일까? 아니, 홀게르는 주중이나 주말이나 항상 새벽에 일어났다. 그래서 곧장 전화를 걸어보았지만 헛수고였다. 노인의 휴대전화에 문제가 있는 것인지 '이 번호는 당분간 사용할 수 없으니……'라는 음성만 흘러나올 뿐이었다. 그의 집으로도 전화를 걸어보았지만 이번에도 응답이 없었다. 미카엘이 다시 시도해보려는 그때, 등뒤에서 말린이 맨발로 마루를 걸어오는 소리가 들렸다. 그는 미소를 지으며 고개를 돌렸다.

홀게르는 자신의 휴대전화가 작동하지 않는 걸 알고는 쓴웃음을 지었다. '이상할 것도 없지. 나부터 해서 제대로 돌아가는 게 이제 하나도 없잖아.' 홀게르는 비참한 꼴을 하고 있었다. 통증과 후회로 새벽 일찍부터 잠이 깬 채 누워 있었다. '대체 뭐에 씌었던 걸까?'

어젯밤 마르틴에게 전화한 건 분명히 크나큰 실수였다. 대단한 위원회며 조사단에서 한자리 차지하고 있는 인물이라고 해서 못돼먹은 사기꾼이 아니란 법은 없었다. 게다가 리스베트 본인과 친모의 뜻과는 상관없이 위탁양육 서류에 서명했다는 사실만 보더라도 충분히 의심스러웠다.

아, 세상에! 이렇게 멍청할 수가. 대체 어떻게 해야 할까? 가장 먼저 리스베트에게 전화해 상의해야 했다. 하지만 휴대전화가 먹통이었다. 어차피 잡상인 아니면 대화하고 싶지 않은 사람들만 연락해오는 집 전화는 아예 쓰지 않았다. 아마 그가 코드를 뽑아버렸을 것이다.

사력을 다해 몸을 뒤집어서 바라보니 역시 코드가 뽑혀 있었다. 과연 다시 꽂을 수 있을까? 마침내 홀게르는 침대 난간 너머로 최대한 상체를 내려 용을 쓴 끝에 코드를 다시 밀어넣었다. 그러고서 다시 누워 잠시 숨을 고른 후 머리맡 테이블 위의 낡은 수화기를 집어들었다. 삑, 삑 하는 신호음이 들렸다. 힘이 난 홀게르는 전화번호 안내센터에 전화해 플로드베리아 교도소를 연결해달라고 요청했다. 수화기 너머에서 특별히 상냥한 목소리가 자신을 맞아주리라고 기대한 건 아니었지만, 교도소 교환원의 거만하고 무례한 응대는 기가 찼다.

"변호사 홀게르 팔름그렌입니다." 그는 할 수 있는 한 위엄 있게 말했다. "엄중감시구역 담당자와 연결해주시겠습니까? 아주 중요한 사안입니다."

"기다리세요."

"그럴 시간 없다고요!"

항의해보았지만 홀게르는 계속 대기하며 이리저리 연결되고 여러 핑계들로 끝없이 지연된 끝에야 엄중감시구역의 어느 교도관과 겨우 통화할 수 있었다. 하리에트 린드포르스라는 교도관은 쌀쌀맞고 퉁명스러웠지만, 홀게르는 매우 중대한 사안임을 강조하며 당장 리스베트와 통화하고 싶다고 말했다. 하지만 돌아온 대답이 그를 얼어붙게 했다. 신경질적인 목소리 때문이 아니라 그 내용 때문이었다.

"안 됩니다. 현재 상황에선 그럴 수 없어요."

"무슨 일이 일어났습니까?"

"당신이 법적 대리인인가요?"

"아뇨. 뭐, 그렇다고 할 수도 있고……"

"무슨 말인지 모르겠군요."

"직접적으로 관련된 건 아니지만……"

"그럼 나중에 전화하세요." 하리에트는 그대로 전화를 끊어버렸고, 불같이 화가 난 홀게르는 성한 손으로 침대를 쾅쾅 내리쳤다. 그는 최악의 시나리오들을 상상하며 이 모든 게 자기 탓이라고 자책했다. 그러다 냉정을 되찾고 머릿속에 떠오르는 온갖 불길한 생각들을 떨쳐보려고 애썼지만 허사였다. '왜 몸뚱이가 이 모양이란 말인가, 빌어먹을!'

지금은 벌떡 일어나 상황을 통제해야 할 때였다. 하지만 손가락들은 뻣뻣하게 뒤틀렸고 몸은 구부러진 채 반은 마비되어 있었다. 남의 도움 없이는 휠체어에 올라탈 수도 없는 처지였다. 이 얼마나 한심한 꼴인가! 여태껏 밤마다 십자가의 길을 걸어야 했다면 지금은 이 저주받은 매트리스 위에 그야말로 못박힌 셈이었다. 시인 에켈뢰프와 수련 가운데 솟은 꼭 쥔 주먹조차 그에게 힘을 주지 못했다.

홀게르는 전화기를 힐끗 쳐다보았다. 교도소 교환원과 통화중일 때 다른 전화가 걸려와 불빛이 깜박인 것 같았기 때문이다. 역시 미카엘이 전화를 했다가 음성메시지를 남겨놓았다. 다행이었다. 미카엘이라면 지금 그가 발견한 정보를 어떻게 다뤄야 할지 알려줄 수 있으리라. 홀게르는 곧장 미카엘의 번호를 눌렀지만 아무도 응답하지 않았다. 하지만 끈질기게 벨을 울려댄 끝에 마침내 수화기 너머에서 미카엘의 숨찬 목소리가 들려왔다. 홀게르의 괴로운 헐떡거림보다 훨씬 유쾌한 것임을 금방 알 수 있었다.

"혹시 내가 방해했소?"

"오, 천만에요!" 미카엘이 여전히 헐떡거리며 대답했다.

"여성분과 함께 있는 건 아니고?"

"오, 아닙니다, 아닙니다."

"거짓말이에요!" 뒤에서 어떤 여자의 목소리가 끼어들었다.

"미카엘, 그 숙녀분을 화나게 하지 말아요." 이런 위기 상황에서조차 홀게르는 구제불능의 신사였다.

"현명하십니다." 미카엘이 맞장구쳤다.

"그럼 그 숙녀분을 챙기시오. 대신 당신 동생에게 전화하겠소."

"잠깐만요!" 미카엘은 노인의 목소리에서 어떤 불안함을 감지했다.

"그렇잖아도 변호사님과 통화하려고 했어요." 미카엘은 말을 이었다. "리스베트를 만나셨죠, 그렇죠?"

"그래요, 그리고 그애 때문에 좀 걱정이 되오." 홀게르는 머뭇거리며 대답했다.

"저도 마찬가지입니다. 변호사님께선 어떤 이야기를 들으셨죠?"

"난……"

홀게르는 전화상으로 민감한 정보를 얘기하지 말라던 미카엘의 오랜 충고가 떠올랐다.

"네, 말씀하세요."

"그애가 또 무언가를 알아내고 싶어하는 것 같았소."

"그게 뭔데요?"

"그애의 어린 시절과 관련된 것. 하지만 미카엘, 아주 고약하게도 내가 멍청한 짓을 저질러버린 것 같소. 그애를 도와주고 싶었다오. 그래, 정말로 도와주고 싶었어. 그런데 일을 엉망진창으로 만들어버렸지. 모든 걸 설명할 테니 이리로 와줄 수 있겠소?"

"물론이죠. 금방 가겠습니다!"

"무슨 말이야? 안 돼!" 다시 여자의 외침이 들렸다.

홀게르는 이 여자가 누구일지 생각해봤다. 그리고 얼마 안 있어 쿵쿵거리며 들이닥칠 마리타를, 옷이 갈아입혀지고 휠체어에 앉혀져 차 맛이 나는 밍밍한 커피 한 잔을 마시게 될 때까지 이어질 괴롭고 굴욕적인 모든 과정들도 떠올렸다. 그리고 지금 가장 시급한 건 리스베트와 통화하는 일이었다. 유전자 및 사회환경 연구물 기록소의 책임자였던 이가 아마도 마르틴 스테인베리일 거라는 사실을 무슨 수를 써서라도 알려야 했다.

"그보단 오늘밤 9시 넘어서 오는 게 좋겠소." 홀게르가 말했다. "그 기회에 둘이서 한잔할 수도 있고. 아무래도 오늘은 술 한잔 해야겠소."

"좋습니다, 그럼 오늘밤에 뵙죠." 미카엘이 동의했다.

홀게르는 통화를 마치고 리스베트와 관련된 옛 자료들을 머리맡 테이블 위에 내려놓았다. 그런 다음 안니카 잔니니에게, 그리고 플로드베리아 교도소장 리카르드 파게르에게 전화를 걸어보았지만 아무도 응답하지 않았다. 그러다 몇 시간쯤 지나자 집 전화마저 작동하지 않았고, 마리타 역시 올 기미가 보이지 않음을 깨달았다.

레오 만헤이메르는 10월의 그날 오후를 종종 생각하곤 했다. 열한 살 때였다. 토요일, 어머니는 성당 주교님과 점심식사를 함께했고 아버지는 우플란드 근교 숲으로 사냥을 나갔다. 집안은 조용했고, 레오는 혼자였다. 심지어 그를 살펴야 하는 가정부 벤델라마저 집에 없어 과외 교사들이 내준 온갖 숙제들도 내팽개쳤다. 대신 그랜드피아노 앞에 자리를 잡고 앉았다. 소나타나 에튀드를 연주하기 위해서가 아니라 곡을 쓰기 위해서였다.

당시 갓 작곡을 시작한 레오의 곡들은 주위 사람들의 박수를 받지 못했다. 어머니 비베카는 그가 만든 곡들을 듣고 이렇게 말했다. "멋은 부렸는데 조금 난해한 곡이구나, 얘야." 하지만 음악을 만드는 일이 너무 좋아서 수업중에나 숙제를 할 때도 오직 작곡만 생각했다. 그날 오후에는 우울한 선율의 곡을 쓰고 있었다. 훗날 〈아들린을 위한 발라드〉와 기이하게 흡사하다는 사실을 알았음에도 불구하고, 그리고 어머니가 매우 옳았다는 걸 깨달았음에도 그가 평생 연주하게 될 곡이었다. 열한 살밖에 안 된 아이에게 그런 냉정한 말을 한 어머니의 행동이 옳았다는 게 아니라 그녀의 말이 정곡을 찔렀던 것이다.

초창기에 레오가 작곡한 곡들은 너무 화려하기만 했다. 그다지 세련되지 못한데다 보다 장식적이고 대담한 화음을 만들어줄 재즈적 기교도 없었다. 무엇보다 그만이 감지할 수 있었던 모든 소리들, 즉 환풍기 소리, 곤충과 수풀이 내는 소리, 발소리, 멀리서 들리는 엔진 소리, 사람들의 목소리 등을 아직 제대로 다룰 줄 몰랐다. 하지만 그날 피아노 앞에 앉은 레오는 여느 또래 소년들처럼 행복한 시간을 보냈다.

항상 홀로 남겨진 채 부모가 아닌 다른 이들의 돌봄을 받아온 레오가 진심으로 사랑하는 사람은 단 하나, 심리학자 칼 세게르였다. 매주 화요일 오후 4시에 브룸마에 있는 칼의 사무실에 가서 심리치료를 받았고, 저녁이면 종종 부모님 몰래 통화를 하곤 했다. 칼은 그를 이해해주었고, 레오를 대신해 부모님과 맞서 싸웠다.

"아이를 숨 좀 쉬게 놔두세요! 아이는 아이답게 커야 한단 말입니다!"

물론 아무런 효과가 없었지만 그래도 칼은 레오를 위해 나섰다. 칼과 그의 약혼자 엘레노르만이 레오를 감싸주었다.

칼이 낮이라면 레오의 아버지 헤르만은 밤이었다. 하지만 그들 사이에는 레오가 이해할 수 없는 어떤 결속이 있었다. 예를 들어 칼은 동물을 죽이는 일을 좋아하지 않음에도 헤르만을 따라 사냥에 갔다. 레오가 보기에 칼은 헤르만이나 알프레드와는 전혀 다른 사람이었다. 권력 게임 따위는 하지 않았고, 큰 소리로 웃어대거나 저녁 식탁에서 다른 이를 조롱하는 일도 없었다. 칼은 승자들에게는 별 관심이 없었고, 그 대신 한 걸음 물러나 있으면서 세상을 더 정확한 눈으로 바라보는 아웃사이더들에 대해 얘기하곤 했다. 그리고 시를 즐겨 읽었다. 특히 프랑스 시를 읽었고 알베르 카뮈와 스탕달과 로맹 가리를 좋아했다. 가수 에디트 피아프의 열렬한 팬이었고 플루트를 연주했으며, 옷차림은 약간 의도한 듯 심플한 보헤미안 스타일이었다. 무엇보다 칼은 레오의 고민에 귀기울여주었고, 그의 재능 혹은—보는 관점에 따라서는—그 저주의 깊이를 알아본 유일한 사람이었다.

"레오, 네 감수성을 자랑스럽게 여기렴. 네 안에는 큰 힘이 있어. 모든 게 좋아질 테니 조금도 걱정하지 마."

칼의 말은 레오에게 큰 위안이 되었다. 아이는 화요일 오후 4시가 되기만을 목이 빠져라 기다렸고, 그 만남은 일주일 가운데 가장 행복한 시간이었다. 사무실은 그뢴비크스베겐의 칼의 자택이었다. 1950년대 파리의 풍경을 담은 흑백사진들이 걸린 방에서 가죽이 닳아 부드러워진 안락의자에 앉아 레오는 부모님과 친구들이 이해해주지 못하는 모든 것들에 대해 한 시간, 때로는 두 시간 동안 얘기하곤 했다. 물론 자신이 칼을 이상화했을 수 있다는 건 알았지만, 그래도 레오의 어린 시절에서 칼은 최고의 기억으로 남은 사람이었다.

그 10월의 오후 이후 레오는 평생 칼에 대한 기억을 이상적으로 간직한 채, 피아노 앞에 앉아 맞닥뜨렸던 그 순간을 계속 반추할 수밖에 없었다. 그때 음표 하나, 멜로디와 화음의 변화 하나를 놓고 한없이 고민하던 레오를 멈추게 한 건, 차고 진입로 쪽으로 아버지의 벤츠가 들어오는 소리였다.

아버지는 일요일 오후에나 귀가하기로 되어 있었기 때문에 레오는 그가 빨리 돌아왔다는 사실에 불길함을 느꼈다. 뿐만 아니라 진입로에는 기이한 정적이 감돌았고, 차문이 열릴 때는 머뭇거림이, 그리고 쾅 닫힐 때는 맹렬한 분노가 묻어나왔다. 자갈길을 저벅저벅 걸어오는 발소리는 무겁고도 느렸으며 아버지의 숨소리는 거칠었다. 그러다 한숨과 함께 아마도 여행가방과 엽총일 물건들을 내려놓는 소리가 현관에서부터 들려왔다.

이층으로 연결되는 나선형 나무계단이 삐걱거렸다. 아버지의 실루엣이 문가에 드리우기도 전에 불길한 예감에 휩싸였던 그 순간을 레오는 영원히 기억할 것이다. 녹색 사냥용 바지와 검은 방수 재킷 차림의 아버지는 민머리가 온통 땀에 젖은 채 불안해 보였다. 평소 어려움이 닥치면 화를 내거나 거만한 태도를 보이던 그가 그때는 겁먹은 기색으로 약간 휘청거리며 걸어오고 있었다. 엉거주춤 피아노에서 일어선 레오는 아버지와 어색하게 포옹했다.

"얘야, 마음이 아프구나. 정말로 마음이 아파."

레오는 그 말에 담긴 진심을 한 번도 의심해본 적이 없었으나 거기엔 다른 무언가가 있었다. 해석하기 힘든 무언가, 그가 들려준 이야기와 아들의 눈을 똑바로 쳐다보지 못하는 시선에서 느껴지는 무언가가. 분명 말해지지 않은 끔찍한 무언가가 행간에 숨어 있었지만 그 순간에는 그런 것들은 중요하지 않았다.

칼 세게르는 죽었고, 레오의 삶은 결코 전과 같지 않을 터였다.

화창한 날이었지만 스웨덴 주주협회 행사가 열리는 포토그라피스카 미술관에는 이례적으로 많은 사람들이 모였다. 요즘은 세상이 이렇다. 무엇이든 주식과 관련된 일에는 사람들이 구름처럼 모여든다. 오늘 주최측에서는 부에 대한 꿈과 미래에 대한 불안을 적절히 버무린 주제를 내놓았다. 지수 상승인가, 아니면 거품 붕괴인가? 급변하는 주식시장을 이야기하는 오후. 이 자리에 초대된 적잖은 경제계 인사들 가운데 레오가 대표적인 인물이라고는 할 수 없었다.

첫번째 발언자로 레오가 무대에 오르기 직전에 미카엘과 말린이 막 도착했다. 무더운 날씨 속에 도심을 가로질러 급히 온 그들은 간신히 맨 뒤 왼편에 남은 두 자리를 찾아냈다. 말린은 레오와 재회할 생각에 약간 긴장한 상태였다. 미카엘은 홀게르와 통화한 후 왠지 모를 불길한 예감에 사로잡혀 스웨덴 주주협회의 젊은 회장 카린 레스탄데르의 개회사도 듣는 둥 마는 둥했다.

"여러분, 정말 흥분되는 날입니다! 오늘 우리는 전문가 몇 분을 모시고 현재 주식시장에 대한 정확한 분석을 들어볼 예정입니다. 이에 앞서 주식 거래에 대해 좀더 철학적으로 고찰해보는 시간을 갖도록 하겠습니다. 자, 경제학 박사이자 알프레드 외그렌 증권회사의 분석 전문가인 레오 만헤이메르 씨를 뜨거운 박수로 맞아주십시오!"

호리호리한 곱슬머리 남자가 연청색 정장 차림으로 맨 앞줄 의자에서 일어나 무대 위로 올라갔다. 처음에는 모든 게 문제없어 보였다. 레오는 가볍고 힘차게 걸어나왔고, 그와 같은 부류의 사람들에게 기대할 수 있는 부유하고도 자신감 넘치는 모습을 하고 있었다. 그때 누군가가 조심성 없이 바닥에서 의자를 끌어당겼는지 청중 쪽에서

끼익 하는 날카로운 소리가 울렸다. 그러자 레오는 얼굴이 납빛으로 변하며 비틀거리기 시작했다. 금방이라도 쓰러져버릴 것 같았다. 말린은 미카엘의 손을 꼭 쥐고서 속삭였다. "오, 안 돼!"

"이…… 이런, 레오! 괜찮아요?" 카린이 무대 위에서 말을 더듬었다.

"네, 괜찮습니다."

"정말 괜찮아요?"

레오는 무대 위 원탁을 꼭 붙잡고 손을 더듬어 물병을 찾았다.

"조금 긴장했나봅니다." 레오는 애써 미소를 지어 보였다.

"자…… 이렇게 나와주셔서 감사해요." 카린은 계속 진행해도 괜찮은 건지 알 수 없어 난감해하는 표정이었다.

"네, 감사합니다."

"레오 씨는 평소……"

"……이보다는 훨씬 튼튼하죠."

청중 가운데서 어색한 웃음이 일자 카린의 얼굴이 조금 밝아졌다.

"맞아요. 바위처럼 튼튼하죠. 레오 씨는 평소 알프레드 외그렌에서 사실에 근거한 경제 분석을 해오셨습니다. 그런데 최근엔 주식시장을 보다…… 철학적 관점에서 묘사하기 시작하셨어요. 뭐라고 표현하셨죠…… 맞아요, '믿는 이들을 위한 신전'이라고 하셨죠."

"음, 그러니까……"

레오는 더이상 말을 잇지 못했다. 대신 숨을 깊이 들이마시며 넥타이를 조금 풀었다.

"말씀하시죠."

"그러니까…… 그건 제가 만든 표현이 아닙니다. 사실 아주 고전적인 얘기죠."

"그렇다면 무슨 뜻인 건가요?"

"음……"

"말씀하시죠."

레오는 호흡을 가다듬었다.

"금융시장은 종교와 마찬가지로 명백히 믿음에 근거를 두고 있다는 뜻입니다. 만일 우리가 의심하기 시작하면 두 가지는 다 무너져버리죠. 이는 반박의 여지가 없는 사실입니다."

어깨를 바로 펴며 말하는 그의 얼굴에 혈색이 조금 돌아왔다.

"하지만 우리는 언제나 의심을 하잖아요?" 카린이 끼어들었다. "오늘 우리가 모인 것도 그 때문이고요. 우리가 거품 속에 있는지, 혹은 경제 호황의 끄트머리에 와 있는지 늘 자문해보지 않나요?"

"작은 규모의 의심은 주식시장을 존재하게 합니다." 레오가 대답했다. "매일 수백만의 사람들이 의심하고 희망하고 분석하죠. 그게 바로 주식 가격을 정하고요. 하지만 지금 제가 얘기하는 건 보다 깊고 근본적인 차원의 의심입니다."

"신에 대한 의심을 말씀하시는 건가요?"

"이를테면 그런 것인데, 지금 제가 생각하는 건 성장에 대한 의심, 장래의 이윤에 대한 의심입니다. 고평가된 시장에서 이보다 더 위험한 건 없죠. 이런 염려는 증시 붕괴를 초래하고 세계를 깊은 불황의 늪에 빠뜨릴 수 있으니까요."

"심각한 결과를 초래할 수 있는 게 이런 종류의 의심만은 아니잖아요, 그렇지 않나요?"

"맞아요, 우린 관념 그 자체를 의심하기 시작할 수도 있습니다. 상상적 구조에 대해 말이죠."

"상상적 구조요?"

"어쩌면 제 발언이 여기 계신 어떤 분들에겐 도발로 느껴질 수 있을 텐데요, 그 점을 미리 사과드립니다. 하지만 금융시장이라는 건 카린 씨나 저처럼, 혹은 이 테이블 위 물병처럼 실제로 존재하는 것이 아닙니다. 시장은 하나의 상상적인 구조물이죠. 우리가 믿기를 멈추는 순간, 시장은 더이상 존재하지 않게 됩니다."

"그 말은 좀 과장이 아닌가요?"

"아뇨, 아뇨, 한번 잘 생각해보세요. 시장이란 무엇일까요?"

"그래요, 무엇이죠?"

"사회 구성원끼리 맺은 하나의 협약이죠. 우리는 바로 그곳에서, 그 경기장에서 통화와 기업, 그리고 원자재의 가격을 정하도록 결정했습니다. 우리의 불안, 모든 꿈, 생각, 그리고 미래에 대한 욕망을 바탕으로 말이에요."

"대담한 생각이군요."

"아뇨, 그렇게 대담하지 않습니다. 그렇다고 해서 시장을 부정적으로, 혹은 불안한 시선으로 볼 필요도 없고요. 인류의 삶에서 중요한 것들, 즉 문화유산이나 제도 같은 것은 대부분 사실 인간의 상상력과 이성이 만들어낸 구조물들이니까요."

"물론 돈도 그렇죠."

"맞습니다, 그 어느 때보다 오늘날 더욱 그렇죠. 그러니까…… 우린 더이상 디즈니 만화의 스크루지 맥덕처럼 금화 속에서 헤엄치지도 않고, 침대 매트리스 밑에 현금을 감춰놓지도 않아요. 오늘날 우리가 저축한 돈은 컴퓨터 화면 위 숫자들, 시장의 움직임에 따라 끊임없이 변화하는 숫자들이죠. 그리고 우린 그것들을 온전히 신뢰하고 있고요. 그런데 한번 상상해보세요……"

레오는 여전히 호흡이 고르지 못한 듯 보였다.

"말씀하시죠."

"이 숫자들 때문에 불안해진다고 상상해보세요. 시장의 변동에 따라 요동칠 뿐 아니라, 숫자들이 완전히 지워져버릴까봐, 칠판에 쓴 글씨처럼 어느 날 갑자기 깨끗이 사라져버릴까봐 불안해지기 시작하면요. 그럼 어떤 일이 일어날까요?"

"우리 사회가 뿌리째 흔들리겠죠."

"바로 그렇습니다. 그리고 몇 달 전에 비슷한 일이 일어났죠."

"파이낸스 시큐리티에 매각되기 전 중앙투자증권이었던 스웨덴 투자증권센터에 가해진 해킹 공격을 말씀하시는 건가요?"

"맞습니다, 당시 우린 투자금이 일시적으로 증발해버린 상황에 직면했죠. 사이버 공간 어디에서도 찾을 수가 없어 시장은 충격에 휩싸였고, 크로나화 환율은 46퍼센트나 하락했습니다."

"하지만 스톡홀름 증권거래소가 놀랄 만큼 신속하게 대응해 모든 거래 사이트들을 폐쇄했잖아요."

"그 점에서는 책임자들을 칭찬하지 않을 수 없죠, 카린. 하지만 당시 증시가 붕괴되지 않았던 데는 스웨덴의 그 누구도 거래를 할 수 없었다는 점도 작용했습니다. 돈이 없으니 거래도 할 수 없는 거죠. 그런데 어떤 일이 있었는지 아세요? 그 와중에 어떤 이들은 지갑이 더 두툼해졌습니다. 생각만 해도 머리가 핑 돌 일이죠. 증시 폭락을 야기한 자들이 하락세에 미리 주식을 사놓고서 과연 얼마나 벌었을지 상상해보세요. 그 정도 돈을 취하려면 은행 수천 곳은 털어야 할 겁니다."

"맞습니다, 그 사건에 대해선 수많은 기사와 논평이 나왔죠. 특히 〈밀레니엄〉의 미카엘 블롬크비스트 씨가 쓴 기사를 빼놓을 수 없고요. 마침 저 뒤쪽에 앉아 계시네요. 그런데 레오 씨, 실제로 이 사건은 얼마나 심각한 일이었나요?"

"사실상 큰 위험은 없었습니다. 파이낸스 시큐리티나 스웨덴의 은행들은 충분한 백업 시스템을 갖추고 있으니까요. 하지만 희망과 두려움이 지배하는 이 시장에서 '사실상'이나 '실제로' 같은 표현들은 중요한 말이라고 할 수 없죠. 이 사건에서 심각한 점은 우리가 디지털 세계 안 자본의 존재 자체를 한동안 의심하게 됐다는 사실입니다."

"이 해킹 공격과 더불어 SNS를 중심으로 허위정보가 대대적으로 유포되었고요."

"맞습니다. 사라진 자산이 절대로 복구될 수 없다는 가짜 주장들이
트위터에서 대거 쏟아져나왔죠. 즉 해킹 공격이 노린 건 돈 그 자체
라기보다 우리의 믿음이었음을 확실히 알 수 있습니다. 그 둘을 구별
할 수 있는지는 모르겠지만요."

"요즘은 이런 주장도 있어요. 해킹 공격과 허위정보 유포 작전을
러시아 쪽에서 조종했다는 명백한 증거가 있다는 주장 말이에요."

"그렇습니다. 단정적으로 혐의를 두는 건 조심해야 하지만, 한편
그런 주장은 많은 것을 생각하게 합니다. 어쩌면 미래의 전쟁은 바로
이런 식으로 시작될지도 몰라요. 돈에 대한 믿음을 상실하는 것보다
더 큰 혼란을 초래하는 건 별로 없으니까요. 게다가 자기 자신이 먼
저 의심을 시작할 필요조차 없습니다. 다른 사람들이 의심하고 있다
고 생각하는 것만으로 충분하죠."

"좀더 자세히 설명해주시겠어요?"

"군중심리와 같습니다. 상황이 제대로 통제되고 있어 위험한 사태
가 벌어질 가능성이 전혀 없음을 스스로 잘 안다 하더라도 아무런
소용이 없다는 뜻입니다. 만일 다른 사람들이 공황에 빠져 달리기 시
작하면 덩달아 함께 달리게 된다는 겁니다. 전설적인 경제학자 케인
스는 주식시장을 미인 대회에 비유했죠."

"미인 대회요?"

"네, 유명한 이야기예요. 미인 대회에서 심사위원들은 자신이 가장
아름답다고 생각하는 후보가 아니라 우승할 가능성이 커 보이는 후
보를 선택한다는 거죠."

"의미하는 바가 무엇인가요?"

"자기 자신의 선호는 잊고 타인의 취향과 의견을 고찰해봐야 한다
는 뜻입니다. 한 걸음 더 나아가, 남들이 누구를 가장 아름답게 여길
거라고 생각하는지도 헤아려봐야 한다는 겁니다. 머리에 쥐가 날 정

도로 복잡한 생각이 되겠죠."

"좀 복잡하네요."

"하지만 금융시장에서 매 순간 일어나는 일들에 비하면 꼭 그렇지도 않아요. 금융시장은 단순히 기업과 우리를 둘러싼 세계의 본질적 가치만을 분석한 결과가 아닙니다. 심리적 요인도 동등하게 중요한 작용을 하죠. 실제적인 심리 메커니즘과 시장에 대한 가정들 말이에요. 남들이 세운 가정에 대한 가정들도 있고요. 그리고 모두가 남들보다 한 걸음 앞서고 싶어하기 때문에 이 모든 요소들을 아주 면밀히 검토하죠. 남들보다 좀더 빨리 출발하고 싶어하는 현상은 케인스 시대부터 조금도 변한 게 없어요. 하지만 갈수록 자동화되는 거래 경향이 시장을 한층 자기반영적으로 만들고 있습니다. 알고리듬이 거래자들의 매도와 매수 주문을 빠르게 분석하면서 기존 패턴들을 강화해나가는 거죠. 그런데 여기엔 큰 위험성이 있습니다. 시장의 작은 움직임 하나가 순식간에 가속화해 통제 불가능한 요소로 발전할 수 있어요. 그런 상황에선 어리석은 짓인 줄 알면서도 돌진하는 것 같은 비합리적인 행동이 오히려 합리적인 판단이 되죠. 모두가 필사적으로 뛰기 시작하는데 가만히 앉아 '바보들아, 천치들아, 안전하다고!' 이렇게 소리쳐봤자 무슨 소용이 있겠어요?"

"맞는 말씀입니다." 카린이 끼어들었다. "하지만 이러한 공황이 정당성을 얻지 못하면 보통 시장은 자체적으로 바로잡아지지 않나요?"

"물론입니다. 다만 그런 자정능력은 늦게 발휘될 수도 있어요. 당신의 생각이 아무리 옳다 해도 그 옳음이 파산을 막아줄 수 없고요. 케인스에 따르자면, 당신의 생각이 옳을 수 있지만 그 대가는 파산인 겁니다."

"유감스럽군요."

"하지만 희망은 있습니다. 시장의 자기성찰 능력을 기대할 수 있어요. 기상학자가 분석한다고 해서 날씨를 바꿀 수 있는 건 아니죠. 하지만 경제를 연구할 때 우리가 세우는 가설과 분석은 경제적 유기체의 일부가 됩니다. 그래서 주식시장은 자기성찰적인 신경증 환자와도 같아요. 진화하고 배워나갈 수 있죠."

"동시에 바로 그 때문에 주식시장을 예측할 수 없는 것 아닌가요?"

"맞습니다, 이 무대에 있는 저와도 조금은 비슷하다고 할 수 있죠. 언제 비틀거릴지 전혀 알 수 없으니까요."

청중석에서 웃음이 터져나오며 어색한 분위기가 누그러졌다. 레오는 부드럽게 미소 지으며 무대 가장자리 쪽으로 한 걸음 내디뎠다.

"그런 관점에서 볼 때 주식시장은 역설적입니다." 레오가 말을 이었다. "우리 모두는 주식시장을 이해하고 이를 통해 돈을 벌기를 원하죠. 하지만 만일 우리가 정말로 이해하게 된다면 시장은 그 이해를 바탕으로 다시 변화할 겁니다. 주식시장에 대한 최종 설명모델이 새로이 등장해 우리의 파악방식도 바꾸어야 한다면 시장은 변종 바이러스 같은 존재가 됩니다. 만일 우리가 주식시장을 완전히 이해한다면 그건 더이상 작동하지 않을 거라고 단언할 수 있고요."

"이러한 부조화가 주식시장의 본질 그 자체라는 말씀이군요."

"맞습니다. 우리는 매도자와 매수자, 믿는 자와 의심하는 자가 동시에 되어야 해요. 이게 바로 이 혼란스러운 음악의 아름다움이라고 할 수 있죠. 이 불협화음의 합창이 시장을 놀라울 정도로 현명하고 예리하게 만듭니다. 이따금 방송에 나와 구루 행세를 하려 드는 우리들 중 그 누구보다도요. 세계 도처의 사람들이 제각각 이런 고민을 한다고 생각해봅시다. '어떻게 하면 최대한 많은 돈을 벌 수 있을까?' 이때 가정과 정보 사이, 매수자들의 희망과 매도자들의 의심 사이에 완벽한 균형이 이뤄진다면 거의 예언자적 혜안이 출현할 수 있어요. 문제는 시장이 혜안을 갖추는 때가 언제인지, 아니면 미쳐버린 군중처럼 맹목적으로 질주하는 때가 언제인지를 우리가 알 수 있느냐는 거죠."

"우리가 그걸 어떻게 알겠어요?"

"그게 바로 요점입니다." 레오가 결론을 내렸다. "저는 자신감이 넘칠 때면 금융시장을 충분히 안다고 말하곤 하지만, 곧바로 아무것도 모른다는 사실을 깨닫습니다."

말린이 미카엘의 귀에 대고 속삭였다.

"어때, 그렇게 멍청이는 아니지?"

미카엘이 막 대답하려는데 주머니 속에서 휴대전화가 울렸다. 동생 안니카였다. 홀게르와 나눴던 대화를 떠올리며 미카엘은 조용히 양해를 구한 뒤 자리에서 일어섰다. 곧장 깊은 생각에 잠겨 강연장을 나와버리는 바람에 레오의 얼굴이 약간 어두워지는 걸 알아채지 못했다. 하지만 이를 감지한 말린은 레오를 주의깊게 관찰했다. 그날 밤 사무실에서 모래색 종이에 뭔가를 쓰던 레오의 모습을 다시금 떠올렸다. 그때 분명 이상하고도 중대한 일이 일어났을 거라는 확신이 점점 강해졌다. 토론이 끝나면 레오를 찾아가 그 일에 대해 얘기해보리라.

미카엘은 부두에 서서 저편의 감라스탄 시가지와 왕궁을 바라보았다. 잔잔한 수면 위로 저멀리 대형 유람선 한 척이 정박하러 들어오고 있었다. 안드로이드폰의 암호화 프로그램을 사용해 안니카에게 전화를 걸자 신호음 한 번 만에 약간 숨찬 목소리가 들려왔다. 무슨 일이라도 있느냐고 물으니 그녀는 플로드베리아 교도소를 방문했다가 귀가하는 중이라고 했다. 리스베트는 경찰 조사를 받고 있었다.

"무슨 혐의라도 있는 거야?"

"아직은 없어. 운좋으면 무사히 빠져나올 수도 있고. 그런데 미카엘, 이번 일은 심각해."

"어서 말해봐!"

"알았어, 진정해. 예전에 내가 말했던 베니토 안데르손이라는 수감자 있잖아? 교도관들과 수감자들을 협박하고 농락한다는 그 엄청나게 못돼먹은 인간. 글쎄 외레브로 대학병원에 실려갔대. 엄중감시구역에서 폭행당해 턱과 머리에 중상을 입은 상태로."

"그게 리스베트와 무슨 상관인데?"

"우선 그 구역 책임자 알바르가 자기 소행이라고 주장했어. 베니토가 다른 수감자에게 비수를 휘둘러서 제압하지 않을 수 없었다는 거야."

"교도소 안에서?"

"그래, 엄청난 사건이지. 어떻게 교도소 내에 흉기가 반입되었는지 진상조사도 동시에 진행중이야. 난 폭행 자체는 문제될 게 없다고 봐. 정당방위 판결을 받는 게 그리 어렵지 않으니. 게다가 파리아 카지라는, 내가 전에 얘기한 방글라데시 출신 수감자의 증언이 알바르의 주장을 완벽히 뒷받침하고 있어. 알바르가 자기 생명을 구해줬고 말이야."

"그럼 리스베트는 뭐가 문제야?"

"본인의 증언부터가 문제야."

"리스베트도 현장에 있었다는 거야?"

"아휴, 차근차근 얘기해줄게."

"오케이."

"우선은 파리아와 알바르의 증언 사이에 몇 가지 모순이 있어. 알바르는 주먹으로 베니토의 목을 두 번 가격했다고 주장했지. 파리아는 베니토가 팔꿈치에 맞아 콘크리트 바닥 위로 처참하게 쓰러졌다고 하고. 뭐, 이렇게 증언이 엇갈리는 건 그렇게 중요하지 않아. 트라우마적 사건을 겪은 이들의 기억이 크게 어긋날 수 있다는 건 경험 있는 수사관이라면 다 아니까. 문제는 감시카메라 화면이야."

"뭐가 찍혔는데?"

"사건은 저녁 7시 30분 직후에 일어났어. 플로드베리아 교도소 엄중감시구역 최악의 시간대지. 수감실이 폐쇄되기 직전인 그 시간에 보통 폭력행위들이 벌어지는데, 그중 위험에 가장 크게 노출된 수감자가 바로 파리아였어. 알바르는 그 사실을 잘 알면서도 아무런 조치를 취하지 않았다고 시인했지. 그 사람 조서를 한번 훑어봤는데 아주 솔직하더군. 그런 점에선 괜찮은 사람인 듯해. 어쨌든 알바르는 어제 저녁 7시 32분에 자기 사무실에서 오랫동안 기다려온 전화를 받았어. 베니토가 다른 교도소로 이감된다는 소식이었지. 하지만 제대로 대답도 못하고 급히 수화기를 내려놓았어."

"왜?"

"본인 진술에 따르면, 그때가 막 7시 30분이 되었다는 걸 알게 돼서 그랬대. 불안해져서 급히 사무실을 나와 개인코드를 입력하고 보안문을 통과한 뒤 엄중감시구역 복도를 따라 달린 거지. 그런데 이상하게도……"

"뭔데?"

"그때 티네 그뢴룬드라는 수감자가 파리아의 방에서 뛰쳐나왔어. 수감동에서 베니토의 애완견, 혹은 보디가드로 불리는 여자였지. 여기서 의문이 떠오르는 거야. 왜 그렇게 급히 거기서 뛰쳐나왔을까? 알바르가 오는 소리를 들어서? 아니면 전혀 다른 이유로? 알바르는 티네를 보지 못했다고 주장하고 있어. 파리아의 방 앞에 모인 수감자들을 헤치고 나아가느라 정신이 없었대. 그러고서 들어가보니 베니토가 손에 칼을 들고 있기에 그녀의 목을 있는 힘껏 가격했다는 거야. 프라이버시 때문에 수감실엔 감시카메라를 설치할 수 없으니 그의 주장을 확인할 순 없어. 그는 신념 있고 진실한 사람 같아. 그런데 그 수감실 안에 이미 리스베트가 있었어."

"눈앞에서 벌어지는 부당한 폭력을 보고만 있을 사람은 아니지."

"피해자가 파리아 같은 여성일 때는 더더욱. 하지만 그게 전부가 아냐."

"오케이. 계속해봐."

"수감동 분위기가 심상치 않았어. 평소 교도소 내 사람들은 별로 말이 없잖아. 그런데 그날은 분위기가 들끓는 게 멀리서도 느껴지더군. 리스베트랑 함께 구내식당을 지나가는데 수감자들이 일제히 컵으로 식탁을 두드리기 시작하는 거야. 리스베트를 영웅으로 바라보는 듯하면서도…… 동시에 사형수로 여긴다는 느낌도 들었어. 누가 데드 우먼 워킹이라고 내뱉는 소리도 들었다고. 수감동에서 리스베스를 더 유명하게 만들 뿐인 일이라고 해도 사실 아주 심각한 일이잖아. 그 말에 담긴 유쾌하지 않은 의미 때문이 아니라 경찰이 의심할 수 있으니까. 베니토의 턱을 부숴놓은 건 알바르인데 어째서 수감자들이 리스베트를 위협하느냐 말이지."

"무슨 말인지 알겠어." 미카엘이 생각에 잠긴 채 대답했다.

"지금 리스베트는 격리된 상태고, 강한 의심을 받고 있어. 물론 유리한 점이 많은 건 사실이야. 그 왜소한 여자가 그렇게 강력한 펀치를 날릴 수 있다고는 아무도 생각 안 하는 것 같아. 파리아가 증언했다지만 만일 알바르가 베니토를 폭행하지 않았다면, 그가 왜 모든 걸 뒤집어쓰려는지도 알 수 없고. 그런데 미카엘, 그 똑똑한 리스베트가 이번엔 왜 미련하게 구는지 모르겠어."

"무슨 말이야?"

"사건에 대해 아무 말도 안 해. 그냥 두 가지만 전해달래."

"그게 뭔데?"

"첫째, 베니토는 그렇게 당해도 싸다."

"그리고?"

"둘째, 베니토는 그렇게 당해도 싸다."

미카엘은 자신도 모르게 웃음을 터뜨렸지만 그저 웃기에는 상황이 매우 심각했다.

"그럼 넌 실제로 어떤 일이 벌어졌다고 생각해?"

"내 일은 누구의 말을 믿는 게 아니라 의뢰인을 변호하는 거야." 안니카가 대답했다. "하지만 순수하게 가정해보자면 이렇게 말할 수는 있어. 베니토는 리스베트가 좋아하지 않는 유형의 프로파일에 부합한다."

"내가 해줄 일이라도 있어?"

"그래서 전화한 거야."

"말해봐."

"파리아 변호 일을 좀 도와줘. 리스베트가 부탁해서 내가 그녀의 사건도 맡게 됐거든. 리스베트가 교도소에 있으면서 파리아의 배경을 알아본 모양인데, 오빠랑 〈밀레니엄〉이 이 일을 돕는 데 관심이 있을 것 같아. 강력하고 중요한 기삿거리일 수도 있거든. 파리아의 남자친구 자말 초두리가 달리는 지하철에 깔려 사망한 사건이야. 우리 오늘 저녁에 볼 수 있을까?"

"9시에 홀게르와 만나기로 했어."

"오, 그럼 내 안부도 전해줘. 오늘 내게도 전화를 하셨던데. 그런데 9시? 우린 그전에 만나서 저녁 먹으면 어때? 파네 비노 레스토랑에서 6시?"

"오케이." 미카엘이 동의했다. "좋아, 그렇게 하자고."

전화를 끊은 미카엘은 그랜드 호텔과 왕립공원 쪽을 멍하니 바라보았다. 곧바로 돌아가려다 휴대전화로 몇 가지를 검색했다. 그러고서 건물에 들어섰을 때는 이십 분이 흐른 뒤였다.

그런데 입구 옆 책들이 진열된 테이블 근처를 서둘러 지날 때 조금 이상한 일이 일어났다. 레오와 딱 마주친 것이다. 미카엘은 악수를 청하고 오늘 강연에 대한 좋은 얘기를 건네고 싶었지만 차마 그러지 못했다. 레오가 매우 불안하고 우울해 보여 햇빛 속으로 총총히 사라지는 뒷모습만 멀거니 지켜보았다.

그렇게 잠시 생각에 잠겨 꼼짝 않고 서 있던 미카엘은 다시 안으로 들어가 말린을 찾았다. 하지만 그녀는 자리에 없었고, 미카엘은 늦게 돌아온 자신을 탓할 수밖에 없었다. '더는 못 참고 혼자 가버린 걸까?' 강연장 안을 훑어보니 무대 위에는 나이든 남자가 흰 화면 위 그래프와 곡선을 가리키고 있었다. 미카엘이 모르는 사람이었다.

　청중들 사이에서 계속 말린을 찾던 미카엘은 마침내 그녀의 모습을 발견했다. 강연장 오른쪽 와인잔들이 놓인 휴식 공간에 그녀가 있었다. 손에 잔을 든 채 힘이 쭉 빠진 얼굴을 하고서.

　무슨 일이 있었던 게 분명했다.

8장
6월 19일

파리아는 수감실 벽에 등을 기대고 앉아 지그시 눈을 감았다. 실로 오랜만에 거울을 보고 싶은 마음이 들었다. 아직 몸안에는 두려움이 남아 있었지만 희망의 빛이 조금 보이는 것 같았다. 알바르가 사과한 일에 대해, 변호인 안니카와 자신을 신문한 수사관들에 대해 생각했다. 물론 자말도.

파리아의 바지 주머니에 든 갈색 가죽케이스에는 명함이 한 장 끼워져 있었다. 문화센터 토론회가 끝난 후 자말이 준 것이었다. 자말 초두리, 블로거, 작가, 생물학 박사(다카 대학교) 그리고 이메일 주소와 휴대전화 번호. 그 아래에는 다른 서체로 그의 홈페이지 주소 www. mukto-mona.com이 적혀 있었다.

지질이 형편없는 명함은 이미 구겨지고 글씨는 흐릿하게 닳아 있었다. 아마도 자말이 손수 인쇄한 명함 같았는데, 파리아는 한 번도 거기에 대해 물은 적이 없었다. 그럴 이유가 전혀 없었으니까. 이 명함이 자신의 가장 소중한 물건이 되리라고는 꿈에도 생각지 못했으니까. 그를 처음 만나고 돌아온 밤, 파리아는 이불 아래 누워 명함을 들여다보며 함께 나눴던 대화와 그의 이목구비를 하나씩 떠올려보았다. 그때 곧바로 전화했어야 했다. 그날 밤 당장 말이다. 하지만 어리고 순진했던 그녀는 너무 적극적인 모습을 보이고 싶지 않았다. 무엇보다 그렇게나 빨리 자신의 모든 것을, 휴대전화와 컴퓨터, 심지어 니캅을 쓰고 동네를 산책할 권리마저 빼앗기게 되리라고 짐작이나 할 수 있었겠는가?

처음으로 희망의 빛이 자신의 삶 속으로 조금씩 들어오기 시작한 이 순간, 파리아는 수감실에 앉아 그 여름날을 다시 떠올렸다. 파티마 고모가 파리아 대신 거짓말했다는 사실을 실토하는 바람에 집에 갇힌 수인이 되어버린 그날을. 방안에 감금된 파리아는 다카에 섬유 공장 세 개를 소유했다는 어느 육촌과 결혼하게 될 거라는 말을 들었다. 세 개야, 세 개! 가족들은 그 숫자를 몇 번이나 강조했던가?

"파리아, 무슨 말인지 알겠어? 공장이 세 개라고, 세 개!"

공장이 333개라 해도 파리아에게는 마찬가지였다. 육촌 카마르 파탈리는 역겨운 인간일 뿐이었다. 사진으로 본 카마르는 거만하고 심술궂어 보였고, 그가 이슬람 원리주의자이자 방글라데시 세속화 운동의 열성적인 반대자라는 사실이 조금도 놀랍지 않았다. 자신이 서구에 있는 파리아를 데리러 갈 때까지 그 처녀성을 지키고 온순한 수니파 무슬림 여성으로 지내도록 하는 일을 생사가 걸린 문제처럼 여기고 있다는 사실도 놀라울 것 없었다.

그때까지는 집안의 누구도 자말의 존재를 몰랐기에 그날 같이 있지 않았다는 고모의 증언 말고는 그녀를 괴롭힐 근거가 없었다. 하지만 다른 이유들이 튀어나왔다. 전혀 문제가 없어 보이는 페이스북 사진들과 그녀가 몸을 '더럽혔다'는 소문들이었다.

현관문 안쪽에는 보안장치가 되어 있었고, 아메드와 바시르가 실업자였기에 집안에는 항상 감시하는 사람이 있었다. 할 수 있는 일이라고는 청소와 요리 같은 집안일, 그리고 방에 누워 책을 읽는 것이었다. 책이라고 해봐야 코란, 타고르의 시집과 소설집, 무함마드와 초기 칼리파*들의 전기뿐이었지만. 그런 파리아가 가장 좋아하는 일은 몽상이었다.

자말을 생각하기만 해도 가슴이 두근거리고 얼굴이 붉어졌다. 스스로 한심해하기도 했지만 이는 가족으로 인해 경험하게 된 감정이었다. 즐거움을 전부 박탈당한 상황이었으니, 자말과 함께 드로트닝가탄 거리를 걸었던 기억만으로도 그녀의 세상은 전율했다. 이미 감옥에 갇힌 꼴이었지만 파리아는 결코 체념이나 절망에 몸을 맡기지 않았다.

우울증에 걸리지는 않았지만 대신 맹렬한 분노에 사로잡힌 그녀에게 자말과의 추억이 주는 위안 역시 점점 약해져갔다. 무슨 말이든 자유롭게 흘러나왔던 그때의 대화를 생각하기만 해도 집안에서 오가는 모든 말들이 답답하고 딱딱하게만 느껴졌다. 심지어 신도 아무런 도움이 되지 못했다.

적어도 그녀의 집에서 신은 영적이거나 관대한 존재가 아니었다. 사람들의 머리를 내려치는 망치, 하산 페르두시의 말처럼 편협함과 억압의 도구일 뿐이었다. 파리아는 호흡 곤란과 심장 두근거림에 시달리다 더이상 견딜 수 없어졌다. 무슨 일이 있더라도 이런 삶에서 도망쳐야 했다. 때는 벌써 9월이었다. 날씨가 차가워질수록 파리아의 눈빛도 점점 날카로워졌다.

항상 도망갈 구멍을 찾느라 파리아는 도저히 다른 일을 생각할 수 없었다. 밤마다 도망가는 꿈을 꿨고 아침에 일어날 때도 오직 그 생각뿐이었다. 종종 남동생 카릴을 조용히 관찰하곤 했는데, 그 역시 고통받고 있었다. 좋아하는 미국이나 영국의 TV 프로그램도 볼 수

---

* 이슬람 국가 및 공동체의 최고 종교 권위자.

없었고, 심지어 가장 친한 친구 바바크도 시아파라는 이유로 만날 수 없었다. 이따금 카릴은 누나가 어떤 일을 겪고 있는지 이해한다는 듯 고통에 찬 눈빛으로 그녀를 바라보곤 했다. 과연 카릴이 그녀를 도울 수 있을까?

오로지 도망갈 생각에 사로잡혀 있던 파리아는 어느 날 다른 무언가를 떠올렸다. 그녀의 머릿속을 가득 채운 건 오빠들과 아버지의 휴대전화, 그리고 손에 넣을 수 있는 모든 전화기들이었다. 그때부터 파리아는 멀리서 오빠들을 살피기 시작했고, 휴대전화를 만지작거리며 비밀번호를 누르는 그들의 손에 시선을 고정했다. 파리아는 무엇보다 그들이 휴대전화를 이따금 식탁이나 서랍장 위, 혹은 좀더 눈에 띄지 않는 TV 위나 토스터, 주방의 전기주전자 근처 같은 곳에 놓고 잊어버린다는 사실을 발견했다. 그리고 이따금 웃지 못할 장면이 벌어졌다. 휴대전화가 보이지 않을 때면 오빠들은 입씨름을 벌이거나 서로 전화를 걸어 벨이 울리도록 했고, 만약 진동음을 듣고서 찾아야 할 때면 퍼부어대는 욕설이 한층 심해졌다.

파리아는 이런 소동이 자신에게 큰 기회임을 깨달았다. 물론 얼마나 위험한 일인지 잘 알았지만 반드시 그 기회를 붙잡아야 했다. 이는 단순히 가족의 명예를 먹칠하는 일만이 아니라 아버지와 오빠들의 경제적 미래를 위험에 빠뜨리는 일이었다. 그들에겐 그 빌어먹을 섬유 공장 세 개가 모두를 부자로 만들어줄 하늘이 내린 선물이었으니 말이다. 파리아의 목을 맨 올가미가 점점 더 조여오는 건 조금도 놀라운 일이 아니었고, 만약 그녀가 일을 망친다면 심각한 결과가 따를 터였다.

이제 독기는 집안 전체로 퍼져나갔고, 오빠들의 눈이 번득이는 이유 역시 단순히 명예에 대한 집착이나 탐욕 때문만이 아니었다. 언젠가부터 오빠들은 파리아에 대해 염려하는 기색을 보이더니 급기야 음식을 더 먹으라고 강요하곤 했다. 다름 아닌 카마르가 풍만한 여자를 좋아한다는 이유에서였다. 무조건 정결함을 유지해야 했고 자유롭게 돌아다닐 수도 없었다. 오빠들이 매섭게 감시하고 있었으니 체념하고 포기할 법도 했지만 상황이 극단으로 치달았다. 2년 전 9월 중순의 어느 날 아침이었다. 파리아는 아침을 먹고 있었고, 바시르는 휴대전화를 만지작거리고 있었다.

말린은 미술관 안에 임시로 설치된 바에 서서 레드 와인을 한 모금 삼켰다. 아까 미카엘이 밖으로 나가던 때만 해도 그녀는 즐겁고 명랑한 모습이었다. 하지만 긴 머리칼 안에 손가락을 묻은 채 서 있는 지금은 시든 꽃처럼 보였다.

"말린," 아직 강연중이었기 때문에 미카엘은 목소리를 낮췄다.

"누가 전화한 거야?"

"동생이."

"변호사?"

미카엘은 고개를 끄덕이고서 말린에게 물었다.

"무슨 일이라도 있었어?"

"아니, 별일 없어. 레오하고 얘기 좀 한 것뿐이야."

"분위기가 안 좋았어?"

"아니, 좋았어."

"그런데 왜 그렇게 우울한 얼굴을 하고 있어?"

"겉으로는 아주 좋았어. 좋은 얘기들을 주고받았지. 레오는 내가 더 예뻐졌다고 했고, 난 오늘 강연이 정말 좋았다고 했고, 그동안 너무 보고 싶었다고도 했고…… 그런데 어딘가 달라졌다는 걸 곧바로 느꼈어."

"어떤 점에서 달랐는데?"

말린은 잠시 머뭇거렸다. 레오가 근처에 있거나 그들의 말을 들을 수 있는 건 아닌지 확인이라도 하는 양 좌우를 둘러보았다.

"그러니까 뭔가…… 공허하게 느껴졌어." 말린이 말을 이었다. "레오가 하는 모든 말들이 그저 텅 빈 소리 같았어. 이곳에서 나를 만나 당황하는 것 같기도 했고."

"만남이 있으면 헤어짐도 있는 법. 사랑도 우정도 영원한 건 없으니까." 미카엘은 말린의 머리를 쓰다듬으며 부드러운 목소리로 위로했다.

"그런 소리 집어치워. 레오 없이도 충분히 잘살 수 있으니까. 다만 뭔가가 마음에 걸려. 어쨌든 우린…… 한동안 우린 정말로……"

"가까운 사이였지." 미카엘이 표현을 골라주었다.

"그래, 우린 가까웠어. 그런데 가장 마음에 걸리는 건 따로 있어. 뭔가 좀 이상했다고."

"대체 어떻게?"

"레오가 율리아 담베리와 약혼했다고 했어."

"그게 누군데?"

"전에 알프레드 외그렌에서 일했던 금융 분석가. 굉장한 미인이지. 그렇게 명석한 사람은 아니고. 레오는 그녀를 어린애 취급이나 했지 좋아한 적이 없었는데 갑자기 약혼했다니까 머리가 멍해지는 거야."

"비극이네."

"그만 좀 해!" 결국 말린이 짜증을 냈다. "지금 질투하는 게 아니라고. 단지……"

"뭔데?"

"어리둥절할 뿐이야. 솔직히 좀 혼란스러워. 뭔가 이상한 구석이 있단 말이야."

"그러니까 레오가 어울리지 않는 짝과 약혼한 일 말고 다른 게 있다는 얘기야?"

"머저리처럼 구네, 미카엘. 당신 가끔씩 그러는 거 알지?"

"이해해보려고 애쓰는 것뿐이야."

"그래? 당신은 절대로 이해 못해." 말린이 쏘아붙였다.

"왜지?"

"왜냐하면……" 말린은 할말을 찾으며 머뭇거렸다. "……내 생각이 아직 정리되지 않았으니까. 그전에 먼저 확인해볼 게 하나 있어."

"말 좀 아리송하게 하지 말아줄래!"

이번에는 미카엘이 참을성을 잃고 말았다. 올바르지 않은 태도였지만 리스베트, 교도소 폭행 사건, 〈밀레니엄〉 봄호 등등 한꺼번에 너무 많은 일이 밀어닥치는 바람에 그도 어쩔 수 없었다. 말린이 깜짝 놀라 쳐다보자 미카엘이 사과했다.

"미안해."

"아니, 내가 미안해. 내가 좀 호들갑을 떠는 건지도 모르겠어."

미카엘은 다시 부드러운 말투를 되찾으려 애썼다.

"자, 대체 뭐 때문에 그러는 거야?"

"어제 했던 얘기 말인데."

"뭐였지?"

"또 그때 일이 생각났어. 밤중에 레오가 사무실에 앉아 뭔가를 쓰고 있던 때. 그게 뭔가 이상했거든."

"좀더 자세히 설명해봐."

"우선, 내가 엘리베이터에서 나와 그 모습을 보았을 때 말이야. 레오라면 내 소리를 못 들었을 리가 없어."

"못 들었을 리가 없다니?"

"레오는 청각과민증이 있거든."

"뭐가 있다고?"

"청각이 극도로 예민한 증상 말이야. 귀가 얼마나 밝은지 살그머니 걷는 소리며 지나가는 나비 날갯짓 소리까지 듣는 사람이야. 어쩜 그 사실을 잊고 있었을까? 아니, 무심코 기억 못했을지도 모르겠네. 내가 레오를 약간 괴짜로 여겼었으니까. 어쨌든 아까 의자가 바닥에 끌렸을 때 레오가 심하게 동요하는 걸 보고 모든 게 생각났어. 그런데 미카엘, 우리 여기서 그만 나가자. 주식 매매 같은 이런 얘기들 더는 못 들어주겠어."

말린은 남은 와인을 단숨에 들이켰다.

파리아는 수감실에 앉아 있었다. 곧 다시 불려가 조사를 받을 예정이었지만 생각만큼 두렵지 않았다. 그동안 엄중감시구역에서 당해온 폭행과 학대에 대해 벌써 두 번이나 전부 진술했을 뿐 아니라 거짓말까지 제대로 해냈으므로. 리스베트에 대해 경찰이 계속 압박 질문을 해대 결코 쉬운 일은 아니었다.

왜 리스베트가 그 수감실에 있었나? 그 상황에서 리스베트는 무얼 했나? 질문이 쏟아질 때마다 파리아는 소리치고 싶었다. 나를 구해준 사람은 알바르가 아니라 리스베트예요! 하지만 약속을 지켰다. 그게 리스베트를 위한 최선의 일이라 생각하면서. 마지막으로 누군가가 자신을 지켜주려 했던 게 대체 언제였던가? 더는 기억이 나지 않았다. 파리아는 바시르가 바로 옆에 앉아 휴대전화를 만지작거리던 그 운명의 아침을 떠올렸다.

날씨는 화창했다. 파리아에게 금지된 저 바깥세상에서 태양은 찬란하게 빛나고 있었다. 가족이 일간신문을 구독하지 않게 된 건 벌써 오래전이었고, 아버지가 아침마다 틀던 라디오를 꺼버린 건 더 옛일이었다. 가족은 사회와 단절되어 있었다.

차를 마시고 있던 바시르가 문득 고개를 들더니 이렇게 물었다.

"야, 너 알고 있어? 왜 카마르가 빨리 오지 않고 꾸물대는지?"

파리아는 그저 창밖을 바라볼 뿐이었다.

"혹시 네가 창녀가 아닌지 의심이 들어서라고. 파리아, 너 진짜 창녀냐?"

파리아는 여전히 입을 다물었다. 그런 질문에는 결코 대답하지 않왔다.

"어떤 엿 같은 새끼가 전화를 걸어왔어. 널 찾는다고."

"그게 누군데?" 파리아는 더이상 입을 다물고 있을 수 없었다.

"다카에서 온 어떤 배신자 새끼."

이 말에는 화를 냈어야 했다. 자말은 배신자가 아니었다. 더 민주적이고 더 나은 방글라데시를 위해 목숨을 걸고 싸우는 영웅이었다. 하지만 그 순간 파리아는 그저 기뻤다. 정말 이해할 수 없는 일이었다. 몇 달이라는 시간이 흐르면 추억과 감정도 함께 희미해지는 법이다. 더구나 딱 한 번 거리를 함께 걸었을 뿐인 사이가 아니던가.

파리아가 밤낮으로 자말을 생각한 건 조금도 놀라운 일이 아니었다. 집안에 갇힌 채 다른 할일이 전혀 없었으니까. 반면 자말은 자유로운 몸이었으니 세미나와 강연회 등을 다니며 시간을 보냈을 테고, 그러면서 훨씬 괜찮은 여자들도 얼마든지 만날 수 있었을 것이다. 하지만 바시르가 모욕하는 말을 내뱉었을 때 파리아는 자말이 자신을 다시 만나고 싶어한다는 사실을 알았다.

그녀의 고립된 세계에서는 무엇보다도 엄청난 일이었다. 파리아는 혼자서 그 기쁨을 마음껏 음미하고 싶었지만 일단 경계의 끈을 늦추지 않았다. 얼굴이 약간이라도 붉어지면 치명적인 결과가 따라올 수 있었고, 말을 조금 더듬거나 불안한 눈빛만 보여도 속마음을 들킬 수 있었다. 파리아는 계속 가면을 쓰고 있기로 했다.

"누가 전화했다고? 배신자가 나랑 무슨 상관인데?"

일단 파리아는 식탁에서 일어났다. 그것이 실수였다는 건 나중에야 깨달았다. 무관심한 척하려다 오히려 지나친 모습을 보인 것이다. 어쨌든 그 순간만큼은 자신의 연기가 통했다고 생각한 파리아는 일단 놀란 마음을 가라앉히고 난 후로 그 어느 때보다 강박적이 되었다. 무슨 수를 써서라도 전화기를 손에 넣어야 했다.

이러한 집착은 결국 밖으로 드러날 수밖에 없었다. 아메드와 바시르의 감시가 더욱 철저해져 파리아의 주위에 열쇠나 휴대전화가 굴러다니는 일은 사라졌다. 그렇게 시간이 흘러 10월이 되었다. 어느 토요일 저녁, 집안이 손님들로 북적거렸다. 파리아는 한참이 지나서야 영문을 알았다. 가족과의 관계가 너무도 냉랭한 나머지 그것이 파리아의 약혼 축하파티임을 아무도 말해주지 않았던 것이다. 사실 축하라는 표현은 어울리지 않았다. 아무도 특별히 행복해 보이지 않았다. 미래의 남편 카마르도 없었다. 보이지 않는 사람은 비자 취득에 어려움을 겪는 카마르만이 아니었다. 카지 형제의 극단적인 신앙과 뜻을 달리해 배척당한 이들, 그리고 그 극단성 때문에 스스로 거리를 두는 이들도 오지 않았다. 그날의 파티는 카지 가족이 갈수록 고립되어간다는 사실을 분명히 보여주었다. 신경이 다른 데 쏠려 있던 파리아는 손님들의 얼굴을 주의깊게 관찰했다. '이중에서 날 도와줄 수 있는 사람은 없을까?'

가장 가능성이 있어 보이는 사람은 이번에도 동생 카릴이었다. 이제 열여섯 살인 카릴은 대부분의 시간을 멀찍이 떨어져 앉아 불안한 눈빛으로 파리아를 감시하며 보냈다. 과거 발홀멘에 살 때 그들은 한방에서 지내며 늦게까지 깨어서 대화를 나누곤 했다. 뭐, 그것도 대화라고 표현할 수 있다면. 그때는 어머니가 돌아가신 지 얼마 되지 않았을 때고, 카릴이 시간 가는 줄 모르고 달리기에 집착하기 전이었다. 이미 그때부터 특이한 아이였다. 말수가 적고 바느질과 그림 그리기를 제일 좋아했던 카릴은 전혀 기억도 못하는 고국에 돌아가고 싶다고 종종 말하곤 했다.

파리아는 동생을 지켜보며 집안이 파티로 어수선한 틈을 타 지금 당장 도망가게 도와달라고 부탁할 수 있을지 고민했다. 하지만 가슴이 너무 떨리는 나머지 우선 피신하듯 화장실로 가 변기에 앉아 소변을 봤다. 그러고는 다른 할일이 없어서, 혹은 항상 주위를 살피는 습관 때문에 화장실을 둘러보기 시작했다. 진청색 수건장 맨 위에 휴대전화 하나가 놓여 있었다. 처음엔 믿을 수 없었지만 진짜 휴대전화였고, 파티에 온 손님이 아닌 아메드의 것이었다. 오빠가 자기 것도 아닌 오토바이에 걸터앉아 히죽거리고 있는 그 잠금화면 사진을 파리아는 즉각 알아보았다. 그리고 심장이 미친듯 뛰는 가운데, 늘 주의깊게 관찰해왔던 비밀번호 패턴을 떠올려보려 했다. 알파벳 L과 비슷했으니 1, 7, 8, 9일 수 있었다. 아니었다. 곧장 시도한 다른 조합 역시 통하지 않아 파리아는 덜컥 겁이 났다. '전화기가 아예 잠겨버렸으면 어쩌지?' 바깥에서 발소리와 말소리가 들려왔다. '날 기다리고 있는 걸까?' 아버지와 오빠들이 파티 내내 그녀에게서 눈을 떼지 않았으니 정말이지 이제는 전화기를 제자리에 놓고 밖으로 나가야 했다. 하지만 파리아는 한번 더 시도했다. 한줄기 전류가 온몸을 관통하는 순간이었다. 성공! 얼굴이 하얗게 질린 파리아는 문에서 가장 멀리 떨어진 욕조 안으로 들어갔다. 그런 다음 이제는 자신의 이름만큼이나 잘 아는 자말의 번호를 눌렀다.

신호음이 마치 안개 낀 어두운 바다 위에서 조난 신호로 울리는 뱃고동 같았다. 이윽고 수화기 저편에서 딸깍 하는 소리가 들렸다. 눈을 질끈 감고 복도 쪽으로 귀를 기울인 채 너무 초조한 나머지 전화를 끊어버리려던 그때, 자신의 이름을 밝히는 자말의 목소리가 들려왔다. 파리아는 작게 속삭였다.

"나예요, 파리아 카지."

"파리아?"

"오래 통화할 수 없어요."

"그래요, 얘기해요."

자말의 목소리를 듣는 것만으로도 목이 메었다. 파리아는 경찰에 신고해달라고 부탁할까 잠시 생각했지만 그럴 용기가 나지 않아 이렇게만 말했다.

"우리 만났으면 해요."

"그러면 정말 행복할 거예요."

그 말에 파리아는 소리라도 지르고 싶은 지경이었다. 행복하다고요? 난 죽을지도 몰라요! 하지만 대신 이렇게 대답했다.

"언제 그럴 수 있을지는 모르겠어요."

"난 항상 집에 있어요. 우플란스가탄의 작은 아파트에 세 들어 있어요. 대부분 글을 쓰거나 책을 읽으며 지내고요. 가능할 때 언제든지 와요." 그렇게 자말은 집 주소와 건물 출입구의 비밀번호를 알려주었다.

파리아는 통화목록에서 자말의 번호를 지우고 수건장 위에 전화기를 올려놓은 다음, 밖으로 나가 친척들과 다른 손님들 앞을 지나 방으로 돌아갔다. 방안에서 어정대고 있는 사람들에게 나가달라고 부탁하자 그들은 어색한 미소를 지으며 그렇게 했다. 곧장 이불을 뒤집어쓰고 누운 파리아는 어떤 대가를 치르더라도 도망가리라 결심했다. 그녀의 삶에서 가장 행복하고도 가장 끔찍한 사건은 그렇게 시작되었다.

말린과 미카엘은 청중석 뒤 입구 옆으로 책들이 진열된 테이블을 지나 햇빛이 쏟아지는 밖으로 나왔다. 그리고 배들이 정박된 부두를 따라 걸으며 도로 저편에 솟은 바위 언덕을 바라보았다. 둘은 한동안 말이 없었고 날씨는 뜨거웠다. 미카엘은 이제 화가 가라앉았지만, 말린은 또 정신이 다른 데 가 있는 듯했다.

"레오의 청각 얘기는 아주 흥미로웠어."

"그래?" 말린은 건성으로 대꾸했다.

"이십오 년 전 사냥중에 총기 사고로 사망한 칼 세게르라는 심리학자가 있어. 청각이 자존감에 미치는 영향에 대해 그 사람이 박사논문을 썼거든."

그 말에 말린이 미카엘을 바라보았다.

"그러니까 그게 레오 때문이었다는 소리야?"

"모르겠어. 하지만 흔한 연구 주제 같진 않아. 레오의 청각과민이 어떤 식으로 나타났어?"

"가령 회의를 하다 레오가 이유 없이 어딘가에 귀를 기울인다 싶으면 얼마 안 있어 누군가가 사무실로 들어오곤 했어. 항상 남들보다 먼저 그런 걸 감지해냈지. 한번은 내가 그 점에 대해 물었더니 대답을 피하더군. 하지만 나중에…… 내가 회사를 나오기 얼마 전에 얘기하기를 그 청각 때문에 평생 고통을 받았대. 그래서 학교 성적도 형편없었고."

"반에서 매번 일등만 한 줄 알았는데."

"나도 그렇게 생각했어. 학교에 들어간 첫해부터 도통 가만히 앉아 있지 못하고 걸핏하면 밖으로 나가려고 해서 어른들 걱정이 컸나봐. 만일 좀더 평범한 가정의 아이였다면 특수학교로 전학을 가거나 적어도 문제아로 여겨졌을 거야. 하지만 만헤이메르 가문의 아이였으니 온갖 방법이 동원됐고 결국 예외적인 청각을 지녔다는 걸 알게 된 거지. 누가 작게 속닥거리거나 옷자락이 살짝만 스쳐도 불안해했으니 교실에 앉아 있는 걸 견디지 못했던 거야. 그래서 집에서 개인 교습을 받게 됐고. 당신이 기사에서 읽었다는 그 엄청난 지능지수를 지닌 아이로 자라게 된 게 아마 이때부터였을걸."

"레오는 자신의 특출난 청각을 전혀 자랑스러워하지 않았단 거야?"

"모르겠어…… 숨기고 싶어하면서도 한편으론 유용하게 사용했을지도 모르지."

"아마 엿듣기의 일인자가 아니었을까."

"그 심리학자 말이야, 청각과민증에 대해 쓴 거 있어?"

"아직 논문을 입수하진 못했지만 그런 내용의 글을 쓴 적이 있는 모양이야. 진화의 관점에서 볼 때, 한 시대에 장점으로 작용했던 특징이 다른 시대에서는 무거운 부담으로 작용할 수 있다. 수렵 채집

시대의 적막한 숲속에서는 청각이 예민한 사람이 가장 빨리 반응해 식량을 얻을 가능성이 가장 높다. 반면 시끄러운 현대의 대도시에서는 소음에 압도되어 혼란에 빠질 위험이 있다. 그럴 때 사람은 참여적이기보다 수용적이 된다."

"그 사람이 그런 표현을 썼어? '참여적이기보다 수용적'이라고?"

"내 기억으론 그래."

"슬프네."

"왜?"

"레오를 아주 정확하게 표현한 말이거든. 항상 방관자에 머물러 있었지."

"그 12월의 한 주만 빼놓고 말이지?"

"맞아. 당신, 그 숲에서 일어난 총기 사고에 수상한 구석이 있다고 의심하고 있잖아. 아니야?"

말린의 목소리에 새로운 호기심이 어려 있다는 건 좋은 신호였다. 어쩌면 그날 밤 사무실에서 그녀가 레오를 만났을 때 무엇이 그토록 이상하게 느껴졌는지 좀더 자세히 털어놓을 수도 있었다.

"관심이 있는 건 사실이야."

레오는 한 번도 칼 세게르를 잊은 적이 없었다. 화요일 오후 4시, 어린 시절 칼의 사무실을 방문했던 그 시각만 되면 성인이 된 지금도 문득 진한 상실감이 밀려들었다. 상상 속 친구와 얘기하듯 머릿속으로 그와 대화를 나눌 때도 있었다.

물론 시간이 흐르면서 상처는 점차 아물었으며 칼이 예상한 대로 레오는 세상과 소음에 보다 잘 대응할 수 있게 되었다. 예외적인 청각과 절대음감은 살아가는 데 종종 장점이 되었으며 음악에서는 특히 그랬다. 한동안은 피아노를 연주하고 재즈 피아니스트가 되기를 꿈꾸는 것 외에는 거의 아무것도 하지 않았다. 심지어 십대 후반에는 음반

사인 메트로놈으로부터 계약을 제안받기도 했는데, 아직 좋은 곡이 충분치 않다고 생각해 정중히 사양했다.

스톡홀름 경제대학교에 입학했을 때만 해도 그건 간주곡에 불과한 거라고 생각했다. 더 나은 곡들이 만들어지는 대로 음반을 내고 제2의 키스 재럿이 될 수 있으리라. 하지만 이 간주곡은 결국 삶이 되어버렸고, 스스로도 이 일을 도무지 설명할 수 없었다. 음악가로서 실패하는 게, 그래서 부모를 실망시키는 게 두려워서? 아니면 계절이 돌아오듯 어김없이 찾아오는 우울증 때문에?

사람들은 레오가 계속 독신으로 지내는 걸 이해하지 못했다. 많은 이들이 그에게 호기심을 느꼈고 여자들은 그의 매력에 이끌렸지만 레오는 별 관심을 보이지 않았다. 사람들과 함께 있을 때면 어서 집으로 돌아가 평화로운 정적 속에 잠겨들고 싶을 뿐이었다. 하지만 그런 레오도 마들렌 바르드만큼은 진정으로 사랑했다.

두 사람은 닮은 구석이 거의 없었기에 기묘한 일이었다. 레오가 마들렌에게 반한 건 꼭 외모나 재산 때문이 아니었다. 그녀는 달랐다. 레오는 늘 그렇게 생각했다. 반짝이는 푸른 눈동자는 비밀의 정박지 같았고, 아름다운 얼굴에는 언뜻 우수의 그림자가 스쳤다.

약혼한 그들은 플로라가탄에 있는 레오의 집에서 한동안 함께 살았다. 그 무렵 레오가 아버지의 알프레드 외그렌 지분을 막 상속받은 터라 약간 속물근성이 있는 마들렌의 부모는 그를 좋은 혼처로 여겼다. 하지만 둘의 관계는 원만하지 않았다. 저녁마다 손님을 불러들이려는 마들렌과 그걸 최대한 막으려는 레오는 몇 시간씩 언쟁을 벌였고, 그러다 그녀가 문을 걸어 잠그고 침대에 누워 흐느끼는 일도 있었다. 다만 자주 있는 일은 아니었기에 서로 좋은 부부가 될 수 있다고 확신한 레오는 마들렌과 열정적으로 대화와 사랑을 나누며 지냈다.

하지만 파국이 찾아왔다. 레오는 둘 사이에 존재하지도 않는 연대감을 상상해온 자신이 얼마나 맹목적이었는지 깨달았다. 8월의 어느날, 가재 파티를 하러 뵈름되시 뫼르네르에 있는 가족별장에 갔을 때였다. 처음부터 분위기가 팽팽했다. 레오는 기분이 우울했고 손님들이 시끄럽고 지루하게만 느껴져 한쪽 구석에 처박혀 있었다. 그래서 마들렌이 어쩔 수 없이 손님들 사이를 활보하고 말을 쏟아냈다. 모든 게 굉장해요. 정말 환상적이에요. 예쁘게 꾸미셨네요, 세상에, 정원이 아주 멋있어요! 너무너무 감명받았어요. 당장 여기로 와 살고 싶네요. 하지만 그날 밤의 이런 행동은 그저 살아가면서 내보이는 일상적인 가식일 뿐이었다.

자정 무렵, 레오는 더이상 견디지 못하고 책 한 권을 들고서 조용한 방을 찾아 들어갔다. 집어든 책은 별장 서가에 있는 걸 보고 자못 놀랐던 메즈 메즈로의 『리얼리 더 블루스』였다. 이로써 그도 파티에 재미를 느끼게 되었고, 1930년대 뉴올리언스와 시카고의 재즈클럽들 안으로 빠져들어 옆방에서 들려오는 고성과 술 취한 노랫소리를 거의 잊을 수 있었다.

새벽 1시가 조금 지났을 때 이바르가 방안으로 들어왔다. 어느 파티에서나 그렇듯 거나하게 취해 있었고, 우스꽝스러운 검은 중절모와 상체에 꼭 끼는 갈색 정장 차림이었다. 이런 상태에서 이바르는 괴성을 지르거나 법석을 떨기 일쑤여서 레오는 미리 귀를 막으려고 두 손을 올렸다. 하지만 이바르는 그저 이렇게 말할 뿐이었다.

"마들렌 좀 데려간다. 같이 보트나 타게."

"무슨 소리야? 넌 지금 취했다고!" 레오는 반대했지만 아무 소용이 없었다. 이바르는 만일에 대비한답시고 마들렌에게 구명조끼를 입혔고, 레오는 베란다로 나가 물가로 멀어져가는 빨간 구명조끼를 눈으로 좇았다.

바다는 물결 하나 없이 잔잔했고, 청명한 여름밤 하늘에는 별이 총총했다. 그들은 보트 위에서 나지막이 속닥거렸다. 하지만 레오에겐 그런다고 큰 차이가 없었다. 무슨 말들을 하는지 다 들렸으니까. 그 저 한심하고 멍청한 소리들일 뿐이었다. 레오는 그동안 몰랐던 마들렌의 저속한 면모를 알게 되어 마음에 상처를 받았다. 보트가 더 멀리 사라져가자 말소리도 더는 들리지 않았다. 그렇게 그들은 몇 시간 동안 보이지 않았다.

그들이 돌아왔을 때 다른 손님들은 모두 떠나고 없었다. 레오가 답답한 심정으로 해변에 나가 그들을 기다리는 사이에 하늘이 밝아지기 시작했고, 이내 물 밖으로 보트를 끌어당기는 소리와 그가 있는 쪽으로 비틀거리며 걸어오는 마들렌의 발소리가 들렸다. 집으로 돌아가는 택시 안에서 그들 사이에는 벽이 하나 생긴 듯했고, 레오는 보트에서 이바르가 그녀에게 무슨 말을 했는지 듣지 않아도 알 것 같았다. 그로부터 구 일 후 마들렌은 짐을 싸서 집을 나갔다. 그리고 그해 11월 21일, 스톡홀름에 눈이 내리고 온 나라가 어둠에 잠겨들기 시작할 때 그녀는 이바르와 약혼식을 올렸다.

그후 갑자기 쓰러진 레오는 주치의로부터 부분마비증 진단을 받았다. 하지만 건강을 회복해 출근한 후로는 감정을 억누른 채 이바르를 정답게 안아주고 약혼을 축하했다. 결혼 전 파티와 결혼식에도 참석했으며, 마들렌과 마주칠 때마다 부드럽게 인사를 건네기도 했다. 그렇게 빌어먹을 하루가 시작될 때마다 레오는 명랑한 가면을 썼다. 아무렇지도 않은 척하기 위해, 어린 시절부터 이바르와 맺어온 우정이 이런 시련에도 불구하고 계속될 거라고 여겨지도록 만들기 위해. 하지만 속마음은 전혀 달랐다. 레오는 복수를 계획하고 있었다.

한편 이바르도 이것이 완전한 승리가 아님을 알고 있었다. 여전히 레오는 위협요소이자 알프레드 외그렌의 경영권을 빼앗아갈 수 있는 라이벌이었다. 이바르 역시 레오를 완전히 박살내기 위한 계획들을 세웠다.

말린은 레오와 만난 일에 대해 더이상 아무 말도 하지 않았다. 그러다 호른스가탄 언덕길로 올라왔을 때 그녀는 걸음을 멈추었다. 미카엘은 영문을 모른 채, 뙤약볕 아래에 있기엔 날씨가 너무 더웠지만 일단 거기에 서 있었다. 거리에는 행인들이 지나갔고, 좀더 멀리에서는 차 한 대가 경적을 울렸다. 말린은 맞은편의 마리아 광장을 내려다보았다.

"자," 마침내 말린이 입을 열었다. "난 그만 가봐야겠어."

미카엘에게 건성으로 작별키스를 한 말린은 호른스가탄 거리로 통하는 돌계단을 급히 내려가 마리아 광장 쪽으로 뛰어갔다. 미카엘은 마음을 정하지 못하고 그 자리에서 잠시 서성였다. 그러다 휴대전화를 꺼내들고 절친한 친구이자 〈밀레니엄〉 편집장인 에리카 베리에르에게 전화를 걸었다.

미카엘은 앞으로 며칠간 출근을 못할 거라고 전했다. 그렇게 큰일은 아니었다. 여름호는 이미 준비를 마쳤고, 얼마 있으면 하지제였다. 게다가 몇 년 만에 처음으로 임시직 두 명을 채용할 여력이 생겼으니 이번 여름은 조금 한가하게 지낼 수 있었다.

"그런데 목소리가 좀 우울한 것 같네. 무슨 일이라도 있었어?" 에리카가 물었다.

"리스베트가 있는 수감동에서 심각한 폭행 사건이 발생했어."

"저런! 폭행당한 사람이 누구야?"

"폭력배 출신 수감자. 매우 심각한 일이야. 리스베트가 현장을 목격했고."

"리스베트는 혼자서도 앞가림을 잘하잖아?"

"그러길 바라야지. 그런데…… 다른 일이 있어. 나 좀 도와줄 수 있어?"

"물론이지, 뭔데?"

"우리 편집부 기자한테 얘기해서, 소피가 제일 좋겠네, 내일 스톡홀름 시청 자료실로 가서 세 사람의 신상 기록을 찾아봐주면 좋겠어. 누가 물으면 공공 기록 자유열람권에 근거해 찾아보는 거라고 하고."

그는 에리카에게 자신의 휴대폰에 입력해놓았던 세 사람의 성명과 주민등록번호를 불러주었다.

"만헤이메르 영감님……" 에리카가 중얼거렸다. "이 양반은 벌써 죽어서 매장되지 않았어?"

"육 년 전에 사망했지."

"어렸을 때 두어 번 만난 적이 있어. 아버지랑 조금 아는 사이였거든. 그런데 이 양반이 리스베트와 무슨 관계라도 있는 거야?"

"그럴 수도 있겠지."

"어떻게?"

"솔직히 나도 잘 모르겠어. 그런데 만헤이메르는 어떤 사람이었어?"

"내가 아직 어렸을 때라 뭐라 말하기는 힘들지만 어쨌든 늙은 구렁이라고 악명이 높았어. 하지만 내 기억엔 아주 좋은 사람이었고. 내게 어떤 음악을 좋아하느냐고 묻기도 하고 휘파람도 아주 잘 불었어. 왜 관심을 갖는 건데?"

"나중에 설명해줄게."

"오케이, 편한 대로 해."

뒤이어 에리카가 〈밀레니엄〉 다음 호와 광고 수익 얘기를 시작했지만 미카엘은 건성으로 흘려듣다 서둘러 통화를 끝내버렸다. 그리고 벨만스가탄 거리를 따라 올라가 술집 비숍스 암스 앞을 지난 뒤자갈이 깔린 거리를 내려가 자신이 사는 건물 정문에 이르렀고 마침내 꼭대기층 집으로 들어갔다. 미카엘은 컴퓨터 앞에 앉아 필스너 우르켈 몇 캔을 잇달아 들이켜며 조사를 계속했다. 외스탐마르에서 일어난 총기 사고에 집중했지만 이미 알려진 사실 외에 별다른 건 알아내지 못했다. 오래된 형사 사건에서 새로운 정보를 발견하기란 매우 어렵다는 걸 미카엘은 경험을 통해 알고 있었다.

이런 경우엔 접근할 수 있는 디지털 자료도 없고, 스웨덴 국립기록물 보관소의 삭제 정책에 따라 예심수사 기록은 오 년 후 말소되는 실정이었다. 미카엘은 다음날 웁살라 지방법원을 찾아가 판결 기록을 직접 찾아보기로 마음먹었다. 그후엔 경찰서를 들러보거나, 이 사건을 기억하는 은퇴 수사관을 찾아가볼 수도 있었다. 모든 건 그날 상황에 달려 있었다.

미카엘은 칼 세게르의 약혼자였던 엘레노르 요르트에게도 전화를 걸어보았다. 그녀에게 그 사건은 아직 지나간 일이 아니라는 사실을 금방 알 수 있었다. 엘레노르는 칼에 대해 얘기하기를 꺼리며 정중하고도 상냥한 어조로 더는 그 사건을 되새길 생각이 없다고 말했다. "이해해주시리라 믿어요." 그런데 다음날 오후, 엘레노르는 마음을 바꾸어 미카엘을 만나겠다고 했다. 미카엘에게 기자로서의 매력을 느껴서도, 그가 조사하는 일에 호기심이 일어서도 아니었다. 미카엘이 모험 삼아 꺼내본 레오 만헤이메르라는 이름 때문이었다.

"오, 레오!" 엘레노르는 탄성을 터뜨렸다. "세상에! 못 본 지 정말 오래됐네요. 레오는 어떻게 지내죠?"

미카엘은 모른다고 대답하고서 이렇게 물었다.

"두 분은 친한 사이인가요?"

"그럼요! 칼과 내가 그애를 얼마나 좋아했는데요."

전화를 끊고 난 미카엘은 주방을 정리했다. 말린에게 전화해 아까 뭘 그렇게 골똘히 생각했느냐고 물어볼지 망설이다 대신 샤워를 하고 옷을 갈아입었다. 그리고 오후 5시 55분에 집을 나와 안니카를 만나기 위해 파네 비노 레스토랑이 있는 싱켄스담으로 향했다.

9장
6월 19일

"그녀가 잘 처리할 거예요. 마르틴, 그러니 조금도 걱정할 필요 없어요." 하루에 벌써 네번째 계속되는 통화에 그녀는 참을성을 잃지 않으려고 애썼다. "겁쟁이 같으니." 그녀는 전화를 끊고서 변함없는 친구이자 조수인 베니아민이 가져온 자료들을 훑어보았다.

라켈 그레이츠는 정신분석가이자 정신의학과 부교수였다. 그녀가 유명한 데는 여러 이유가 있었지만 무엇보다 정리벽이 심각한 사람으로 알려져 있었다. 끔찍할 정도로 효율적인 성격은 위암 진단을 받은 후에도 전혀 바뀌지 않았다. 오히려 임상적 청결을 심각하게 여기기 시작해 지금은 편집증 수준에 이르렀다. 라켈이 한 번 지나간 자리에는 마치 마법처럼 먼지 한 톨 보이지 않았고 테이블과 싱크대는 그 어느 때보다 빛났다. 일흔 살의 그녀는 늙고 아팠지만 여전히 현역에 있었다.

오늘 그녀는 하루가 어떻게 지나가는지도 모를 정도로 정신없이 바빴다. 지금은 저녁 6시 30분. 너무 늦었다. 즉시 행동에 나섰어야 했는데. 늘 마르틴이 소심하게 구는 게 문제다. 그의 충고를 무시하고 이미 오전에 통신회사와 요양센터 인맥을 통해 조치를 해놓은 게 다행이었다. 하지만 그후로도 많은 일들이 일어났을 수 있다. 그 늙은 바보한테 누가 찾아왔을 수도 있고, 자신이 알고 있거나 의심하고 있는 것을 누설했을 수도 있다. 위험한 작전이지만 다른 선택지가 없다. 너무 많은 것들이 걸려 있고, 너무 많은 일들이 잘못되어가고 있다.

라켈은 소독용 젤로 손을 닦은 뒤 욕실에 들어갔다. 여전히 자신이 행복해 보일 수 있음을 스스로에게 증명이라도 하듯 거울을 보며 미소를 지었다. 라켈에게 지금 이 일이 꼭 나쁜 건 아니었다. 너무도 오랫동안 질병과 고통의 터널 속에 갇혀 있었던 터라 지금 해야 하는 이 일이 그녀의 삶에 보다 강렬한 실체감과 새로운 엄숙함을 부여했다. 비로소 살아 있는 느낌이 들었다. 라켈은 항상 소명의식과 드높은 목표를 추구하는 걸 좋아했다.

남편이 사망한 후 라켈은 스톡홀름의 칼베리스베겐에 있는 108제곱미터 크기의 아파트에서 혼자 살아왔다. 얼마 전 한 차례 항암치료를 마친 그녀의 상태는 모든 면에서 그렇게 나쁘지 않았다. 굵기가 가늘어지고 숱이 적어지긴 했지만 치료할 때 쓰는 쿨링캡 덕분에 머리칼이 많이 남아 있었다. 여전히 키가 크고 날씬했으며 꼿꼿한 자세와 반듯한 이목구비를 유지해 우아한 모습이었다. 그리고 카롤린스카 연구소에서 의학 박사학위를 취득한 이후 지녀온 자연스러운 위엄도 여전했다.

목에는 아직도 그 불꽃들이 남아 있다. 이 반점 때문에 사춘기 때는 많이 괴롭기도 했지만, 온전히 받아들인 후로는 자랑스럽기까지 했다. 아직도 터틀넥 셔츠를 즐겨 입는 건 부끄러움이나 콤플렉스 때문이 아니었다. 단순하고 절도 있는 그녀의 성격에 완벽하게 부합하는 이런 옷들은 엄격하고 고상한 분위기를 더해주었다. 젊었을 때 맞춘 정장들은 여전히 잘 어울려서 수선할 필요조차 없었다. 이렇듯 그녀에게서 풍기는 차갑고도 엄격한 분위기에 사람들은 쩔쩔맸다. 라켈은 신속하고 유능한 사람이었고, 사상이나 인물에 대한 충실함이 얼마나 중요한 가치를 지니는지 알았다. 직업상 비밀을 누설한 적이 한 번도 없었으며, 작고한 남편 에리크에게도 예외가 아니었다.

라켈은 발코니에 나가 난간에 몸을 기대고 오덴플란 방면을 바라보았다. 허공에 늘어뜨린 오른팔은 조금도 흔들리지 않았다. 다시 안으로 들어온 그녀는 집안을 좀더 정리했다. 그리고 현관 벽장에서 갈색 가죽 진료가방을 꺼내, 변함없는 친구이자 조수 베니아민이 낮에 가져다준 것들을 넣었다. 그런 다음 욕실로 돌아가 이번에는 그녀답지 않게 대충 화장을 한 뒤 싸구려 검은 가발을 썼다. 그리고 다시 미소를 지었다. 아니, 그저 입가를 씰룩거리기만 했는지도 모른다. 그 많은 경험에도 불구하고 마음이 차분해지지 않았다.

미카엘과 안니카는 브렌쉬르카가탄에 있는 파네 비노 레스토랑의 테라스에 자리를 잡았다. 송로버섯 파스타와 레드 와인을 주문한 뒤 올여름 무더위를 화제에 올렸다가 서로의 휴가 계획에 대해 잠시 이야기를 나누었다. 그러고서 안니카는 플로드베리아 교도소의 현재 상황에 대해 간략하게 설명한 다음, 만나자고 한 진짜 이유로 넘어갔다.

"오빠, 경찰들은 정말 얼간이 같을 때가 있다니까. 혹시 방글라데시 정세가 어떤지 알고 있어?"

"뭐, 조금."

"방글라데시 국교가 이슬람교인 건 오빠도 잘 알겠지. 동시에 그 나라 헌법에 따르면 언론과 표현의 자유를 보장하는 세속국가이기도 해. 이론상 전혀 불가능한 구조라고는 할 수 없어."

"하지만 제대로 작동하지 않지."

"맞아. 이슬람주의자들이 정부에 압력을 가한 끝에 종교적 정서를 거스를 수 있는 모든 발언을 금지하는 법이 통과됐어. 거스를 수 있는. 마음만 먹으면 아무데나 붙일 수 있지. 이 법은 아주 엄격하게 해석돼서 언론인 상당수가 장기 징역을 선고받고 수감됐어. 하지만 최악은 이게 아니야."

"최악은 이 법이 그들에 대한 폭력을 정당화했다는 사실이지."

"이 법 덕분에 이슬람주의자들은 날개를 달았어. 지하디스트들과 테러리스트들이 반체제 인사들을 체계적으로 위협하고 괴롭히고 살해하기 시작했는데 정작 법의 심판을 받은 자는 별로 없는 실정이야. 표현의 자유와 정보 교류, 그리고 열린 세속 사회를 위해 투쟁하는 조직인 무크토모나가 특별히 많은 피해를 입었지. 서른 명 정도 되는 블로거들이 살해당했고, 그보다 많은 사람들이 위협을 당하거나 살해 명부에 올랐어. 자말 초두리도 그중 하나였고. 무크토모나에서 진화론 기사를 쓰던 젊은 생물학자. 이슬람주의 운동 때문에 공식적인 사망선고를 받은 후 국제펜클럽 스웨덴본부의 도움을 받아 망명했어. 우울증에 빠졌지만 조금씩 나아졌고, 앞으론 숨 좀 쉴 수 있을 것 같았지. 그러던 어느 날, 여성에 대한 종교적 억압을 주제로 스톡홀름 문화센터에서 열린 토론회에 가게 된 거야."

"거기서 파리아 카지를 만났고."

"숙제를 아주 잘해오셨군." 안니카가 웃으며 말했다. "파리아는 맨 뒤쪽에 앉아 있었어. 자말은 무척 아름다운 그녀에게서 줄곧 눈을 떼지 못하다가 토론회가 끝난 뒤 그쪽으로 다가갔지. 그렇게 장대한 러브 스토리이자 가슴 아픈 비극이 시작된 거야. 현대판 '로미오와 줄리엣'이지."

"어떤 의미에서?"

"전쟁터에서 그 둘의 집안은 서로 다른 진영에 선 셈이었어. 자말은 방글라데시의 자유를 위해 투쟁한 반면, 파리아의 아버지와 오빠들은 이슬람주의자들을 지지했으니. 특히 파리아를 카마르 파탈리라는 남자와 강제로 정혼시킨 후로는 더욱 그랬고."

"그게 누군데?"

"다카의 대저택에서 하인들을 한 무리 거느리며 사는 사십오 세가량의 비만 남성. 소규모 섬유업체를 소유했는데, 방글라데시의 카우미qawmi들에 재정 지원을 하고 있기도 해."

"카우미?"

"국가의 통제를 받지 않는 코란 학교들을 말해. 젊은 지하디스트들이 이념 교육을 받는 곳이지. 카마르는 이미 자기 또래의 아내가 있는데도 올봄에 파리아의 사진을 보고 반해서는 둘째 부인으로 삼기로 마음먹은 거야. 그런데 짐작하겠지만, 그가 스웨덴 비자를 얻는 일이 그렇게 간단치가 않아서 갈수록 불만만 커져갔지."

"이때 자말이 등장한 거군."

"바로 그거야. 그리고 파리아의 오빠들과 카마르에겐 자말을 죽여야 할 이유가 적어도 두 가지 있었지."

"그러니까 네 말은, 자말이 자살하지 않았다는 뜻이야?"

"난 아직 아무 말 안 했어. 리스베트와 나눴던 대화를 요약해서 오빠한테 사건의 배경을 설명해주고 있을 뿐이야. 어쨌든 자말은 그들의 공적 1호가 되었어. 몬터규 가문의 사람처럼. 자말도 이슬람교도였지만 훨씬 진보적이었고, 대학교수인 그의 부모처럼 인권이 모든 사회의 근간이 되어야 한다고 믿었어. 이것만으로도 카마르와 카지 가족의 공적이 되기에 충분했지. 그런데다 파리아와 사랑에 빠져 사적으로도 위험한 존재가 됐어. 파리아 아버지와 오빠들의 명예뿐 아니라 자금 사정도 위협받게 되었으니까. 즉 그들에겐 자말을 제거해야 할 분명한 동기가 있었고, 자말은 이미 자신이 위험한 상황에 뛰어들었음을 알고 있었지. 하지만 알면서도 어쩔 수 없었어. 경찰이 벵골어를 번역해서 예비수사 때 인용한 자말의 일기가 있는데, 몇 군데 읽어줄까?"

"응."

안니카가 몸을 굽히고 서류가방에서 경찰 보고서를 꺼내 페이지를 넘기는 동안, 미카엘은 키안티 와인을 한 모금 마셨다.

"바로 이 부분이야. 한번 들어봐."

친구들이 죽는 것을 보고서 어쩔 수 없이 고국을 떠나온 후로 세상은 어둠에 잠겨들었다. 내 주위의 모든 것이 색채를 잃었다. 살아야 할 이유가 전혀 보이지 않는다.

"마지막 문장은 나중에 자말이 지하철에서 자살했다는 주장을 뒷받침하려고 인용되었어. 하지만 일기는 이렇게 이어져."

그럼에도 나는 무언가 할일을 찾으려 했고, 6월의 어느 날, 종교적 억압을 주제로 스톡홀름에서 열린 토론회에 갔다. 큰 기대는 없었다. 내게 중요한 모든 것들이 의미를 잃었으니까. 무대 위에서 이맘이 많은 것들을 위해 싸워야 한다고 목소리를 높였지만 내 마음은 차갑기만 했다. 나는 포기했다. 무덤 속으로 빠져들어버렸다. 나 자신이 죽은 것처럼 느껴졌다. 이 세상에서 죽어 없어져버린 놈이라고 생각했다.

"그래, 이 부분은 조금 과했지……"

"천만에. 자말은 젊었어, 안 그래? 우리도 젊었을 때는 다 이렇게 썼다고. 우리 불쌍한 안드레이가 생각나는군. 자, 계속해봐!"

그런데 토론장 뒤쪽에서 검은 드레스 차림의 젊은 여성이 눈에 들어왔다. 두 눈에 눈물이 그렁그렁한 모습이 너무도 아름다워 가슴이 아릴 정도였다. 삶이 나를 다시 깨웠다. 전류에 감전된 기분을 느끼며 반드시 그녀에게 말을 걸어봐야겠다고 생각했다. 그리고 그 순간, 이미 알았다. 우리 둘은 서로를 위해 태어났음을, 그녀를 위로해줄 사람은 세상에서 오직 나뿐임을. 나는 그녀에게 다가가 식상한 인사말을 건네고 말았다. 바보같이 버벅거리는 내게 그녀는 미소를 지어주었다. 우리는 광장으로 나갔다. 마치 우리가 광장으로 나가리라는 걸 알고 있기라도 했던 것처럼. 그리고 국회의사당을 따라 이어지는 긴 보행자 거리를 함께 걸었다.

"자, 여기까지. 그때까지 자말은 무크토모나에서 같이 활동한 친구들에게 일어난 일을 누구하고도 얘기하지 못했어. 하지만 파리아 앞에서는 말이 술술 나왔어. 자말이 모든 사실을 털어놓았다는 건 일기를 보면 분명히 알 수 있어. 그렇게 1킬로미터나 걸었을까, 그만 가봐야겠다고 말하는 파리아에게 자말은 명함을 건넸어. 파리아가 곧 전화하겠다고 약속했지만 전화는 오지 않았지. 자말은 절망적인 심정으로 기다리다 인터넷에서 파리아의 휴대전화 번호를 찾아내 메시지를 보냈어. 그렇게 네 통, 다섯 통, 여섯 통 메시지를 남겼지만 여전히 전화는 오지 않았고. 그런데 어떤 남자가 전화를 걸어와 다시는 파리아에게 연락하지 말라고 윽박지르는 게 아니겠어. '이 새끼야, 파리아는 널 싫어해!'라면서. 자말은 가슴이 찢어졌지. 그러다 얼마 안 있어 의심이 들기 시작해 파리아에 대해 알아봤어. 물론 모든 상황을 파악할 순 없었지. 아버지와 오빠들이 파리아를 집안에 가둬놓고 휴대전화와 컴퓨터를 압수해서 이메일과 통화 내용까지 확인하고 있었다는 사실 같은 것 말이야. 하지만 무언가 이상하다는 걸 느끼고서 이맘인 하산 페르두시를 찾아갔어. 그 역시 이 상황이 매우 우려스럽다고 말했다더군. 관련 부처에 연락해봤지만 물론 도움은 못 받았어. 아무 일도 일어나지 않았다는 이유로. 아무 일도…… 하산이 직접 카지 가족을 찾아가봤지만 역시 문 앞에서 쫓겨났고. 자말은 이 세상을 탈탈 털어서라도 파리아를 찾아내겠다고 작정했는데……"

"……그런데?"

"파리아에게서 전화가 온 거야. 그녀 번호가 아닌 다른 번호로. 자말한테 만나고 싶다고 했대. 당시 자말은 노르스테츠 출판사의 도움으로 비밀리에 우플란스가탄에 집을 얻어 살고 있었어. 그후로는 어떤 일이 벌어졌는지 명확하지 않아. 카지 집안 막내아들 카릴이 파리아가 탈출하는 걸 도와준 덕분에 곧장 자말의 집으로 갔다는 게 우리가 아는 전부야. 그들의 재회는 마치 영화 같고 꿈 같았겠지. 밤낮으로 섹스하고, 이야기를 나누고. 경찰 신문 때 아무 말도 하지 않던 파리아도 그것만은 진술했어. 둘은 경찰과 국제펜클럽 스웨덴본부에 연락해 은신처를 구하는 데 도움을 받기로 했지. 그런데…… 너무나 슬픈 일이 일어난 거야. 파리아는 동생에게만큼은 작별인사를 하고 싶어했어. 탈출을 도와준 일로 신뢰도 생겼으니까. 남매는 노라 광장 근처 한 카페에서 만나기로 했어. 꽤 쌀쌀한 가을날이라 파리아는 자말의 파란색 점퍼를 입고 후드로 머리를 가린 차림이었어. 청바지에 검정 부츠도 신고. 하지만 약속 장소에는 영영 이르지 못했지."

"함정?"

"분명히 함정이었지. 목격자가 있거든. 하지만 나나 리스베트는 카릴이 누나를 속였다고 생각진 않아. 오히려 두 형제가 카릴을 감시하다 뒤를 밟았을 거라고 추측하고 있어. 바른후스가탄 거리에 빨간색 혼다 시빅을 세워놓고 기다리다 파리아가 다가오자 잽싸게 달려들어 차 안으로 던져넣고 시클라의 아파트로 데려간 거지. 파리아를 비행기에 태워 다카로 데려가는 것도 고려했던 모양인데 너무 위험하다는 걸 알았겠지. 아를란다 공항에서, 그리고 기내에서 어떻게 그녀를 잠잠하게 만들 수 있었겠어? 마약이라도 먹여서?"

"그래서 자말 앞으로 편지를 쓰게 했군."

"맞아, 아무런 의미 없는 편지였지. 파리아의 필적인 건 분명했지만 아버지와 오빠들이 개입했다는 게 문장마다 느껴졌으니까. 그래도 파리아는 은밀히 메시지를 집어넣었어. '내가 항상 말하지 않았어요? 한 번도 당신을 사랑한 적 없다고.' 두 사람에게는 명백한 암호였지. 매일 아침저녁으로 서로에게 사랑을 고백했다고 자말의 일기에 쓰여 있었거든."

"동생을 만나러 간 파리아가 돌아오지 않으니 자말이 경찰에 신고했을 것 같은데?"

"물론이지. 하지만 경찰은 일을 제대로 안 했어. 규정에 따라 경찰관 두 명이 시클라의 아파트로 찾아갔는데, 우리집은 아무 문제 없고 파리아는 독감에 걸렸을 뿐이라는 아버지의 말만 듣고 문 앞에서 돌아가버렸대. 자말이 그대로 포기하지 않고 도움을 청할 곳이라면 전부 전화를 해대자 카지 집안은 다급해지기 시작했고."

"이야기가 불길하게 흘러가는데?"

"맞아, 불길해. 어쨌든 그렇게 10월 9일 월요일이 됐어. 자말은 당시 일기에다 잠에서 깨어날 때마다 죽음이 몸속에 들어와 있는 것 같다고 썼어. 물론 경찰은 그 문장을 엄청 중요하게 다뤘지만, 나는 그게 그가 모든 걸 포기했다는 의미라고 보지 않아. 특별한 표현방식일 뿐이지. 마음이 갈가리 찢겨 피를 흘리는 심정으로 잠도 못 자고 생각할 수도 없고, 더는 자신이 인간으로 느껴지지 않았겠지. 경찰들은 '휘청거리고 있다' '절망을 외치고 있다' 같은 표현을 과장해 해석했지. 그런데 나에겐 그 행간에서, 잃은 걸 되찾기 위해 싸우려는 목소리가 느껴져. 무엇보다 자말은 극도로 불안해했어. '파리아는 지금 뭘 하고 있을까?' '그들이 그녀를 해치진 않았을까?'라고만 썼지 파리아가 보낸 편지는 전혀 언급하지 않았어. 봉투가 뜯긴 채 주방 식탁 위에 놓여 있었는데도 말이야. 자말은 그게 거짓임을 바로 알았을 거야. 자말은 당시 세미나 참석차 런던에 가 있던 하산에게 다시 연락해보려고 했어. 그사이 친분을 쌓은 스톡홀름 대학교 생물학과 부교수 프레드리크 로달렌에게도 전화를 걸어 호른스브룩스가탄에 있는 교수의 자택에서 저녁 7시에 만났고. 교수의 부인과 두 아이가 함께 사는 그 집에서 자말은 오랫동안 머물렀어. 아이들도 부인도 자러 들어가자 교수는 점점 불편해졌지. 친구를 염려하는 마음은 컸지만 다음날 출근하려면 일찍 일어나야 했거든. 위기에 빠진 사람들이 그러는 것처럼 자말이 자꾸만 같은 얘기를 반복하는 바람에 결국 자정 무렵 교수가 먼저 그만 가달라고 부탁했지. 날이 밝으면 경찰과 여성보호센터에 연락해보겠다는 약속도 했고. 자말은 지하철역으로 가면서 국제펜클럽에서 알게 된 작가 클라스 프뢰베리에게도 전화를 걸어봤지만 응답이 없었어. 그렇게 호른스툴역으로 내려간 시각이 밤 0시 17분. 10월 10일 화요일이었지. 폭풍이 불고 비가 내리고 있었어."

"주변에 사람들이 많지 않았겠군."

"승강장에 여자 한 명. 직업은 도서관 사서. 자말이 여자 옆을 지나는 모습이 감시카메라에 찍혔어. 몰골이 말이 아니더군. 파리아가 실종된 후로 잠도 못 자고 사람들에게 외면당한 심정이었을 테니 당연하겠지. 하지만 오빠…… 자말은 파리아가 자신을 가장 필요로 할 때 떠나버릴 사람이 결코 아니야. 승강장 쪽 감시카메라 중 한 대가 부서져 있었던 건 불운한 우연일 수 있어. 하지만 승강장에 있던 여자에게 젊은 남자가 다가와 영어로 말을 거는 순간에 열차가 진입하면서 동시에 자말이 철로로 떨어진 일은 우연이 아니었을 거라고 봐. 여자는 무슨 일이 일어났는지 보지 못했대. 자말이 누군가에게 떠밀렸는지, 아니면 혼자 뛰어내렸는지 전혀 모르겠대. 그녀에게 말을 건 젊은 남자의 신원도 확인되지 않았고."

"열차 운전사는 뭐라고 진술했어?"

"스테판 로베르트손이라는 사람인데, 이 일이 자살 사건으로 종결되는 데는 그의 증언이 결정적이었어. 자말이 혼자 뛰어내렸다고 확신했거든. 하지만 그 역시 충격을 받은 상태였을 테고, 유도신문에 걸려든 게 분명해."

"왜 그렇게 생각해?"

"그를 신문한 경찰은 다른 가능성을 고려할 생각이 없었던 듯해. 목격자가 머릿속으로 보다 일관성 있는 이야기를 만들어내기 전에 했던 최초 진술에서는 이상한 움직임을 보았다고 했어. 자말의 팔다리가 마치 여러 개라도 되는 양 풍차처럼 빙빙 돌아갔다고 말이야. 그런데 그후로 그 얘기는 다시 꺼내지 않았지. 그 대신 이상하게도 처음엔 희미했던 기억이 갈수록 또렷해졌고."

"그럼 위층 매표소 직원은? 분명 범인이 급히 승강장으로 내려갔다가 다시 올라오는 모습을 봤을 텐데."

"그 직원은 아이패드로 영화를 보고 있었어. 몇몇 사람들이 지나갔지만 특별히 기억나는 인물은 없고, 열차에서 내린 승객이 대부분일 거라고 진술했어. 그때가 정확히 몇시인지도 기억 못했고."

"그 위층에도 감시카메라가 있지 않아?"

"거기에 찍힌 영상에서 뭔가를 찾아냈어. 대단한 건 아니야. 역에서 나오는 사람들 얼굴은 대부분 확인 가능했는데 한 사람만 그렇지 않았어. 호리호리한 젊은 남자인데 머리를 푹 숙여서 얼굴을 볼 수 없어. 그런데 움직이는 모습을 보면 초조하고 잔뜩 경계하는 듯한 느낌이 든단 말이지. 이런 영상을 좀더 면밀히 검토하지 않았다니 정말 이해 못할 일이야. 이 남자의 동작은 아주 뻣뻣하고 특이했다고."

"그렇네. 나도 한번 봐야겠어."

"다음은 파리아가 형을 받게 된 폭력 사건 얘기인데……"

안니카가 계속하려는데 주문한 음식이 나왔다. 그리고 잠시 집중력이 흐트러졌다. 웨이터가 접시를 내려놓고 파르메산 치즈를 뿌린다며 수선을 떨었을 뿐 아니라, 젊은이들 한 무리가 고래고래 소리를 지르며 위테르스타 트베르그렌드 거리와 신나르빅스 언덕 쪽으로 가고 있었기 때문이다.

홀게르는 침대에 누워 있었다. 시리아 내전과 세상의 모든 불행한 일들을 생각했다. 엉덩이를 칼로 쑤시는 듯한 통증과 전날 밤 경솔하게도 마르틴에게 전화를 건 일을 포함해서. 그리고 끔찍하게 목이 말랐다. 물을 제대로 마시지 못했고 먹은 것도 별로 없었다. 저녁에 치러야 할 일을 해주러 룰루가 오기까지는 시간이 꽤 남았다. 오늘도 별일 없이 와준다면 말이다.

오늘은 제대로 되는 게 하나도 없었다. 집 전화도 휴대전화도 먹통이었고, 심지어 마리타마저 그를 살피러 오지 않았다. 온종일 침대에 누운 채 불안감만 커져갔다. 이제는 정말로 비상벨을 눌러야 했다. 목에 맨 줄에 달린 비상벨을 누르는 건 언제나 꺼려지지만, 지금이야말로 이것을 사용해야 할 때인 것 같았다. 갈증이 너무 심해 제대로 생각하기가 힘들었다. 하루종일 아무도 집에 오지 않아 환기를 하거나 창문을 열지 못해 덥기도 했다. 홀게르는 절망적인 심정으로 건물 계단을 향해 귀를 기울였다. '엘리베이터 움직이는 소리인가?' 사실 엘리베이터 소리는 언제나 들려왔다. 사람들이 오가지만 그의 집 앞에 걸음을 멈추는 이는 없었다. 그저 끔찍한 통증이 밀려오면 욕을 내뱉고 침대 위에서 몸을 꿈틀대는 수밖에. 무엇보다 한 가지 생각에 더욱 괴로웠다. 악당인 게 분명한 마르틴 교수에게 전화하는 대신, 페테르 텔레보리안이 기밀 메모에서 언급한 심리학자에게 연락했어야 했다. 힐다 폰 칸테르보리. 그녀는 기밀준수 의무를 어기고 앙네타에게 움살라 기록소의 존재를 밝혔다. 만일 그를 도와줄 사람이 있다면 프로젝트 전체를 이끌었던 작자가 아니라 이 여자일 텐데. 아, 얼마나 멍청한 당나귀처럼 굴었던지, 그리고 빌어먹을 목은 또 얼마나 마른지! 홀게르는 건물 계단 쪽을 향해 있는 힘껏 소리쳐 도움을 요청해볼까 생각했다. 이웃 중 한 사람이 그의 목소리를 들을 수도 있으니까. 그런데 그 순간…… 발소리가 들려왔다. 홀게르의 얼굴에 미소가 번졌다. 분명 룰루였다. 그가 경애해 마지않는 룰루.

"어서 와요, 어서 와! 하닝에 남자와는 어땠어요? 가만, 그 사람 이름이 뭐였죠?"

현관문이 닫히고 바닥 매트 위에 신발을 문지르는 소리가 나는 동안 홀게르는 마지막 남은 힘을 모아 외쳤다. 하지만 아무런 대답이 없었다. 다가오는 발소리는 가벼우면서도 룰루보다 딱딱하고 리드미컬했다. 급히 주위를 둘러보며 방어할 만한 물건을 찾았지만 이내 안도의 한숨을 내쉬었다. 검정색 터틀넥 셔츠 차림의 호리호리한 여자가 문가에 나타나 미소를 짓고 있었다. 나이는 예순이나 어쩌면 일흔까지로 보였고, 날렵한 외모에 눈빛에선 사려 깊은 따뜻함이 느껴졌다. 손에 든 갈색 진료가방은 아주 오래되어 보였다. 자세가 매우 꼿꼿한 그녀에게선 자연스러운 품위가 느껴졌고 미소는 정중해 보였다.

"홀게르 씨, 안녕하세요? 룰루가 오늘 못 와서 무척 죄송하다고 전해달래요."

"어디가 아픈 건 아니겠죠?"

"오, 아녜요. 개인 사정 때문이지 심각한 게 아니에요."

홀게르는 약간 실망했다. 동시에 다른 감정이 흐릿하게 느껴졌지만 뭐라고 정확히 설명할 수 없었다. 너무 지쳤고 목이 말랐다.

"물 한 잔만 가져다주시겠어요?"

홀게르의 부탁에 "아이고, 이런!" 하는 여자의 반응은 그 옛날 그의 어머니가 하던 소리와 똑같았다. 여자는 라텍스 장갑을 끼고 방을 나가 잔 두 개를 가지고 돌아왔다. 떨리는 손으로 받아 마신 시원한 물 덕분에 홀게르는 조금 정신을 차렸다. 세상도 색깔을 되찾았다. 여자를 올려다보니 눈빛은 여전히 따뜻하고 상냥해 보였다. 하지만 라텍스 장갑과 머리칼이 마음에 들지 않았다. 굵고 새카만 머리가 여자와 잘 어울리지 않았다. 가발을 쓴 건지도 몰랐다.

"이제 좀 나아졌나요?"

"훨씬 나아졌어요! 요양센터에서 임시로 일하세요?"

"가끔씩 급히 필요할 때만요. 벌써 일흔이라 슬프게도 저를 부르는 경우는 드물어서요."

여자는 침대에서 긴 하루를 보내느라 땀으로 축축해진 홀게르의 잠옷을 벗겼다. 그리고 갈색 진료가방에서 모르핀 패치를 하나 꺼낸 뒤 침대를 높이고 패치를 붙일 등 위쪽을 솜으로 닦았다. 동작은 정확하고 섬세했다. 확실히 숙련된 사람이었다. 홀게르는 제대로 된 간병인을 만났다고 생각했다. 다른 간병인들의 서툰 모습이 여자에게는 전혀 없었다. 하지만 지나치게 전문가다운 솜씨에 조금 위축되기도 했다.

"너무 빨리 하진 마세요."

"걱정 마세요, 조심할 테니. 진료 기록을 읽고 와서 선생님의 통증에 대해 잘 알고 있어요. 아주 힘드시겠어요."

"그럭저럭 견딜 만합니다." 홀게르는 신중하게 대답했다.

"견딜 만하다고요? 그래서야 되나요. 좀더 나아지셔야죠. 오늘은 모르핀을 좀더 투여해드릴게요. 그간 간병인들이 선생님께 인색하게 군 모양이군요."

"룰루는……"

"룰루는 아주 훌륭하죠. 하지만 모르핀 투여량을 결정하진 못해요. 권한 밖이어서."

여자가 홀게르의 말을 끊으며 능숙한 손길로 패치를 붙였다. 모르핀이 즉시 효력을 발하는 듯했다.

"당신은 의사죠, 그렇죠?"

"아니에요, 거기까지 공부하진 않았어요. 소피아헴메트 병원에서 오랫동안 안과 간호사로 일했습니다."

"그렇군요."

여자는 왠지 긴장한 것처럼 입가에 살짝 경련을 일으켰다. 홀게르는 별것 아니라고 여겼지만 이제는 여자의 얼굴을 보다 자세히 관찰하지 않을 수 없었다. 고급 살롱에 앉아 있는 게 더 어울릴, 상당히 우아해 보이는 여자였다. 그러나 헤어스타일은 전혀 우아하지 않았다. 눈썹 역시 색깔이 어색했고 서둘러 그린 듯 보였다. 홀게르는 참으로 이상했던 오늘 하루와 전날의 통화에 대해 생각했다. 그리고 여자의 터틀넥 셔츠를 쳐다보았다. 왜 자꾸 무언가 마음에 걸리는 걸까? 정확히 짚어낼 수가 없었다. 너무 덥고 답답했다. 홀게르는 거의 무의식적으로 비상벨을 향해 손을 움직였다.

"창문 좀 열어줄 수 있나요?"

여자는 대답이 없었다. 대신 부드럽고도 단호한 손길로 홀게르의 목을 어루만지더니 비상벨 달린 끈을 풀며 미소를 지었다.

"창문은 닫아둘 거예요."

"뭐라고요?"

단순하지만 지극히 불쾌한 여자의 대답을 홀게르는 좀처럼 이해할 수 없었다. 그저 놀란 눈으로 여자를 올려다볼 뿐이었다. '어떻게 해야 하지?' 자신은 비상벨을 빼앗긴 채 침대에 누워 있는 처지였지만 여자는 진료가방을 든 프로였다. 이내 홀게르는 이상함을 감지했다. 여자가 그의 시야에 들어왔다 나갔다를 반복하더니 점점 흐려졌다. 그리고 불현듯 깨달았다. 여자만이 아니라 방 전체가 흐릿해지고 있다는 사실을.

홀게르는 의식을 잃지 않으려고 온 힘을 다했다. 머리를 흔들고 성한 손을 내젓고 공기를 들이마시려 헐떡거렸다. 여자는 승리의 미소를 지으며 홀게르의 등에 패치를 한 장 더 붙였다. 그런 다음 다시 잠옷을 입히고 베개를 반듯이 편 뒤 침대를 내렸다. 그리고 특별한 친절이라도 베푼다는 듯 홀게르를 쓰다듬었다. 그건 일종의 사악한 보상처럼 느껴졌다.

"홀게르 팔름그렌, 이제 당신은 죽을 거예요. 어차피 그럴 때가 됐잖아요. 안 그래요?"

안니카와 미카엘은 한동안 말없이 와인을 홀짝이며 신나르빅스 언덕 쪽을 바라보았다. 그러다 안니카가 입을 열었다.

"파리아는 아마 자신보다 자말의 목숨을 더 걱정했을 거야. 하지만 아무 일도 없이 시간이 흘렀어. 시클라의 아파트에서 어떤 일들이 있었는지 우리가 아는 건 별로 없어. 파리아가 신문 내내 침묵을 지켰으니까. 아버지와 오빠들의 증언은 지나치게 잘 들어맞았고 미화된 이야기라 허위일 가능성이 커. 확실한 건 그들 모두가 심한 압박감을 느끼고 있었다는 사실이야. 이웃들이 수군거렸고 경찰 신고까지 접수됐으니. 파리아를 얌전히 만드는 일도 쉽지 않았을 테고. 빨리 조치를 취해야 한다고 생각했겠지."

"맞아, 그랬을 거야." 미카엘은 신중하게 대답했다.

"우리가 확실히 아는 사실은 두 가지야. 첫째, 자말이 철로에 떨어져 사망한 다음날 저녁 7시 직전, 거실 대형 유리창 앞에 서 있던 큰오빠 아메드에게 파리아가 다가갔다. 작은오빠인 바시르의 진술에 따르면, 잠시 대화가 오가는가 싶더니 파리아가 갑자기 이성을 잃었다. 둘째, 파리아가 달려들어 아메드를 창밖으로 밀어버렸다. 왜 그랬을까? 자말이 죽었다는 사실을 아메드가 알려줘서?"

"그럴 수 있겠지."

"그래, 분명히 그랬을 거야. 하지만 다른 사실도 알게 되지 않았을까? 그 분노와 절망감을 자기 오빠에게 쏟아붓게 할 만한 사실 말이야."

"좋은 질문이군."

"무엇보다 파리아는 그 일에 대해 왜 경찰에 말하지 않았던 걸까? 전부 털어놓은들 그녀로선 잃을 게 없을 텐데도 신문과 재판 내내 입을 꽉 다물었어."

"리스베트처럼?"

"비슷하지만 달라. 파리아는 말없이 깊은 슬픔에만 잠겨 있었어. 바깥세상에 귀를 막은 채 자신이 기소당하는 일에도 묵묵부답이 었고."

"파리아를 괴롭히는 인간들을 리스베트가 싫어한다는 것도 쉽게 알 수 있는 일이지."

"맞아, 그래서 불안한 거야."

"리스베트가 교도소에서 컴퓨터를 사용할 수 있었나?"

"뭐? 천만에! 그쪽으론 아주 엄격하다고. 컴퓨터도 휴대전화도 금지. 면회객 몸수색도 철저하잖아. 그걸 왜 물어?"

"거기 있는 동안 리스베트가 어린 시절에 대해 새로운 정보를 알게 된 것 같아. 물론 그 제공자는 홀게르일 테고."

"직접 물어보면 알 수 있겠네. 몇시에 만난다고 했지?"

"9시."

"나한테도 전화했었어. 못 받았지만."

"그래, 아까 말했잖아."

"그래서 다시 걸어봤는데, 아무래도 그의 전화기들에 문제가 있는 것 같아."

"전화기들?"

"휴대전화와 집 전화, 둘 다 먹통이었어."

"집 전화까지…… 몇시쯤 전화했어?"

"오후 1시쯤."

미카엘은 자리에서 일어나 뭔가를 생각하며 언덕 쪽을 바라보 았다.

"안니카, 미안하지만 계산 좀 해줄래? 빨리 좀 가봐야겠어."

미카엘은 싱켄스담 지하철역 안으로 사라져갔다.

갈수록 희미해지는 홀게르의 시아에 다시 여자의 모습이 들어왔다. 여자는 그의 휴대전화와 리스베트의 자료들을 챙겨 갈색 진료가방에 집어넣었다. 책상 서랍을 뒤지는 소리도 들렸지만 꼼짝할 수 없었다. 검은 바다가 그를 덮쳐왔다. 이렇게 영원한 망각 속에 잠기는 것도 행운이겠다는 생각이 잠시 스쳤다.

하지만 공기가 점점 유독해지는 듯하더니 갑작스러운 공포에 몸이 떨려왔다. 등이 활처럼 구부러졌고 숨을 쉴 수 없었다. 바다가 다시 몸을 삼켜와 심연으로 빠져들었다. 그렇게 모든 게 끝났다는 생각이 든 순간, 홀게르의 의식에 희미한 무언가가 감지되었다. 목소리가 낯익은 한 남자가 다가와 잠옷을 올리고 등에 붙은 패치들을 떼어냈다. 그 순간 홀게르는 다른 건 모두 잊었다. 최대한 집중해 필사적으로 몸부림쳤다. 깊은 바닷속 잠수부가 너무 늦기 전에 수면으로 떠오르려 애쓰는 것처럼. 몸속에 독이 퍼져 호흡이 거의 불가능한 상태였음을 감안하면 놀라운 일이었다.

눈을 뜬 홀게르는 말을 내뱉는 데 성공했다. 완벽하지 않았지만 중요한 메시지의 첫 마디였다.

"가서 얘기해……"

"누구한테요? 누구하고 얘기해요?"

"힐다 폰……"

미카엘은 계단을 뛰어올라가 현관문이 열려 있는 것을 발견했다. 아파트 안으로 들어가 실내에 가득찬 퀴퀴한 공기를 맡자마자 무언가 잘못되었음을 직감했다. 우선은 현관 바닥에 흩어진 종이 몇 장결을 지나 침실로 뛰어들어갔다. 홀게르는 부자연스러운 자세로 침대에 누운 채 다리에 갈색 담요를 덮고 있었다. 오른손은 목 부근에 가 있었고 손가락들은 잔뜩 구부러져 경련했다. 얼굴은 잿빛인데다 반쯤 벌어진 입은 비참하게 일그러져 있었다. 노인은 끔찍한 고통 속에서 방금 전 절명한 사람처럼 보였다. 미카엘은 충격에서 헤어나지 못하고 두 팔을 축 늘어뜨린 채 멍하니 서 있었다. 그런데 뭔가가 있었다. 홀게르의 눈동자 깊이 희미한 빛이 남아 있음을 느낀 미카엘은 곧장 구조를 요청했다. 홀게르의 몸을 흔들고 가슴과 입을 살폈다. 이내 노인에게 산소가 부족하다는 걸 본능적으로 느낀 미카엘은 일 초도 주저하지 않았다. 홀게르의 코를 잡고 폐에 공기를 규칙적으로 세차게 불어넣었다. 새파랗고 차디찬 입술을 느끼며 미카엘은 아무런 소용도 없을 거라고 생각했지만 포기하지는 않았다. 홀게르가 갑자기 몸을 부르르 떨며 성한 손을 꿈틀대지 않았다면 구급차가 올 때까지 계속했을 것이다.

미카엘은 노인의 움직임을 몸에 생명이 돌아올 때 일어나는 격렬한 경련으로 여기고 작은 희망을 느꼈다. 그런데 홀게르의 손이 이상했다. '뭔가를 말하려는 건가?' 등을 가리키고 있는 손을 본 미카엘은 잠옷을 벗겼다. 등 위쪽의 패치 두 장을 지체 없이 떼어내 자세히 들여다보았다. '젠장 대체 뭐라고 적힌 거야?' 미카엘은 눈을 깜빡였다.

유효성분: 펜타닐

미카엘은 홀게르를 돌아보며 잠시 머뭇거렸다. '뭐부터 해야 하지?' 그러다 휴대전화를 꺼내 위키피디아에 들어갔다.

종합진통제의 일종…… 효과는 모르핀보다 100배 강력하다. 부작용으로는 호흡 곤란, 기도 근육 경직…… 해독제로는 날록손이 사용된다.

"빌어먹을! 빌어먹을!"

미카엘은 다시 응급센터에 전화해 자신의 이름과 방금 전에 전화한 사람임을 밝혔다. 거의 고함을 치는 수준이었다.

"날록손을 가져와요! 내 말 들려요? 날록손 주사가 필요하다고요!

숨을 못 쉬고 있어요!"

전화를 끊고 다시 인공호흡을 시작하려는 그때 홀게르가 뭔가를
말하려 했다.

"나중에요. 지금은 기력을 아껴야 해요."

홀게르는 천천히 고개를 젓고 무언가를 속삭였다. 간신히 올라오
는 거친 소리는 듣기에 끔찍했고 너무 작아 알아들을 수도 없었다.
결국 다시 노인의 폐에 공기를 불어넣으려는데 두 단어가 들려왔다.

"가서 얘기해⋯⋯"

"누구한테요? 누구한테요?"

홀게르는 몸에 남은 마지막 힘을 끌어모아 입에서 말을 짜냈다.

"뭐라고요? 힐다?"

"힐다 폰⋯⋯"

미카엘은 그 이름이 극히 중요한 정보임을 직감했다.

"폰, 그리고요? 에센? 로젠? 뭐죠?"

홀게르는 절망에 빠진 눈빛으로 미카엘을 응시했다. 그러다 갑자
기 동공이 넓어졌고 턱이 아래로 벌어졌다. 상태가 심각하게 악화되
고 있었다. 미카엘은 인공호흡과 심장 마사지를 비롯해 할 수 있는
모든 걸 했다. 그리고 짧은 순간이나마 노인의 상태가 호전됐다고 믿
었다. 홀게르가 손을 들어올렸기 때문이다. 노인은 구부러진 손가락
들을 한데 오므려 주먹을 쥐고서 마치 저항하듯 침대 매트리스 위로
수십 센티미터를 들어올렸다. 미카엘은 그 모습에서 엄숙함을 느꼈
다. 손은 다시 털썩 떨어져내렸고 이윽고 노인의 눈자위가 돌아갔다.

몸이 부르르 떨렸고 그걸로 끝이었다. 미카엘은 본능적으로 알 수
있었다. 그러나 노인을 살리기 위한 노력을 멈추지 않았다. 가슴을
더 세게 누르고 폐에 공기를 계속 불어넣었다. 볼을 두드리며 숨을
쉬라고, 다시 살아나라고 소리쳤다. 하지만 아무런 소용이 없다는 명
백한 사실을 결국 받아들여야 했다. 맥박도, 호흡도, 아무것도 없었

다. 머리맡 테이블을 주먹으로 내리치자 약상자들이 떨어졌고 그 속에서 알약들이 쏟아져나와 바닥 위를 굴렀다. 미카엘은 창밖 너머 릴리에홀멘을 바라보았다. 저녁 8시 43분이었다. 바깥의 작은 광장에서는 십대 여자애들 몇이 웃고 있었다. 그리고 어디선가 요리를 하는 냄새가 희미하게 실려왔다.

미카엘은 노인의 눈을 감기고 침대 시트와 담요를 반듯하게 고른 뒤 고인의 얼굴을 내려다보았다. 성하다고 할 만한 곳이 없었다. 모든 게 구부러지고 뒤틀리고 볼품없이 시들어버렸다. 하지만 여전히 깊은 품위가 남아 있었다. 적어도 미카엘은 그렇게 느꼈다. 문득 세상이 좀더 빈곤해진 것 같았다. 미카엘은 목이 잠겨왔다. 리스베트를, 그리고 홀게르가 교도소를 방문한 일을 생각했다. 모든 것을 생각했고, 아무런 생각도 하지 않았다.

얼마 후 구급대원들이 도착했다. 삼십대 남자 두 명이었다. 미카엘은 무슨 일이 있었는지 자신이 아는 만큼 설명한 뒤 펜타닐에 대해서도 얘기했다. 어쩌면 홀게르가 과잉 투여를 했을 수도 있지만 상황이 명쾌하지 않으니 경찰을 불러야 한다고 말이다. 돌아온 건 무기력한 무관심뿐이었다. 미카엘은 미친놈처럼 울부짖으며 다 부숴버리고 싶었지만 사망진단서를 쓸 의사가 오는 동안 구급대원들이 홀게르의 몸을 시트로 덮고 옮기는 모습을 바라보며 그저 입을 다문 채 고개만 끄덕였다. 미카엘은 아파트에 남았다. 바닥에 떨어진 알약들을 주워모으고 창문과 발코니 문을 활짝 열었다. 그런 다음 침대 옆 검정 안락의자에 몸을 묻고 생각을 정리해보려 했지만 잘 되지 않았다. 머릿속에서 너무 많은 것들이 어지럽게 떠다녔다. 그러다 아까 집안으로 들어올 때 보았던 현관 바닥에 흩어진 종이들이 생각났다.

미카엘은 벌떡 일어나 그것들을 주우러 갔다. 그리고 현관 바닥 매트 옆에 서서 읽었다. 처음에는 무슨 내용인지 파악할 수 없었지만 곧바로 이름 하나가 시선을 끌었다. 페테르 텔레보리안. 리스베트가 열두 살 때 아버지에게 휘발유를 뿌리고 불을 붙여 복수한 사건이 있은 후 허위 보고서를 작성했던 정신과 전문의였다. 리스베트를 치료해 정상적인 삶을 돌려주고 싶다고 주장했지만 실제로는 그녀를 수없이 고문한 인물이었다. 그는 리스베트를 가죽끈으로 침대에 묶어놓고 심각한 학대를 일삼았다. 페테르에 관한 자료들이 왜 이곳 현관에 있는 건지 미카엘은 이해할 수 없었다.

자료들을 재빨리 훑어보았지만 새로운 사실은 없었다. 섬뜩하리만치 건조한 의료 기록의 사본으로 보였다. 이를 바탕으로 페테르는 업무상 중과실 혐의로 유죄를 선고받고 의료 활동을 할 수 없게 되었다. 미카엘은 페이지마다 번호가 매겨져 있지 않은 이 자료가 온전하지 않다는 사실도 확인했다. 페이지 끝에서 끊긴 문장들은 다음 페이지로 이어지지 않았다. 누락된 페이지들은 이 집안에 있을까? 아니면 누군가 가지고 갔을까?

미카엘은 서랍들과 벽장들을 뒤져볼까 고민했으나 분명 진행될 경찰수사에 끼어들지 않기로 마음먹고 수사반장 얀 부블란스키에게 전화해 무슨 일이 있었는지 설명했다. 그런 다음 플로드베리아 교도소 엄중감시구역의 전화번호를 눌렀다. 프레드라는 직원의 굼뜨고 거만한 말투에 미카엘은 하마터면 폭발할 뻔했다. 하얀 시트로 덮인 홀게르의 시신이 저 아래에 누워 있었기에 더욱 그랬다. 하지만 꾹 참고 단호한 말투로 리스베트의 가족이 사망했음을 알렸고, 그제야 리스베트와 통화할 수 있게 되었다.

정말이지 하고 싶지 않은 통화였다.

통화를 마친 리스베트는 두 교도관의 경호를 받으며 수감실로 향하는 긴 복도를 걸었다. 교도관 프레드 스트룀메르의 얼굴에 드러난 깊은 적개심은 알아채지 못했다. 그녀는 주위의 어떤 일에도 신경쓰지 않았고 얼굴에는 아무런 감정도 나타나지 않았다. "누가 죽었어?"

라는 질문도 무시하고 고개조차 들지 않았다. 자신의 발소리와 숨소리를 들으며 앞으로 나아갈 뿐이었다. 그뿐이었다. 그런데 어째서 교도관들이 수감실 안까지 따라 들어오는 건지 알 수 없었다. 아니, 이유가 없다고는 할 수 없었다. 그녀를 괴롭히기 위해서였다. 베니토와 맞붙은 후로 그들은 틈만 나면 리스베트를 망치려 들었다. 그리고 지금 또 한번 그녀의 수감실을 뒤지려는 것 같았다. 뭔가를 찾아낼 심산이 아니라 모든 물건을 뒤엎고 침대 매트리스를 바닥에 내동댕이칠 절호의 기회였기 때문이다. 리스베트를 발악하게 만들어 자신들과 제대로 한판 붙을 구실이 생기기를 바라는 건지도 몰랐다. 거의 성공하는 듯했지만 리스베트는 이를 꽉 깨물고 그들이 떠날 때는 눈길조차 주지 않았다.

리스베트는 매트리스를 올려놓고 그 가장자리에 앉아 미카엘이 해준 이야기에 집중했다. 홀게르의 등에서 떼어낸 모르핀 패치와 현관 바닥에 흩어진 자료들, 그리고 힐다 폰…… 극도로 생각을 집중해보아도 이들 사이의 관련성을 짚어낼 수 없었다. 리스베트는 벌떡 일어나 주먹으로 책상을 쾅 내리치고 옷장과 세면대도 한 번씩 세차게 걷어찼다.

그 현기증나는 일 초간, 리스베트는 살인이라도 할 수 있었다. 하지만 마음을 가다듬었다. 일을 순서대로 처리해야 한다. 먼저 진실을 찾는다. 그리고 복수한다.

10장
6월 20일

얀 부블란스키는 평소 자신의 철학적 성찰에 대해 길게 얘기하길 좋아했지만 지금은 아무런 말이 없었다. 그는 청색 셔츠와 회색 리넨 바지에 편한 로퍼를 신은 차림이었다. 오후 3시 20분, 무더운 날씨에 그의 수사팀은 온종일 바쁘게 일했다. 지금은 베리스가탄에 위치한 경찰서 육층 회의실에 모두 모였다.

얀은 그 나이치고 두려워하는 게 많았다. 무엇보다 두려운 건 바로 의심의 부재였다. 그는 종교가 있었지만 지나치게 강력한 확신이나 단순한 설명 앞에서는 마음이 금방 불편해졌다. 반론과 반대 가설을 내놓는 건 그의 오랜 습관이었다. 의문이 제기될 수 없을 만큼 확실한 건 세상에 없었다. 이런 습관 때문에 일 처리가 좀 느리긴 해도 결과적으로 숱한 실수를 피할 수 있었다. 이제 그는 수사팀 동료들을 이 사건에 집중시켜야 했다. 하지만 어디서부터 시작해야 할지 갈피를 잡을 수 없었다.

여러 면에서 얀은 운이 좋은 남자였다. 그가 자신에게 과분할 정도로 아름답고 총명한 사람이라고 표현한 파라 샤리프 교수와 함께 살고 있다. 얼마 전에는 뇌 광장 부근의 방 세 개짜리 아파트로 이사하고 래브라도 한 마리를 입양했다. 종종 외식도 하고 미술 전시회도 다녔다. 하지만 그가 보기에 지금 세상은 미쳐가고 있었다. 거짓과 어리석음이 그 어느 때보다 만연해 선동가들과 정신이상자들이 정치 무대를 장악했다. 편견과 불관용이 모든 것을 중독시켜, 심지어 평소 이성적인 그의 수사팀에도 이따금씩 스며들었다. 가장 가까운 동료인 소니아 모디그는 얼굴이 해처럼 빛났다. 소문에 의하면 요즘 열애중이라고 했다. 예르케르 홀름베리와 쿠르트 스벤손은 그런 모습이 마음에 들지 않는지 걸핏하면 중간에 끼어들어 시비를 걸었다. 팀에서 가장 어린 아만다 플로드가 상당히 현명한 의견을 내놓으며 소니아의 편을 들었지만 상황을 악화시킬 뿐이었다. '선배인 자신들의 위치가 위협받는다고 느끼는 걸까?' 얀은 그들의 의견을 독려하는 의미로 미소를 지어 보였다.

"기본적으로……" 예르케르가 먼저 입을 열었다.

"기본적으로, 그래 좋아." 얀이 반응했다.

"기본적으로 어째서 아흔이나 된 노인 한 명을 죽이려고 그렇게 애를 썼는지 도무지 모르겠어."

"89세." 얀이 정정했다.

"그래, 집밖으로 나오는 일 없이 언제고 죽게 될 여든아홉 살 노인을."

"아직까지 보기엔 그렇지. 소니아, 지금까지 정리된 내용을 요약해주겠어?"

역시 소니아는 만면에 미소가 가득했다. 얀조차 수사팀의 평화를 위해 그녀가 조금 자제해주기를 바랄 정도였다.

"룰루 마고로라는 인물이 있죠."

"그 여자 얘기라면 벌써 충분히 하지 않았나요?" 쿠르트가 말했다.

"그렇지 않아." 얀이 짧고 날카롭게 끼어들었다. "지금 우리는 전체적인 관점에서 모든 걸 처음부터 다시 들여다볼 필요가 있어."

"룰루만 있는 것도 아니고요." 소니아가 말을 이었다. "홀게르를 담당한 요양센터인 소피아 케어의 직원들도 해당돼요. 어제 아침 직원들은 홀게르가 심한 둔부 통증으로 에르스타 병원에 긴급히 입원했다는 연락을 받았어요. 아무도 이를 문제삼지 않았죠. 전화를 건 사람은 정형외과 수석의사 모나 란딘이에요. 나중에 허위로 밝혀졌지만, 직원들은 의사라는 말을 믿고 홀게르의 처방전과 일반적인 건강 정보를 제공한 뒤 모든 방문 계획을 취소했어요. 홀게르와 특별히 친했던 룰루는 문병을 가기 위해 병원에 전화해 그가 몇호실에 입원했는지 알아보려고 했지만 입원한 일이 없으니 당연히 알아낼 수 없었죠. 그런데 그날 오후 룰루에게 모나 란딘으로부터 전화가 왔어요. 홀게르는 별문제 없지만 가벼운 수술을 받고 아직 마취에서 깨어나지 않았으니 방해하지 말아달라고 했대요. 저녁에 룰루가 홀게르의 휴대전화에 연락해보았지만…… 사용 중지 상태였고요. 통신회사 텔리아는 이 일에 대해 아무런 설명을 내놓지 못했어요. 그날 아침 사용자의 휴대전화가 갑자기 중지 상태가 되었는데도, 누구의 지시인지 혹은 누가 그렇게 조작했는지 알 수 없다는 거예요. 그런 기술이나 권한을 가진 누군가가 홀게르를 고립시키려 했던 것 같아요."

"왜 그렇게 공을 들였을까?" 예르케르가 물었다.

"여기서 한 가지 상황을 염두에 두는 게 좋겠지." 얀이 끼어들었다. "얼마 전 홀게르는 리스베트 면회를 갔었어. 현재 리스베트가 위협당하고 있는 상황을 감안하면 홀게르도 그녀의 일에 연루되었을 수 있어. 뭔가를 발견했을지도 모르고, 아니면 도움을 주려고 했을지도. 토요일에 자신이 꺼내준 자료들을 홀게르가 아주 집중해서 읽었다고 룰루도 진술했고. 그 자료는 리스베트와 관련 있는 어느 여성이 몇 주 전에 가져다준 것 같아."

"그게 누군데요?"

"아직 몰라. 룰루도 그 여성의 이름은 모른다고 하고, 리스베트는 아무 말도 없고. 하지만 단서가 있어."

"어떤 단서죠?"

"홀게르의 집안 복도에서 미카엘이 자료 몇 장을 발견했어. 홀게르 아니면 범인이 흘렸겠지. 리스베트가 어렸을 때 입원했던 상트스테판 정신병원에서 작성된 의료 기록 같아. 거기에 페테르 텔레보리안의 이름이 나와 있어."

"그 교활한 인간."

"개자식에 더 가깝죠." 소니아가 말했다.

"진술 받았나요?"

"아만다가 오늘 얘기하고 왔어요. 아미랄스가탄의 고급 아파트에서 부인과 독일셰퍼드 한 마리를 키우면서 잘살고 있더군요. 홀게르에게 일어난 일은 유감스럽게 생각하지만 구체적으로 어떤 일이 있었는지는 전혀 모른대요. 힐다 폰 같은 이름도 전혀 모른다고 하고요."

"페테르는 다시 한번 조사할 기회가 올 거야." 얀이 말했다. "홀게르의 다른 서류들과 개인 물품을 먼저 조사하지. 그전에 소니아, 룰루 얘기를 마저 해봐."

"룰루는 일주일에 사오 일쯤 저녁 시간에 들러 홀게르를 돌봤어요. 그때마다 진통 패치를 등에 붙여주었죠. 노르스판이라는 제품인데, 거기에 포함된 활성물질이…… 예르케르, 그걸 뭐라고 하죠?"

잘했어! 얀이 속으로 외쳤다. 그렇게 이 친구들 좀 끌어들이라고. 스스로 유능하다고들 느끼게끔 말이야!

"부프레노르핀." 예르케르가 대답했다. "양귀비를 원료로 한 진통제로 보통 고령 환자들에게 사용해. 헤로인 중독자에게 처방되는 수부텍스라는 약에도 들어 있고."

"맞아요, 홀게르는 보통 소량을 사용했죠." 소니아가 설명을 계속했다. "어제 미카엘이 그의 등에서 떼어낸 건 전혀 다른 제품이었어요. 펜타닐이라는 패치 두 장이었는데, 치명적인 양이었어요. 그렇죠, 예르케르?"

"확실해. 말 한 마리를 죽일 수 있는 양이야."

"홀게르가 그렇게 오래 버티고 말도 몇 마디 할 수 있었다는 게 믿기지 않을 정도예요."

"그 내용이 흥미로웠지." 얀이 끼어들었다.

"그렇죠. 약에 취해 거의 의식이 없는 상태에서 한 말이니 신중하게 봐야겠지만요. 힐다 폰, 더 정확히는 힐다 폰과 얘기하라. 홀게르가 중요한 뭔가를 말하려는 듯했다고 미카엘이 진술했죠. 우리는 그게 범인의 이름은 아닐까, 의심해볼 수 있고요. 날씬한 체구에 머리가 검고 선글라스를 낀 연령 미상의 여성이 갈색 가죽가방을 들고 어제 저녁 급히 건물 계단을 내려가는 모습을 봤다는 사람이 있어요. 하지만 현재로선 그게 얼마나 신빙성 있는 진술인지 판단할 수 없어요. 게다가 자신을 해친 사람을 알리려고 홀게르가 누구와 얘기하라 같은 표현을 썼을 것 같지는 않아요. 그보다 힐다 폰은 중요한 정보를 가진 사람 같아요. 아니면 홀게르가 숨을 거두는 순간에 떠올린 사람일 뿐 이 모든 일과 관련이 없을 수도 있겠죠."

"물론 그래. 어쨌든 그 이름은 조사해봤나?"

"처음엔 찾기 쉬워 보였죠." 소니아가 말했다. "스웨덴 이름에서 접두사 폰은 귀족 가문에 붙으니 조사 범위가 축소될 수 있잖아요. 하지만 독일에서 힐다는 흔한 이름이고, 폰은 단순히 출신을 뜻하는 전치사로 쓰이기도 하니까 독일 이름까지 고려하면 조사 범위가 대폭 커지는 거예요. 그래서 얀 반장님과 합의했어요. 힐다라는 이름의 모든 귀족 가문 여성들을 찾아가 신문하기 전에 수사 상황을 살피며 기다리는 편이 낫겠다고요. 물론 조사는 계속하면서요."

"리스베트는 뭐래요?" 쿠르트가 물었다.

"유감스럽게도 별 얘기 없었어."

"걔가 그렇지, 빌어먹을!"

"네…… 뭐…… 그래요." 소니아가 대답했다. "우리가 직접 신문한 건 아니니까요. 플로드베리아 교도소에서 베아트리스 안데르손이 심각하게 폭행당한 사건 때문에 리스베트를 신문하는 외레브로 경찰서에 아직은 의존할 수밖에 없어요."

"어떤 간덩이 부은 인간이 베니토를 공격했대?" 예르케르가 놀라며 물었다.

"엄중감시구역 팀장 알바르 올센. 다른 선택지가 없었다고 주장하고 있어요. 이 건은 다시 얘기할게요."

"알바르한테 경호원이라도 붙여야 하는 거 아니야?" 예르케르가 말했다.

"그곳 보안은 한층 강화되었고, 베니토는 회복하는 대로 다른 교도소로 이감될 예정이에요. 지금은 외레브로 병원에 있어요."

"장담하는데, 그걸로는 부족해. 베니토가 어떤 인간인지 알기나 해? 그 여자가 죽인 사람들이 어떤 꼴을 했는지 본 적 있어? 분명히 말하는데, 알바르의 목을 칼로 서서히 긋는 날이 오기 전까지 베니토는 절대 포기하지 않아."

"사태의 심각성은 우리도 중앙교도국도 충분히 알고 있어요!" 소니아가 살짝 짜증을 냈다. "지금 당장 위험한 상황이 벌어질 거라고 볼 수도 없고요. 자, 계속해도 되겠어요? 좋아요. 외레브로 수사팀은 리스베트에게서 별다른 정보를 알아내지 못했어요. 얀 반장님만은 좀더 잘할 수 있기를 바라야겠죠. 리스베트는 반장님을 신뢰하니까요. 그리고 우리 수사팀은 이 사건에서 리스베트가 열쇠라고 직감하고 있어요, 그렇죠? 홀게르가 그녀 걱정을 많이 했다고 미카엘이 진술했어요. 하루이틀 전 미카엘에게 전화를 걸어와 리스베트를 돕고 싶은 마음에 성급한, 혹은 바보 같은 짓을 저질렀다고 말했대요. 흥미로운 부분이에요. 무슨 말이었을까요? 병상에서 움직이지도 못하는 노인이 어떤 성급한 일을 할 수 있었을까요?"

"누군가에게 전화를 했거나, 아니면 인터넷으로 급히 무얼 찾아본 게 아닐까요?" 아만다가 의견을 말했다.

"내 생각도 그래. 하지만 그쪽으론 쓸 만한 걸 발견하지 못했어. 홀게르의 휴대전화가 보이지 않는다는 사실 외에는."

"그것도 수상하군요."

"맞아. 이어서 하나 더 얘기할 게 있는데, 반장님이 해주셨으면 좋겠어요." 소니아가 말했다.

얀은 얘기하고 싶지 않다는 듯 몸을 비틀었다. 하지만 아침에 보고받은 파리아의 이야기를 수사팀에게 전해야 했다.

"알다시피 리스베트는 외레브로 수사팀에 홀게르와 만난 일에 대해 아무 말도 하지 않았어. 베니토가 공격당한 일에 대해서도 침묵했지. 하지만 방글라데시 망명자 자말 초두리의 죽음에 관한 수사라면 기꺼이 입을 열고 싶어해. 리스베트는 그 수사가 아주 허술했다고 생각하고, 나도 마찬가지야."

"왜 그렇게 생각하세요?"

"사건을 서둘러 자살로 종결시킨 게 걸려. 지하철이 들어오는 선로 아래로 불쌍한 청년이 뛰어내린 숱한 사건들 중 하나였다면 나도 이해할 수 있어. 하지만 그런 흔한 사건이 아니야. 자말을 단죄하려는 파트와*가 있었다는 건 결코 가볍게 볼 수 없다고. 지금 스톡홀름에는 방글라데시 극단주의자들에게 영향을 받은 소규모 과격 집단

---

* 이슬람 율법을 바탕으로 한 법적 해석. 신자 개인은 이슬람교 법학자인 울라마에게 파트와를 요청할 수 있고, 그에 따라 윤리적 행동 기준을 정한다.

이 있어. 서슴없이 살인을 할 준비가 된 무리야. 자말은 스웨덴에 도착했을 때부터 바나나 껍질 하나 밟는 일조차 없게 조심해야 했다고. 그런데 파리아와 사랑에 빠졌지. 그 오빠들이 다카의 부유한 이슬람주의자와 결혼시키려는 여자하고 말이야. 도망친 파리아가 다른 놈도 아닌 자말에게 갔을 때 오빠들이 얼마나 광분했을지는 충분히 상상이 가지. 그들에게 자말은 가족의 명예만 박살낸 녀석이 아니었어. 종교적, 정치적으로도 적이었지. 그런 상황에서 자말이 달리는 지하철 앞으로 별안간 뛰어내렸는데, 우리 동료들은 대체 어떻게 했지? 자살로 처리해버렸어. 석연찮은 점이 한두 가지가 아닌데도 동네에서 일어난 절도 사건처럼 쉽게 다뤘지. 게다가 자말이 죽은 다음날, 무슨 일이 일어났지? 파리아가 이성을 잃고 오빠 아메드를 창밖으로 밀어버렸어. 그 일이 지하철역 사건과 아무런 관련이 없다고 보기는 어려워."

"오케이, 알겠어요. 냄새가 나네요. 그런데 이 모든 게 홀게르의 죽음과 어떤 관계가 있죠?" 쿠르트가 말했다.

"관계가 없을 수도 있어. 하지만 현재 파리아는 플로드베리아 교도소 엄중감시구역에서 리스베트와 마찬가지로 심각한 위험에 처해 있어. 오빠들이 복수할 가능성이 커. 오늘 세포에 확인한 바로는 파리아의 오빠들이 베니토와 접촉하고 있다는군. 신자라고 자처하지만 평범한 이슬람교도보다 베니토와 공통점이 더 많은 녀석들이야. 파리아에게 복수하고 싶다면 베니토가 이상적인 도구인 셈이지."

"흠, 상상이 가는군." 예르케르가 고개를 끄덕였다.

"그리고 베니토는 파리아와 리스베트 둘 다에게 관심이 있었던 모양이야."

"그걸 어떻게 알았죠?"

"엄중감시구역에 베니토가 어떻게 칼을 반입했는지 알아내려고 교도소가 자체 수사를 했어. 면회실 휴지통까지 포함해 수감동 전체를 샅샅이 뒤졌지. 결국 어느 휴지통에서 발견된 구겨진 쪽지에 베니토의 글씨로 석연찮은 정보들이 쓰여 있었어. 알바르의 아홉 살배기 딸이 몇 달 전에 전학한 학교, 파리아가 가족 중에서 유일하게 가깝게 지내는 고모 파티마의 인적사항 같은 것들. 무엇보다 눈길을 끄는건 리스베트와 가까운 사람들에 대한 정보야. 미카엘, 지브롤터의 변호사 제러미 맥밀런. 난 아직도 이 사람이 누군지 모르겠어. 그리고 홀게르."

"이런, 정말로요?" 아만다가 놀라며 물었다.

"그래, 불행히도. 홀게르의 이름을 보는데 이게 그가 죽기 전에 쓰였다는 사실을 알게 되니 오싹할 지경이었어. 그의 이름 옆에 주소뿐 아니라 현관 비밀번호와 전화번호까지 있었거든."

"이거, 안 좋은데." 예르케르가 고개를 저었다.

"그래, 좋지 않아. 그 쪽지가 홀게르의 살인범, 혹은 우리가 살인범으로 생각하는 인물과 관련 있다고 단정할 순 없어. 하지만 충격적이야, 안 그래?"

"맞아요, 정말 충격적이에요." 소니아가 대답했다.

미카엘이 쿵스홀멘의 한트베르카르가탄 거리를 걷고 있을 때 휴대전화가 울렸다. 〈밀레니엄〉 편집부에서 소피가 걸어온 전화였다. 안부가 궁금해서 연락했다는 말에 미카엘은 "뭐, 그럭저럭"이라고 대답했고 거기서 통화가 끝나기를 바랐다. 소피는 이날 홀게르에 대해 조의를 표하려고 전화한 여덟번째 사람이었다. 잘못된 점은 전혀 없었지만 미카엘은 오래 통화할 기분이 아니었다. 그저 평소 누군가의 죽음에 대처해왔던 방식으로 이 상황도 헤쳐나가고 싶었다. 그러니까, 정신없이 일을 하면서.

오전에 미카엘은 웁살라에 가서 심리학자 칼 세게르의 총기 사고에 연루되었던 로스비크 그룹 최고재무책임자에 관한 수사 기록을 읽었다. 그리고 지금은 당시 세게르의 약혼자였던 엘레노르를 만나러 가는 길이었다.

"고마워, 소피. 나중에 봐. 지금 약속이 있어 가는 중이야."

"알았어요, 그럼 다음에 얘기할게요."

"무슨 얘긴데?"

"에리카 편집장님이 기자님 일로 한 가지 확인해보라고 하셔서요."

"아, 그래! 뭔가 찾아냈어?"

"어떻게 보느냐에 달려 있겠죠."

"무슨 말이야?"

"헤르만과 비베카의 신상 기록에는 이상한 점이 없었어요."

"그럴 줄 알았어. 내가 더 관심이 있는 건 레오의 기록이야. 그가 입양아였는지, 혹은 과거에 민감한 부분이나 이상한 점은 없었는지."

"저도 그렇게 이해했어요. 레오의 기록도 아주 깨끗해요. 베스테를레스 출생으로 기록되어 있어요. 레오의 부모가 살았던 곳이죠. 20번째 항목인 입양 여부는 비어 있고요. 지워진 부분이나 기밀 처리된 부분도 없이, 모든 게 정상으로 보여요. 레오가 성장하며 거주했던 지역들이 꼼꼼하게 기록되어 있고 눈에 거슬리는 부분도 전혀 없어요."

"그런데 아까 어떻게 보느냐에 달렸다고 했잖아."

"이왕 시청 자료실에 왔으니 제 개인 기록도 찾아보면 재미있겠다 싶어서 거금 8크로나를 지불하고 발급 신청을 했어요. 편집부에 청구하지 않을 테니 걱정 놓으시고요."

"너 그럽기도 해라!"

"전 레오보다 겨우 세 살 위예요. 그런데 제 기록은 완전히 달랐단 말이죠."

"어떤 점에서?"

"그렇게 깨끗하지 않아요. 그걸 읽고 있으려니 제가 나이든 사람처럼 느껴지더라고요. 19번째 항목은 이사할 때마다 날짜 같은 세부 정보들을 기록하는 곳인데 그걸 적는 사람이 누군지 모르겠어요. 아마 지역 공무원이겠죠. 그런데 기록 상태가 지저분해요. 어떤 곳은 손으로 쓰였고 또 어떤 곳은 타자기로 기록되어 있어요. 스탬프가 찍혀 있기도 하고 줄 맞추는 게 힘들었는지 글씨가 삐딱하게 쓰인 곳도 있고요. 하지만 레오의 기록은 완벽해요. 같은 종류의 타자기나 컴퓨터로 기록한 듯 일률적이죠."

"나중에 다시 작성되기라도 한 것처럼?"

"음…… 다른 사람이 물었다거나 제가 레오의 기록을 우연히 본 거라면 그런 생각은 스치지도 않았을 거예요. 하지만 기자님이 저희를 편집증 환자처럼 만들어버린 덕분에 기자님과 관련된 일이면 의심부터 하게 돼요. 그래서 레오의 기록이 나중에 다시 쓰였다는 가설을 전 배제하지 않았어요. 대체 무슨 일이죠?"

"아직은 잘 모르겠어. 소피, 열람 요청할 때 이름 밝혔어?"

"편집장님 조언대로 공공 기록을 익명으로 열람할 권리를 행사했죠. 다행히 기자님 같은 유명인사도 아니고요."

"그래, 잘했어. 컨디션 잘 챙기고, 고마워!"

미카엘은 전화를 끊고 쿵스홀름 광장 쪽을 우울하게 바라보았다. 더없이 화창한 날씨가 마음을 더욱 어둡게 했다. 미카엘은 엘레노르가 알려준 주소를 향해 다시 걷기 시작했다. 노르멜라르스트란드 32번지. 그녀가 열다섯 살 딸과 함께 사는 곳이었다. 올해 쉰두 살인 엘레노르는 삼 년 전에 이혼했고 경매회사 부코스키에서 매니저로 일하고 있다. 다수의 비영리단체에서 활동하고 있으며 딸의 농구팀 코치이기도 했다. 활동적인 사람인 게 분명했다.

미카엘은 잔잔히 가라앉은 멜라렌호수를 내려다보았다. 호수 건너편에는 그의 집이 있었다. 몸은 무더운 날씨에 땀으로 흠뻑 젖어 무거웠다. 미카엘은 건물 입구에서 비밀번호를 누른 뒤 엘리베이터를 타고 맨 위층까지 올라가 초인종을 눌렀다. 오래 기다릴 필요는 없었다.

엘레노르는 굉장히 젊어 보였다. 짧게 자른 머리에 검정색 재킷과 회색 바지 차림으로, 갈색 눈이 매력적이었고 머리 선 바로 아래에 조그만 흉터도 보였다. 집안은 책과 그림으로 가득했다. 차와 비스킷을 내온 엘레노르는 약간 긴장했는지 하늘색 소파와 안락의자들 사이의 테이블에 잔과 받침을 내려놓을 때 따르르 떨리는 소리가 났다. 미카엘은 화려한 베네치아 풍경화 아래에 놓인 소파에 자리잡았다.

"솔직히 놀랐어요. 기자님이 오래전 그 일을 불쑥 꺼내서요."

"이해합니다, 아픈 과거를 다시 들추게 돼서 정말 죄송하고요. 하지만 칼에 대해 좀더 알고 싶어 찾아왔습니다."

"왜 갑자기 칼에게 관심을 보이시는 거죠?"

미카엘은 잠시 머뭇거리다 솔직해지기로 했다.

"저도 그 이유를 명확하게 말씀드릴 수 있으면 좋겠어요. 다만 칼의 죽음 뒤에 우리가 모르는 이야기가 남아 있다는 생각이 들었어요. 뭔가 석연찮은 구석이 있거든요."

"구체적으로 어떤 생각을 하시는 건가요?"

"지금은 막연한 느낌뿐이에요. 오늘 웁살라에 가서 당시 증인들의 진술을 모두 읽어봤는데 매우 일관적이고, 이상한 점이 전혀 없었어요. 음, 이상한 점이 전혀 없다는 것만 빼고요. 제가 배운 게 하나 있다면, 진실은 예상 밖일 때가 많고 때로는 논리를 벗어난다는 사실이에요. 인간은 그렇게 합리적인 존재가 아니니까요. 반면 거짓은 일반적으로 아주 일관성 있고 포괄적이면서 클리셰처럼 느껴질 때가 많아요. 특히 뛰어난 거짓말쟁이가 아닌 경우에 그렇죠."

"칼의 죽음에 대한 수사가 하나의 클리셰였다는 건가요?"

"모든 게 너무 잘 들어맞아요." 미카엘이 대답했다. "일관성 없는 부분이나 눈에 거슬리는 디테일도 적고요."

"제가 모르는 사실을 하나라도 말씀해보실 수 있나요?" 엘레노르가 비꼬듯 말했다.

"그러니까 그날 총을 쏜 걸로 되어 있는 페르 펠트는……"

이때 엘레노르가 말을 끊었다. 기자인 미카엘의 능력과 통찰력을 깊이 존경하지만 이 사건에 관해서라면 자신에게 가르칠 수 있는 건 없다고 말이다.

"저도 그 조서를 수없이 읽어봤어요. 기자님이 말씀하시는 것들을 저도 다 느꼈고요. 등에 비수가 박히는 느낌이었죠. 제가 어떻게 했을 것 같아요? 헤르만과 알프레드의 얼굴에 대고 소리쳤죠. '대체 뭘 감추고 있는 거야? 이 개자식들아!'"

"그들이 뭐라던가요?"

"너그러운 미소를 지으며 친절하게 이러더군요. 힘드시다는 거 이해해요. 정말 유감입니다. 하지만 제가 포기하지 않으니 결국에는 위협했죠. 너 조심해라, 우리는 힘있는 사람들이다, 네가 하는 말은 허위이고 비방이다, 우리한테는 좋은 변호사가 있다…… 계속 싸우기에는 아무런 힘도 없고 상심한 상태였죠. 칼은 제 삶 그 자체였어요. 저는 완전히 망가져버려서 더이상 공부도 일도 아무것도 할 수 없었죠. 일상생활조차도."

"이해합니다."

"사실 이상한 점이 있긴 했어요. 지금 이렇게 기자님과 앉아 있는 것도 바로 그 때문이고요. 칼이 죽고 나서 가족이나 친구들보다 더 위로가 된 사람이 누구였는 줄 아세요?"

"레오?"

"맞아요, 착한 레오. 저만큼이나 슬픔에 잠겨 있었죠. 칼과 살았던 그뢴빅스베겐 집에서 레오와 함께 울고 이 세상과 숲속의 그 개자식들을 저주하며 시간을 보냈어요. '내 반쪽을 잃었어'라고 흐느끼면 레오도 따라했죠. 어린아이였지만 슬픔이 우리를 하나로 묶어주었어요."

"레오에게는 칼이 왜 그렇게 중요했던 건가요?"

"둘은 우리집에 마련된 칼의 사무실에서 매주 보는 사이 그 이상 이었어요. 레오는 칼을 그저 심리학자가 아닌 친구로, 어쩌면 세상에 서 자신을 이해해주는 유일한 사람으로 여겼어요. 그리고 칼은……"

"칼은……?"

"레오를 돕고 싶어했어요. 특별한 재능과 엄청난 가능성을 지닌 아 이임을 깨닫게 해주려고 했죠. 물론…… 이것도 부정할 수 없을 거 예요. 칼의 박사논문 연구에서 레오가 중요한 존재였다는 사실 말이 에요."

"레오는 청각과민증이었죠?"

엘레노르는 놀란 눈으로 미카엘을 바라본 뒤 생각에 잠기며 말 했다.

"맞아요, 칼은 거기에도 관심이 있었어요. 청각과민증이 레오의 고 립에 기여하는지, 레오가 세상을 보통 사람들과 다르게 보는지 알고 싶어했어요. 하지만 아이를 실험 대상으로 이용하는 사람은 결코 아 니었어요. 둘 사이에는 나조차 이해할 수 없는 유대가 있었죠."

미카엘은 도박을 해보기로 했다.

"레오는 입양아였죠?"

엘레노르는 찻잔을 비운 다음 왼쪽의 발코니로 시선을 돌렸다.

"어쩌면요."

"그렇게 말씀하시는 이유는요?"

"레오의 과거에 민감한 부분이 있다는 느낌을 가끔 받았거든요."

미카엘은 다시 한번 도박을 해보기로 했다.

"혹시 레오가 유랑민 출신인가요?"

엘레노르가 뭔가를 골똘히 생각하는 눈빛으로 미카엘을 바라보 았다.

"그렇게 말씀하시니까 재미있네요."

"왜요?"

"왜냐하면 가끔 생각나곤 하는 게……"

"그게 뭔가요?"

"칼이 우리를 드로트닝홀름으로 데려가 점심을 사준 일이에요."

"그때 무슨 일이 있었나요?"

"별일은 없었지만 기억나는 게 있어요. 우리는 서로 깊이 사랑했지만 이따금 칼이 어떤 비밀을 감추고 있다는 게 느껴졌어요. 심리상담 일에 따르는 직업상 비밀 말고요. 그래서 저는 심한 질투를 느꼈고, 그 점심 때도 마찬가지였죠."

"어땠는데요?"

"그날 레오는 무척 침울했어요. 누가 자기를 유랑민이라고 불렀다고요. 저는 칼이 '대체 어떤 멍청한 자식이 그런 말을 했어?'라고 말할 줄 알았는데, 학교 선생님처럼 차분하게 설명을 하더라고요. 유랑민은 인종차별적 용어이며 암울했던 시대의 잔재라고 말이에요. 레오는 전에도 이런 설명을 들은 적 있는 아이처럼 고개를 끄덕였어요. 어린 나이에 많은 것들을 알고 있더군요. 집시와 유럽 유랑민의 관계, 강제 불임 수술이나 전두엽 절제술 등으로 박해를 받았던 일, 심지어 인종청소를 당했다는 사실까지. 저는…… 글쎄요…… 어린아이가 그런 것들을 알고 있다는 게 이상했어요."

"그러고서 어떻게 됐죠?"

"아무 일도 없었어요. 정말 아무런 일도. 나중에 그 일에 대해 물어보니 칼은 대답을 피했어요. 환자와 상담사 관계였으니 함구해야 했겠지만 좀더 큰 맥락에서 칼이 뭔가를 숨기고 있다는 느낌이 들었어요. 그래서 아직도 그때 기억이 작은 가시처럼 저를 찌르곤 해요."

"알프레드 외그렌의 아들 중 하나가 레오를 유랑민이라고 불렀나요?"

"네, 막내아들 이바르가 그랬죠. 자식 중에 유일하게 아버지의 뒤를 이은. 그를 아세요?"

"조금요. 레오에게 못되게 굴었나요?"

"끔찍했죠."

"왜 그랬죠?"

"저도 그 이유가 궁금해요. 오래전부터 경쟁관계였어요. 아이들뿐
아니라 아버지들도. 헤르만과 알프레드는 아들들을 두고 서로 맞섰
어요. 누가 더 똑똑한지, 누가 더 진취적인지. 강인함과 근력은 항상
이바르가 앞섰어요. 하지만 지적인 면에선 레오를 따라갈 수 없었으
니 시샘을 느꼈을 거예요. 이바르는 레오의 청각과민증에 대해 알고
있었어요. 하지만 배려해주는 대신 팔스테르보에서 함께 여름을 보
낼 때마다 오디오 볼륨을 끝까지 올려서 레오를 깨우곤 했죠. 한번은
고무풍선을 한 봉지 사와서는 그걸 불어 레오의 등뒤에서 터뜨리는
장난을 했어요. 그걸 안 칼이 이바르를 한쪽으로 불러내 따귀를 때
렸어요. 짐작하시겠지만 그 일로 난리가 났어요. 알프레드가 펄펄 뛰
었죠."

"주변에 칼에게 적개심을 품은 사람이 있었겠네요?"

"물론이죠. 하지만 레오의 부모는 항상 칼을 감쌌어요. 자기 아들
에게 얼마나 중요한 존재인지 알았으니까요. 바로 그 때문에 결국 저
는 칼의 죽음이 사고였다고 받아들이게 됐어요. 또는 그렇게 받아들
이려고 노력했죠. 헤르만이 아들과 가장 가까운 친구를 죽일 리 없다
고요."

"칼은 만헤이메르 집안과 어떻게 알게 된 건가요?"

"대학교를 통해서요. 타이밍이 완벽했죠. 과거 스웨덴의 학교는 예
외적인 영재들에게 아무것도 해주지 않았어요. 영재를 선별하면 스
웨덴식 평등 사상에 위배된다고 생각했죠. 영재를 알아보고 이해하
는 능력도 부족했어요. 수많은 똑똑한 아이들이 학교에서 적절한 자
극을 받지 못해 문제아로 전락하거나 특수학교로 보내졌어요. 정신

치료기관에도 필요 이상으로 영재가 많았다고 하고요. 칼은 이런 상황을 참지 못하고 재능 있는 소년 소녀를 위해 투쟁했어요. 처음에 사람들은 그를 엘리트주의자 취급했지만 얼마 안 가 정부위원회에 소속되었죠. 지도교수 힐다 폰 칸테르보리 덕분에 헤르만과 인연을 맺었고요."

미카엘은 소스라치게 놀랐다.

"힐다 폰 칸테르보리가 누구죠?"

"당시 박사과정 학생 두어 명을 지도했던 심리학과 부교수예요. 칼보다 몇 살 많지 않은 젊은 나이였는데 전도유망한 학자였죠. 그래서 더 비극적인 게……"

"왜요, 죽었나요?" 미카엘이 끼어들었다.

"제가 알기론 아니에요. 하지만 스캔들에 휩쓸렸죠. 지금은 알코올 의존증이 심하다는 얘기를 들었어요."

"어떤 스캔들이었죠?"

불현듯 엘레노르는 다른 생각에 잠겨드는 듯하더니 미카엘의 눈을 똑바로 바라보았다.

"칼이 죽은 후라서 자세한 사정은 몰라요. 다만 힐다가 아주 억울했을 거라는 느낌이 들어요."

"어떤 점에서요?"

"힐다가 으스대며 다니는 다른 남자 교수들보다 더 나쁜 사람이었다곤 생각하지 않아요. 칼과 함께 한두 번 만났는데, 두 눈에 빨려드는 느낌이 들 정도로 카리스마가 대단했어요. 남자를 계속 갈아치우는 헤픈 여자라는 소문이 자자했죠. 자기 학생들 두어 명과도 잠자리를 했다고 하고요. 잘한 일이라고 할 순 없지만 다들 성인들인데다 힐다가 똑똑하고 인기도 많아서 사람들은 별로 개의치 않았어요. 적어도 처음에는요. 한마디로 힐다는 탐욕적인 사람이었어요. 삶과 지식에 대해, 그리고 남자에 대해서도 탐욕스러웠죠. 악하거나 계산적인 사람은 아니었어요. 그저 좀 정신없이 돌아다녔을 뿐이에요."

"그래서 무슨 일이 있었죠?"

"정확히는 모르지만 어느 날 갑자기 대학 행정처가 학생들을 내세웠다고 했어요. 힐다가 그 학생들에게 몸을 팔았다고 주장했다나, 암시했다나? 말도 안 되는 얘기였죠. 힐다를 창녀로 만들고 싶었다면 좀더 그럴듯하게 꾸밀 수도 있었을 텐데요. 그런데 지금 뭐하세요?"

미카엘은 자신도 모르게 벌떡 일어나 휴대전화를 들고 검색을 시작했다.

"루트게르푹스가탄에 힐다 폰 칸테르보리라는 이름이 등록되어 있는데, 이분이 맞을까요?"

"그런 이름이 흔하다고 할 순 없겠죠. 왜 그렇게 힐다에게 관심을 보이시는 거예요?"

"그러니까……" 미카엘은 말을 끝맺지 못했다. "설명하기가 좀 복잡하네요. 하지만 고맙습니다, 정말 큰 도움이 되었어요."

"지금 가시겠다는 건가요?"

"갑자기 급한 일이 생겨서요. 예감이……"

이번에도 말을 끝맺지 못했다. 말린에게서 온 전화 때문이었다. 자신만큼이나 말린도 흥분한 듯 들렸지만 미카엘은 나중에 전화하겠다고만 말했다. 엘레노르와 악수를 나누고 재차 감사를 표한 뒤 급히 계단을 뛰어내려온 그는 거리로 나오자마자 힐다 폰 칸테르보리에게 전화를 걸었다.

일 년 반 전, 12월

용서될 수 있는 것은 무엇이며, 용서될 수 없는 것은 무엇인가? 레오와 칼은 이 주제에 대해 종종 대화를 나누었다. 이유는 달랐지만 둘에게 중요한 문제였다. 대체로 그들은 관대한 입장을 취했다. 대부분의 것들을 용서할 수 있었다. 심지어 이바르의 괴롭힘까지도. 한동안 레오는 이바르와 화해하고 지냈다. 이바르 자신도 어쩔 수 없는 일이라고, 사람들이 부끄럼쟁이나 음치로 태어나듯 그저 못된 성격을 타고났을 뿐이라고 생각했다. 음감이 둔해서 음정이나 멜로디를 잘 알아듣지 못하듯 타인의 감정을 이해하는 게 어려울 뿐이라고. 너그럽게 받아들인 데 대한 보답이었는지 이바르는 가끔 레오의 어깨를 툭 치거나 동지 같은 시선을 보내기도 했다. 자기 이익 때문이었겠지만 이따금 조언을 구하고 때로는…… 칭찬을 했다. "레오, 너도 그렇게 바보는 아닌 것 같아!"

이바르와 마들렌의 결혼은 이 모든 것을 한 번에 날려버렸다. 레오는 세상 어떤 요법으로도 치료하거나 억누를 수 없는 증오에 사로잡혔다. 증오를 극복하는 대신 열병처럼 받아들였고, 이 열병은 한밤중이나 새벽녘에 가장 심해졌다. 그 시간만 되면 분노와 복수에 대한 갈증으로 관자놀이와 심장이 고동쳤다. 이바르가 유탄에 맞거나, 참혹한 사고 혹은 끔찍한 치욕을 당하거나, 중병이나 흉측한 발진에 걸리는 일들을 상상했다. 이바르의 사진을 날카로운 물건으로 찔러 구멍을 내기도 하고, 염력으로 이바르를 발코니나 테라스에서 떨어뜨린답시고 시도해보기도 했다. 레오는 거의 미쳐 있었다. 하지만 아무 일도 일어나지 않았다. 오히려 경계심만 일깨워 이바르는 더욱 조심스러워졌다. 어쩌면 나름의 계획을 세웠을 수도 있다. 시간이 흘렀다. 레오의 상태는 좋아지기도 하고 나빠지기도 했다. 그렇게 12월이 되었다. 일 년 반 전이었다.

눈이 내리는 혹한의 날씨였다. 레오의 어머니가 죽어가고 있었다. 일주일에 서너 번씩 병상을 지키며 어머니를 위로하는 좋은 아들이 되어보려고 노력했다. 하지만 쉽지 않았다. 병약함이 그녀를 온화하게 만들지는 못했다. 모르핀 때문에 전보다도 자제력을 잃었고, 두 번이나 레오를 약해빠진 녀석이라고 불렀다. "레오, 넌 언제나 날 실망시켰어."

레오는 대꾸하지 않았다. 어머니가 그런 태도를 보일 때는 절대 대꾸하지 않았다. 대신 이 나라를 영원히 떠나버리는 것을 꿈꿨다. 만나고 지내는 사람이라야 말린밖에 없었다. 말린은 한창 이혼 소송중이었고 회사를 떠나려 하고 있었다. 말린이 자신을 사랑한다고 생각해본 적은 없었지만 그저 함께 있는 것만으로도 좋았다. 힘들 때 서로 의지하고 즐거운 시간을 보내기도 했지만 그렇다고 해서 분노와 망상이 사라진 건 아니었다. 이바르에게 극도로 두려움을 느낄 때도 있었다. 이바르가 보낸 스파이에게 끊임없이 미행당한다고 상상했다. 그리고 더이상 이바르에 대해 아무런 환상도 품지 않았다. 이바르는 어떤 짓이라도 할 수 있는 놈이었다.

레오 역시 무슨 짓이라도 할 수 있을 것 같았다. 언젠가 그놈에게 달려들어 뼈도 못 추리게 만들 것이다. 그러지 않으면 내가 습격을 당할지 모른다. 레오는 이런 어리석은 피해망상을 떨쳐버리려고 애썼지만 좀처럼 잘 되지 않았다. 등뒤에서는 발소리가 들려왔고, 숨어서 자신을 지켜보는 누군가의 시선이 느껴졌다. 골목길이나 길모퉁이에서는 그림자 같은 걸 보기도 했다. 한두 번 홈레 공원 근처에서 몸을 홱 돌려봤지만 이상한 건 없었다.

12월 15일 금요일, 함박눈이 펑펑 내렸다. 스톡홀름 거리마다 크리스마스 장식이 반짝이던 그날 레오는 일찍 퇴근했다. 청바지와 울스웨터로 옷을 갈아입고 레드 와인 한 잔을 그랜드피아노 위에 올려놓았다. 건반이 97개인 뵈젠도르퍼의 임페리얼 피아노는 월요일마다 그가 직접 조율했고, 피아노 의자는 검정색 가죽을 씌운 얀센 제품이었다. 레오는 피아노 앞에 자리를 잡고 도리아 선법으로 시작하는 새 자작곡을 연주했다. 소절마다 6도 화음까지 올라가 불안하면서도 애달픈 분위기를 자아내는 곡이었다. 피아노 소리 외에는 계단을 올라오는 발소리도 듣지 못한 채 레오는 한동안 연주를 이어갔다. 그토록 깊이 몰두한 와중에도 무언가가 감지되었다. 너무도 기이한 일이어서 처음에 레오는 자신의 상상력이나 과민한 청각의 산물일 거라고 생각했다. 하지만 아니었다. 정말로 누군가가 그의 곡을 기타로 연주하고 있는 듯했다. 레오는 연주를 멈추고 문으로 다가갔다. 우편함 구멍 너머로 거기 누구냐고 소리라도 질러야 할까?

결국 레오는 잠금장치를 풀고 문을 열었다. 그러자 현실에서부터 떨어져나가는 듯한 느낌이 그를 덮쳤다.

11장
6월 20일

엄중감시구역의 수감자들이 저녁식사를 마치고 식당을 빠져나왔다. 그중 몇몇은 체력 단련실로 향했고, 운동장에서는 수감자 두어 명이 담배를 피우며 잡담을 나누었다. 영화 〈오션스 일레븐〉을 보는 수감자들도 있었다. 나머지는 복도와 여가활동 공간을 서성이거나, 각자 수감실에 앉아 문을 훤히 열어놓은 채 나지막이 속닥거렸다. 여느 날과 다름없는 풍경이었다. 하지만 이제는 모든 게 예전과 같지 않을 것이다.

교도관들이 평소보다 많이 보였고 면회와 전화통화도 금지되었다. 분위기는 더욱 고조되고 엄격해졌다. 교도소장 리카르드는 직접 순찰을 돌면서 그렇잖아도 수감자들 사이의 팽팽한 분위기 때문에 신경이 곤두선 교도관들을 한층 불안하게 만들었다.

한편 해방감이 감돌기도 했다. 수감자들의 걸음걸이와 미소 짓는 얼굴에서 전에 없던 자유로움이 느껴졌다. 이제껏 공포와 불안에 짓눌려 있던 목소리들은 폭군이 물러난 후처럼 훨씬 가볍고 생기 넘쳤다. 하지만 불확실함과 권력 공백의 신호들도 감지되었다. 티네를 포함한 몇몇 수감자들은 언제 공격당할지 몰라 불안해하는 듯했다. 그리고 수감자들은 지금까지 일어난 일과 앞으로 벌어질 일에 대해 어디서나 지칠 줄 모르고 얘기했다.

그중 대부분이 근거 없는 소문에 불과했지만 수감자들은 경찰이나 교도관보다 훨씬 많은 것을 알고 있었다. 그들 모두는 베니토의 턱을 박살낸 사람은 리스베트이며, 이제는 리스베트의 생명이 위험해졌다는 걸 알았다. 소문에 따르면 리스베트의 친척들이 이미 살해되었고, 베니토의 얼굴이 평생 회복할 수 없을 정도로 망가져 끔찍한 복수가 계속될 거라고 했다. 파리아의 목에 현상금이 걸렸다는 건 모두가 아는 바였고, 그 돈을 내건 자들이 부유한 이슬람주의자라는 얘기가 돌았다.

베니토가 회복해 운신할 수 있게 되는 대로 다른 교도소에 이감된다는 것도, 큰 변화들이 예고되어 있다는 것도 기정사실이었다. 교도소장이 무대에 등장했다는 사실만으로도 이를 짐작할 수 있었다. 친자식을 살해하고 수감된 여자들을 빼놓고 이 수감동에서 가장 미움받는 인물이 리카르드였다. 하지만 이번에 수감자들이 그를 바라보는 시선에는 적의만이 아닌 일말의 희망도 섞여 있었다. 베니토가 떠나면 이곳 생활이 나아질지도 모를 일이니.

리카르드는 실내가 너무 덥다고 항의하러 다가오는 수감자 한 명을 손짓해 되돌려보내고 손목시계를 쳐다보았다. 올해 마흔아홉 살인 그는 꽤 잘생겼지만 고집스럽고 차가운 인상이었다. 오늘은 회색 정장에 붉은 넥타이를 매고 반들거리는 올던 슈 컴퍼니의 구두를 신었다. 보통 교도소 관리자들은 수감자들을 자극하지 않기 위해 수수한 옷차림을 하는 경향이 있었지만 리카르드는 자신의 권위를 강화하기 위해 그 반대로 했다. 하지만 이날은 자신의 선택을 후회했다. 이마에선 땀이 흘러내렸고 딱 맞는 재킷은 불편한데다 바지가 자꾸 허벅지에 달라붙었다. 그러다 무전기를 들고 누군가를 불렀다.

리카르드는 입을 꽉 다물고 고개를 끄덕인 뒤 수감동 임시팀장을 맡은 하리에트에게 다가가 귀에 대고 뭔가를 속삭였다. 그러고서 둘은 어제저녁부터 리스베트가 격리수용된 7호실로 향했다.

리카르드와 하리에트가 수감실에 들어왔을 때 리스베트는 책상에 앉아 있었다. 루프양자중력을 공식화하려는 시도에서 갈수록 중요해지고 있는 윌슨 루프의 특정 양상을 계산하는 중이었다. 리스베트는 고개를 들거나 하던 일을 멈춰야 할 필요를 느끼지 못했고, 자신이 왔음을 알리기 위해 리카르드가 하리에트를 쿡 찌르는 모습도 보지 못했다.

"소장님이 너랑 얘기하고 싶어하셔." 하리에트는 마지못해 딱딱한 목소리로 말했다.

그제야 고개를 돌린 리스베트는 수감실로 들어오며 벌써 먼지를 묻혔는지 재킷 소매를 털어내는 리카르드를 보았다. 그는 보일 듯 말 듯 입술을 달싹거리며 눈을 가늘게 떴다. 얼굴을 찡그리고 싶은데 애써 참고 있는 표정이었다. 그녀를 별로 좋아하지 않는 눈치였지만 상관없었다. 리스베트도 그를 썩 좋아하지 않았으니까. 그러기엔 그의 이메일을 너무 많이 봐버렸다.

"좋은 소식이 있어."

리스베트는 대꾸하지 않았다.

"좋은 소식이라고."

여전히 대답이 없자 리카르드는 짜증이 난 듯했다.

"귀먹었어?"

"아니."

리스베트는 바닥만 쳐다보았다.

"그래, 좋아. 복역 기간은 구 일이 남았지만 내일 아침에 석방해줄

게. 이따가 스톡홀름 경찰서 수사반장 얀에게 신문받을 때 잘 협조해
주고."

"더이상 날 여기에 잡아두기 싫다는 거야?"

"싫고 좋고의 문제가 아니야. 지시를 받았어. 교도관들 말에 따
라……"

리카르드는 그다음 말을 하기가 거북스러운 모양이었다.

"……모범적으로 생활했으니 조기출소 조건을 충족한 거지."

"난 모범적으로 생활하지 않았어."

"그래? 내가 받은 보고서들을 보면……"

"겉만 번드레한 쓰레기들? 당신 보고서들처럼 말이야."

"내 보고서들에 대해 뭘 아는데?"

리스베트는 여전히 바닥을 쳐다보며 글을 읽는 듯 사무적으로 대
답했다.

"장황하기만 할 뿐 형편없다는 거 잘 알고 있어. 종종 전치사를 틀
리고 문장은 부자연스러워. 무엇보다 당신이 쓴 보고서들은 비굴하
고 무식하고 진실되지 못해. 당신한테 올라온 정보를 상부에 보고하
지도 않지. 리카르드, 중앙교도국에 여기 엄중감시구역이 좋은 곳인
양 꾸미려고 그들을 회유한 건 아주 심각한 일이야. 파리아의 수감
생활을 지옥으로 만드는 데 일조했다고. 목숨까지 잃을 뻔했잖아. 난
열받아서 미칠 지경이야."

리카르드는 입을 벌린 채 입가만 씰룩거리며 아무런 대꾸도 하지
못했다. 얼굴에서는 핏기가 가셨다. 목청을 가다듬어보지만 횡설수
설할 뿐이었다.

"지금 뭐라고 했어? 대체 무슨 뜻이지? 내 보고서들을 읽었어? 공
식 문서들을 봤다는 거야?"

"맞아, 몇 개는."

이제 리카르드는 자신이 무슨 말을 하는지도 모르는 것 같았다.

"거짓말!"

"거짓말 아니야. 난 그것들을 읽었어. 어떻게 읽게 되었는지는 알 바 아니고."

리카르드의 온몸이 부들부들 떨렸다.

"넌…… 넌……"

"뭐?"

아주 독한 말을 찾아내고 싶은데 여의치 않은 모양이었다. 결국 리카르드는 이쯤에서 만족해야 했다.

"석방 결정이 당장 철회될 수 있다는 거 잊지 마!"

"그럼 철회해. 내 관심사는 하나뿐이니까."

리카르드의 인중에 땀이 번졌다.

"뭔데?"

"파리아가 도움을 받는 것. 변호사 안니카 잔니니가 파리아를 이곳에서 빼내줄 때까지 전적으로 안전하게 있는 것. 증인보호 프로그램도 필요할 거야."

리카르드는 고함을 쳤다.

"넌 뭔가를 요구할 위치가 아니라고!"

"위치가 잘못된 건 당신이야. 그 어떤 위치에도 있으면 안 되는 사람이지." 리스베트가 대꾸했다. "교도소에서 가장 중요한 수감동 권력을 깡패 하나가 움켜쥐는 걸 방관한 위선자에 거짓말쟁이."

"무슨 말을 하는지 모르겠군." 리카르드는 더듬거렸다.

"당신 생각은 관심 없어. 당신에게 불리한 증거들이 내 손에 있고, 난 파리아가 앞으로 어떻게 될지 알고 싶을 뿐이야."

리카르드의 눈동자가 불안하게 흔들렸다.

"걱정 마, 우리가 그녀를 잘 돌볼 테니까."

이렇게 우물거리듯 내뱉고는 부끄러웠는지 리카르드는 위협적으로 한마디 덧붙였다.

"여기서 심각한 위협을 받는 게 파리아만이 아니란 건 너도 잘 알겠지?"

"꺼져."

"경고하는데, 앞으로……"

"꺼져!"

리카르드의 오른손이 바르르 떨리고 입술에도 경련이 일었다. 마비된 사람처럼 잠깐 제자리에 서 있던 그는 무슨 말을 더 하고 싶은 듯 보였지만 결국 몸을 돌려 나간 뒤 하리에트에게 문을 잠그라고 말했다. 멀어져가는 그의 발소리가 복도에 울려퍼졌다.

파리아는 그 발소리를 들으며 리스베트를 생각했다. 리스베트가 달려들자 베니토가 콘크리트 바닥에 얼굴을 박고 쓰러지는 광경이 계속 떠올랐다. 다른 것에는 정신을 집중할 수 없었고 그 장면만 끝없이 되풀이됐다. 때로는 방아쇠처럼 그녀를 교도소까지 오게 한 사건들의 기억을 연이어 촉발했다.

파리아는 자말과 통화하고 며칠 후에 있었던 일을 떠올렸다. 방에 앉아 타고르의 시를 읽고 있었는데 오후 3시쯤 그녀를 살피러 들어온 바시르가 따귀를 때렸다. 읽는 것을 삼가지 않으면 여자는 창녀나 배교자가 된다고 고함을 쳤다. 그때 파리아는 모욕을 느끼지도 화가 나지도 않았다. 구타를 당했지만 이를 악물고 용기를 냈다. 그리고 일어나 집안을 천천히 걸으며 동생 카릴을 줄곧 지켜보았다.

이날 오후 파리아는 수시로 계획을 바꾸었다. 카릴에게 부탁해 감시하는 사람이 없을 때 집밖으로 내보내달라고 할까? 사회복지기관이나 경찰이나 친구에게 전화해달라고 할까? 그보다는 기자나 하산, 아니면 파티마 고모에게 연락하게 할까? 도와주지 않으면 손목을 긋겠다고 할 생각이었다.

하지만 아무 말도 아무 행동도 하지 않았다. 그리고 5시경에 옷장을 열었다. 실내복과 니캅을 빼면 남은 옷이 거의 없었다. 원피스와 치마는 가위로 잘려 쓰레기통에 던져진 지 오래였다. 그래도 청바지 몇 벌과 검정 블라우스가 남아 있었다. 파리아는 블라우스와 청바지를 입고 운동화를 신은 다음 아메드와 바시르가 앉아 있는 주방에 들어갔다. 오빠들은 의심에 찬 눈으로 그녀를 노려보았다. 소리를 지르고 잔이며 접시 들을 다 부숴버리고 싶었지만 파리아는 가만히 서서 귀를 기울였다. 현관문 쪽으로 향하는 카릴의 발소리가 들렸다. 그때 파리아는 자신도 믿을 수 없을 만큼 민첩한 동작으로 서랍에서 식칼 하나를 꺼내 블라우스 안에 감추고 거실로 나갔다.

파란색 운동복 차림의 카릴이 현관문에 서 있었다. 우울하고도 어찌할 바를 모르는 얼굴이었다. 파리아의 발소리를 들었는지 잠금장치를 여는 손이 신경질적으로 움직였다.

"카릴, 여기서 나갈 수 있게 네가 도와줘야 해. 이렇게 살 순 없어. 차라리 자살하는 게 나아."

그녀를 향해 돌아서는 카릴의 눈빛이 너무나도 슬퍼 보여 파리아는 움찔 한 걸음 물러섰다. 바로 그때 아메드와 바시르가 주방에서 일어서는 소리가 들렸다. 파리아는 식칼을 꺼내들고 나지막이 말했다.

"카릴, 나한테 위협당하는 척해. 어떻게든 좋으니 날 여기서 나가게 해줘!"

"형들이 날 죽일 거야." 카릴의 말에 파리아는 모든 게 끝났다고 생각했다.

성공할 수 없는 시도였다. 파리아는 그렇게 큰 대가를 치를 준비가 되어 있지 않았다. 아메드와 바시르가 다가오는 와중에 현관문 바깥 계단에서 사람들 목소리가 들려왔다. 이제 정말 끝이었다. 그런데…… 여전히 슬픈 얼굴을 한 카릴이 문을 열어주었다. 파리아는 칼을 떨어뜨리고 달려나가 아버지와 라잔 앞을 지나 그대로 계단을 뛰어내려갔다. 한동안 자신의 발소리와 숨소리밖에 들리지 않았다.

뒤이어 위층에서 웅성거리는 소리가 들려오더니 분노에 찬 묵직한 발소리들이 쫓아왔다. 그 달리는 느낌이라니! 참으로 기묘했다. 몇 달 동안 바깥에 나가지 못해 거의 움직이지 않았으니 몇 걸음 제대로 떼지 못할 수도 있었다. 하지만 파리아는 가을바람과 선선한 공기에 실려 훨훨 날아가는 기분이었다.

태어나 처음 달려보는 사람처럼 달렸다. 집들 사이를 이리저리 빠져나가 함마르뷔 부두에 다다랐다가 멈추지 않고 계속 길을 따라 올라가 다리 건너편의 링베겐 거리에 이르렀다. 거기서 버스를 타 바사스탄에서 내려 다시 달렸다. 그러면서 몇 번을 넘어졌는지 모른다. 팔꿈치가 피로 새빨개진 채 우플란스가탄의 건물에 도착한 뒤 사층으로 뛰어올라 오른쪽 현관문의 초인종을 눌렀다.

현관문 안쪽에서 발소리가 들려왔던 그 순간을 파리아는 생생히 기억하고 있다. 눈을 감고 기도했다. 신에게 애원했다. 그리고 문이 열렸을 때 파리아는 몹시 놀라고 말았다. 한낮인데도 자말은 잠옷 차림이었다. 수염이 까칠하고 머리는 헝클어진 채 혼란스러운, 아니 겁을 먹은 모습이었다. 그 순간 파리아는 자신이 실수했다고 생각했지만 자말은 단지 놀랐을 뿐이었다. 그녀가 찾아온 게 좀처럼 믿기지 않았던 것이다.

"아, 다행이다!"

파리아는 떨리는 몸으로 그의 품에 안겼다. 다시는 그를 놓고 싶지 않았다. 자말은 그녀를 집안으로 들이고 현관문을 잠갔다. 거기에 달린 묵직한 잠금장치는 이제 파리아를 안심시켜주었다. 한참 동안 둘은 아무 말도 하지 않았다. 그저 껴안고 누운 채 좁다란 침대 위에서 몇 시간을 보냈다. 그러다 입을 열기 시작했고, 키스했고, 눈물을 흘렸고, 마침내 사랑을 나누었다. 파리아의 가슴을 짓누르고 있던 응어리가 서서히 녹아가고 두려움도 사라졌다. 그렇게 자말과 하나가 되었다. 그 누구와도 느껴보지 못한 새로운 감정이었다. 하지만 그사이 시클라에 있는 자신의 집에 변화가 생겼다는 사실은 알지 못했다. 알고 싶지도 않았을 터였다. 가족에게는 새로운 적이 생겼다. 다름 아닌 동생 카릴이었다.

미카엘은 말린이 하는 말을 파악할 수 없었다. 힐다 폰 칸테르보리를 만날 방법을 생각하느라 말린의 말은 거의 듣지도 않았다. 지금은 베스테르브론 다리를 건너 스칸스툴 근방의 루트게르푹스가탄으로 향하는 택시 안에 있었다. 아래쪽의 공원에서는 선탠을 하는 사람들이 보였고, 리다르피에르덴만 위로는 모터보트들이 지나갔다.

"미카엘, 좀 들어봐. 제발 집중해달라고. 이 일에 날 끌어들인 건 당신 아냐?"

"아, 미안. 아주 잠깐 딴생각했어. 자, 순서대로 다시 얘기해보자고. 레오가 사무실에 앉아서 뭔가를 쓰고 있었던 그때, 맞지?"

"맞아, 그때 뭔가 이상했어."

"당신은 유서를 쓰고 있다고 생각했잖아."

"그런데 이상했던 건 무엇을 쓰느냐가 아니라 어떻게 쓰느냐였어."

"무슨 뜻이야?"

"미카엘, 그때 레오는 왼손으로 글을 썼어. 아까 레오가 왼손잡이였다는 게 갑자기 떠올랐지. 언제나 왼손으로 글을 썼어. 사과든 오렌지든 무엇이든 왼손으로 잡았다고. 그런데 지금 그는 오른손잡이야."

"그것 참 희한하네."

"하지만 사실이야. 얼마 전 TV에서 레오를 봤을 때부터 무의식적으로 느꼈던 것 같아. 파워포인트로 발표하면서 리모컨을 오른손에 들고 있었어."

"말린, 미안하지만 나한텐 설득력 있게 들리지 않아."

"아직 내 말 안 끝났어. 어쨌든 난 그 사실을 중요하게 생각하지 않았어. 명확히 의식하지도 못했지. 하지만 뭔가가 자꾸 마음에 걸려서 미술관에 갔을 때 레오를 자세히 관찰했어. 알프레드 외그렌을 그만둘 무렵에 매우 가까운 사이가 돼서 레오의 사소한 동작들이 아주 익숙했거든."

"오케이."

"이번 강연회에서 레오는 그때와 똑같았어. 모든 동작을 반대로 한다는 점만 빼고. 오른손잡이처럼 물병을 오른손으로 잡아 왼손으로 옮기고 다시 오른손으로 뚜껑을 돌렸어. 물잔도 오른손으로 잡아 마셨고. 그제야 분명하게 깨달았지. 그뒤에 레오에게 다가가 말을 건 거야."

"얘기가 잘된 것 같지 않던데."

"완전히 실패했지. 나를 떼어내고 싶어하는 듯했어. 그러고서 와인잔을 오른손으로 잡는 모습을 보니 몸이 오싹해졌지."

"그걸 신경학적으로 설명할 순 없을까?"

"레오도 그런 식으로 얘기했어."

"뭐? 레오한테 직접 그 얘기를 했다고?"

"안 했어. 어쨌든 그러고서는 미쳐버릴 지경인 거야. 내 눈을 믿을 수가 있어야지. 그래서 레오가 나오는 영상을 죄다 찾아봤어. 옛 동료들한테 연락해 얘기도 해보고. 갈수록 나만 미친 사람이 됐지. 정말 아무도 이상한 점을 발견하지 못했대. 그러다 니나 베스트와 얘기를 나눴어. 상당히 예리한 외환 트레이더인데, 그녀도 그걸 알아챘다는 거야! 그 말을 듣고 얼마나 안심됐는지 당신은 상상도 못할걸. 니나 말로는 자기가 레오에게 직접 물어봤대."

"뭐라고 대답했다는데?"

"당황하며 선뜻 대답을 못하다 결국 양손잡이라고 했대."

"뭐라고?"

"왼손잡이도 오른손잡이도 아니고 양손을 다 능숙하게 사용한다는 거야. 검색해보니 인류의 약 1퍼센트가 양손잡이래. 운동선수 중에도 있고. 기억할지 모르겠지만, 테니스 선수 지미 코너스처럼."

"아, 맞아."

"레오의 말로는 어머니가 돌아가신 후로 양손을 쓰기로 마음먹었대. 자아 해방의 일환인 셈이지. 모든 면에서 새로운 삶의 방식을 찾았던 거야."

"그럴듯한 설명 같은데?"

"난 모르겠어. 청각과민증에 양손잡이라…… 좀 지나친 느낌이야."

미카엘은 잠시 입을 다물고 싱켄스담 방면을 바라보았다.

"전혀 불가능한 일은 아니겠지. 하지만…… 당신 말이 맞을지도 몰라. 뭔가 이상한 구석이 있긴 하네. 우리 조만간 다시 한번 볼까?"

"좋지."

통화를 마친 미카엘은 힐다의 집이 있는 스카스툴 방면으로 계속 갔다.

세월이 흐르면서 얀은 리스베트를 꽤 좋아하게 되었지만 아직도 함께 있는 건 그리 편하지 않았다. 리스베트가 공권력을 싫어한다는 걸 그는 잘 알았다. 그녀의 과거를 알기 때문에 심정은 이해할 수 있지만 지나친 일반화는 좋게 느껴지지 않았다.

"리스베트, 언젠가는 사람들을 믿을 수밖에 없어. 심지어 경찰까지도. 그렇지 않으면 네가 힘들어져."

"노력해보죠." 리스베트는 무뚝뚝하게 대답했다.

면회실에서 그녀와 마주앉은 얀은 무안함에 몸을 꼼지락댔다. 오늘따라 리스베트는 이상하게도 어려 보였고 검은 머리칼도 평소보다 불그스름하게 느껴졌다.

"홀게르 씨가 돌아가셔서 상심이 커. 너한테는 정말 큰 충격이었을 거야. 내 아내가 세상을 떠났을 때도……"

"그냥 넘어가죠." 리스베트가 말을 끊었다.

"알겠어, 본론으로 넘어가자고. 홀게르 씨를 살해할 만한 사람이 누군지 짐작 가는 데라도 있어?"

리스베트는 예전에 총상을 입었던 가슴 바로 위쪽 어깨에 손을 올렸다. 그런 다음 입을 연 그녀의 말투가 이상할 정도로 차가워서 얀은 더욱 불안했다. 하지만 진술 내용이 매우 간결하고 정확해 수사관 입장에서는 더할 나위 없이 좋았다.

"몇 주 전, 어느 노년 여성이 홀게르를 찾아왔어요. 마이브리트 토렐. 웁살라에 있는 상트스테판 정신병원 원장 요한네스 칼딘 교수의 비서였어요."

"자네가 입원했었던?"

"나에 대한 신문기사를 읽고 홀게르에게 자료들을 가져다줬어요. 처음에 홀게르는 거기에 새로운 사실이 있을 거라고 생각하지 않았어요. 하지만 나중에 알고 보니 우리가 전부터 알았던 사실에 심각한 의미가 숨어 있었어요. 어렸을 때 날 입양시키려던 계획에 대해, 우리는 친부 그 개자식이 일으키는 문제들 때문에 날 도우려는 선의에서 비롯된 거라고 항상 생각해왔죠. 하지만 실상은 유전자 및 사회환경 연구물 기록소라는 기관이 설계한 과학 실험의 일부였던 거예요. 그 존재가 비밀에 부쳐진 기관이라 책임자들 이름을 찾아낼 수 없어 짜증이 났죠. 그래서 홀게르에게 전화해 그 자료들을 다시 한번 자세히 살펴달라고 부탁했고요. 거기서 무얼 찾아냈는지는 몰라요. 나중에 미카엘이 전화로 홀게르의 사망 소식을 알려주면서 어쩌면 살해됐을지도 모른다고 한 게 내가 아는 전부예요. 그래서 내 조언은 마이브리트 토렐을 만나보라는 거예요. 아스푸덴에 살아요. 홀게르에게 준 자료들의 사본을 가지고 있거나 어딘가에 저장해놓았을지도 모르죠. 현재 상황상 그녀를 찾아가보는 게 좋을 거예요."

"고마워, 큰 도움이 됐어. 그 기록소라는 곳은 대체 뭐하는 데지?"

"그 이름에 열쇠가 있겠죠."

"잘못된 길로 이끄는 이름일 수도 있지."

"거기에 페테르 텔레보리안이라는 쓰레기가 한 명 있어요."

"이미 신문했어."

"다시 한번 해보세요."

"우리가 뭘 조사하면 될까?"

"웁살라 유전자 센터의 책임자들을 조사해볼 수 있겠죠. 하지만 별성과는 없을 거예요."

"리스베트, 좀더 자세히 얘기해줄 순 없겠어? 지금 무슨 얘길 하는거야?"

"과학. 아니, 그보다는 유사과학이죠. 아이들을 입양시켜 사회적환경과 유전의 영향에 대해 연구할 수 있다고 믿는 천치들이요."

"수상한 냄새가 나는데?"

"통찰력이 만점이네요."

"다른 단서는?"

"없어요."

얀은 그 대답을 선뜻 믿지 않았다.

"분명히 알고 있을 텐데? 홀게르의 마지막 말 말이야. 힐다 폰과 얘기하라…… 거기에 짚이는 게 없다고? 정말이야?"

물론 짚이는 게 있었다. 전날 미카엘의 전화를 받았을 때부터 그랬지만 일단은 혼자만 알고 있기로 했다. 그럴 만한 이유가 있었다. 리스베트는 레오도, 목에 반점이 있는 여자도 언급하지 않고 얀의 나머지 질문들에만 짤막하게 답변했다. 그러고서 작별인사를 나누고 수감실로 돌아갔다. 내일 아침 9시에 소지품을 챙겨 플로드베리아 교도소를 떠나야 했다. 아마도 리카르드는 그녀에게서 해방되기만을 기다리고 있으리라.

12장
6월 20일

늘 그렇듯 라켈은 청소 상태가 마음에 들지 않았다. 청소부들에게
좀더 확실히 지시를 내렸어야 했는데. 결국 직접 팔을 걷어붙이고 걸
레질을 했다. 화분에 물을 주고 책들과 유리잔과 컵들을 정리했다.
머리칼이 한 움큼씩 빠지는 병든 몸이었지만 어쩔 수 없이 이를 악
물었다. 해야 할 일이 많았다.

라켈은 홀게르의 집에서 가져온 자료들을 다시 한번 살펴보았다.
어떤 부분을 읽고 홀게르가 전화를 했는지는 어렵지 않게 짐작할 수
있었다. 사실 그 메모 자체로는 문제될 게 없었다. 고맙게도 페테르
가 그녀를 이니셜로 써주었기에 더욱 그랬다. 당시 했던 활동에 대
해서도, 당사자 외에 다른 아이들의 이름도 언급되지 않았다. 어쨌
든 그녀가 꺼림칙한 건 이런 문제들이 아니었다. 괴로운 건 그 많은
세월이 지나고 지금에 와서 홀게르가 이 자료들을 읽었다는 사실이
었다.

물론 우연일 수도 있었다. 마르틴은 그렇다고 믿었다. 어쩌면 홀게

르가 이 자료들을 오래전부터 간직해왔고, 그러다 어느 날 즉흥적으로 훑어봤을 수도 있다. 몇 가지 정보들에 궁금증을 느끼면서도 크게 중요하게 여기지는 않았을 수도 있다. 만일 그렇다면 최근 그녀가 취한 조치는 끔찍한 실수가 된다. 하지만 라켈은 우연을 믿지 않았고, 사방에서 물이 들어와 배가 흔들리고 있는 지금은 더욱 그랬다. 게다가 최근 홀게르가 플로드베리아 교도소에 있는 리스베트를 찾아갔었다는 사실도 알고 있었다.

라켈은 다시는 리스베트를 과소평가하는 실수를 범하지 않을 것이다. 이 자료들에 힐다 폰 칸테르보리의 이름이 언급되어 있으니 더욱 조심해야 했다. 힐다는 리스베트를 자신에게까지 연결시켜줄 유일한 끈이었다. 앙네타와의 우정이 불행하게 끝난 후로 힐다가 경솔하게 자신을 드러낸 적은 없었을 거라고 라켈은 확신했지만, 세상에 백 퍼센트 확실한 건 없는데다 자료들의 사본이 존재할 가능성도 배제할 수 없었다. 홀게르가 어디서 자료들을 입수했는지 반드시 알아내야 했다. 과거 페테르에 대해 조사할 때? 아니면 나중에 얻게 되었을까? 그렇다면 누구에게서? 라켈은 자신들이 모든 것을 깔끔히 정리했고, 상트스테판 정신병원과 관련된 민감한 서류들도 다 없애버렸다고 확신했지만…… 그래도 모를 일이었다. 잠시 생각에 잠겨든 라켈은 문득 이름 하나를 떠올렸다. 병원장 요한네스 칼딘. 그들에겐 언제나 눈엣가시 같은 존재였다. 홀게르가 죽기 전에 자료를 넘겨준 걸까? 아니면 그와 가까운 누군가가……

라켈은 자신도 모르게 욕을 내뱉었다.

"맞아, 빌어먹을!"

라켈은 주방으로 가 레모네이드 한 잔과 함께 진통제 두 알을 삼켰다. 그런 다음 마르틴에게 전화해 즉시 마이브리트 토렐과 접촉하도록 했다. 제발 쓸모 있게 움직여, 이 비겁한 인간아!

"연락해요, 지금 당장!"

통화를 마친 라켈은 호두와 토마토를 곁들인 루콜라 샐러드를 만들어 먹은 후 욕실을 정리했다. 오후 5시 30분이었다. 발코니 창문을 활짝 열었는데도 더위가 느껴졌다. 당장 터틀넥 셔츠를 벗고 리넨 셔츠로 갈아입고 싶었지만 유혹을 참아내고 다시 힐다를 생각했다. 그녀에 대해 떠오르는 건 경멸감뿐이었다. 주정뱅이에 헤픈 여자. 한때는 힐다를 부러워했다. 늘 주위에 남자들이 모여들었고 여자들과 아이들도 그녀를 따랐다. 그들에게 드높은 희망이 가득했던 시절에 힐다는 대담하고 굳건한 모습을 보여주었다.

그들의 프로젝트는 새로운 것이 아니었다. 뉴욕에서 수행된 유사한 프로젝트의 영향을 받았다. 하지만 마르틴과 라켈은 프로젝트를 더 멀리 끌고 나갔다. 비록 뜻밖의 결과나 실망스럽기까지 한 결과들과 마주했지만 라켈은 프로젝트를 위해 치른 대가들이 결코 크다고 생각하지 않았다. 일부 아이들이 보다 힘들게 살아야 했던 건 사실이지만, 삶이란 어차피 복권과 같은 거라고 생각했다.

라켈의 관점에서 '프로젝트 9'는 가치 있고 중요한 사업이었다. 보다 강하고 균형 잡힌 개인들을 만들어내는 방법을 세상에 보여줄 프로젝트였다. L. M.과 D. B.가 모든 것을 망쳐버려 자신이 극단적 조치를 취할 수밖에 없었던 일은 유감스러웠다. 라켈은 불법적인 일들을 행하면서도 딱히 마음이 불편하지 않다는 사실에 스스로 놀랄 때도 있었다. 그녀는 자신을 잘 알았다. 후회하는 데는 재능이 없었지만 지금 이 모든 결과들에 대해 불안감을 느꼈다.

저쪽 칼베리스베겐 거리에서 사람들이 소리치고 웃는 소리가 희미하게 들려왔다. 주방과 거실에서는 세제 냄새가 풍겼다. 라켈은 다시 한번 손목시계를 들여다보고 책상에서 일어나 보다 세련된 디자인의 검정색 진료가방과 평범한 새 가발을 꺼냈다. 새 선글라스, 주사기와 앰플 몇 개, 그리고 연청색 액체가 담긴 작은 병도 챙겼다. 그런 다음 옷장에서 은제 손잡이가 달린 지팡이를 꺼낸 뒤 현관 선반의 회색 모자를 집어들었다. 그렇게 준비를 마친 라켈은 자신을 태워 스칸스툴로 데려다줄 베니아민을 기다리러 밖으로 나갔다.

힐다 폰 칸테르보리는 화이트 와인을 한 잔 따라 천천히 마셨다. 명백한 알코올의존증이었지만 사람들이 생각하는 만큼 많이 마시지는 않았다. 그녀는 자신의 결점들을 부풀려서 말하듯 주량도 과장하는 경향이 있었다. 그리고 많은 사람들의 생각처럼 폐인으로 전락한 귀부인도 아니었고, 할일 없이 빈둥거리며 술이나 퍼마시는 여자도 아니었다. 힐다는 레오나르드 바르크라는 필명으로 심리학 논문을 꾸준히 발표해왔다.

그녀의 아버지 빌메르 칼손은 하청업자 겸 사기꾼으로 활동하다 순스발 지방법원에서 가중사기죄로 유죄를 선고받은 인물이었다. 그후 빌메르는 왕실기병대 소속이었던 어느 젊은 중위에 대해 알게 된다. 요한 프레드리크 칸테르베리라는 이름의 중위는 1787년 결투중에 사망했고 동시에 그의 가문도 대가 끊겼다. 스웨덴 귀족협회의 엄격한 규정에도 불구하고 몇 번의 협상과 약간의 협잡을 통해 빌메르는 자신의 성을 칸테르베리가 아닌 칸테르보리로 바꾸는 데 성공했다. 그리고 자기 마음대로 '폰'을 붙였는데, 이렇게 만들어진 이름이 점차 공공 기록들에 자리잡게 되었다.

힐다는 이 성이 어설프고 인위적이라고 생각했다. 아버지에게 버림받은 뒤 어머니와 함께 팀로에 있는 방 두 개짜리 음침한 아파트로 이사하고는 더욱 그랬다. '폰 칸테르보리'라는 성은 그녀가 귀족들 사이에 앉아 있는 것만큼이나 이런 환경과도 어울리지 않았다. 그녀 인격의 일부는 성에 대한 반감을 통해 형성되었는지도 모른다. 힐다는 십대 때 마약을 시작했고 동네 불량배들과 어울렸다.

하지만 문제아만은 아니었다. 학교 성적이 좋았고, 고등학교 졸업 후에는 스톡홀름 대학교에서 심리학을 전공했다. 초반에는 파티나 쫓아다니며 시간을 보냈지만 점차 교수들에게 주목받기 시작했다. 매력적이고 총명했으며 독창적인 사고를 지닌 학생이었으니까. 그 시절 젊은 여성들의 생각과는 달랐으나 나름의 높은 도덕적 기준도 있었다. 얌전하거나 조용하거나 착한 인물은 아니었지만, 불의를 증오하고 결코 신뢰를 저버리는 법이 없었다.

박사논문이 통과된 직후 바사스탄의 작은 레스토랑에서 사회학과 교수 마르틴 스테인베리와 마주친 적이 있었다. 박사과정 학생 가운데 그를 모르는 사람은 없었다. 큰 키와 잘생긴 외모에 수염을 단정하게 기른 모습이 영국 배우 데이비드 니번을 연상시켰다. 체구가 땅딸막한 그의 부인 예르트루드를 사람들은 종종 어머니로 착각했다. 열네 살 연상인 그녀는 카리스마 넘치는 남편에 비하면 평범한 여자였다.

소문에 의하면 마르틴은 외도를 했고, 인상적인 이력서가 보여주는 것보다 훨씬 영향력 있는 거물이라고 했다. 그는 스톡홀름 대학교 사회복지대학 학장이었으며 다양한 정부 조사위원회를 이끌고 있었다. 힐다는 이미 그때부터 마르틴이 독단적이고 무뚝뚝한 인물이라고 생각했지만 그럼에도 매력을 느꼈다. 외모나 분위기 때문만은 아니었다. 그녀에게 마르틴은 풀어야 할 수수께끼처럼 느껴졌다.

그랬기 때문에 아내로는 보이지 않는 여성과 레스토랑에 앉아 있는 마르틴을 보았을 때 힐다는 강렬한 호기심을 느꼈다. 잿빛이 감도는 짧은 금발의 그 여성은 아름다우면서도 단호한 눈빛과 날씬한 몸매, 그리고 우아한 분위기를 지니고 있었다. 길고 섬세해 보이는 손가락 끝에는 빨간색 매니큐어를 발랐다. 힐다는 그것이 연인들의 만남인지 확신할 수 없었지만 자신을 본 마르틴의 얼굴에 동요의 기색이 비친 건 사실이었다. 실상 그 광경 자체에는 이상한 점이 없었다. 하지만 힐다는 늘 혼자서 상상했던 마르틴의 은밀한 삶을 엿본 듯한 기분이 들었다.

그 일이 있고서 몇 주간 마르틴은 호기심어린 시선으로 힐다를 주시했고, 어느 날 밤 그녀에게 대학 건물 옆 숲길을 산책하자고 청했다. 그날 하늘은 어두웠다. 마르틴은 한참 동안 말이 없었다. 비밀이나 굉장한 사실을 밝히려는 사람처럼. 마침내 침묵을 깨고 그가 던진 질문이 너무도 평범해 힐다는 놀랐다.

"힐다, 생각해본 적 있니? 왜 지금의 자신이 되었는지."

"네, 교수님. 생각해본 적 있습니다." 힐다는 공손하게 대답했다.

"이건 아주 중요한 질문이야. 우리의 과거뿐 아니라 미래를 위해서."

그렇게 모든 것이 시작되었다. 힐다는 프로젝트 9에 합류하게 되었고, 오랫동안 아무런 문제도 없어 보였다. 그들은 다양한 사회적 배경을 가진 입양아들을 테스트에 참여시키고 연구할 뿐이었다. 재능이 뛰어난 아이들과 그렇지 않은 아이들이 있었고, 그 어떤 결과도 일반에 공개되지 않았다. 처음에 힐다는 이 프로젝트에서 비윤리적이거나 착취적인 면모를 발견하지 못했다. 오히려 아이들을 정성과 배려로 대했다. 새로운 실험 영역에 뛰어들기도 했지만 아주 혁명적인 건 아니었다.

그럼에도 불구하고 의문이 싹텄다. 아이들은 어떻게 선발했으며, 이토록 다양한 사회적 환경 속에 배치한 이유는 무엇일까? 힐다는 서서히 큰 맥락을 파악하게 되었지만 그때는 이미 프로젝트의 문이 닫힌 뒤였다. 하지만 그 당시에는 전체적으로나 각각의 사례로 보나 옹호할 여지가 있다고 생각했다.

다시 가을이 왔다. 힐다는 칼 세게르가 엘크 사냥중에 사고사했다는 소식을 듣고 매우 놀랐다. 그리고 프로젝트를 떠나기로 결심했다. 하지만 이런 낌새를 알아챈 마르틴과 라켈이 프로젝트에 기여할 기회를 제시해 좀더 남아 있기로 했고, 그렇게 해서 프로젝트에 속한 여자아이를 돕게 되었다. 스톡홀름 룬다가탄에 사는 여자아이는 쌍둥이 여동생과 함께 지옥 같은 나날을 겪고 있었지만 관련 기관은 이를 방관하고 있었다. 힐다는 해결책과 입양 가정을 찾아야 했다.

하지만 들었던 설명만큼 간단한 일이 아니었다. 힐다는 아이의 친모와 가까워졌고 그들을 위해 싸웠다. 자신의 경력, 아니, 삶 전체를 희생했는지도 모른다. 이따금 후회하기도 했지만 자부심을 느낄 때가 더 많았다. 어쩌면 기록소에 있는 동안 한 일 중 가장 잘한 일인지도 모른다.

이제 저녁 어스름이 깔리기 시작했다. 힐다는 샤르도네 와인을 마시며 창밖을 바라보았다. 한가롭게 산책하는 모습들이 행복해 보였다. '나도 책 한 권 들고 밖으로 나가 카페 테라스에 자리를 잡으면 어떨까?' 하지만 더는 생각에 빠져들 수 없었다. 거리 저쪽에 선 검정색 르노에서 누군가가 내리는 모습이 보였기 때문이다. 라켈 그레이츠였다. 그녀의 방문이 특별한 일은 아니었다. 가끔씩 들러 안부도 묻고 상냥하고 기분좋은 말들을 해주었으니까. 하지만 최근 들어서는 무언가 이상했다. 전화를 걸어온 목소리는 경직되어 있었고 예전처럼 위협하는 말들을 늘어놓기도 했다.

라켈은 이제 보도에 올라섰다. 힐다는 변장한 그 모습을 한눈에 알아보았다. 옆에는 라켈의 조수 베니아민 포르스가 따라오고 있었다. 라켈은 자잘한 심부름을 시킬 때뿐 아니라 남자의 힘이 조금이라도 필요하게 되면 곧장 그를 불렀다. 두려워진 힐다는 신속하고 과감한 결정을 내렸다.

재빨리 코트를 걸치고 지갑과 무음으로 설정해 책상 위에 놓아둔 휴대전화를 집어들었다. 그런 다음 집을 나와 문을 잠갔지만 너무 늦어버렸다. 저 아래 건물 입구에서 발소리가 들렸다. 공황감에 사로잡힌 그녀는 자칫하면 잡힐 수도 있다는 걸 알면서도 급히 계단을 내려갔다. 다행히 그들은 엘리베이터를 기다리고 있었다. 힐다는 건물 입구 외에 유일한 탈출로인 뒷마당으로 나갔다. 노란색 벽으로 막힌 곳이었지만 정원 테이블을 가져오면 넘어갈 수 있었다. 돌바닥 위로 테이블을 밀자 긁히는 소리가 났다. 힐다는 몸이 둔한 아이처럼 담장을 기어올라 이웃집 안뜰로 뛰어내린 다음 보후스가탄 거리로 빠져나왔다. 그리고 공영수영장과 부두 쪽으로 향했다. 뛰어내리면서 다친 발목이 욱신거렸고 술기운도 완전히 가시지 않았지만 아주 빨리 걸었다.

오르스타비켄 부근 운동장에 이르러 휴대전화를 꺼내보니 그사이에 누군가 몇 번이나 전화를 했다. 음성메시지를 듣고 난 힐다는 한동안 움직일 수 없었다. 단단히 일이 잘못되어가는 게 분명했다. 그녀를 찾는 기자는 갑자기 연락한 걸 정중히 사과하면서도 꽤 흥분한 목소리였다. 그리고 두번째 메시지를 남겼다. "홀게르 팔름그렌이 사망한 일로 긴급히 얘기를 나누고 싶습니다."

힐다는 그 이름을 되뇌었다. 홀게르 팔름그렌…… '왜 이렇게 귀에 익지?' 검색해보니 그 이유를 금방 알 수 있었다. 홀게르는 리스베트의 후견인이었다. 어떤 스캔들이 폭로되려는 게 분명했다. 결코 좋은 일이 아니었다. 그리고 언론이 정보를 찾아다니고 있다면 약한 고리는 바로 자신이었다.

힐다는 걸음을 재촉하며 바다와 나무들, 그리고 한가롭게 산책하거나 잔디 위에서 피크닉을 즐기는 그 모든 사람들을 바라보았다. 운동장 저편 요트들이 정박한 부두와 맞닿은 탁 트인 공간에서 십대로 보이는 세 명이 바닥에 모포를 깔고 앉아 맥주를 마시는 모습도 눈에 들어왔다. 힐다는 걸음을 멈추고 자신의 휴대전화를 내려다보았다. 이런 기기를 잘 아는 건 아니었지만 자신을 추적하는 데 쓰일 수 있다는 것쯤은 알았다. 그래서 재빨리 동생에게 전화해 마지막 통화를 했고 곧바로 후회했다. 동생과의 통화는 매번 씁쓸한 뒷맛처럼 죄책감을 남겼다. 힐다는 십대들에게 다가갔다. 그중 지저분한 장발에 너덜너덜한 청재킷을 입은 아이에게 휴대전화를 내밀었다.

"자, 받아. 신상 아이폰이야. 너한테 줄 테니까 유심칩을 바꿔서 쓰든지 알아서 해."

"아줌마 미쳤어요? 이걸 왜 나한테 주는데요?"

"괜찮은 애 같아 보여서. 행운을 빌어. 마약은 사지 말고." 말을 마친 힐다는 저녁노을 속으로 재빨리 멀어져갔다.

삼십 분 후 그녀는 땀에 흠뻑 젖은 채 호른스툴 어느 골목의 현금인출기 앞에 섰다. 거기서 3천 크로나를 챙겨 스톡홀름 중앙역으로 향했다. 뉘셰핑의 후미진 동네에 있는 작은 호텔로 갈 생각이었다. 오래전 대학 사람들이 그녀를 헤픈 여자로 몰아세웠을 때 몸을 숨겼던 곳이다.

미카엘은 건물 입구에서 어느 노년 여성과 마주쳤다. 지팡이를 들고 모자를 쓴 차림에 인상이 사나웠다. 그 뒤에는 미카엘과 비슷한 나이에 키가 2미터는 되어 보이는 건장한 남자가 서 있었다. 파란 눈동자와 둥근 얼굴, 우람한 팔뚝이 인상적이었다. 하지만 미카엘은 마침내 건물에 도착해 기쁜 나머지 그들을 신경쓰지 않았다. 한달음에 계단을 올라가 힐다의 집 초인종을 눌렀지만 아무도 없는 듯했다.

미카엘은 건물에서 나와 스칸스툴의 클라리온 호텔 쪽으로 걸어가 다시 전화를 걸어보았다. 건방진 남자애가 대답했다. '힐다의 아들인가?'

"여보세요!"

"안녕? 힐다와 통화할 수 있을까?"

"젠장, 힐다 같은 건 없어. 이제 이건 내 전화야."

"그게 무슨 말이야?"

"웬 술 취한 미친 여자가 나한테 줬다고."

"언제?"

"방금 전에."

"그 여자, 언제 보였어?"

"쫓기는 건지 제정신이 아닌 것 같던데."

"너 지금 어디야?"

"댁이 알아서 뭐하는데!" 그렇게 전화가 끊어졌다.

미카엘도 욕을 내뱉었다. 뾰족한 수가 없어 클라리온 호텔 바로 들어가 기네스 한 잔을 주문했다. 생각을 정리하려고 링베겐 거리가 내려다보이는 창가의 안락의자에 앉았다. 뒤쪽 카운터에서 나이든 대머리 남성이 성난 목소리로 계산서에 대해 따지고 있었고, 미카엘의 창가 테이블에서 멀지 않은 바에서는 두 젊은 여성이 나지막이 대화를 나누고 있었다.

여러 생각이 머릿속에서 뒤엉켰지만 먼저 리스베트를 떠올렸다. 그녀는 이름들이 적힌 리스트와 레오를 언급했고, 레오의 심리상담사 칼은 이십오 년 전 정황이 의심스러운 총기 사고로 숨졌다. 그렇다면 이 모든 이야기의 시작이 아주 오래전으로 거슬러올라간다고 가정하는 게 억측은 아니었다. 더욱이 홀게르의 죽음과 그의 집안 복도에서 발견된 자료들이 이 가정을 뒷받침해주었다.

힐다 폰과 얘기하라……

그게 힐다 폰 칸테르보리 말고 다른 사람일 수 있을까? 가능하기야 하겠지만 개연성이 낮았다. 게다가 조금 전 힐다는 쫓기는 듯한 모습으로 어느 십대 소년에게 휴대전화를 줘버렸다지 않나. 웨이터가 기네스 한 잔을 가지고 왔다. 바에 앉아 있는 젊은 여성들은 이제 미카엘에 대해 속닥거리는 듯했다. 미카엘은 휴대전화를 꺼내 힐다 폰 칸테르보리를 검색했다. 자신이 찾는 내용이 구글 창 맨 위에 나타날 거라고는 생각하지 않았다. 아예 인터넷상에 존재하지 않을 수도 있었다. 하지만 검색 결과들의 행간에서 뭔가를 발견할지도 모를 일이었다. 때때로 단서들은 사소하거나 어정쩡한 답변들, 혹은 누군가의 관심사 속에 숨어 있기도 하니까.

하지만 아무것도 찾아낼 수 없었다. 힐다는 스톡홀름 대학교 교수 직에서 물러나기 전까지 수많은 논문을 발표한 생산적인 학자였다. 그후로는 글을 발표하지 않았고, 과거에 쓴 글들에서는 아무런 단서도 발견할 수 없었다. 비밀스럽거나 수상쩍어 보이는 것, 혹은 입양 아들과 관련되어 보이는 것은 없었다. 청각과민증이 있는 왼손잡이가 오른손잡이가 된 얘기는 말할 것도 없고.

한편 지능 발달과 유전 요인에 관한 당시 연구들에 잔존했던 인종주의적 논거를 반박하던 힐다는 예리하면서도 건전한 사람으로 보였다. 세대가 거듭될수록 두뇌가 많은 자극에 노출되면서 인간 지능이 향상되어왔다는 플린 효과에 관해 〈미국응용심리학지〉에 짤막한 논문을 게재한 적도 있었다.

이것 말고는 아무런 단서가 없었다. 미카엘은 창밖 거리를 한번 쳐다본 뒤 기네스를 한 잔 더 주문했다. '또 누구와 접촉해볼 수 있을까?' 다시 힐다의 논문들을 훑어보며 공저자나 동료를 찾아보았다. 그리고 한번 더 '폰 칸테르보리'를 검색해보니 스웨덴에 사는 사람이 한 명 더 있었다. 힐다보다 여섯 살 어린 샬로타라는 이름의 여성이었다. 미용사인 그녀는 렌스티에르나스 거리에서 몇 블록 떨어진 곳에 살았고 예트가탄에서 자신의 가게를 운영하고 있었다. 이미지를 찾아보니 힐다와 닮은 구석이 있었다. 자매일 듯싶었다. 미카엘은 깊이 생각하지 않고 샬로타의 전화번호를 눌렀다.

"네, 샬로타입니다."

"안녕하세요, 전 미카엘 블롬크비스트라고 합니다. 〈밀레니엄〉 기자인데……"

이 첫마디에 상대가 불안감을 느꼈다는 걸 미카엘은 알 수 있었다. 안타깝지만 익숙한 일이었다. 자신이 전화했을 때 사람들이 겁에 질리는 일이 없도록 좀더 유쾌한 기사를 써야겠다고 농담하던 그였지만, 이번에는 좀 다른 느낌이 들었다.

"불쑥 전화드려서 죄송합니다. 힐다 폰 칸테르보리 씨를 만나고 싶은데요."

"언니에게 무슨 일이 있었던 거죠?"

무슨 일이라도 있나요?가 아니라 무슨 일이 있었던 거죠?라고 물은 것을 미카엘은 놓치지 않았다.

"마지막으로 연락한 게 언제인가요?"

"한 시간 전이요."

"지금은 어디 계시죠?"

"무슨 일 때문인지 물어봐도 될까요? 그러니까……" 샬로타가 잠시 머뭇거렸다.

"네?"

"기자가 언니를 찾는 일이 매일 있는 건 아니니까요." 이렇게 말하고 무겁게 숨을 내쉬었다.

"걱정을 끼쳐드릴 마음은 없습니다."

"쫓기는 사람처럼 겁에 질린 것 같았어요. 무슨 일인 거죠?"

"솔직히 저도 잘 모릅니다. 아는 대로 설명하자면, 우선 홀게르라는 노인 한 명이 살해당했습니다. 제 앞에서 숨을 거두셨는데, 그분이 남긴 마지막 말이 '힐다와 얘기하라'였어요. 전 힐다가 중요한 정보를 알고 있을 거라고 생각합니다."

"뭐에 관해서요?"

"제가 알아내려는 게 바로 그겁니다. 힐다를 돕고 싶어요. 우리가 서로 도울 수 있기를 바라고요."

"약속하실 수 있나요?"

미카엘의 대답은 놀라울 정도로 솔직했다.

"사실 기자라는 직업이 뭔가를 약속한다는 게 쉽지는 않습니다. 만약 진실을 찾아낸다면 제가 원치 않더라도 사람들에게 해를 끼칠 수 있어요. 하지만 자신을 괴롭히는 고민을 털어놓고 나면 기분이 한결 나아지곤 하죠."

"언니는 제정신이 아니에요."

"무슨 말씀이신지 압니다."

"실은 이십 년 전부터 그런 상태지만 이번에는 훨씬 안 좋아요."

"왜 그런 것 같습니까?"

"전혀 모르겠어요."

미카엘은 그녀가 주저하는 기색을 보이자 코브라처럼 덤벼들었다.

"가게에 잠깐 들러도 될까요? 지금 있는 곳에서 멀지 않습니다."

샬로타는 점점 더 불안해하는 듯했지만 미카엘은 그녀가 결국 승낙할 거라고 확신했다. 그래서 '아뇨'라는 단호한 대답이 돌아왔을 때 그는 놀라지 않을 수 없었다.

"엮이고 싶지 않아요."

"엮이다뇨? 무엇에요?"

"뭐……"

샬로타는 입을 다물었다. 수화기 너머에서 깊은 한숨소리가 들려왔을 때 미카엘은 지금이 결정적인 순간임을 알아챘다. 기자 일을 하면서 이런 모습을 많이 봐왔다. 사람들은 이야기를 털어놓을까 말까 고민하는 순간에 이르면 대부분 극도로 집중해서 그 결과를 따져본다. 결국은 입을 여는 경우가 많다. 망설이는 행동 자체가 속마음을 드러내는 일일 뿐 아니라, 말을 함으로써 은연중에 떠안고 있던 압박감을 해소할 수 있기 때문이다. 하지만 장담할 수는 없으므로 미카엘은 성급히 굴지 않았다.

"하시고 싶은 말씀이 있으신가요?"

"언니는 이따금 레오나르드 바르크라는 필명으로 글을 썼어요."

"네? 그게 힐다였다고요?"

"그 이름을 아세요?"

"제가 비록 나이든 글쟁이지만 흐름에 뒤처지지 않으려고 문화면도 읽고 있거든요. 그 사람이 쓴 글들을 좋아합니다. 이 얘기는 왜 하시는 거죠?"

"언니가 그 필명으로 〈스벤스카 다그블라데트〉에 '같이 태어나서 따로 자라나기'라는 특집기사를 썼어요. 삼 년 전에요."

"그랬군요."

"미네소타 대학교에서 실시한 과학 연구에 관한 기사였어요. 특별한 점은 없어 보였는데 언니에겐 중요했던 모양이에요. 언니가 그 기사에 대해 얘기하는 모습이 그랬어요."

"그렇군요. 정확히 어떤 걸 말하고 싶으신 거죠?"

"딱히 말할 건 없어요. 다만 그 기사 때문에 언니가 불안해한 것만은 분명해요."

"좀더 구체적으로 말씀해주시겠어요?"

"더는 잘 몰라요. 아무리 캐물어도 언니는 말 한마디 하지 않았고, 저 역시 깊이 파고들 용기가 없었어요. 하지만 그 기사를 보면 기자님도 저와 같은 결론에 도달하시리라 생각해요."

"정말로 고맙습니다. 한번 보도록 할게요."

"언니에 대해 나쁜 기사를 쓰지 않겠다고 약속해주세요."

"이 일에는 힐다보다 훨씬 사악한 인간들이 숨어 있다고 생각합니다."

샬로타와 작별인사를 나눈 뒤 미카엘은 맥줏값을 계산하고 호텔 바를 나왔다. 거기서 교차로를 건너 예트가탄 거리로 들어가 메드보리아르플랏센과 상트파울스가탄 쪽으로 계속 걸었다. 도중에 마주친 지인들과 그에게 말을 걸고 싶어하는 낯선 이들을 외면했다. 그럴 기분이 아니었다. 당장 그 기사를 찾아 읽고 싶은 생각뿐이었지만 우선은 집으로 가 컴퓨터를 켠 뒤에 읽기로 했다.

미카엘은 그 기사를 세 번 읽었다. 동일한 주제의 기사들도 찾아보고 몇 군데에 전화도 걸었다. 그렇게 밤 12시 30분까지 일을 하고 나서야 바롤로 와인을 한 잔 따라 마셨다. 무슨 일이 있었는지 이제는 조금 알 것도 같았다. 거기서 리스베트의 역할이 무엇이었는지는 아직 의문이었다.

리스베트와 얘기해볼 필요가 있었다. 교도소측에서 뭐라고 하든.

II 불협화음
6월 21일

단6화음은 가락단음계의 으뜸음, 제3음, 제5음,
그리고 제6음으로 구성된다.

미국 재즈와 대중음악에서 가장 많이 쓰이는 것은 단7화음이다.
이 화음은 우아하고 조화롭다고 여겨진다.

단6화음은 쓰이는 일이 거의 없다.
이 화음은 거칠고 불안한 것으로 간주된다.

13장

6월 21일

리스베트는 플로드베리아 교도소 엄중감시구역에 영원히 작별을 고했다. 그리고 지금은 교도소 경비초소에 서 있다. 짧게 자른 머리에 피부가 아주 붉고 눈이 작은 리스베트 또래의 젊은 경비원이 거만한 시선으로 그녀를 훑어보았다.

"미카엘 블롬크비스트라는 자가 전화로 널 찾았어."

리스베트는 들은 척도 하지 않았다. 그를 쳐다보지도 않았다. 오전 9시 30분, 빨리 그곳을 벗어나고 싶었지만 아직 써내야 할 서류가 남아서 짜증난 상태였다. 리스베트는 노트북과 휴대전화를 돌려받기 위해 서류들에 글씨를 휘갈겨 썼다. 그런 다음 마침내 석방되었다.

정문을 통과한 리스베트는 교도소 담벼락과 철로를 따라 걸었다. 그리고 외레브로행 113번 버스를 기다리며 도로변의 칠이 벗겨진 빨간색 벤치에 앉았다. 아침부터 바람 한 점 없이 덥고 맑은 날씨였다. 주변에서 윙윙대는 파리 몇 마리 말고는 모든 것이 조용했다. 쏟아지는 햇살에 얼굴을 내밀고 있는 리스베트의 모습은 화창한 날씨를 즐기는 듯 보였지만 석방되었다고 해서 특별히 기쁜 건 아니었다.

노트북을 돌려받은 건 좋았다. 리스베트는 딱 붙는 블랙진 차림으로 벤치에 앉아 노트북을 열고 로그인했다. 안니카가 약속대로 자말 초두리에 관한 경찰수사 파일을 보내주었다. 이제 집으로 돌아가는 길에 메일함에 있는 그 파일을 열어보면 된다.

안니카가 자말의 죽음에 의심을 품는 건 경찰 신문에서 파리아가 답변을 거부한 사실이 이상해서였고, 한편으로는 호른스툴역에서 찍힌 짤막한 감시카메라 영상 때문이기도 했다. 안니카는 자말의 죽음과 관련해 하산 페르두시와도 의견을 나누었다. 하산 역시 그녀가 짐작한 방향이 옳다는 데 동의했고, 결국 리스베트가 자신의 기술을 동원해 영상을 살펴보기로 했다. 리스베트는 안니카가 보내준 자료들 가운데서 문제의 영상을 찾아냈다. 하지만 그전에 주변의 도로와 노란 들판을 멍하니 바라보며 홀게르를 생각했다. 지난밤 내내 그를 생각했다. 힐다 폰과 얘기하라……

리스베트가 아는 힐다 폰은 단 한 사람, 힐다 폰 칸테르보리였다. 어렸을 때 살았던 룬다가탄 집 주방에 앉아 함께 시간을 보내곤 했던 생기발랄한 힐다, 그리운 힐다. 그들의 삶이 무너져내리던 때 엄마 앙네타의 몇 안 되었던 친구. 그들이 의지할 수 있는 사람이었고, 어떤 경우에도 비밀을 숨기거나 할 사람이 아니었다. 적어도 리스베트는 그렇게 믿었기에 십여 년 전 그녀를 찾아가 값싼 로제 와인을 마시며 함께 저녁을 보냈다. 엄마 앙네타에 대해 좀더 알고 싶어한 리스베트에게 힐다는 많은 이야기를 들려주었고 몰랐던 몇 가지 사실도 알려주었다. 그렇게 둘은 홀게르가 모르는 중요한 정보를 공유하기도 했다. 그 긴 저녁을 보내며 앙네타를 위해, 그리고 역겨운 나쁜 놈들에게 삶을 파괴당한 세상의 모든 여자들을 위해 건배했다.

힐다는 기록소에 대해 한마디도 하지 않았다. 가장 중요한 정보를 숨겼던 걸까? 처음에 리스베트는 그렇게 생각하지 않으려 했다. 만약 표면 아래에 무언가를 숨겼다면 보통 리스베트는 그것을 잘 감지해낼 수 있었다. 하지만 그때는 완전히 망가져버린 힐다의 외관에 속았던 건지도 모른다. 리스베트는 알바르의 컴퓨터에서 내려받은 자료들을 다시 떠올리며 거기서 보았던 이니셜들에 대해 생각했다. H. K.…… 힐다 폰 칸테르보리일까? 검색창에 그 이름을 써넣은 리스베트는 자신이 생각했던 것보다 힐다가 훨씬 영향력 있는 심리학자였음을 알게 되었다. 속에서 분노가 타올랐지만 일단 판단을 보류하기로 했다.

외레브로행 113번 버스가 먼지구름을 일으키며 다가왔다. 리스베트는 운전기사에게 요금을 내고 맨 뒤로 가서 앉은 후 약 이 년 전인 10월 10일 자정 호른스툴역에서 찍힌 감시카메라 영상을 주의깊게 보았다. 얼마 안 있어 미세한 동작 하나가 그녀의 주의를 끌었는데, 용의자의 오른손이 조금 이상하게 움직이고 있었다. 이게 단서가 될 수 있을까? 확신할 수는 없었다.

오늘날 동작인식 기술은 초기 단계에 머물러 있다. 각 개인의 동작마다 수학적으로 측정할 수 있는 고유의 지문이 있다는 사실에는 의심의 여지가 없지만 그것을 판별해내는 일은 아직 어렵다. 작은 동작 하나에 내포된 무수한 정보들을 완벽하게 판독해내기가 쉽지 않기 때문이다. 머리를 긁더라도 매번 같을 수 없듯이 개인의 동작들은 항상 비슷하지만 결코 똑같아질 순 없다. 동작을 정확하게 묘사하고 비교하기 위해서는 각종 센서, 시그널 프로세서, 자이로스코프, 가속도계, 동작분석 알고리듬, 푸리에 해석, 빈도 및 거리 측정기 등이 필요하다. 인터넷에서도 몇 가지 프로그램을 내려받아야 했다. 하지만 이 모든 것들을 갖추려면 시간이 오래 걸리기 때문에 지금은 선택지가 될 수 없었다. 대신 다른 생각이 있었다.

리스베트는 해커 공화국의 멤버들, 그리고 플레이그와 트리니티가 오랫동안 작업해온 심층신경망Deep Neural Network을 떠올렸다.

그것을 적용해볼 수 있을까? 알고리듬들의 분석 및 학습을 위해 더 포괄적인 손동작 데이터베이스를 찾아내야 하지만 전혀 불가능한 일은 아니었다.

외레브로에서 스톡홀름행 열차로 갈아타고도 작업을 이어간 끝에 리스베트는 과감한 생각에 이르렀다. 갓 석방된 오늘 같은 날 특히 교도국이 좋아하지 않을 일이지만 그녀는 개의치 않았다. 스톡홀름 중앙역에서 내려 택시를 타고 피스카르가탄 집으로 간 후에도 작업은 계속되었다.

댄 브로디는 새로 산 라미레즈 기타를 테이블 위에 내려놓고 주방으로 가 더블에스프레소를 직접 내려 마시다 서두르는 바람에 혀를 데었다. 오전 9시 10분이었다. 시간 가는 줄도 모르고 〈알람브라 궁전의 회상〉을 연주하는 데 심취했다가 출근이 늦어졌다. 그의 지각을 문제삼을 사람은 없었지만 성실하지 못하다는 인상을 주고 싶지 않았다. 주방에서 나온 그는 침실로 가 옷장을 열고 흰색 셔츠, 어두운색 재킷, 그리고 검정색 처치스 구두를 골랐다. 서둘러 계단을 내려가 밖으로 나가서야 이미 숨막힐 듯한 더위가 시작됐음을 깨달았다. 이 완연한 여름이 그는 조금도 달갑지 않았다.

골라 입은 옷들은 계절과 어울리지 않았다. 따가운 뙤약볕 아래에선 답답하고 거추장스러울 뿐이어서 몇 미터 걷지 않았는데도 등과 겨드랑이가 땀으로 흥건했다. 이런 상태는 그의 소외감을 한층 심화했다. 훔레 공원의 정원사들을 향해 시선을 돌려보았지만 잔디를 깎는 요란한 소리에 괴로워져 스투레플란 광장 쪽으로 걸음을 재촉했다. 여전히 불편하긴 했지만 정장 차림의 다른 남자들도 땀범벅이 되어 힘들어하는 얼굴을 보니 기분이 조금 나아졌다. 오랜 기간 비가 내리다가 갑자기 더위가 찾아왔다. 저쪽 비리에르얄스가탄 거리에 구급차가 한 대 서 있는 게 보였다. 그 광경이 어머니를 떠오르게 만들었다.

댄의 어머니는 출산중에 죽었다. 그는 다니엘 브롤린이라는 이름으로 태어났다. 떠돌이 약사인 아버지는 아들을 거들떠보지도 않았고, 긴 세월 알코올의존증으로 고생하다 간경변으로 사망했다. 예블레의 고아원에서 성장한 그는 여섯 살 때 다른 세 아이와 함께 후딕스발 북부의 어느 농가에 입양되었다. 그는 어릴 때부터 동물들 사이에서 고되게 일을 해야 했고, 작물 수확과 축사 청소뿐 아니라 가축 도살과 잡은 돼지를 해체하는 일에까지 동원되었다. 농장주이자 양부인 스텐은 오로지 공짜로 부려먹기 위해 이 남자아이들을 입양했다는 사실을 숨기려 들지 않았다. 아이들을 데려왔을 때, 스텐은 크리스티나라는 땅딸막한 붉은 머리 여자와 결혼한 상태였지만 얼마 안 가 그녀는 집을 나가 돌아오지 않았다. 노르웨이로 갔다는 얘기가 있었는데, 스텐을 조금이라도 아는 사람이라면 그녀가 그에게 질려버린 일에 조금도 놀라지 않았다. 스텐은 못생긴 사내가 아니었다. 큰 키에 체구가 듬직했고 정성껏 다듬은 수염에는 흰 터럭이 섞이기 시작했다. 하지만 입가와 이마에 서린 왠지 모를 음산한 기운이 사람을 불안하게 만들었다. 미소 짓는 일이 거의 없었고, 사람들과 교류하거나 잡담 나누는 걸 싫어했다. 야망이나 고상한 생각을 품는 것도 끔찍하게 여겼다.

스텐은 항상 말했다. "쓸데없는 환상 품지 마! 너희는 아무것도 아니야!" 아이들이 커서 축구선수나 변호사나 백만장자가 되고 싶다고 하면 여지없이 쏘아붙였다. "네 분수를 알아야지!" 칭찬이나 격려뿐 아니라 돈에도 인색한 사람이었다. 독주를 직접 증류해 마시고 고기를 사냥해 먹는 등 자급자족하며 생활했다. 폭탄 세일이나 창고 정리 상품이 아니면 사지 않았고, 가구는 벼룩시장에서 사거나 이웃이나 친척 집에서 주워 왔다. 집 외관을 칠한 샛노란색은 너무도 튀어서 모두가 경악했지만 알고 보니 마지막 재고품을 공짜로 얻어와 바른 것이었다.

스텐은 미적 감각도 없었고 책이나 신문을 읽지도 않았지만, 학교에 도서관이 있어서 다니엘은 괜찮았다. 하지만 스텐이 유쾌한 스웨덴 노래를 제외한 모든 음악을 혐오한 건 문제였다. 다니엘이 생물학적 아버지에게 물려받은 거라곤 성^姓과 나일론 줄로 된 레빈 기타뿐이었다. 열한 살 되던 해 농가 다락방에 방치되어 있던 걸 찾아와 그후로 손에서 놓지 않았다. 기타가 자신을 기다리고 있었던 것만 같았고, 자신은 그것을 연주하기 위해 태어났다고 생각했다.

다니엘은 기본적인 코드와 화음을 금세 깨우쳤고, 라디오에서 단한 번 들은 노래를 그대로 연주해낼 수 있다는 사실을 알게 되었다. 오랫동안 그의 레퍼토리는 그 세대 소년들이 흔히 좋아했던 지지 탑의 〈터시Tush〉, 스코피언스의 〈스틸 러빙 유Still Loving You〉, 다이어 스트레이츠의 〈머니 포 낫싱Money for Nothing〉 같은 로큰롤의 고전곡이었다. 그러던 어느 날 일이 벌어졌다.

쌀쌀한 가을날이었다. 다니엘은 일을 해야 하는 축사에서 몰래 빠져나왔다. 당시 열네 살이던 그에게 학교는 악몽 같았다. 무엇이든 쉽게 습득했지만 시끄러운 주변 소음 때문에 선생님의 설명에 집중하기가 힘들었다. 온종일 일하는 게 끔찍이 싫었지만 그래도 조용하고 평온한 농장으로 돌아가고픈 마음뿐이었다. 그래서 기회만 생기면 교실에서 도망쳐나와 혼자만의 시간을 갖곤 했다.

그날 오후 5시 30분이 막 지났을 때 다니엘은 주방으로 들어가 라디오를 켰다. 진부하고 시시한 음악이 흘러나오는 채널을 바꿔 공영 방송 라디오 P2에 주파수를 맞췄다. 그 채널에 대해 잘 알지는 못했지만, 나이든 사람들이 주로 듣는 방송일 거라는 다니엘의 편견을 확인해주듯 신경을 거스르는 클라리넷 독주곡이 나오고 있었다. 벌 한 마리가 윙윙대거나 경보음이 울리는 것 같았다.

그런데 계속 듣다보니 클라리넷 연주에 기타가 끼어들었다. 조심스러우면서도 장난기어린 연주에 다니엘은 전율했다. 주방 안으로 새로운 공기가 밀려들어오는 듯하더니 엄숙하고 집중된 느낌이 그를 사로잡았다. 주변 소음은 더이상 귀에 들어오지 않았다. 같이 입양온 형제들의 욕설과 외침, 새들의 지저귐, 트랙터와 저멀리 지나가는 자동차 소리, 심지어 뒤에서 다가오는 발소리도. 다니엘은 갑작스러운 행복감에 사로잡혀 제자리에 멍하니 서 있었다. 대체 왜 이 음악이 지금껏 들어온 것들과 다르게 느껴지는지, 어째서 자신의 깊은 곳을 이토록 강렬하게 건드리는지 알아내려고 했다. 하지만 불현듯 얼얼한 느낌이 그의 뒷덜미를 덮쳤다.

"이 게을러빠진 자식아! 네 녀석이 몰래 내빼는 걸 못 본 줄 알아?"

스텐이 다가와 머리칼을 잡아당기며 고함치고 욕을 퍼부었다. 하지만 다니엘은 그를 거의 의식하지 못한 채 오직 한 가지 일에만 집중했다. 바로 그 곡을 끝까지 듣는 것! 그 곡은 그가 몰랐던 무언가를, 지금껏 알아온 삶보다 훨씬 풍요롭고 커다란 무언가를 보여주었다. 연주자가 누구인지 몰랐던 다니엘은 스텐에게 붙잡혀 끌려나가면서 타일로 만든 벽난로 위의 벽시계를 힐끗 쳐다보았다. 지금이 몇시인지 알아두는 게 중요하다는 걸 알았다. 다음날 다니엘은 학교 전화기를 써서 라디오 방송국에 전화를 걸었다.

평생 처음 해보는 일이었다. 평소에는 이런 대담한 행동이란 꿈도 꾸지 못할 성격이었다. 수업중에 답을 알아도 손조차 들지 못하는 그였다. 더구나 도시 사람들, 특히 라디오나 TV처럼 화려한 직업을 가진 이들에게는 주눅이 들었다. 그런데 이제 다니엘은 재즈 음악 방송을 담당하는 셀 브란데르라는 사람과 통화할 수 있게 되었다. 그는 수줍음 가득한 목소리로 전날 오후 5시 30분 직후에 방송된 곡이 무엇인지 물었다. 확실히 하기 위해 곡조를 흥얼거리기까지 했다. 셀 브란데르는 곧바로 알아들었다.

"그래, 그 곡이 마음에 들었니?"

"네."

"우리 어린 친구가 좋은 취향을 가졌구나. 장고 라인하르트의 〈뉘 아즈Nuages〉라는 곡이야."

살면서 한 번도 우리 어린 친구라고 불려본 적이 없었던 다니엘은 곡명을 다시 말해달라고 부탁한 뒤 더욱 떨리는 목소리로 용기를 내어 물었다.

"그 연주자가 누구예요?"

"흠, 세계에서 가장 위대한 기타리스트 중 하나라고 할 수 있지. 독주곡을 두 손가락만으로 연주하는데도 말이야."

훗날 다니엘은 그 곡에 대해 셸이 해준 이야기와 그후에 자신이 발견한 사실들을 기억하지 못했지만, 연주자에 대한 이야기를 차츰 알아가면서 그 곡을 더욱 소중하게 여겼다. 벨기에 리베르시라는 곳에서 성장한 장고 라인하르트는 아주 가난했다. 굶어죽지 않기 위해 때때로 닭을 훔쳐야 했을 정도였다. 어린 나이부터 기타와 바이올린을 연주하기 시작해 장래가 유망하다는 말을 들었다. 하지만 열여덟 살 때 자신이 살고 있던 트레일러 안에서 촛불을 넘어뜨리는 일이 발생했다. 아내가 생계를 위해 만드는 종이꽃들에 불이 번졌고 장고는 심각한 화상을 입었다. 특히나 왼손의 두 손가락을 쓸 수 없게 되어 오랜 세월 사람들은 그가 더는 연주할 수 없을 거라고 생각했다. 하지만 장고는 새로운 연주 기법을 개발해냈고 발전을 거듭한 끝에 세계적으로 추앙받는 기타리스트가 되었다.

무엇보다도 장고는 유랑민, 오늘날의 표현을 따르면 '로마Roma'였다. 다니엘도 유랑민 출신인 로마였다. 따돌림을 당하고 '유랑민 놈'이라 불리는 아주 고통스러운 방식으로 자신의 출신을 깨달은 다니엘은 깊은 수치심만을 품어왔다. 하지만 장고 덕분에 자신의 뿌리에 대해 자부심을 느낄 수 있었다. 장고가 망가진 손으로도 세계 제일의 기타리스트가 되었다면 자신도 특별한 사람이 될 수 있을 거라고 생각했다.

　다니엘은 같은 반 여자아이에게 돈을 빌려 장고의 음반을 사서 혼자 연습하기 시작했다. 〈마이너 스윙Minor Swing〉〈다프네Daphne〉〈벨빌Belleville〉〈장골로지Djangology〉 등을 쉼없이 연습한 끝에 얼마 안 가 자신의 연주방식마저 바뀌었다. 블루스 음계를 버리고 단6도 아르페지오와 감5도, 단7도 솔로곡들을 연주하며 열정을 키웠다. 손끝이 가죽처럼 단단해질 때까지 쉬지 않았고, 이 열정의 불길은 잘 때도 꺼지지 않아 꿈속에서마저 연주를 계속했다. 다른 것은 전혀 생각하지 않고 틈만 나면 몰래 숲속으로 나와 바위나 쓰러진 나무 위에 앉아 몇 시간이고 즉흥연주를 했다. 지칠 줄 모르고 새로운 지식과 영감을 흡수하며 장고 라인하르트를 비롯해 존 스코필드, 팻 메시니, 그리고 마이크 스턴에 이르기까지 모던재즈의 위대한 기타리스트들을 섭렵했다.

　동시에 스텐과의 관계는 악화되어갔다. "네놈이 특별하다고 생각해? 넌 조그만 똥덩어리일 뿐이야!" "자기가 다른 놈들보다 한참 위에 있다고 생각한다니까!" 다니엘은 스스로를 열등하고 무능하다고 생각해왔기에 스텐의 비난을 이해할 수 없었다. 비록 연주를 그만두고 싶은 마음도 없었고, 또 그럴 수도 없었지만 그래도 자신의 의무를 다하려고 했다. 그런데 얼마 가지 않아 스텐이 그의 뺨을 때리기 시작했다. 주먹질도 서슴지 않았다. 형제들까지 가세해 복부와 양팔을 구타했으며 쇠붙이를 긁거나 냄비뚜껑을 마주쳐 요란한 소리로 괴롭히기도 했다.

　다니엘은 들판에 나가 일하는 것이 끔찍해졌다. 비료치기, 쟁기질, 씨뿌리기 같은 고역에서 도저히 빠져나올 수 없는 여름철이면 더욱 그랬다. 여름철에 형제들은 이른아침부터 저녁 늦게까지 일을 했다. 다니엘은 형제들에게 다시 받아들여지기 위해 애썼고 때로는 그게 통하기도 했다. 밤이 되면 기꺼이 신청곡을 받아 연주해주었고, 그러면 형제들은 박수를 치고 고개를 끄덕이거나 엄지를 들어 보이기도 했다. 하지만 자신은 결국 짐덩어리에 불과하다는 걸 알았기에 다니엘은 최대한 형제들의 눈에 띄지 않으려고 노력했다.

목덜미가 따가울 정도로 햇빛이 강렬했던 어느 날 오후, 다니엘은 멀리서 찌르레기 한 마리가 지저귀는 소리를 들었다. 가을이면 고등학교 2학년이 되는 열여섯 살. 벌써부터 열여덟 살 생일을 맞아 성년이 되는 날을 꿈꾸며 이 농가를 나가 멀리 떠나리라 생각했다. 스톡홀름 왕립음악학교에 들어가거나 재즈 뮤지션이 될 거야. 꿈을 좇아 열심히 노력해서 언젠가는 앨범도 내야지. 이렇게 밤낮을 꿈에 젖어 지냈고 이따금 자연의 소리에서 짤막한 영감도 얻었다.

다니엘은 찌르레기에게 답하듯이 휘파람을 불었다. 새의 지저귐을 변주한 음들이 그의 머릿속에서 하나의 멜로디로 발전했고 가상의 기타를 연주하듯 손가락들이 움직였다. 그 순간 다니엘은 또 한번 전율했다. 훗날 성인이 되어서는 종종 이런 순간들을 떠올렸다. 당장 자리잡고 앉아 곡을 써놓지 않으면 영원히 잊어버릴지도 모른다는 느낌이 드는 순간에는 하던 일을 팽개치고 기타 앞으로 달려갔고, 무엇도 그런 그를 막을 수 없었다. 작업복 차림에 맨발인 채 손에는 기타를 들고서 블라코셰르넨 숲속 작은 호숫가로 달려갔던 날, 금지된 기쁨을 맛보았던 가슴 벅찬 순간이 아직도 생생했다. 조금 전 휘파람으로 불어보았던 멜로디를 호숫가 낡은 다리 위에 앉아 기타로 연주하던 그 황홀한 순간을 다니엘은 결코 잊을 수 없었다.

황홀함은 오래가지 못했다. 형제 하나가 다니엘이 몰래 빠져나가는 걸 보고 스텐에게 알렸기 때문이다. 반바지만 입고 상체를 드러낸 채 다리 위에 나타난 스텐은 단단히 화가 나 있었다. 잘못을 빌어야 할지 아니면 도망쳐야 할지 알 수 없어 오랫동안 머뭇거리는 사이에, 다니엘의 기타를 홱 낚아챈 스텐이 그만 균형을 잃고 뒤로 넘어져 엉덩이와 팔꿈치를 땅에 찧고 말았다. 크게 다친 데는 없었지만 우스

짱스러운 광경이었다. 그런데 거기서 폭발한 스텐이 시뻘게진 얼굴로 일어나더니 다리 위로 기타를 내려쳐 박살내고 말았다. 그래놓고 충격을 받았는지 스텐은 자기가 무슨 짓을 저질렀는지 모르겠다는 표정을 지어 보였지만 다니엘에게 그런 건 하나도 중요하지 않았다.

장기 하나가 떨어져나간 느낌이었다. 다니엘은 스텐 앞에서 한 번도 해본 적이 없는 욕설들을 내질렀다. 그런 다음 들판을 달려 집으로 돌아가 음반 몇 개와 옷가지 몇 벌을 배낭에 쑤셔넣고 그 길로 집을 나와버렸다.

E4 고속도로를 따라 여러 시간 걸은 끝에 트럭을 얻어 타고 예블레까지 갔다. 거기서 남쪽으로 계속 갔다. 숲속에서 잠을 자고, 사과와 자두를 훔치고, 길가에서 발견한 블루베리로 배를 채웠다. 어느 노부인이 차를 태워줘 쇠데르텔리에까지 가서 햄 샌드위치를 얻어먹었고, 한 청년 덕분에 엔셰핑으로 가 점심을 먹기도 했다. 그러다 7월 22일의 늦은 저녁, 다니엘은 마침내 예테보리에 도착했다. 며칠 후 부두에서 저임금 일용직 자리를 구했고, 육 주간 건물 계단 같은 곳들을 전전하며 빈털터리나 다름없이 지낸 끝에 새 기타를 살 수 있었다. 그가 꿈꿔왔던 장고 라인하르트의 기타 셀머 마카페리는 아니었고 아이바네즈 중고 기타였다.

내친김에 뉴욕까지 가기로 마음먹었지만 사람들 말처럼 쉬운 일은 아니었다. 여권도 비자도 없었으며, 선상 청소부 자리라도 얻어 뱃삯을 지불할 수 있었던 시대는 이미 지나간 지 오래였다. 그러던 어느 날 저녁, 부두에서 일을 마치고 나오는데 어떤 여자가 그를 기다리고 있었다. 안카트리네 리드홀름이라는 여자는 살집 있는 체형에 핑크색 옷을 입고 있었고 눈빛이 다정해 보였다. 전화 신고를 받고 찾아온 사회복지사라고 했다. 실종 신고가 접수되어 자신이 수배중이었다는 사실을 알게 된 다니엘은 마지못해 그녀를 따라 예른 광장에 있는 사회복지센터로 갔다. 스텐과 통화를 하고서 좋은 인상을 받았다는 그녀의 말에 다니엘은 더욱 경계심을 품었다.

"아버님께서는 네가 보고 싶으시대."

"말 같지도 않은 소리 말아요."

다니엘은 그곳으로 돌아갈 수 없었다. 죽어라 얻어터지고 지옥 같은 삶을 살 게 뻔했다. 사연을 듣고 난 그녀가 몇 가지를 제안했지만 어느 것도 마음에 들지 않았다. "전 혼자 헤쳐갈 수 있어요. 그러니 신경쓰지 않아도 돼요." 하지만 아직 미성년이니 도움과 조언이 필요하다는 대답이 돌아왔다. 과거 다니엘이 몰래 이름 붙였던 '스톡홀름 사람들'이 떠오른 것도 이때였다. 스톡홀름 사람들이란 어린 시절에 매년 찾아왔던 심리학자들과 의사들을 말했다. 그들은 다니엘의 키와 체중을 재고 면담을 하면서 무언가를 기록했다. 그리고 온갖 종류의 테스트를 받게 했다.

다니엘은 그들을 결코 좋아하지 않았고, 그들이 가고 난 후에 울기도 했다. 자신이 실험실의 생쥐처럼 느껴졌으며 무척 외로웠다. 어머니, 그리고 한 번도 살아보지 못한 그녀와의 삶을 생각했다. 그렇다고 스톡홀름 사람들을 미워한 건 아니었다. 그들은 다니엘을 향해 웃으며 격려해주었으며 착하고 똑똑하다고 칭찬도 해주었다. 그들 중에 못되게 구는 사람은 한 명도 없었다. 다니엘은 그들의 방문을 이상하게 생각한 적도 없다. 자신이 입양 가정에서 어떻게 지내는지 당국이 확인하는 것을 당연한 일로 여겼고, 자신에 대한 의료 기록과 보고서를 작성하는 일도 개의치 않았다. 이를 오히려 자신이 중요한 존재라는 신호로 받아들였다. 누가 오느냐에 따라 달랐지만 잠시나마 농장 일에서 해방시켜주는 반가운 휴식이기도 했다. 그들이 다니엘의 음악에 관심을 보이고 기타 연주 장면을 촬영해갔던 최근 몇 년 동안은 더욱 그랬다. 가끔 그들은 놀란 표정을 지으며 조용히 의견을 주고받았는데, 그럴 때면 다니엘은 자신의 연주 영상이 여기저기로 퍼져 에이전시나 음반사 관계자들의 손에 들어가는 장면을 꿈꿨다.

그들은 언제나 자신의 이름밖에 밝히지 않았기 때문에 다니엘은 아는 바가 없었지만, 다니엘과 악수를 나누며 실수로 성과 이름을 전부 말해버린 한 여성만은 예외였다. 하지만 그래서 그녀를 기억하는 건 아니었다. 그녀의 외모와 붉은빛이 감도는 긴 금발머리, 그리고 농가 주변의 질척이는 길과는 전혀 어울리지 않게 하이힐을 신은 모습에 다니엘은 반하고 말았다. 그녀의 이름은 힐다 폰 칸테르보리였다. 목이 깊게 파인 블라우스와 원피스를 즐겨 입고, 커다란 눈망울과 키스를 꿈꾸게 하는 붉고 도톰한 입술을 지닌 사람.

다니엘이 사회복지센터에서 전화 좀 쓸 수 있겠느냐고 물었을 때 떠올린 사람이 바로 힐다였다. 스톡홀름 지역 전화번호부를 건네받은 그는 초조한 심정으로 페이지를 획획 넘겼다. 그러다 힐다 폰 칸테르보리가 가명일 거라는 확신에 사로잡혔고, 어쩌면 스톡홀름 사람들 역시 사회복지부 공무원이 아닐 수도 있겠다는 생각이 처음으로 스쳤다. 하지만 다행히 그녀의 이름을 찾아냈다. 다니엘은 전화를 걸어보았지만 응답이 없어 메시지를 남겼다.

기독교 단체가 제공하는 쉼터에서 밤을 보내고 다음날 다시 센터를 찾아가니 힐다가 그곳에 다른 전화번호를 남겨놓았다. 다니엘은 그녀와 통화할 수 있었다. 그녀는 그의 목소리를 듣게 되어 무척 기쁜 듯했지만, 다니엘은 자신이 농장에서 도망쳐나온 사실을 힐다가 알고 있다는 걸 곧바로 눈치챌 수 있었다. 힐다는 '정말로 안됐다'와 '넌 특별한 재능을 지녔다'는 말을 되풀이했다. 다니엘은 끔찍한 외로움에 휩싸여 터져나오려는 울음을 억누르느라 이를 악물었다.

"그렇다면 날 좀 도와주세요."

"다니엘, 나도 널 위해 무슨 일이라도 하고 싶어. 하지만 우리가 해야 할 일은 연구지, 네 일에 끼어드는 게 아니라서 말이야……"

그후 오랜 세월 다니엘은 그녀의 대답을 수없이 곱씹었다. 훗날 새로운 신분을 만들고 그것을 악착같이 지키려고 한 이유 가운데는 그때의 대답도 있었다. 하지만 당시에는 그저 불쾌한 마음에 수화기를 쥐고 이렇게 내뱉었을 뿐이다. "네? 지금 무슨 말씀을 하시는 거죠?" 그때 힐다는 당황해하는 기색이 역력했다. 그리고 화제를 바꾸면서 충고했다. 일단 고등학교를 마쳐야 하고 성급하게 결정해선 안 된다고 말이다. "전 오직 기타 연주만 하고 싶어요." 음악 공부는 얼마든지 할 수 있다는 힐다의 말에 다니엘은 다시 대꾸했다. "바다 건너 뉴욕으로 가고 싶어요. 그곳 재즈클럽에서 일하고 싶다고요." 역시 힐다는 강하게 만류했다. 다니엘의 나이와 상황에 맞지 않는 일이라면서.

통화가 길어지자 안카트리네와 센터 직원들이 조바심을 내는 바람에 다니엘은 일단 생각해보겠다고 약속했다. 그리고 그녀를 만나고 싶다고 말했다. 힐다도 그러고 싶다고 대답했지만 그런 일은 결코 일어나지 않았다. 그녀를 다시 보지 못했으며 충고대로 자신의 미래에 대해 생각해볼 시간도 없었다.

며칠 후 어디선가 사람들이 나타나 다니엘이 여권과 비자를 얻고 발레니우스 해운사에서 화물선 웨이터 겸 주방보조로 일할 수 있도록 도와주었다. 어떻게 된 영문인지 그로서는 알 수 없었다. 화물선은 그를 뉴욕이 아닌 보스턴으로 데려갔고, 고용계약서에 클럽으로 끼워진 쪽지 한 장에는 파란색 볼펜으로 이렇게 쓰여 있었다. 매사추세츠주 보스턴, 버클리 음악대학. 행운을 빌게! H.

그의 삶은 다시는 전과 같지 않을 거였다. 미국 시민이 되었고 이름을 댄 브로디로 바꿨다. 이후 댄의 삶은 놀랍고도 흥분되는 경험들로 채워졌지만 마음속 깊은 곳에서는 외로움과 배신감이 사그라지지 않았다. 한편 음악 일을 시작한 초반에는 성공의 기회도 있었다. 열여덟 살의 어느 날, 보스턴 햄프셔 스트리트의 재즈클럽 라일스에서 즉흥연주를 할 때였다. 장고 라인하르트의 정신이 엿보이면서도 그 이상 새로운 무언가가 느껴지는 그의 솔로 연주에 청중은 술렁거렸다. 그후 많은 이들이 다니엘에 대해 얘기했고, 그는 음반사의 매니저들과 사장들을 알게 되었다. 하지만 그들은 댄에게 대담성이나 자신감이 부족하다는 걸 느꼈고, 항상 마지막 순간에 계약이 불발되었다. 그렇게 댄은 재능은 덜하지만 보다 진취적인 뮤지션들에게 가려진 채, 이류로 만족하며 스타들 뒤에 앉아 평생을 보내게 될 터였다. 블라코셰르넨 호숫가의 다리 위에서 느꼈던 열정과 확신을 점점 그리워할 터였다.

리스베트는 의료 연구나 로봇 공학에 사용되는 대용량의 손동작 데이터를 해커 공화국의 심층신경망에 입력했다. 무더운 날씨에 먹는 것도 마시는 것도 잊은 채 작업에 몰두하다 마침내 모니터에서 시선을 뗐다. 지금 그녀에게 필요한 건 물이 아니라 털러모어 듀였다.

그동안 술이 그리웠다. 섹스와 태양과 정크푸드와 바다 내음과 술집의 웅성거림, 그리고 자유의 느낌도. 하지만 위스키 한 잔으로 만족했다. 사람들은 주정뱅이를 경계하지 않으니 좀더 마시고 술냄새를 풍기는 것도 나쁘지 않을 것이다. 리스베트는 리다르피에르덴만을 한 번 바라본 다음 잠시 두 눈을 감았다. 이내 다시 눈을 뜨고 등을 한 번 쭉 편 뒤 심층신경망이 스스로 작동하는 동안 주방으로 가 전자레인지에 피자를 넣고 데웠다. 그리고 안니카에게 전화를 걸었다.

안니카는 리스베트가 세운 계획을 좋아하지 않았다. 하지만 강하게 반대해도 소용이 없자 용의자를 촬영하는 것 말고 더는 아무 일도 하지 말라고 당부했다. 그리고 하산 페르두시를 만나보라고 권했다. "그들 사이의 관계에 대해 정보를 얻을 수 있을 거예요." 리스베트는 이 조언을 무시했지만 문제될 건 없었다. 안니카가 대신 하산과 접촉해 그를 발홀멘으로 보냈으니까.

리스베트는 위스키와 함께 피자를 몇 입 먹은 다음, 미카엘의 컴퓨터로 들어가 메시지를 남겼다.

> 집에 돌아왔어요. 오늘 석방됐어요.
> 힐다 폰은 힐다 폰 칸테르보리예요. 그녀를 찾아요.
> 다니엘 브롤린에 대해서도 알아봐요. 뛰어난 기타리스트예요.
> 난 다른 할일이 있어요. 또 연락할게요.

메시지를 본 미카엘은 리스베트가 석방돼 다행이라고 생각하며 그녀에게 전화를 걸었다. 하지만 응답이 없어 다시 한번 메시지를 읽어보았다. 힐다 폰이 칸테르보리라는 사실을 리스베트도 알았다. 이것은 무얼 의미할까? 리스베트는 그녀를 개인적으로 아는 걸까? 아니면 다른 방법으로 알아낸 걸까? 도무지 알 수 없었지만 적어도 한 가지는 확실했다. 리스베트가 굳이 말하지 않았더라도 힐다를 끝까지 추적하리라는 것. 이미 오래전부터 미카엘은 그 일에만 매달려 있었다.

다니엘 브롤린이라는 인물이 이 일과 무슨 관계가 있는 건지는 알 수 없었다. 검색창에 나오는 수많은 다니엘 브롤린 중에 기타리스트, 아니 뮤지션이라 할 만한 사람은 없었다. 다른 단서들에 몰두한 탓에 그를 찾는 일에 충분히 집중하지 않은 건지도 모른다.

전날 저녁부터 미카엘의 머릿속은 힐다의 동생이 언급한 기사에 관한 생각으로 가득했다. 처음 기사를 읽고 났을 때는 특별한 점을 전혀 느낄 수 없었다. 특종감이나 논란이 될 만한 내용이 담겼다고 하기에는 지나치게 보편적인 이야기였고, '선천성 대 후천성, 무엇이 우리를 결정하는가?'라는 주제 역시 진부했다.

힐다가 레오나르드 바르크라는 필명으로 쓴 기사에는 '선천성 대

후천성'의 문제가 오래전부터 정치화되어왔다는 내용이 담겨 있었고, 미카엘 역시 이를 잘 알았다. 인간을 결정짓는 요소에 관해 좌파는 사회적 요인을, 우파는 유전적 영향을 더 중요하게 생각한다.

과학이 어떤 이념이나 이상에 기반을 두면 항상 길을 잃어버렸으므로 힐다는 이러한 정치화를 우려했다. 기사의 도입부는 충격적인 주장을 제시할 것처럼 조심스러운 어조를 띠었다. 마르크스주의자들과 고전적 심리학자들에 대해서는 명확히 반대 입장을 취했지만 전체적으로는 균형 잡힌 기사였다. 1960~70년대의 연구자들과 대중의 상상보다 유전적 요인이 인간의 인격 형성에 훨씬 많이 기여한다는 것을 논증하려 했다.

그렇다고 해서 인간의 운명이 이미 유전자에 새겨져 있다는 결정주의를 옹호한 건 아니었다. 특히 성인기에 지능과 인지력을 비롯한 어떤 능력들이 유전적 영향을 많이 받는다는 사실을 지적할 뿐이었다. 마지막으로 인간 발달에서 유전적 요인과 환경적 요인이 거의 동등한 역할을 수행한다는 주장 역시 미카엘이 예상했던 결론이었다.

하지만 예상 밖의 내용이 있었다. 인간을 형성하는 데 가장 영향력이 크다고 여겨지는 환경적 요소는 흔히 예상할 수 있는 성장 조건, 부모의 인격, 양육방식 등이 아니었다. 힐다의 주장에 따르면 부모들은 자녀의 발달에 자신들이 결정적인 역할을 했다고 확신하는 경우가 많지만, 그것은 "자기 위안일 뿐"이었다.

인간의 운명을 결정짓는 요소로서 힐다가 '유일무이한 환경'이라고 지목한 것은, 같은 배에서 난 형제자매와도 공유하지 않는 자신만의 환경이었다. 가령 자신이 즐거움이나 매력을 느끼거나 특정 방향으로 이끌리는 무언가를 발견했을 때 스스로 추구하고 창조해내는 환경 말이다. 미카엘은 어린 시절에 영화 〈모두가 대통령의 사람들〉을 보고서 기자가 되고 싶다는 강한 충동을 느꼈던 일을 떠올렸다.

선천성과 후천성은 결국 끊임없이 상호작용한다고 힐다는 썼다.

인간은 자신의 유전자를 자극하는 사건과 활동에 이끌리며 두렵거나 불안한 요소들은 회피한다. 그리고 바로 이것이 일반적인 환경 이상으로 인간의 인격을 만들어나간다. 물론 경제적·문화적 조건에 따라 재능을 발전시킬 기회는 달라지며, 환경에 내재된 지배적인 가치와 사고방식을 물려받는 것도 사실이다. 하지만 무엇보다도 인간을 형성하는 건 그 누구와도 공유하지 않는 자신의 경험들이다. 그런 경험들은 우리를 삶 속으로 한 걸음씩 나아가게 하면서 눈에 보이지 않지만 결국 깊은 영향력을 행사하게 된다.

힐다의 결론은 〈분리 성장 쌍둥이에 관한 미네소타 대학교 연구〉와 카롤린스카 연구소 소속 스웨덴 쌍둥이 연구 기록소의 자료들에 근거하고 있었다. 일란성 쌍둥이는 거의 동일한 유전자를 가지고 있어 유전과 환경의 중요성을 이해하려는 연구의 완벽한 대상이다.

세계적으로 분리 성장하는 쌍둥이들은 수없이 많다. 그중 하나가 혹은 둘 다 각각 다른 가정으로 입양되기도 하고, 드물고 불행한 경우로는 출생시 병원의 착오로 바뀌는 일도 있다. 많은 경우가 가슴 아픈 일이지만 연구자들에게는 귀중한 연구 사례이기도 하다. 출생 후 분리 성장한 일란성 쌍둥이는 동반 성장한 일란성 쌍둥이, 분리 성장한 이란성 쌍둥이, 그리고 동반 성장한 이란성 쌍둥이와 비교된다. 그리고 이 연구들은 전부 거의 동일한 결론에 도달한다. 즉 인간의 인격은 유전적 요인과 각자의 유일무이한 환경이 결합된 결과라는 것이다.

미카엘은 힐다의 글을 반박할 수 있는 예들을 어렵지 않게 떠올릴 수 있었고, 데이터를 해석하는 방식의 문제점도 지적할 수 있었다. 하지만 일반적인 관점에서 힐다의 글은 흥미로웠으며 신기한 사례들도 제시하고 있었다. 다른 가정에서 성장해 성인이 될 때까지 만난 적이 없지만 겉모습뿐 아니라 행동방식까지 놀랍게도 비슷한 일란성 쌍둥이들의 이야기. 특히 미국 오하이오주 '짐 쌍둥이'의 사례가 눈길을 끌었다. 이 쌍둥이 형제는 서로의 존재를 모르고 자랐지만 둘 다 세일럼 담배를 피우는 골초가 되었고, 손톱을 물어뜯는 버릇이 있었으며, 두통에 시달렸다. 차고에는 목공 공간을 꾸몄고, 개 이름을 토이라고 지었으며, 이름이 같은 여자들과 두 번씩 결혼했고, 아들에게는 제임스 앨런이라는 세례명을 주었다. 그 밖에도 헤아릴 수 없는 공통점이 있을 것이다.

미카엘은 선정주의적 언론이 이런 소재에 열을 올리는 것을 이해할 수 있었지만 그 자신은 시큰둥했다. 사람들이 얼마나 쉽게 유사성이나 우연의 일치에 현혹되는지 잘 알았기 때문이다. 많은 이들이 비범함에 집착하고 평범함을 무시한다. 하지만 평범함이야말로 평범하다는 바로 그 이유 때문에 현실에서 보다 유의미한 무언가를 말해주는 법이다.

미카엘은 쌍둥이 연구가 역학疫學 분야에 새 패러다임을 가져왔다는 사실을 알았다. 이후 학계는 유전자의 힘과 유전적 요인이 환경적 요인과 주고받는 복합적인 상호작용을 더욱 강하게 믿게 되었다. 1960~70년대에는 사회적 요인에 더 큰 무게가 주어졌다. 많은 학자들이 당시의 주류 이념에 영향을 받아 원하는 대로 인간을 만들어낼 수 있다고 확신했고 인간에 대한 기계론적 개념이 유행했다. 사람을 일정한 환경에 놓거나 일정한 방식으로 양육하면 특정한 종류의 개인을 만들어낼 수 있다고 생각했고, 나아가 이를 과학적으로 증명해 보다 훌륭하고 행복한 인간들을 만들어내길 꿈꿨다. 이런 이유로 당시에는 쌍둥이 실험이 숱하게 진행되었고, 힐다는 그 실험들 중 일부를 가리켜 "과격하고 극단적"이라고 규정했다.

이 대목에서 미카엘은 눈을 번쩍 떴다. 자세를 바로한 그는 제대로 된 방향으로 가는 건지는 알 수 없었지만 일단 조사해보기로 했다. '과격하고 극단적'과 '쌍둥이 연구'를 함께 검색해보니 로저 스태퍼드라는 이름이 나왔다.

로저 스태퍼드는 예일 대학교 교수를 역임한 정신분석학자이자 심리학자였다. 프로이트의 딸 안나와도 긴밀히 협력했던 그는 카리스마 넘치고 매력적인 인물이었다고 한다. 제인 폰다, 헨리 키신저, 제럴드 포드 등과 함께 찍은 사진들이 있었고, 상류 사회에 진입한 영화 스타처럼 보이기도 했다.

　　그가 유명해진 계기는 힐다가 '과격하고 극단적'이라고 언급한 일과 관련이 있었다. 1989년 9월 〈워싱턴 포스트〉는 1960년대에 로저가 뉴욕과 보스턴의 입양기관 다섯 곳의 여성 관리자들과 내밀한 관계를 맺었다는 사실을 폭로했다. 그중 세 명은 심리학 전공자였고 두 명과는 결혼을 전제로 한 관계였다. 다만 당시에 그 분야의 권위자였던 로저가 자신의 목적을 이루기 위해 그렇게까지 할 필요는 없었던 것으로 보인다. 그의 저서 중 상당수가 입양기관의 도서 목록에 포함되어 있었고, 나중에 근거 없는 것으로 밝혀졌지만 분리 성장한 일란성 쌍둥이가 더 건강하고 독립성도 발달한다는 저서 『이기적인 아이』의 주장이 당시 미국 동부의 전문가들 사이에서 널리 받아들여지기도 했기 때문이다. 문제의 입양기관 관리자들이 그를 신뢰하지 않을 이유가 없었다.

　　그 관리자들은 입양기관에 쌍둥이가 등록되면 곧바로 로저에게 연락하기로 약속한 상태였다. 그렇게 로저와의 협의하에 각 가정에 입양된 46명의 아이들 중 일란성 쌍둥이는 28명, 이란성 쌍둥이는 18명이었다. 입양 가정의 부모들은 아이 중에 쌍둥이가 있다는 사실을 알지 못했고, 매년 한 번씩 로저의 연구팀이 아이를 검사하고 인성 테스트를 시행할 수 있도록 협조해야 했다. 로저는 그 모든 것이 아이를 위한 일이라고 설명했다.

　　양부모들은 매우 신중한 고려 끝에 선발되었다. 하지만 얼마 안 가 이런 훌륭한 설명들 뒤에 숨겨져 있던 명백한 다른 목적이 드러났다. 입양기관 관리자 중 한 사람인 리타 버나드가 이를 알아챘다. 로저는 쌍둥이들을 완전히 다른 두 가정, 즉 사회적 신분, 학력 수준, 종교적 혹은 민족적 소속, 기질, 인성, 교육관 등 모든 면에서 상이한 가정에 배치하고 있었다. 아이들을 위한 일이라기보다 선천성과 후천성에 대한 연구를 진행하는 것처럼 보였다.

로저는 자신이 과학적 연구를 진행하고 있다는 사실을 부인하지 않았다. 또한 자신의 연구가 개인의 형성 과정을 이해하는 훌륭한 기회라고 말하면서 '그 가치를 따질 수 없는 과학적 재산'이라고 주장했다. 그러면서도 아이들의 인권을 우선시하지 않았다는 의혹은 맹렬히 부인하며 '개인의 존엄성 보호'를 위해 연구 내용 공개를 거부했다. 대신 그 내용을 예일 아동연구센터에 기증하고 당사자들이 모두 사망한 후 2078년에 연구자들과 일반 대중에 공개한다는 단서를 달았다. 그는 쌍둥이들의 운명이 남용되는 것을 원치 않는다고 했다.

제법 숭고하게 들리는 말이었지만, 로저가 자신의 연구를 기밀에 부친 건 그 결과가 기대와 달랐기 때문이라는 비난이 일었다. 실험은 극히 비윤리적이었고, 로저가 쌍둥이들이 함께 성장하는 기쁨을 박탈했다는 데 대다수가 동의했다. 하버드 대학교의 한 심리학과 교수는 아우슈비츠에서 요제프 멩겔레가 행한 쌍둥이 실험과 비교하기까지 했다. 하지만 로저는 변호사들을 등에 업고 당당한 자세로 모든 공격에 맞섰고 결국 논쟁은 종결되었다. 2001년 그가 사망했을 때, 수많은 유명인사들이 참석한 가운데 장례식이 성대하게 거행되었으며 관련 전문지와 일간지에는 멋진 부고기사가 실렸다. 그 실험으로 인해 로저의 명성이 크게 흔들리지 않았던 건 그토록 처참하게 분리된 아이들이 전부 사회 최하층 출신이었기 때문인지도 모른다.

당시에는 늘 이런 식이었다는 걸 미카엘은 익히 알았다. 과학의 이름으로, 건전한 사회를 만든다는 구실로 소수자들을 유린했다. 미카엘은 로저의 실험을 별도의 현상으로 간주하고 싶진 않았다. 좀더 깊이 조사해보니 로저가 1970~80년대에 스웨덴을 방문했다는 사실을 알게 되었다. 라르스 말름, 비르기타 에드베리, 리셀로테 세데르, 마르틴 스테인베리 등 당대를 주도한 정신분석학자 및 사회학자와 함께 포즈를 취한 사진들도 있었다.

당시는 로저의 쌍둥이 실험이 알려지지 않은 때였으니 아마 다른 이유로 스웨덴을 방문했을 터였다. 하지만 미카엘은 조사를 이어나가며 당연하게도 리스베트를 떠올렸다. 그녀에겐 악몽과도 같은 쌍둥이 자매 카밀라도. 어렸을 때 공무원들이 찾아와 리스베트를 관찰하려 했고 그녀가 이를 끔찍이 싫어했다는 사실을 미카엘은 알고 있었다. 레오와 그의 높은 지능에 대해서도 생각했다. 레오는 엘레노르가 암시한 대로 유랑민 출신일 수도 있고, 말린의 말대로 이제 왼손잡이가 아닐 수도 있다. 전혀 터무니없는 얘기는 아닐지도 모른다.

미카엘은 이런 변화를 설명할 수 있는 의학적 현상들을 찾아보다가 수정된 난자가 자궁 내에서 어떻게 분열해 일란성 쌍둥이에 이르게 되는지 자세히 설명한 〈네이처〉의 어느 기사에 깊이 빠져들었다. 그런 뒤 책상에서 일어나 일이 분을 꼼짝 않고 서서 혼자 중얼거리다 샬로타에게 다시 전화를 걸었다. 이번에도 도박을 해보기로 하고 아주 대담한 가설에 불과한 것을 마치 사실인 것처럼 얘기했다.

"말도 안 되는 얘기 같은데요." 샬로타가 말했다.

"알아요. 하지만 힐다와 연락이 된다면 제 메시지 좀 전해주실래요? 지금 상황이 아주 심각하다고 말이에요."

"네, 알았어요."

이날 밤 미카엘은 침대 머리맡 테이블 위에 휴대전화를 올려놓고 잤지만 아무런 연락도 오지 않았다. 제대로 잠을 이루지 못했지만 아침에 일어나자마자 다시 컴퓨터 앞에 앉았다. 로저가 스웨덴에서 만난 사람들을 찾아보는데 놀랍게도 홀게르의 이름이 나왔다. 홀게르는 이십여 년 전 한 형사 재판 때문에 사회학과 교수 마르틴 스테인베리와 일한 적이 있었다. 미카엘은 거기에 특별한 의미를 두진 않았다. 좁은 스톡홀름 바닥에서는 누구든 한 번 정도 마주치기 마련이니.

그래도 마르틴의 전화번호와 리딩괴의 자택 주소를 적어둔 다음 그의 과거를 좀더 알아보기로 했다. 하지만 마음을 못 정하고 갈팡질팡했다. 리스베트에게 암호화 메시지를 보내 지금까지 찾은 것들을 얘기해줘야 할까? 아니면 지금 이 추측이 옳은지 확인하러 레오를 만나봐야 할까? 그러다 일단 에스프레소를 한 잔 더 만들어 마시는데 문득 말린이 그리워졌다. 말린은 매우 당연하다는 듯 곧장 그의 삶 가운데로 들어와 있었다.

미카엘은 욕실로 들어가 체중계 위에 올라섰다. 어느새 몸무게가 불어 조치가 필요했다. 지저분한 머리도 잘라야 했다. 사방으로 뻗친 머리칼을 일단 손으로 정리해보려 했지만 결국 욕만 내뱉고 말았다. "에이, 젠장!" 미카엘은 다시 책상 앞으로 돌아가 전화를 걸고 이메일을 쓴 뒤 리스베트에게 문자메시지를 보냈다. 컴퓨터에 저장된 그들의 공유 파일에도 메시지를 남겼다.

나한테 연락 좀 해! 뭔가를 찾아낸 것 같아!

미카엘은 자신이 쓴 메시지를 다시 한번 읽어보았다. 어딘가 이상했다. 같아가 문제였다. 리스베트는 애매하게 말하는 걸 좋아하지 않으니 뭔가를 찾아냈어!로 고쳤다. 자신의 이 말이 참이기를 바라면서. 그런 다음 옷장에서 빳빳하게 다려진 면 셔츠를 꺼내 입고 벨만스가 탄 거리로 나가 마리아 광장 지하철역 쪽으로 걸음을 옮겼다.

지하철 승강장에 이르러서는 간밤에 적어놓은 메모를 꺼내 다시 한번 훑어보았다. 자신이 써둔 의문부호들과 억측들이 눈에 들어왔다. '내가 지금 미쳐가는 걸까?' 위쪽의 안내 스크린을 보니 곧 열차가 도착할 예정이었다. 바로 그때 휴대전화가 울렸다. 샬로타였다.

"언니가 전화했어요."

"힐다가요?"

"당신이 레오에 대해 한 말은 터무니없대요. 말도 안 되는 얘기라고 했어요."

"흠, 그렇군요."

"하지만 당신을 만나고 싶대요. 알고 있는 걸 말하고 싶다고요. 지금 언니는…… 이건 전화로 얘기하지 않는 게 좋겠네요."

"네, 제 생각도 그렇습니다."

미카엘은 상트파울스가탄에 있는 카페바에서 만나자고 청한 뒤 서둘러 지하철역 계단을 올라갔다.

14장

6월 21일

안은 고가구들로 장식된 아스푸덴의 어느 아파트에 앉아 있었다. 리스베트에 따르면 몇 주 전 홀게르를 방문했다는 마이브리트 토렐과 대화중이었다. 노부인은 선의를 품고 있겠지만 안이 느끼기에는 좀 이상했다. 테이블에 놓인 대니시 빵을 불안하게 만지작거리는가 하면, 오랫동안 병원에서 비서로 일했다는 사람치고는 놀라울 정도로 정신이 산만하고 기억력도 흐릿했다.

"내가 그분에게 준 게 뭔지 잘 모르겠어요. 그저 그 여자에 대한 얘기가 너무 많이 들려서 가져다드렸을 뿐이에요. 이제는 그분이 모든 걸 알아도 괜찮겠다 싶어서요. 그녀가 얼마나 끔찍한 일들을 당했는지 말이에요."

"홀게르 씨에게 준 게 원본인가요?"

"아마도요. 병원은 오래전에 문을 닫았고 다른 기록들이 어떻게 됐는지는 전혀 몰라요. 요한네스 교수님이 비공식적으로 맡긴 자료만 조금 가지고 있었죠."

"비밀리에 맡겼다는 뜻인가요?"

"그렇게 말할 수 있겠죠."

"중요한 자료들이었겠죠?"

"아마도요."

"그 자료들을 복사하거나 스캔해두시지는 않았나요?"

"어쩌면 그랬을지도 모르지만, 난……"

얀은 아무 말도 하지 않았다. 바로 지금이 침묵을 지켜야 할 순간이었다. 하지만 기대했던 일은 일어나지 않았다. 마이브리트는 말을 끝맺지 못하고 한층 불안해진 손놀림으로 애꿎은 빵만 쥐어뜯었다.

"혹시……" 얀이 다시 입을 열었다.

"네?"

"그 자료들과 관련해서 누가 찾아오거나 전화한 일은 없었나요? 그래서 지금 이렇게 불안해하시는 거고요."

"아니에요, 절대로 아니에요." 마이브리트가 조금은 황급하게 대답했다.

얀은 자리에서 일어섰다. 지금이 바로 그 타이밍이었다. 그리고 매우 아쉽다는 표정으로 마이브리트를 쳐다보았다. 자신의 양심과 씨름하는 사람들에게 이 표정을 지어 보이면 효과가 상당했다.

"그럼 이만 가보겠습니다."

"아, 정말요?"

"혹시 시내의 괜찮은 카페에라도 가실 거라면 안전하게 택시를 불러드리죠. 제가 보기엔 정말로 심각한 사건이라, 부인께서 좀더 생각해보셔야 할 것 같아요. 안 그렇습니까, 부인?"

얀은 그녀에게 명함을 건네고 자신의 차로 돌아갔다.

일 년 반 전, 12월

댄 브로디는 베를린의 A-트레인 재즈클럽에서 클라우스 간츠 오중주단과 함께 공연중이었다. 세월이 흘러 어느덧 서른다섯 살이었다. 장발이던 머리를 짧게 잘랐고 귀걸이도 하지 않았으며 회색 정장을 입기 시작했다. 사무직처럼 보일 터였지만 그냥 그게 좋았다. 중년의 삶이 조금 일찍 온 거라고 생각했다.

순회공연을 다니는 생활에 진력이 났지만 다른 선택지가 없었다. 모아놓은 돈이 한푼도 없었다. 아파트도 차도, 값나가는 건 하나도 가진 게 없었다. 성공해 부와 명성을 거머쥘 기회는 지나간 지 오래여서 이제 영원히 이류로 살아야 할 운명인 듯했다. 무대에서 가장 재능 있는 뮤지션이었더라도 스타인 적은 없었다. 늘 일은 했지만 보수는 점점 줄었다. 재즈 뮤지션으로 생계를 유지하는 게 너무나 힘겨웠다. 음악에 대한 열정도 어쩌면 예전 같지 않으리라.

댄은 더이상 열심히 연습하지 않았다. 그래도 그럭저럭 해나갔지만 큰 의욕은 없었다. 특히 여행을 떠나는 공백기에는 몇 시간씩 연습하는 대신 책을 읽었다. 닥치는 대로 책들을 읽어치웠고 사람들을 멀리했다. 부질없는 잡담을 견디기가 힘들었고, 시끌벅적한 술집 분위기는 더욱 그랬다. 술을 덜 마실수록, 책을 더 읽을수록 기분이 좋아졌다. 그는 차분한 사람이 되어가면서 평범한 삶을 꿈꾸는 일이 잦아졌다. 아내와 집과 매일 아침 출근할 직장이 있는 안정된 삶을.

사는 동안 온갖 마약을 해봤고, 숱한 연애도 해봤고, 짧은 관계도 맺었다. 하지만 항상 가슴 한구석이 빈 것처럼 허전했다. 음악에서 얻는 위안만으로는 충분치 않아 삶의 방향을 잘못 택한 건 아닌가 싶었다. 최근의 굉장한 경험을 생각하면 교수가 되는 편이 좋았을지도 모른다. 어느 날 모교인 버클리 음악대학에서 장고 라인하르트에 관한 강연을 해달라고 요청해온 것이다. 처음엔 그저 눈앞이 캄캄했다.

댄은 그동안 청중 앞에서 말을 제대로 못하는 무대공포증 때문에 음반사들이 자신에게 투자하기를 꺼린 거라고 생각해왔다. 그럼에도 대학측의 요청을 받아들였고 매우 꼼꼼하게 준비했다. '괜찮을 거야, 써간 대본을 그대로 읽기만 하면 돼. 말보단 연주를 많이 하면 되고.' 그러나 막상 이백 명이 넘는 학생들 앞에 서니 생각대로 되지 않았다. 무릎에 힘이 빠지고 몸이 덜덜 떨리면서 말 한마디 나오지 않았다. 영원 같은 정적이 흐른 뒤에야 겨우 입을 열었다.

"후배님들에게 멋있게 보이고 싶었는데, 그러기는커녕 이렇게 멍청히 서 있네요!"

농담이 아닌 절망적인 진실에 가까운 말이었다. 하지만 학생들은 폭소를 터뜨렸고 그렇게 댄은 이야기를 시작했다. 장고 라인하르트와 스테판 그라펠리와 프랑스 핫클럽 오중주단, 그리고 재즈 뮤지션들의 알코올의존증에 대하여, 또 여기에 관한 자료가 얼마나 부족한지에 대하여. 강연은 〈마이너 스윙〉과 〈뉘아즈〉를 비롯해 다양한 곡을 연주하는 것으로 이어졌고 갈수록 대담해졌다. 재미있고 진지한 온갖 생각들이 머릿속에 자연스럽게 떠올랐다. 댄은 파멸로 끝날 수 있었던 장고의 삶에 대해 이야기했다. 나치 강점기에 장고는 로마라는 이유로 잡혀가 죽음의 수용소에 수감될 뻔했지만, 그의 음악을 좋아했던 독일 공군 장교의 도움으로 이를 면했다. 그렇게 살아남은 장고는 1953년 5월 16일 프랑스 아봉역에서 집으로 걸어가던 중 뇌출혈로 쓰러져 사망했다. "그는 위대한 인물이었습니다. 그리고 제 삶을 완전히 바꿔놓았죠." 강연장 안에 정적이 흘렀고 댄은 어찌할 바를 모른 채 서 있었다. 곧이어 박수를 치며 학생들이 자리에서 일어섰다. 휘파람을 부는 이들도 있었다. 댄은 행복하고도 약간은 멍한 기분으로 집에 돌아왔다.

이 일은 그의 기억에 깊이 남았다. 스타 뮤지션은 아니지만 독일을 순회하는 지금도 연주 중간에 멘트를 하거나 청중을 즐겁게 할 이야기를 풀어놓았다. 그에겐 새로운 경험인 이런 순간들이 때로는 독주 무대보다 더 즐거웠다.

하지만 모교에서 다시 불러주는 일은 없었고 댄은 실망했다. 저분은 학생들을 정말로 열광시킬 줄 아는군요라고 교수들이 말하는 모습을 혼자 상상하기도 했다. 더이상 제의가 없는 상황에 자신이 먼저 나서서 모교로 돌아가고 싶은 마음이 크다고 말하기에는 자존심이 강했고 또 소심했다. 개인의 적극성을 동력 삼아 움직이는 미국이라는 나라에서 그러한 자질을 갖추지 못했다는 게 자신의 큰 단점임을 댄은 그때껏 깨닫지 못했다. 그후 모교의 침묵으로 힘들어하다 혼자만의 껍데기 속으로 파고든 그는 큰 열정 없이 다시 무대에 올랐다.

12월 8일 금요일 저녁 9시 20분, 클럽 안은 사람들로 가득차 있었다. 평소보다 잘 차려입은 세련된 사람들이었다. 음악에는 더 무관심할 수도 있지만. 금융계 사람들일 거라고 댄은 생각했다. 공기 중에 떠도는 돈냄새에 울적해졌다. 한때는 그도 돈을 많이 벌었고, 미국에 오고 나서 처음 몇 해 빼고는 굶주린 적도 없었다. 하지만 돈은 조금 모이면 모래처럼 언제나 손가락 사이로 빠져나갈 뿐 그 방면으로는 재능이 없었다. 그가 경험한 재계 인물들도 그렇게 훌륭하지 못했고, 월스트리트의 친구들은 그를 하인 취급했다. 빌어먹을 자식들, 지옥에나 떨어져라!

이날 저녁 댄은 청중에게 신경쓰지 않고 늘 하던 대로 음악에만 집중하기로 했다. 클라우스 간츠에 앞서 끝에서 두번째 연주자로 나선 그는 이제 〈스텔라 바이 스타라이트Stella by Starlight〉를 선보일 차례였다. 수없이 연주해본데다 그를 가장 빛나게 해줄 곡이었다. 댄은 눈을 감고 손가락을 움직이기 시작했다. 내림나단조의 곡이었지만 2-5-1 코드를 따르는 대신 과감하게 즉흥적으로 연주했다. 그의 기준에선 대단하지도 나쁘지도 않은 연주였지만 시작부터 여기저기서 박수가 터져나왔다. 감사인사를 하려고 시선을 들어 청중 쪽을 바라본 순간, 이상한 광경이 그의 눈에 들어왔다.

우아한 붉은색 드레스 차림에 반짝이는 녹색 목걸이를 한 젊은 여자가 그를 강렬한 눈빛으로 쳐다보고 있었다. 금발에 몸매가 날씬했으며 갸름하고 예쁜 얼굴은 여우를 닮은 구석이 있었다. 이날 몰려온 금융계 사람 중 하나인 듯 꽤나 부유해 보였지만 그녀에게서는 무심한 태도가 보이지 않았다. 오히려 황홀경에 빠진 눈빛이었다. 지금껏 여자에게서 저런 시선을 받아본 적이 있던가? 모르는 낯선 여자, 더욱이 미모의 상류층 여자가 그런 적은 없었다. 가장 이상한 것은 그 눈빛에 섞인 친밀감과 놀라움의 감정이었다. 그녀는 모르는 기타리스트가 아니라 마치 몰랐던 모습을 보여주는 친한 친구를 바라보는 사람 같았다. 연주가 끝나갈 즈음에는 넋을 잃은 얼굴로 입술을 크게 움직여 몇 마디 말을 전하기도 했다. 야단스러운 칭찬의 말이었다. 꼭 그를 잘 아는 사람인 것처럼. 그러고서 그녀는 환한 미소를 짓더니 잠시 머리를 살짝 흔들었고, 그 눈에는 눈물이 반짝 맺혀 있었다.

연주가 끝나자 아까보다는 조심스러워진 모습으로 그녀가 다가왔다. 자신의 시선에 반응하지 않아 상처를 입은 걸까? 조금 긴장했는지 목걸이를 만지작거리던 그녀는 댄의 손과 기타를 보더니 미간을 찌푸리며 불안한 모습을 보였다. 댄은 불현듯 그녀를 향해 모종의 애정과 보호본능이 이는 걸 느꼈다. 그는 무대에서 내려와 미소를 지었다. 그때 그녀가 댄의 어깨에 손을 올리며 스웨덴어로 말했다.

"오늘 굉장했어! 네가 피아노를 치는 건 알았지만, 오늘은…… 정말 황홀했어. 대단했다고, 레오!"

"제 이름은 레오가 아닙니다."

리스베트는 자신과 동생 카밀라가 유전자 및 사회환경 연구물 기록소의 리스트에 올라 있었다는 사실을 알았다. 이 기관은 1958년까지 인종생물학 연구소라 불렸던 웁살라 인간유전자 연구소에 속해 있었고, 그 존재를 아는 사람은 거의 없었다.

그 리스트에는 16명이 더 있었으며 대부분 리스베트 자매보다 나

이가 많았다. 각 이름 옆에는 MZA 혹은 DZA라고 적혀 있었다. MZ
는 일란성 쌍둥이monozygotic, DZ는 이란성 쌍둥이dizygotic를 뜻한다
는 걸 금방 알 수 있었다. 그리고 A는 분리 양육reared apart의 'apart'
에서 온 것이었다.

리스트에 적힌 사람들이 정교한 계획에 따라 의도적으로 분리 양
육된 일란성 및 이란성 쌍둥이임을 리스베트는 쉽게 알아차렸다. 그
녀 자신과 카밀라에게 DZ-failed A라는 꼬리표가 붙어 있어 더욱
그랬다. 그들 자매를 제외하고 일란성 쌍둥이 네 쌍과 이란성 쌍둥이
네 쌍은 전부 어린 나이에 분리되었다. 각 이름 밑에는 지능 및 인성
검사 결과가 기록되어 있었다.

그중 두 이름이 눈에 띄었다. 레오 만헤이메르와 다니엘 브롤린.
이 쌍둥이는 외모가 완벽할 정도로 비슷한 예외적인 케이스라고 했
고, 테스트 결과도 여러 면에서 놀라울 만큼 일치했다. 로마 혈통으
로 추측된다는 언급과 함께 M. S.라고 서명된 메모도 있었다.

매우 총명함. 음악성이 뛰어남. 영재 수준. 적극성 부족. 의구심 및 우
울증 경향, 정신적 문제 가능. 둘 다 청각과민증 및 환청증. 고립을 선
호하지만 모순적 태도를 취함. 즉 고립을 추구하는 동시에 '깊은 결여
감'과 '심한 고독감'을 느낌. 둘 다 공감능력이 좋음. 심한 소음에 화
를 내는 경우 외에 공격성 없음. 창의력 테스트 및 각종 검사 고득점.
언변 뛰어남. 자존감은 낮은 편. L.의 경우 당연한 이유로 조금 낮지만
기대만큼은 아님. 양모와의 어려운 관계가 원인으로 보임. 양모의 애
착이 연구팀의 기대치에 미달.

……양모의 애착이 연구팀의 기대치에 미달.

이 마지막 문장에 리스베트는 구역질이 났다. 성격을 평가해놓은
내용에도 코웃음만 나왔다. 특히 자신과 카밀라에 대한 평가는 쓰레

기나 다름없었다. '카밀라, 다소 차갑고 자아도취적 경향. 매우 아름다운 외모.' 다소? 웃기는 소리였다. 카밀라가 그 큰 눈망울로 심리학자들을 쳐다보던 시선을 리스베트는 선명히 기억했다. 사람들 넋을 잃게 하는 그 눈빛…… 어쨌든 단서가 될 만한 유용한 내용도 몇 가지 있었다. 그중에서도 '불행한 상황들로 인해 레오의 양부모에게 극비리에 전달한 정보'라는 문장이 흥미로웠다. 그들이 알려준 정보는 무엇이었을까? 명시되어 있지는 않았지만 이 연구 프로젝트에 관한 내용이라면 매우 흥미로우리라.

리스베트는 웁살라 인간유전자 연구소의 컴퓨터 시스템을 해킹해 이 자료들을 입수했다. 그 과정에서 연구소 서버와 기록소 인트라넷 사이에 일종의 다리를 만들어야 했는데, 매우 복잡한 일이어서 몇 시간쯤 매달려야 했다. 이런 종류의 해킹을, 그것도 촉박하게 준비해 성공해낼 사람은 거의 없었다.

리스베트는 자신이 쏟은 고된 노력의 보상을 기대했지만 그들은 극도로 경계가 심한 자들이었다. 책임자들의 이름은 전혀 찾을 수 없었고 H. K.나 M. S. 같은 약자만 보였다. 가장 큰 희망을 걸었던 다니엘과 레오의 파일들은 온전치 않았다. 많은 부분이 누락됐으며 따로 보관된 기록이 있을지도 몰랐다. 그럼에도 흥미를 끄는 부분들이 있었다. 특히 레오의 이름 옆에 거칠게 지워진 물음표 하나가 눈에 띄었다.

다니엘 브롤린은 기타리스트의 꿈을 품고 이민을 간 걸로 보였다. 버클리 음악대학에서 장학금을 받고 1년 코스를 마친 후로는 자취를 감추었는데 아마도 개명을 한 듯싶었다. 레오 만헤이메르는 스톡홀름 경제대학교에서 공부했다. 그 아래에 이런 메모가 있었다. '같은 계층 여성과 결별 후 깊은 상처. 난폭한 꿈들을 처음으로 꿈. 위험 상태? 청각과민증의 재발?'

좀더 아래에는 그후에 쓰인 것으로 보이는 결정사항이 M. S.의 서

명과 함께 있었다. 기록소가 공식적으로 활동을 중단한다는 내용이었다. '프로젝트 9 종결. 레오에게 우려되는 요소들이 있음.'

리스베트는 무슨 의미인지 알 수 없었다. 이 자료를 처음 입수했을 때는 수감된 상태였으니 레오나 주변 인물들을 직접 조사할 수 없어 미카엘에게 자세히 알아봐달라고 부탁했었다. 최근 들어서는 정말이지 그를 견디기 힘들었다. 아버지라도 되는 양 걱정한답시고 끊임없이 잔소리를 늘어놓았다. 그의 옷을 북북 찢어버리고 수감실 침대 위로 쓰러뜨려 조잘대는 그 입을 막아버리고 싶은 충동을 느끼기도 했다. 하지만 자신이 놓친 걸 찾아낼 정도로, 그가 세상에서 둘도 없이 끈질긴 기자라는 건 리스베트도 인정하지 않을 수 없었다. 아무런 선입견 없이 조사할 때 미카엘의 눈은 훨씬 밝아졌다. 그에게 모든 걸 말해주지 않은 이유다. 리스베트는 곧 그에게 연락할 생각이었다. 이 모든 지저분한 상황을 자신이 직접 정리해야 했다.

지금 리스베트는 발홀멘의 플뢰이트베겐 거리 어느 벤치에 앉아 있다. 휴대전화를 연결한 노트북을 무릎에 올려놓고서 햇빛을 받으며 시시각각 색이 변하는 회색빛 고층 건물들을 바라보았다. 가죽재킷에 블랙진 차림은 오늘처럼 무더운 날씨와는 맞지 않았다. 발홀멘은 자주 게토로 묘사되는 곳이었다. 밤중에 차들이 불태워졌고, 젊은 무리들이 강도질을 했다. 강간범 한 명이 수배중이었지만 지역신문에 따르면 피해자 중 누구도 선뜻 신고하지 못하고 있다.

하지만 지금 발홀멘은 더없이 평화로워 보였다. 히잡을 두른 두 여자가 고층 건물 앞 잔디밭에 피크닉 바구니를 펼친 채 앉아 있었고 아이들은 축구를 하느라 정신이 없었다. 왼쪽에 보이는 건물 입구에서는 두 남자가 호스를 들고 아이들처럼 깔깔거리며 서로에게 물을 뿌려댔다. 리스베트는 이마에 맺힌 땀을 훔치고 심층신경망 작업에 집중했다.

예상했던 대로 쉽지 않았다. 호른스툴역 영상이 너무 짧고 흐릿한

데다 승강장에서 올라오는 승객들 사이에 용의자의 몸이 가려져 있었다. 젊은 청년인 용의자는 모자를 쓰고 선글라스를 낀 채 고개를 숙이고 있어서 얼굴도 보이지 않았다. 리스베트는 그의 어깨 넓이조차 가늠할 수 없었다.

사실 리스베트가 가진 단서는 하나였다. 손가락을 쭉 펴는 특이한 움직임과 오른손을 움찔거리는 동작. 이것마저 항상 보이는 특징인지 알 길이 없었다. 일시적인 불안 반응이거나 평소와는 다른 비정상적 움직임일 가능성도 있었다. 하지만 그런 불규칙한 경련이 매우 두드러졌으므로 분석해볼 필요는 있었고, 사십 분 전 근처 트랙에서 조깅하던 젊은 남성의 손동작과 비슷하다는 결과가 나오고 있었다.

양측의 동작 패턴 사이에 상응성이 보이는 건 고무적인 일이었지만 충분치는 않았다. 조깅하던 남자의 모습을 지하철역과 유사한 상황에서 포착할 필요가 있었다. 리스베트는 시선을 들어 남자를 찾아보았지만 그는 잔디 쪽으로 달려 아스팔트 산책로로 올라가서는 이내 어디론가 사라졌다. 이제 주위에 아무도 보이지 않아 리스베트는 메시지와 메일을 잠시 훑어보기로 했다.

미카엘이 뭔가를 발견한 모양이었다. 당장 그에게 전화를 걸어보고 싶었지만 지금 집중력을 잃으면 낭패였다. 지금 리스베트는 준비된 상태여야 했다. 작업을 계속하며 이따금 산책로를 주시한 지 십오 분쯤 흘렀을 때 저쪽 비탈길에서 그 남자가 다시 모습을 드러냈다. 큰 키에 보폭이 상당히 넓은 그는 거식증 환자처럼 깡말랐지만 육상선수처럼 잘 달렸다. 하지만 이런 특징들은 무의미했다. 리스베트의 관심은 오직 남자의 오른손이었다. 앞으로 불쑥 내밀 때의 움찔거림과 손가락을 펴는 동작을 휴대전화로 촬영해 곧바로 분석해보니 아까보다 상응성이 낮다는 결과가 나왔다. 달리느라 피곤해진 탓일 수도 있고 근본적으로 상관관계가 부족했을 수도 있다. 리스베트는 다시금 회의에 빠졌다.

사실 과감한 시도였지만 의심 자체는 정당했다. 감시카메라에 포착된 용의자는 자말의 사고 당시 현장에 있던 승객들 중 아직 신원이 확인되지 않은데다 이상 행동을 보인 인물이기도 했다. 그리고 지금은 저 조깅하는 남자에게서 용의자와의 공통점이 몇 가지 보였다. 리스베트의 의심이 사실로 판명되면 파리아가 경찰 신문 때 침묵을 지킨 이유도 설명될 수 있으리라. 하지만 저 남자가 용의자라고 확신할 순 없었다. 때로는 틀린 가정이 그럴듯해 보이는 법이다.

영상 자료가 더 필요했다. 리스베트는 노트북을 가방에 넣고 자리에서 일어나 남자를 불렀다. 속도를 늦춘 남자는 햇빛에 눈이 부시는지 얼굴을 찡그리며 그녀를 보았다. 그러자 리스베트는 재킷 안주머니에서 휴대용 위스키를 꺼내 한 모금 마시고는 비틀거리며 한 걸음 내디뎠다. 남자는 그런 모습에는 개의치 않고 걸음을 멈춘 채 숨을 몰아쉴 뿐이었다. 리스베트는 술 취한 사람처럼 혀 꼬부라진 소리를 냈다.

"야, 너 진짜 잘 달린다!"

남자는 대꾸하지 않았다. 빨리 이 주정뱅이를 떨쳐내고 건물 안으로 들어가려는 마음뿐인 듯했다. 하지만 쉽게 놔줄 리스베트가 아니었다.

"근데 너 이거 할 수 있어?" 리스베트는 손동작을 해 보이면서 물었다.

"왜?"

리스베트는 마땅히 할말이 떠오르지 않아 남자를 향해 일단 한 걸음 다가섰다.

"그냥 내가 보고 싶으니까?"

"너 바보야, 뭐야?"

리스베트는 아무 말 없이 까만 두 눈으로 남자를 노려보았다. 겁을 먹은 듯한 남자의 모습에 좀더 밀어붙이기로 마음먹은 리스베트는 위협적으로 한 걸음 더 다가섰다.

"자, 어서 해봐!"

남자는 리스베트가 말한 대로 손을 움직여 보였다. 겁이 났든지 그 자리에서 빨리 벗어나고 싶었을 것이다. 그는 자기가 휴대전화로 촬영당했다는 사실도 모른 채 건물 안으로 달려들어갔다.

리스베트는 그 자리에서 노트북을 꺼내 분석 과정을 지켜보았다. 그리고 모든 게 분명해졌다. 손가락의 움직임에 분명한 상응성이 있었다. 법정에서는 효력이 없겠지만 그녀 스스로 확신을 갖기에는 충분했다.

리스베트는 우선 건물 입구를 향해 걸어갔다. 어떻게 해야 문을 열 수 있을지 막막했지만 알고 보니 쉬운 일이었다. 어깨로 문을 강하게 밀치자 어느새 노후한 건물 통로 안에 들어와 있었다. 엘리베이터는 고장난 상태였고 지린내와 담배 냄새가 가득했다. 낙서로 뒤덮인 일층의 회색 벽에는 그나마 한줄기 햇빛이 드리워져 있었지만 이층부터는 밤처럼 컴컴했다. 창문도 제대로 된 조명도 없는 공간의 공기는 무겁고 답답했으며 계단에는 온갖 쓰레기들이 널려 있었다.

리스베트는 왼손에 든 노트북에 집중하며 천천히 계단을 올라갔다. 그리고 사층에서 잠시 걸음을 멈춘 뒤 분석한 손동작을 얀 부블란스키, 그의 약혼자이자 컴퓨터공학과 교수인 파라 샤리프, 그리고 안니카 잔니니에게 전송했다. 오층에 이른 리스베트는 노트북을 가방에 집어넣고 문 옆의 명패들을 살폈다. 복도 왼쪽 끝에 붙은 명패에 카릴 카지로 보이는 'K. 카지'가 새겨져 있었다. 리스베트는 허리를 곧게 펴고 숨을 깊게 들이마셨다. 카릴만 혼자 있다면 걱정할 일은 없었지만 안니카 말로는 형들이 자주 방문한다고 했다. 마침내 문을 두드렸다. 발소리가 들리고 문이 열렸다. 그녀를 쳐다보는 카릴의 표정에 아까 같은 두려움은 없었다.

"안녕?"

"또 당신이야? 이번엔 뭔데?"

"너한테 뭘 좀 보여주려고. 영화야."

"무슨 영화?"

"보면 알 거야."

카릴은 그녀를 순순히 안으로 들였다. 일이 쉽게 풀린다고 생각했지만 이내 리스베트는 이유를 알았다. 집안에는 카릴만 있는 게 아니었다. 조사하면서 사진으로 본 적 있는 바시르 카지가 경멸어린 시선으로 그녀를 노려보고 있었다. 우려했던 대로 일이 어려워질 수도 있었다.

일 년 반 전, 12월

댄은 당황스러웠다. 그가 레오가 아니라는 사실을 여자는 선뜻 받아들이지 못했다. 목걸이를 만지작거리고 머리칼을 뒤로 쓸어넘기면서, 사람들에게 주목받는 걸 원치 않는 그를 이해한다고 말했다. 자신은 그가 훨씬 높이 평가받아 마땅하다고 늘 생각해왔다면서.

"레오, 넌 네가 얼마나 대단한 사람인지 모르고 있어. 전혀 몰라. 알프레드 외그렌 집안에서도 몰랐어. 마들렌은 말할 것도 없고."

"마들렌?"

"그 여잔 정말 바보야. 너 말고 이바르를 선택하다니. 어처구니없는 일이지. 이바르는 미련한 뚱땡이 루저일 뿐인데."

댄은 여자의 말투가 조금 어린애처럼 느껴졌지만 자신이 이제는 스웨덴어를 거의 잊었기 때문일 수도 있었다. 여자는 긴장되고 불안해 보였고, 바에서 술을 주문하려고 서로 밀쳐대는 사람들로 그들 주변은 혼잡했다. 클라우스와 다른 연주자들이 같이 저녁식사를 하자고 했지만 댄은 고개를 젓고서 다시 여자를 쳐다보았다. 아주 가까이에 선 여자는 숨을 거칠게 내쉬고 있었고, 댄은 그녀의 향수 냄새를 맡았다. 매우 아름다운 여자였다. 꿈 같았다. 확신할 수는 없지만 아마도 좋은 꿈. 댄은 그저 어안이 벙벙할 뿐이었다.

그때 저쪽에서 잔 하나가 깨졌다. 그리고 젊은 남자 한 명이 고함치는 소리에 댄은 얼굴을 찡그렸다.

"미안해." 여자가 말했다. "여전히 친구 사이인 모양이지? 이바르랑."

"저는 이바르가 누군지 모릅니다." 댄의 목소리가 조금 날카로워졌다.

여자의 얼굴에 실망한 기색이 스치자 댄은 자신이 한 말을 후회했다. 이제는 무슨 말이라도 할 수 있었다. 자신은 레오이고 마들렌을 알고 있으며 이바르를 얼간이라 생각한다고. 더는 그녀를 실망시키고 싶지 않았다. 아까 연주할 때처럼 다시 그녀를 매혹시키고 싶었다.

"미안." 댄이 말했다.

"괜찮아."

댄은 그녀의 머리칼을 어루만졌다. 소심하고 수줍음 많은 성격 탓에 낯선 여자에게 한 번도 해본 적 없는 행동이었다. 하지만 지금은 달랐다. 이날 밤 잠깐이라도 그렇지 않은 모습을 보이고 싶었다. 댄은 다시 그녀의 환한 얼굴을 보고 싶어 그 얘기를 받아들이기로 했다. 좀더 정확히 말하자면, 자신더러 레오라고 하는 말을 더이상 부인하지 않기로 했다. 기타를 케이스에 넣고서 조용한 곳으로 가 한잔하자는 댄의 제안을 그녀는 받아들였다. "정말? 그럼 진짜 좋지!"

그들은 페스탈로치 거리를 함께 걸었다. 말 한마디로 정체가 탄로날 수 있어 댄은 극히 조심했다. 이따금 그녀는 댄의 정체를 알아챈 듯했고, 어떤 순간에는 그녀 역시 연극을 하는 것처럼 보였다. 그녀가 자신의 구두와 옷차림을 의심쩍어할지도 모른다는 생각이 들자, 조금 전만 해도 세련되게 보였던 옷이 이제는 엉성한 싸구려 같았다. 지금 이 사람은 장난을 치는 걸까? 하지만 그녀는 댄이 스웨덴 사람이라는 걸 안다. 그의 출신에 대해 아는 사람은 이제 거의 없는데도 말이다.

그들은 거리 아래쪽의 작은 바에 들어가 마르가리타를 주문했다. 댄은 그녀가 대화를 주도하도록 하면서 많은 단서를 얻었다. 하지만 그녀의 이름을 알 순 없었고 선뜻 물어보지도 못했다. 그녀는 도이체방크에서 의약품 펀드 업무를 책임지고 있는 듯했다.

"이바르가 내게 맡기던 그 쓰레기 같은 일들에 비하면 이게 얼마나 대단한 일인지, 믿기지 않을 정도야."

댄은 이바르라는 이름을 기억해두었다. 성은 그녀가 최근까지 일했던 증권회사 '알프레드 외그렌'의 외그렌인 듯했다. 그녀가 라이벌로 여기는 말린 프로데라는 인물도 그곳에서 일하는 모양이었다.

"요즘 말린하고 만난다는 말을 들었는데, 맞아?"

"꼭 그렇진 않아. 아니, 전혀 아니야."

댄은 모든 질문에 애매하게 대답했지만, 클라우스 간츠와 협연하게 된 계기에 대해 얘기할 때는 전혀 달랐다. 틸 브뢰너와 쳇 해럴드가 추천해서 만나게 되었다고 그는 설명했다.

"뉴욕에서 그들과 함께 연주했어. 클라우스가 모험을 해본 거지."

그럴듯한 얘기였다. 말도 안 되는 얘기이기도 했다. 댄을 고용하는 건 어떤 재즈 밴드에게도 결코 모험이 아니었다. 댄은 자신의 재능에 대해 그 정도는 알고 있었다.

"그런데 레오, 기타 말이야. 정말 굉장했어. 그냥 몇 년 해본 솜씨가 아니던데, 언제부터 시작한 거야?"

"십대 때."

"난 너희 어머니가 피아노와 바이올린만 좋아하신다고 생각했는데."

"몰래 연습했어."

"피아노도 분명 도움이 됐을 거야. 내가 전문가는 아니지만, 아까 솔로 연주 때 네 특유의 화음들이 들렸어. 전에 토마스와 이레네의 집에서 네 피아노 연주를 들은 적이 있거든. 그때 느낌 그대로였어. 곡 분위기도 똑같았고."

피아노와 느낌이 같았다고? 대체 무슨 뜻이지? 댄은 이를 물어보며 단서를 더 얻고 싶었지만 차마 그러지 못했다. 대화 내내 미소 짓고 고개를 끄덕이며 조용히 있거나 이따금 그녀의 말에 짧게 의견을 붙였다. 어디선가 읽은 내용을 들려주기도 했다. 가령 일생을 슬로 모션처럼 살기 때문에 무려 사백 살까지 살 수 있다는 그린란드 상어 얘기 같은.

"좀 슬픈 삶이네."

"하지만 기이이이인 삶이지." 발음을 과장해서 늘인 댄의 말에 그녀는 웃음을 터뜨렸다.

그녀를 웃기는 건 어렵지 않았고 댄은 더욱 대담해졌다. '주가는 오를 만큼 올랐고 금리는 극도로 낮은 지금', 증시의 방향을 어떻게 예상하는지 묻기도 했다.

"위? 아니면 아래?"

이번에도 그의 얘기가 재미있었는지 그녀는 크게 웃었다. 이때 댄은 자신이 이 연기를 즐기고 있다는 사실을 깨달았다. 자신의 인격에 무언가가 덧붙여지며 보다 큰 자유로움이 느껴졌다. 요컨대 해방의 순간처럼. 그리고 그 배역은 지금까지 그에게 닫혀 있던 세계, 즉 돈과 기회의 세계 안으로 그를 안내했다. 어쩌면 술 때문일 것이다. 혹은 자신을 향한 그녀의 눈빛 때문인지도. 갈수록 댄은 말이 많아졌고, 머릿속에 엉뚱한 상상과 새로운 생각들이 떠올라 기분이 좋았다.

무엇보다 그녀와 함께 있는 자신의 모습이 좋았다. 옷과 장신구와 구두 같은 차림새뿐 아니라 사소한 동작이나 표정에서 드러나는 그녀의 세련됨이 좋았다. 혀짤배기소리로 바텐더와 자연스럽게 대화하는 모습도 멋있어 보였고, 그녀와 함께 있다는 사실만으로도 자신의 지위가 상승한 것만 같았다. 댄은 그녀의 몸을 바라보았다. 그녀를 갖고 싶었다. 말하는 중간에 키스를 하며 댄 브로디답지 않은 대담한 모습을 보였다. 그리고 바에서 나왔을 때는 그녀에게 가까이 다가가 몸을 밀착시켰다.

그녀가 묵는 브란덴부르크 문 근처 아들론 켐핀스키 호텔 방에서 댄은 강하고 대담해졌다. 더이상 주눅든 연인이 아니었다. 섹스가 끝난 후 그녀와 달콤한 말들을 주고받으며 행복을 느꼈다. 멋지게 한탕한 사기꾼이 된 기분이었지만 어쨌든 행복했다. 그렇게 그녀뿐만 아니라 새로운 자신과도 사랑에 빠져버린 댄은 잠을 이루지 못했다. 그녀가 언급한 인물들을 검색해보며 이 상황에 대해 알아보고 싶었지만 꾹 참았다. 그 일은 혼자 있을 때 하고 싶었다. 날이 밝으면 조용히 빠져나갈까도 생각해봤지만 차마 그럴 수가 없었다. 잠든 그녀의 모습은 사랑스럽고 순수했으며, 잠든 순간에조차 보다 드높은 세계에 속한 존재 같았다. 어깨의 붉은 반점부터, 그녀 몸의 모든 것이 사랑스러웠다.

6시가 되기 직전 댄은 두 팔로 그녀를 안으며 귀에 대고 '고마워'라고 속삭인 뒤, 미팅이 있어 가봐야 한다고 말했다. 그녀는 이해한다고 대답하면서 명함을 건넸다. 그녀의 이름은 율리아 담베리였다. 댄은 '곧, 바로 곧' 전화하겠다고 약속하고 옷을 입은 뒤 기타를 들고 호텔을 나왔다.

댄은 자신의 호텔로 돌아가는 택시 안에서 증권회사 알프레드 외그렌을 검색했다. 회사의 CEO가 이바르 외그렌이었다. 율리아 말대로 세상에 둘도 없는 얼간이처럼 생겼다. 이중턱과 반짝이는 작은 눈이 아주 거만해 보였다. 하지만 중요한 정보는 아니었다. 댄은 바로 아래에 있는 공동 소유주 겸 수석 분석가인 레오 만헤이메르의 사진으로 시선을 옮겼다……

댄은 거의 정신을 잃을 뻔했다. 한동안 자신의 눈을 의심했다. 있을 수 없는 일이었다. 하지만 사진 속 사람은 분명 자신이었다. 아니, 물론 자신이 아니었지만 너무 닮아 현기증이 날 정도였다. 댄은 안전 벨트를 풀고 몸을 앞으로 구부려 백미러에 비친 자신의 얼굴을 들여 다보았다.

상황만 더 악화될 뿐이었다. 거울 속의 댄은 알프레드 외그렌의 수 석 분석가와 똑 닮은 미소를 짓고 있었다. 입가 주름과 이마 주름살 하며 눈매, 코 모양, 곱슬거리는 머리칼을 비롯해 모든 것이…… 심 지어 전체적인 풍모까지 닮았다. 비록 사진 속 인물은 보다 세련된 고급 정장 차림이었지만.

호텔방으로 돌아온 댄은 조사를 계속했다. 시간이 얼마나 흐르는 지, 자신이 어디 있는지도 잊은 채 욕을 내뱉고 고개를 설레설레 흔 들어가며 갈수록 혼란에 빠졌다. 그들의 외모는 충격적일 정도로 똑 같았고 사는 환경만 달랐다. 레오는 다른 세계, 다른 계층에 속해 있 었다. 이 이해할 수 없는 일들 가운데 가장 기가 막힌 건 레오의 음악 이었다. 댄은 스톡홀름 콘서트홀에서 녹화된 오래된 영상을 하나 찾 아냈다. 이십대 초반으로 보이는 레오는 긴장되고 엄숙한 얼굴이었 고 객석은 꽉 차 있었다. 레오가 초청 연주자로 참가한 어느 비공식 연주회였다.

이 당시라면 전날 율리아처럼 이들을 혼동할 사람은 없을 터였다. 그 시절 댄은 머리를 기르고 청바지와 티셔츠를 즐겨 입는 보헤미안 이었다. 반면 레오는 좀더 어려 보일 뿐 알프레드 외그렌의 그 세련 된 남자와 차이가 없었다. 헤어스타일도, 맞춤 정장 차림도 비슷했 다. 넥타이만 매지 않았을 뿐. 하지만 이 모든 건 조금도 중요하지 않 았다.

영상을 본 댄은 울기 시작했다. 쌍둥이 형제가 있다는 사실을 알게 되어서만은 아니었다. 댄은 자신의 지난 인생을 떠올렸다. 농장에서 보낸 어린 시절, 스텐의 구타와 가혹한 명령, 시골의 고된 노동, 호숫가 다리에 내리쳐 박살난 기타, 가출해 보스턴으로 간 일, 처음 몇 달간의 비참한 생활…… 지난 세월 전혀 몰랐던 것들, 박탈당했던 모든 것들…… 하지만 무엇보다 지금 듣고 있는 음악이 눈물짓게 만들었다. 댄은 자신의 기타를 꺼내들고 레오와 함께 연주하기 시작했다. 십오 년의 거리를 두고서.

레오의 자작곡이 분명한 그 곡이 심금을 울리는 건 우수어린 분위기 때문만이 아니었다. 그 음조와 화음도 그랬다. 레오는 그 시절 댄이 즐겨 썼던 3음 아르페지오로 연주했다. 일반적으로 널리 쓰이는 코드 대신 댄처럼 옛날식 디미니시드 코드를 따랐고, 악절의 마무리에는 주로 도리아 선법 제6음을 썼다.

장고 라인하르트를 알게 된 후 댄은 로큰롤, 팝, 힙합에 열광하는 동시대의 취향과 멀리 떨어진 곳에서 나아갈 길을 찾았다. 그때는 자신이 세상에서 유일한 존재라고 믿었다. 그런데 전혀 다른 세계에 사는 그와 똑같이 생긴 누군가가 그와 똑같은 화음과 음계를 구사하고 있었던 것이다. 도저히 믿기지 않는 일 앞에서 여러 감정들이 뒤섞이며 차올랐다. 그리움, 희망, 어쩌면 사랑, 그리고 무엇보다도 경이감…… 그에게는 형제가 있었다.

댄의 형제는 스톡홀름의 부유한 가정에서 자랐다. 놀라운 사실이었지만 매우 불공평한 일이기도 했다. 훗날의 기억에 따르면, 이때 들끓은 감정 가운데 가장 강렬했던 건 분노였다. 물론 어떤 일이 있었는지 알 수 없었지만 의심되는 바는 있었다. 댄은 자신을 찾아와 테스트와 질문을 하고 영상을 찍어간 스톡홀름 사람들을 생각했다. 그들은 알고 있었을까?

당연히 알았을 것이다. 댄은 벽을 향해 유리잔을 내던졌다. 그런 다음 힐다의 연락처를 찾아 전화를 걸었다. 시간이 얼마나 흘렀는지도 모르고 있었지만 그렇게 이른 시간은 아닐 터였다. 시계를 보니 정오도 안 되었는데 힐다는 벌써 술이나 약에 취해 있는 듯했다. 댄은 화가 치밀었다.

"다니엘 브롤린입니다. 기억하시겠어요?"

"네? 누구라고요?"

"다니엘 브롤린이요."

수화기 저편에서 그녀의 무거운 숨소리가 들렸다. 겁에 질린 걸까?

"오, 다니엘! 물론 기억하지. 그래, 어떻게 지내? 소식이 없어서 우리가 얼마나 걱정했는지 몰라."

"내게 쌍둥이 형제가 있다는 사실을 알았어요? 알고 있었어요?"

댄의 목소리가 갈라졌다. 그리고 침묵이 감돌았다. 힐다는 잔에 무언가를 따랐다. 침묵, 그리고 잔에 액체를 붓는 소리…… 이걸로 충분했다. 힐다는 모든 것을 알고 있었던 것이다. 스톡홀름 사람들의 방문과 그녀가 했던 묘한 말 뒤에 숨겨진 진실을. 우리가 해야 할 일은 연구지, 네 일에 끼어드는 게 아니라서 말이야……

"왜 아무것도 말해주지 않으셨어요?"

힐다는 여전히 대답이 없었다. 댄은 좀더 거칠게 되물었다.

"난 그럴 권한이 없었어." 기운이 없어 간신히 대답하는 목소리였다. "기밀준수 동의서에 서명했거든."

"그 종이 몇 장이 내 인생보다 중요했단 말이에요?"

"그건 잘못된 일이었어, 다니엘. 정말 잘못된 일! 난 더이상 그 기관에 소속돼 있지 않아. 쫓겨났어. 내가 이의 제기를 너무 많이 해서."

"그러니까 배후에 빌어먹을 어떤 기관이 있었다는 거죠?"

댄은 분노에 차 머리가 어지러웠다. 자신이 무슨 말을 하는 건지도 파악이 안 됐지만 힐다가 이렇게 물었던 건 기억났다.

"너희들 서로 만나봤니? 레오와 너."

여기서 댄은 완전히 이성을 잃었다. 힐다가 너무도 자연스럽게 자신과 레오에 대해 말했기 때문에. 그녀는 당연하고 익숙한 사실처럼 말했지만, 댄에게는 땅이 뒤흔들리는 충격이었다.

"그쪽도 알고 있나요?"

"누구? 레오?"

"그래요, 레오!"

"아닐 거야, 다니엘. 더는 얘기해줄 수 없어. 벌써 너무 많이 얘기했고."

"너무 많이 얘기했다고요? 내가 당신에게 전화를 걸었을 땐 돈 한 푼 없이 절박한 상황이었다고요. 그때 뭐라고 하셨죠? 아무 말도 안 했어요. 내 삶에서 가장 중요한 사실을 모르는 채 살아가게 놔뒀어요. 당신은 나한테서……"

댄은 할말을 찾아봤지만 그 순간의 감정을 표현할 말이 떠오르지 않았다.

"미안해, 다니엘. 정말 미안해." 힐다가 더듬거리며 말했다.

댄은 욕설을 퍼붓고 전화를 끊어버렸다. 그러고는 맥주를 주문했다. 그것도 아주 많이. 이렇게 된 이상 레오에게 연락할 수밖에 없었으므로 댄은 흥분을 가라앉히고 생각을 정리하고 싶었다. 레오를 만나야 했다. 하지만 어떻게? 편지나 전화? 아니면 직접 찾아가야 할까? 레오는 부자였다. 댄과는 다른 사람이었고, 아마 더 행복하고 대담할 터였다. 힐다가 넌지시 암시했듯이 레오는 이미 댄의 존재를 알면서도 연락하지 않는 쪽을 선택했는지 모른다. 험난하게 살아온 가난한 쌍둥이 형제를 부끄러워하는 걸까? 불가능한 일은 아니었다.

댄은 알프레드 외그렌의 사이트로 돌아가 레오의 사진을 다시 보았다. 눈빛을 보니 마음이 약한 사람인 듯도 해 댄은 조금 용기를 냈다. 어쩌면 레오는 그렇게 거만하지 않을 수도 있다. 전날 밤 율리아와 아주 편안하게 대화했던 일을 생각하며 댄은 갖가지 상상과 환상에 빠져들었다. 분노가 가라앉고 다시 눈물이 흘렀다.

어떻게 해야 할까? 댄은 구글에서 자신의 연주 동영상을 검색했다. 그렇게 해서 찾아낸 건 여섯 달 전 머리를 자르고 얼마 되지 않았을 때 촬영된 영상이었다. 샌프란시스코의 한 재즈클럽 무대에 회색 정장 차림으로 오른 댄은, 레오의 자작곡과 매우 비슷한 분위기로 〈올 더 싱스 유 아All the Things You Are〉를 연주했다. 댄은 영상을 첨부하고 장문의 메일을 썼다. 아직도 그 첫 부분이 생생했다.

나의 쌍둥이 형제 레오에게

내 이름은 댄 브로디이고, 재즈 기타리스트야. 오늘 아침까지만 해도 네 존재를 전혀 몰랐어. 지금은 매우 놀랍고 혼란스러워 이 글을 쓰는 것조차 힘들어.

너를 방해하거나 불편하게 하고 싶지 않아. 아무것도 요구하지 않을게. 답장조차. 다만 이 말을 하고 싶어. 네 존재와, 네가 나와 같은 음악을 한다는 사실을 알게 된 이 일은 내 인생 최대의 사건으로 남을 거야.

난 네 삶에 대해 알고 싶은 마음이 무척 크지만, 네가 내 삶을 궁금해할지는 짐작도 안 되네. 그래도 조금은 얘기해주고 싶어. 혹시 아버지를 만나본 적 있니? 쓸모없는 주정뱅이였지만 뛰어난 음악가이기도 했어. 어머니는 출산중에 사망하셨지. 쌍둥이를 낳는 게 버거웠던 모양이야. 거기에 대해선 더는 아는 바가 없어……

스무 페이지는 넘을 분량의 글을 써두고도 댄은 보내지 않았다. 용기가 없었다. 대신 클라우스에게 전화해 친척이 죽었다고 말했다. 댄은 스톡홀름행 티켓을 예매하고 다음날 아침 비행기에 올랐다.

스웨덴 땅에 발을 디딘 건 십팔 년 만에 처음이었다. 차가운 칼바람이 울고 눈이 내리는 12월 10일. 도시는 이맘때면 노벨상 행사로 분주했고, 크리스마스 조명들이 온 거리를 밝혔다. 댄은 놀란 눈으로 사방을 두리번거렸다. 어린 시절엔 감히 근접할 수 없었던 거대한 도시에서 불안하고 들뜨면서도 어린 소년처럼 희망으로 가득찬 댄이었다. 하지만 용기 내어 행동하기까지는 닷새가 더 필요했다. 그때까지 댄은 레오의 보이지 않는 그림자로, 그의 스토커로 지냈다.

15장
6월 21일

바시르 카지는 덤불처럼 길게 수염을 길렀고 카키색 군용 바지와 사냥용 조끼 차림이었다. 근육질의 굵은 팔뚝을 비롯해 굉장히 인상적인 체격이었다. 바시르는 TV 앞 가죽소파 위에 널브러져 앉아 거들먹거리는 눈빛으로 리스베트를 한 번 쳐다보고는 무시했다. 마약을 한 거라면 좋을 텐데. 리스베트는 비틀거리는 척하며 위스키를 꺼내 한 모금 삼켰다. 바시르는 킬킬거리며 카릴을 향해 고개를 돌렸다.

"어떤 년을 집에 데리고 온 거야?"

"본 적도 없는 여자야. 갑자기 밖에 나타나서는 봐야 할 영화가 있다잖아. 형이 좀 쫓아내줘!"

카릴이 그녀를 두려워한다는 건 분명했다. 하지만 형을 더 두려워했고, 이는 리스베트에게 유리하게 작용했다. 리스베트는 현관문 옆 회색 서랍장 위에 노트북이 든 가방을 내려놓았다.

"너 누구야?"

"아무도 아냐."

리스베트의 대답에 바시르는 전혀 대꾸하지 않았다. 다만 자리에서 천천히 일어나 하품을 했다. 계집애가 건방지게 구는 게 자기한테는 얼마나 따분한 일인지 보여주려는 모양이었다.

"카릴, 이 동네로 뭐하러 다시 돌아온 거야? 여긴 창녀랑 머저리들뿐이라고."

리스베트는 집안을 둘러보았다. 오른쪽에 작은 주방이 있는 원룸형 아파트였다. 사방에 옷가지가 어지럽게 널려 있었고 가구는 별로 없었다. 이층침대, 가죽소파, 낮은 테이블이 보였고, 서랍장 바로 옆에 하키 스틱 하나가 벽에 기대어 있었다.

"흠, 별거 없네." 리스베트가 말했다.

"뭐라고?"

"아주 흔해빠진 방 구조라고, 바시르. 안 그래?"

"내 이름을 어떻게 아는 거지?"

"좀전에 교도소에서 나왔어. 네 친구, 베니토가 준 메시지를 갖고 왔다고."

한번 던져본 말이었다. 하지만 이들이 서로 접촉하고 있다는 건 어느 정도 확신하는 바였다. 역시 바시르가 반응했다. 베니토라는 이름을 모를 리 없는 그의 흐릿한 두 눈에 순간 번뜩인 불꽃을 리스베트는 알아챘다.

"무슨 메시진데?"

"짧은 영상이야. 보고 싶어?"

"글쎄."

"보면 마음에 들 거야."

리스베트는 휴대전화를 꺼내들고 영상을 띄우는 데 애를 먹는 척했다. 실은 명령어 몇 줄을 입력해 해커 공화국이 매일 업데이트하는 데이터인프라에 접속하는 중이었다. 접속에 성공한 리스베트는 한 걸음 앞으로 나아가며 바시르의 눈을 빤히 마주보았다.

"알다시피 베니토는 친구들의 부탁을 들어주는 걸 좋아하지. 하지만 몇 가지는 좀 따져봐야겠어."

"그게 뭔데?"

"플로드베리아 교도소 말이야. 뭐, 문제가 많은 곳이긴 하지만 엄중감시구역에 칼을 반입시켰던 건 제법 똘똘했지. 거기엔 경의를 표하겠어."

"요점만 말해."

"요점은 파리아야."

"파리아가 뭐?"

"어떻게 파리아를 그렇게 취급할 수가 있어?"

"뭐?"

"돼지 새끼들처럼 굴었잖아."

바시르는 당황한 얼굴이었다.

"무슨 소릴 지껄이는 거야?"

"돼지 새끼들. 쓰레기들. 썩어빠진 개자식들. 여러 표현이 있지만 너희가 한 짓에는 부족해. 너희들, 벌 좀 받아야 한다고 생각하지 않아?"

리스베트는 바시르가 반응해오리라 예상하기는 했지만 그렇게 세게 나올 줄은 몰랐다. 바시르는 잠시 당황하는가 싶더니 크게 분노하며 리스베트의 턱을 향해 지체 없이 주먹을 날렸다. 리스베트는 간신히 균형을 잡았고, 무엇보다 바시르의 얼굴 쪽을 향해 든 오른손의 휴대전화를 놓치지 않으려 집중했다.

"화 좀 난 거 같네?" 리스베트가 말을 이었다.

"그래, 젠장!"

다시 날아온 바시르의 주먹에 리스베트는 비틀거렸다. 하지만 방어할 생각이 없어 보였고 심지어 두 팔을 올려 얼굴을 가리려고도 하지 않았다. 그러자 바시르는 분노와 놀라움이 뒤섞인 눈빛으로 그녀를 쳐다보았다. 리스베트는 입속에 번지는 피 맛을 느끼며 한번 도박을 해보기로 했다.

"자말을 죽이려 한 게 좋은 생각이었을까?"

다시 한번 날아온 바시르의 주먹에 똑바로 서 있기가 더욱 힘들었다. 시야가 흐릿해진 리스베트는 머리를 흔들었다. 그때 바로 옆에 선 카릴의 겁에 질린 눈이 보였다. 카릴도 덤벼들려나? 확실치 않았다. 카릴의 반응은 예측하기 어려웠지만 아마 저렇게 얼어붙어서 꼼짝 못할 가능성이 컸다. 바짝 마른 모습이 보기에도 불쌍할 정도였다.

"정말 그게 좋은 생각이었던 것 같아?"

리스베트가 최대한 도발적인 눈빛으로 쳐다보자 바시르는 완전히 자제력을 잃어버렸다. 리스베트가 바라던 바였다.

"그래, 얼마나 좋은 생각이었는지 넌 상상도 못할 거다!"

"오, 그래?"

"그 새끼가 파리아를 창녀로 만들었어!" 바시르가 악을 썼다. "창녀로! 우리 얼굴에 먹칠을 했다고!"

한번 더 그의 주먹에 맞은 리스베트는 전화기조차 제대로 쥘 수 없었지만 더듬거리듯 말을 이었다.

"그럼 파리아도 죽어야겠네, 안 그래?"

"그래, 쥐 새끼 돼지 새끼처럼 죽어야지. 그년이 지옥 불에 타버릴 때까지 가만두지 않을 거야."

"오케이. 점점 분명해지는군. 자, 이제 내 영상 좀 볼래?"

"그걸 내가 왜?"

"안 그럼 베니토가 실망하니까. 썩 좋은 생각은 아니지. 이제 그 정도는 너도 알 텐데?"

바시르는 망설였다. 눈빛과 떨리는 손을 보면 알 수 있었다. 하지만 격분한 상태인 건 여전했다. 리스베트는 더이상 그의 주먹질을 견뎌낼 수 없었다. 재빨리 상황을 분석하고 거리를 가늠한 뒤 공격 결과를 따져보았다. 박치기는 어떨까? 사타구니에 니킥 한 방? 받은 대로 돌려주기? 리스베트는 좀더 견뎌보기로 했다. 완전히 패배한 모습을 보이는 건 어렵지 않았다. 옆에서 날아온 훨씬 강력해진 주먹에 윗입술이 찢어지고 머릿속이 윙윙거렸다. 리스베트는 넘어질 듯 휘청댔다.

"어디 보여줘봐!"

리스베트는 손등으로 입술을 훔치고 피를 뱉어낸 다음 쓰러지듯 가죽소파에 앉았다.

"내 휴대전화에 저장돼 있어."

"알았으니, 틀어봐!"

바시르가 옆에 와 앉았다. 리스베트는 여전히 서투른 척하며 휴대전화를 만졌다. 카릴마저 가까이 다가오자 속으로 잘됐다고 생각했다. 서두르지 않고 너무 능숙한 티를 내지 않으면서 명령어를 입력하자 곧바로 화면에 코드들이 나타났다. 카지 형제는 불안한 기색이 역력했다.

"뭐야, 이 엿 같은 건?" 바시르였다. "고장났어? 그냥 쓰레기 아냐?"

"아냐, 아냐." 리스베트가 대답했다. "정상이야. 지금 봇네트로 영상이 올라가고 있다고. 자, 보이지? 이제 파일명을 적고 Command and Control을 치면 그대로 배포되는 거야."

"젠장, 무슨 소리야?"

바시르의 시큼한 땀냄새가 풍겨왔다.

"설명해줄게." 리스베트가 말을 이었다. "봇네트란 악성 바이러스에 감염돼 해킹당한 컴퓨터들로 구성된 네트워크야. 불법이지만 편리하지. 일단 영상 먼저 보는 게 어때? 나도 못 봤으니까. 아직 편집이 안 끝났네, 잠깐만…… 자, 됐어!"

화면에 바시르의 얼굴이 나타났다. 그러자 그의 표정이 어려운 질문을 알아듣지 못하는 어린애처럼 혼란스러워졌다.

"젠장, 뭐야 이거?"

"너잖아. 면도를 못해서 까칠하네. 허리 높이에서 찍는 게 힘들어서 좀 흐릿하지만 걱정 마, 뒤로 가면 나아질 테니. 좀더 활기찬 모습도 있잖아. 자, 네가 멋지게 한 방 날리는 거. 그리고 잘 들어봐! 네가 자말 초두리를 살해했다고 자백하는 것 같은데?"

"뭐야, 젠장! 뭐냐고!"

영상 속에서 바시르는 고함을 치고 있었다. 파리아가 쥐 새끼 돼지 새끼처럼 죽어서 지옥 불에 타버려야 한다고. 그런 다음 화면이 흔들려 바시르가 욕을 퍼부으며 주먹질하는 모습은 잘 보이지 않았다. 지진이 난 것처럼 벽들과 천장이 흔들리는 장면만 이어졌다.

"대체 무슨 엿 같은 짓을 한 거야?" 바시르는 테이블을 주먹으로 내리쳤다.

"진정해." 리스베트가 대답했다. "겁낼 필요 없어."

"그게 무슨 뜻이야? 대답해, 이 망할 년아!" 바시르의 목소리가 갈라졌다.

"전 세계 대다수 사람들은 영상을 아직 못 받았어. 한 1억 명쯤 받은 정도야. 그중 많은 사람들은 스팸메일인 줄 알고 곧바로 지워버릴 테고. 하지만 다행히 제목을 붙일 시간이 있었지. 바시르 카지. 아마 네 친구들은 한 번씩 열어보겠지. 경찰도, 세포도, 네 친구의 친구들에, 별 상관없는 사람들까지도. 그리고 이 영상이 유튜브에서 흥행할지도 모르잖아. 인터넷 공간이란 정말 희한한 곳이니까. 알다가도 모르겠는 곳."

바시르는 정신이 반쯤 나간 사람 같았다. 머리에 경련까지 일었다.

"그래, 좀 힘들 거야. 너무 유명해지면 감당하기 어렵지. 나도 내 이름이 온 신문에 실렸을 때가 기억나. 솔직히 아직도 극복 못했어. 하지만 좋은 소식이 있어, 빠져나갈 구멍이 있다고."

"어떻게?"

"알려줄게. 그전에 먼저……"

리스베트는 바시르가 절망에 빠져 멍해진 상태를 노려, 그의 머리를 재빨리 움켜쥐고 앞에 있는 테이블 위로 세차게 두 번 내리꽂은 후 자리에서 일어섰다.

"바시르, 그냥 도망치면 돼. 창피한 꼴 당하기 전에 죽어라 도망치면 된다고."

바시르는 넋 나간 표정으로 리스베트를 멍하니 올려보더니 바르르 떨리는 오른손을 들어 자신의 이마를 만져보았다.

"그러면 괜찮을 거야. 오래는 아니겠지만 적어도 얼마간은. 네 동생 카릴처럼 열심히 달려. 물론 그만큼 빠르진 않겠지. 요즘 살 좀 붙지 않았어? 그래도 그 몸뚱이를 움직여볼 순 있겠지?"

"널 죽여버릴 거야."

바시르는 당장이라도 덤벼들 것처럼 몸을 일으켰다. 하지만 이내 머뭇거리더니 불안한 눈빛으로 현관과 창문 쪽을 흘깃 쳐다보았다.

"서둘러야 할걸. 지금 당장 떠나는 게 좋을 텐데?"

"널 꼭 찾아낼 거야."

"그럼 그때 봐."

리스베트의 목소리는 차갑고 건조했다. 뒤로 돌아 현관 서랍장 쪽으로 한 걸음 내디디며 바시르에게 공격할 기회를 주었지만 그는 놀라 몸이 굳은 사람처럼 꼼짝도 못했다. 그리고 그의 휴대전화가 울리기 시작했다.

"누가 벌써 영상을 본 모양이네. 하지만 상관없잖아, 안 그래? 전화는 안 받으면 그만이고, 시내를 다닐 때는 땅바닥만 쳐다보면 돼."

바시르는 위협의 말을 내뱉으며 달려들었지만 가까이 가지는 못했다. 리스베트가 벽에 기대어 있던 하키 스틱을 집어들어 그의 목과 얼굴과 명치를 가격했기 때문이다.

"그리고 이건 파리아가 보내는 선물."

바시르는 몸이 반으로 꺾인 채 한 대를 더 맞았다. 그러다 간신히 몸을 세우는 데 성공해 비틀거리며 문밖으로 나간 바시르는 그대로 어두운 계단을 내려가 오후의 햇빛이 쏟아지는 거리로 나섰다.

리스베트는 여전히 하키 스틱을 든 채였고, 카릴은 그 뒤 소파 옆에 서 있었다. 운동복과 빨간 운동화 차림으로 입을 벌린 채 불안하게 눈동자만 굴리는 그는 아직 뼈마디가 여물지 않은 십대 소년이었다. 그가 완전히 겁에 질렸다는 건 눈을 보면 알 수 있었고, 누구에게도 위협이 될 만한 존재는 아니었다. 하지만 이대로 달아나 어딘가에서 이성을 잃어버릴 수도 있었다. 안니카는 자살 가능성까지 언급했다. 리스베트는 현관문을 주시하며 손목시계를 보았다.

오후 4시 20분이었다. 메일을 확인해보니 안도, 파라도 아직 답이 없었다. 안니카만 이렇게 써놓았다.

훌륭해. 조짐이 좋아. 이제 당장 집으로 돌아가!

카릴의 숨소리가 거칠어졌다. 뭔가 할말이 있는 듯했다.

"그게 너였지? 맞지?"

"뭐가?"

"신문에 나온 여자."

리스베트는 고개를 끄덕였다.

"우리 둘이서 봐야 할 영상이 하나 더 있어. 아까만큼은 재미가 없을 거야. 어떤 손동작이 다거든."

리스베트는 하키 스틱을 다시 벽에 세워놓고 서랍장 위에 두었던 가방을 집어든 다음 카릴을 소파에 앉혔다. 얼굴은 창백하고 두 다리는 당장이라도 꺾여버릴 듯했지만 카릴은 그녀가 시키는 대로 했다.

리스베트는 동작인식과 심층신경망에 대해, 조금 전 카릴의 달리기 동작과 지하철 감시카메라 영상에 대해 짧고 정확하게 설명했다. 갑자기 몸이 굳고 알아들을 수 없는 소리를 웅얼대는 카릴의 모습에, 리스베트는 그가 이 모든 것을 이해했음을 알 수 있었다. 그 옆에 앉아 파일들을 보여주며 좀더 설명하려 했지만, 카릴은 초점 없는 눈으로 멍하니 화면만 바라볼 뿐 아무 말도 들리지 않는 듯했다. 이때 휴대전화가 울리자 카릴이 리스베트를 쳐다보았다.

"괜찮아, 받아봐."

카릴은 휴대전화를 꺼냈다. 공손한 어조로 말하는 걸 보니 그가 존경하는 인물 같았다. 이웃에 사는 이맘에게 안니카가 연락한 모양이었다. 지금 카릴의 집으로 올라가도 되느냐고 묻는 듯했고, 리스베트는 그 방법도 괜찮겠다 싶어 고개를 끄덕였다. 신자의 고백을 들어주는 건 이맘의 영역이다. 안니카는 그가 꽤 괜찮은 이맘이라고 했다.

잠시 후 노크 소리가 들리고 큰 키에 세련된 옷차림을 한 남자가 집안으로 들어왔다. 이맘은 오십대로 보였고, 눈은 작고 수염을 길게 길렀으며 머리에는 빨간 터번을 썼다. 그는 리스베트에게 목례를 한 뒤 조심스럽게 미소를 지으며 카릴 쪽으로 몸을 돌렸다.

"잘 있었니, 카릴? 혹시 나한테 해줄 이야기가 있어?"

슬픔이 짙게 밴 목소리였다. 그들은 잠시 침묵했다. 리스베트는 갑자기 불편한 기분이 들며 어찌해야 좋을지 몰라 결국 자리에서 일어났다.

"여기는 안전하지 않을 거예요. 이곳에서 나가 모스크로 가는 게 좋겠어요."

리스베트는 노트북을 가방에 넣은 뒤 작별인사도 없이 어두운 계단을 따라 사라졌다.

일 년 반 전, 12월

댄 브로디는 노르말름 광장의 벤치에 앉아 있었다. 스톡홀름에 도착한 날이었다. 눈은 더이상 내리지 않았고 차가운 날씨에 하늘은 맑았다. 댄은 검은 외투와 선글라스, 이마 위로 푹 눌러쓴 회색 모직모자 차림이었다. 무릎 위에는 리먼 브라더스 파산에 관한 책이 놓여 있었다. 형제가 사는 세계에 대해 알고 싶었던 것이다.

댄은 셉스홀멘에 있는 차프만 호스텔에 방을 얻었다. 낡은 배를 개조해 만든 이 호스텔의 하룻밤 숙박비는 690크로나였고, 이게 그의 능력 내에서 지불할 수 있는 전부였다. 여기까지 오는 동안 이미 그를 알아보는 시선들과 마주쳤고 그때마다 마음이 무거웠다. 더이상 자기 자신이 아닌 누군가의 형편없는 복제물이 된 기분이 들어서. 얼마 전까지는 세계를 누비는 뮤지션이었지만, 이제 스톡홀름 사람들 앞에서 주눅든 헬싱란드의 시골 소년이 되었다. 댄은 비리에르얄스가탄의 옷가게에 들어가 선글라스와 모자를 사서 얼굴을 가렸다.

댄은 레오에게 어떻게 연락할지 계속 고민했다. 이메일을 보낼까? 동영상 링크를 보낼까? 아니면 전화를 해버릴까? 용기가 나지 않았다. 먼저 레오의 모습을 직접 보고 싶기도 했다. 댄이 알프레드 외그렌 사옥 앞 노르말름 광장에 앉아 있는 이유다.

이바르 외그렌이 당당한 걸음걸이로 사옥에서 나왔다. 화가 난 얼굴이었다. 이내 어둡게 선팅된 검정색 BMW 한 대가 다가와 마치 국가원수처럼 그를 모셔갔다.

레오는 보이지 않았다. 저 붉은 벽돌 건물 위 어딘가에 있겠지. 아까 사무실로 전화해 영어로 레오를 찾았더니 회의중이라는 대답이 돌아왔다. 하지만 조금 있으면 끝난다고도 했다. 출입구가 열릴 때마다 댄은 자리에서 일어나며 계속 기다렸다. 스톡홀름은 어둠에 잠긴지 오래였다. 차가운 바닷바람이 불어오기 시작해 더 앉아서 책을 읽기엔 너무 추웠다.

댄은 자리에서 일어나 가죽장갑 낀 손을 맞비비며 광장을 이리저리 걸었다. 사옥 앞에는 아무 기척도 없었고, 퇴근길로 혼잡했던 거리는 이제 한산해졌다. 댄은 큰 유리창이 나 있는 광장의 레스토랑을 바라보았다. 그 안에서 사람들이 미소 띤 얼굴로 담소를 나누는 모습에 소외감을 느꼈다. 그렇다. 그의 삶은 언제나 초대받지 못한 파티 같았다. 그는 늘 아웃사이더였다.

바로 그때 레오가 나타났다. 평생 잊지 못할 순간이었다. 시간이 멈추고 시야가 좁아지면서 주변의 모든 소음들이 순식간에 사라져버린 것만 같았다. 하지만 마냥 행복하지만은 않았다. 이렇게 추운 날 레스토랑에서 쏟아지는 불빛 아래 서서 레오의 모습을 바라보는 댄의 심정은 한층 고통스러웠다. 레오는 가슴이 저릴 정도로 그와 닮았다. 걸음걸이, 미소, 손동작, 심지어 양볼과 눈가에 잡힌 주름까지. 댄은 금테를 두른 거울로 자신의 모습을 보는 듯한 기분이 들었다. 저기 있는 남자는 자신이면서, 동시에 자신이 아니었다.

자신이 레오가 될 수도 있었다고 댄은 생각했다. 하지만 레오를 계속 지켜보니 자신과의 차이점이 눈에 띄었다. 값비싼 외투와 구두와 정장만이 아니라 힘있는 걸음과 반짝이는 눈빛도 달랐다. 댄은 한 번도 가져보지 못한 자신감이 레오에게서는 발산되고 있었다. 심장에 비수라도 박힌 듯 갑자기 숨이 잘 쉬어지지 않았다.

그때 댄의 심장박동이 빨라졌다. 레오와 나란히 걷던 여자가 그의 허리에 팔을 둘렀다. 똑똑하고 세련되어 보이는 여자는 레오를 무척 좋아하는 듯했다. 같이 웃음을 터뜨리는 모습을 보니, 율리아가 질투하는 기색으로 언급했던 말린 프로데일 거라는 생각이 들었다. 댄은 그저 몸이 굳어 그들에게 다가갈 용기를 내지 못했다. 비블리오텍스가탄 쪽으로 사라지는 모습만 멍하니 바라보다 이유도 없이 결국 그들의 뒤를 따라갔다. 거리를 두고 천천히.

들킬 염려는 없었다. 그들은 서로에게 흠뻑 빠져 있었다. 홈레 공원 쪽으로 사라진 후에도 그들의 웃음소리는 한없이 가벼운 구름처럼 주변을 맴돌았다. 반면 댄의 몸은 바위처럼 무거웠다. 그들의 해맑음과 경쾌함이 그를 바닥으로 끌어내렸다. 댄은 발길을 돌려 숙소로 돌아왔다. 그때까지 그는 겉모습이 진실과 다를 수 있음을, 어쩌면 자신도 사람들 눈에 행운아로 보일 수 있음을 전혀 생각하지 못했다.

삶은 멀리서 보면 종종 아름답다. 댄은 아직 그걸 몰랐다.

미카엘은 뉘셰핑에 가야 했다. 숄더백 안에는 수첩과 녹음기, 그리고 샬로타가 일러준 대로 로제 와인이 세 병 들어 있었다. 힐다는 뉘셰핑손강 부근의 포르센 호텔에 프레드리카 노르드라는 이름으로 투숙중이었다. 힐다는 몇 가지 조건이 맞으면 대화할 용의가 있다고 했고, 그중 하나가 로제 와인이었다.

또다른 조건은 극비리에 와달라는 것이었다. 누군가가 자신을 추적하는 것이 확실하다면서, 더욱이 미카엘의 말을 들은 후로는 한층 불안해했다. 샬로타에 따르면 힐다는 지금 이성을 잃은 상태였다. 그래서 미카엘은 이날 자신의 행선지를 에리카에게조차 밝히지 않았다.

지금은 스톡홀름 중앙역 만남의 장소 옆에 위치한 카페에 앉아 말린을 기다리고 있다. 그녀를 먼저 만나야 했다. 이 이야기를 이루고 있는 돌들을 전부 들춰보고 물이 새는 곳은 없는지 살핀 후 자신의 가정이 타당한지 확인하고 싶었다. 말린은 십 분 늦게 도착했다. 청바지와 파란색 블라우스 차림의 그녀는 눈부시게 아름다웠다. 비록 요즘 스톡홀름 시민들처럼 잔뜩 땀을 흘리고 있었지만.

"정말 미안해. 엄마 집에 로베를 맡겨야 했어."

"여기 데려와도 되는데. 몇 가지만 물어보면 되거든."

"알아. 여기 말고 또 볼일이 있어서."

미카엘은 그녀와 가볍게 키스를 하고 본론으로 들어갔다.

"포토그라피스카 미술관에서 레오를 만났을 때, 오른손잡이가 됐다는 것 말고 다른 점은 뭐 없었어?"

"예를 들면?"

미카엘은 역내 벽시계를 힐끗 쳐다보았다.

"왼쪽의 점이 오른쪽에 있었다거나. 뻗친 머리가 평소와 달리 반대 방향이었다거나. 레오는 꽤 곱슬머리잖아?"

"미카엘, 겁나게 하지 마. 지금 무슨 생각을 하는 거야?"

"출생 직후 분리된 일란성 쌍둥이에 대해 좀 알아보고 있어. 여기서 더는 말 못해. 어쨌든 비밀로 해줄 수 있지?"

말린은 겁먹은 얼굴로 미카엘의 팔을 잡았다.

"그러니까 당신 얘기는……"

"난 아무 얘기도 안 했어, 말린. 아직은 아냐. 다만……" 미카엘은 잠시 머뭇거렸다. "일란성 쌍둥이는 유전자적으로 상당히 비슷해. 하지만 사소한 유전자적 변화는 누구에게나 일어날 수 있고 일란성 쌍둥이도 예외는 아니야."

"무슨 말을 하고 싶은 거야?"

"먼저 몇 가지 사실을 알려줄게. 그렇지 않으면 전혀 이해가 안 될 테니까. 일란성 쌍둥이는 자궁 내에서 한 개의 수정란이 상당히 빠른 시일 안에 두 개로 분열하면서 발생하는데, 여기서 문제는 분열이 얼마나 빨리 시작되느냐야. 수정 후 4일이 지나 분열하면 쌍둥이는 같은 태반을 공유하게 되면서 위험성도 증가하지. 그런데 수정 후 7일 내지 12일이 지나 분열하면 이른바 '거울 쌍둥이'가 돼. 일란성 쌍둥이의 약 20퍼센트가 거울 쌍둥이야."

"그게 무슨 뜻이야?"

"거울에 비친 모습처럼 똑같아지는 거야. 하나가 왼손잡이이면 다른 하나는 오른손잡이가 되고, 심지어 심장도 서로 반대편에 위치할 수 있어."

"그러니까 당신이 하고 싶은 말은······"

말린은 말을 더듬었다. 미카엘은 그녀를 진정시키기 위해 볼을 어루만지며 말을 이었다.

"그래, 정신 나간 생각일 수 있어. 포토그라피스카 미술관에서 만난 사람이 레오의 거울 쌍둥이였다 하더라도 반드시 거기에 범죄가 개입됐다고 할 순 없으니까. 영화 〈리플리〉에 나오는 신분 도둑질 같은 범죄 말이야. 어쩌면 그냥 역할을 바꿔본 건지도 모르지. 뭔가 새로운 걸 해보고 싶어서 장난을 좀 친 것뿐인지도 모른다고. 말린, 열차 타는 데까지 같이 가줄 수 있어? 시간이 모자랄 것 같아."

말린은 돌처럼 굳어 있었다. 그러다 겨우 몸을 일으켜 미카엘과 함께 에스컬레이터를 타고 아래층으로 내려가 11번 승강장까지 이어지는 상점들을 따라 걸었다. 미카엘은 어떤 단서도 남기고 싶지 않아 회사 일로 린셰핑에 간다고 말하고서 쌍둥이 이야기를 이어나갔다.

"서로의 존재를 까맣게 모르고 살다가 성인이 되어 만난 일란성 쌍둥이들에 관한 글들을 읽었어. 대부분 그 첫 만남이 환상적이었다고 묘사해. 땅이 뒤흔들리는 엄청난 경험이었겠지. 말린, 생각해봐. 자신이 세상에서 유일무이한 존재인 줄 알았는데 어느 날 갑자기 똑같이 닮은 사람이 나타난다면 어떻겠어? 각자의 인생을 살다가 늦게야 만난 일란성 쌍둥이들은 끝없이 얘기를 나눈대. 서로의 재능, 결점, 습관, 몸짓, 추억······ 그야말로 모든 걸 비교해보는 거지. 그 과정에서 하나가 되고 커지는 경험을 하면서 그 어느 때보다도 행복감을 느낀대. 몇몇 이야기들은 참 감동적이었어. 당신도 전에 말했잖아. 레오가 한동안 무척 행복해했다고."

"응. 하지만 얼마 가지 못했어."

"맞아."

"그후로 여행을 떠나면서 소식이 끊겼고."

"그 일에 대해서도 생각을 해봤는데…… 어쨌든 또 기억나는 거 없어? 겉모습이든 뭐든 달라진 거. 그때 레오에게 무슨 일이 있었는지 이해하는 데 도움 될 만한."

그들은 걸음을 멈췄다. 어느덧 승강장에 다다랐고 열차는 이미 와 있었다.

"모르겠어."

"잘 생각해봐!"

"하나 있는 것 같아. 기억해? 레오가 율리아 담베리와 약혼했다고 한 거."

"그래서 당신이 힘들어했지, 안 그래?"

"뭐, 별로."

미카엘은 그녀의 말을 곧이듣지 않았다.

"그보다는 깜짝 놀랐지. 율리아는 전에 우리 회사에서 일했었어. 프랑크푸르트로 떠나 몇 년간 아무도 소식을 못 들었고. 그런데 내가 회사를 떠나기로 한 그 무렵에 율리아가 전화를 걸더니 레오와 통화하고 싶다는 거야. 레오가 그녀에게 다시 전화를 해주진 않았을걸. 되레 거북해하는 기색이었거든. 어쨌든 그때 율리아가 이상한 소리를 했어."

"뭔데?"

"레오가 피아노보다 기타에 더 능하다는 걸 아느냐고 물었어. 말 그대로 기타의 거장이라면서. 나는 처음 듣는 얘기라 레오한테 물어봤지."

"그랬더니 뭐래?"

"아무 말도 안했어. 얼굴을 붉히면서 웃기만 하고. 레오가 지극히 행복했을 때 일이야."

"아, 그래?"

미카엘은 말린의 말에 더는 집중하지 않았다. '기타'와 '거장'이라는 두 단어만이 머릿속을 맴돌았다. 말린에게 작별인사를 하고 열차에 오를 때에도 깊은 상념에 빠져 있었다.

일 년 반 전, 12월

댄은 며칠간 멀찍이 떨어져 있었다. 불안한 날들이었다. 선박을 개조한 호스텔의 객실에서 책을 읽거나 셉스홀멘과 유르고르덴을 잠깐씩 산책했고, 이따금 회색 운동복 차림으로 나가 무작정 달렸다. 저녁에는 호스텔의 바에서 평소보다 많은 술을 마셨다. 그리고 잠이 오지 않을 때면 빨간색 가죽노트에 자기 삶에 대해 적어보기도 했다.

12월 13일 수요일 오후에 댄은 노르말름 광장을 다시 찾았지만 역시 레오에게 다가가지 못했다. 12월 15일 금요일에는 기타를 들고 광장 레스토랑 옆 벤치에 앉았다. 눈이 내렸고 날씨는 차가웠다. 기온이 꽤 낮아져 지금 가진 외투로는 충분치 않았지만 따뜻한 옷을 사 입을 형편이 못 되었다. 돈이 떨어져갔지만 입에 풀칠한답시고 아무 재즈 밴드에서나 연주할 생각은 없었다. 댄은 오직 레오만 생각했다. 다른 모든 건 더이상 중요하지 않았다.

그날 레오는 평소보다 일찍 회사에서 나왔다. 진청색 캐시미어 외투에 하얀 목도리를 두른 차림으로 서둘러 걸어나갔다. 이번에는 좀더 가까이서 뒤를 따랐다. 누가 따라오는 기색을 느꼈는지 바이오그라프 공원 앞에서 레오가 갑자기 몸을 뒤로 돌렸지만 댄을 보지는 못했다. 거리는 사람들로 가득했고, 모자와 선글라스를 쓴 댄이 재빨리 스투레플란 거리 쪽으로 고개를 돌렸기 때문이다. 레오는 다시 걷기 시작해 칼라베겐 거리를 건넜다.

댄은 플로라가탄의 말레이시아 대사관 앞에서 걸음을 멈추고 레오가 건물 안으로 들어가는 모습을 지켜보았다. 문이 쾅 소리를 내며 닫힌 뒤 댄은 추위 속에 서서 기다렸다. 이런 기다림이 처음은 아니었으므로 시간이 좀 걸린다는 건 알았다. 몇 분 후, 건물 맨 위층에서 불이 켜졌다.

저 위의 창문들은 보다 아름다운 세상의 새벽처럼 환히 빛났다. 이따금 그랜드피아노의 선율이 흘러나왔고 그에게 익숙한 화음들이 들려오면 눈가에 눈물이 맺혔다. 한편으론 너무 추워 욕이 절로 나오기도 했다. 멀리서 뱃고동이 울렸고 뼛속까지 얼어붙는 삭풍이 불어왔다. 댄이 건물 가까이로 다가가 선글라스를 벗어 들었을 때 뒤에서 발소리가 들렸다. 검은 모자와 녹색 외투 차림의 노부인이 목줄을 맨 퍼그 한 마리와 함께 다가오고 있었다. 부인은 미소를 지었다.

"오늘은 집에 들어가고 싶지 않은 모양이지, 레오?"

댄은 아주 잠깐 놀란 표정으로 부인을 쳐다보았지만, 이내 그 말이 아주 위트 있었다는 듯 미소를 지어 보였다.

"가끔은 자기가 뭘 원하는지 모를 때가 있지요."

"맞는 말이야. 자, 그만 들어가자고. 바깥에서 철학이나 하기엔 날씨가 너무 추워."

부인이 비밀번호를 누르자 댄은 함께 들어가 엘리베이터 앞에 섰다. 부인은 다시 댄을 쳐다보며 재미있다는 듯 미소를 지었다.

"입고 있는 낡은 외투는 어디서 난 거야?"

부인의 질문에 잠시 긴장했지만 이내 댄은 대답했다.

"옷장 깊이 넣어두었던 옛날 옷이에요."

그러자 부인은 웃음을 터뜨렸다.

"옷장 깊이 넣어둔 옛날 옷? 그건 내가 사람들한테 칭찬 들으려고 가장 예쁜 드레스를 걸치고 나갔을 때 하는 말인데!"

댄은 이 농담에도 웃으려고 했지만 문득 자신이 없었다. 그러자 부인이 아랫입술을 깨물고 심각한 눈빛으로 쳐다보았다. 그가 가짜임을 눈치챈 게 분명했다. 입고 있는 옷뿐 아니라 투박한 말에서 그의 낮은 수준이 드러났을 것이다.

"정말 유감이야, 레오. 요즘 힘들다는 거 알아. 비베카는 어때?"

부인의 말투로 보아 '좋아요'라는 대답은 적절치 않을 터였다.

"그저 그래요."

"고통을 너무 오래 겪지는 않아야 할 텐데."

"네, 그러면 좋겠어요."

댄은 잘 대답해냈지만 이대로 엘리베이터를 함께 타면 안 되겠다는 생각이 들었다.

"그거 아세요? 요즘 제가 운동이 부족하답니다. 계단으로 올라가야겠어요."

"아이고, 레오. 넌 지금 사슴처럼 날씬한데 무슨 소리야? 어쨌든 비베카에게 안부 전해줘. 늘 생각하고 있다고."

"네, 꼭 그렇게 할게요."

댄은 대답을 마치고 기타를 든 채 계단을 뛰어올라갔다.

레오의 집이 가까워질수록 댄은 걸음을 늦췄다. 레오의 청각이 그의 반만큼이라도 예민하다면 생쥐처럼 조용히 움직여야 했다. 댄은 마지막 몇 미터를 앞에 두곤 까치발로 걸었다. 레오는 꼭대기층의 단독 세대에 혼자 살고 있었다. 댄은 최대한 소리를 내지 않으려고 애쓰면서 복도 바닥에 살그머니 앉아 벽에 등을 기댔다. 이제 어떻게 해야 하지? 심장이 미친듯이 뛰었고 입안은 바싹 타들어갔다.

복도에 떠도는 왁스 냄새를 맡으며 파란 하늘이 그려진 천장을 올려다보았다. 대체 누가 건물 천장에 하늘을 그릴 생각을 한 걸까? 건물 아래에서는 걷는 소리, 바닥에 발 끄는 소리, TV 소리 따위가 들려왔다. 레오의 집에서는 피아노 의자를 끌고 피아노 뚜껑을 여는 소리가 나더니 마침내 건반 하나를 누르는 소리가 들려왔다. 라 음이었다.

피아노를 쳐야 할지 아직 결정하지 못한 사람처럼 주저하는 저음들만 들려오다 즉흥연주가 시작되었다. 아니, 즉흥연주가 아닐 수도 있었다. 계속 반복되는 우울하고 엄숙한 멜로디가 스톡홀름 콘서트

홀에서 연주했던 곡과 비슷했다. 의식적이고 강박적이면서도 보다 세련되고 성숙한 화음이었다. 레오는 회복할 수 없는 상실감을 표현하고 있었다. 적어도 댄은 그렇게 느꼈다. 몸이 떨려왔다.

제대로 설명할 순 없었지만 불현듯 그 순간 어떤 감정인가에 사로잡혀 뜨거운 눈물이 솟구쳤다. 화음들은 친숙했고, 레오의 연주에서는 고통이 느껴졌다. 전문 뮤지션도 아닌 레오가 자신들의 슬픔을 댄 그 자신보다도 잘 표현해내는 듯했다.

자신들의 슬픔?

낯선 감정이었지만 그 순간 댄에게는 진실로 느껴졌다. 조금 전까지만 해도 레오는 전혀 다른 세계의 행복한 타인으로 보였지만, 이제는 그에게서 자신을 알아볼 수 있었다. 댄은 초인종을 눌러볼 생각에 엉거주춤 몸을 일으켰다. 하지만 그러는 대신 케이스에서 기타를 꺼내 재빨리 튜닝한 후 연주를 시작했다. 코드를 찾고 멜로디를 따라가는 건 어렵지 않았다. 레오가 당김음을 길게 끄는 방식, 8분음표를 3연음표로 세분하는 방식 등은 모두 댄과 비슷했다. 댄은…… 고향에 돌아온 것만 같았다. 달리 설명할 길이 없었다. 마치 레오와 함께 수없이 연주해본 듯한 기분에 젖어 그렇게 몇 분을 이어갔다. 레오는 댄만큼 청각이 뛰어나지 않은지도 모른다. 아니면 연주에 흠뻑 몰두했거나. 댄으로선 단정하기 어려웠다.

그러다 연주가 뚝 멈췄다. 아직 걷거나 움직이는 소리는 들리지 않았다. 레오는 가만히 앉아 있는 듯했다. 댄도 연주를 멈추고 기다렸다. 무슨 일이 벌어지는 걸까? 집안 저쪽에서 무겁게 숨을 내쉬는 소리가 들렸다. 댄은 다시 연주를 시작했다. 이번에는 좀더 빠른 속도로 그의 개인적인 기교와 새로운 변주를 가미해서. 그러자 피아노 의자가 바닥에 끌리고 문 쪽으로 발소리가 다가왔다. 댄은 기타를 들고 거기에 서 있었다. 부랑자, 혹은 어쩌다 우아한 살롱에 들어가 거기서 받아주기만을 고대하는 거리의 악사가 된 기분이었다. 물론……

무수한 다른 감정도 들끓었다. 희망과 갈망이 타올랐다. 댄은 눈을 감고 머뭇거리는 두 손이 방범 체인을 푸는 소리를 들었다.

문이 열리고 레오가 그를 쳐다보았다. 아직 상황을 이해하지 못한 듯했다. 하지만 이내 입이 벌어지더니 충격에 사로잡힌 얼굴이 되었다.

"누구세요?"

레오가 처음 한 말이었다. 여기에 댄이 무슨 말로 대답할 수 있을까.

"내 이름은……"

정적이 흘렀다.

"……댄 브로디야. 재즈 기타리스트이고. 너의 쌍둥이 형제인 것 같아."

레오는 대꾸하지 않았다. 얼굴이 하얗게 질려 금방이라도 털썩 무릎을 꿇을 것 같았다.

"난……"

그게 레오가 말할 수 있는 전부였다. 댄도 더이상 말을 잇지 못했다. 심장이 터질 듯이 뛰었고 단어들은 자꾸 목에 걸렸다. 하지만 간신히 입을 뗐다.

"난……"

레오는 감당할 수 없을 정도로 큰 혼란에 빠진 듯했다. 댄은 당장 몸을 돌려 달아나고 싶은 충동을 억누르며 말했다.

"네 연주를 들었을 때…… 내 평생 스스로를 반쪽 인간으로 느끼며 살아왔다는 걸 깨달았어. 마치 뭔가가 빠진 것처럼 말이야. 그리고 마침내……"

댄은 더이상 말을 이을 수 없었다. 이 말이 진실인지, 혹은 절반만이라도 진실인지, 아니면 흔해빠진 소리를 생각 없이 내뱉고 있는 건지 알 수 없었다.

"뭐가 뭔지 모르겠어. 언제부터 이 사실을 알았던 거야?" 레오가 두 손을 떨며 물었다.

"며칠밖에 안 됐어."

"뭐가 뭔지 모르겠어." 레오가 방금 한 말을 되풀이했다.

"나도 알아. 비현실적인 일이지."

레오가 그에게 손을 내밀었다. 이런 상황에서 이상하게도 형식적으로 느껴지는 동작이었다.

"나도 항상……"

"응?"

레오는 입술을 깨물었다. 두 손이 계속 떨렸다.

"똑같은 걸 느꼈어…… 들어올래?"

댄은 고개를 끄덕인 뒤 평생 봐온 집 중에서 가장 화려한 집으로 들어갔다.

III 쌍둥이 소실
6월 21일~30일

임신 여덟 건 중 한 건 정도는 쌍둥이 임신이다.
하지만 그중 한 배아가 초기에 사라지는 일이 종종 있으며,
이런 현상을 '쌍둥이 소실 증후군Vanishing Twin Syndrome',
약어로 VTS라 한다.

쌍둥이 중 일부는 입양 혹은 산부인과 병동의 실수 등으로
자신들의 형제자매를 잃는다.
어떤 이들은 성인이 되어서 만나기도 하지만
평생 못 만나는 경우도 있다.
일란성 쌍둥이 잭 유페와 오스카 슈퇴어는
1954년 서독의 한 기차역에서 처음으로 상봉했다.
잭 유페는 키부츠에서 생활하며 이스라엘군에 복무했고,
오스카 슈퇴어는 히틀러 소년단에서 활동했다.

누군가를 잃었다는 그리움을 품고
살아가는 쌍둥이들이 많이 있다.

16장
6월 21일

미카엘은 포르센 호텔이 나올 때까지 뉘셰핑강을 따라 걸었다. 갈색 목재 건물에 빨간 벽돌지붕이 덮인 소박한 호텔은 오히려 호스텔에 가까웠다. 하지만 강가 옆 입지만큼은 훌륭했다. 호텔 입구에는 작은 물방아 모형이 있었고, 고무장화 차림의 낚시꾼들 사진이 벽을 장식하고 있었다.

여름철 임시직원으로 보이는 금발의 젊은 여자가 안내데스크에 앉아 있었다. 그녀는 청바지와 빨간색 티셔츠 차림에 열일곱 살쯤 되어 보였고, 휴대전화로 무언가를 보는 데 빠져 있었다. 호텔 직원이 자신을 알아보고 방문 사실을 SNS에 올리진 않을까 걱정했지만 그녀의 무관심한 표정에 미카엘은 안심이 되었다. 그는 두 층 더 올라가 214호의 문을 두드렸다. 저녁 8시 30분이었다. 거칠게 갈라진 목소리가 안에서 들려왔다.

"누구세요?"

미카엘이 이름을 말하자 힐다가 문을 열었다. 하지만 숨을 죽인 채 잠시 서 있을 수밖에 없었다. 잔뜩 흐트러진 힐다의 모습 때문이었다. 그녀의 머리는 헝클어지고 겁먹은 짐승처럼 눈빛은 불안하게 흔들렸다. 가슴이 풍만하고 어깨와 골반이 넓은 몸에 하늘색 원피스가 꽉 끼었고, 이마와 목덜미는 땀으로 잔뜩 젖어 있었다. 갈색 점들이 난 피부는 손톱에 긁힌 것처럼 곳곳이 붉었다.

"친절히 맞아주셔서 감사합니다."

"친절이요? 무서워 죽겠어요. 당신이 샬로타에게 했다는 얘기들은 완전히 미친 소리 같다고요."

미카엘은 자세한 설명을 요구하지 않았다. 그녀를 진정시키고 숨을 고르게 하는 게 먼저였다. 우선은 가방에서 로제 와인을 꺼내 열린 창가의 원탁 위에 올려놓았다.

"별로 안 시원할지도 모르겠네요."

"더 형편없는 것들도 많이 마셨어요."

힐다는 욕실로 가 듀라렉스 유리잔 두 개를 가져왔다.

"맨정신으로 있고 싶으세요, 아님 같이 마실래요?"

"당신이 원하는 대로 하죠."

"술꾼들은 혼자 마시는 거 싫어하니까 같이 마셔요. 이것도 기자들이 즐겨 쓰는 수법 아닌가요?"

힐다가 아슬아슬하게 잔을 가득 채워주자 미카엘은 시늉만 하는 게 아니란 걸 보여주기 위해 쭉 들이켰다. 그리고 어두워져가는 창밖 하늘과 그 아래로 흐르는 강물을 바라보았다.

"한 가지 약속드릴 수 있는 건……" 미카엘이 입을 열었다.

"아무것도 약속하지 마세요." 힐다가 말을 끊었다. "약속할 수도 없고요. 정보원 보호니 하는 헛소리도 생략하시죠. 내가 얘길 하려는 건 더이상 입다물고 싶지 않아서니까요."

힐다는 단숨에 잔을 비우고 미카엘의 눈을 빤히 쳐다보았다. 그녀에게는 상대의 마음을 편안하게 해주는 매력이 있었다.

"오케이, 알겠습니다. 불안하게 해드렸다면 용서해주세요. 자, 시작할까요?"

힐다가 고개를 끄덕이자 미카엘은 녹음기를 꺼내 전원을 켰다.

"인종생물학 연구소라는 기관에 대해서는 물론 아시겠죠?" 힐다가 물었다.

"네, 압니다. 아주 끔찍한 곳이죠."

"맞아요. 하지만 너무 흥분하진 마세요, 스타 기자님. 명칭과 달리 그렇게 흥미로운 곳은 아니니까요. 아시겠지만 1958년에 폐쇄된 그 연구소에서 인종생물학을 연구했던 사람들을 지금 찾아보려면 쉽지 않을 거예요. 내가 이 기관을 언급하는 이유는 단 하나, 우리 일과 관련이 있기 때문이죠. 당시에는 전혀 몰랐어요. 처음 기록소에 들어갔을 때는 그저 영재들을 연구할 거라고만 생각했는데 실제로는……"

힐다는 와인을 한 모금 마셨다.

"……어디서부터 얘기를 시작해야 할지 모르겠네요."

"천천히 하세요. 곧 생각날 거예요."

힐다는 잔을 마저 비우고 담배에 불을 붙였다. 골루아즈였다. 그녀는 미카엘을 쳐다보며 기분좋은 표정을 지었다.

"여기는 금연이에요. 내 이야기는 여기서부터 시작해보면 좋겠네요. 흡연이 건강에 해로울 수 있다는 최초의 의심. 1950년대에 몇몇 학자들은 흡연이 폐암을 유발할 수 있다고 주장했어요. 상상이 가요?"

"세상에나!"

"그랬다니까요. 이 이론은 엄청난 저항에 부딪혔죠. 흡연자들이 종종 폐암에 걸리는 건 사실이지만 반드시 담배가 원인이라고 할 수 없다. 야채를 너무 많이 먹어 걸릴 수도 있는 일 아닌가. 결코 증명할 수 없다…… 그때 유명한 광고문구가 있었죠. 의사들은 카멜을 피운다. 험프리 보가트와 로런 버콜은 담배를 피우는 게 얼마나 쿨한 일인지 보여주는 훌륭한 예였고요. 하지만…… 의심은 계속되었고 결코 작은 문제가 아니었어요. 영국 보건당국은 폐암 사망자가 이십 년 만에 열다섯 배 증가했다는 사실을 발견했고, 스웨덴에서는 카롤린스카 연구소의 의사 그룹이 쌍둥이들을 대상으로 이 문제를 연구하기로 결정했죠. DNA가 동일해서 이상적인 연구 대상이었으니까요. 그렇게 이 년에 걸쳐 약 1만 1천 명의 쌍둥이 명단이 작성됐어요. 흡연 및 음주 습관에 관한 인터뷰 결과는 담배와 술이 건강에 좋은 건 아니라는 매우 슬픈 사실을 발견하는 데 상당한 기여를 했고요."

힐다는 쓴웃음을 지으며 담배를 한 모금 깊이 빨아들인 뒤 미지근한 로제 와인을 한 잔 더 따랐다.

"연구는 거기서 끝나지 않았어요. 새로운 쌍둥이들이 추가되면서 명단이 확대됐죠. 그들 가운데는 함께 성장하지 못한 이들이 있었어요. 1930년대 스웨덴에서는 수백 명에 달하는 쌍둥이들이 태어나자마자 분리되었으니까요. 대부분은 가난 때문이었죠. 그중 대다수가 성인이 되어서야 상봉했는데, 연구자들에게는 이들이 가치를 따질 수 없는 과학적 자료였던 거예요. 그리고 얼마 안 가 연구자들은 신종 질병과 원인을 연구하는 것에만 그치지 않고 '한 인간을 만드는 것은 무엇인가?'라는 고전적 질문에 대한 답을 얻기 위해 쌍둥이를 이용했어요. 한 개인에게 선천적인 것은 무엇이며, 후천적인 것은 무엇인가?"

"저도 그에 대해 읽어본 적이 있어요." 미카엘이 말했다. "'스웨덴 쌍둥이 기록소'도 알고 있고요. 그곳 활동에 불법적인 건 없었잖아요?"

"물론이죠. 그곳의 연구들은 중요하고 가치 있는 것들이었어요. 단지 그 배경을 설명하고 싶은 거예요. 쌍둥이 기록소가 확대되는 동안 인종생물학 연구소는 인간유전자 연구소로 이름을 바꾸어 웁살라 대학에 편입되었죠. 덕분에 연구소의 마지막 소장이었던 얀 아르비드 뵈크는 '인종생물학' 교수가 아닌 '인간유전자학' 교수가 될 수 있었고요. 말장난만은 아니었던 것이, 이후 그들이 과학 비슷한 연구들을 하기 시작했어요. 구시대적인 두개골 측정학이니, 게르만-스웨덴 인종의 우월성 이론 같은 헛소리는 그만둔 거죠."

"하지만 로마족과 다른 소수민족에 관한 기록소들은 존속하지 않았나요?"

"네, 맞아요. 하지만 더 끔찍한 게 있었어요."

"그게 뭐죠?"

"인간에 대한 그들의 시각이요. 한 인종이 다른 인종보다 우월하다는 생각은 그만두었을 수 있어요. 나아가 다른 인종이라는 개념까지 버렸을지도 모르죠. 하지만…… 그들이 보기에 스웨덴인 중 일부는 분명 보다 근면하고 재능이 있었어요. 어째서일까요? 훌륭하고 견고한 스웨덴식 교육을 받았기 때문이 아닐까요? 그렇다면 훌륭한 스웨덴인을 만들어낼 방법을 찾을 수도 있지 않았을까요? 골루아즈를 피우고 로제 와인을 과음하는 사람 말고요."

"썩 좋은 얘기는 아니네요."

"시대는 변했지만 극단적인 생각을 했던 사람들은 쉽게 또다른 극단으로 넘어갈 수 있어요. 얼마 안 가 그들은 인종생물학을 믿었던 만큼이나 열정적으로 프로이트와 마르크스를 신봉하기 시작했어요. 물론 그곳의 명칭이 '인간유전자 연구소'였으니 유전의 중요성을 무시하진 않았지만, 사회적 요인과 물질적 조건의 영향력을 더욱 강하게 믿게 된 거죠. 사실 그런 사고에 잘못된 점은 없어요. 계층 간 장벽이 점점 높아져가는 오늘날엔 더욱 그렇죠. 그런데 마르틴 스테인베리 교수가 이끈 그 연구팀은 인간이 필연적으로 환경에 의해 결정된다는 관점을 취했어요. 특정한 부류의 여성에게서 태어나 특정한 문화적·사회적 환경에서 성장하면 자동적으로 특정한 인간이 된다고 말이에요. 실제론 전혀 그렇지 않죠. 인간은 훨씬 복잡한 존재니까요. 어쨌든 그들은 실험을 통해 어떤 교육과 환경이 훌륭하고 바람직한 스웨덴인을 만들어낼 수 있는지 밝히고자 했어요. 쌍둥이 기록소와 긴밀하게 협력하면서 그곳에서 진행되는 연구들도 계속 주시했죠. 그러다가 미국 정신분석학자 로저 스태퍼드를 만난 거예요."

"로저에 관한 기사들을 읽어봤어요."

"만나본 일은 없죠? 카리스마가 엄청난 사람이었어요. 그가 들어오기만 해도 방이 휜해지는 것 같았거든요. 특히 연구팀의 한 여성 연구자가 그에게 깊은 인상을 받았어요. 심리학자이자 정신분석학자인 라켈 그레이츠. 아, 라켈에 대해선 정말 할말이 많아요. 라켈은 로저에게 이성으로서 홀딱 반하기도 했지만, 그의 연구에도 집착해 이를 더욱 발전시키고 싶어했죠. 정확한 시점은 기억나지 않지만 연구가 어느 단계에 이르자 그들은 일란성과 이란성 쌍둥이를 전부 떨어뜨려 정반대되는 가정에 입양시키기로 결정했어요. 훌륭하고 특출난 스웨덴인을 만들어내려는 엘리트주의 관점의 프로젝트였기 때문에 실험 대상 선정에 심혈을 기울였고요. 특히 로마족과 사미족 등의 기록부를 샅샅이 훑어서 인종생물학자들마저 강제 불임 명단에 올리지 못했던 사람들, 즉 탁월한 재능을 지닌 쌍둥이 부모들을 찾아냈어요. 냉정하게 말하자면 최상급의 실험용 생쥐들을 원했던 거죠."

미카엘은 리스베트가 말한 기타 연주자를 떠올렸다.

"그렇게 선발된 쌍둥이들 중에 레오 만헤이메르와 다니엘 브롤린이 있었던 거죠?"

힐다는 잠시 침묵을 지키며 창밖을 바라보았다.

"네, 바로 그래서 지금 이렇게 만난 게 아니겠어요? 레오가 더이상 레오가 아니라던, 당신이 샬로타에게 한 말은 가당치 않아요. 솔직히 난 그렇게 생각 안 해요. 아니, 그렇게 생각할 수가 없어요. 그들의 본명은 안데르스와 다니엘이고, 탁월한 음악적 재능을 지닌 로마족 집안에서 태어났죠. 어머니 로산나는 정말 대단한 가수였어요. 그녀가 부른 빌리 홀리데이의 〈스트레인지 프루트Strange Fruit〉는 얼마나 애절한지 들으며 눈물이 날 정도였으니까요. 하지만 로산나는 쌍둥이가 태어나고 며칠 후 산욕열로 사망했어요. 중등교육을 받은 적은 없지만 연구팀이 찾아낸 초등학교 고학년 때 성적표를 보면 전 과목에서 일등이었죠. 아버지 케네트는 조울증이 있었지만 기타 실력은 천재적이었어요. 근본적으로 악하거나 무정한 사람은 아니었는데 정서적으로 불안해 아이들을 보살필 능력이 없었죠. 결국 예블레의 고아원으로 보내진 쌍둥이는 라켈에게 발견돼 곧바로 분리되었어요. 라켈과 마르틴이 어떤 방식으로 그 모든 쌍둥이들의 입양 가정을 찾아냈는지는 모르겠어요. 그중에서도 다니엘과 안데르스는 특별히 끔찍한 케이스였죠."

"어떤 점에서요?"

"지극히 불공평했다는 점에서요. 다니엘은 여러 해를 고아원에서 지내다 후딕스발 부근의 농가로 입양됐어요. 상스럽고 인색한 양부는 농장 일손을 얻을 생각밖에 없었고요. 처음엔 양모도 있었지만 얼마 안 가 집을 나가버리자 그때부터 명백한 아동 착취가 시작되었죠. 다니엘과 의붓형제들은 새벽부터 밤까지 손톱에서 피가 나도록 일해야 했고 학교는 빠지기 일쑤였어요. 이와는 정반대로 레오는 노케뷔의 부유하고 영향력 있는 가정으로 보내졌죠."

"헤르만과 비베카 만헤이메르의 집으로요."

"맞아요, 헤르만은 거물이었으니 마르틴 따위는 상대가 안 됐죠. 아이의 출신 정보는 절대로 양부모가 알아선 안 됐고, 특히 쌍둥이라는 사실은 비밀에 부쳐졌지만 헤르만은 계속 파고들었어요. 연구팀에 압력을 가할 수단이 있었는지도 모르죠. 어쨌거나 굴복한 마르틴이 사실을 털어놓았어요. 반드시 비밀을 지켜달라는 조건을 달았지만 이미 일은 꼬여버렸죠. 헤르만이 회의를 느끼기 시작하면서 상황은 더 고약해졌고요. 전부터 '집시 놈들' '그 상놈들' 운운하며 좋아하지 않았던 터라, 라켈과 마르틴 몰래 자신의 동업자 알프레드 외그렌에게 조언을 구했어요."

"그랬군요. 알프레드의 아들 이바르도 그래서 결국 사실을 알게 되었고요."

"그건 훨씬 나중 일이에요. 이바르는 오래전부터 레오를 질투했어요. 다들 레오가 훨씬 똑똑하고 유망하다고 말했으니까요. 이바르는 수단과 방법을 가리지 않고 레오를 괴롭혔죠. 그러다 두 집안의 관계가 지뢰밭처럼 되어가면서 내 동료인 칼 세게르에게 도와달라는 요청이 온 거예요."

"그런데 헤르만이 그렇게 편견에 찬 늙은이였다면, 선뜻 아이를 받아들인 건 어째서인가요?"

"헤르만이 한심한 늙은이이긴 해도 매정한 인간은 아니었어요. 칼에게 그런 일이 벌어지긴 했지만 난 정말로 그렇게 생각해요. 하지만 알프레드는…… 최악의 인종주의자예요. 입양을 극구 만류했죠. 아이에게 고도로 발달된 소근육 기능과 다른 뛰어난 능력들이 있다는 내용이 보고서에 없었다면 입양은 백지로 돌아갔을 거예요. 그게 헤르만의 마음을 기울게 했죠. 비베카가 아이에게 완전히 빠지기도 했고요."

"아이가 아주 조숙했기 때문에 받아들였다는 얘기군요?"

"그랬을 거예요. 일곱 달밖에 안 되었는데도 눈빛이 초롱초롱했죠. 일찍부터 기대가 엄청났어요."

"레오의 신상 기록을 보면 만헤이메르 부부의 생물학적 아들로 되어 있더군요. 아이를 늦게 입양했는데 어떻게 가능했을까요?"

"만헤이메르 부부에게는 명예가 걸린 문제였으니까요. 가장 가까운 친구들과 이웃들은 진실을 알고 있었어요. 비베카가 아이를 갖지 못해 얼마나 고통스러워했는지 다들 알았거든요."

"레오도 자신이 입양되었다는 사실을 알았나요?"

"일고여덟 살쯤 되었을 때 알프레드네 아들 하나가 놀리는 소리를 듣고 알게 되었어요. 결국 비베카가 진실을 밝힐 수밖에 없었지만 레오에게 비밀을 지키라고 시켰어요. 가족의 명예를 위해서."

"그렇군요."

"가족 모두에게 평화롭지만은 않은 시간이었죠."

"레오가 청각과민증으로 고생했다던데요."

"그뿐 아니라 '이상과민증'으로도 고통받았어요. 극도로 예민했죠. 자신에겐 너무나 거친 세상에서, 레오는 안으로만 숨어들며 극히 고독해졌어요. 칼 세게르가 그의 유일한 친구였을걸요. 처음에 칼과 나, 그리고 다른 젊은 심리학자들은 내막을 전혀 몰랐어요. 영재들을 연구한다고만 생각했고 쌍둥이들이 대상이라는 사실조차 몰랐으니까요. 우리는 쌍둥이 중 다른 한 명과 절대 만나지 못하게 배치되었지만 차츰 그 내막을 알게 되었고, 솔직히 어느 정도는 받아들였어요. 칼은 레오와 가까워서였는지 이런 의도적 분리 상황을 가장 힘들어했어요. 다른 아이들은 자신이 누군가와 분리되었다는 걸 감지하지 못했지만 레오는 달랐죠. 자신이 일란성 쌍둥이인 건 모르고 입양아라는 사실만 알았는데도 뭔가를 눈치채고 있었어요. 자신이 반쪽에 불과한 것 같다고 종종 말했고, 그런 모습에 칼은 점점 더 힘들어했죠. 하루는 더이상 못 참겠다면서 계속 나에게 다니엘에 대해 물었어요. '그도 똑같이 느끼고 있어?'라고요. 나는 다니엘도 그리 좋은 상태는 아니라고 털어놓았죠. 외로움을 많이 타고 이따금 우울증 증세도 보인다고 말이에요. 사실을 밝혀야 한다고 칼은 우겼지만 나는 반대했어요. 연구팀 모두를 불행에 빠뜨릴 일이었으니까요. 하지만 칼은 고집을 꺾지 않았고 결국 일생일대의 실수를 저지르고 말았어요. 라켈을 찾아가서…… 그다음은 당신도 알겠죠."

힐다는 병이 다 비지 않았는데도 두번째 병을 따고 말을 이어갔다.

"라켈은 겉으론 정직하고 성실한 사람처럼 보일 수도 있어요. 레오와는 크리스마스에 만나 점심을 먹기도 하면서 계속 연락하고 지내는 사이였지만, 사실 그녀는 레오를 완전히 농락했어요. 실제론 냉혈한인 거죠. 내가 이렇게 가명 뒤에 숨어서 두려움에 떨며 술에 절어 사는 것도 바로 라켈 때문이에요. 친구처럼 안부를 묻는 척하면서 환심을 사거나 때로는 협박을 하기도 하면서 그 시절 이후로 줄곧 나를 감시해왔죠. 지금 여기로 피신하느라 집을 빠져나올 때 그녀가 오고 있었어요. 거리에서 모습이 보였어요."

"칼이 그녀를 만나러 갔었다고 하셨죠."

"어떤 대가를 치르더라도 레오에게 사실을 전부 밝히겠다고 선언했었어요. 그로부터 며칠 후 숲에서 들짐승처럼 총에 맞아 죽었고요."

"살인이었다고 생각하세요?"

"모르겠어요. 살인도 서슴지 않는 조직에 내가 연루되었다는 사실을 받아들이고 싶지 않았어요."

"하지만 계속 의심은 품어오셨잖아요, 그렇죠?"

힐다는 대답하지 않았다. 그저 와인을 마시며 창밖만 바라보았다.

"당시의 수사 기록을 읽어봤어요." 미카엘이 말을 이었다. "그때부터 예감이 좋지 않았는데 지금 해주신 이야기를 들으니 동기가 짐작가는군요. 그들 모두가 연루되었던 거네요. 헤르만, 알프레드, 라켈까지. 함께 자라야 할 아이들을 의도적으로 떨어뜨려놓은 실험에 연루되었다는 사실과 그 내막이 드러날 위기에 처했으니 진탕에 끌려들어가기 전에 위협이 될 만한 인물을 제거해야 했던 거죠."

힐다는 겁에 질린 얼굴로 한동안 침묵하다 이내 입을 열었다.

"어쨌든 대가가 끔찍했죠. 레오는 그 많은 재산과 특권에도 불구하고 결코 행복하지 못했어요. 좀처럼 자신감을 얻지 못했죠. 마지못해 가족 사업에 합류했지만 얼마 안 가 이바르 같은 멍청이들에게 따돌림을 당했고요."

"쌍둥이 형제인 다니엘은 어땠나요?"

"한편으론 다니엘이 더 강한 사람이었다고 할 수 있겠지만, 아마 다른 선택지가 없어서였을 거예요. 레오에게는 장려되었던 공부, 독서, 음악 등을 다니엘은 지극히 어려운 환경에서 몰래 혼자 해나갔어요. 다니엘 역시 끔찍한 고통을 겪었고요. 의붓형제들에게 괴롭힘을 당하고 양부에게 학대를 받으면서 자신을 늘 부적응자 혹은 이방인으로 여겼죠."

"다니엘은 어떻게 됐나요?"

"농장에서 도망친 뒤 기록소의 감시망에서 사라졌어요. 나는 얼마 후에 해고당해 확실한 건 알 수 없어요. 다만 마지막으로 버클리 음악대학에 다니엘을 추천했고, 그러고서 소식이 끊겼는데……"

유리잔을 매만지며 슬그머니 시선을 돌리는 그녀의 모습을 통해 미카엘은 무슨 일인가 있었음을 직감했다.

"그런데요?"

"12월의 어느 날 오전이었어요. 술을 마시면서 조간신문을 읽고 있었는데 전화벨이 울렸죠. 과거 기록소에는 아이들에게 절대 연구자의 본명을 밝히면 안 된다는 엄격한 규정이 있었어요. 하지만 난 이미 그때부터 음주습관이 있어서…… 실수로 몇 번 이름을 흘렸을 거예요. 그전에도 다니엘이 찾아온 적이 있거든요. 어쨌든 난데없이 전화를 걸어와선 모든 걸 알게 됐다고 했어요."

"뭘 알게 됐다는 거죠?"

"레오의 존재와 자신들이 쌍둥이라는 사실."

"거울 쌍둥이란 것 말이죠?"

"네, 다니엘이 그것까지는 몰랐을 거예요. 적어도 그때는 중요한 문제가 아니었죠. 엄청나게 화가 나서는 그 사실을 알고 있었느냐고 물었어요. 한참 머뭇거리다 알고 있었다고 대답했더니 조용해지더군요. 나를 절대로 용서하지 않을 거라고 말하곤 전화를 끊었어요. 미친듯이 소리를 지르고 그대로 쓰러져서 죽고만 싶었죠. 전화기에 남겨진 번호로 전화를 걸어보니 베를린의 어느 호텔이었는데 다니엘 브롤린이란 이름을 아는 사람은 없었어요. 다시 그를 찾아보려고 애를 썼지만 성공하지 못했죠."

"그가 레오를 만났다고 생각하세요?"

"아뇨, 그러지 않았을 거예요."

"왜죠?"

"그런 일이 있으면 소문이 퍼지기 마련이니까요. 우리가 관리한 일 란성 쌍둥이들 가운데 성인이 되어 상봉한 경우가 여럿 있어요. 요즘 같은 디지털 시대에는 피할 수 없는 일이죠. 페이스북이나 인스타그 램에서 사진을 본 사람들이 누구누구와 닮았다고 떠들어대면 소문 이 퍼지고 언론에까지 나오게 되죠. 기자들도 이런 이야기를 엄청 좋 아하잖아요. 어쨌든 우리가 관리한 쌍둥이들 중 이 이야기의 큰 맥락 까지 파악한 사람은 없었어요. 그런 일이 일어나면 우리는 만일을 위 해 준비해둔 설명을 제시했고, 언론은 상봉의 선정적인 측면에만 초 점을 맞췄거든요. 이야기의 밑바닥까지 들여다본 사람은 아무도 없 었는데, 당신이 어떻게 실마리를 얻었는지 솔직히 이해할 수가 없네 요. 모두 철저하게 비밀을 지켰는데 말이에요."

미카엘은 로제 와인을 좋아하는 편이 아니었지만, 자신의 생각을 어떻게 표현해야 좋을지 잠시 고민하느라 잔에 조금 따라 마셨다. 그 리고 부드러운 어조로 이야기를 시작했다.

"힐다, 당신이 말한 건 단지 희망사항이라고 생각해요. 다니엘과 레오가 서로 만났다고 짐작되는 단서가 여럿 있어요. 아주 이상한 일 들이 있었거든요. 제 친구 중에 레오를 잘 아는 사람이 있어요. 그— 일부러 '말린 프로데'라는 이름 대신 그라고 표현했다—의 말로는, 제가 샬로타 씨에게도 말했듯이 왼손잡이였던 레오가 어느 날부터 오른손잡이가 됐다고 했어요. 친구는 그걸 확신했죠. 뿐만 아니라 어 느 날 갑자기 기타 연주를 굉장히 잘하게 됐다고도 했고요."

"다루는 악기까지 바뀌었단 말인가요?" 힐다는 의자에 앉은 채 몸 을 바짝 움츠렸다. "그러니까 지금 당신의 말뜻은……"

"난 당신이 여기서 도출해낼 수 있는 결론이 무엇인지 묻고 싶어요. 희망사항은 내려놓고 논리적으로 생각해서."

"당신이 말한 게 사실이라면 레오와 다니엘이 서로 신분을 바꿨다는 생각이 드는데요."

"왜 그랬을까요?"

"음⋯⋯" 힐다는 생각을 정리해보는 듯했다. "둘 다 우울감이 깊은 성향에 극도로 재능이 뛰어나니까요. 서로의 삶을 바꾸는 건 쉽사리 할 수 있으면서도 아주 흥분되는 경험이었을 거예요. 칼이 늘 말하곤 했어요. 레오는 종종 자신이 좋아하지 않는 역할에 갇혀 있는 기분을 느낀다고요."

"그렇다면 다니엘은요?"

"다니엘은⋯⋯ 글쎄요. 잘은 모르겠지만 레오의 삶 속으로 들어간다는 건 환상적인 일이 아니었을까요."

"예전에 다니엘이 전화해 엄청 화를 냈다고 하셨죠? 자신이 농장에서 노예처럼 일할 때 쌍둥이 형제는 부유한 집에서 자랐다는 사실을 알았으니 얼마나 속이 상했겠어요."

"그랬겠죠, 하지만⋯⋯"

힐다는 술이 곧 떨어질까 걱정하는 사람처럼 병을 들여다보았다.

"그들이 얼마나 여리고 따뜻한 아이들이었는지 아셔야 해요. 칼과도 그들에 대해 종종 얘기했죠. 외로움을 많이 느꼈고, 서로를 위해 만들어진 존재들 같았어요. 정말로 그들이 만났다면 환상적인 재회였을 거라고 생각해요. 그들 삶에서 가장 아름다운 일이었을 거예요."

"끔찍한 일이 일어났을 가능성은 없다고 보시는군요?"

힐다는 고개를 흔들었다. 확신에 찼다기보다 경련에 가까운 몸짓이었다.

"다니엘에게 전화가 왔었다는 사실을 누구한테 말한 적이 있나요?"

힐다는 조금 길게 생각에 잠겼다. 무슨 생각을 하고 있는지 알아채기는 쉽지 않았다. 그녀는 피우고 있던 담배로 새 담배에 불을 붙였다.

"아뇨, 더이상 기록소 사람들과는 연락하지 않아요. 그러니 누구에게 얘기했겠어요?"

"라켈이 정기적으로 찾아왔다고 하지 않았나요?"

"아무것도 얘기하지 않았어요. 항상 그녀를 조심했죠."

미카엘은 잠시 생각에 잠겼다가 자신의 의도보다 차가운 어조로 다시 말을 이었다.

"묻고 싶은 게 하나 더 있어요."

"리스베트 살란데르에 관한 건가요?"

"어떻게 아셨죠?"

"두 사람이 가까운 사이라는 건 누구나 아는 사실이니까요."

"리스베트도 그 프로젝트에 속했었나요?"

"그 쌍둥이들을 전부 합친들 리스베트만큼 라켈을 골치 아프게 만들 순 없었을 거예요."

일 년 반 전, 12월

레오는 자신의 외모를 빼닮은 남자와 함께 집안으로 들어갔다. 남자는 흰색 모피 칼라가 달린 낡은 검정색 외투와 회색 바지에 꽤나 많이 신고 돌아다닌 것으로 보이는 적갈색 부츠 차림이었다. 남자는 모자와 외투를 벗은 뒤 들고 있던 기타를 내려놓았다. 레오보다 머리칼이 지저분한데다 구레나룻은 길고 두 뺨은 더 거칠었지만 그런 것들조차 그들을 더욱 닮아 보이게 할 뿐이었다.

레오는 또다른 자신을 보는 것만 같았다. 몸이 떨리면서 식은땀까지 났다. 아까 문을 열었을 때는 공포감이 엄습하며 바닥이 꺼져버리는 듯했다. 너무나도 혼란스러웠다. 레오는 남자의 손과 손가락을 본 다음 자신의 것들을 살펴보았다. 옆에 거울이 있다면 얼굴 주름 하나 하나까지 비교해보고 싶었다. 무엇보다 이 낯선 남자에게 묻고 싶은 말이 수없이 많았다. 레오는 조금 전 문밖에서 들려온 연주를 떠올렸다. 레오 자신처럼 그 역시 반쪽처럼 살아왔다는 말도 생각났다. 레오는 목이 메어오는 걸 느끼며 입을 열었다.

"어떻게 이런 일이 있을 수 있지?"

"내 생각엔…… 우리가 어떤 실험의 대상이 되었던 것 같아."

레오로선 받아들이기 힘든 말이었다. 칼이 떠올랐다. 가을날 집안 계단을 올라오던 아버지의 발소리가 떠올랐다. 레오는 휘청거리는 몸을 브로르 요르트의 그림 아래 있는 붉은색 소파에 털썩 묻었다. 남자도 옆에 있는 안락의자에 자리를 잡았다. 앉기만 했을 뿐인데 의자에 몸을 묻는 방식조차 너무 비슷해 소름이 돋을 정도였다.

"난 항상 느끼고 있었어." 레오가 말했다. "뭔가 잘못됐다고 말이야."

"입양된 사실은 알고 있었어?"

"어머니가 말씀해주셨어."

"내 존재에 대해선 전혀 몰랐던 거야?"

"전혀. 그런데……"

"그런데?"

"생각해본 적은 있었어. 온갖 것을 다 상상해봤지. 넌 어디서 자랐어?"

"후딕스발 부근의 농가에서. 그리고 보스턴으로 떠났어."

"보스턴……"

레오는 심장소리를 들었다. 자신의 것인 줄 알았지만, 그건 쌍둥이 형제의 심장이 뛰는 소리였다.

"뭐 좀 마실래?"

"그 생각이 간절했어."

"샴페인 어때? 곧장 혈관으로 들어갈걸."

"좋지!"

레오는 일어나 주방으로 향하다 자신도 모르게 멈춰 섰다. 자기가 뭘 하고 있는 건지 파악하기엔 너무도 혼란스럽고 흥분한 상태였다.

"미안해."

"뭐가?"

"아까 너무 충격을 받아서…… 네 이름도 기억이 안 나."

"댄이야. 댄 브로디."

"댄?" 레오가 되풀이했다. "댄……"

레오는 주방에서 동 페리뇽 한 병과 와인잔 두 개를 가지고 왔다. 처음 한동안 그들의 대화는 여전히 비현실적이고 설명할 수 없는 일처럼 느껴졌다. 바깥에는 눈이 내리고 있었고 금요일 저녁의 소음이 들려왔다. 자동차 안이나 이웃집에서 들려오는 웃음소리, 말소리, 그리고 음악소리…… 그들은 서로 미소를 짓고 잔을 부딪치며 조금씩 마음을 열어갔다. 그리고 얼마 안 가 여태껏 그 누구와도 나눠보지 못한 대화를 나누었다.

그들은 모든 것에 대해 얘기했다. 훗날 그날의 대화가 어떻게 이어졌는지 설명해보라고 한다면 두 사람 다 할 수 없을 터였다. 어떤 화제가 나오든 서로 쏟아내는 질문들 때문에 금방 끊겨 또다른 이야기가 시작되곤 했다. 그 많은 얘기들을 말로는 다 할 수 없다는 듯, 자신들이 말하는 속도는 불충분하다는 듯. 밤이 찾아오고 새날이 밝았다. 먹고, 자고, 음악을 연주할 때 말고는 대화를 멈추지 않았다.

레오에게는 댄과 함께 몇 시간씩 연주를 하는 것이야말로 최고의 경험이었다. 레오는 외톨이였다. 매일 몇 시간씩 연주를 했지만 언제나 혼자서였다. 댄은 수많은 뮤지션들과 연주를 해보았다. 아마추어, 프로, 거장, 형편없는 초심자, 청각이 뛰어난 사람, 한 장르의 전문가, 모든 장르를 섭렵한 사람, 곡 중간의 즉흥적 변주와 리듬 변화를 능숙하게 따라잡는 사람…… 하지만 이렇게 본능적이고 즉각적으로 자신을 이해하는 사람과 연주해본 적은 없었다. 이건 단순한 즉흥연주가 아니었다. 그들은 함께 연주하면서 대화를 나누고 경험을 공유했다. 이따금 레오는 테이블이나 의자 위로 뛰어올라 건배를 외쳤다.

"무척 자랑스러워! 넌, 정말 뛰어나!"

쌍둥이 형제와 연주하는 일의 즐거움이 너무도 압도적이었던 나머지 레오는 자신의 능력을 뛰어넘기까지 했다. 레오의 연주는 더욱 대담해졌고 창의적으로 변모했다. 기교는 댄이 더 나았지만, 레오는 과거의 열정을 되찾았다.

이따금 그들은 대화와 연주를 동시에 하기도 했다. 그간 살아오며 겪었던 일들을 세세한 것까지 얘기하다보면, 미처 의식하지 못했던 우연의 일치와 연결점들이 발견되었다. 그러면서 그들의 이야기는 서로 뒤섞이고 비슷해져갔다. 하지만 댄에게는 그런 감정이 늘 상호적인 것은 아니었다. 당시엔 말하지 않았지만. 자신이 어렸을 때 얼마나 배고팠는지, 어떻게 농장을 탈출했는지, 그때 일들이 떠올라 댄은 불같은 질투심에 사로잡히기도 했다. 힐다가 했던 말이 다시 생각났다. 우리가 해야 할 일은 연구지, 네 일에 끼어드는 게 아니라서 말이야……

그는 때때로 격한 분노가 치밀기도 했다. 음악에 전적으로 뛰어들 용기가 나지 않았다거나, 어쩔 수 없이 알프레드 외그렌의 파트너가 되었다는 레오의 말을 들을 때면 치솟는 억울함을 억누르기 힘들었다. 물론 자주 있는 일은 아니었다. 댄 역시 그 12월의 주말을 말할 수 없는 기쁨 속에서 보냈다.

쌍둥이 형제와의 재회뿐만 아니라, 그 형제가 자신과 똑같은 생각과 감정을 가졌고, 심지어 청력마저 똑같다는 사실이 기적처럼 느껴졌다. 둘은 자신들이 듣는 모든 소리에 대해서도 많은 얘기를 나누었다. 마치 괴짜들처럼 열띤 토론을 벌이며 그 누구도 이해할 수 없는 우주에 즐거이 빠져들었다. 이제는 댄이 의자 위로 뛰어올라 건배를 외쳤다.

그렇게 댄과 레오는 헤어지지 말자고, 영원히 하나로 남아 있자고 약속했다. 멋지고 굉장한 일들을 함께 하자고, 과거에 무슨 일이, 그리고 왜 일어났는지 밝혀내자고 맹세했다. 어렸을 때 자신들을 검사했던 사람들, 그리고 그 모든 테스트와 촬영과 질문 들에 관한 대화가 이어졌고 댄은 힐다에 대해, 레오는 칼, 그리고 오랫동안 연락해온 라켈에 대해 얘기했다.

"라켈 그레이츠," 댄이 말했다. "어떻게 생긴 사람이지?"

레오가 라켈의 목에 있는 반점을 언급하자 댄의 얼굴이 굳어졌다. 그 역시 라켈을 만난 적이 있다는 걸 깨달았다. 12월 17일 일요일 밤 11시, 그들에게 결정적인 순간이었다. 거리는 어둡고 조용했으며 눈은 더이상 내리지 않았다. 멀리서 제설차 소리만이 들려왔다.

"완전히 독사 같은 여자 아냐?"

"인상이 차가운 건 사실이지." 레오가 대답했다.

"볼 때마다 소름 끼쳤어."

"사실 나도 그녀를 그다지 좋아하지 않았어."

"계속 만나왔다며?"

"한 번도 그녀에게 제대로 맞서지 못했어." 레오는 무기력하게 대답했다.

"그래, 우린 둘 다 유약한 면이 있지." 댄이 부드럽게 말했다.

"맞아…… 라켈이 칼을 소개해줬어. 항상 그에 대해 좋은 말만 했지. 아마 내가 듣고 싶어한 얘기만 골라서 했을 거야. 어쨌든 다음주에 그녀와 만나기로 했어. 크리스마스 점심을 함께하기로 했거든."

"라켈에게 우리 출신에 대해 물어본 적 있어?"

"수도 없이 물어봤는데, 대답은 매번……"

"예블레의 고아원에 버려진 아이였고, 생물학적 부모는 찾을 수 없다고 했겠지."

"고아원에 전화해봤더니 라켈의 말이 맞다고 했었어."

"집시에 관한 얘기들은 뭐라고 했는데?"

"뜬소문에 불과하다고."

"거짓말."

"내 말이."

레오의 얼굴이 어둡게 굳어졌다.

"라켈이 모든 걸 조종하는 모양이야. 그렇게 생각 안 해?" 댄이 물었다.

"아마도 그런 거겠지?"

"우리가 모조리 밝혀내야 해!"

억누를 수 없는 복수의 갈망이 두 사람을 한데 묶었다. 일요일 저녁이 밤이 되고 월요일 새벽이 되는 사이, 그들은 이 재회를 아무에게도 밝히지 않고 조용히 지내기로 뜻을 모았다. 레오는 크리스마스 점심 예약을 취소하고 라켈을 집으로 부를 계획을 세웠다. 아무것도 눈치 못 채게 레오가 그녀를 대접하는 동안 댄은 옆방에 숨어서 기다릴 생각이었다. 라켈은 고통이란 게 뭔지 깨달을 필요가 있었다.

힐다는 계속 잔을 비웠다. 취한 것 같지는 않았지만 몸을 떨어댔고, 얼마나 땀을 흘리는지 목덜미와 가슴께가 번들거렸다.

"라켈과 마르틴은 프로젝트 진행을 위해 일란성과 이란성 쌍둥이를 전부 원했어요. 비교 그룹이 필요했던 거죠. 리스베트와 카밀라는 인간유전자 연구소의 기록부 중에서도 이상적인 케이스로 보였고요. 앙네타는 문제될 게 없었지만 친부는……"

"괴물이었죠."

"굉장히 똑똑한 괴물이었죠. 그래서 이 어린 자매가 흥미롭게 보인 거고요. 라켈은 그들을 떼어놓고 싶어했어요. 오직 그 생각뿐이었죠."

"이미 가정이 있고 엄마가 있는데도."

"내가 라켈을 변호하는 거라고 생각하지 마세요. 일 초도 그런 적 없으니까. 다만 순수하게 인간적인 관점에서 본다면 당시 그녀의 주장은 어느 정도 설득력이 있었어요. 친부인 살라첸코가 난폭하기 이를 데 없는 알코올중독자였으니까요."

"그건 저도 알고 있어요."

"그렇다는 거 나도 알아요. 당시 우리의 입장을 설명하기 위해 다시 상기시키는 거예요. 미카엘, 정말 지옥 같은 환경이었어요. 강간과 폭행을 일삼았을 뿐만 아니라 살라첸코는 철저히 카밀라만 편애했어요. 그러니 자매 관계는 처음부터 재앙 같았죠. 애초에 숙적으로 태어난 아이들처럼요."

미카엘은 카밀라를 생각하며 안드레이 산데르가 살해된 일을 떠올렸다. 그리고 아무 말 없이 잔을 꽉 쥐었다.

"리스베트를 다른 가정으로 보내야 할 절박한 이유들이 있었어요. 한동안은 나 자신도 그녀를 보내는 게 맞다고 생각했을 정도였죠." 힐다가 말을 이었다.

"하지만 리스베트는 자기 엄마를 좋아했잖아요."

"네, 알아요. 나도 그 가정에 대해 아는 게 많다고요. 살라첸코가 엉망으로 때렸을 땐 처절히 무너져버린 여자 같았지만 아이들 앞에서 앙네타는 투사였어요. 돈을 주겠다는 제안에, 위협에, 정부 직인이 찍힌 협박조의 편지들에도 앙네타는 순순히 물러서지 않았어요. '리스베트는 나와 함께 살 거예요, 난 그애를 절대로 포기 못해요'라고 말했죠. 그렇게 악착같이 버틴 덕에 절차가 한없이 지연되면서 결국 자매를 떼어놓기에는 늦어버렸어요. 하지만 라켈은 이 문제에 집착했고 신념 문제처럼 되어버렸어요. 그래서 내가 중재 역할로 불려 갔어요."

"그래서 어떤 일이 있었죠?"

"나는 점점 앙네타에게 깊은 인상을 받았어요. 그 무렵에 자주 만나면서 친구 같은 사이가 됐죠. 앙네타가 리스베트를 데리고 있을 수 있도록 도와주려고 애썼어요. 하지만 쉽게 물러설 생각이 없었던 라켈이 어느 날 저녁에 조수 베니아민 포르스를 데리고 나타난 거예요."

"그게 누군데요?"

"오래전부터 라켈 밑에서 일해온 사회복지사예요. 그를 데려와 소개했던 건 마르틴이었고요. 특별히 똑똑하진 않지만 덩치가 우람하고 충직한 사람이에요. 그가 교통사고로 아들을 잃었을 때를 비롯해 어려운 시기마다 라켈이 도움을 많이 주었기 때문에 그녀를 위해서라면 무엇이든 할 준비가 되어 있는 사람이죠. 지금 나이가 쉰다섯은 넘었을 텐데, 2미터가 넘는 키에 체격이 어마어마해요. 인상은 비교적 순한데 약간 우울한 눈빛과 무성한 눈썹 때문에 코믹하게 보이기도 하죠. 라켈이 요구하면 아주 난폭해질 수 있는 사람이에요. 어쨌든 그날 저녁 룬다가탄에 있는 리스베트의 집에……"

힐다는 잠시 말을 멈추고 와인을 한 모금 마셨다.

"그래서요?"

"10월이었어요. 아주 추운 날이었죠. 칼 세게르가 사냥중에 죽고 얼마 지나지 않았을 때예요. 나는 그의 추모회에 참석하러 멀리 갔는데, 그것도 우연이 아니었을걸요. 치밀하게 계획된 작전이었어요. 카밀라는 친구 집에 자러 갔고 앙네타와 리스베트만 집에 있었어요. 그때 리스베트는 여섯 살이었고요. 아마 생일이 4월이죠? 모녀는 주방에서 차를 마시며 토스트를 먹고 있었고, 신나르빅스 언덕 위로는 폭풍이 몰아쳤어요."

"어떻게 그리 자세히 아는 거죠?"

"세 가지 통로로 그날의 일을 확인했어요. 첫번째는 연구팀 공식 보고서인데, 신뢰성은 아마 제일 떨어질 거예요. 두번째는 앙네타. 사건 이후 몇 시간 동안 대화를 나눴죠."

"그럼 세번째는요?"

"리스베트."

미카엘은 놀란 눈으로 힐다를 쳐다보았다. 리스베트가 자신의 삶에 관해 얼마나 입이 무거운지는 잘 알았다. 미카엘은 이 사건에 대해, 심지어 홀게르를 통해서도 전혀 들은 적이 없었다.

"어떻게 된 일이죠?"

"십 년 전쯤이었어요. 그 무렵 리스베트가 친모 앙네타에 대해 더 많은 걸 알고 싶어해서 내가 아는 모든 걸 얘기해주었죠. 강하고 똑똑한 사람이었다고 말해줬더니 기뻐하더군요. 스칸스툴에 있는 우리 집에서 오랫동안 얘기를 나누다가 결국 그때 사건을 얘기하게 된 거예요. 아랫배라도 한 방 얻어맞은 것 같았어요."

"자신이 기록소 프로젝트에 속했다는 사실을 리스베트가 알고 있었나요?"

힐다가 세번째 병을 땄다.

"아뇨, 라켈의 이름조차 몰랐어요. 사회복지 당국이 강제로 조치한 일이라고 생각했죠. 쌍둥이 연구에 대해선 전혀 몰랐고, 난……"

힐다는 와인잔을 만지작거렸다.

"리스베트에게 진실을 숨겼군요."

"미카엘, 난 감시당하고 있었어요. 직업상 기밀을 지킬 의무가 있었고, 칼에게 무슨 일이 있었는지도 잘 알았으니까요."

"이해합니다."

미카엘은 어느 정도 진심이었다. 당시 힐다에게는 쉽지 않은 상황이었을 테고, 여기 이렇게 앉아 모든 걸 털어놓는 것만으로도 충분히 용기 있는 행동이었다. 더이상의 심판은 불필요했다.

"그래서 무슨 일이 일어났나요?"

"그날 저녁에요?"

"네."

"아까 말했듯 폭풍이 거세게 몰아치고 있었어요. 전날 밤 살라첸코가 집에 들른 탓에 앙네타는 온몸이 멍투성이였고 복부와 사타구니 통증이 끔찍한 상태였죠. 주방에서 리스베트와 함께 차를 마시며 모처럼 평온한 시간을 보내는데 초인종이 울렸으니, 그들이 얼마나 질겁했겠어요. 살라첸코가 돌아온 거라고 생각했죠."

"하지만 라켈이었군요."

"라켈과 베니아민이라고 해서 더 나을 것도 없었죠. 그들은 법 조항을 들먹이며 보호 명목으로 리스베트를 데려가겠다고 강력하게 통보했어요. 그러고는 고약한 상황이 벌어진 거예요."

"어떤 일이었죠?"

"그때 리스베트는 끔찍한 배신감을 느꼈어요. 어린아이였으니까요. 처음에 라켈이 찾아와 이런저런 테스트를 받게 했을 때 리스베트는 그녀에게 기대를 걸었어요. 라켈에 대해 당신은 뭐라고 할지 모르겠지만 어쨌든 그녀에게선 아우라 같은 게 느껴지거든요. 꼿꼿한 자세며 목에 난 반점까지, 마치 여왕 같은 풍모마저 있는 그녀를 보고 리스베트가 이런 꿈을 꾼 게 아닐까 해요. 저런 아줌마라면 우릴 도와줄 수 있겠다, 살라첸코를 집 근처에 얼씬도 못하게 해줄 수 있겠다…… 하지만 그날 저녁 리스베트는 알게 되죠. 라켈도 다른 사람들과 전혀 다르지 않다는 사실을."

"살라첸코의 폭력과 강간행위를 방관한 다른 사람들처럼요."

"네, 그냥 바라보고만 있던 사람들이요. 그런데 라켈이 한술 더 떠아이의 안전을 위한다며 리스베트를 데려가겠다고 한 거예요. 아이의 안전이요! 그때 라켈은 디아제팜 주사까지 들고 있었어요. 아이한테 진정제라도 놔서 데려가겠다는 거였죠. 정신이 나가버린 리스베트가 라켈의 손가락을 깨물어버리고는 거실 테이블 위로 올라가 창문을 열고 그대로 몸을 던졌어요. 집은 이층이었지만 지면까지 3미터 정도는 됐어요. 바짝 마른 어린 여자애가 신발 없이 양말만 신고 청바지에 스웨터 하나만 걸쳤는데, 바깥에는 폭풍이 몰아쳤어요. 아마 비까지 내렸을 거예요. 쪼그린 자세로 땅에 떨어지면서 앞으로 구르는 통에 머리를 다쳤지만 리스베트는 벌떡 일어나 어둠 속을 달렸죠. 슬루센과 감라스탄 쪽으로 달리고 달린 끝에 비에 홀딱 젖어 꽁꽁 언 몸으로 뮌트 광장과 스웨덴 왕궁 쪽에 이르렀어요. 아마 그날 밤은 어느 건물 안 계단에서 잤겠죠. 그후 이틀간 리스베트의 행방을 알 수 없었어요."

힐다는 갑자기 조용해지더니 우물쭈물하며 말을 이었다.

"저기, 죄송한데……"

"네?"

"오늘 기분이 형편없어서 그러는데, 안내데스크에 내려가서 차가운 맥주 몇 병만 가져다주실 수 있겠어요? 이런 구정물보단 좀더 시원한 게 필요해서요."

로제 와인을 가리키는 힐다의 모습을 미카엘은 걱정스럽게 바라보았다. 하지만 결국 고개를 끄덕이고 복도로 나간 뒤 계단을 걸어내려가 안내데스크로 갔다. 그사이 미카엘은 암호화 메시지를 발송했다. 칼스버그 여섯 병을 산 것만큼이나 놀라운 일이면서 그리 현명한 행동이 아닐 수도 있었다. 하지만 꼭 보내야 할 것 같았다.

> 어렸을 때 널 떼어놓으려 했던 목에 반점이 있는 여자는 라켈 그레이츠야. 정신분석학자 겸 심리학자. 기록소 책임자 중 하나였어.

미카엘은 이야기를 계속 듣기 위해 맥주를 들고 힐다에게 올라갔다.

17장
6월 21일~22일

리스베트는 출감을 자축하러 '오페라 바'에 와 있었다. 순조롭진 않았다. 뒤쪽 테이블에서 한 무리의 여자들이 결혼 파티를 하는 건지 머리에 화관을 쓴 채 요란스레 떠들고 있었다. 리스베트는 그들의 웃음소리가 거슬렸다. 왕립공원 쪽으로 시선을 돌리니 검은 개 한 마리를 데리고 산책하는 남자가 보였다.

이곳에 온 건 칵테일이 맛있어서였지만 활기찬 분위기 때문일 수도 있었다. 이번에는 그 분위기가 별 도움이 못 됐지만. 리스베트는 이따금 바 안의 얼굴을 슥 훑어보았다. 누굴 집으로 데려가볼까? 남자? 아니면 여자?

머릿속이 갖가지 생각으로 복잡했다. 리스베트는 불안한 기색으로 휴대전화를 확인했다. 아우구스트의 엄마인 한나 발데르가 메일을 한 통 보내왔다. 아우구스트는 사진기억력을 지닌 자폐아다. 아빠가 살해당하는 장면을 목격한 그 아이를 리스베트가 잉아뢰의 한 별장에 숨겨준 적이 있었다.

아이는 오랫동안 외국에서 지내다 이제 귀국했다고 한다. 한나의 말대로 '여러 상황을 감안하면' 꽤 잘 지내는 모양이다. 다행이었지만 리스베트는 좀처럼 아우구스트의 눈빛을 잊을 수 없었다. 보지 말아야 할 것을 본 뒤 자신만의 껍질 속으로 들어가버린 아이의 그 멍한 눈빛을. 어떤 것들은 우리 머릿속에 낙인처럼 남는다. 그 사실을 떠올리자 리스베트는 가슴이 아팠다. 우린 그런 것들을 결코 떨쳐버릴 수 없으며 더불어 살아가야 한다. 잉아뢰에 있을 때 그 어린아이가 북받치는 좌절감을 견디지 못하고 식탁에 머리를 찧어대던 모습이 떠올랐다. 아주 잠깐 리스베트는 자신도 그렇게 하고 싶은 충동에 사로잡혔다. 바 위에 머리를 쾅쾅 찧고 싶었다. 하지만 그저 이를 악물었다.

그때 누군가가 다가왔다. 짙은 금발에 청색 정장을 입은 젊은 남자가 미소를 지으며 옆에 앉았다. "왜 그렇게 울상을 하고 있어?" 그러더니 남자는 리스베트의 터진 입술에 대해 참견하기 시작했다. 남자의 행동은 현명하지 못했지만 리스베트는 그를 사납게 노려볼 틈도 없었다. 휴대전화가 울려 쳐다보니 미카엘이 보낸 암호화 메시지였다. 이내 표정이 굳어진 리스베트는 100크로나 지폐 몇 장을 바 위에 휙 던지고 남자를 밀쳐버린 뒤 밖으로 나왔다.

도시는 화려하게 빛났고 멀리서는 음악소리가 들려왔다. 즐길 기분인 이들에게는 더없이 멋질 여름저녁이었으나 리스베트의 눈과 귀에는 아무것도 들어오지 않았다. 당장이라도 누군가를 죽여버릴 듯한 표정이었다. 라켈 그레이츠라는 이름을 검색해보니 신원보호 처리된 인물이었다. 그게 큰 문제는 아니었다. 인터넷 쇼핑 등으로 부주의하게 주소를 저장하거나 하면서 누구나 흔적을 남기는 시대니까. 하지만 스트룀브론 다리를 건너 감라스탄 쪽으로 향하는 동안 리스베트는 무언가를 할 수 있는 상태가 아니었다. 라켈이 책을 구매했을 가능성이 있는 사이트를 해킹할 생각조차 하지 못했다. 리스베트는 오로지 용에 대해서만 생각했다.

양말만 신은 발로 스톡홀름 거리를 달렸던 그날 저녁이 떠올랐다. 왕궁과 어둠 속에 불을 밝힌 성당이 있는 곳까지 달렸다. 스톡홀름 대성당이었다. 어린 리스베트는 그저 웅장함에 이끌렸을 뿐, 그 건물에 대해 전혀 아는 게 없었다. 양말은 물에 젖고 온몸은 꽁꽁 얼어 휴식과 온기가 절실했기에 성당 안뜰로 달려들어간 뒤 건물의 옆문을 통해 안으로 들어갔다. 천장이 얼마나 높은지 하늘에 닿을 것만 같았다. 그 안에서도 사람들의 눈을 피하기 위해 좀더 깊숙이 들어갔다. 리스베트가 동상을 본 건 바로 그때였다. 아주 유명한 동상이라는 사실은 나중에 알았다. 용을 죽이고 위험에 처한 젊은 여자를 구해내는 성 게오르기우스. 설령 이 사실을 알았다 해도 당시의 리스베트는 코웃음치고 말았을 것이다. 그날 저녁 리스베트가 동상에서 본 건 그런 게 아니었다. 바로 끔찍한 폭력. 용은 창에 몸을 꿰뚫린 채 드러누워 있었고 기사는 그 위로 가차없이 검을 휘둘렀다. 혼자서 저항조차 하지 못하는 용의 모습에 어머니 앙네타가 떠올랐다. 그 용에게서 어머니의 모습이 보였다.

몸의 모든 근육이 용을 구하고 싶은 욕구로 꿈틀거렸다. 아니, 리스베트 자신이 용이 되어, 받은 만큼 복수하고 싶었다. 입에서 뜨거운 불을 내뿜어 기사를 말에서 떨어뜨린 뒤 그대로 죽여버리고 싶었다. 리스베트에게 그 기사는 다름 아닌 살라첸코였다. 아버지, 그들의 삶을 파괴한 악마.

거기에는 또다른 인물도 있었다. 한쪽 옆에 서 있어 자칫 놓칠 수도 있는 여자의 동상. 머리에 왕관을 쓴 여자는 책을 펼쳐 든 것처럼 두 손을 앞으로 내민 채 서 있었다. 거기서 가장 이상한 건 지극히 침착해 보이는 그녀의 모습이었다. 도살의 광경이 아닌 평화로운 밀밭이나 잔잔한 바다를 바라보는 사람 같았다. 용으로부터 구출된 여자라는 걸 당시의 리스베트는 상상하지 못했다. 얼음처럼 차갑고 무심한 여자로 느껴졌다. 방금 전 피해서 도망온 목에 반점이 있는 여자, 남들처럼 리스베트의 집에서 계속되는 폭력과 강간을 지켜보고만 있었던 그 여자.

세상은 그런 식으로 돌아갔다. 어머니와 용이 참혹한 고통을 당하고 있는데도 세상 사람들은 무심한 눈으로 지켜볼 뿐이었다. 리스베트는 말 위의 기사와 여자에게 깊은 증오를 느꼈다. 그렇게 추위와 분노에 몸을 떨며 비가 쏟아지는 바깥으로 달려나갔다.

아주 오래전 일이었지만 리스베트는 그 모든 장면을 생생히 기억했다. 그리고 지금, 다리를 건너 집이 있는 감라스탄 쪽으로 향하는 동안 그 이름을 혼자 되뇌어본다. 라켈 그레이츠…… 그녀가 바로 기록소와 연결된 고리였다. 홀게르가 교도소에 다녀간 후로 리스베트가 계속 찾아왔던 그 고리.

힐다는 맥주 한 병을 땄다. 왼쪽 눈의 초점이 약간 풀려 있었고, 이따금 대화의 흐름을 놓치곤 했다. 회한에 사로잡히는 듯도 하다가, 어떨 때는 알코올 탓에 정신이 더 예민해진 사람처럼 놀랄 만큼 명석한 모습을 보이기도 했다.

"리스베트가 성당을 나와 뭘 했는지는 몰라요. 다음날 스톡홀름 중앙역에서 구걸을 했다는 사실만 알죠. 오렌스 백화점에서 자기한테는 너무 큰 신발 한 켤레랑 점퍼를 훔쳤고요. 앙네타는 넋이 나가버렸죠. 난…… 무척 화가 났어요. 라켈에게 계속 이런 식으로 나가면 프로젝트를 망쳐버리겠다고 말했죠. 라켈은 결국 포기하고 리스베트를 가만히 놔두기로 했지만 그후로도 증오의 감정은 계속됐어요. 리스베트가 상트스테판 병원에 강제 입원당한 일에 라켈도 한몫했을 거라고 봐요."

"왜 그렇게 생각하시죠?"

"라켈의 친구인 페테르 텔레보리안이 그 병원에서 일했으니까요."

"그 둘이 친구 사이였다고요?"

"라켈이 페테르의 정신분석 담당의였어요. 둘 다 무의식이며 억압된 기억 같은 이론들을 믿었죠. 페테르는 라켈에게 충직한 사람이었어요. 흥미로운 건, 라켈이 리스베트를 미워하는 데 그치지 않고 갈수록 두려워했다는 사실이에요. 리스베트의 능력을 누구보다 먼저 알아챘던 것 같아요."

"홀게르 씨의 죽음에 라켈이 연루되었다고 생각하세요?"

힐다는 자신의 구둣굽을 힐끗 내려다보았다. 바깥 강가에서 사람들의 목소리가 들려왔다.

"라켈은 무자비한 사람이에요. 누구보다 내가 잘 알죠. 기록소를 떠나기로 마음먹었을 때 그녀가 날 음해하려고 퍼뜨린 소문들 때문에 내 삶이 망가진 건 사실이에요. 하지만 그녀가 살인을…… 잘 모르겠어요. 솔직히 그렇게 믿기지는 않아요. 더욱이……"

힐다는 얼굴을 약간 찡그렸다.

"더욱이?"

"다니엘에 대한 얘기는 더 믿을 수 없어요. 재능이 많으면서도 마음이 여린 사람이에요. 누군가를 해친다는 건 불가능할걸요. 그런데 어떻게 쌍둥이 형제를…… 그들은 서로를 위해 태어난 형제들 같다고요."

친구나 지인이 흉측한 범죄를 저질렀다는 사실이 밝혀졌을 때 모두들 예외 없이 그런 말을 한다고, 미카엘은 그렇게 대꾸할 뻔했다. 이해할 수 없어요! 말도 안 돼요! 그럴 사람이 절대 아니에요! 하지만 그런 일들은 실제로 일어난다. 우리가 아무리 좋게 생각하는 사람이라도 분노에 눈이 멀면 상상 밖의 일을 저지를 수 있다. 미카엘은 아무 말 하지 않았다. 아직은 여러 시나리오가 가능하니 성급한 결론을 내리지 않으려고 애썼다. 그들은 좀더 대화를 나눈 뒤 앞으로 연락할 방법 등 여러 실제적인 문제를 의논했다. 미카엘은 힐다에게 신중하게 행동하고 건강에 유의하라고 간곡히 부탁했다. 늦은 시각이었지만 스톡홀름행 기차가 있는지 확인해보니 십오 분 후에 있었다. 미카엘은 감사의 말을 전하고 녹음기를 챙긴 뒤, 힐다를 한 번 포옹하고는 서둘러 출발했다. 역으로 가는 도중에 한번 더 리스베트에게 전화를 걸었다. 이제는 그들이 만나야 할 때였다.

돌아가는 기차 안에서는 안니카가 보내준 영상을 열어보았다. 화면이 상당히 흔들리긴 했지만, 자말 초두리의 살해를 사주했다고 자백하는 성난 바시르 카지의 모습을 분명히 알아볼 수 있었다.

이 영상은 인터넷에 대대적으로 유포되었고, 스톡홀름 경찰청을 요동치게 만들었다. 뒤이어 영상의 보완자료가 될 손동작 분석 파일 두 개가 수사반장 얀에게 전송되자 강력반 사무실의 분위기는 한층 더 험악해졌다. 육상선수처럼 보이는 청년 한 명이 퀭한 얼굴로 이맘인 하산 페르두시와 함께 팔층 취조실에 앉아 있게 된 이유도 바로 이 영상 때문이었다.

얀은 얼마 전 하산을 만난 적이 있어 그를 비교적 잘 알았다. 하산은 얀의 약혼자 파라와 같은 학교에서 공부했고, 스웨덴 내 반유대주의와 반이슬람 정서가 대두되는 상황에서 다양한 종교 공동체들 간의 대화를 위해 노력해온 리더들 중 하나였다. 특히 이스라엘 문제에서 종종 의견이 엇갈렸지만, 그래도 얀은 그를 깊이 존경했다. 얀은 허리까지 굽히며 하산에게 정중히 인사했다.

얀은 하산 덕분에 자말 초두리 사건 수사가 크게 진전되었음을 알고 있었다. 물론 고마운 일이었지만 한편으로는 수사팀 동료들의 무능함이 드러나 마음이 무겁기도 했다. 맡은 업무만으로도 과부하 상태인데 이런 일까지 일어나다니…… 마이브리트 토렐이 마침내 연락해왔다. 홀게르에게 자료를 넘긴 일 때문에 누군가 찾아왔었다고 털어놓았다. 마르틴 스테인베리 교수. 듣기로는 사회복지기관 및 정부와 협력하는 존경할 만한 시민 같았다. 마르틴은 그 자료들 때문에 벌써 여러 사람이 어려워졌다면서, 마이브리트에게 앞으로 이를 절대 발설하지 않을 것을 신과 작고한 요한네스 교수 앞에 맹세하라고 했다. 그리고 '옛 환자들의 안전을 위해' 자신의 방문 사실 역시 함구해달라고 당부했다.

마르틴은 자료를 백업해둔 USB도 가져갔다. 마이브리트는 그 자료들이 어떤 내용인지 모르지만 리스베트에 관한 의료적 메모가 전부일 거라고 추측했다. 하지만 문제의 마르틴과 연락이 닿지 않아 얀은 불안감을 떨칠 수 없었다. 생각 같아선 이쪽을 더 수사해보고 싶었지만 일단은 포기해야 했다. 가뜩이나 시간이 없는데 용의자 신문을 맡으라는 지시가 떨어졌기 때문이다.

시계를 보니 오전 8시 45분이었다. 더없이 화창한 날이었지만 즐길 시간은 별로 없었다. 얀은 국선변호인을 기다리는 동안 하산 옆에 말없이 앉아 있는 카릴 카지를 살펴보았다. 자신의 누나를 사랑하기 때문에 자말을 살해했다고 자백했다. 사랑하기 때문에?

얀은 이해할 수 없는 말이었지만 그래도 이해해보려고 노력해야 했다. 이건 그의 슬픈 운명이었다. 사람들이 끔찍한 일을 저지르고 나면 얀은 그 이유를 알아내 그들을 법정에 세워야 한다. 하산과 카릴을 바라보는 동안 이유는 알 수 없지만 얀의 머릿속에는 바다가 떠올랐다.

미카엘은 피스카르가탄에 있는 리스베트의 집 더블베드 위에서 깼다. 그의 계획에 없던 일이었지만 누굴 탓할 수도 없는 노릇이었다. 집 앞에 불쑥 나타난 미카엘에게 리스베트는 들어오라는 뜻으로 아무 말 없이 고개만 까딱했다. 처음에는 함께 조사를 시작해 서로 가진 정보만 나누었다. 하지만 둘 다 파란만장한 하루를 보낸 날이었고, 미카엘의 집중력은 바닥나버렸다. 리스베트의 입술에 엉긴 피를 닦아주며 스톡홀름 대성당의 용에 대해 물었다. 오전 1시 30분, 그들이 빨간색 이케아 소파에 앉아 대화를 나누는 동안 여름하늘은 부옇게 밝아 있었다.

"그래서 등에 용 문신을 새긴 거였어?"

"아뇨."

리스베트는 얘기하고 싶지 않은 게 분명했고, 미카엘도 밀어붙일 작정은 아니었다. 피곤이 몰려와 집에 돌아가려고 자리에서 일어나자 리스베트가 다시 잡아 앉히더니 그의 가슴 위에 한 손을 올렸다.

"용을 새긴 건 그게 날 도와주었기 때문이에요."

"어떻게?"

"상트스테판 병원에서 가죽끈에 결박당했을 때 그 용을 생각했어요."

"무슨 생각?"

"지금은 창에 몸이 꿰뚫려 꼼짝 못하는 것처럼 보여도 언젠가 다시 일어나 뜨거운 불을 내뿜고 적들을 박살낼 거라고. 그게 날 버티게 해줬어요."

리스베트의 두 눈에 어둡고도 불안한 미광이 스쳤다. 그들은 얼마 동안 서로를 응시했다. 금방이라도 키스를 나눌 듯했지만 그런 일은 일어나지 않았다. 리스베트는 다시 생각에 잠기며 스톡홀름 시내와 중앙역으로 향하는 열차 쪽으로 시선을 돌렸다. 그러고는 라켈 그레이츠를 찾아냈다고 말했다. 인터넷의 살균제 쇼핑몰에서 라켈의 솔렌투나 주소지를 찾아낸 것이다. 미카엘은 잘했다고 말했지만 그녀가 걱정되는 건 어쩔 수 없었다. 얼마 안 있어 좀전의 그 열기가 사그라들며 잠이 쏟아졌다. 미카엘은 침대에 잠깐 누워도 되겠느냐고 물었고 리스베트도 반대할 이유는 없었다. 그녀도 뒤따라 침대에 올라가 금방 잠이 들었다.

미카엘은 아침에 일어나 주방에서 달그락거리는 소리를 들었다. 겨우 몸을 일으켜 나와 그는 커피머신 버튼을 눌렀다. 리스베트는 전자레인지에서 하와이안 피자를 꺼내 주방 식탁에 앉았다. 미카엘은 냉장고 안을 보았지만 먹을 만한 게 전혀 없었다. 리스베트가 그동안 교도소에 있었고, 석방된 첫날부터 할일이 꽤 많았다는 사실을 떠올렸다. 미카엘은 커피 한 잔으로 만족하며 라디오를 켰다. 주파수를 P1에 맞추자 아침뉴스 막바지 일기예보에서 오늘 스톡홀름 지역에 기록적인 폭염이 올 거라고 했다. 리스베트에게 아침인사를 건넸지만 뭐라고 중얼거리는 소리만 돌아왔다. 그녀는 청바지와 검은색 티셔츠 차림에 화장기 없는 얼굴이었고, 부어오른 입술과 시퍼렇게 멍든 자리가 몹시 아파 보였다. 몸조심하라는 미카엘의 당부에 리스베트는 고개를 끄덕였다. 잠시 후 그들은 함께 거리로 내려와 각자의 계획을 간단히 얘기하며 걷다가 슬루센 부근에서 헤어졌다.

미카엘은 증권회사 알프레드 외그렌으로 향했다.

리스베트는 라켈을 찾아갈 생각이었다.

취조실에서 카릴이 진술하는 동안, 국선변호인 하랄드 닐손은 펜을 들고 신경질적으로 테이블 위를 두드렸다. 이따금 얀은 진술 내용을 듣고 있기가 힘들었다. 카릴은 남을 해침으로써 자신의 미래를 망쳐버렸다. 이 모든 일이 시작된 건 이 년 전 10월 초였다.

시클라의 아파트에서 도망쳐나온 파리아는 카릴과 몰래 연락을 주고받았다. 그러던 중 남동생에게 가족과의 연을 끊고 싶다는 의사를 밝히고 마지막 인사라도 나누자며 노라 광장의 한 카페에서 만나기로 했다. 카릴은 이 사실을 아무에게도 말하지 않았다고 주장했지만 형들이 뒤를 밟은 듯했다. 그들은 파리아를 강제로 차에 태워 집으로 데려가 짐승처럼 취급했다. 처음 며칠은 손목을 결박당하고 입에 테이프가 붙여졌으며 가슴에 창녀라고 써붙인 채 지내야 했다. 아메드와 바시르는 파리아를 때리고 침을 뱉었고, 집을 찾아오는 사람들에게도 똑같이 하게 했다.

카릴은 파리아가 더이상 그들의 형제로, 심지어 인간으로도 여겨지지 않는다는 걸 깨달았다. 몸도 그녀의 것이 아니었다. 파리아의 앞날에 무엇이 기다리고 있는지 카릴은 짐작할 수 있었다. 경찰의 눈이 닿지 않는 먼 지역으로 끌려가 가족의 명예를 회복한다는 명분 아래 피가 뿌려질 것이었다. 이따금 형들은 카마르와 결혼하면 파리아가 살 수 있다고 얘기했지만 카릴은 그게 가능할 것 같지가 않았다. 파리아는 이미 더럽혀졌다. 게다가 어떻게 그녀를 눈에 띄지 않게 데리고 스웨덴을 빠져나간단 말인가?

파리아를 기다리는 건 죽음뿐이라고 카릴은 확신했다. 그 역시 휴대전화를 빼앗기고 집에 갇힌 처지였기 때문에 이런 절박한 상황을 바깥에 알릴 방법이 없었다. 완전한 절망 속에서 기적이 일어나기를 바랄 뿐이었다. 그러던 중 작은 기적, 적어도 안도의 한숨을 내쉴 수 있는 일이 벌어졌다. 파리아의 손목을 결박한 끈이 풀리고 가슴에 써붙였던 것도 떼였다. 샤워하고, 주방에서 식사하고, 히잡을 쓰지 않고도 집안을 돌아다닐 수 있게 되었다. 심지어 그들은 선물까지 주었다. 그동안 겪은 고통을 보상이라도 해준다는 듯.

그들은 파리아에게 라디오를 한 대 주었다. 카릴은 후딩에에 사는 친구에게서 얻어온 운동기구 덕분에 조금이나마 기력을 회복할 수 있었다. 그동안 몹시도 달리고 싶었다. 자유로운 움직임과 힘찬 질주가 그리웠다. 그렇게 하루에도 몇 시간씩 몸을 혹사시키는 동안에는 저기 터널 끝에 희망의 빛이 보이는 것 같았다. 비록 최악의 상황이 기다리고 있을지 모른다는 생각을 떨칠 수 없었지만. 이틀 후, 아메드와 바시르가 그의 방에 불쑥 들어와 침대에 앉았다. 바시르의 손에 권총이 들려 있었다. 화난 표정은 아니었다. 갓 다린 파란색 셔츠 차림의 그들은 막내를 향해 미소를 지었다. 바시르가 말했다.

"좋은 소식이 있어!"

파리아가 살 수 있다고 했다. 정확히 말해서 누군가가 대가를 치른다면 말이다. 그렇지 않으면 알라가 진노하고 집안의 명예는 회복 불능으로 더러운 얼룩이 퍼져 가족을 전부 중독시킬 거라고 했다. 카릴은 선택해야 했다. 당장 파리아와 함께 죽을래? 아니면 자말을 죽여 너희 목숨을 부지할래? 카릴은 그게 무슨 말인지 선뜻 이해할 수 없었다. 이해하고 싶지도 않았다. 계속 운동만 하고 있는 카릴에게 형들은 다시 한번 설명했다.

"왜 나야? 절대 사람을 해칠 순 없어!"

바시르가 차분히 설명했다.

"카릴, 넌 우리 형제들 가운데 유일하게 경찰에게 알려지지 않았잖아. 넌 평판도 좋아. 우리 집안에 적대적인 사람들까지 너를 좋게 보니까. 무엇보다, 너도 우리 가족을 배신했으니 자말을 죽이면 속죄할 수 있어."

어느 날 카릴은 결국 형들의 강요를 받아들여 자말을 죽이겠다고 약속했다. 나중에 카릴은 어쩔 수 없는 입장이었다고, 절망적인 상황이었다고 항변했다. 누나를 사랑했고, 자신의 목숨도 위협당하고 있었다고 말이다.

얀이 납득하지 못한 것은 자말을 죽이러 집밖으로 나왔을 때 카릴이 왜 곧장 경찰에게 신고하지 않았느냐는 것이었다. 정확히 그렇게 할 작정이었다고 카릴은 주장했다. 모든 걸 밝히고 도움을 요청하려 했지만, 그들의 작전이 얼마나 치밀하게 계획됐는지 알게 된 후론 몹시 혼란스러워 아무런 생각도 할 수 없었다. 이 일에는 다른 이슬람주의자들도 연루되어 있었다. 그들은 항상 카릴을 감시하면서 틈만 나면 자말이 얼마나 흉측한 인간인지 설명했다. 자말에게 파트와가 내려졌다, 방글라데시의 독실한 신자들이 그에게 사형선고를 내렸다, 돼지와 유대인과 전염병을 퍼뜨리는 쥐 새끼보다 못한 놈이다, 한 가족의 명예와 누나의 명예를 더럽힌 비열하고 역겨운 놈이다…… 천천히, 그러나 확실하게 카릴은 어둠 속으로 끌려들어갔고, 결국 터무니없는 일을 저질렀다. 달려오는 열차 앞에서 자말을 밀어버린 것이다. 이 일에 연루된 사람이 카릴만은 아니었지만 승강장으로 달려가 자말을 민 건 바로 그였다.

"제가 자말을 죽였어요."

파리아는 플로드베리아 교도소의 면회실에 앉아 있었다. 앞에는 소니아 형사와 안니카 변호사가 있었다. 긴장감과 신중함이 감도는 분위기였다. 안니카는 화질이 조악한 영상을 두번째로 틀고 있었다. 자말의 살해를 사주했다고 바시르가 자백하는 모습이었다. 뒤이어 안니카는 손동작 분석 파일을 어떻게 해석해야 할지 설명한 다음, 카릴이 상세한 진술을 통해 자말을 철로로 밀었다고 인정한 사실을 전했다.

"카릴은 그 일이 당신과 자신을 구할 유일한 길이라고 생각했어요. 당신을 사랑한다고 말했고요."

파리아는 대답하지 않았다. 이미 다 아는 내용이었다. 그저 이렇게 소리치고 싶었다. 날 사랑한다고요? 난 증오해요! 파리아는 정말로 카릴을 증오했다. 하지만 그게 전부는 아니었기에 그토록 오랫동안 침묵을 지켜왔다. 카릴이 저지른 모든 일들에도 불구하고 파리아는 남동생을 보호하려 했다. 무엇보다 카릴을 잘 보살피기로 어머니와 약속했기 때문에. 이제 그녀에게는 더이상 보호할 사람이 없었다. 파리아는 아랫입술을 꼭 깨문 채 앞을 바라보며 말했다.

"영상에서 들리는 목소리가 리스베트인가요?"

"맞아요."

"잘 지내나요?"

"잘 지내요. 당신 편에서 싸우고 있어요."

파리아는 마른침을 삼킨 뒤 몸을 똑바로 세우고 얘기를 시작했다. 증인이나 용의자가 오랜 침묵 후 입을 열기로 결심할 때면 늘 그렇듯 긴장감 속에 주의가 집중되었다. 안니카와 소니아는 집중한 나머지, 복도에서 울리는 전화기 소리나 교도관들이 점점 더 소란스러워지는 소리도 듣지 못했다.

　면회실은 견디기 힘들 정도로 더웠다. 소니아는 땀에 젖은 이마를 닦아내고 파리아의 진술을 다시 한번 정리했다. 같은 내용을 두 번 반복한 진술은 비슷했지만 완전히 같을 수는 없었다. 소니아는 여전히 뭔가가 빠져 있는 듯한 느낌이 들었다.

　"그래서 상황이 나아지고 있다고 느꼈단 말이죠? 오빠들이 부드러워졌고 약간의 자유를 허락해서."

　"그때 내가 무슨 생각을 했는지는 잘 모르겠어요. 다시 잡혀온 후로 만신창이였으니까요. 어쨌든 오빠들이 사과했어요. 날 그렇게 대한 적은 한 번도 없었는데, 자기들이 좀 지나쳤다고 했어요. 부끄럽다고요. 단지 내가 존중받는 삶을 살기를 원했다면서 충분히 벌을 받았다고도 했고요. 그러고는 라디오를 한 대 주었어요."

　"함정이라는 생각은 들지 않았나요?"

　"물론 들었죠. 다른 여자들에 대한 글을 읽은 적이 있거든요. 안전하다고 믿게 만든 다음에……"

　"죽여버리는 거죠."

　"상황이 매우 심각하다는 걸 깨닫고 바시르의 행동을 계속 관찰했어요. 겁이 나 잠도 제대로 못 잤고 뱃속이 꽉 막힌 것만 같았죠. 그래도 희망을 품어보려고 했어요. 이해하기 힘들겠지만, 그러지 않았다면 견뎌내지 못했을 거예요. 미치도록 자말이 그리웠거든요. 그래서 필사적으로 희망을 놓지 않았어요. 자말이 저기 어딘가에 있을 거라고, 날 위해 싸우고 있을 거라고 믿었어요. 상황이 좋아질 거라고 스스로 다독이면서 기회가 오기를 기다렸죠. 그러는 사이 카릴은 미쳐갔어요. 운동에 미친 사람처럼 기구에서 떨어질 줄 몰랐죠. 밤새도록 들려오는 운동기구 밟는 소리에 나까지 미쳐버릴 뻔했어요. 어떻게 운동을 저렇게까지 할 수 있나 싶었죠. 기구를 밟고 또 밟다가 가끔씩 달려와서는 나를 껴안으며 몇 번이나 이렇게 말했어요. '미안해 누나, 미안해 누나.' 그럴 때면 나는 말했죠. '내가 널 지켜줄게, 자말과 그의 친구들이 우릴 꼭 보살펴줄 거야. 그리고 어쩌면,' 이런, 잘 모르겠어요…… 지난 일을 얘기하려니 너무 힘들어요."

"좀더 명확하게 얘기해봐요. 아주 중요한 일이에요." 소니아가 평소답지 않게 날카로웠다.

안니카는 손목시계를 들여다본 뒤 머리칼을 쓸어넘기며 성난 목소리로 끼어들었다.

"그만해요! 파리아의 진술이 명확하지 않은 건 당시 상황 자체가 복잡하고 혼란스러웠기 때문이잖아요. 그걸 감안하면 오히려 놀라울 정도로 잘하고 있다고요!"

"난 그저 이해하고 싶을 뿐이에요." 소니아가 맞받았다. "파리아, 분명 그때 무슨 일이 꾸며지고 있다는 걸 느꼈을 거예요. 카릴이 극도로 흥분한 상태였다고 좀전에 말했잖아요. 미친 사람처럼 운동에 열중했다고요."

"카릴도 그때는 엉망이었어요. 역시 갇힌 처지였으니까요. 하지만 난 카릴이 조금씩 나아지고 있다고 느꼈어요. 나중에 가서야 그 눈빛이 떠올랐지만."

"눈빛이 어땠는데요?"

"절망한 기색이었어요. 사냥당한 동물처럼. 그때는 그걸 보지 못했죠."

"10월 9일 저녁, 오빠들이 집밖으로 나가는 소리를 듣지 못했다고 했죠?"

"잠들어 있었어요. 잠들려고 애쓰고 있었거나. 오빠들이 한밤중에 돌아와 주방에서 속닥이던 건 기억나요. 무슨 말을 하는지는 알 수 없었어요. 다음날 오빠들이 나를 쳐다보는 눈빛이 이상했는데, 난 그걸 좋은 신호로 받아들였죠. 자말이 근처에 와 있는 거라고 상상했어요. 그의 존재가 느껴졌죠. 그런데 시간이 갈수록 분위기가 경직되고 이상해졌어요. 그러다 밤이 되었을 때, 아까도 말했듯 아메드를 봤어요."

"창문 옆에 있었죠."

"창가에 서서 거칠게 숨을 몰아쉬는 모습이 어쩐지 성난 듯 위협적으로 보였어요. 내 가슴 위에 돌덩이가 얹힌 것만 같았죠. '그가 죽었다'고 아메드가 말했어요. 무슨 말을 하는지 이해할 수 없었어요. '자말이 죽었다'고 다시 말했을 때 아마 난 주저앉았을 거예요. 머릿속이 하얘져서 아무 생각도 나지 않았어요."

"쇼크 상태에 빠졌군요." 안니카가 말했다.

"하지만 당신은 곧바로 믿기지 않는 힘을 보여주었죠."

"그건 이미 다 설명했어요."

"맞아요. 파리아는 이미 설명했어요." 안니카가 거들었다.

"하지만 한번 더 듣고 싶은데요."

"갑자기 카릴이 나타났어요." 파리아가 다시 말을 이었다. "처음부터 있었는지도 모르겠고요. 자기가 자말을 죽였다고 소리쳤어요. 난 더 이해할 수 없었죠. 하지만 그 말을 되풀이하면서 날 위해 그렇게 했다고 했어요. 아니면 형들이 누나를 죽였을 거라고, 자신은 누나와 자말 사이에서 선택해야 했다고. 그때 내 속에서 힘이 치밀어올랐어요. 엄청난 분노였죠. 이성을 잃고 그대로 아메드에게 달려들었어요."

"왜 카릴에게 달려들지 않았죠?"

"왜냐하면……"

"왜냐하면?"

"그 와중에도 깨달았던 것 같아요."

"뭘 깨달았죠? 오빠들이 당신에 대한 카릴의 애정을 압박하는 수단으로 이용했다는 사실을요?"

"오빠들이 카릴을 벼랑 끝까지 몰아갔고, 나와 자말의 삶뿐 아니라 그의 삶까지 파괴했다는 사실을요. 불같은 분노가 치솟아 완전히 이성을 잃었어요. 이게 이해 안 되나요?"

"아뇨, 이해돼요." 소니아가 대답했다. "충분히 이해할 수 있어요. 다만 경찰 신문 내내 입을 다물고 있었던 건 좀 이해하기 어렵네요. 당신은 복수하고 싶었다고 말했잖아요. 그래서 아메드를 창밖으로 밀었다고요. 가장 못돼먹은 바시르에게도 복수하고 싶었을 거예요. 우리에게 협조해 살인공모 혐의로 그를 법정에 세울 수 있었을 거예요."

"당신들은 이해 못해요!" 파리아의 목소리가 갈라졌다.

"뭘 이해 못한단 거죠?"

"자말이 죽으면서 내 삶은 끝났어요. 바시르나 카릴을 교도소에 보내서 내가 뭘 얻을 수 있다는 거죠? 그리고 카릴은 우리집에서 유일하게……"

파리아는 잠시 면회실의 문을 뚫어지게 쳐다보았다.

"내가 사랑했던 애예요."

"카릴은 당신이 사랑하는 사람을 죽였잖아요."

"그애를 증오했고, 그애를 사랑했어요. 그리고 또 증오했죠. 이게 그렇게 이해하기 힘든가요?"

안니카가 파리아에게 휴식할 시간을 주자고 말하려는데 누가 면회실 문을 두드렸다. 교도소장 리카르드가 소니아와 얘기하고 싶다고 했다.

심각한 일이 일어났음을 소니아는 곧바로 눈치챘다. 소장은 자존심이 크게 상한 모양이었다. 요점을 말하지 않고 말을 빙빙 돌리는 장황한 얘기에 소니아는 짜증이 났다. 소장은 일어난 일을 설명한다기보다 자신을 정당화하기에 급급해 보였다. 대체 무슨 얘기를 하려는 건지 종잡을 수 없었다. 경비원들, 철저한 감시, 금속탐지기, 그리고 베니토…… 그녀는 두개골에 금이 가고 뇌진탕 증세가 있으며 턱뼈까지 박살나 극도로 심각한 상태였다.

"그러니까 베니토가 병원에서 도망쳤다, 이 말을 하고 싶은 건가요?"

"맞습니다. 이런 일이 일어날 줄은 아무도 예상 못했어요. 방문객들은 모두 철저히 몸수색을 받았어요. 적어도 규정은 그랬죠. 그런데 병원의 전산 시스템에 문제가 생겼어요. 동시에 의료장비들도 작동을 멈춰서 매우 심각한 상황이 되어버렸죠. 의사들과 간호사들이 이리저리 뛰어다니는 사이 병원 안내데스크로 정장 차림의 남자 셋이 찾아왔대요. 베니토가 있는 병동에 입원한 ABB의 엔지니어를 면회하러 왔다면서. 그러고는 순식간에 일이 벌어졌죠. 남자들은 쌍절곤으로 무장하고 있었어요. 쌍절곤은 동양무술에 사용되는 목봉인데……"

이 멍청한 소장이 쌍절곤에 대해 설명하려 하자 소니아는 손등을 획 내저어 중단시켰다.

"그래서 무슨 일이 일어난 거죠?"

"남자들이 경비원들을 쓰러뜨리고 베니토를 데려가 가짜 번호판을 붙인 회색 승합차를 타고 도망쳤어요. 그중 한 명의 신원이 밝혀졌는데, 오토바이 갱단 MC 스바벨셰의 에스비에른 팔크였어요."

"MC 스바벨셰라면 내가 잘 알아요. 그럼 지금까지 어떤 조치가 취해졌죠?"

"베니토에 대해 전국수배령을 내렸어요. 매체들에도 알렸고요. 알바르 올센에 대해선 보호조치를 했어요."

"리스베트는요?"

"네? 리스베트는 왜요?"

"이 얼간이······"

소니아는 나지막이 이 한마디를 내뱉은 뒤 상황이 급박하니 즉시 가봐야겠다고 소장에게 말했다. 교도소를 나오면서는 얀에게 전화해 베니토의 소식과 파리아의 진술 내용을 보고했다. 그러자 얀은 대뜸 유대 속담을 언급했다.

사람의 눈을 들여다볼 수는 있지만 마음속을 들여다볼 수는 없다.

18장
6월 22일

　댄 브로디는 오늘도 늦게 출근했다. 불안했고 우울한 생각에 시달리고 있었다. 하지만 옷차림만큼은 연청색 리넨 정장, 티셔츠, 스니커즈 등 한결 계절에 어울렸다. 댄은 레오를 생각하며 햇빛이 뜨겁게 내리쬐는 비리에르얄스가탄 거리를 걸었다. 그때 갑자기 자동차 한 대가 날카로운 타이어 마찰음을 내며 급정차하는 바람에 댄은 잠시 휘청거렸다. 얼마 전 포토그라피스카 미술관에서 그랬던 것처럼.

　잠시 헐떡이며 숨을 골라야 했지만 걸음은 멈추지 않은 채 댄은 다시 회상에 잠겨들었다. 레오와 재회한 후 이어진 그 12월의 나날은 아픔과 질투도 있었지만, 그의 삶에서 가장 행복한 순간이기도 했다. 레오와의 끝없는 대화와 연주로 시간을 보냈다. 하지만 절대로 동시에 건물을 나가는 일 없이 시간차를 두고 따로 외출했다. 라켈을 함정에 빠뜨리기 위해 치밀한 계획을 세웠다. 그녀가 아무것도 눈치채지 못하게 하려면 소문이 날 만한 일은 피해야 했다.

일 년 반 전, 12월

레오는 라켈과의 크리스마스 점심을 취소하고 12월 23일 토요일 오후 1시에 집으로 그녀를 초대했다. 그날이 오기를 기다리며 형제는 직접 고안해낸 게임을 즐겼다. 시내에 나가 둘 다 레오 행세를 하며 그들은 무척 즐거워했다. 댄은 레오의 정장과 셔츠와 신발을 빌려 입고 헤어스타일도 똑같이 한 채 레오의 역할을 연습했다. 레오는 본인보다 댄이 더 그럴듯하다고 말했다.

"네가 더 레오 같아!"

레오는 늘 일찍 퇴근했다. 리셰 레스토랑에서 직원들과 함께 저녁 식사를 했던 날도 일찍 돌아왔는데, 그날 레오는 하마터면 말린에게 모든 걸 얘기할 뻔했다.

"그런데 얘기하지 않은 거야?"

"응, 안 했어. 내가 자길 좋아한다고 생각하는 것 같더라."

"네가 고백하지 않아서 실망했어?"

"별로 그런 것 같진 않았어."

레오와 말린이 서로 좋아하는 사이라는 걸 댄은 알고 있었다. 말린은 지금 이혼 수속중이며 곧 알프레드 외그렌을 떠날 예정이었다. 하지만 그녀가 진심으로 사랑하는 사람은 자신이 아니라고, 미카엘 블롬크비스트라는 기자를 사랑한다고 레오는 말하곤 했다. 레오 자신도 그녀를 사랑하지 않으며 그저 장난을 좀 치는 것뿐이라고 했지만, 완전히 그렇다고는 할 수 없을 터였다.

레오와 댄은 끊임없이 자신들의 과거를 분석했다. 각자의 생각과 추억과 소소한 이야기를 공유했다. 둘은 무엇으로도 깨뜨릴 수 없을 동맹관계가 되었고, 라켈이 집에 왔을 때 해야 할 일들을 치밀하게 연습했다. 댄이 숨어 있는 동안 레오가 먼저 그녀에게 질문을 할 것이다. 조심스럽게 시작해 점점 공격적으로 몰아갈 생각이었다.

그날의 하루 전인 12월 22일 금요일, 본데가탄에 있는 말린의 집에서 고별파티가 열렸다. 댄처럼 레오 역시 작은 집안에서 열리는 파티는 너무 시끄러워 좋아하지 않았다. 파티에 갈 엄두가 나지 않았던 레오에겐 다른 생각이 있었다. 알프레드 외그렌 사옥의 자기 사무실을 댄에게 보여주려는 생각이었다. 직원들 대부분이 말린의 파티에 가 있었고, 크리스마스를 앞둔 금요일 저녁에 늦게까지 회사에 남아 있는 사람은 없을 터였다. 평소 레오가 어떻게 일하는지 궁금했던 댄 역시 기꺼이 받아들였다.

저녁 8시, 그들은 십 분 간격으로 건물에서 나왔다. 서류가방 안에 부르고뉴 와인과 샴페인을 한 병씩 넣고서 레오가 먼저 나왔다. 십 분 후에 나온 댄은 레오와 비슷한 옷차림이었지만 정장 색은 보다 밝았고 외투는 좀더 어두웠다. 추운 날씨였고 눈이 내렸다. 함께 축하해야 할 일들이 많았다.

라켈과 만나고 나면 다음날 자신들의 이야기를 세상에 공개할 계획이었다. 그리고 댄은 극구 사양했지만 레오는 그에게 상당한 금액을 증여하겠다고 약속했다. 레오는 댄과의 불공평한 관계를 청산하고, 따분한 금융인의 삶도 끝내고 싶었다. 알프레드 외그렌의 우울한 나날에서 벗어나 댄과 함께 음악을 즐기며 살 생각이었다. 그렇게 이날 저녁은 기분좋게 시작되었다. 잔을 마주치면서 수많은 계획을 세웠다. "내일," 그들은 계속 되풀이했다. "내일이야!"

그런데 일이 이상하게 돌아갔다. 댄이 생각하기에는 레오의 사무실이 원인이었다. 천장에는 르네상스 화풍의 아기 천사들이 그려져 있고, 벽에는 20세기 초의 그림들이 걸려 있으며, 도금 손잡이가 달린 서랍장 위에는 중국제 화병들이 놓여 있었다. 호화로우면서도 현란한 그 광경에 댄은 형제를 도발하고픈 충동에 사로잡혔다.

"잘 먹고 잘 살았네!"

댄의 말에 레오는 고개를 끄덕였다.

"나도 알아. 그래서 좀 창피해. 한 번도 이 방을 좋아해본 적이 없어. 원래는 아버지 방이었어."

댄의 도발은 거기에서 멈추지 않았다.

"그런데 넌 여기로 날 데려왔잖아, 안 그래? 일부러 부를 과시하고
싶었던 거잖아?"

"그런 거 아냐, 미안해. 그저 내가 어떻게 사는지 보여주고 싶었어.
나도 알아, 불공평하다는 거."

"불공평?"

댄의 목소리가 높아졌다. 불공평이라는 말만으로는 충분하지 않다
는 듯. 댄에게 이 상황은 그 이상이었다. 상스럽고 정도를 넘어선 일
이었다. 그렇게 언쟁이 시작돼 댄은 레오에게 비난을 퍼부었다. 잠시
진정하고 사과했다가 다시 공격했다. 그러던 중 갑자기, 정확히 어느
순간이라고 말하기 어렵지만, 뭔가가 무너져버렸다. 처음부터 잿속
에 숨어 있던 불씨가, 재회의 기쁨에 묻혀 있던 원한이 맹렬한 기세
로 타올랐다. 이는 그들 사이의 상처를 다시 찢어 벌렸을뿐더러 전체
상황에 새로운 빛을 비추는 듯했다.

"넌 이 모든 걸 가졌으면서 항상 불평만 늘어놓았지. 엄마는 날 이
해하지 못해. 아빠는 아무것도 몰라. 난 마음껏 음악을 할 수 없어. 난 참
가여워. 부자인데 불쌍한 놈이야. 그런 소리 한마디라도 더 듣고 싶지
않아. 무슨 말인지 알겠어? 난 제대로 먹지도 못하고 맞아가면서 자
랐어. 나한텐 아무것도 없었어. 그런데 넌……"

댄은 온몸을 부들부들 떨었다. 자신이 왜 이러는 건지 알 수 없었
다. 둘 다 술을 마셔서일까. 어쨌든 그는 레오를 쓰레기로, 더러운 위
선자로, 자신의 우울증을 과시하는 불쌍한 인간으로 취급했다. 중국
화병들을 박살내버리고 싶은 충동까지 일었으나 댄은 간신히 이를
억누르고, 부술 듯 문을 닫아버린 뒤 떠났다.

댄은 오랫동안 정처없이 헤맸다. 눈물을 흘리며 꽁꽁 언 몸으로 몇
시간 동안 거리를 걸었다. 그러다 결국 셉스홀멘의 차프만 호스텔로

돌아가 밤을 보냈다. 그리고 다음날 오전 11시에 레오의 집으로 돌아가 그를 부둥켜안고 용서를 빌었다. 그들은 서로 사과한 뒤 라켈과의 만남을 준비하는 일에 집중했다. 하지만 그들 사이에는 해소되지 않은 무언가가 남았고, 이는 훗날 일어날 일들에 영향을 미칠 터였다.

일 년 반이 지난 지금, 댄은 얼굴을 찌푸리고 그때를 회상하며 스몰란스가탄 거리로 들어섰다. 그리고 콘스트네르스바렌 레스토랑 앞을 지나 노르말름 광장에 이르렀다. 오전 10시밖에 되지 않았지만 날씨는 무더웠다. 컨디션이 좋지 않았고, 스웨덴에서 가장 유명한 탐사 기자를 만나고픈 마음도 별로 없었다.

라켈과 베니토는 리스베트와 만나기를 학수고대했다. 무자비한 성격에 건강하지 못하다는 사실 외에 공통점이 없는 두 사람은 피차 모르는 사이였지만 어쩌다 마주친다 해도 서로를 경멸어린 눈빛으로 쳐다보았으리라. 그들은 전혀 다른 삶을 살아왔으나 교활함에서는 크게 다르지 않았다. 둘 다 리스베트를 없애버리려는 생각이 확고했고, 저마다 손잡은 조직들이 있었다.

베니토는 리스베트의 쌍둥이 자매 카밀라와 그녀가 이끄는 해커들로부터 정보를 제공받는 MC 스바벨셰와 가까운 사이였다. 비록 암이 발병한 몸이긴 하지만 라켈 역시 첨단기술을 갖춘 조직의 지원을 받으며 강철 같은 의지와 빈틈없는 경계심으로 무장하고 있었다. 그녀는 미행당해 집까지 발각되는 일이 없도록 임시로 쿵스홀멘의 한 호텔에서 지내고 있었다.

라켈은 일이 고약해질 수도 있다는 걸 알았다. 실은 그렇게 되리라고 예견해왔다. 일 년 반 전부터, 정확히는 모든 것이 빗나가기 시작한 12월 23일부터 최악의 상황이 오리라 예견했다. 당시엔 그 위험한 모험 말고는 다른 선택지가 없었지만 이제 그녀는 다시금 준비를 마친 상태다.

리스베트와 힐다 먼저 시작하고 싶었지만 행방을 알 수 없어 다니엘 브롤린부터 처리하기로 마음먹었다. 여린 사람, 즉 약한 고리였다. 지금 라켈은 가벼운 회색 코트와 검은색 터틀넥 셔츠 차림으로 함가탄 거리를 걸으며 NK 백화점 앞을 지나고 있었다. 온몸에 느껴지는 통증에도 불구하고 스스로 강하다고 느꼈다.

하지만 무더위는 어쩔 수가 없었다. 스웨덴에 대체 무슨 일이 일어나는 걸까? 그녀가 젊었을 때만 해도 열대지방이 무색한 이런 여름은 경험할 수 없었다. 이건 비정상적인 더위였다. 라켈은 온몸이 땀에 젖어 끈적거렸지만 이를 악물고 자세를 바로 세웠다. 거리를 좀더 내려가자 갑자기 묵직하고 퀴퀴한 냄새가 코를 찔렀다. 인부 둘이 푸른색 작업복 차림으로 보도 가장자리에 구멍을 파고 있는 광경이 라켈은 아주 불결하게 느껴졌다. 노르말름 광장까지 계속 걸어가 알프레드 외그렌 사옥으로 막 들어가려 했지만 무언가가 눈에 거슬렸다. 스칸스툴에 있는 힐다의 집 계단에서 만난 적 있는 기자 미카엘이 사옥으로 들어가고 있었다. 라켈은 한 걸음 물러선 다음 베니아민에게 전화를 걸었다. 월급값을 해야 할 때였다.

댄 브로디, 아니 이제 그를 부르는 대로 하면 레오 만헤이메르, 그는 호화로운 사무실에 혼자 앉아 있었다. 맥박이 통통 뛰는 게 느껴지면서 벽들이 좁혀드는 것만 같았다. 어떻게 해야 할까? 멋있는 직함을 갖고 싶다는 이유로 '주니어 어드바이저'라고 스스로 이름 붙인 남자 비서가 미카엘이 안내데스크에서 기다리고 있다고 조금 전 알려왔다. 댄은 이십 분 후에 내려가겠다고 대답했다.

무례한 행동인 건 알았지만 라켈을 잡을 방법을 생각하려면 좀더 시간이 필요했다. 미카엘이라는 기자가 도움이 될지도 모른다. 어떤 대가를 치르더라도 댄은 반드시 복수할 생각이었다.

일 년 반 전, 12월

그들이 플로라가탄의 집에서 라켈을 기다리던 날, 바깥에는 눈이 내리고 있었다. 댄은 전날의 일에 대해 거듭 사과했다.

"괜찮아." 레오가 대답했다. "그런데 네가 가고 난 후에 누가 날 찾아왔어."

"누가?"

"말린. 남은 샴페인을 함께 마셨어. 내 상태가 그리 좋지는 않았으니 그녀와 잘되지는 못했어. 말린이 가고 나서 뭘 하나 썼는데 한번 볼래?"

댄이 고개를 끄덕이자 레오는 피아노에서 일어나 자리를 떴다. 플라스틱 파일에 끼워진 종이 한 장을 들고 돌아온 레오의 얼굴에는 엄숙함과 죄의식의 기색이 어려 있었다. 지나칠 만큼 천천히 건네준 그 종이는 모래색에 오돌토돌한 재질이었고 맨 윗부분에는 워터마크가 새겨져 있었다.

"공증이 필요할 거야."

종이에는 정성 들인 필체로 레오의 재산 절반을 댄에게 양도한다는 내용이 적혀 있었다.

"세상에!"

"크리스마스 지나고 변호사에게 알릴 생각이야. 상황을 감안하면 원만하게 처리될 거야. 그리고 난 이걸 선물이라고 생각하지 않아. 이미 오래전에 받았어야 하는 걸 이제야 받는 거지."

댄은 말이 없었다. 이 상황에서 자신이 감격해야 한다는 것을, 레오의 목을 그러안고 이건 아니야, 너무 지나쳐, 넌 너무 착해서 탈이야! 라고 말해야 한다는 것을 알았다. 하지만 종이에 쓰인 내용 때문에 기분이 좋아지지는 않았다. 처음엔 자기가 그러는 이유도 몰랐다. 그저 자신이 과민하고 옹졸하게만 느껴졌다. 그러다 댄은 깨달았다. 레오가 준 선물에는 공격적인 면이 있었다. 심리학자들이 말하는 이른바 '수동적 공격성'. 물론 이건 엄청난 선물이었지만 동시에 압도적 우위에 있는 사람이 주는 돈이었고, 그게 아무리 근사한 것이라 해도 상대를 위축되게 만들기도 했다. 댄은 단호하게 대답했다.

"받을 수 없어."

레오의 눈에 당황하는 빛이 떠올랐다.

"왜?"

"이렇게 한다고 해서 달라지는 건 없어. 그렇게 쉽게 고쳐질 일이 아니라고."

"뭘 고쳐보겠다는 게 아냐. 단지 옳은 일을 하고 싶을 따름이야. 그리고 난 이따위 돈은 어떻게 되든 상관없어."

"상관없다고?"

댄은 그대로 미쳐버릴 것만 같았다. 자신의 태도가 어처구니없는 행동이라는 건 잘 알았다. 수천만 크로나의 돈, 인생을 완전히 바꿔놓을 거금이 손에 들어오는데, 불쾌하게 굴며 화만 내고 있으니 말이다. 전날 벌인 언쟁 때문일 수도, 술기운에 잠을 설쳤기 때문일 수도 있었다. 또한 그의 열등감을 비롯해 많은 것들이 그 이유가 될 수 있었다. 어쨌든 댄은 고래고래 소리를 질렀다.

"넌 아무것도 몰라! 평생을 죽도록 고생만 한 인간한테 그런 식으로 얘기하면 안 된다고! 너무 늦었어, 레오. 너무 늦었어!"

"아냐! 우린 다시 시작할 수 있어."

"너무 늦었다고 했잖아."

"그만 좀 해!" 이번에는 레오가 버럭 소리쳤다. "너무하다, 너."

"난 지금 돈에 팔려가는 기분이야. 무슨 말인지 이해해? 돈에 팔려가는 기분!"

댄은 자신이 지나치다는 걸 알았다. 그런데 레오가 같이 분노하며 맞받는 대신 슬픈 목소리로 이렇게 대답하자 마음이 아팠다.

"나도 알아……"

"뭘 안다는 거야?"

"그들이 모든 것을 파괴했다는 걸. 그래서 그들을 증오해. 하지만…… 우리가 이렇게 다시 만났잖아. 그게 중요한 거 아냐?"

레오의 목소리에서 너무도 짙은 절망감이 느껴져 댄은 이렇게 우물거리고 말았다.

"물론 굉장한 일이야. 하지만……"

더이상 말을 이을 수 없었다. 하지만이라고 말한 게 후회되었고, 미안해, 내가 멍청하게 굴었어 같은 말을 하고 싶었다. 그리고 댄은 이 순간을 영원히 기억할 터였다. 그들은 막 화해하려고 했지만, 시간이 조금만 더 있었다면 분명 그렇게 했을 테지만, 화해하지 못했다. 누군가가 계단을 올라오는 소리가 들리더니 순간 뚝 멈춘 것이다. 정오가 조금 못 된 시각이었다. 라켈이 오기로 한 시간보다 이른 때라 식탁도 차려놓지 못했다. 이내 레오가 속삭였다.

"숨어."

레오는 재산 증여문을 챙겨 넣었고, 댄은 침실로 들어가 문을 닫았다.

라켈에게 레오는 늘 걱정거리였다. 칼 세게르 사건도 그렇지만, 최근 들어 그의 행동을 도무지 종잡을 수 없었기 때문이다. 마들렌 바르드가 그 원인일 듯했다. 그녀를 잃고 나서 모든 것을 의심하게 됐을 수 있다. 라켈은 레오를 아주 잘 알았다. 그래서 크리스마스 점심 약속을 취소하고 그녀를 집으로 초대했을 때, 즉각 그 이유를 생각해보지 않을 수 없었다.

많은 독신자들이 그렇듯 레오도 요리하는 걸 즐기지 않았다. 그리 편안하지 않은 관계인 이를 집에 초대하는 일도 싫어했다. 그래서 주방 일을 돕겠다는 핑계로 예정보다 일찍 찾아가보기로 했다. 수상쩍은 일이 일어났는지, 혹은 입양과 관련해 레오가 뭔가를 발견한 건 아닌지 알아보기 위해서였다.

눈이 내리고 있었다. 천장에 파란 하늘이 그려진 건물 계단을 오르는 동안 라켈은 레오의 집안에서 흥분된 목소리들을, 기이할 정도로 닮은 두 개의 목소리를 들었다. 라켈은 무언가 잘못되었다는 걸 느꼈고, 소스라치게 놀라 잠시 어떻게 해야 할지 갈피를 잡지 못했다. 레오는 뛰어난 청각의 소유자였으므로 그 목소리들이 뚝 멈춘 건 놀랍지 않았다. 라켈은 베니아민에게 문자메시지를 보냈다.

즉시 플로라가탄 레오의 집으로 와. 도움이 필요해.

그 밑에는 이렇게 덧붙였다.

내 진료가방도 가져와. 장비 모두 확인해서!

라켈은 등을 꼿꼿이 세우고 문을 두드린 다음 더없이 따스한 미소를 지어 보일 준비를 했다. 하지만 그럴 필요가 없었다. 레오가 활짝 웃는 얼굴로 문을 열어줬기 때문이다. 교육을 잘 받은 이답게 그는 라켈의 양볼에 키스한 뒤 외투 벗는 걸 도왔다. 레오는 물론 그녀가 예정보다 일찍 온 일을 언급할 만큼 둔하지 않았다.

"라켈, 여전히 우아하시군요! 올해 크리스마스도 굉장하겠어요!"

"오, 그래."

'흠, 연기를 잘하는군.' 라켈은 긴장한 흔적을 찾으려 레오의 얼굴을 면밀히 관찰했다. 다른 때 같았으면 그녀를 속일 수도 있었겠지만 지금 그녀의 눈은 굉장히 예리한 상태였다. 게다가 레오 자신도 큰 실수를 범했다는 걸 알고 있을 터였다. 조금 전에는 분명히 두 목소리가 들렸는데 지금 그는 혼자 있으니 말이다. 무엇보다 라켈이 주목한 건 소파 위의 기타였다. 기타라니!

"비베카는 어때?"

"이제 얼마 남지 않으신 듯해요."

"가여운 사람."

"정말 슬픈 일이죠."

헛소리. 라켈은 생각했다. 마침내 그 여자가 죽어주면 넌 좋잖아.

"부모님이 둘 다 가시면 혼자 남게 되는 거네."

라켈은 이렇게 말하며 레오의 팔을 툭 건드렸다. 친근하게 굴면서 레오를 안심시키려 했지만 오산이었다. 이 접촉에 촉발당한 듯 레오는 몸을 파르르 떨며 두 눈에 분노의 빛을 번득였다. 라켈은 더럭 겁이 나 다시 기타를 바라보았지만 계속 모른 척하기로 마음먹었다. 베니아민이 진료가방을 챙겨 여기까지 올 시간을 벌어야 했다. 그렇게 십 분 정도 평범한 대화를 이어가다 라켈은 결국 참지 못하고 물었다.

"여기 있는 게 누구지?"

"누굴 것 같아요?"

라켈은 모른다고 대답했다. 누군지 전혀 모르겠다고. 물론 거짓말이었다. 어깨에 잔뜩 힘이 들어간 레오는 여태껏 한 번도 보인 적 없는 이상한 눈빛으로 그녀를 쳐다보고 있었다. 이제 분명해졌다. 다니엘 브롤린이 어디선가 튀어나오기 전에 자신이 먼저 단호하게 공격해야 했다.

19장
6월 22일

라켈 그레이츠가 칼베리스베겐의 집에 없어 리스베트는 때를 기다리는 수밖에 없었다. 리스베트는 지하철을 타고 슬루센으로 돌아와 예트가탄 거리를 걸었다. 안니카로부터 베니토가 외레브로 병원에서 탈출했다는 소식을 전해들은 지금 그녀는 바짝 긴장한 상태였다. 사실 사는 동안 언제나 긴장은 했고, 교도소 생활을 계기로 한층 조심스러워졌을 뿐이다. 하지만 리스베트는 여전히 자신을 향한 위협을 과소평가했는지도 모른다. 생각보다 많은 이들이 그녀를 노리고 있었다. 과거에서 올라온 어두운 힘들이 서로 합세하고 정보를 교환하는 중이었다.

아직 6월이었지만 날씨는 찌는 듯이 더웠고 도시는 잠시 움직임을 멈춘 듯했다. 사람들은 쇼윈도를 들여다보며 거리를 서성이거나 카페 테라스에 앉아 시간을 보냈다. 리스베트가 피스카르가탄 쪽으로 향할 때 주머니에서 휴대전화가 진동했다. 미카엘이 보낸 암호화 메시지였다.

레오는 다니엘이야. 거의 확실해!

리스베트는 답장을 보냈다.

그가 얘기할까요?

미카엘은 이렇게 썼다.

아직 모르겠어. 다시 연락할게!

리스베트는 노르말름 광장의 알프레드 외그렌으로 가 도울 일이 있는지 볼까 생각했지만 그만두었다. 우선은 라켈을 잡고 싶었으므로, 그녀가 달리 거처할 만한 곳이 있는지 알아봐야 했다. 그러고는 피스카르가탄 쪽으로 올라가다 이대로 자신의 집으로 향하는 게 과연 현명한 행동인지 자문해보았다. 피스카르가탄의 집은 비밀 거처였다. 리스베트의 가짜 신분인 '이레네 네세르' 명의로 등록되어 있었고, 몇 가지 위장막들로 보호해둔 곳이었다. 하지만 이제는 그물이 좁혀져오고 있었다. 사람들이 알아보기 시작하면서 유명인사 비슷한 존재가 된 것이다. 물론 리스베트에게는 끔찍한 일이었다. 게다가 벌써 두 사람, 빌어먹을 칼레 블롬크비스트와 NSA 요원 에드 더 네드가 이 주소를 알아냈으며 이런 정보는 쉽게 퍼지기 마련이었다. 지체 없이 이 빌어먹을 집을 팔아야 하는 상황이었다. 어차피 리스베트에게는 너무 큰 집이다. 떠나야 한다. 멀리. 어쩌면 지금 당장.
　하지만 이미 늦어버렸다. 거리 저쪽의 회색 승합차를 보는 순간 알 수 있었다. 겉보기에 이상한 점은 없었다. 보도 옆에 제대로 주차

되어 있는 구형 모델의 승합차일 뿐이었으나 그것이 리스베트의 의심을 일깨웠다. 승합차가 자신을 향해 달려오기 시작하자 리스베트는 몸을 돌려 걸었지만 멀리 가지 못했다. 턱수염을 기른 남자가 어느 건물의 입구에서 불쑥 튀어나와 축축한 천으로 그녀의 얼굴을 덮었다. 리스베트는 현기증을 느끼며 멍청하고 조심성 없었던 자신을 탓했다. 이제 곧 의식을 잃어버리리라. 주변의 거리와 건물들이 빙빙 돌기 시작했고 저항할 힘조차 없었다. 리스베트는 간신히 휴대전화를 꺼내 거기에 대고 속삭였다.

"빌드비트라."*

리스베트는 휘청거리며 승합차 뒷좌석에 실렸다. 시야가 흐렸지만 익숙한 그 달착지근한 냄새는 감지할 수 있었다.

일 년 반 전, 12월

댄은 몸을 숨기고 라켈과 레오의 대화를 들었다. 상황이 그들의 계획과는 전혀 다른 방향으로 흘러가고 있었다. 이제는 라켈이 눈치챈 듯했으므로 댄은 기습 효과를 포기하고 즉시 나가 그녀와 마주하는 수밖에 없었다.

하지만 라켈의 위압감을 과소평가해버렸다. 그녀의 모습을 보기만 했을 뿐인데 댄의 정신은 어린 시절로 돌아와 있었다. 농가 다락방에 서서 자신이 기타 치는 모습을 차가운 시선으로 관찰하던 그녀의 모습이 떠올랐다. 그때 그녀는 댄과 레오를 비교하고 그들의 유사성을 분석하고 있었으리라. 이런 생각이 들자 댄은 평정심을 잃고 말았다.

"내가 누군지 알겠어요?"

---

* 아스트리드 린드그렌의 『강도의 딸, 로냐』에 나오는 괴물로, 반은 까마귀이고 반은 여자다.

댄은 거세게 분노하며 한 걸음 앞으로 나아갔다. 하지만 자신이 어설프게 느껴지는 건 어쩔 수 없었다. 라켈은 놀라울 정도로 차분한 모습으로 미동도 하지 않았다.

"물론 알지. 그래, 어떻게 지내니?"

"우리에게 무슨 일이 있었던 건지 정확히 알고 싶어요!"

댄이 버럭 고함치자 그제야 라켈은 움찔 뒤로 물러섰다. 하지만 이내 차분하게 옷깃을 여미고는 손목시계를 들여다보았다. 검정색 정장과 터틀넥 셔츠 차림에 짙은 금발을 짧게 자른 모습이었다. 입가가 파르르 떨리며 불안해하는 기색이 역력했지만, 그녀에게서 느껴지는 권위와 냉정함 때문에 댄은 지금 책망당할 사람이 오히려 자신인 것처럼 느껴졌다.

"너는 좀 진정해야겠구나." 라켈이 말했다.

"웃기지 마요!" 댄이 대꾸했다. "당신은 우리에게 설명해줘야 해!"

"다 말해줄게. 진실을 전부. 그전에 먼저 언론에 이 얘길 했는지부터 알고 싶구나."

댄은 대답하지 않았다.

"너희가 충격을 받은 건 이해해." 라켈이 말을 이었다. "하지만 그림 전체를 알기 전에 이 얘기가 새어나가는 건 위험한 일이야. 너희의 상상과는 전혀 달라."

"아직 아무것도 말하지 않았어요."

대답을 들은 라켈의 얼굴에 만족하는 기색이 나타나자 댄은 자신이 실수했음을 깨달았다. 댄은 레오를 힐끗 쳐다보았다.

레오는 어째야 할지 알려줄 생각도 없는 듯 말없이 꼼짝 않고 서 있기만 했다. 어떻게 해야 라켈이 주도권을 쥐는 걸 막을 수 있을까?

"난 이제 늙어빠진 여자야. 그리고 복부에 통증이 있어. 너무 대놓고 말해서 좀 그렇지만 소파에 앉아도 될까? 그러고 나서 다 설명해줄게."

"네, 앉으세요." 마침내 레오가 말했다. "앉아서 얘기하세요. 우리가 하는 모든 질문에 대답해주세요."

라켈은 자신이 중요한 내용을 털어놓거나 말도 안 되는 거짓말을 만들어내기 전에 베니아민이 도착하기를 바라며 다소 머뭇머뭇 설명을 시작했다. 레오와 댄은 맞은편 안락의자에 앉아 그녀를 노려보았다. 긴박한 위기 상황임에도 불구하고 라켈은 너무나 똑같은 형제의 모습에 놀라지 않을 수 없었다. 그들은 또래의 다른 일란성 쌍둥이들보다 훨씬 더 비슷했고, 유사한 헤어스타일과 옷차림을 하고 있어 더욱 그랬다.

"자, 그러니까," 라켈이 말했다. "당시 우리는 아주 어려운 상황에 처해 있었어. 여러 고아원과 병원에서 부모가 돌볼 수 없게 된 일란성 쌍둥이들에 관한 보고서들이 쇄도했지."

"우리가 누구죠?"

댄이 증오에 찬 성난 목소리로 물었지만 라켈에겐 오히려 다행스러웠다. 방금 전에 받아온 서류 하나가 코트 안에 있는데, 당시 상황을 이해하는 데 도움이 될지도 모르겠다고 즉흥적으로 대답했다. "그걸 가져와서 한번 보여줄까?" 라켈은 이렇게 물으면서도 이 엉뚱한 말을 과연 저들이 믿을까 의구심이 들었고, 그녀가 그렇게 하도록 순순히 내버려두는 걸 보고는 깊은 경멸감을 느꼈다. 얼마나 약해빠지고 한심한 녀석들인지! 현관에 다다른 그녀는 일부러 기침을 해가며 현관 자물쇠가 열려 있는지 재빨리 확인했다. 그런 다음 잠시 외투를 뒤지는 척하며 소리쳤다.

"이런, 내 정신 좀 봐!"

라켈은 고개를 저으며 소파로 돌아와 모호한 말을 길게 늘어놓았다. 그 모습에 레오는 몹시 화가 치밀었고, 그녀가 칼 세게르를 언급하자 얼굴이 시뻘게지고 눈에서는 불길이 일었다. 레오는 라켈을 짐승, 괴물이라고 부르면서 칼에게 무슨 일이 있었는지 당장 설명하라고 요구했다. 이들 형제가 어렸을 때 화가 나면 얼마나 요란스러웠는지, 그 모습을 떠올라 라켈은 몹시 겁이 났다. 하지만 레오의 폭발은 오히려 다행스러운 일이었다. 바로 그때 집 앞에 도착한 베니아민이 레오의 고함소리에 확신을 갖고 노크도 없이 집안으로 뛰어들어와 곧장 레오의 두 팔을 붙잡아 뒤로 꺾은 것이다. 그사이 라켈은 베니아민이 바닥에 내려놓은 진료가방 안을 재빠르게 뒤졌다. 레오가 도와달라고 소리치자 댄이 베니아민에게 달려들었다. 라켈은 그 어느 때보다 과감하고 효과적으로 행동할 필요가 있음을 느끼고 진료가방에 담긴 물건들을 훑어보았다. 디아제팜, 아편제, 모르핀…… 갑자기 오싹해진 건 브롬화판크로늄 때문이었다. 아마존 원주민들이 독화살에 바르는 쿠라레 추출물과 흡사한 근육이완제…… 이 약을 쓰는 건 지나친 처사였지만…… 그 독성을 완전히, 혹은 부분적으로 없애주는 해독제 피소스티그민도 있었다. 라켈은 생각해둔 게 있었다. 아까 대화를 나누던 중, 부당하고 처참했던 자신의 삶에 대해 분노하는 댄의 모습에서 깊은 원한을 느낀 라켈은 대담하고도 기발한 생각을 떠올렸다. 그녀는 라텍스 장갑을 끼며 시선을 들었다.

댄은 '짐승' '괴물'을 외쳐대는 레오를 풀어주려 애썼지만, 베니아민은 늘 그렇듯 바위처럼 단단하게 레오를 붙잡고 있었다. 라켈은 결정을 내리고 주사기를 준비했다. 용량을 정확히 맞추기 위해 시간을 좀더 들인 다음 몸을 일으켰다. 정맥을 찾을 시간이 없어 근육주사를 놓는 수밖에 없었지만 그리 나쁜 선택은 아니었다. 적어도 그렇다고 스스로를 다독인 뒤 레오의 셔츠 위로 주삿바늘을 찔러넣었다. 레오는 놀란 얼굴로 라켈을 쳐다보았고 댄은 악을 썼다. "당신 지금 뭐하는 거야? 지금 뭐하는 거냐고!"

라켈은 얼굴을 찌푸렸다. 소란스러워 아래층 이웃들이 이상하게 생각할지 모른다. 호흡기 근육이 마비되어 레오가 컥컥거릴 때 누군가가 나타나면 낭패다. 상황이 급박해져 위험에 처했지만, 라켈은 또 한번 한계를 극복하고 어느 때보다 현명하게 행동해야 했다. 라켈은 매우 권위적인 의사처럼 말했다.

"둘 다 진정해! 진정제를 놓았을 뿐이야. 레오, 숨을 들이쉬어. 좋아! 금방 괜찮아질 거야. 분별 있는 사람들답게 대화해야 하지 않겠어? 짐승이니 괴물이니 끔찍한 소리는 관두고. 이쪽은…… 나와 함께 일하는 존이야. 의학교육을 받은 사람이지. 자, 우리 서로 대화가 잘 통할 거라고 믿어. 이제 너희가 이 유감스러운 이야기를 전부 알 때가 된 것도 사실이지. 너희가 이렇게 재회해서 얼마나 기쁜지 몰라."

"거짓말!" 댄이 식식거렸다.

살얼음판 같은 상황이었다. 너무 시끄러워 이웃들이 들이닥칠까 조마조마했다. 라켈은 말을 계속하며 분위기를 가라앉히려 애쓰면서 속으로는 몇 초가 남았는지 세었다. 레오의 혈관에 독성이 퍼져 니코틴성 아세틸콜린 수용체에 작용해 전신 근육이 마비되기까지 말이다. 다행히 아무도 올라오지 않았고 경찰에 신고한 사람도 없는 듯했다. 이제 레오는 라켈의 예상대로 몸이 뻣뻣해지면서 경련하더니 붉은색 페르시아 카펫 위로 털썩 쓰러졌다. 다시 한번 선을 넘어버렸지만 짧은 순간 라켈은 자신이 쥔 권력에 아찔한 희열을 느꼈다. 그녀는 언제든 레오를 살릴 수도 있고, 그대로 죽게 놔둘 수도 있었다. 모든 것은 상황의 흐름에 달려 있었다. 이제 차분하고 예리하고 설득력 있는 모습을 보여줄 때가 왔다. 댄의 원한과 열등감을 이용해야 한다.

댄에게 일생일대의 연기를 하게 하는 것, 이것이 라켈의 계획이었다.

카펫 위로 쓰러지는 레오를 보며 댄은 상황이 심각해졌음을 깨달았다. 레오는 몸의 기능이 정지된 사람처럼 털썩 쓰러졌고, 목을 부여잡은 채 전신이 굳어가는 듯했다. 댄은 모든 것을 잊고 그 옆에 웅크리고 앉아 소리치며 레오의 몸을 마구 흔들었다. 라켈이 뭐라고 말하기 시작했지만 레오를 살리려 집중하느라 거의 듣지 못했다. 게다가 귀담아듣기에는 너무나 이상한 말이었다.

"다니엘, 우린 이 일을 원만하게 처리할 수 있어. 상상을 뛰어넘는 삶을 살도록 해줄게. 원하는 모든 것을 가질 수 있는 굉장한 삶 말이야."

말도 안 되는 얘기였다. 그러는 사이 레오의 상태는 악화되었다. 신음하며 경련했고, 얼굴은 잿빛에 입술은 파랬다. 숨이 막히는지 헐떡대는 그의 두 눈에는 공황감이 어려 있었다. 이제 입술의 파란 빛깔이 양볼로 퍼지고 있어 댄은 인공호흡을 시도했다. 과거 보스턴에서 사귄 여자친구가 코카인 과다 투여로 죽을 뻔해서 배워둔 적이 있었다. 하지만 라켈이 저지하며 부드러운 목소리로 무슨 말인가를 건넸다. 댄은 실낱같은 가능성이라도 잡고 싶은 심정으로 이번엔 귀를 기울였다. 아까와 달리 흥분한 기색이 사라진 라켈은 이제 환자의 마음을 다독여주는 의사처럼 보였다. 라텍스 장갑을 낀 손으로 레오의 맥박을 짚어본 뒤 댄에게 안심하라는 듯 미소를 지어 보였다.

"전혀 걱정할 것 없어. 미세한 경련일 뿐이니 곧 좋아질 거야. 강력한 진정제를 놓긴 했지만 위험하진 않아. 직접 한번 봐!"

라켈이 주사기를 내밀자 댄은 그녀의 의중을 파악하지 못한 채 엉겁결에 받아들었다.

"이걸 왜 나한테 주죠?"

라켈은 몸을 일으켜 아직 모피 재킷과 겨울부츠 차림으로 그녀만큼이나 음산한 미소를 짓고 있는 거인 옆에 섰다. 이때 댄의 머릿속에 섬뜩한 생각이 스쳤다.

"여기에 내 지문을 남기려는 거야?"

댄은 주사기를 떨어뜨렸다.

"진정해, 다니엘. 내 말을 들어봐."

"왜 내가 당신 말을 들어야 하지?"

댄은 구급차를 부르기 위해 휴대전화를 꺼냈지만 베니아민이 손을 뻗어 그의 손목을 잡았다. 댄의 공황감은 커져만 갔다. 이들은 레오를 죽이려는 걸까? 말이나 되는 일인가? 거대한 공포가 댄을 짓눌렀다. 발밑에서 헐떡이는 레오는 정말로 죽어가는 것처럼 보였다. 댄은 울부짖으며 레오의 예민한 귀에 대고 소리쳤다.

"힘을 내! 넌 할 수 있다고!"

이때 레오가 이마를 찌푸리며 이를 꽉 깨물었다. 혈색이 조금 돌아오는 듯도 했지만 산소가 부족한지 다시 창백해졌다. 댄은 라켈을 향해 고개를 돌렸다.

"빌어먹을, 레오 좀 구해줘요! 당신은 의사잖아! 설마 얘를 죽이려는 건 아니죠?"

"천만에! 지금 무슨 말을 하는 거야? 보면 알겠지만 곧 회복될 거야. 내가 한번 볼 테니 좀 비켜봐."

라켈이 망설임 없이 진료가방을 다시 열었을 때, 댄은 도리 없이 그녀를 믿어야 했다. 그가 얼마나 벼랑 끝까지 몰렸는지 잘 알 수 있는 모습이었다. 댄은 쌍둥이 형제의 손을 꼭 잡은 채, 그에게 독을 주입한 사람이 다시 구해주기만을 바랐다.

라켈의 판단이 옳았다. 지금은 의사처럼 행동하며 신뢰감을 불어넣는 게 무엇보다 중요했다. 레오의 기도를 막아 그대로 숨을 끊어버리고 싶은 충동을 꾹 참았다. 대신 피소스티그민 주사를 준비해 레오의 셔츠 소매를 걷어올리고 팔근육에 주입했다. 여전히 의식은 흐렸지만 금세 호전되었다. 라켈은 이렇게 함으로써, 무엇보다 중요한 댄의 신뢰를 조금이나마 회복했다고 생각했다.

"이제 괜찮을까요?"

"괜찮을 거야."

상황을 무마하려 내놓은 대답이었지만, 사실 지금 라켈은 유사시에 레오를 제어하려 오래전 계획해둔 위기전략에 따르는 중이었다. 이 전략에는 이바르 외그렌이 연루되어 있다. 이바르는 레오의 로그인 정보들을 입수해 레오의 명의, 정확하게는 유령회사들의 명의를 이용해 주식시장에서 불법 거래를 저질러왔다. 이 모든 거래 내역은 하나의 파일에 담겨 있었고, 이는 레오를 사회적·직업적으로 매장시킬 뿐 아니라 교도소에 보내기에도 충분했다. 라켈이 보기에 이바르는 구제불능의 얼간이였고, 그녀의 반대에도 불구하고 마들렌 바르드를 차지하기 위해 이 정보를 사용하기도 했다. 하지만 라켈은 잠자코 있었다. 레오가 위협이 된다면 라켈은 이바르와 그 정보를 이용해 그를 압박해야 할 테니까.

"다니엘, 내 말 잘 들어. 지금부터 아주 중요한 얘기를 할 거야."

간절함과 절망이 뒤섞인 댄의 표정을 보니 라켈은 자신감이 생겼다. 비보를 전하는 의사처럼 부드러우면서도 사무적인 목소리로 말을 이었다.

"다니엘, 레오는 끝났어. 이런 말을 전하게 돼 마음이 아프지만 어쨌든 사실이야. 레오는 내부 거래와 불법 거래에 손을 담갔어. 실형을 살게 될 거야."

"그게 대체 무슨 말이에요?"

댄은 제대로 듣고 있지 않았다. 형제의 머리칼을 쓰다듬으며 이제 괜찮아질 거라고 한없이 되뇔 뿐이었다. 한심했다. 저래 봤자 무슨 소용이 있다고? 짜증이 난 라켈은 보다 날카로워진 목소리로 계속했다.

"내 말 잘 들어. 레오는 네가 아는 그런 사람이 아냐. 사기꾼이라고. 증거가 있어. 사기 혐의로 교도소에 갈 거야."

댄은 혼란스러운 얼굴로 라켈을 쳐다보았다.

"뭐라고요? 레오는 돈에 관심도 없어요."

"네가 잘못 생각하는 거야."

"그럴까요? 방금 전 나한테 전 재산의 반을 주려고 했어요. 이렇게!"

손동작까지 해보이며 흥분한 댄의 모습에 라켈은 아랫입술을 질끈 깨물었다. 이런 얘기를 듣고 싶었던 게 아닌데.

"왜 넌 겨우 반으로 만족해야 하지?"

"난 아무것도 원하지 않아요. 단지……"

댄은 입을 다물었다. 이제야 겨우 이해한 건가? 어렴풋이나마 뭔가를 느낀 것인지도 모른다. 댄의 두 눈에 다시 공황감이 어른거리자 라켈은 그가 폭발할 거라고 예측했다. 그것도 아주 격렬하게. 하지만 아무 일도 일어나지 않았다. 그저 온 정신을 레오에게 쏟으며 그를 살필 뿐이었다.

"솔직히 말해봐요. 레오에게 뭘 줬죠? 진정제가 아니었죠, 그렇죠?"

라켈은 대답하지 않았다. 손에 쥔 카드들을 어떻게 써야 할까. 이제는 말 한마디, 뉘앙스 하나가 결정적일 수 있었다. 그러다 마침내 입을 열었다.

"쿠라레야."

"그게 뭔데요?"

"식물에서 추출한 독."

"빌어먹을! 왜 독을 준 거죠?" 댄은 다시 고함을 질렀다.

"필요하다고 판단했어."

댄은 덫에 걸린 짐승 같은 눈빛으로 베니아민을 올려다보았다.

"하지만 그다음에……"

"응?"

"그다음에 다른 주사도 놓았잖아요."

"피소스티그민. 해독제야."

"그럼 이제 레오를 병원으로 데려가야죠, 그렇죠?"

라켈이 대답하지 않자 댄은 휴대전화를 꺼냈다. 베니아민에게 전화기를 빼앗으라고 지시할까 생각해봤지만 놔두기로 했다. 전화를 걸지 않는 한 위험한 일은 아니었다. 댄이 쿠라레에 대해 검색해보는 거라고 짐작해 잠시 그 내용을 읽도록 놔두었다. 그리고 댄의 얼굴에 공포의 기색이 비치자 곧장 전화기를 빼앗았다. 댄은 미친듯이 화를 내고 고함치고 주먹을 휘둘러댔다. 베니아민조차 제압하는 데 애를 먹었다.

"진정해, 다니엘!"

"싫어! 못해!"

"이제 그만해! 너한테 엄청난 선물을 주고 싶다고! 무슨 뜻인지 이해 못하겠어?"

"빌어먹을, 무슨 소리야?"

"피소스티그민은 쿠라레의 작용을 일시적으로 지연시킬 뿐이야."

"그럼 레오를 구할 수 없단 얘기야?" 댄은 목이 너무 쉬어버려 사람 목소리 같지가 않았다.

"미안. 레오를 구할 순 없어."

거짓말이었다. 라켈은 댄을 조용히 시키기 위해 베니아민에게 조치를 취하게 했다. 댄은 몸을 붙들린 채 테이프로 입막음을 당했다. 라켈은 여기에 양해를 구하며 독의 효과를 보다 명확하게 설명했다.

"호흡기 근육은 곧 다시 마비될 거야. 레오는 질식해서 죽게 되지."

라켈은 댄을 바라보았다.

"다니엘, 상황이 좀 미묘하게 됐어. 레오는 죽어가고 있고, 주사기에는 네 지문이 남아 있지. 게다가 너한텐 매우 명확한 동기가 있었고, 안 그래? 네 눈빛에선 질투심이 보여. 레오는 모든 걸 가졌는데 넌 그렇지 못했으니까. 하지만 좋은 소식은……"

댄은 맹렬히 몸부림쳤다.

"좋은 소식은, 레오가 계속 사는 게 가능하다는 사실이야. 널 통해 새롭게 다시 살 수 있는 거지."

라켈은 손을 크게 휘둘러 집안을 가리켰다.

"넌 레오의 인생과 돈, 그리고 그 모든 기회들을 가질 수 있어. 항상 꿈꿔왔던 삶을 살 수 있다고. 네가 레오의 삶을 인계받는 거야. 그걸 누릴 수 있어. 약속하는데, 레오가 저지른 끔찍한 일들, 그 더러운 짓거리들이 세상에 드러나는 일은 절대 없을 거야. 우리가 그렇게 되지는 않게 해줄게. 모든 면에서 널 도울 거라고. 너희는 거울 쌍둥이라 당장은 몇 가지 어려움이 있을 순 있어. 하지만 놀라울 정도로 닮았으니 모든 게 잘 풀릴 거야. 난 벌써 알겠는걸."

이 순간 라켈은 정체를 알 수 없는 이상한 소리를 들었다. 댄이 이를 악물어 치아 하나가 으스러지는 소리였다.

20장

6월 22일

레오가 드디어 자신의 사무실에서 나왔다. 미카엘은 일어서서 그와 악수를 나눴다. 참으로 기묘한 만남이었다. 그렇게 오랜 시간 레오에 대해 조사해오다 이제야 얼굴을 마주보게 되었으니 말이다. 그들 사이에는 어떤 암묵적인 불편함이 그림자처럼, 유령처럼 드리워져 있었다.

레오는 불안하게 양손을 마주 비볐다. 깔끔하게 정리된 기다란 손톱에 곱슬머리는 약간 헝클어져 있었고, 청색 리넨 정장과 회색 티셔츠와 스니커즈 차림이었다. 긴장했는지 미카엘에게 사무실로 들어오라고 청하지도 않고 레오는 로비의 안내데스크 앞에 서 있기만 했다.

"얼마 전 포토그라피스카 미술관에서 카린 레스탄데르와 토론하신 걸 봤습니다. 감명 깊었어요."

"아, 고맙습니다. 그건……"

"아주 명쾌했어요." 미카엘이 상냥한 미소를 지으며 대신 말했다. "옳은 말씀이었고요. 우린 그 어느 때보다도 거짓말들과 가짜 뉴스들이 판치는 시대에 살고 있으니까요. 아니, '대안적 사실들'이라고 해야 할까요?"

"탈진실 사회인 거죠." 레오가 조심스럽게 미소를 지어 보였다.

"맞습니다. 그리고 우린 신분을 가지고도 장난을 치죠, 안 그렇습니까? 페이스북에서 다른 사람 행세를 하며 말이에요."

"전 페이스북을 안 해요."

"저도 안 합니다. 그걸 왜 하는지 이해 못하겠더라고요. 하지만 이따금 여러 배역을 연기하긴 하죠. 제 직업의 일부라고 할까요. 당신은 어떤가요?"

레오는 초조한 기색으로 손목시계를 들여다본 뒤 창문 너머 광장 쪽으로 시선을 던졌다.

"죄송합니다만, 제가 오늘 무척 바빠서요. 오늘 무슨 말씀을 하고 싶으신 건가요?"

"제가 왜 찾아왔을 것 같나요?"

"글쎄요, 모르겠는데요."

"짐작 갈 만한 일이 전혀 없나요? 우리 〈밀레니엄〉 편집부의 흥미를 끌 만한 일 말입니다."

레오는 마른침을 삼켰다. 그는 잠시 생각에 잠기더니 시선을 바닥에 고정한 채로 대답했다.

"과거에 몇몇 거래를 좀더 바람직하게 처리해볼 수도 있었죠. 솔직히 좀 엉망이었어요."

"언제 한번 자세히 알아봐야겠군요. 그런 '엉망'들을 조사하는 게 제 전문 분야니까요. 하지만 지금은 좀더 개인적 차원의 일에 관심이 있습니다. 가령 비일관성 같은."

"비일관성이요?"

"네, 맞습니다."

"예를 들면요?"

"예를 들면, 당신이 오른손잡이가 된 경우."

레오—그가 정말로 레오라면—는 다시 무언가에 귀를 기울이는 듯했다. 그러고는 손으로 머리칼을 쓸어넘겼다.

"아, 그런 건 아니에요. 그냥 바꿔본 것뿐이죠. 원래 양손잡이예요."

"글씨도 양손으로 쓸 수 있단 말이죠?"

"뭐, 그렇다고 할 수 있죠."

"지금 한번 보여주실 수 있나요?"

미카엘이 볼펜과 수첩을 꺼냈다.

"별로 그러고 싶진 않네요."

레오의 인중에 땀이 맺혔다. 그는 미카엘의 눈을 피했다.

"어디 몸이 안 좋으세요?"

"썩 좋지는 않군요."

"더위 때문이겠죠."

"아마도요."

"저도 그렇게 컨디션이 좋지는 않아요." 미카엘이 말을 이었다. "어제 밤늦게까지 힐다와 술을 마셨거든요. 힐다를 잘 아시는 것 같던데요?"

레오의 눈빛에 두려운 기색이 스친 걸 보니 걸려든 모양이었다. 그의 시선과 초조한 움직임을 통해서도 이를 감지할 수 있었다. 그런 레오를 주의깊게 관찰하니, 다른 무언가가 더 있을 수도 있겠다는 생각이 들었다. 명확히 규정하긴 힘들지만 조바심, 혹은 망설임 같은 감정이 어렴풋이 느껴졌다. 레오, 혹은 누구든 간에, 그는 중대한 결심이라도 앞둔 사람처럼 보였다.

"힐다가 믿을 수 없는 이야기를 들려줬어요."

"아, 그래요?"

"출생 후 의도적으로 분리된 쌍둥이 형제 이야기. 그중 한 명인 다니엘 브롤린은 후딕스발 부근의 농가에서 노예처럼 일하며 자랐죠.

반면 나머지 쌍둥이 형제는⋯⋯"

"아, 목소리가 너무 커요!"

"네?"

황급히 말을 끊는 레오의 모습에 미카엘은 짐짓 놀라는 척 그를 쳐다보았다.

"그럼 잠깐 나가서 좀 걷는 게 어떨까요?"

"글쎄요⋯⋯"

"⋯⋯걷는 게 어떨지 모르겠다는 건가요?"

무슨 말을 해야 할지 모르는 게 분명했다. 레오는 잠시 화장실에 다녀온다면서 급히 자리를 떴지만 미카엘의 시야에서 완전히 사라지기도 전에 휴대전화를 꺼내들어 설득력 있는 핑계라고 할 순 없었다. 이 순간 미카엘은 자신의 추측이 맞았음을 확신했다. 그리고 리스베트에게 문자메시지를 보냈다.

레오는 다니엘이야. 거의 확실해!

시간이 흐를수록 미카엘은 혹시 자신이 속은 건지, 그가 뒷문으로 빠져나간 건 아닌지 점점 걱정되기 시작했다. 그동안에는 직원들과 방문객들만 오갈 뿐 아무 일도 일어나지 않았다. 안내데스크 직원은 모든 이들에게 웃는 얼굴로 인사하며 방문객들을 의자에 앉아 대기하도록 하거나 저마다 목적지를 찾아갈 수 있게끔 길을 안내했다.

이곳 사옥 로비는 아주 우아한 공간이었다. 천장은 높직했고 붉은색 벽면에는 역대 임원으로 보이는 정장 차림 중년들의 유화가 걸려 있었다. 오직 남성들로만 채워진 그 벽면에서는 왠지 음란한 느낌마저 들었다.

미카엘의 휴대전화가 울렸다. 안니카였다. 전화를 받으려는 그때 레오 혹은 다니엘인 그가 한결 차분해진 얼굴로 복도 끝에서 나타났다. 어떤 결심을 하고 나온 사람처럼 보이기도 했지만 뭐라고 단언하기 힘들었다. 목 부근이 붉고 긴장한 기색은 여전히 남아 있었다. 그는 바닥에 시선을 고정한 채 미카엘에게는 아무 말 없이 안내데스크 직원에게 가 몇 시간 동안 외출하겠다고 전했다.

그들은 엘리베이터를 타고 내려가 노르말름 광장으로 나왔다. 스톡홀름은 펄펄 끓고 있었다. 사람들은 신문이나 손바닥으로 부채질을 했고, 남자들은 재킷을 벗어 어깨 위에 걸치고 다녔다. 함가탄 거리에 접어들었을 때 그가 불안한 눈빛으로 뒤를 힐끗 돌아보자 미카엘은 안전을 위해 버스나 택시를 타야 할까 생각했다. 하지만 그들은 거리를 건너 왕립공원에 이르렀다. 무슨 일이 일어나주기를 기다리는 사람들처럼 말없이 계속 걷기만 했다. 미카엘은 이런 영문 모를 분위기가 썩 마음에 들진 않았다.

레오 혹은 다니엘은 이상할 정도로 땀을 많이 흘렸고, 다시금 불안한 눈빛으로 주위를 힐끗거렸다. 이제 그들은 오페라 극장 맞은편에 와 있었다. 이때 이유는 알 수 없었지만 어떤 위협의 기운이 느껴져 미카엘은 자신이 실수를 범하진 않았는지 자문했다. 어쩌면 기록소 사람들이 한발 앞선 것인지도 모른다. 미카엘은 고개를 돌려 주변을 살폈지만 아무것도 보이지 않았다. 조용한 거리에서는 여름 휴가철의 분위기가 느껴졌고, 사람들은 공원 벤치나 카페 테라스에서 해바라기를 하고 있었다. 어쩌면 함께 걷는 이의 불안감이 전염된 건지도 모른다. 미카엘은 이제 단도직입으로 나가기로 했다.

"자, 내가 당신을 어떻게 불러야 하죠? 레오, 아니면 다니엘?"

입술을 꽉 깨문 그의 안색이 어두워졌다. 그러더니 미카엘에게 달려들었고, 그들은 땅바닥에 뒹굴었다.

노르말름 광장의 벤치에 앉아 기다리고 있던 라켈은 다니엘이 미카엘과 함께 걸어나오는 모습을 보고 조만간 이야기가 폭로되겠거니 했다. 시한폭탄 타이머가 작동된 것이다. 하지만 라켈은 충격을 받지도, 심지어 놀라지도 않았다.

사태가 매우 위험해지고 있음을 오래전부터 알고 있었기 때문이다. 이로 인해 그녀는 절망감을 느끼기도 했지만, 한편으로는 곧 무덤으로 향할 자의 자유를 얻었다. 잃을 게 없는 자의 힘을 가졌다. 그리고 옆에는 항상 베니아민이 있었다. 라켈처럼 죽을병에 걸린 건 아니었지만 그는 그녀로부터 자유로울 수 없는 처지였다. 평생 품어온 충성심과 그들이 함께 저질러온 모든 일 때문에. 모든 게 밝혀지면 라켈만큼이나 비참하게 몰락할 터였다. 그렇기 때문에 미카엘을 제압한 뒤 다니엘을 납치해 본때를 보여주자는 라켈의 계획을 그는 이유를 묻지 않고 받아들였다.

베니아민은 무더운 날씨에도 불구하고 후드 달린 검정색 외투와 선글라스 차림이었다. 미카엘을 순식간에 잠재워버릴 케타민 주사도 들고 있었다. 라켈은 오전 내내 복통에 시달렸지만 아픈 몸을 이끌고 왕립공원을 따라 이어지는 산책로에 나왔다. 눈부신 햇빛 아래에 서서 베니아민이 재빨리 걸음을 옮기는 모습을 바라보았다.

라켈의 감각은 극도로 날카로워진 상태였다. 도시 전체가 이 순간에 집중되면서 강렬한 한 장면으로 응축될 것만 같았다. 다니엘과 미카엘을 뚫어지게 응시하던 그녀는 그들의 걸음이 느려지는 모습을 포착했다. 미카엘이 질문을 하는 듯했다. 저러면 주의가 소홀해질 테니 잘된 것이다. 모든 게 계획대로 되리라.

길 저쪽에 마차가 한 대 와서 섰고 하늘에는 파란 열기구가 떠 있었다. 주위에는 아무것도 눈치채지 못한 사람들이 한가롭게 거닐고 있었다. 터질 듯한 심장박동을 느끼며 라켈이 숨을 깊이 들이마시던 순간, 뭔가가 벌어졌다. 다가오는 베니아민을 본 다니엘이 미카엘을 밀쳐버린 것이다. 미카엘이 나뒹구는 바람에 목표물을 놓친 베니아민은 주사기를 쥔 채 우두커니 서 있었다. 이내 미카엘이 벌떡 일어나자 잠시 머뭇거리다 다시 달려들었지만, 목표물이 몸을 다시 피하니 베니아민은 그대로 도망가버리고 말았다. 겁쟁이 자식! 라켈은 화가 치밀었지만 다니엘과 미카엘이 오페라셀라렌 레스토랑 쪽으로 달려가 택시에 올라타고 사라지는 모습을 지켜보는 수밖에 없었다. 축축한 이불처럼 더위의 열기가 엄습해오자 라켈은 자신의 몸이 얼마나 황폐해졌는지 깨달았다. 똑바로 몸을 일으켜 신속히 그곳을 떠났다.

리스베트는 회색 승합차 바닥에 널브러져 있었다. 간간이 복부와 얼굴에 발길이 날아왔다. 차에 실려서도 다시 한번 그 유독물질 묻은 천이 덮쳐와 잠깐 의식을 잃었던 모양인지 머릿속이 지끈거리고 멍했다. 그러는 와중에도 베니토와 바시르를 알아보았다. 멋진 조합이라고는 할 수 없었다. 베니토는 얼굴이 매우 창백했고 머리와 턱 둘레에 붕대를 감고 있었다. 움직일 때마다 통증이 있는지 꼼짝 않고 앉아 있어 다행이었다. 리스베트를 괴롭히는 건 남자들이었다. 수염을 기르고 땀에 흠뻑 젖은 바시르는 전날과 같은 차림새였다. 서른다섯 살가량에 머리를 민 덩치 큰 남자는 회색 티셔츠와 검정색 가죽 조끼 차림이었다. 세번째 남자는 운전대를 잡고 있었다.

리스베트는 승합차가 슬루센을 지나고 있을 거라고 짐작했다. 노끈 한 뭉치, 접착테이프 한 개, 드라이버 두 개…… 차 안에 있는 모든 것들을 세세하게 기억해두고 있는데 다시 리스베트의 목덜미 쪽으로 발길이 날아왔다. 그러고는 두 팔을 잡아당겨 결박하더니 그녀의 주머니를 뒤져 휴대전화를 찾아냈다. 염려할 만한 상황이었지만 다행히 머리를 민 남자는 전화기를 그냥 자기 주머니에 넣는 데 그쳤다. 남자의 체격과 뻣뻣한 움직임, 그리고 연신 베니토를 힐끗거리는 걸로 보아 바시르가 아닌 베니토의 수하임이 분명했다.

그들은 승합차 내부 왼쪽 측면에 붙은 긴 좌석에 앉았고 리스베트는 여전히 바닥에 누워 있었다. 익숙한 향수 냄새가 외과용 용액의 악취와 그들이 신은 운동화 냄새에 섞여들었다. 리스베트는 그들이 북쪽으로 가고 있다고 생각했지만 머리가 너무 지끈거려 확실히 판단할 수는 없었다. 차 안에선 오랫동안 말 한마디 들리지 않았다. 사람들의 숨소리와 엔진 소리, 삼십 년은 됐을 법한 고물차가 덜컹거리는 소리뿐. 그러다 점점 모든 게 조용해졌다. 마침내 어느 큰 도로로 접어들어 이십 분쯤 지나자 그들이 입을 열기 시작했다. 리스베트가 바라던 바였다. 바시르의 목에 있는 시퍼런 멍자국이 자신이 휘두른 하키 스틱의 흔적이었으면 했다. 바시르는 잠을 제대로 못 잤는지 몰골이 말이 아니었다.

"이 더러운 년, 가만 안 둬."

바시르의 말에 리스베트는 대꾸하지 않았다.

"그리고 내가 널 죽여버릴 거야. 내 케리스로 아주 서서히."

베니토가 보태는 말에도 리스베트는 입을 열지 않았다. 불필요한 일이었다. 그들이 한 말은 빠짐없이 몇 대의 컴퓨터로 전송되고 있었다.

전혀 복잡한 일이 아니었다. 적어도 리스베트에게는. 거리에서 습격당하던 순간 리스베트는 자신이 개조한 아이폰에 대고 빌드비트라라고 속삭였다. 이를 신호로 아이폰의 인공지능 '시리'가 비상 버튼을 작동시켰고, 증폭마이크가 자동으로 켜지면서 녹음 내용이 GPS 정보와 함께 해커 공화국의 모든 멤버들에게 전송되고 있었다.

실력자 해커 그룹인 해커 공화국의 모든 멤버는 극도의 위급 상황에서만 비상 버튼을 사용하기로 맹세했다. 그리고 지금, 세계 도처의 젊은 인재들이 승합차에서 벌어지는 이 드라마를 주시하고 있다. 대부분은 스웨덴어를 알아듣지 못했지만 그래도 몇 사람은 이해했고, 그중에는 순드뷔베리의 획클린타베겐 거리에 사는 리스베트의 몸집

큰 친구도 포함되어 있었다.

플레이그. 집채만하고 구부정한 몸집에 사회부적응자인 그는 컴퓨터 천재였다. 그는 지금 컴퓨터 앞에 앉아 온 신경을 곤두세운 채 북쪽 읍살라 방면으로 달리는 차량의 GPS 좌표를 눈으로 좇고 있었다. 소리로 보건대 구형 모델에 비교적 큰 차인 듯했다. 차량이 77번 고속도로로 들어가 동쪽 크니브스타 방면으로 방향을 튼 건 결코 좋은 징조가 아니었다. 깊은 교외 지역으로 들어갈수록 GPS 정보가 부정확해지기 때문이다. 어떤 여자의 목소리가 다시 들렸다. 잔뜩 쉬고 힘이 없는 걸로 보아 몸 상태가 좋지 않은 모양이었다.

"내가 널 얼마나 서서히 죽게 만들지 넌 상상도 못할 거야, 상상도!"

플레이그는 책상 위로 절망에 찬 시선을 떨궜다. 종잇조각, 맥주 캔, 콜라병, 음식 부스러기 등 온갖 쓰레기들이 널려 있었다. 플레이그 자신은 이발과 면도를 안 한 지 꽤 오래되었고, 낡아빠진 파란색 가운 하나만 걸친 차림이었다. 게다가 이놈의 허리는 왜 이리 아픈지! 최근에 체중이 더 늘었고 당뇨병까지 있었다. 문밖으로 한 발도 내딛지 않은 지 벌써 일주일째였다. 대체 어떻게 해야 할까? 행선지를 안다면 전기나 수도 공급망을 해킹해 그 지역 주민경비대에게라도 도움을 요청할 텐데…… 하지만 그는 무력하기만 했다. 온몸이 부들부들 떨리고 심장이 터질 듯 뛰었다. 승합차가 어디로 달려가는지 전혀 알 수 없었다.

해커 공화국 시민들의 메시지가 쇄도했다. 리스베트는 그들의 친구이자 스타였다. 하지만 괜찮은 의견이나 즉각 실행할 수 있는 계획을 제시하는 사람은 없었다. 경찰에 신고해야 하나? 플레이그는 한 번도 경찰과 접촉해본 적이 없었다. 이 나라 사이버 범죄 가운데 그가 연루되지 않은 사건이 거의 없으니 경찰은 어떤 식으로든 추적하고 있을 터였다. 하지만 아무리 범법자라 할지라도 법에 도움을 청해야 할 때가 있었다. 이때 플레이그의 머리에 스치는 생각이 있었다. 언젠가 리스베트, 아니, 그가 아는 이름인 '와스프'가 얘기한 적 있는 얀 부블란스키라는 경찰. 리스베트 말로는 괜찮은 사람이라고 했다. 그 정도면 최고의 찬사였다. 플레이그는 몇 분간 우플란드 지도가 떠 있는 모니터 화면을 꼼짝 않고 노려보다가 헤드폰을 쓰고 오디오 파일의 볼륨을 최대한으로 높였다. 엔진 소리와 오가는 목소리의 아주 세밀한 부분까지 들어보려고. 처음에는 지직거리는 잡음만 귓속을 가득 채울 뿐 말소리는 전혀 들리지 않았다. 그러더니 뒤이어 플레이그가 가장 듣고 싶지 않았던 말이 들려왔다.

"이년 전화기, 네가 갖고 있어?"

몸이 아픈 듯한 여자의 목소리였다. 그녀와 다른 남자 한 명이 우두머리인 모양이었다. 남자는 가끔 운전수에게 뭔지 모를 언어로 말했는데, 해커들이 파일을 올려 검색해보니 벵골어로 밝혀졌다.

"내 주머니에 있어."

"어디 줘봐."

부스럭거리는 소리가 들리고 손에서 손으로 휴대전화가 건네졌다. 버튼을 눌러보고 기기를 뒤집어보거나 후, 후, 불어보는 소리가 들렸다.

"수상한 거라도 있어?"

"모르겠어. 그런 것 같진 않아. 하지만 경찰들이 도청하는 데 이걸 써먹을 수도 있겠지."

"그럼 없애버리는 게 좋겠군."

다시 벵골어가 들리고 차가 속도를 줄이는 듯했다. 그 상태로 멈추지는 않고 계속 움직이는 와중에 문이 삐걱 열렸다. 뒤이어 휘익 하고 마이크에 바람이 들어가는가 싶더니 덜거덕거리며 크게 충돌하는 소리가 들렸다. 플레이그는 헤드폰을 벗으며 주먹으로 책상을 내려쳤다. 이런 개 같은! 빌어먹을! 해커 공화국 네트워크에 욕설이 난무했다. 와스프와 연락이 끊긴 것이다.

플레이그는 상황을 정리해보려고 생각을 집중했다. 맞다, 교통 단속 카메라! 그 카메라들에 접근하려면 시간을 들여 스웨덴 교통관리국을 해킹해야 했지만 그들에겐 그럴 여유가 없었다.

아는 사람 있어? 교통관리국에 빨리 접근하는 법?

플레이그는 육성으로 의견을 교환할 수 있도록 모두에게 암호화된 오디오 링크를 보냈다.

"인터넷에 공개된 카메라들도 있어!"

"그걸론 안 돼." 플레이그가 대답했다. "화면이 흐릿하고 너무 흔들려. 차량 모델과 번호판을 확인하려면 제대로 봐야 해."

"내가 지름길을 알아."

플레이그는 잠시 후에야 그 젊은 여성의 목소리를 알아들었다. 최근 새 멤버가 된 넬리였다. 플레이그는 환호성을 질렀다.

"정말이야? 좋았어! 자, 그럼 들어가. 나머지는 모두 넬리에게 연결하고. 모두들 넬리를 도와주자고! 서둘러! 나는 시간과 좌표를 알려줄게!"

플레이그는 www.trafiken.nu에 접속했다. 웁살라 방면 E4 고속도로에 설치된 교통 단속 카메라들의 정확한 위치를 보여주는 사이트였다. 그리고 와스프의 휴대전화를 통해 들어온 음성 파일을 다시 재생해보니 비상 버튼이 작동된 시각은 오후 12시 52분이었다. 이 도로의 첫번째 카메라가 남南 하가에 설치되어 있으니…… 약 십삼 분 후인 1시 5분경에 문제의 차량이 그곳을 통과했을 것이다. 다행히 이어지는 구간들에는 카메라가 짧은 간격으로 배치되어 있었다. 린베바르토르페트, 남 린베바르토르페트, 북 린베바르토르페트, 하가 북문北門, 북 하가, 스토라프뢰순다, 예르바크로그, 멜란예르바, 울릭

스달 골프장…… 당시 교통량이 많았지만 문제의 차량을 찾아내는
건 어렵지 않을 터였다. 첫번째 구간에 상당히 많은 카메라가 설치되
어 있는데다, 구형 승합차나 소형 트럭 같은 차종이라는 게 확실했기
때문이다.

"어떻게 돼가는 거야?" 플레이그가 소리쳤다.

"좀 진정해. 작업하고 있으니까 진정하라고. 이거 완전히 엿 같아,
뭔가 새로운 걸 깔아놨어. 이게 뭐야? 접속 거부. 빌어먹을…… 예스!
됐어…… 거의 다 됐어…… 이제…… 뭐야 이거! 어떤 얼간이가 이
렇게 만든 거야? 멍청한 아마추어들!"

욕설과 고함. 아드레날린과 땀과 비명…… 늘 이랬지만 지금은 더
욱 심했다. 사람의 생사가 걸린 문제였으니까. 이내 그들은 교통관리
국 시스템을 파악한 후 침투해 들어가 카메라에 녹화된 영상들을 여
러 번 되돌려본 끝에 문제의 차량을 찾아냈다. 가짜 번호판을 단 구
형 회색 메르세데스 승합차였다. 하지만 이렇게 찾아낸들 무슨 소용
인가? 문제의 승합차는 그저 창백한 악령처럼 카메라 앞을 차례로
지나다 결국 감시 범위를 벗어나 바다보호수 어딘가를 향해 크니브
스타 동쪽 숲속으로 사라졌다. 그 모습을 보며 그들은 더욱 심한 무
력감을 느꼈다.

"디지털 사막으로 들어가는군! 젠장, 젠장!"

해커 공화국에서도 이토록 심한 고함과 욕설이 난무하는 건 이례
적이었다. 얀 반장에게 전화하는 것 외에는 대안이 없었다.

21장
6월 22일

얀은 스톡홀름 경찰청 사무실에 앉아 하산과 대화를 나누고 있었다. 이제 얀은 자말이 어떻게 살해되었는지 대략 파악하게 되었다. 아버지를 제외하고 카지 집안의 형제들이 방글라데시에서 망명한 몇몇 이슬람주의자들과 함께 벌인 짓이었다. 정교하게 계획된 사건이긴 했지만 그렇다고 해서 초동수사의 실패가 정당화될 수는 없었다. 오늘 마침내 수사가 마무리될 수 있었던 것도 순전히 외부의 도움 덕분이었다.

경찰로서는 수치스러운 일이었다. 방금 전 얀은 세포 국장 헬레나 크라프트와 오랫동안 대화를 나눴고, 지금은 하산과 함께 앞으로 경찰이 이런 유사 범죄들을 잘 예측하고 방지할 방법에 대해 의견을 나누는 중이었다. 하지만 사실 얀의 생각은 딴 데 가 있었다. 어서 홀게르 사건으로 돌아가 마르틴 교수라는 인물을 자세히 조사하고 싶었다.

"지금 뭐라고 하셨죠?"

얀은 하산의 말을 제대로 알아듣지 못했지만 휴대전화가 울리는 바람에 더 물어볼 겨를이 없었다. Total fucking shitstorm for Salander*라는 유저로부터 온 스카이프 호출이었다. 이상한 상황이었다. 대체 누가 이런 이름을 쓰는 거지? 전화를 받자마자 수화기 너머에서 젊은 남자가 스웨덴어로 고함을 질러댔다.

"당신의 정체를 먼저 밝히지 않으면 이만 끊을 겁니다!"

"내 이름은 플레이그야! 당신 컴퓨터를 켜고 내가 보낸 링크를 열면 설명하겠어."

얀은 메일함에 들어가 링크를 연 뒤 플레이그의 설명을 들었다. 욕이 난무하고 이해하기 힘든 컴퓨터 용어가 많았지만 하고자 하는 말만큼은 무척 명쾌했다. 얀은 크게 놀란 나머지 잠시 멍해졌지만 곧바로 정신을 차린 뒤 웁살라 및 스톡홀름 경찰 소속 차량과 헬리콥터를 바다보호수 지역으로 보내라고 지시했다. 그런 다음 아만다와 함께 주차장에 세워둔 볼보를 향해 뛰어나갔다. 얀은 안전을 위해 아만다에게 운전대를 맡기고, 곧장 경광등을 켜고서 웁살라 방면 북쪽으로 달렸다.

미카엘은 자기 앞에 서 있는 남자 덕분에 심각한 위험에서 벗어날 수 있었다. 그 행동이 뜻하는 바를 아직 이해할 순 없었지만 좋은 신호인 건 분명했다. 조금 전 알프레드 외그렌 사옥 로비에서 그들은 기자와 사냥감이라는 단순한 역할에 한정된 관계였지만 지금은 아니었다. 이제 그들 사이에는 새로운 끈이 생겼고, 미카엘은 그에게 빚을 갚아야 했다.

바깥에는 햇볕이 따갑게 내리쬐고 있었다. 그들은 타바스트가탄의 어느 작은 아파트 꼭대기층에 있었다. 조그만 창들 너머로 리다르

---

* 완전히 엿 같은 상황에 처한 살란데르.

피에르덴만이 내려다보였고, 대양과 하얀 고래 한 마리를 묘사한 유화 한 점이 미완성인 채 이젤에 놓여 있었다. 파격적인 색상의 조합에도 불구하고 조화로움이 느껴지는 작품이었다. 하지만 그 어떤 것에도 정신을 빼앗기고 싶지 않았기에 미카엘은 그림을 창 쪽으로 돌려버렸다.

이곳은 이레네 베스테르비크라는 노화가의 집이었다. 미카엘은 이레네와 아주 가까운 사이는 아니었지만, 현명하고 신뢰할 수 있는 사람이어서 친밀감을 느껴왔다. 어지러운 시류로부터 멀리 떨어져 살고 있는 그녀와 함께 있다보면 세상을 보다 넓게 볼 수 있었다. 미카엘은 택시 안에서 그녀에게 전화를 걸어 몇 시간 혹은 하루 정도 집을 사용해도 되겠느냐고 물었다. 회색 정장 차림의 이레네가 건물 입구에서 그들을 맞이한 뒤 부드러운 미소를 지으며 열쇠를 건네주었다.

이제 미카엘은 아마도 다니엘일 남자와 함께, 돌려놓은 그림 앞에 마주앉아 있다. 보안에 만전을 기하기 위해 휴대전화는 전부 전원을 꺼서 주방 선반에 올려놓았다. 둘 다 땀이 줄줄 흘러내렸다. 너무 더운 나머지 미카엘은 창문을 열어보려 했지만 허사였다.

"그 남자가 손에 들고 있던 게 주사기였나요?"

"그런 것 같았어요."

"무슨 주사였을까요?"

"최악의 경우라면 합성 쿠라레일 거예요."

"독극물인가요?"

"용량이 많으면 호흡기 근육을 포함해 전신을 마비시킬 수 있죠. 질식하게 됩니다."

"그 약물을 잘 아시는군요."

그가 슬픈 얼굴을 하자 미카엘은 창밖으로 시선을 돌렸다. 파란 하늘이 보였다.

"다니엘이라고 불러도 될까요?"

그는 침묵을 지키며 잠시 망설이다 대답했다.

"댄이라고 부르세요."

"별명인가요?"

"아뇨, 난 미국 영주권자예요. 고생고생해서 옛 이름의 흔적을 지웠어요. 지금 이름은 댄 브로디입니다."

"그보다는 레오 만헤이메르겠죠?"

"네, 맞아요."

"조금 희한하네요, 그렇죠?"

"그래요."

"나에게 사연을 들려줄 수 있나요, 댄?"

"한번 해볼게요."

"우린 시간이 많아요. 아무도 여기 있는 우릴 찾을 수 없을 거고요."

"여기에 마실 만한 게 있을까요? 좀 센 걸로요."

"냉장고를 한번 보죠."

미카엘은 상세르 화이트 와인 몇 병이 나란히 놓여 있는 걸 발견했다. '이거 원, 새로운 관례가 생겨버렸네······' 미카엘은 쓴웃음을 지으며 생각했다. 이제 정보를 얻으려면 술을 마셔야 했다. 미카엘은 와인 한 병과 잔 두 개를 들고 돌아와 댄의 잔을 채웠다.

"자, 받아요."

"어디서부터 시작해야 할지 모르겠네요. 힐다를 만났다고 했죠? 혹시 그녀가 말하던가요? 그러니까······"

댄은 다시 머뭇거렸다. 차마 입에 담기도 두려운 이름, 혹은 사건을 이야기하려는 것처럼.

"뭐 말입니까?"

"라켈 그레이츠에 대해서요."

"네, 힐다가 많은 얘길 해줬어요."

댄은 아무 말도 하지 않았다. 다만 결연한 표정으로 잔을 들어올린 뒤 와인을 한 모금 마셨다. 그런 다음 천천히 입을 열었다. 그의 이야기는 베를린의 어느 재즈클럽에서부터 시작됐다. 기타 솔로 연주, 그리고 그를 바라보던 여자……

회색 승합차는 어느 숲 안으로 들어가 멈췄다. 차 안은 견딜 수 없을 정도로 더웠고, 바깥에서는 지저귀는 새들과 윙윙대는 곤충들 소리가 들렸다. 엔진은 공회전하고 있었다. 리스베트는 목이 말랐고 기침이 나오는 등 몸 상태가 좋지 않았다. 그들이 흡입시킨 클로로포름 때문이거나, 결박된 채 차 바닥에 처박혀 있으면서 계속 구타를 당했기 때문일 수도 있었다. 리스베트는 무릎을 꿇어 천천히 몸을 일으켰지만 다들 그 모습을 지켜보기만 할 뿐 아무 말도 하지 않았다. 시동이 꺼지자 긴 좌석에 앉아 있던 그들이 서로를 바라보며 고개를 끄덕였다. 베니토가 앉아서 알약 몇 개를 물과 함께 삼키고 나자 바시르가 다른 남자와 함께 그녀를 일으켜주었다. 리스베트는 그제야 남자의 팔뚝과 가죽조끼에 새겨진 문양을 보았다. MC 스바벨셰. 아버지 살라첸코, 그리고 쌍둥이 자매 카밀라와 동맹이었던 오토바이 클럽. 카밀라와 수하의 해커들이 거주지를 알아낸 걸까?

리스베트는 승합차 뒷문을 살폈다. 그 문을 열고 도로 위로 휴대전화를 던졌던 남자의 동작을 떠올리며 그가 문을 여는 데 힘을 얼마나 주었는지 수학적으로 정확하게 기억해냈다. 손목을 묶은 끈은 좀처럼 풀 수 없었지만 문은 발로 차면 쉽게 열릴 터였다. 베니토가 머리에 중상을 입었고 남자들이 초조해하고 있다는 사실만큼이나 긍정적인 요소였다. 그들의 시선과 호흡이 모든 것을 말해주었다. 바시르는 발홀멘에서처럼 얼굴을 일그러뜨리더니 오른발을 한껏 뒤로 뺐다. 리스베트를 최대한 세게 걷어차려는 심산이었다. 리스베트는 발길질을 당할 때 약간 과장해 반응하려고 했지만 그럴 필요는 없었다. 바시르의 과격한 발길이 옆구리에 정통으로 날아들었기 때문이다. 얼굴에도 한 방을 얻어맞자 이번에는 정신을 못 차리는 시늉을 하며 베니토를 주의깊게 살폈다.

처음부터 리스베트는 이 쇼의 연출자가 바로 베니토임을 직감했다. 그녀가 쇼의 피날레를 장식할 사람인 것이다. 베니토는 회색 천가방 위로 허리를 굽혀 붉은 벨벳을 한 장 꺼냈다. 동시에 남자들은 양쪽에서 리스베트의 어깨를 꽉 붙잡았다. 여기서 어떤 낙관적인 요소를 발견하기란 힘들었다. 특히 베니토가 애지중지하는 케리스까지 꺼내든 마당이니 더욱 그랬다. 곧게 뻗은 검신의 길고 날카로운 칼날 끝은 도금되어 있고, 칼자루에는 눈꼬리가 매서운 악마의 모습이 섬세하게 조각되어 있었다. 이런 무기는 박물관에나 있어야 한다. 얼굴은 창백하고 머리에는 붕대를 칭칭 감은 채 애정과 광기로 칼을 살피는 정신 나간 여자의 손아귀가 아니라.

베니토가 힘없는 목소리로 케리스를 어떻게 사용할 건지 설명하기 시작했지만 리스베트는 귀기울여 듣지 않았다. 교도소에서 수없이 들어 잘 알고 있었으니까. 케리스의 칼날은 붉은 벨벳을 통과해 쇄골 바로 아래로 들어가 그대로 심장에 박힌 뒤 다시 빠져나올 때 저절로 그 천에 피가 닦인다. 상당히 섬세한 기술을 요하는 작업인 듯했다. 어쨌거나 리스베트는 차 안의 모든 것을, 물건 하나 먼지 한 톨까지 살피면서 저들의 주의가 조금이라도 흐트러지는 때를 노렸다. 그녀의 왼쪽 어깨를 붙잡고 있는 바시르는 결연하면서도 흥분한 표정이었다. 리스베트가 곧 죽는다는 건 좋은 일이었지만 그는 기분이 그리 좋아 보이지 않았다. 그 이유를 짐작하는 건 쉬웠다. 여자들을 창녀나 열등한 인간으로 여기는 남자였으니 악마의 단검을 쥔 여자의 도우미 노릇을 하는 게 내키지 않는 것이다.

"너, 코란 읽어나 봤어?"

리스베트의 어깨를 잡은 손에 힘이 들어가는 걸로 보아 바시르의 정곡을 찌른 모양이었다. "예언자께서는 모든 케리스를 단죄하신다.

케리스는 사탄과 악마의 물건이다." 리스베트는 아무 구절이나 지어 내 장과 절까지 읊은 뒤 바시르에게 인터넷으로 검색해보라고 했다.

"확인해봐, 그럼 알게 될 테니까!"

베니토가 단검을 들고 일어나며 말했다.

"헛소리하지 마! 예언자 무함마드의 시대에 케리스는 존재하지도 않았어. 이건 전 세계에 존재하는 신성한 전사들의 무기야!"

"오케이, 오케이, 서두르자고!"

바시르는 베니토의 말을 믿는 것 같았다. 아니, 믿고 싶어하는 것 같았다. 그는 일행을 재촉하곤 앞쪽에 앉은 운전수에게 벵골어로 몇 마디 덧붙였다.

베니토는 현기증이 이는지 휘청거리면서도 갑자기 서두르기 시작했다. 리스베트가 입을 놀려대서가 아니라 상공에서 헬리콥터 굉음이 들려왔기 때문이다. 물론 그들과는 상관없는 일일 수도 있지만, 리스베트는 해커 공화국의 친구들이 손놓고 앉아만 있지는 않으리란 걸 알고 있었다. 헬리콥터 소리를 들으며 구조대가 곧 도착하리라 희망을 품으면서도, 동시에 승합차 안의 움직임이 한층 바빠져 불안감도 커졌다.

그들은 서둘렀다. 바시르와 다른 남자가 리스베트를 꽉 붙잡았고, 베니토는 창백한 얼굴로 단검과 붉은 벨벳을 들고서 다가왔다. 리스베트는 홀게르를 생각했다. 어머니와 용을 생각했다. 그러고는 두 발을 바닥에 대고 허리를 활처럼 들어올렸다.

일어나야 했다. 무슨 일이 있어도.

미카엘과 댄은 말없이 앉아 있었다. 그들의 이야기는 어느덧 고통스러운 부분에 이르렀다. 댄은 눈을 깜빡거리며 두 손을 불안하게 움직였다.

"레오는 카펫 위에 누워 있었어요. 조금 나아 보였죠. 주사를 한 대더 맞고 조금씩 회복되었어요. 위기는 넘겼다고 믿었는데……"

"라켈이 쿠라레에 대해 얘기했나요?"

"내가 인터넷으로 검색해보는 걸 내버려두기도 했어요. 피소스티그민의 해독 효과가 일시적이라는 사실을 직접 확인시키려는 의도였겠죠. 하지만 검색하면서 다른 사실도 알게 됐어요."

"뭐죠?"

"그건 조금 있다 얘기할게요. 그때 라켈은 내 손에서 전화기를 빼앗더니 협조하지 않으면 나를 레오의 살인범으로 몰겠다고 협박했어요. 머릿속이 온통 하얘지면서 무슨 일이 일어나고 있는 건지도 파악이 안 됐어요. 레오와 둘이 있는 모습을 사람들이 보면 낭패라면서 나한테 선글라스와 모자를 씌웠어요. 아직 레오가 두 다리로 설 수 있을 때 건물 밖으로 나가야 한다고 말하더군요. 거기서 난 기회를 노렸죠. 밖으로 나가면 소리를 질러 구조를 요청할 생각이었어요."

"하지만 그러지 않았군요?"

"아무도 만나지 못했어요. 엘리베이터에도, 계단에도 사람이 없었어요. 크리스마스이브 전날이었으니까요. 라켈의 조수…… 그의 본명은 '존'이 아닐 거예요. 라켈이 여러 차례 그를 베니아민이라고 불렀거든요. 오전에 당신을 공격하려 했던 남자요. 어쨌든 *그가*……"

"말씀하세요."

"그가 레오를 끌고 갔어요. 몸도 제대로 가누지 못하는 사람을 끌다시피 해서 바깥에 주차된 검정색 르노로 데려갔죠. 거리엔 어둠이 깔리기 시작했어요. 적어도 내가 느끼기엔 그랬어요."

댄은 다시 말이 없어졌다.

일 년 반 전, 12월

거리는 텅 비어 있었다. 돌무더기에 고립된 외로운 악몽처럼 횅하고 황량했다. 그대로 혼자 달아나 도움을 요청할 수도 있었지만 도저

히 레오를 버리고 그럴 수는 없었다. 기온이 오르면서 눈 쌓인 거리
는 진창으로 변해갔다. 그들은 차 안으로 레오를 밀어넣었다.

"레오를 병원으로 데려갈 거죠?"

"응. 그럴 거야."

방금 전 라켈은 레오가 소생할 가망은 없다며 댄을 위협했다. 그래
서 상황이 어떻게 흘러가는 건지 더는 알 수 없었다. 차에 오르는 댄
의 머릿속에는 오직 한 가지 생각뿐이었다. 전화기를 빼앗기기 전 읽
었던 글에 쿠라레 중독 환자가 호흡이 남아 있다면 소생할 가능성이
있다는 내용이 있었던 것이다. 댄은 뒷좌석에 올라타 레오 옆에 앉았
고 맞은편에는 베니아민이 앉았다.

체격이 우람한 그는 손이 굉장히 컸고 몸무게가 족히 100킬로그
램은 되어 보였다. 통통한 뺨, 커다란 파란 눈, 불룩한 이마 덕에 오십
대답지 않은 동안 역시 인상적이었지만 댄에게는 관심 밖이었다. 어
떻게 하면 레오의 호흡을 도울 수 있을지 오로지 그 생각뿐이었다.
정말로 병원에 가는 게 맞느냐고 댄이 재차 묻자, 운전대를 잡은 라
켈은 카롤린스카 병원으로 가고 있다고 구체적으로 대답했다.

"날 믿어."

라켈은 전문가들에게 연락해두었다고 했다. 레오를 맞을 준비를
하고서 이런저런 처치를 해줄 거라고도 했다. 댄은 이게 헛소리라는
걸 알았을까? 아니면 충격을 받은 나머지 상황 파악 능력을 상실했
던 걸까? 단정하기는 어렵다. 레오의 호흡에 온 정신을 집중하는 그
를 아무도 막지 않은 것만 해도 다행이었다. 라켈은 상황에 걸맞게
빠른 속도로 운전했다. 도로에 차가 많지 않아 이내 솔나브론에 이르
렀다. 저멀리 어둠 속에서 붉은색 병원 건물이 모습을 드러내자 잠시
동안 댄은 모든 게 무사히 끝나리라 생각했다.

하지만 그건 한동안 댄을 잠잠하게 하려는 연막에 불과했다. 차는
정지하지 않고 병원을 그대로 지나쳐 솔나 방면 북쪽으로 내달렸다.

댄은 소리를 지르고 몸부림을 쳤지만 허벅지에 화끈한 통증을 느낀 후로는 더이상 거세게 항의하지 못했다. 분노는 가라앉지 않았지만 몸에서 스르르 힘이 빠졌다. 레오를 살리기 위해 머리를 흔들고 눈을 깜빡이며 정신을 차려보려 애썼지만 점점 말을 하고 몸을 움직이는 게 힘들어졌다. 라켈과 베니아민의 속닥거림이 마치 안개 속 저멀리에서 들려오는 듯하면서 시간 감각도 사라졌다. 그러다 라켈의 목소리가 크게 들렸다. 그녀는 최면이라도 거는 듯한 어조로 댄이 가질 수 있는 모든 것들에 대해 얘기했다. 이루어질 꿈, 부, 그리고 행복 같은 것들을.

"넌 행복해질 수 있어, 다니엘. 우리가 항상 네 뒤에 있어줄 거야."

옆에서 숨을 헐떡이는 레오, 맞은편에 버티고 앉은 거구의 베니아민, 그리고 앞에서 행복과 부를 얘기하는 라켈…… 말로 묘사하기 불가능한 순간이었다.

미카엘은 결코 그 상황을 이해할 수 없을 터였다. 그래도 댄은 설명해야 했다. 다른 방법이 없었다.

"그때 유혹을 느꼈나요?"

댄은 와인병으로 기자의 머리를 내려치고픈 충동을 꾹 참았다. 그리고 애써 차분한 모습으로 대답했다.

"이걸 아셔야 합니다. 그때 난 레오 없는 삶은 상상도 할 수 없었어요." 말을 마친 댄은 다시 한동안 침묵했다.

"그때 무슨 생각을 했나요?"

"오로지 그곳에서 빠져나갈 생각뿐이었죠."

"그래서 계획은 뭐였죠?"

"내 계획이요? 잘 모르겠어요. 그저 출구가 나타나기를 바라며 최선을 다했어요. 우리는 계속 교외 지역으로 깊이 들어갔어요. 그사이 저는 기력을 조금 되찾았죠. 줄곧 레오를 지켜봤어요. 훨씬 안 좋아진 상태에서 경련하기 시작하더니 움직이지 못했어요…… 미안해요. 얘기하기가 좀 힘드네요."

"괜찮습니다. 천천히 하세요."

댄은 와인을 좀더 마시고서 말을 이었다.

"어디에 있는 건지 더는 알 수 없었어요. 갈수록 도로가 좁아지더니 소나무숲에 둘러싸였고요. 바깥은 칠흑같이 어두워졌고 눈은 비로 바뀌었죠. 그때 도로 표지판이 눈에 들어왔어요. '비도크라'라고 쓰여 있더군요. 오른쪽 숲길로 들어가 십 분쯤 달린 후에야 라켈이 차를 세웠죠. 베니아민이 차에서 내려 트렁크에서 뭔가를 꺼냈지만 그게 뭔지 알고 싶지 않았어요. 기분 나쁘게 덜그럭거리는 소리를 들으며 레오에게만 집중하고 있었죠. 차문을 열고 레오를 좌석에 누인 다음 인공호흡을 시도했어요. 사실 방법도 제대로 몰랐지만 그래도 해봤어요. 내 평생 뭔가를 그렇게 열심히 해본 건 처음이었죠. 나 역시 정신이 흐릿해서 레오가 토한 것도 몰랐어요. 차 안에 역한 냄새가 가득했죠. 레오 위로 몸을 굽히는데 나 자신의 몸을 마주보는 듯한 기분이 들었어요. 상상이 되나요? 죽어가는 내 육신에 입술을 댄다는 것 말이에요. 이상하게도 그들은 날 내버려두었고 태도마저 부드럽게 변했어요. 라켈과 베니아민이 말이에요. 그때 주위에서 무슨 일이 일어나는지 거의 의식하지 못했지만 그것만은 정말 이상했죠. 레오에게 몰두해 있었지만 그래도 라켈이 하는 말은 들었어요. 부드러운 목소리로 레오는 결국 죽을 거라고 하더군요. 해독 효과가 곧 사라지면 더는 손쓸 수 없어 끔찍한 일이 일어날 거라고요. 그러면서 좋은 소식도 있다고 했어요.

'아무도 레오를 찾지 않을 거야. 어디로 갔는지 궁금해하지 않을 거란다. 네가 레오의 자리를 차지한다면 말이지. 지금 레오의 어머니는 죽어가고 있어. 알프레드 외그렌을 그만두고 이바르에게 네 지분을 팔아버릴 수도 있다고. 아무도 놀라지 않을 거야. 오래전부터 레

오가 회사를 떠나고 싶어한 건 만인이 아는 바니까. 이건 신의 정의
가 실현되는 거나 다름없어. 이제야 네게 마땅한 것을 받게 되었으니
말이야.'

　난 라켈의 말에 동의하는 척했어요. 별다른 방법이 없어 우물쭈물
하며 '그래요, 맞아요, 그게 통할 수 있겠네요'라고 대답했죠. 휴대전
화도 빼앗긴 상태로 숲속 한가운데 있었으니까요. 불빛도, 집 한 채
도, 아무것도 없었어요. 그리고 베니아민이 돌아왔어요. 온몸이 땀
과 빗물에 젖고 바지는 눈과 진흙으로 더럽혀진데다 모자까지 삐딱
하게 쓴 꼴이 볼만했죠. 그는 아무 말도 하지 않았어요. 그런 속에서
끔찍한 암묵적 공모의 느낌이 감돌았죠. 베니아민은 거칠게 레오를
밖으로 끌어냈어요. 레오의 머리가 쿵쿵 땅에 부딪혔죠. 난 몸을 굽
혀 레오의 상태를 살폈어요. 내가 베니아민의 모자를 벗겨 레오에게
씌워준 걸로 기억해요. 외투의 단추도 채워주었고요. 그때 보니 옷
도 제대로 안 입히고 끌고 나왔더라고요. 목도리도 없었고, 끈 풀어
진 실내화를 신은 채였죠. 정말이지 악몽 같은 장면이었어요. 그대로
달아나 도움을 요청해야 하나 생각해봤어요. 숲속 더 깊이 들어가거
나 도로를 따라가다보면 누군가를 만날 수 있지 않을까 하고요. 하지
만 그럴 시간이 있었을까요? 아니었을걸요. 레오가 아직 살아 있다
는 확신도 없었고요. 그래서 그를 따라 숲속으로 들어갔어요. 베니아
민이 레오를 질질 끌고 갔죠. 레오는 몸이 날씬하고 가벼웠는데도 베
니아민은 힘들어하더군요. 도와주겠다고 했더니 '꺼져! 네 일이 아
냐'라며 짜증을 냈어요. 대신 라켈을 소리쳐 불렀지만 거센 바람소리
에 묻혀 전혀 들리지 않았어요. 몰아치는 강풍에 나무들은 쓰러질 듯
바스락댔고 우리는 가지며 잡목을 붙잡아야 했어요. 그러다 마침내
어느 썩어빠진 커다란 전나무 아래에 이르렀어요. 그 옆에는 돌 섞인
흙무더기가 있었고 삽도 한 자루 보였어요. 난 우리와 상관없는 구덩
이일 거라고 생각했죠. 아니, 그렇게 믿고 싶었어요."

"무덤이었겠죠."

"아니, 무덤이라고 할 수도 없었어요. 그리 깊지 않았어요. 언 땅을 깨고 파내느라 탈진한 베니아민이 레오를 땅에 내려놓았어요. 그러고는 내게 꺼지라고 소리쳤죠. 난 형제에게 작별인사를 해야겠다고, 당신은 피도 눈물도 없는 개자식이라고 대꾸했어요. 그러자 나를 살인 혐의로 교도소에 보내버릴 충분한 증거가 라켈에게 있다며 위협하더군요. 그 말에 난 대답했죠. '알아요, 나도 안다고요. 작별인사만 할게요. 쌍둥이 형제를 내 손으로 묻어주고 싶을 뿐이라고요. 좀 가만히 놔둬요. 혼자 실컷 울게 저리 좀 가달라고요. 도망가지 않을게요. 레오는 이미 죽었잖아요. 자, 봐요!' 결국은 나를 혼자 있게 해줬어요. 그리 멀리 가진 않았겠지만 어쨌든 레오와 둘만 있게 됐죠. 나무 아래에 웅크리고 앉아서 레오 위로 몸을 굽혔어요."

안니카는 플로드베리아 교도소 직원식당에서 점심식사를 한 뒤 소니아가 파리아를 신문하는 걸 계속 참관하기 위해 면회실로 돌아왔다.

오후 신문에서 소니아는 유능하고 효율적인 모습을 보여주었다. 즉 안니카의 의견을 받아들여, 파리아가 오랫동안 어떤 억압을 받아왔는지 정확히 규명함과 동시에 오빠에 대한 공격이 살인보다 과실치사로 간주될 여지는 없는지 살펴보는 게 중요하다는 점을 인정했다. 정말로 그녀에게 살해 의도가 있었는가?

안니카는 모든 게 잘 풀릴 거라고 생각했다. 파리아를 설득해 범행동기를 비판적으로 다시 생각해보게 만들었기 때문이다. 그런데 전화가 걸려와 복도에 나가 통화를 하고 돌아온 소니아가 더이상 일에 집중하지 못하는 모습에 안니카는 짜증이 났다.

"제발, 소니아, 아무렇지 않은 척하지 마요. 분명히 심각한 일이 일어났죠? 말 좀 해봐요!"

"미안해요. 당신에게 어떻게 말해야 할지 난감해서 그랬어요. 바시르와 베니토가 리스베트를 납치했어요. 지금 경찰이 최선을 다해 수색하고 있지만 상황이 좋아 보이지 않네요."

"전부 얘기해봐요, 어서요!"

소니아의 설명을 듣고 난 안니카는 큰 충격을 받았다. 파리아는 의자 위에서 무릎을 그러안으며 몸을 움츠렸다. 그때 파리아에게서 어떤 변화가 일어났음을 처음 감지한 건 안니카였다. 파리아의 두 눈에서 두려움과 분노만이 아니라 깊고도 강렬한 기운이 느껴졌다.

"지금 바다보호수라고 하셨나요?" 파리아가 물었다.

"그래요. 교통 단속 카메라에 마지막으로 잡힌 게 승합차가 호수쪽 숲길로 들어가는 모습이었어요." 소니아가 설명했다.

"우리……"

"뭐죠, 파리아?" 안니카가 말했다.

"우리 가족이 여유가 생겨 여름휴가를 마요르카섬으로 다니기 전에는 바다보호수 부근에서 캠핑을 하곤 했어요."

"네, 그래서요?"

"집에서 가까워 그곳에 꽤 자주 갔어요. 주말에 즉흥적으로 가기도 했고요. 전부 어머니가 살아 계셨을 때의 일이지만. 어쨌든 바다보호수는 울창한 숲으로 둘러싸인데다 오솔길과 숨을 만한 곳이 아주 많아요. 한번은……"

파리아는 머뭇거리며 무릎을 더욱 세게 끌어안았다.

"혹시 갖고 계신 휴대전화로 그 부근의 상세한 지도를 내려받을 수 있나요? 그럼 기억을 더듬어서 한번 설명해볼게요."

소니아는 욕설을 내뱉으며 재차 지도를 검색하다 마침내 얼굴이 환해졌다. 마침 웁살라 경찰이 지도 한 장을 전송해줬기 때문이다.

"좀 보여주세요." 여태껏 들어본 적 없는 단호한 어조로 파리아가 말했다.

"그들이 여기서 방향을 틀었어요." 소니아가 화면에 뜬 지도를 가리키며 말했다.

"잠깐만요…… 방향이 조금 헷갈려서요. 혹시 호수 부근에 쇠데르비켄이라는 곳이 있지 않나요? 쇠드라비켄이나 쇠드라스트란덴일 수도 있고요."

"잘 모르겠네요. 한번 검색해보죠."

소니아는 검색창에 쇠드라를 쳤다.

"혹시 쇠드라스트란드비켄 아닌가요?"

"네, 그게 맞을 거예요!" 파리아가 흥분해 외쳤다. "어디 한번 봐요. 여기에 도로가 하나 있는데 좁고 험하긴 해도 차 한 대는 충분히 지나갈 수 있어요. 혹시 여기가 아닐까요?"

파리아는 지도의 한 지점을 가리켰다.

"확실히 기억나진 않지만 도로 초입에 노란색 표지판이 있었어요. **공용도로 끝**이라고 쓰여 있었던 것 같아요. 거기서 몇 킬로미터 더 가면 동굴이 있어요. 진짜 동굴은 아니고 움푹한 구멍 주위를 나무들이 둘러싸고 있는 은신처 같은 곳이죠. 언덕 꼭대기에 있고요. 무성한 나뭇잎을 헤치고 들어가면 잡목과 나무로 외부와 완전히 차단된 곳이 나타나고 그 틈으로는 골짜기와 시냇물이 보여요. 바시르 오빠가 날 거기로 데려간 적이 있어요. 신기한 걸 구경시켜주려던 건 아니었을 거예요. 겁을 주려고 했던 거죠. 그 무렵 몸이 발육되기 시작해 호숫가를 지날 때 남자들이 휘파람을 불곤 했거든요. 그곳에 도착해서 바시르는 쓰레기 같은 소리를 늘어놓았어요. 옛날에 창녀같이 구는 여자들을 데려와 벌을 줬다는 둥…… 그때 너무 무서웠기 때문에 기억나요. 아무래도…… 바시르가 리스베트를 거기로 데려가지 않았을까 해요." 소니아는 심각한 표정으로 고개를 끄덕이고 파리아에게 감사를 표했다. 그리고 자신의 휴대전화를 돌려받아 어디론가 전화를 걸었다.

얀은 헬리콥터 조종사 사미 하미드로부터 계속 보고를 받고 있었다. 바다보호수와 부근 숲 상공을 선회하는 동안 회색 승합차는 발견하지 못했다고 했다. 산책객과 캠핑족을 비롯해 지역을 순찰하는 경찰들 중에도 회색 승합차를 본 사람은 없었다. 물론 쉽지 않은 일이었다. 호수는 두 개의 확 트인 모래벌판으로 둘러싸여 있었지만, 숲이 워낙 울창한데다 무수한 오솔길과 산책로가 그야말로 미로를 이루고 있었기 때문이다. 몸을 숨기려는 자에게는 이상적인 장소였고, 얀에게는 골칫거리였다. 최근 들어 이렇게 욕을 많이 한 적은 없다. 얀은 더 빨리 달리라고 아만다를 다그쳤다.

그들은 77번 고속도로 위를 총알처럼 달렸지만 호수에 도착하려면 한참 더 가야 했다. 음성인식 기술 덕분에 자신들의 추적 대상이 베니토와 바시르임을 알게 되었으나, 이는 리스베트가 심각한 위험에 처했다는 뜻이었다. 얀은 그사이 일 초도 허비하지 않았다. 움살라 경찰과 계속 연락을 취했고, 유용한 정보를 알 만한 사람들에게 빠짐없이 전화를 걸었다. 미카엘에게도 여러 차례 연락했지만 전화기는 꺼져 있었다. 얀은 또 욕설을 퍼부었다.

그러면서도 속으로는 기도를 했다. 그동안 심각한 사건들을 리스베트 덕분에 해결했기 때문만은 아니었다. 그녀를 잘 알지는 못했지만 얀은 부성 비슷한 연민을 느끼고 있었다. 호수에 가까워오자 얀은 다시 한번 아만다를 재촉했다. 그때 휴대전화가 울렸다. 소니아였다. 그녀는 인사말을 생략한 뒤 내비게이션에 '쇠드라스트란드비켄'을 입력하라고 말하고 파리아에게 전화기를 넘겼다. 얀은 영문도 모르는 채그녀와 통화하며 상상했던 것과는 전혀 다른 파리아의 목소리를 들었다. 그녀는 중대한 사명이 있는 사람처럼 아주 결연하고 명확했다. 얀은 너무 늦지 않기를 기도하며 파리아의 말을 주의깊게 들었다.

22장

6월 22일

리스베트는 자신이 어디에 있는 건지 전혀 파악할 수 없었다. 무더운 날씨에 어디선가 곤충들이 윙윙거리고 바람에 나뭇가지 살랑대는 소리, 그리고 물이 졸졸 흐르는 소리가 들렸다. 그녀는 온 정신을 자신의 두 다리에 집중하고 있었다.

겉보기엔 바짝 말랐지만 매우 강했고, 지금 자신을 방어할 유일한 무기였다. 손목을 결박당한 채 승합차 바닥에 무릎을 꿇고 있는 리스베트를 향해 창백한 얼굴 주위로 붕대를 칭칭 감은 베니토가 다가왔다. 손에 든 단검과 붉은 벨벳이 흔들리고 있었다. 리스베트는 차문 쪽을 힐끗 쳐다보았다. 남자들은 여전히 리스베트의 어깨를 꽉 붙잡고 내리누르며 고함을 질러댔다. 그녀가 고개를 들어올리자 얼굴이 땀으로 번들거리는 바시르가 주먹이라도 한 방 날리고 싶다는 듯 노려보았다.

리스베트는 언쟁을 유발해 저들을 서로 싸우게 하면 어떨까 생각했지만 더이상 그럴 시간이 없었다. 이제 베니토는 단검을 든 사악한 여왕처럼 그녀 앞에 우뚝 섰다. 승합차 안의 분위기가 일순간 변했다. 폭풍전야 같은 정적이 내려앉았다. 남자 중 한 명이 리스베트의 티셔츠를 찢어 쇄골을 드러냈고, 리스베트는 베니토를 쳐다보았다. 붉은색 립스틱이 창백한 얼굴과 선명한 대조를 이뤘다. 그리고 이제야 몸 상태가 안정됐는지 더이상 떨지 않았다. 참혹한 순간을 앞두고 온 감각을 벼린 사람처럼 말이다. 마침내 입을 연 베니토의 목소리는 한 옥타브 가라앉아 있었다.

"이년을 꽉 잡고 있어! 아주 좋아. 자, 이제 시간이 됐어. 죽어야 할 시간. 널 향한 이 단검이 느껴져? 이제 넌 고통스러울 거야. 이제 죽을 거라고!"

베니토의 얼굴에 미소가 번졌다. 자비로움이나 인간성 같은 건 흔적도 없는 차가운 두 눈. 칼날과 붉은 벨벳이 순식간에 가슴을 향해 다가오자 리스베트는 모든 감각을 동원해 무수한 정보들을 포착했다. 베니토의 머리 붕대에는 핀 세 개가 꽂혀 있고, 그녀의 우측 동공은 좌측보다 크며, 차문 안쪽에는 바가르모센 동물병원 스티커가 붙어 있었다. 바닥에는 노란색 클립 세 개와 개 목줄 한 개가 있었고, 위쪽 천장에 파란 사인펜으로 그어놓은 선도 하나 보였다. 가장 눈에 들어온 건 붉은 벨벳이었다. 베니토가 그걸 들고 있는 모습이 그리 편해 보이지 않았다. 그녀가 단검을 잘 다룰지는 몰라도 붉은 벨벳은 의식적인 소품에 불과한지라 왠지 어색해 보였다. 결국 거추장스럽게 느껴졌는지 베니토는 그걸 바닥에 던져버렸다.

리스베트는 바닥에 닿은 발가락들에 온 힘을 집중했다. 움직이지 말라고 고함치는 바시르의 목소리에서 초조한 기운을 감지할 수 있었다. 베니토가 눈을 깜빡거리며 단검을 들어올려 쇄골 바로 아래에 가져다대는 모습을 바라보며 리스베트는 온몸의 근육을 부풀렸다. 지금 자신의 계획이 물리적으로 가능한지는 확신할 수 없었다. 결박당해 무릎이 꿇려진 채 양쪽 어깨를 붙잡힌 상태였지만 시도는 해볼 생각이었다. 차 안에는 정적이 흘러 저들의 숨소리만 들렸다. 리스베트는 눈을 감고 자신의 운명을 받아들이는 척하며 온몸의 감각을 팽팽히 곤두세웠다. 리스베트는 흥분과 피에 대한 갈증뿐만 아니라, 초조함이 뒤섞인 공포감도 함께 요동치고 있음을 느꼈다. 이런 악당들에게도 살인은 보통 일이 아닌 것이다.

이때 알 수 없는 일이 일어났다. 뭐라고 판단하기 힘든 소리가 들려왔다. 멀리서 들려오는 자동차 엔진 소리 같았는데, 한 대가 아니라 여러 대였다.

그 순간 베니토가 치명적인 일격을 가하기 위해 달려들었다. 리스베트가 움직여야 할 때는 바로 지금이었다. 두 발에 힘을 주고 튀어오르듯 몸을 일으켰지만 미처 단검을 피할 시간은 없었다.

아만다와 얀이 탄 차는 바다보호수 부근 자갈길 위에서 날카로운 마찰음을 내며 멈췄다. 파리아의 말대로 공용도로 끝이라고 쓰인 노란색 표지판 때문이었다. 브레이크를 얼마나 세게 밟았던지 차가 옆으로 미끄러졌다. 아만다는 이게 얀의 잘못이라는 듯 그를 사납게 노려보았다. 얀이 파리아와 통화하며 이렇게 소리쳤기 때문이다.

"아, 보여요! 표지판이 보여!" 이 말이 끝나자마자 차가 넘어질 듯 미끄러졌을 때 얀의 입에서 욕이 몇 마디쯤 튀어나왔을 게 분명하다.

다시 차를 바로 세운 아만다는 핸들을 꺾어 도로라기보단 오솔길에 가까운 길로 진입했다. 곳곳이 깊이 팬 진흙탕 길은 이 지역을 연달아 덮친 폭우와 폭염으로 차가 도저히 다닐 수 없는 상태였다. 차가 위험하게 덜컹거리자 얀이 소리쳤다.

"속도 좀 줄여! 그렇게 빨리 가면 놓칠 수도 있잖아!"

파리아의 설명에 따르면 그 빈터는 나뭇잎들로 가려진 채 언덕 꼭대기에 있다고 했다. 하지만 얀의 눈에 언덕 같은 건 보이지 않았다. 사실 언덕에 집중하는 건 승합차 수색에 별 도움이 안 될 수도 있었기에 얀은 파리아의 말을 크게 신뢰하지 않았다. 승합차는 숲속 어디에 나 숨을 수 있고 심지어 지금 이 숲이 아닌 다른 곳을 향해 달리고 있을 가능성도 있었다. 더욱이 리스베트가 납치되고 많은 시간이 흐르지 않았는가. 얀은 무엇보다 파리아가 빈터의 위치를 그토록 확신할 수 있다는 게 미심쩍었다. 어린 시절 이후로 다시 온 적도 없다는 이곳의 지리를 그토록 세밀하게 기억하고 거리 감각마저 남아 있다니.

얀이 보기에 이 숲은 어디나 비슷했다. 수풀만 무성할 뿐 특별해 보이는 곳은 없었다. 이제는 머리 위로 나뭇가지들이 덮여 어둑해지기까지 하자 포기하고 싶은 생각도 들었다. 이때 웁살라 경찰에서 추가로 지원차량을 보냈다는 메시지가 들어왔다. 그들이 헤매지 않고 찾아올 수만 있다면 큰 도움이 되리라. 대체 이곳에서 무엇을 발견할 수 있겠는가? 얀은 뚫고 들어갈 수도 없을 만큼 울창한 숲속에서 복잡한 심경에 빠져들 뿐이었다. 하지만 그때 저쪽에…… 언덕이라고는 할 수 없지만 완만한 오르막이 눈에 들어왔다. 가속페달을 밟고 타이어가 몇 초간 헛바퀴를 돈 끝에 오르막 꼭대기에 이르렀다. 얀은 계속해서 파리아에게 주위의 풍경을 묘사해주었다. 특히 길가에 보이는 커다란 둥근 바위에 시선이 끌렸다. 생각나는 거라도 있는지 물었지만 파리아는 전혀 기억나지 않는다고 했다. 빌어먹을! 그런데 그때 어떤 소리가 들렸다. 금속이나 양철이 부딪히는 듯한 소음에 이어 사람들의 흥분한 목소리와 고함소리가 들려왔다. 얀이 돌아보자 아만다는 브레이크를 밟아 멈춰 섰다. 얀은 권총을 빼들고 밖으로 뛰쳐나가 나뭇가지와 잡목을 헤치며 숲속으로 달려들어갔다. 그리고 이내 아찔한 순간을 맞이했다. 그곳을 찾아낸 것이다!

일 년 반 전, 12월

댄 브로디는 다른 계절 다른 숲속 눈밭 위에서 무릎을 꿇고 있었다. 크리스마스이브 전날, 비도크라 마을에서 멀지 않은 곳이었다.

전나무 아래에서 댄은 레오를 내려다보고 있었다. 땅바닥에 널브러진 채 얼굴은 새파래져 두 눈에서는 생기가 빠져나가고 있는 레오를. 막대한 공포의 순간이었지만 그리 오래가지는 않았다.

아마 다시 시작했을 것이다. 그사이 수차례 해온 인공호흡 말이다. 레오의 입술은 그가 깔고 누운 눈처럼 차디찼고, 기도도 폐도 아무런 반응을 보이지 않았다. 등뒤에서는 베니아민이 돌아오는 소리가 들리는 것만 같았다. 곧 모든 게 끝나고 차로 돌아가야 하리라. 결국 반쪽 인간에 불과하게 되리라. "일어나! 다시 깨어나라고!" 댄은 마치 기도문을 외우듯 끝없이 되뇌었다. 설사 레오를 살려낸다 하더라도 아무런 계획도 없었지만.

베니아민은 분명 가까운 어딘가에서, 어쩌면 숲의 어둠 속에서 그를 지켜보고 있을 것이다. 빨리 레오를 매장하고 이곳에서 벗어나고 싶어 조바심을 내고 있겠지. 아무런 희망이 없었지만 댄은 포기하고 싶지 않았다. 레오의 코를 붙잡고 기도에 바람을 불어넣었다. 얼마나 세게 불었던지 머리가 핑 돌 정도였다. 멀리서 차 엔진이 돌아가는 소리와 함께 숲속에서 부스럭거리는 소리가 들려왔다. 겁먹은 동물이 도망친 모양이었다. 뒤이어 새 한 무리가 날개를 퍼덕이며 날아올랐다. 그러고는 다시 소름 끼치는 정적이 내려앉았다. 댄은 자신의 생명이 빠져나가는 것만 같았다. 잠시 숨을 돌려야 했다.

댄은 몸안의 산소를 다 소모해버린 사람처럼 기침을 해댔다. 그리고 몇 초쯤 지났을 때 뭔가 이상한 일이 일어나고 있음을 느꼈다. 마치 기침소리가 땅에 부딪혀 반향을 일으키며 다시 올라오는 듯했다. 레오였다. 경련하며 헐떡이는 레오의 모습에 댄은 눈을 의심했다. 레오를 뚫어지게 내려다보는 댄의 가슴에 차오르는 건 기쁨도 행복도 아니었다. 그저 마음이 급했다. 일단은 레오를 향해 속삭였다.

"레오, 그들이 널 죽이려 해. 숲속으로 도망가야 해, 당장. 어서 일어나서 뛰어!"

레오는 상황을 이해해보려 안간힘을 썼다. 힘겹게 숨을 쉬면서 이곳이 어디인지 분간하려고 애쓸 뿐이었다. 댄은 레오가 몸을 일으키도록 도와준 다음 그를 나무들 사이로 세게 밀어넣었다. 세차게 민 나머지 털썩 쓰러졌지만 레오는 다시 몸을 일으켜 휘청대는 다리로 비틀비틀 멀어졌다. 댄은 그후의 일은 알 수 없었다. 더이상 레오를 보고 있을 시간이 없었다.

댄은 구덩이를 메우기 시작했다. 맹렬하게 삽질을 해 흙을 퍼넣는 와중에 저쪽에서 소리가 들렸다. 언젠가는 들려오리라 예상했던 베니아민의 발소리. 댄은 어설프게 메운 구덩이를 내려다보며 금방 탄로날 거라는 생각에 더욱 맹렬히 삽질을 했다. 욕설과 저주의 말을 쏟아내며 오직 삽질에만 집중했다. 이제는 베니아민의 숨소리와 함께 바짓단이 스치고 장화로 눈 위를 꾹꾹 밟는 소리까지 들렸다. 댄은 그가 레오를 잡으러 뛰어가거나 자신에게 달려들 거라고 생각했다. 하지만 베니아민은 아무 말이 없었다. 멀리서 다른 차가 한 대 지나가는 소리가 들렸고 다시 새들이 후드득 날아올랐다.

"도저히 보고 있을 수가 없어서 묻어버렸어요."

공허한 말이었다. 베니아민이 아무런 대답도 하지 않자 댄은 이제 모든 게 끝났다는 생각에 두 눈을 질끈 감았다. 하지만 아무 일도 일어나지 않았다. 느릿느릿 둔하게 움직이는 소리와 함께 진한 담배 냄새만 풍겨왔다.

"내가 도와주지."

그들은 구덩이를 마저 메웠다. 그리고 꽤 많은 시간을 들여 돌과 흙덩이로 그 위를 덮었다. 그런 다음 두 사람 다 고개를 숙인 채 차가 있는 곳으로 걸어갔다. 스톡홀름으로 향하는 차 안에서 댄은 라켈의 계획들을 묵묵히 듣기만 했다.

리스베트는 발사된 포탄처럼 튀어올랐지만 결국 단검에 옆구리를 찔렸다. 부상이 얼마나 심각한지는 알 수 없었으나 신경쓸 겨를이 없었다. 잠시 균형을 잃은 베니토는 이제 단검을 마구 휘둘러댔다. 리스베트는 재빨리 옆으로 비켜서며 머리로 베니토를 들이받고 문 쪽으로 몸을 던졌다. 머리와 체중을 이용해 한 번에 문을 여는 데 성공한 뒤 그대로 풀 위에 떨어졌다. 양손은 여전히 묶인 채였고, 콸콸 분출되는 아드레날린으로 혈관이 고동쳤다. 앞쪽으로 굴러떨어진 리스베트는 가파른 경사면을 굴러내려가 시냇물이 흐르는 곳에 이르렀다. 시냇물이 핏물로 붉게 물드는 모습을 언뜻 보면서 벌떡 일어나 숲속으로 뛰어들어갔다. 뒤쪽에서 차들이 도착해 사람들이 외치는 소리가 들렸다. 하지만 리스베트는 멈출 생각이 전혀 없었다. 빨리 그곳에서 도망치고 싶을 뿐이었다.

얀은 리스베트는 보지 못하고 가파른 경사면을 뛰어내려가던 두 남자만 발견했다. 그들 위쪽으로 회색 승합차가 수풀 앞에 서 있었다. 얀은 무엇부터 해야 할지 갈피를 잡을 수 없었지만 일단 남자들을 향해 권총을 겨누며 외쳤다.

"거기 서, 경찰이다! 모두 꼼짝 마!"

견딜 수 없을 정도로 더운 빈터에서 얀은 몸이 점점 무거워짐을 느끼며 격렬하게 숨을 헐떡거렸다. 앞에 서 있는 남자들은 훨씬 젊고 건장하고 무자비해 보였다. 하지만 주위를 한 번 둘러보며 진입로 쪽으로 귀를 기울여보니 현재 상황을 곧 통제할 수 있겠다는 생각이 들었다. 아만다가 멀지 않은 곳에서 그와 같은 자세를 취하고 있었고 경찰차도 여러 대가 속속 도착하는 중이었다. 불시에 습격당해 멍한 얼굴이 된 남자들은 무장하지 않은 듯했다.

"멍청한 짓은 하지 말도록! 너희는 포위됐다. 리스베트는 어디 있나?"

남자들은 아무런 말이 없는 대신 어정쩡한 자세로 서서 뒷문이 활짝 열린 승합차 쪽을 힐끗 쳐다보았다. 그 안에서 불쾌한 무언가가 간신히 움직여서 나올 것만 같은 예감이 들었다. 그리고 마침내 무언가가 비틀거리며 나타났다. 창백한 얼굴의 베니토였다. 손에 피 묻은 단검을 쥔 채 한 번 휘청거리더니 나머지 한 손을 머리에 갖다대며 달려들 것처럼 소리를 질렀다.

"누구냐, 넌?"

"얀 부블란스키 형사다. 리스베트는 어디 있지?"

"아, 그 유대인 놈인가?"

"다시 한번 묻겠다. 리스베트는 어디 있지?"

"아마 뒈졌을 거야." 베니토는 단검을 흔들어 보이며 얀을 향해 다가갔다.

"거기 서! 움직이지 마!"

권총쯤은 아무것도 아니라는 듯 베니토는 유대인을 비하하는 말을 계속 내뱉으며 나아갔다. 얀은 총을 쏠 가치조차 없다고, 베니토를 그 썩어빠진 세계의 순교자로 만들어줄 필요는 없다고 생각했다. 결국 아만다가 대신 방아쇠를 당겼다. 베니토는 왼쪽 다리에 총알을 한 발 맞았고 곧이어 움살라 경찰들이 들이닥쳐 상황이 종료되었다. 하지만 리스베트의 행방은 묘연했다. 승합차에 그녀가 흘린 핏자국만 남아 있을 뿐이었다.

마치 숲이 그녀를 삼켜버린 것 같았다.

"그래서 레오는 어떻게 된 거죠?" 미카엘이 물었다.

댄은 화이트 와인을 조금 더 따랐다. 그리고 돌려놓은 그림의 뒷면을 뚫어지게 쳐다보다가 시선을 창밖으로 향했다.

"레오는 숲속을 헤맸어요."

"아직 살아 있나요?"

"레오는 숲속을 헤맸어요." 댄은 반복했다. "나무 사이를 배회하고 같은 곳을 빙빙 돌았죠. 발이 걸려 비틀거리고 넘어지기도 했어요. 꼴이 말이 아니었죠. 눈을 그대로 퍼먹으며 배를 채우거나 양손 안에 눈을 녹여 목을 축였어요. 어두운 밤중에 소리도 쳤어요. '도와주세요! 거기 누구 없어요?' 하지만 아무도 레오의 소리를 듣지 못했어요. 살을 에는 추위 속에서 몇 시간을 헤맨 끝에 긴 비탈길을 만나 구르다시피 해서 맨 아래까지 내려갔어요. 숲속 한가운데에 들판이 펼쳐져 있었죠. 오래전에 와봤거나 꿈에서 본 것처럼 친숙한 느낌이 드는. 그러다 저쪽 숲 가장자리에 불빛이 보인 거예요. 넓은 테라스가 있는 집에서 흘러나오는 빛이었죠. 레오는 그 집까지 비틀비틀 걸어가 초인종을 눌렀어요. 한 젊은 부부가 거기 살았는데, 이름이 스티나 노레브링과 헨리크 노레브링이니까 원한다면 확인해보세요. 크리스마스 준비가 한창인 와중에 두 아들에게 줄 선물을 포장하고 있었대요. 물론 처음엔 기겁을 했을 거예요. 레오가 미친 사람으로 보였을 테니. 하지만 사정을 설명하자 곧 안심했죠. 길에서 차가 미끄러져 나무에 부딪히는 바람에 휴대전화를 잃어버렸고 뇌진탕을 입은 것 같다, 지금까지 정처 없이 헤맸다…… 그 말이 설득력이 있었을 거라고 생각해요.

어쨌든 부부가 레오를 도와줬어요. 뜨거운 물로 목욕하게 해주고 새 옷도 내줬죠. 얀손스 프레스텔세*와 크리스마스 햄 요리에 데운 와인과 독주도 대접했고요. 레오는 조금씩 기운을 차렸지만 그다음엔 어떻게 해야 할지 몰랐어요. 어떻게든 나한테 연락하고 싶어도 라켈이 휴대전화를 빼앗아갔잖아요. 그녀가 이메일도 감시할 거라고 짐작했지만 레오는 똑똑한 사람이에요. 남들보다 늘 한발 앞서 있죠. 레오는 우리만 알 수 있는 암호로 문자메시지를 보내면 안전할 거라고 생각했어요. 크리스마스이브에 받을 만한 평범한 메시지 말이에요."

"그래서요?"

---

* 스웨덴 전통 감자 요리.

"레오는 부부의 휴대전화를 빌려서 내게 메시지를 보냈어요."

Congrats Daniel, Evita Kohn wants to tour with you in US in February. Please confirm. Django. Will be a Minor Swing. Merry Christmas.*

"그렇군요. 이제 조금씩 이해가 되네요. 그런데 이 메시지의 의미가 정확히 뭐죠?"

"우선 레오는 내 미국 이름을 밝히지 않으려 했어요. 나와 한 번도 협연한 적 없는 아티스트를 선택해 그쪽으로도 날 추적할 수 없게 한 거예요. 무엇보다 서명이……"

"장고."

"맞아요, 장고. 그것만으로도 충분히 짐작할 수 있었는데 레오는 마이너 스윙이 될 거야라고 덧붙이기까지 했어요."

댄은 잠시 말을 멈추고 생각에 잠겼다.

"〈마이너 스윙〉은 삶의 기쁨으로 충만한 곡이에요. 아니, 꼭 그렇지 않을 수도 있겠네요. 어두운 면도 있으니까요. 장고와 스테판 그라펠리가 같이 쓴 작품이죠. 레오와 함께 네다섯 번은 연주했을 거예요. 둘 다 이 곡을 무척 좋아했죠. 그런데……"

미카엘은 댄이 계속하기를 기다렸다.

"메시지를 보내고 레오의 상태가 나빠졌어요. 쓰러진 레오를 부부가 소파에 뉘었지만 제대로 숨도 못 쉬었고 입술은 다시 파래졌죠. 하지만 난 그런 사실은 전혀 모르는 채로 레오의 집으로 돌아왔어요. 이미 늦은 시각이었고, 우리 셋 다 거기 있었어요. 나, 베니아민, 라

---

* 다니엘, 축하해. 에비타 콘이 2월에 너와 미국 투어를 하고 싶어해. 한번 확인해봐. 장고. 마이너 스윙이 될 거야. 메리 크리스마스.

켈…… 라켈이 그 역겨운 계획을 다시 설명할 때 난 계속 와인을 따라 마셨어요. 큰 충격을 받아 그냥 모든 일에 동의하는 척하면서. 앞으로 레오 행세를 하면서 라켈이 요구하는 대로 하겠다고 약속했죠. 아주 세세한 것까지 설명하더군요. 어떻게 새 신용카드를 신청하고, 새 비밀번호를 설정하고, 스톡홀름 병원에 입원한 비베카를 방문할지…… 휴직하고 해외로 나가 경제학을 공부하고 미국식 억양과 스웨덴 북부 사투리를 없애야 한다고도 했어요. 집안을 죄다 뒤져 레오의 여권과 서류 몇 개를 찾아내더니 그날 저녁부터 레오의 서명을 연습하라고도 했죠. 라켈은 모든 가능성을 고려하며 내게 온갖 일을 요구했어요. 위협적인 분위기까지 감돌고 있어서 숨이 막힐 지경이었어요. 다니엘로 있으면 형제를 죽인 살인범이 되고, 레오로 있으면 탈세와 내부 거래 혐의로 수감될 수 있었죠. 난 그저 멍하니 라켈을 쳐다보았어요. 아니, 보려고 노력했죠. 대체로는 그녀의 시선을 피했고, 그렇지 않으면 눈을 감고 레오를 떠올렸어요. 비틀비틀 숲속으로 들어가 추위와 어둠 속으로 사라지는 모습을. 그런 곳에서 어떻게 살아남을 수 있을지 몰랐으니 레오가 눈밭에 누워 추위로 죽어가는 모습만 자꾸 떠올랐어요. 라켈은 그때 자신의 계획이 성공할 거라고 믿진 않았을 거예요. 누가 조금이라도 의심하면 내가 견디지 못하고 무너져버리리라 생각했겠죠. 라켈이 이따금 베니아민과 시선을 교환하고 이런저런 지시를 내리던 일이 기억나요.

그리고 얼마나 부지런히 정리를 하던지. 필기구를 제자리에 두고, 테이블과 의자를 닦고, 물건들을 분류하고…… 그러던 중 내 휴대전화를 꺼냈다가 레오가 보낸 메시지를 본 거예요. 친구들, 업무상 지인들, 뮤지션 동료들에 대해 묻기 시작하길래 대충 대답했어요. 대부분 반만 진실이거나 거짓이었을 거예요. 글쎄요, 잘 모르겠네요. 그때 난 말할 힘도 거의 없었으니까. 그런데 난 돈을 아끼려고 유심칩을 구매해 쓰고 있던 상태였어요. 그 번호를 아는 사람은 거의 없었으니 대체 누가 메시지를 보낸 건지 궁금했죠. 그래서 최대한 무관심한 말투로 무슨 메시지냐고 물었더니 라켈이 내게 보여주더군요. 그걸 읽었던 순간의 기분을 어떻게 설명해야 할까요? 잃었던 생명을 되찾은 느낌이었어요. 하지만 감정을 숨겨야 했죠. 라켈은 눈치채지 못했는지 '일 때문에 온 거야?'라고 묻더군요. 그렇다고 고개를 끄덕이자 앞으로 이런 제안은 거절해야 한다면서 다시 전화기를 빼앗고 잔소리를 늘어놓았어요. 물론 더이상 듣지 않았죠. 고개만 끄덕이며 연극을 계속했고 심지어는 탐욕스러운 모습까지 보였어요. '그럼 내 앞으로 돈이 얼마나 생기는 거죠?' 하고 물었더니 라켈이 정확한 액수를 알려주더군요. 나중에 보니 과장된 숫자였지만. 내 결정이 수백만 크로나 차이로 달라지기라도 할 거라는 듯이 말이에요. 시간은 흘러 밤 11시 30분이었어요. 셋이서 몇 시간 동안 앉아 있었더니 피곤해 죽을 지경이었고 술도 꽤 마신 상태였어요. 그래서 더는 못 견디겠으니 잠 좀 자야겠다고 말했죠. 그 말에 라켈이 약간 머뭇거렸던 게 기억나요. 날 혼자 놔둬도 괜찮을지 고민했겠죠. 그러다 결국 날 믿는 수밖에 없겠다는 결론을 내렸을 거예요. 혹시라도 라켈이 생각을 바꿀까봐 무서워서 휴대전화를 돌려달라는 얘기도 못했어요. 그녀가 위협을 늘어놓으면 그저 꼼짝 않고 '네'라든가 '아뇨'라든가 고개만 끄덕였어요."

"결국 그들은 떠났죠?"

"그들이 떠난 뒤로 한 가지 생각뿐이었어요. 휴대전화 화면에 떠 있던 전화번호를 기억해내는 일. 마지막 숫자 다섯 개만 생각나고 나머지는 확실치 않았어요. 서랍들이며 외투 주머니들을 뒤진 끝에 레오의 휴대전화를 찾아냈고요. 레오답게 비밀번호 설정도 안 해놨더군요. 온갖 번호를 조합해가며 숱한 사람을 잠에서 깨웠고 존재하지 않는 번호가 나오기도 했어요. 하나도 맞는 게 없었죠. 난 욕을 퍼붓고 울었어요. 혹시라도 라켈이 또다른 메시지를 받게 되면 모든 게 끝장이었으니까요. 그러다 아까 숲속에서 차를 세우기 전에 지나쳤던 도로 표지판이 떠올랐어요. 비도크라. 레오가 누군가에게 도움을 받았다면 그 마을 부근일 거라는 생각이 들었죠. 그래서……"

"비도크라 지역 전화번호 중에서 그 다섯 자리 숫자를 찾아봤군요."

"맞아요. 곧바로 헨리크 노레브링을 찾아냈죠. 그런데 인터넷이란 게 참 희한해요. 검색해보니 그 집 사진이 있더라고요. 그의 나이와 소유한 부동산의 평가액까지요. 번호를 알고 나서는 조금 망설였어요. 손이 떨렸죠."

"하지만 전화를 걸었죠?"

"맞아요…… 잠시 쉬었다 해도 괜찮을까요?"

미카엘은 말없이 고개를 끄덕이며 댄의 어깨를 두드렸다. 그런 다음 주방으로 가 휴대전화를 켜놓고 막간을 이용해 잔들을 씻기 시작했다. 얼마 안 있어 진동음이 울려 화면을 들여다본 미카엘은 즉시 댄에게 돌아갔다.

"댄, 우린 최대한 빨리 이 이야기를 세상에 알릴 거예요. 그로 인해 무슨 일이 일어나든 당신이 이해해줬으면 해요. 당신을 위한 일이기도 하니까요. 지금은 이곳에 머무는 게 좋겠어요. 괜찮다면 내 동료인 에리카 베리에르를 불러 함께 있게 해주고 싶어요. 믿을 만한 좋은 사람이에요. 아마 마음에 들 거예요. 난 지금 빨리 가봐야 해요."

댄은 고개를 끄덕였다. 그 모습이 너무도 혼란스럽고 무력해 보여 미카엘은 그를 한 번 포옹하지 않을 수 없었다. 그리고 집 열쇠를 건넨 뒤 다시 한번 감사를 표했다.

"이 모든 이야기를 들려준 건 정말로 용감한 행동이었어요. 나머지 부분도 빨리 듣고 싶네요."

미카엘은 계단을 급히 뛰어내려가며 암호화 라인으로 에리카에게 연락했다. 물론 에리카는 빨리 오겠노라고 했다. 그런 뒤 리스베트와

계속 통화를 시도했지만 허사였다. 미카엘은 욕을 내뱉으며 얀에게
전화를 걸었다.

23장
6월 22일

얀은 만족할 이유가 충분했다. 우선 바시르 카지와 라잔 카지를 체포했고 악명 높은 베니토에다 MC 스바벨셰 조직원까지 확보했으니 말이다. 하지만 전혀 만족스럽지가 않았다. 웁살라와 스톡홀름 소속 경찰관들이 바다보호수 부근 숲을 샅샅이 수색했지만 리스베트의 흔적은 찾지 못했다. 승합차에 묻은 혈흔, 좀더 떨어진 언덕 위 휴가용 별장에 침입한 흔적, 그리고 그곳에 남은 혈흔과 크기가 아주 작은 운동화 족적이 전부였다. 대체 리스베트는 무슨 생각인 걸까? 얀은 이해할 수가 없었다. 지금 그녀는 치료를 받아야 한다. 이미 구급차들이 달려오고 있었지만 리스베트는 대로에서 수킬로미터 떨어진 깊은 숲속으로 들어가는 길을 택했다. 자기를 도와줄 사람들이 오고 있는 걸 미처 보지 못하고 도망간 걸까? 알 수 없었다. 베니토의 단검에 장기를 찔리기라도 했다면 지금 리스베트는 상당히 상태가 좋지 않거나 죽어가고 있을지도 모른다. 왜 그녀는 사람들을 피하기만 하는 걸까?

얀이 스톡홀름 경찰서에 도착해 사무실로 막 들어서는데 휴대전화가 울렸다. 드디어 미카엘이었다. 얀이 지금까지 있었던 일들을 대략적으로 설명하자 미카엘은 실마리라도 잡은 건지 꽤 많은 질문을 던졌다. 그러곤 홀게르가 살해당한 이유도 알 것 같다고 했다. 하지만 지금은 다른 할일이 있으니 나중에 얘기해주겠다는 미카엘의 말에 얀은 그저 한숨을 쉬며 알았다고 하는 수밖에 없었다.

일 년 반 전, 12월

자정이 막 지나고 크리스마스이브가 찾아왔다. 창틀에는 축축한 눈이 쌓였고 하늘은 컴컴했다. 아주 드물게 칼라베겐 거리를 지나는 차들만이 도시의 정적을 깼다. 댄은 휴대전화를 들고 소파에 앉아 온몸을 덜덜 떨며 헨리크 노레브링의 집에 전화를 걸었다.

신호음이 한참 동안 울렸지만 아무도 응답하지 않았다. 메시지를 남겨달라는 젊은 남자의 목소리가 흘러나왔다. 댄은 절망감을 느끼며 거실을 둘러보았다. 불과 얼마 전 이곳에서 일어난 비극은 흔적도 보이지 않았다. 그 대신 불편한 청결함이 집안을 지배하고 있었다. 마치 병원처럼 소독약 냄새가 났다. 댄은 지난 일주일간 잠을 잤던 손님용 침실로 들어가 계속 전화를 걸었다. 거의 제정신이 아닌 상태로 욕을 내뱉고 주위를 두리번거렸다.

심지어 이 방에도 라켈의 흔적이 남아 있었다. 대체 그녀는 어떻게 한 걸까? 어떻게 손님용 침실까지 쓸고 닦고 정리할 수 있었지? 댄은 이 모든 것을 난장판으로 만들고픈 충동에 사로잡혔다. 침대 시트를 벗겨내고, 벽에 책들을 내던지고, 라켈이 지나간 모든 흔적을 지워버리고 싶었지만 그러지 못했다. 그저 창밖을 멍하니 내다보며 아래층 라디오에서 흘러나오는 희미한 선율에 귀를 기울여볼 뿐이었다. 그렇게 몇 분이 지나고 댄은 다시 전화기를 집어들었다. 하지만 미처 통화 버튼을 누를 겨를도 없이 전화가 먼저 울렸다. 아까 자동응답

메시지에서 들었던, 하지만 그만큼 쾌활하진 않은 목소리가 들려왔다. 끔찍한 일을 당한 사람처럼 낮고 심각한 목소리였다.

"레오가 거기 있나요?"

전화기 너머에서는 한동안 대답이 없었다. 살짝 숨소리가 들리는가 싶더니 이내 아무것도 들리지 않았다. 파국을 예고하는 침묵 같았다. 아까 숲에서 느꼈던 공포가 다시 그를 옥죄었다. 레오의 새파랗게 얼어붙은 입술과 꺼져가는 두 눈과 더이상 반응하지 않던 폐가 떠올랐다.

"레오가 거기 있어요? 살아 있나요?"

"잠깐만요."

잠시 잡음 같은 게 들렸다. 저쪽에서 아이가 소리를 지르고 누군가가 테이블 위에 물건을 내려놓는 소리도 들려왔다. 댄은 그 시간이 한없이 길게만 느껴졌다. 그러다 갑자기 마법처럼 그에게 생명이 돌아왔고 세상은 색깔을 되찾았다.

"댄?"

댄 자신의 것이라 해도 이상하지 않을 목소리였다.

"레오, 살아 있었구나!"

"난 괜찮아. 경련이 와서 상태가 나빠졌는데 여기 계신 스티나 씨가 치료해주셨어. 간호사시거든."

레오는 담요 두 장을 덮고 소파에 누워 있다고 했다. 기운은 없었지만 차분한 목소리였다. 다만 옆에 부부가 있어 무슨 얘기를 해야 할지 알 수 없었는지 레오는 장고와 〈마이너 스윙〉에 대해 말했다.

"댄, 네가 내 생명을 구했어."

"그런 것 같네."

"정말 굉장한 일이야."

"지금 '스윙'이라고 말하고 싶은 거야?"

"더이상 '스윙'일 순 없지. 안 그래, 형제?"

댄은 대답하지 않았다. 엄숙한 침묵이 내려앉았다.

"콘트라 문둠." 다시 레오가 말했다.

"무슨 뜻이야?"

"세상과 맞선다. 너와 나, 우리 둘이서."

그들은 아마란텐 호텔에서 만나기로 했다. 시청에서 멀지 않은 쿵스홀름스가탄의 이 호텔에서는 레오가 아는 사람을 만날 위험이 거의 없었다. 댄은 택시를 보내 레오를 스톡홀름으로 데려왔고, 형제는 호텔 오층의 객실에서 크리스마스이브를 함께 보냈다. 그들은 커튼을 모두 내린 채 새로운 계획을 세우고 다시 한번 동맹을 확인했다. 그리고 댄은 크리스마스 오후 2시, 상점들이 문을 닫기 직전에 밖으로 나가 앞으로 연락을 주고받을 수 있게 선불카드가 내장된 휴대전화 두 개를 사왔다.

댄은 플로라가탄에 있는 집으로 돌아왔다. 라켈이 집전화로 연락해왔을 때는 그녀가 원하는 대로 하겠다고 다시 한번 무거운 목소리로 약속했다. 댄은 레오의 어머니가 입원한 스톡홀름 병원에도 전화를 걸었다. 간호사는 지금 그녀가 잠들었다고 하면서 살아 계실 날이 얼마 남지 않은 것 같다고 알려주었다.

"저 대신 어머니의 이마에 키스해주세요. 선생님들 모두 행복한 크리스마스 보내시길 바랄게요. 곧 찾아뵙겠습니다."

댄은 그날 오후 늦게 아마란텐 호텔로 다시 갔다. 라켈이 갖고 있다고 주장하는, 즉 레오의 명의로 행해진 내부 거래 및 탈세와 관련된 자료에 대해 자신이 아는 바를 모두 얘기했다. 레오의 두 눈에서는 깊이를 알 수 없는 분노와 보는 이를 오싹하게 하는 증오가 이글거렸다. 이바르와 라켈과 그 나머지 인간들에게 복수할 방법에 대해 늘어놓는 레오의 말을 묵묵히 들으며 댄은 그의 어깨에 한 손을 올렸다. 레오의 고통을 충분히 이해할 수 있었지만 댄은 복수 생각은 하지 않았다. 차로 어둠 속을 달렸던 일, 숲속 전나무 아래의 무덤, 라켈의 위협적인 말들, 그리고 그녀 뒤에 있는 강력한 세력을 생각했다. 자신들에게 보복할 힘이 없다는 사실을 온몸으로 느끼고 있었다. 적어도 당장은 불가능했다. 나중에 생각해보니 이런 무기력은 그의 출신 배경 때문일 수도 있었다. 레오처럼 권력자에 맞서 이길 수 있다는 자신감이 그에게는 없었던 것이다. 아니면 그저 그들이 얼마나 잔인하고 무자비한지 직접 보고 경험했기 때문인지도.

"물론 우리는 복수를 할 거야, 박살내버릴 거라고. 하지만 먼저 준비를 해야 하지 않겠어? 우리에겐 증거가 필요해. 먼저 바닥을 잘 다진 뒤에 모든 걸 원점에서 시작할 기회, 새로운 뭔가를 해볼 기회를 갖는 건 어떨까?"

댄은 자신이 무슨 얘기를 하는 건지 잘 몰랐다. 그건 단지 막연한 생각일 뿐이었다. 그러던 중 서서히 아이디어가 하나 떠올랐다. 그들은 한 시간 동안 긴 토론을 벌인 후 계획을 세워갔다. 처음에는 확신이 없었지만 갈수록 진지해졌다. 빨리 행동으로 옮겨야 했다. 그러지 않으면 라켈과 그녀의 수하들이 속았다는 걸 알게 될 테니.

크리스마스 당일, 레오는 수차례에 걸쳐 댄의 계좌로 돈을 이체했다. 그런 다음 댄의 명의로 보스턴행 티켓을 예매했다. 비행기를 탄 사람은 댄의 옷을 입고 그의 서류와 여권을 지닌 레오였다. 한편 댄은 레오의 집에 남았다. 다음날 저녁, 라켈이 찾아와 새로운 삶의 가이드라인을 제시했고, 댄은 그 역할을 훌륭히 수행했다. 예상외로 참담한 기색이 없어 보이면 라켈은 그가 벌써부터 새로운 삶을 즐기고 있는 거라고 받아들이는 듯했다. 나중에 레오는 통화중에 이렇게 말했다. "사람들은 자신의 사악함을 남에게서 보지."

12월 28일, 댄은 레오 어머니의 침대맡에 앉아 있었다. 병원 직원 중 누구도 그를 의심하지 않는 듯해 댄은 자신감을 얻었다. 단정한 옷차림으로 그곳에 앉아, 말을 아끼면서도 슬프고 차분한 모습을 보이려 했다. 비록 이 죽어가는 환자는 처음 보는 사람이었지만 이따금 정말로 가슴이 아파오기도 했다. 비베카는 바짝 여위었고 창백했다. 누군가 머리를 빗기고 가볍게 화장까지 해준 뒤 머리 아래에 베개 두 개를 높이 받쳐놓았다. 입을 반쯤 벌리고 미약하게 호흡하며 잠들어 있는 모습이 가냘픈 작은 새 같았다. 한순간 자식의 의무감을 느끼며 댄이 비베카의 어깨와 팔을 가볍게 어루만지는데 그녀가 눈을 뜨더니 매섭게 쳐다보았다. 그 시선이 거북하긴 했지만 댄은 크게 걱정하지 않았다. 지금 그녀는 모르핀에 취한 상태인데다 설사 무슨 말을 한다고 해도 헛소리일 뿐이라고 일축하면 그만이었다.

"넌 누구니?"

앙상하게 뼈만 남은 비베카의 얼굴에 왠지 모를 질책의 기색이 떠올랐다.

"저예요, 엄마. 레오예요."

그녀는 이 대답을 잠시 곱씹어보는 듯했다. 그리고 마른침을 삼킨 뒤 몸에 남은 힘을 끌어모아 이렇게 말했다.

"레오, 넌 한 번도 우리의 기대를 채워준 적이 없어. 늘 우릴 실망시켰어, 나와 네 아버지를."

댄은 눈을 감고서 레오가 어머니에 대해 해준 말들을 떠올렸다. 그러고는 놀라울 만큼 강하게 그녀의 말을 맞받아쳤다. 아마도 그녀가 모르는 사람이었기에 가능했을 것이다.

"어머니 역시 한 번도 내 기대를 채워주지 못했어요. 날 전혀 이해하지 못했고요. 날 실망시킨 건 바로 어머니예요."

비베카는 크게 놀라며 당황한 눈빛으로 댄을 바라보았다.

"당신은 레오를 내팽개쳤어. 우리를 내팽개쳤어. 다른 인간들이 모두 그랬듯이."

말을 마친 댄은 자리에서 일어나 집으로 돌아갔다. 다음날인 12월 29일, 비베카는 숨을 거두었다. 댄은 장례식에 참석할 용기가 나지 않는다는 내용의 메일을 병원에 보냈고, 이바르에게는 긴 휴가가 필요하다고 알렸다. 무책임의 대가로 더러운 소리를 들어야 했지만 대꾸하지 않았다. 그리고 1월 4일, 그는 라켈의 승인하에 스웨덴을 떠났다.

댄은 뉴욕에 도착한 뒤 워싱턴 D.C.에서 레오와 재회했다. 그들은 일주일을 함께 보내고 각자의 길을 떠났다. 레오는 보스턴의 재즈 뮤지션들을 만나 피아노 연주를 시작했다고 설명했지만 대중 앞에 선뜻 나서지는 못했다. 스웨덴 억양 탓에 불안하기도 했고 향수병까지 생긴 탓이었다. 결국 토론토로 이주하기로 결정했고 그곳에서 마리 덴버를 만났다. 예술가를 꿈꾸는 젊은 인테리어 디자이너인 그녀는 친언니와 회사를 설립하려 하면서도 선뜻 뛰어들지는 못하고 있었다. 레오, 아니 새 이름을 얻은 댄은 마리의 사업에 투자하고 경영진에 합류했다. 그리고 얼마 지나지 않아 그 커플은 토론토의 호그스할로 구역에 집을 구입했다. 레오는 전부 의사로 이루어진 재능 있는 아마추어 뮤지션들과 정기적으로 피아노를 연주했다.

한편, 댄은 오랫동안 세계 도처를 떠돌았다. 유럽과 아시아 각지를 다니며 기타를 연주하고, 지식을 습득하는 데 갈증을 느껴 경제학 공부에도 매진했다. 그 세계에서 아웃사이더라 할 자신이 금융시장에 새롭고도 보다 형이상학적인 시각을 불어넣을 수 있으리라고 믿었다. 결국 댄은 알프레드 외그렌에서 레오의 자리를 이어받기로 마음먹었다. 물론 라켈과 이바르가 어떤 증거를 가지고 있는지 알아내려는 목적이 컸으나 얼마 못 가 레오의 결백을 증명하기가 쉽지 않다는 사실을 알게 되었다. 스톡홀름 최고의 변호사라 불리는 벵트 발린을 고용해 조사해보았는데, 그는 파나마 소재 회사 모사크 폰세카를 통해 레오의 명의로 행해진 일들의 규모를 감안하면 이 사안은 그냥 덮는 편이 낫다고 강력하게 충고했다.

늘 그렇듯 시간의 흐름과 함께 삶은 정상적인 리듬을 되찾았다. 댄과 레오는 긴밀히 연락을 유지하며 때를 기다렸다. 알프레드 외그렌 사옥 로비에서 미카엘을 만났던 날, 댄이 잠시 자리를 뜨며 전화를 건 상대는 바로 레오였다. 레오는 한참 생각한 끝에 댄에게 알아서 결정하라고 말했다. 모든 것을 밝혀야 할 시간이 온 거라면 〈밀레니엄〉의 미카엘보다 나은 통로는 없을 거라고도 덧붙였다. 그것이 마침내 댄이 입을 열게 된 이유였다. 레오의 새로운 삶에 대해서는 아직 얘기하지 못했지만. 댄은 다시 와인을 좀더 마신 뒤 토론토에 전화를 걸었다. 오랫동안 통화를 하는데 조심스러운 노크 소리가 들려왔다. 에리카였다.

같은 날 좀더 이른 시각, 라켈은 불편한 몸을 이끌고 간신히 함가탄 거리로 돌아와 택시를 잡아탔다. 어서 귀가해 침대 위에 쓰러져버리고 싶었다. 하지만 택시 안에서 라켈은 자기 자신에게 분노하지 않을 수 없었고, 결국 알비크에 있는 사무실로 행선지를 변경했다. 이유가 병 때문이든 뭐든 나약하게 휘둘리는 건 그녀답지 못했다. 그래서 무슨 일이 있어도 계속 싸우기로 마음먹었다. 경찰로부터 계속 걸려오는 전화에 그대로 무너져버린 마르틴을 제외하고, 모든 인맥을 동원해 미카엘과 다니엘을 찾아낼 작정이었다. 우선 베니아민을 〈밀레니엄〉 사무실과 미카엘의 집으로 보냈지만 모두 굳게 잠겨 있었다. 라켈은 이날은 이만 포기하기로 하고 베니아민에게 칼베리스베겐에 있는 그녀의 집으로 가라고 지시했다. 휴식도 필요했고, 옷장 깊숙한 곳 금고에 보관해온 프로젝트 9와 관련된 가장 민감한 내용의 서류들도 파기해야 했다.

오후 4시 30분, 날씨는 여전히 견딜 수 없을 정도로 무더웠다. 라켈은 차에서 내리는 자신을 베니아민이 돕도록 내버려두었다. 경호인으로서만이 아니라 이제는 걸을 때도 부축해줄 사람이 필요했기 때문이다. 극심한 스트레스 속에서 하루를 보낸 라켈은 창백하게 탈진한 상태였다. 검정색 터틀넥 셔츠는 땀으로 흠뻑 젖었고, 구역질이 올라오고 도시 전체가 빙빙 도는 것만 같았다. 하지만 몸을 똑바로 세우고 개선장군처럼 턱을 들었다. 결국 과거의 일들이 폭로되고 모욕을 당할 수도 있으리라. 라켈은 자기 개인보다 훨씬 위대한 무언가, 즉 과학과 미래를 위해 싸워왔다고 생각했다. 침몰하더라도 위엄을 지키고 싶었다. 아무리 병든 몸이지만 끝까지 강하고 당당한 모습으로 남으리라 굳게 다짐했다.

라켈은 건물 앞 거리에서 베니아민에게 오는 길에 사온 오렌지주스를 달라고 했다. 그리고 다소 천박하게 느껴졌지만 병째 입에 대고 벌컥대며 마셨다. 그런 끝에 조금이나마 기력을 되찾았다. 라켈은 엘리베이터를 타고 칠층까지 올라간 뒤 잠금장치를 열고서 베니아민에게 먼저 들어가 경보를 해제하라고 지시했다. 그렇게 막 문턱을 넘으려던 라켈은 순식간에 몸을 긴장시키며 아래층으로 시선을 던졌다. 어떤 창백한 실루엣 하나가 계단을 올라오고 있었다. 마치 지옥에서 막 빠져나온 것처럼 보이는 젊은 여자였다.

리스베트는 나름대로 단장을 했지만 여전히 얼굴은 새하얬고 실핏줄 터진 두 눈은 새빨갰으며 뺨은 긁힌 자국투성이였다. 제대로 걷기도 힘들었다. 그런데도 한 시간 전쯤 우플란스가탄에 있는 중고 옷가게에 들러 티셔츠와 청바지를 사 입고 피로 얼룩진 옷들은 쓰레기통에 버리고 오는 길이었다. 통신사 대리점에서 휴대전화도 개통하고 그 옆 약국에서 붕대와 소독약도 샀다. 그러고는 길가 한복판에 선 채, 숲속 별장에서 출혈을 막으려고 붙였던 접착테이프를 떼어낸 뒤 효력이 더 나은 붕대로 상처를 동여맸다.

아까 바다보호수 부근 숲속에서는 한동안 쓰러져 있다 정신이 돌아왔을 때 손목을 결박한 끈을 날카로운 돌에 갈아 끊어버렸다. 77번 고속도로까지 걸어나가 젊은 여자가 모는 구형 랜드로버를 얻어탄 뒤 바사스탄까지 와서는 많은 사람들의 이목을 끌었다. 셸 오베 스트룀그렌이라는 남자의 증언에 따르면, 칼베리스베겐의 건물로 걸어들어가는 그녀의 모습은 무척 힘겨워 보이면서도 위협적이었다. 리스베트는 엘리베이터의 거울에 자기 모습을 비춰보지도 않았다. 그렇게 건실한 모습은 아닐 터였다. 단검이 치명적인 부분은 비껴갔지만 피를 많이 흘린 탓에 의식을 잃기 직전이었다.

라켈 그레이츠, 명패에 쓰인 대로 '노르딘'의 집에는 아무도 없었다. 리스베트는 아래층 복도 바닥에 주저앉아 미카엘에게 문자메시지를 보냈다. 그 대답으로 웃기는 조언과 잔소리만 잔뜩 돌아왔다. 그가 무얼 찾아냈는지 알고 싶을 뿐이라는 메시지를 다시 보냈다. 그런 뒤에야 미카엘은 지금까지 있었던 일들을 짤막하게 요약해 보내주었다. 메시지를 다 읽은 리스베트는 눈을 감았다. 현기증과 통증이 더 심해지고 있었다. 숨을 헐떡거리며 그대로 바닥에 눕고 싶은 충동과 싸웠다. 결코 몸을 추스르지 못하리라는, 아무것도 하지 못하리라는 생각이 잠시 스쳤지만 리스베트는 홀게르를 생각했다.

휠체어를 타고 플로드베리아 교도소까지 찾아왔던 모습을 떠올렸다. 그 모든 세월 홀게르는 그녀에게 소중한 존재였다. 무엇보다 그의 죽음에 대해 미카엘이 한 말들을 되짚어보았고, 거기엔 다른 설명의 여지가 없었다. 홀게르를 죽일 만한 사람은 오직 라켈뿐이었다. 이렇게 생각하는 것만으로도 다시 힘이 솟았다. 홀게르의 복수를 해야 했다. 리스베트는 다시 몸을 일으키고 머리를 부르르 흔들었다. 그리고 십 분 혹은 십오 분쯤 지났을 때 마침내 위층에서 엘리베이터가 멈춰 섰다. 문이 열리고 오십대로 보이는 거대한 체구의 남자가 검정색 터틀넥 셔츠를 입은 나이든 여자와 함께 걸어나왔다. 리스베트는 곧바로 그녀를 알아보았다. 등을 곧게 편 라켈의 모습에 어린 시절로 돌아가버린 것만 같았다.

하지만 추억에 잠겨들 때가 아니었다. 리스베트는 재빨리 안과 소니아에게 메시지를 전송한 뒤, 아주 요란스럽지 않으면서 그렇다고 조용하지도 않은 걸음으로 계단을 올라갔다. 그 소리를 듣고 돌아선 라켈의 시선이 리스베트를 향했다. 맨 처음 라켈의 두 눈에 떠올랐던 경악의 빛은 리스베트를 알아본 뒤 두려움과 증오의 빛으로 바뀌었다. 리스베트는 계단 위에 서서 옆구리 상처를 손으로 꾹 누르며 입을 열었다.

"이렇게 다시 만났네."

"찾아오는 데 시간이 좀 걸렸구나."

"하지만 바로 어제 일 같지 않아? 그렇게 생각 안 해?"

라켈은 대답 대신 이를 악물며 말했다.

"베니아민! 저앨 잡아와!"

베니아민은 고개를 끄덕이며 한눈에 리스베트를 가늠해보았다. 간단히 제압할 수 있겠다고 생각했다. 그녀보다 자신이 50센티미터는 더 컸고 어깨는 거의 두 배나 넓었으니 말이다. 하지만 그녀를 향해 돌진하는 일이 쉽지만은 않았다. 큰 몸집과 계단의 경사 탓에 가속도가 붙었다. 리스베트가 몸을 틀어 피하면서 그의 왼팔을 홱 잡아당기자 거한의 어마어마한 힘은 도리어 그 자신을 해치는 부메랑이 되었다. 베니아민은 계단을 굴러 팔꿈치와 머리를 부딪히며 돌바닥에 떨어졌다. 리스베트는 그 장면을 보지도 못했다. 곧장 라켈에게 달려들어 그녀를 집안으로 밀고 들어갔다. 등뒤에서 문을 잠그자 얼마 지나지 않아 쾅쾅 두드려대는 소리가 들렸다.

라켈은 뒤로 물러서며 갈색 진료가방을 집어들었다. 불과 몇 초 사이에 그녀가 우위를 점하게 됐으나 그 안에 든 것들과는 상관없는 일이었다. 방금 전 계단에서 힘을 쓴 탓에 현기증이 다시 리스베트를 덮친 것이다. 리스베트는 눈을 찌푸린 채 집안을 둘러보았다. 정말이지 이런 광경은 한 번도 본 적이 없었다. 실내에는 오직 흑백만 있을

뿐 아무 색깔도 없었다. 인간이 아닌 가사 로봇이 사는 집처럼 눈부
실 정도로 청결하고 위생적이었으며, 먼지 한 톨 없이 모든 것이 완
벽하게 살균 처리된 듯 보였다. 리스베트는 균형을 잃고 휘청거리다
검은색 서랍장을 짚으며 몸을 가누었다. 그리고 정신이 아득해지려
는 순간, 라켈이 손에 뭔가를 들고서 다가오는 모습이 보였다. 주사
기였다. 리스베트는 몸에 남은 힘을 전부 끌어모았다.

"좀전에 들었어. 당신, 그런 바늘로 사람들을 죽이는 버릇이 있다
면서?"

라켈이 주사기를 내밀며 덤벼들었지만 성공하지 못했다. 리스베
트의 발길질 한 번에 주사기가 새하얀 바닥으로 떨어져버렸다. 리스
베트는 다시 현기증을 느끼며 간신히 균형을 잡았고, 온 정신을 라켈
에게 집중했다. 매우 차분한 라켈의 모습에 놀라지 않을 수 없었다.

"그냥 날 죽여. 난 당당하게 죽을 거야."

"당당하게?"

"그렇고말고."

"그런 일은 없을 거야."

리스베트는 상태가 좋아 보이지 않았다. 목소리에는 힘이 없고 지
친 기색이 역력했다. 한편 라켈은 자신의 삶이 종착역에 이르렀음을
알았다. 왼쪽에 있는 창문 너머로 칼베리스베겐 거리를 힐끗 바라보
며 몇 초간 망설였다. 그리고 결정을 내렸다. 다른 길이 없었다. 그 어
떤 일도 리스베트의 손아귀에 들어가는 것보단 나을 터였다. 라켈은
발코니 쪽으로 달려가 문을 여는 데 성공했고, 그 찰나의 순간 허공
에 몸을 던지고픈 아찔한 욕구에 사로잡혔다. 하지만 난간을 넘기 전
에 리스베트에게 붙잡혔다. 그 누구도 예상치 못한 전개였다. 라켈
은 자신이 가장 두려워했던 사람 덕분에 목숨을 구한 셈이었다. 리스
베트는 살균 처리된 집안으로 라켈을 끌고 들어가 그녀의 귀에 대고

속삭였다.

"라켈, 너무 걱정 마. 당신은 죽을 거야."

"알아. 난 암에 걸렸어."

"암? 암은 아무것도 아냐."

차디찬 리스베트의 말투에 등골이 오싹해진 라켈은 되묻지 않을 수 없었다.

"무슨 뜻이야?"

리스베트는 바닥에 시선을 고정한 채 그녀를 쳐다보지도 않고 말했다.

"홀게르는 내게 소중한 사람이었어."

리스베트는 라켈의 손목을 꽉 쥐었다. 그 악력이 얼마나 강한지 라켈은 피가 그대로 얼어붙는 기분이 들었다.

"암은 아무것도 아냐, 라켈. 당신은 치욕스럽게 죽을 거야. 무엇보다 고약한 일이 될 거라고 장담하지. 당신이 어떤 악행들을 저질렀는지 빠짐없이 세상에 알려지도록 할 거야. 모두가 당신이 남긴 해악만 기억하도록. 당신은 스스로 싸지른 똥에 파묻혀 죽는 거라고."

리스베트는 확신에 차 말했고, 라켈은 그 말을 믿지 않을 수 없었다. 리스베트는 더이상 지옥에서 빠져나온 창백한 유령이 아니었다. 그녀는 차분하게 문을 열어 경찰들을 들어오게 했다. 그들은 베니아민에게 수갑을 채워놓은 상태였다.

"안녕하십니까, 라켈 부인. 이제 우리와 많은 얘기를 나눠야 할 겁니다. 당신의 동료 마르틴 교수도 방금 체포됐어요."

안은 자신을 강력반 수사반장이라고 소개한 뒤 부드럽게 미소를 지어 보였다. 나머지 경찰들이 라켈의 옷장에서 금고를 찾아내기까지는 오랜 시간이 걸리지 않았다. 라켈은 마지막으로 구급대원들에게 인도되는 리스베트의 뒷모습을 바라보았다. 리스베트는 고개를 돌리지 않았다. 그녀에게 라켈은 이미 없는 존재였다.

24장
6월 30일

미카엘은 예트가탄의 〈밀레니엄〉 사무실 탕비실에 앉아 있었다. 유전자 및 사회환경 연구물 기록소와 프로젝트 9에 관한 장문의 탐사기사를 마무리한 참이었다. 오늘도 날씨가 무더웠다. 이 주째 비가 한 방울도 떨어지지 않았다. 미카엘은 기지개를 편 뒤 물을 조금 마시고는 사무실 저쪽에 놓인 하늘색 소파를 쳐다보았다.

에리카가 하이힐을 신은 채 누워서 그의 기사를 읽고 있었다. 그다지 불안하진 않았다. 이 충격적인 이야기는 그야말로 특종감이었으니까. 다만 에리카가 어떻게 반응할지 알 수 없었고, 무엇보다 윤리적 문제를 제기할 여지도 있었다. 그녀와 말다툼한 것도 마음에 걸렸다.

미카엘은 하지제 기간에 섬에 가지 않겠다고 말했다. 축제를 즐길 시간이 없었기 때문이다. 탐사기사 마감에 집중하면서 얀이 보내준 자료를 모두 훑어볼 작정이었다. 힐다와 댄, 그리고 비밀리에 약혼자와 함께 토론토에서 스톡홀름으로 온 레오와 인터뷰를 이어갈 필요도 있었다. 그동안 미카엘은 밤낮으로 열심히 일했다. 기록소 관련 기사뿐 아니라 파리아의 사건도 다뤘다. 파리아에 관한 기사는 그가 직접 쓰지 않고 소피가 맡았지만 처음부터 끝까지 관여해야 했으며, 파리아의 조기 석방을 위해 애쓰는 안니카와 법적 절차를 논의하기도 했다. 파리아가 보호 신분을 얻어 새로운 삶을 시작할 수 있도록 말이다.

이제 자살이 아닌 살인으로 규정된 자말 사건을 수사하고 있는 소니아와도 연락을 유지했다. 바시르, 라잔, 카릴과 공범 두 명은 현재 구속되어 재판을 기다리고 있었다. 베니토는 헤르뇌산드에 있는 함메르포르스 교도소에 수감돼 역시 재판을 기다렸다. 미카엘은 얀과도 만나 긴 대화를 나누었다. 미카엘은 그 어느 때보다 기사의 문체에 공을 들였다.

하지만 결국에는 지치고 말았다. 휴식을 취하고 잠시 숨을 돌릴 필요가 있었다. 푹푹 찌는 날씨에 책상 앞에서 몇 시간 동안 앉아 있다 보면 모니터가 두 개로 보이곤 했다. 그러던 어느 날 오후, 미카엘은 왠지 쓸쓸한 기분이 들어 말린에게 전화를 걸었다.

"미안한데, 이리 좀 와줄 수 있겠어?"

말린은 고맙게도 베이비시터를 구해놓고 그에게 달려와주었다. 다만 그녀가 내건 조건이 있었다. 딸기와 샴페인을 사놓고, 침대 이불을 걷어놓고, 사람 앞에서 딴생각에 빠지지 않을 것. 한마디로 그 빌어먹을 슈퍼 블롬크비스트 놀이를 하지 말라는 것이었다. 미카엘도 충분히 납득할 만한 조건이었다. 그렇게 침대 위에서 샴페인을 마시며 세상일을 잊은 채 행복한 시간을 보내는 와중에 예고도 없이 에리카가 찾아왔다. 고급 레드 와인을 한 병 사들고서.

에리카는 미카엘을 한 번도 미덕을 갖춘 인간이라고 생각해본 적이 없었다. 그녀 자신도 결혼한 몸인데다 남녀관계에 까다롭지도 않았다. 하지만 이날은 상황이 걷잡을 수 없이 흘러갔다. 만일 미카엘에게 시간적 여유와 에너지가 남아 있었다면, 일이 그렇게까지 꼬여 버린 이유를 파악할 수 있었을 것이다. 물론 말린의 불같은 성격이 한몫했다. 기분이 상해 당황한 에리카도 있었다. 사실 그들 모두가 당황했다. 에리카와 말린은 언쟁을 벌이더니 결국 미카엘에게 화살을 돌렸다. 끝내 에리카는 크게 분노한 채 부술 듯이 문을 닫고 나가 버렸다.

그후로 에리카와 미카엘 사이에는 팽팽한 분위기가 감돌았고, 대화는 오직 일에 관련된 것으로만 국한되었다. 이제 에리카는 소파에 누워 그의 기사를 읽고 있었다. 미카엘은 병원에서 퇴원하자마자 지브롤터로 날아간 리스베트를 생각했다. 그곳에서 급히 처리할 일이 있다고 했다. 그 와중에도 파리아 카지와 기록소 관련자 수사에 관한 소식을 매일같이 주고받았다.

아직 스웨덴에서는 이 사건이 전혀 알려지지 않았고, 어떤 주요 매체에서도 관련자들의 이름이 언급되지 않았다. 그렇기 때문에 에리카는 다른 데서 특종을 가로채기 전에 서둘러 특별호를 내야 한다고 강조해왔다. 미카엘이 침대에 누워 태평하게 샴페인을 마시는 모습을 보았을 때 불같이 화를 낸 건 그래서였으리라.

사실 미카엘은 지극히 진지한 자세로 기사를 준비해왔지만 어쨌거나 지금은 에리카의 눈치를 볼 뿐이었다. 드디어 그녀가 안경을 벗고 일어나 탕비실로 왔다. 청바지에 목이 깊게 파인 파란색 블라우스 차림으로 식탁을 향해 다가와 미카엘 옆에 앉았다. 미카엘은 그녀가 칭찬 아니면 비판으로 시작할 거라고 예상했지만 아니었다.

"이해가 안 돼."

"이거 유감스럽네. 기사를 좀더 선명하게 다듬어주기를 바랐는데."

"비밀을 왜 그렇게 오랫동안 지켜온 건지 이해가 안 돼."

"레오와 댄?"

에리카는 고개를 끄덕였다.

"기사에도 썼듯이 레오가 유령회사들을 통해 불법 거래를 했다는 증거들이 있어. 이바르와 라켈이 만든 함정이었다는 게 밝혀졌지만 형제는 그 음모를 폭로할 방법이 없었지. 덧붙여 기사에서 이 점이 분명히 드러나면 좋겠는데, 자신들이 새로 맡은 역할이 좋아지기도 한 거야. 솔직히 통장에 거금이 계속 입금되는데 걱정할 게 뭐가 있겠어? 난 그들이 여태껏 몰랐던 새로운 자유, 일테면 배우가 느끼는 해방감 같은 걸 얻었다고 생각해. 새로운 일과 삶을 시작할 수 있었 잖아. 그런 삶의 매력을 충분히 이해할 수 있어."

"그리고 각자 사랑에 빠졌지."

"율리아, 그리고 마리."

"사진이 제법 잘 나왔어."

"그것만 해도 어디야?"

"좋은 사진기자가 있어서 다행이지. 그런데 이바르가 소송으로 우 릴 엿 먹이려 한다는 거 알고 있어?"

"거기에도 충분히 대비되어 있으니까 걱정 안 해도 돼, 에리카."

"사냥중 총기 사고와 관련해서 우리가 고인모독으로 몰리진 않을 지도 걱정이야."

"그것도 괜찮을 거라고 봐. 사건의 정황이 매우 모호했다는 점만 지적했으니까."

"글쎄, 그걸론 부족해 보여. 그런 언급 자체가 당사자에겐 치명적 이잖아."

"오케이, 그 부분은 다시 한번 볼게. 우려스럽지 않거나 잘 이해되 는 부분은 없는 거야?"

"당신이 나쁜 놈이라는 건 잘 알았지."

"어쩌면 그럴지도. 특히 밤에는 말이야."

"앞으로 어떻게 할 작정이야? 한 여자에게 집중할 거야, 아님 다른 여자들에게도 시간을 조금씩 할애할 거야?"

"꼭 원한다면 당신하고 샴페인 정도는 마셔줄 수 있겠지."

"달리 선택지가 없을걸?"

"억지로라도 시키겠다는 거야?"

"그래, 필요하다면. 어쨌든 이 기사에서 소송을 당할 일이 없다는 부분만큼은……"

에리카는 잠시 말을 멈추었다.

"괜찮은 편이다?"

"응, 그렇다고 할 수 있어. 축하해."

에리카는 미소를 지으며 두 팔을 활짝 벌리고 그를 포옹했다.

이때 다른 무언가가 그들의 관심을 사로잡았다. 일들이 어떤 순서로 벌어졌는지 정확히 얘기하기란 쉽지 않지만 아마 소피가 맨 먼저 반응을 보였을 것이다. 사무실 컴퓨터 앞에 앉아 있던 그녀가 갑자기 깜짝 놀라며 비명을 질렀다. 얼마 안 있어 에리카와 미카엘의 휴대전화로 속보들이 쏟아져들어왔다. 둘 다 특별히 불안해지는 않았다. 테러 공격도 전쟁 발발 소식도 아닌 주식시장이 급락했다는 뉴스였기 때문이다. 하지만 지켜보다보니 상황이 점점 급박해지는 바람에 편집부는 전 세계적 사건이 터졌을 때처럼 경계 태세에 돌입해야 했다.

그들은 각자의 컴퓨터 화면에서 눈을 떼지 않고 뉴스가 보이는 족족 편집부 곳곳으로 외쳐 전달했다. 시시각각 새로운 뉴스가 들어오는 와중에 사태는 갈수록 악화되었다. 금융시장이 완전히 무너져버릴 것만 같았다. 스톡홀름 증시가 6퍼센트, 8퍼센트, 9퍼센트 하락하더니 이내 14퍼센트까지 내려갔다. 다시 반등하는가 싶었지만 블랙홀에 휘말리기라도 한 듯 다시 급락했다. 완전한 붕괴이자 걷잡을 수 없는 공황 상태였지만 누구도 이 상황을 정확히 이해하지 못했다.

특기할 만하거나 방아쇠가 될 만한 사건은 전혀 없었기에 사람들은 혼란에 빠졌다. "도무지 이해가 안 돼, 말도 안 돼, 대체 무슨 일이 일어나는 거야?" 얼마 안 있어 소환된 전문가들은 상투적인 설명만 늘어놓았다. 경기 과열, 지나친 저금리, 고평가된 시장, 동서 진영의 정치적 위협, 불안한 중동 정세, 유럽과 미국의 극우적·반민주적 움직임, 1930년대를 연상시키는 정치적 소용돌이…… 이런 사태 때마다 수없이 반복된 얘기였다. 어쨌든 이날에는 이 정도 규모의 파국을 야기할 만한 새로운 일은 전혀 없었다.

공황 상태는 홀연히 발생해 저절로 퍼져나갔다. 지난 4월 파이낸스 시큐리티가 당한 해킹 공격을 떠올린 사람은 미카엘만이 아니었다. SNS에 온갖 루머와 억측이 난무하는 일 역시 놀랍지 않았다. 그리고 그런 헛소리들은 주요 매체에 너무나도 많이 실렸다. 미카엘은 자신도 모르게 큰 소리로 중얼거렸다.

"지금 무너지는 건 증시만이 아니야!"

"무슨 뜻이야?" 에리카가 물었다.

"진실도 같이 무너지고 있다고."

미카엘은 그렇게 느꼈다. 마치 트롤들이 인터넷을 접수한 것만 같았다. 거짓과 진실을 구별 없이 내놓아 판단력을 흐릴 뿐 아니라, 지어낸 이야기와 온갖 음모론을 퍼뜨려 사람들을 짙은 안개 속에 빠뜨리고 있었다. 그런 이야기들은 때로는 그럴듯했고 때로는 그렇지 않았다. 예를 들어 금융인 크리스테르 탈그렌이 자산 수천만 혹은 수십억 크로나가 한순간에 증발해버리자 파리에 있는 집에서 머리에 총을 쏴 자살했다는 뉴스가 보도되었다. 크리스테르 본인이 트위터를 통해 부인했을 뿐만 아니라, 1932년 이바르 크뤼게르의 자살을 연상시키는 전형적인 구석도 있어 꽤 석연찮은 뉴스였다.

고전 혹은 새로 등장한 신화와 괴담이 뒤섞여 부유했다. 사람들은 미쳐버린 로봇 트레이더들을 비롯해 해킹 공격을 당한 금융센터와 방송사와 웹사이트에 대해 얘기했고, 외스테르말름 구역 저택들의 발코니와 지붕에서 투신을 시도하는 이들이 보도되었다. 이런 과장되고 극단적인 이야기들은 월스트리트의 지붕 공사 인부들을 불행한 투자자로 오인했던 1929년, 그들이 거기에 있었다는 사실만으로 증시가 붕괴한 그때를 상기시켰다.

한델스방크 은행이 지급정지를 선언하고 도이치방크와 골드만삭스가 파산 직전이라는 주장까지 나오면서 사방에서 정보가 홍수처럼 밀려들었다. 경험이 많은 미카엘조차 참과 거짓을, 진정으로 중요한 사실과 동쪽의 트롤들이 조직적으로 지어내고 퍼뜨리는 이야기를 구별하기가 쉽지 않았다.

다만 스톡홀름이 가장 큰 타격을 입었다는 사실에는 의심의 여지가 없었다. 프랑크푸르트, 런던, 혹은 파리도 공황 상태에 빠지긴 했지만 사정이 그렇게까지 나쁘진 않았다. 미국 증시 개장까지 몇 시간이 남았지만 선물 가격들은 다우존스와 나스닥의 급락을 예고했다. 이를 막을 수 있는 방법은 없어 보였다. 이 사태를 두고 '과민한 반응'이며 '냉정을 유지해야' 한다고 목소리를 높이는 중앙은행 관계자들, 장관들, 경제 전문가들, 그리고 온갖 부류의 리더들은 특히나 무력해 보였다. 정말이지 모든 것이 부정적으로, 왜곡 해석되었다. 공황감에 사로잡힌 군중은 저마다 살아남으려고 뿔뿔이 도망쳤으나, 이런 사태를 초래한 게 무엇인지 아는 사람은 아무도 없었다. 마침내 스톡홀름 증시를 폐장한다는 결정이 내려졌다. 직전에 상승세를 보이기 시작했으므로 성급한 결정일 수도 있었지만, 거래 재개 전에 철저한 조사와 분석을 통해 문제를 파악하는 일 역시 필요했다.

"쌍둥이 기사는 아쉽게 됐네. 이 난장판에 기사가 묻힐 거야."

미카엘은 컴퓨터 화면에서 눈을 뗐다. 그러고는 애석한 눈빛으로 에리카를 바라보며 대답했다.

"온 세상이 미쳐가는 와중에 내 직업적 자존심을 걱정해줘서 고마워."

"난 지금 〈밀레니엄〉을 생각하는 거야."

"나도 알아. 어쨌든 쌍둥이 기사 발행은 좀 늦춰야겠지? 다음 호에

선 지금 이 사태를 다뤄야 할 테고."

"그래, 당장 인쇄소로 뛰어갈 필요는 없겠어. 하지만 온라인판으로는 반드시 내보내야 해. 다른 데서 특종을 채갈 수도 있으니까."

"오케이. 원하는 대로 해."

"지금 이 사건에도 착수해야 할 텐데, 가능하겠어?"

"물론이지."

"좋아."

미카엘과 에리카는 서로를 마주보며 고개를 끄덕였다. 올해도 꽤나 뜨겁고 힘든 여름이 될 듯했다. 미카엘은 새로운 주제에 착수하기 전에 산책을 다녀오기로 마음먹었다. 예트가탄 거리를 따라 슬루센 쪽으로 걸으며, 침대 위에서 주먹을 꽉 쥐고 죽은 홀게르를 생각했다.

에필로그

　스톡홀름 대성당 안은 몰려든 사람들로 발 디딜 틈이 없었다. 이날 장례식의 주인공은 유명인사가 아닌, 방황하는 젊은이들을 위해 평생을 싸워온 늙은 변호사였다. 장례식에 사람들이 몰려든 데는 이른바 '쌍둥이 스캔들'을 폭로한 〈밀레니엄〉의 기사도 한몫했을 테지만, 고인이 최근 발생한 충격적인 살인 사건의 희생자이기 때문이기도 했다.

　오후 2시였다. 엄숙하면서도 감동적인 분위기에서 장례식이 거행되었다. 의식을 주관하는 사제는 전능자와 예수를 들먹이는 관습적인 설교 대신 고인의 존경받을 만한 삶을 아름답게 소개하는 쪽을 택했다. 하지만 홀게르의 이복여동생 브리트마리 노렌이 준비한 감동적인 추도사에 비할 수는 없었다. 많은 이들이 가슴 아파하는 가운데 룰루 마고로는 걷잡을 수 없이 눈물을 흘렸다.

　다른 이들도 눈시울을 적시거나 조용히 고개를 숙이고 있었다. 참석자 중에는 가족과 친척, 친구, 옛 동료, 이웃, 그리고 사회적으로 성공한 듯 보이는 고객들 외에도 미카엘, 안니카, 얀과 그의 약혼자 파라, 소니아, 예르케르, 에리카 등도 눈에 띄었다. 고인과 가까운 사이는 아니지만 호기심에 찾아온 사람들도 있었는데, 그들은 무례할 정도로 주위를 힐끗거려 사제의 마음을 불편하게 했다. 사제는 호리호리한 체격에 이목구비가 뚜렷하고 머리칼이 눈처럼 흰 육십대 여성이었다. 그녀는 위엄 있는 모습으로 조문객들을 향해 한 걸음 내디딘 뒤 좌측 두번째 줄에 앉아 있는 검정색 재킷 차림의 남자에게 고개를 끄덕였다. 하지만 당사자는 고개를 저었다. 밀톤 시큐리티 대표 드라간 아르만스키였다.

원래는 드라간이 발언할 차례였지만 나서고 싶은 마음이 없는 것 같았다. 이유는 불분명했으나 사제는 그의 양해를 받아들였다. 그러고는 위층에 자리한 연주자들에게 신호를 보낸 뒤 조문객들이 관 앞을 지나며 경의를 표하는 마지막 의식을 거행하려 했다.

바로 그때 맨 뒤쪽에서 젊은 여자가 벌떡 일어나며 소리쳤다. "잠깐, 기다려요!" 사람들은 조금 후에야 리스베트를 알아보았다. 그녀는 평소와 다름없이 엉망인 헤어스타일에 검정색 정장을 입고 있어 십대 소년처럼 보였다. 그녀는 이런 상황에 걸맞은 모습을 보이려는 노력이 전혀 느껴지지 않는 걸음걸이로 뚜벅뚜벅 관을 향해 걸어나왔다. 다소 과격해 보이는 모습에서 역설적으로 머뭇거리는 기색이 느껴졌다. 리스베트는 제단 앞에 이르러서는 바닥만 쳐다보았다. 다시 돌아가 자리에 앉고 싶어하는 걸로도 보였다.

"하고 싶은 말이 있나요?"

사제의 물음에 리스베트는 고개를 끄덕였다.

"얘기해주세요. 홀게르 씨와 생전에 아주 가까운 사이였던 걸로 압니다."

"맞아요. 우린 가까웠어요."

리스베트는 다시 침묵했다. 성당 안에 정적이 감돌다 이내 조바심

어린 속삭임들이 일었다. 대체 왜 저러지? 혹시 화난 건가? 사람들 앞에서 긴장했나? 그녀가 마침내 입을 열었지만 조문객들에게 잘 들리지 않았다.

"좀더 크게요!"

누군가의 외침에 리스베트는 시선을 들었다. 다소 당황한 모습이었다.

"홀게르는…… 정말 골치 아픈 사람이었어요. 피곤한 사람이었죠. 누군가가 대화를 거부하고 혼자 있고 싶어해도 그는 결코 체념하지 않았어요. 포기할 줄 몰랐죠. 그렇게 자신에게 맡겨진 온갖 문제아들의 입을 열게 만들었어요. 바보같이 사람들을 믿었죠. 나 같은 인간에게도 믿음을 주었어요. 게다가 얼마나 자존심이 강한 노인인지, 사람들의 도움을 거절했어요. 아파서 혼자 죽어가면서도요. 그러면서도 언제나 진실을 밝히기 위해 자신이 할 수 있는 모든 걸 했죠. 물론 자기 자신이 아닌 다른 사람들을 위해서요. 그러자……"

리스베트는 눈을 감았다.

"……그들은 홀게르를 살해했어요. 스스로 방어할 힘이 없는 병든 노인을 바로 그의 침대 위에서 죽였어요. 그래서 미치도록 화가 나요. 특히 나와 홀게르는……"

리스베트는 좀처럼 말을 끝맺지 못했다. 하려던 이야기의 끈을 잃어버린 사람처럼 한동안 멍하니 허공만 바라보았다. 그러다 이내 다시 몸을 바로 세우며 조문객들을 똑바로 쳐다보았다.

"우리가 마지막으로 만났을 때, 저기 보이는 동상에 대해 얘기했어요. 내가 저 동상에 관심을 보이는 이유를 알고 싶어하기에 설명해주었죠. 난 언제나 저 동상이 영웅적 행위를 재현한 것이 아니라 용에게 끔찍한 폭력이 가해지는 모습이라고 생각해왔어요. 홀게르는 곧바로 이해했죠. 그러더니 불에 대해 물었어요. 용이 내뿜는 불이 뭐가 그리 특별하지? 그 불은 억압당하는 모든 사람들의 몸안에서 타

오르는 불과 같다고 대답했어요. 그 불은 우리를 재로 만들어버릴 수 있지만, 때로는…… 홀게르처럼 바보 같은 사람이 우리를 바라봐주고, 함께 체스를 두고, 말을 걸어주면, 그러니까 관심을 주면 이 불은 전혀 다른 것이 되어버려요. 맞받아칠 수 있는 힘이 되는 거예요. 홀게르는 알고 있었어요. 심지어 창으로 몸이 꿰뚫렸을 때조차 우리는 다시 일어설 수 있다는 걸 말이에요. 바로 그래서 골치 아프고 피곤한 사람이었죠."

리스베트가 말을 마치자 다시금 정적이 내려앉았다. 리스베트는 관을 향해 돌아서서는 뻣뻣한 동작으로 허리를 숙이며 나지막이 말했다. "고마워요, 미안해요." 그리고 자신을 향해 미소 짓고 있는 미카엘을 발견했다. 어쩌면 그녀도 미소를 지었을지 모르지만 확실하진 않았다.

성당 안은 아까보다 훨씬 웅성거렸고, 사제는 다음 순서를 진행하기 위해 질서를 회복하느라 애를 먹었다. 그러는 사이 가운데 통로를 지나 성당 문을 빠져나가 감라스탄의 골목으로 사라지는 리스베트에게 주목하는 사람은 없었다.

밀레니엄 5권 끝.

감사의 말

나의 에이전트 마그달레나 헤들룬드와 노르스테츠 출판사의 에바 예딘과 수산나 로마누스에게 진심으로 감사드린다.

편집자 잉에마르 칼손, 스티그 라르손의 부친 엘란드 라르손과 형 요아킴 라르손, 내 친구들 요한 노르베리와 예시카 노르베리, 그리고 카스페르스키 연구소의 보안 연구원 다비드 야코뷔에게도 깊은 감사를 전한다.

또한 영국의 발행인 크리스토퍼 매클리호스, 헤들룬드 에이전시의 예시카 바브 본데와 요한나 킨시, 스웨덴 쌍둥이 기록소의 유전병학 교수 낸시 페데르센, 할안스탈텐 교도소 교도관 울리카 블롬그렌, 카롤린스카 대학병원 주임의사이자 조교수인 스베틀라나 바얄리차 라게르크란츠, 왕립기술연구소의 컴퓨터공학 교수 헤드비그 셸스트룀, 스톡홀름 시청 자료실 부실장 앙네타 게슈빈드, 스웨덴 보험공단 부사장 마츠 갈베니우스, 내 이웃 요아킴 홀람, 왕립기술연구소 정보통신공학 교수 다니차 크라기치 옌스펠트, 니르자르 마줌데르, 사비

쿤나헤르 밀리, 그리고 노르스테츠 에이전시의 린다 알트로브 베리와 카테리네 뫼르크에게도 사의를 표하고 싶다.

그리고 늘 그렇듯이 나의 사랑하는 안네에게도 감사의 마음을 보낸다.

옮긴이 임호경

서울대학교 불어교육과를 졸업하고 파리 제8대학에서 문학 박사학위를 취득했다. 현재 전문 번역가로 활동하고 있다. 옮긴 책으로 엠마뉘엘 카레르의 『러시아 소설』, 요나스 요나손의 『창문 넘어 도망친 100세 노인』 『셈을 할 줄 아는 까막눈이 여자』 『킬러 안데르스와 그의 친구 둘』, 피에르 르메트르의 『오르부아르』, 기욤 뮈소의 『7년 후』, 아니 에르노의 『남자의 자리』, 조르주 심농의 『갈레 씨, 홀로 죽다』 『누런 개』 『센 강의 춤집에서』 『리버티 바』, 베르나르 베르베르의 『카산드라의 거울』 『신』(공역), 앙투안 갈랑의 『천일야화』, 파울로 코엘료의 『승자는 혼자다』 등이 있다.

문학동네 세계문학
밀레니엄 5권
받은 만큼 복수하는 소녀

1판 1쇄 2018년 10월 26일 | 1판 4쇄 2022년 6월 2일

지은이 다비드 라게르크란츠 | 옮긴이 임호경
책임편집 고선향 | 편집 신견식 김정희 이현정 오동규
디자인 김이정 최미영 | 저작권 박지영 형소진 이영은 김하림
마케팅 정민호 이숙재 박치우 한민아 김혜연 이가을 박지영 안남영 김수현 정경주
브랜딩 함유지 함근아 김희숙 정승민
제작 강신은 김동욱 임현식 | 제작처 한영문화사(인쇄) 경일제책사(제본)

펴낸곳 (주)문학동네 | 펴낸이 김소영
출판등록 1993년 10월 22일 제2003-000045호
주소 10881 경기도 파주시 회동길 210
전자우편 editor@munhak.com | 대표전화 031) 955-8888 | 팩스 031) 955-8855
문의전화 031) 955-3578(마케팅) 031) 955-1917(편집)
문학동네카페 http://cafe.naver.com/mhdn | 트위터 @munhakdongne
북클럽문학동네 http://bookclubmunhak.com

ISBN 978-89-546-5335-0 04850
      978-89-546-4657-4 (세트)

www.munhak.com

밀레니엄 시리즈

밀레니엄 1권
여자를 증오한 남자들 Män som hatar kvinnor
리스베트&미카엘, 그 역사적인 첫 만남의 순간

밀레니엄 2권
불을 가지고 노는 소녀 Flickan som lekte med elden
사라진 리스베트, 그리고 〈밀레니엄〉에 드리운 죽음의 그림자

밀레니엄 3권
벌집을 발로 찬 소녀 Luftslottet som sprängdes
'모든 악'이 벌어진 그날을 청산하는 피의 복수와 치밀한 두뇌 싸움

밀레니엄 4권
거미줄에 걸린 소녀 Det som inte dödar oss
리스베트vs.카밀라. 드디어 만난 쌍둥이 자매, 그 결투의 서막

밀레니엄 5권
받은 만큼 복수하는 소녀 Mannen som sökte sin skugga
리스베트도 몰랐던 또다른 과거의 그림자, 그리고 새로운 위협

밀레니엄 6권
두 번 사는 소녀 Hon som måste dö
밀레니엄 시리즈, 대망의 마지막 이야기

악마도 부러워할 실력자 해커
리스베트 살란데르

"쓰레기는 뭘 해도 쓰레기예요.
난 쓰레기들에게 마땅한 것들을 돌려줄 뿐이라고요."

예리하면서도 순진한 면모가 있는 탐사기자
미카엘 블롬크비스트

"오랜 경험을 통해 한 가지 배운 게 있다면
자신의 본능을 믿어야 한다는 사실이다."